복거일 대하 전기 소설

『물로 씌어진 이름』

제1장
워싱턴의
일요일

1941년 12월 7일 일요일. 66세 이승만은 워싱턴 근교의 셋집에서 붓을 들었다.
"… 사람 마음은 남쪽 땅 고생에 물렸는 데
기러기들은 어이 북녘에서 오는가人情已厭南中苦, 鴻雁那從北地來."
고국을 떠난 지 37년. 그리움의 물살이 가슴을 시리게 훑었다. (54쪽)

워싱턴의 국무부에서는 국무장관, 전쟁장관, 해군장관이 도청한 일본 외무부의 훈령 전문電文과 씨름하고 있었다.
"(주미) 대사는 7일 오후 1시에 우리의 답신을 미국 정부에 제출하기 바랍니다."
정부 기관들이 쉬는 일요일 오후 1시면 서쪽 끝 하와이는 오전 7시 30분. 그 바로 전 여명 시간대에 일본군이 무슨 일을 벌이려 한다는 추론은 자연스러웠다. (63쪽)

제2장

펄 하버

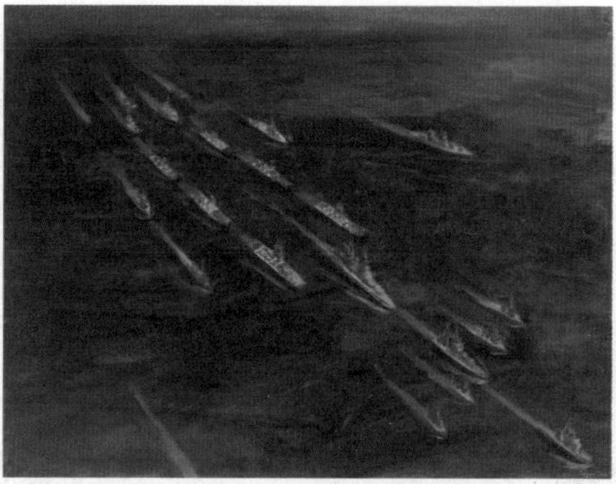

일본군의 펄 하버 공격 목표일은 거의 두 달 전, 10월 11일에 결정되었다. 모든 것들이 예정대로 진행되고 있었다. 함대는 24노트 속력으로 오아후를 향해 항진했다. (83쪽)

하와이 시간 0600시. 여섯 항공모함에서 전투기들이 일제히 날아올랐다. 이어 수평폭격기, 급강하폭격기, 마지막으로 어뢰공격기들이 이륙했다. (90쪽)

하와이는 느긋하게 일요일을 맞고 있었다.

0749시. 펄 하버의 미국 태평양함대 함정들에 180대의 일본 항공기들이 말벌 떼처럼 달려들었다.

0753시. 1차 공격파를 지휘하는 후치다 미쓰오 중좌가 득의에 차 무전병에게 외쳤다.

"도라! 도라! 도라!"

기습공격이 성공했음을 온 일본 함대에 알리는 암호였다. (101쪽)

0758시. 역사상 가장 유명한 무선 메시지 가운데 하나가 태평스럽게 잠자는 미국을 거칠게 흔들어 깨웠다.

공습, 펄 하버. 이것은 훈련이 아님(AIR RAID, PEARL HARBOR. THIS IS NOT DRILL). (110쪽)

제3장

선전포고

백악관에서는 루스벨트 대통령 주재로 회의가 열렸다. 일본군이 공습에 이어 하와이를 점령할 가능성과 미국 본토 서해안을 공격할 가능성이 논의되었다. (130쪽)

"하와이 시간 오늘 아침 여덟 시경에 일본군이 하와이를 기습공격했습니다…."
라디오를 듣던 이승만은 긴 한숨을 내쉬었다. "드디어…."
『일본내막기』에서 이승만이 한 예언이 현실이 된 것이었다.
(134쪽)

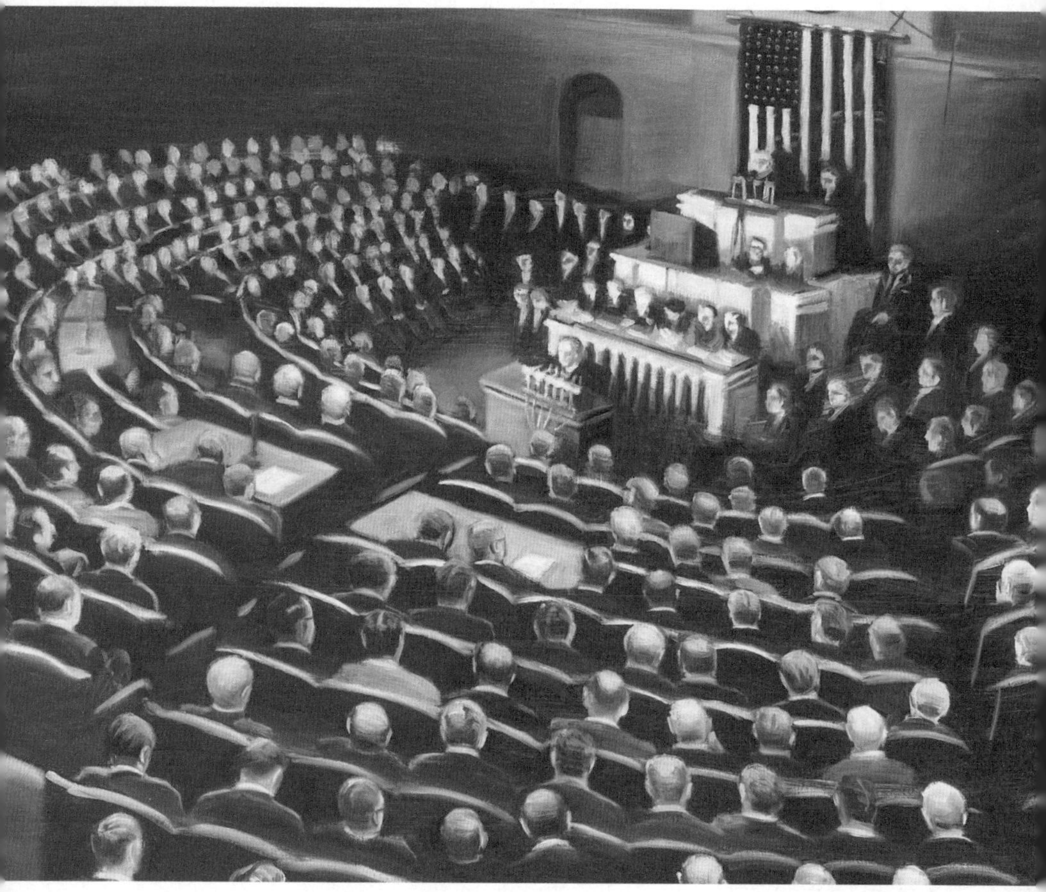

12월 8일 월요일. 상·하원과 대법관, 행정부 각료, 군 최고 지휘관들의 합동회의가 열렸다. 루스벨트가 연단에 올랐다.
"어제 1941년 12월 7일—악명 속에 살아남을 날(Day of Infamy)—미국은 일본제국 해군과 공군에 의해 갑자기 그리고 의도적으로 공격을 받았습니다. (…) 우리는 필연적인 승리를 얻을 것입니다. 신이여 도와주소서." (153쪽)

1919년 3월 1일 오후 2시. 민족 대표 33인 중 29인이 인사동 명월관에 모였다. 한용운의 선창으로 만세 삼창을 했다.
"조선 독립 만세!"
탑골공원에서는 경신학교 졸업생 정재용이 독립선언서를 낭독했다.
"오등은 자에 아 조선의 독립국임과 조선인의 자주민임을 선언하노라…."
만세 시위는 이내 마른 들판의 불길처럼 조선 곳곳으로 퍼졌다. (166쪽)

1919년 8월 11일. 김구는 상해임시정부 청사 2층의 국무총리실을 찾았다. 안창호가 반갑게 맞았다.

"총리님, 소생은 이 임시정부 청사의 문지기가 되고 싶습니다."

이튿날 김구는 임시정부의 경무국장이 되면서 단숨에 임시정부의 실력자로 떠올랐다. (179쪽)

3·1독립운동이 한창일 때 파리에서는 1차대전 전후 수습을 위한 파리 강화회의가 열리고 있었다. 회의에서 미국 대통령 윌슨이 주창한 민족자결주의는 온 세계 약소민족들에게 자결과 독립의 영감을 주었다. 윌슨은 이승만의 프린스턴대 은사였다. 그러나 베르사유 조약은 끝내 미국 의회의 비준을 얻지 못했고, 윌슨은 뇌졸중으로 투병하다 1924년 사망한다. (190쪽)

1차대전 막바지인 1917년 11월에 러시아에서는 레닌의 볼셰비키 세력이 이끈 세계 최초의 공산혁명(10월 혁명)이 일어났다. 레닌은 1919년 국제공산당(코민테른)을 창설했고, 1922년에는 소비에트사회주의공화국연방을 수립했다. (202쪽)

이승만은 상해임시정부 국무총리, 한성임시정부 집정관총재에 이어 통합 대한민국 임시정부에서도 대통령에 선출되었다. 임시정부 의정원이 미국에 있는 이승만이 상해에 와서 일을 처리하라고 결의하자 이승만은 1920년 11월 16일 임병직과 함께 중국 노동자로 행세하며 화물선에 올랐다. "혼자 몸이 물과 하늘 사이에 떠다니면서 / 만 리 태평양을 몇 번이나 오갔던가…." (215쪽)

1922년 9월. 하와이로 돌아온 이승만은 한인기독교회 예배당과 한인기독학원 교사校舍 짓는 일에 뛰어들었다. 교회는 두 달 만에 준공되었으나, 교사 짓는 일은 자금도 많이 들고 시일도 오래 걸렸다. (232쪽)

이승만은 남녀 학생 20명으로 고국방문단을 꾸려 국내 모금을 벌이기로 했다. 학생 고국방문단은 서울에 도착했다. 서울에 열흘 머물며 고국 팀과 야구 경기 네 번, 배구 경기 한 번, 음악회 두 번을 갖고 나서 지방 순회에 나섰다. 두 달 만인 8월 31일 고국을 떠나 9월 18일 호놀룰루에 돌아왔고, 이날 오후 한인기독학원 낙성식이 열렸다. (243쪽)

1931년 9월 18일, 일본 관동군이 만주사변을 일으켰다. 사변은 관동군의 본격적인 만주 침공으로 이어졌다.
일본은 1932년 괴뢰국 만주국을 세우고, 국제사회가 문제 삼자 1933년 국제연맹을 탈퇴한다. (269쪽)

"조국의 독립과 자유를 회복하기 위하야 적국의 수괴를 도륙하기로 맹세하나이다."
이봉창은 선서문을 목에 걸고 양손에 폭탄을 들고 태극기를 배경으로 사진을 찍었다. (278쪽)

1932년 1월 8일. 이봉창의 천황 저격은 실패로 끝났으나 의거 소식은 동아시아를 뒤흔들었다. 같은 날 미국도 외교 서한으로 일본의 침략을 꾸짖었다. (283쪽)

1932년 초 제1차 상해사변이 일어났다. 중국 시민들이 의용군과 호송대를 조직해 일본군에 맞서고, 각지의 인민들이 구호물자를 보내오는 모습에 김구는 절로 조국 생각이 났다.
"우리도 어느 때에 저와 같이 왜倭와 혈전을 벌여 본국 강산을 충성스러운 피로 물들일 날이 있을까?" (297쪽)

1932년 4월 29일, 윤봉길의 홍구공원 의거는 성공이었다. 임시정부는 단숨에 조선민족을 대표하는 조직이 되어 중국인들의 인정과 지원을 받았으나, 이승만의 마음은 무거웠다. (319쪽)

앞서 1908년 샌프란시스코에서 미국의 친일 외교관 더럼 스티븐스를 전명운과 장인환이 쏘아 죽인 사건이 있었다. 사건은 일본의 선전 기관들이 조선의 부정적인 인상을 세계에 각인시키는 데 이용되었다. (332쪽)

1933년 2월 24일. 스위스 제네바에서 열린 국제연맹 총회는 만주국을 불인정하고 원상 복구를 권고하는 보고서를 42 대 1, 사실상 만장일치로 채택했다. 일본 대표는 연맹 탈퇴를 선언하고 퇴장했다. (354쪽)

제네바에서의 활동은 이승만과 대한민국 임시정부의 첫 외교적 성취였다. 이승만 개인으로도 행운이 있었다. 총회 개막일인 2월 21일, 만원이 된 호텔 식당에서 오스트리아인 모녀와 합석한 일이었다. (358쪽)

1937년 7월. 일본이 중일전쟁을 일으켰다. 12월 13일 일본군이 남경을 점령하자 남경은 바로 생지옥이 되었다. 6주 동안 4만~30만의 중국인들이 학살되었다. (378쪽)

1938년 5월 7일. 김구의 주선으로 한국국민당·조선혁명당·한국독립당의 대표들이 통합을 논의하는 자리가 마련되었다. 식사 자리에서 이운환이 김구와 이청천 등 4명을 쏘았다. 중상을 입은 김구는 목숨을 건졌으나 중국 국민당 정부는 발칵 뒤집혔다. (382쪽)

1939년 5월. 임시정부는 중경으로 근거지를 옮겼다. 중경의 삶은 고달팠다. 아침마다 태극기 앞에 서서 애국가를 부른 다음 모국어로 공부하는 아이들의 모습만이 희망이 되었다. (391쪽)

독립운동의 첫 세대가 광복을 보지 못한 채 하나 둘 사라지고 있었다. 칠십을 바라보는 이승만도 멀지 않아 동지들을 따를 터였다. 그러기 전에 되살아난 조국을 볼 수 있을까…. (401쪽)

제4장

『일본내막기』

펄 하버 공습 사흘 뒤인 1941년 12월 10일. 대한민국 임시정부는 일본에 대해 선전포고를 했다. 그러나 미 국무부는 임시정부를 승인하려 하지 않았다. 일본의 적의를 사면 일본 내 미국인들이 위험해질 수 있다는 것이었다. 이승만은 질레트 상원의원을 찾아 따졌다.
"이 전쟁은 졌습니다. 일본인들의 감정을 상하게 하지 않고 어떻게 그들과 싸울 수 있나요?" (417쪽)

펄 하버 기습에 성공한 일본군은 남방 침공작전에 나섰다. 극동 미군 사령관 맥아더가 꾸물대는 사이 대만의 일본 항공대가 필리핀의 미군 비행장과 해군 기지를 사흘간 선제 공습하고, 12월 10일부터는 일본군이 상륙하기 시작했다. (424쪽)

1904년 11월 이승만은 대한제국의 밀사로 미국에 파견되었다. 1905년 여름에 하와이에서 태프트 국무장관의 소개로 시어도어 루스벨트 대통령을 면담할 수 있었지만 성과는 없었다. 그때 태프트는 '태프트-기쓰라 밀약'을 맺으러 일본에 가는 길이었고, 5년 뒤 일본이 한국을 병탄할 때 미국 대통령이 태프트였다. (442쪽)

"하와이 사탕수수 농장에서 일하며 결혼도 못한 조선인 노동자들은 결혼을 위해 저축한 돈을 죽을 때 독립운동에 쓰라고 내놓으면서 파피 품에 안겨 숨을 거두었대요." (460쪽)

제5장

국무부의 복병

중일전쟁으로 사천성에 피난한 중국 국민당 정부가 외부와 통할 길은 '버마 도로(Burma Road)'뿐이었다. 일본이 버마 도로를 끊기 전에 미국이 중국을 지원해야 했다. 그러나 중국이 한국광복군을 공식적으로 도울 수 있으려면 먼저 대한민국 임시정부를 승인해야 했다. (468쪽)

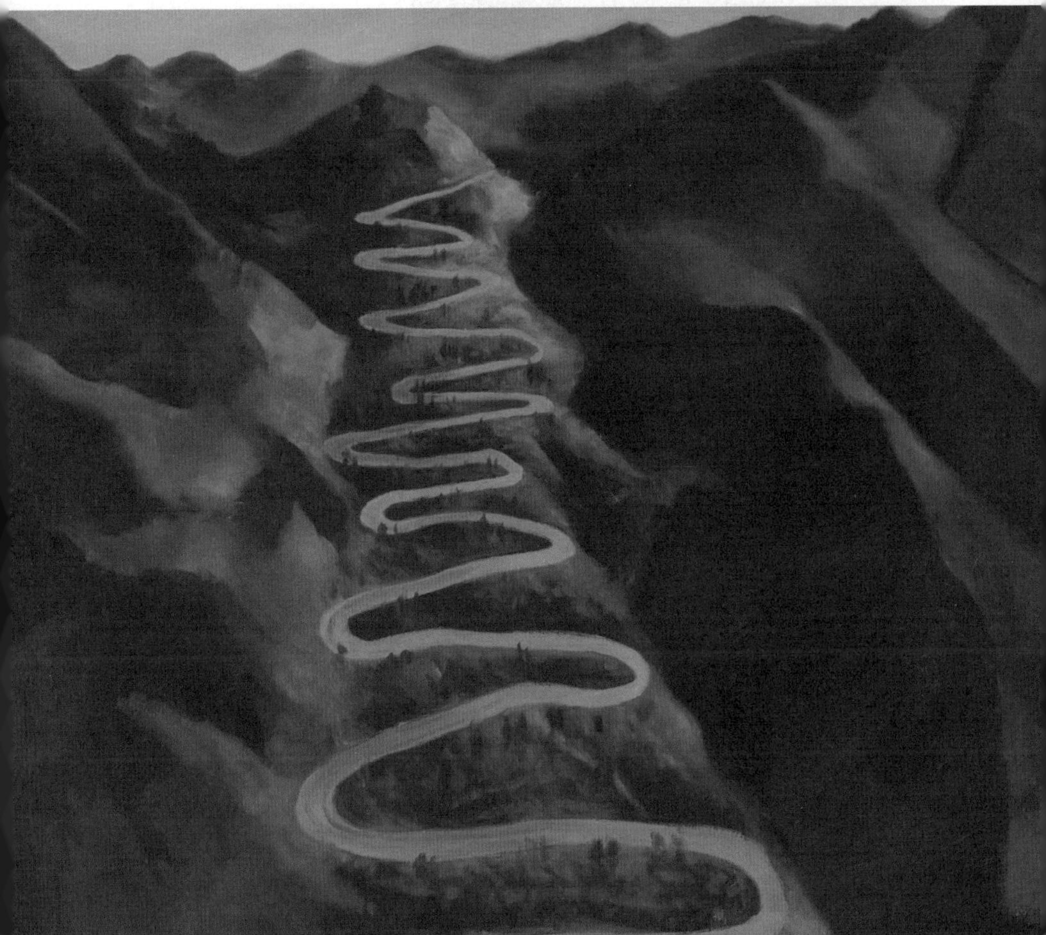

유럽에선 제2차 세계대전이 3년째로 접어들고 있었다. 지상군이 전차부대를 앞세워 빠르게 기동하고 공군이 근접 지원하는 독일군의 '전격작전'에 세계는 넋을 잃었다. (475쪽)

히틀러는 스탈린의 러시아와 미리 비밀 불가침조약을 맺어 놓고 있었다. 탐욕스러운 스탈린은 동유럽을 독일과 러시아가 나누어 갖자는 히틀러의 제안을 뿌리치지 못했다. (478쪽)

스탈린의 대숙청을 겪고 핀란드와 '겨울 전쟁'에서 고전한 러시아군은 전력이 약화되었다. 히틀러는 모스크바 침공을 결정했다. (507쪽)

그러나 러시아의 겨울 추위는 혹독했다. 독일은 점령했던 지역을 1941년 크리스마스 전까지 거의 대부분 도로 내주었다. (525쪽)

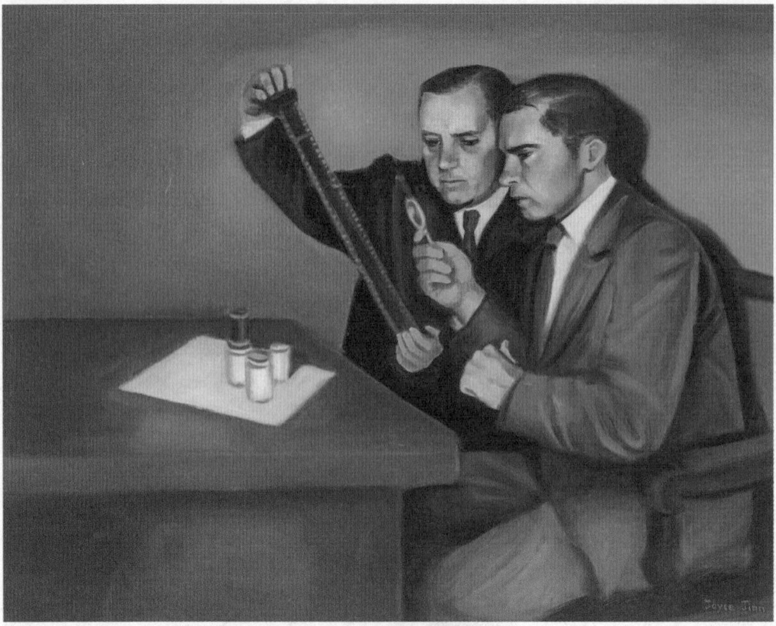

대한민국 임시정부의 승인을 위한 이승만의 노력을 번번이 좌절시킨 것은 미 국무장관의 특별보좌관인 스탠리 혼벡의 보좌관 앨저 히스였다.
러시아 정보기관은 미국 백악관과 국무부를 비롯한 정·관계와 수사기관까지 첩자들을 침투시키고 있었다. 히스는 그런 첩자들 중 하나였다. (535쪽)

물로 씌어진 이름

제1부

광복

제 1 권 차례

제 2 권 차례

제 3 권 차례

제 4 권 차례

제 5 권 차례

작가의 말

우남의 눈에 들어온 세상을 이해하고, 밝히고 싶었다

우남 이승만은 19세기 조선 사회에선 나오기 어려운 인물이었다. 그는 자신이 태어난 중세 사회에서 단숨에 현대 사회로 건너뛰었다. 그는 국제 질서에 맵시 있게 적응하면서 사라진 조국의 부활을 위해 효과적으로 활동했고, 언젠가는 부활할 조국의 청사진을 자유민주주의의 원리에 맞게 그렸다. 그 과정이 현란하면서도 자연스러워서, 애벌레가 고치 속 번데기가 되는 과정을 건너뛰고 문득 나비가 되어 날아오르는 듯하다. 그런 변신의 비밀을 나는 끝내 캐내지 못했다.

대신 나는 우남의 업적을 밝히는 데 공을 들였다. 역사소설은 역사서의 특질을 짙게 띤 문학이다. 문학적 측면의 아쉬움을 역사적 측면의 성취로 메운 셈이다.

다행히 1980년대 말엽부터 1990년대 초엽까지, 비밀로 묶였던 문서들이 미국과 러시아에서 많이 공개되었다. 특히 미국에서 암약한 러시아 첩자들의 활동을 밝힌 '베노나 사업(Venona Project)' 문서들은 제2차 세계대전 뒤 공산주의가 득세한 과정을 잘 보여 주었다. 덕분에 우남의 행적을 새롭게 해석해서 그의 드러나지 않았던 성취들을 또렷이 드러낼 수 있었다.

사정이 그러하므로, 우남은 우리에겐 역사를 보는 창이다. 그의 눈에 들어온 역사적 풍경에서 우리는 우리를 만들어 낸 힘들을 살필 수 있다. 그리고 그런 풍경 속에 우남을 놓아야 비로소 우리는 그를 제대로 이해하기 시작한다.

이 작품을 쓰기 시작한 것은 2015년 정초였다. 석 달 뒤 연재를 시작할 참이었다. 그런데 연재를 제의해 온 대중 매체에서 막판에 발을 뺐다. 아쉬웠지만, 섭섭하진 않았다. 이 나라 수많은 광장들 어느 한 곳에도 건국 대통령 우남의 동상이 서지 못한다는 현실이 아프게 일깨워 주듯, 우남에 관한 글은 대중 매체로서는 부담이 된다.

현실적으로, 긴 역사소설은 연재하지 않으면, 쓰기 어렵다. 그러나 연재할 지면이 없어졌다고 우남 소설을 포기하는 것은 도리가 아니었다. 혼자만 아는 부끄러움을 안고 살아가야 할 터였다.

며칠 번민하다가, 우남의 묘소를 찾았다. 올라가는 길은 바람에 날리는 벚꽃들로 하얬다. 비감해지면서, 마음이 문득 맑아졌다. 묘소에 이르자, 속으로 말씀드렸다. "각하, 제가 각하의 삶을 소설에 담으려 합니다. 세 해는 걸릴 것 같습니다. 제가 몸이 부실해서 한 해밖에 살 자신이 없습니다. 나머지 두 해는 각하께서 책임지십시오."

문득 우남의 웃음소리가 환청으로 들려왔다. "자네가 내 수법을 나한테 쓰네그려."

우남은 평생 협박하면서 산 분이었다. 그는 본질적인 일에선 결코 타협하지 않았다. "나는 이 길이 옳다고 믿는다. 그래서 이 길을 따를 것이다. 당신은 선택할 수 있다. 나와 부딪쳐서 피곤해지는 길과, 나와 협력해서 좋은 결과를 얻는 길 가운데."

그런 기개가 그를 독립협회와 만민공동회의 실질적 지도자로 만들었다. 그런 기개가 없었다면 국적도 없는 늙은 망명객이 얄타 협정에 한국을 소비에트 러시아에 넘기기로 한 비밀협약이 있다고 폭로해서 루스벨트, 스탈린, 처칠 세 지도자를 부도덕한 인간들로 몰 수 있었겠는가? 하지 사령관의 어설픈 좌우합작을 밀어낸 일도, 국군의 38선 돌파도, 반공 포로 석방도, 한미상호방위조약 체결도 그런 기개에서 나왔다.

〈월간중앙〉의 배려로 여유로운 지면을 얻으니, 욕심이 생겼다. 우남의 눈에 들어온 국제 정세를 제대로 살펴서, 그의 이해하기 어려운 판단들의 연유를 밝혀 보고 싶었다. 결국 연재는 일곱 해 넘게 이어져서 대하소실이 되었다.

이런 사정이 마음에 무겁게 얹힌다. 대하소설은 시대착오가 된 지 오래다. 즐길 일들이 많아서 시간의 값이 가파르게 올라가는 시대에 대하소설이 설 땅은 없다. 우남의 위대함이 다소간에 스며들었기를 바랄 따름이다.

2023년 초여름

복거일

물로 씌어진 이름

제1부
광복

제1장

워싱턴의 일요일

여기 누워 있다
그의 이름이 물로 씌어진 사람이.

스물여섯에 죽음을 앞두고 키츠(John Keats)가 지은 자신의 비명이다. 다행히도, 그의 묘비엔 친구의 죽음을 애도한 셸리(Percy Bysshe Shelley)의 시구가 새겨졌다.

그는 이제 그가 한때 아름답게 만들었던 아름다움의 한 부분이다.

이제 내가 하려는 이야기는 그의 이름이 실제로 물로 씌어진 사람의 이야기다. 이름이 물로 씌어졌다면, 그는 평범하게 산 사람은 아닐 것이다. 그래서 그의 이야기는 거대하고 복잡할 수밖에 없으리라. 수많은 지류들이 모여 이룬 큰 강처럼. 강이 크기에, 그 강물은 어쩔 수 없이 우리의 일상을 넘어 아득한 세상으로 흐른다.

우울한 상념

1941년 12월 7일은 일요일이었다. 미국 수도 워싱턴 서북쪽 호바트 스트리트의 셋집에서 이승만李承晩은 뒷짐을 지고 창밖을 살폈다. 둔덕 위에 자리 잡은 집의 2층이라, 시야가 탁 트였다. 굽이도는 로크 크리크 건너 옅은 안개 어린 국립동물원은 황량했다. 풍성했던 잎새들을 떨군 나무들이 따스함이 느껴지지 않는 아침 햇살에 앙상한 몸을 덥히고 있었다. 동물들은 모두 우리로 들어갔을 터였다. 너른 초원에 군림하던 선조의 기억이 깨어날 때면 길게 울부짖던 사자도 우리 안에 웅크리고 있을 터였다. 그의 집 좁은 뜰까지 찾아오던 새들도 발길이 뜸해졌다. 어느 사이엔가 북쪽 캐나다에서 남쪽 걸프 지역으로 가는 철새들의 행렬도 끊겼다는 것을 그는 깨달았다. 겨울이 깊어진 것이었다.

희망과 불안이 뒤섞여 이지러운 마음을 가라앉히려 애쓰면서, 이승만은 숨을 길게 내쉬었다. 국제 정세가 빠르게 바뀌고 있었다. 온 세계가 전쟁에 휘말려 드는 판국이었다. 놀랍게도, 그렇게 걱정스러운 상황 속에서 그는 자신의 조국 조선이 독립할 여지를 엿보고 있었다.

국제법을 전공하고 국제정치에 밝은 터라, 그는 조선과 같은 약소국의 운명이 국제 정세에 의해 결정된다는 것을 잘 알았다. 일본과 같은 강대국의 통치는 조선 사람들의 의지와 힘만으로 흔들 수 없었다. 일본보다 더 강한 나라가 일본과 싸워서 이겨야 비로소 조선에도 독립의 기회가 올 수 있었다. 그렇게 강한 나라는 미국밖에 없었다. 일본의 군국주의적 팽창 정책이 언젠가는 미국의 이익을 침해할 것이고, 두 나라의 싸움에서 궁극적으로 일본이 패배한다고 그는 믿었다. 그런 전망에 따라 그는 자신의 독립운동을 늘 미국의 상황에 맞추어 조율했다. 그리고 일본에 직접 도전하는 대신 국제사회에 조선의 존재와 독립의 당위성을 알리는 데 힘을 쏟았다.

그러나 조선 사람들이 독립운동의 주체가 되어야 한다고 믿는 독립운동가들에게 그는 너무 비굴하고 소극적이고 기회주의적이었다. 거의 서른 해 동안 그는 많은 독립운동가들로부터 증오와 비난을 받았다. 그가 받은 상처는 깊을 수밖에 없었고, 아직도 작은 충격에도 터져서 피를 흘렸다.

폐쇄적 중세 사회였던 일본은 미국의 강요를 받아 1854년에 개항했다. 그 뒤로 서양의 문물을 받아들여 근대 사회로 변신하기 시작했다. 놀랄 만큼 성공적인 근대화를 통해서 국력이 커지자, 일본은 이내 해외 팽창을 추구했다. 1894년의 청일전쟁에서 이겨 조선에 진출했고 대만을 얻었다. 1904년의 러일전쟁에선 서양의 강대국 러시아에 이겨 만주로 진출했다. 마침내 1910년엔 조선을 병합했다.

1931년엔 만주사변을 일으켜 만주를 점령했고 이듬해엔 청淸의 마지막 황제 선통제宣統帝였던 애신각라부의愛新覺羅溥儀(푸이)를 수반으로 한 만주국滿洲國을 수립해서 만주의 영구적 점령을 시도했다. 1937년엔 중국을 공격해서 중일전쟁을 일으켰다.

일본의 끊임없는 침략은 당연히 국제사회의 경계와 비난을 불렀다. 특히 일본군이 저지른 갖가지 만행들은 국제적 분노를 일으켰다. 그러나 강력한 군사력을 확보한 일본을 국제사회가 실제로 응징할 길은 없었다. 만주사변을 국제연맹(League of Nations)이 조사해서 비판하자, 일본은 오히려 1933년에 국제연맹을 탈퇴했다.

유럽의 정세 변화도 일본을 도왔다. 일본이 국제연맹을 탈퇴하자, 히틀러의 지도 아래 재무장을 시작한 독일이 바로 국제연맹을 탈퇴했다. 일본이 중국 본토를 침략한 지 반년이 채 되지 않은 1937년엔 무솔리니가 이끄는 이탈리아가 아프리카로 진출하면서 국제연맹에서 탈퇴했다. 마침내 1939년 9월 독일이 폴란드를 침입해서 제2차 세계대전이 일어났다. 강력한 독일군은 프랑스를 쉽게 점령했고 서유럽을 장악했다. 이제 섬나라 영국만이 굴복하지 않고 독일에 힘겹게 저항하고 있었다.

1937년에 「방공防共협정(Agreement Against the Communist International)」을 맺었던 독일, 일본 그리고 이탈리아는 1940년에 경제와 군사 분야에서 10년간 협력한다는 조약을 맺었다. 이 '삼국 동맹'을 통해서 독일은 유럽에서, 이탈리아는 북아프리카에서, 그리고 일본은 동아시아에서 확보한 이익을 상호 인정을 통해서 확고히 했다. 아울러, 미국이 유럽이나 동아시아에 군사적으로 개입하면, 세 나라는 서로 도와주기로 약속했다. 이 동맹은 일본의 국제적 위상을 한껏 높였고 일본의 해외 팽창 정책에 힘을 실어 주었다.

1941년 4월 일본은 공산주의 러시아와 「중립조약(Neutrality Pact)」을 맺었다. 덕분에 일본은 중일전쟁에 주력할 수 있게 되었다. 1941년 6월 독일이 러시아를 침공하면서, 일본의 처지는 더욱 좋아졌다. 일본은 독일의 간청을 들어주어 러시아를 공격할 수도 있었고, 남쪽으로 진출할 수도 있었다. 일본은 러시아에 대한 공격을 유보한 채 남쪽으로 진출하기로 잠정적으로 결정했다.

일본의 궁극적 목표는 '대동아공영권大東亞共榮圈'의 구축이었다. 일본을 중심으로 조선, 만주, 중국 본토, 프랑스령 인도차이나, 말라야, 버마, 필리핀 및 네덜란드령 동인도(인도네시아)를 아우르는 광대한 동아시아 지역이 하나로 뭉쳐서 일본의 지도 아래 번영하자는 얘기였다. 일본은 이미 조선, 만주 및 중국 동부 해안 지역을 점령했고, 독일에 협력하는 프랑스 비시(Vichy) 정권의 양해를 얻어 프랑스령 인도차이나에 남방 진출의 군사적 거점을 마련한 상태였다.

"다음 행보는?"

구름 몇 점 서풍에 쓸리는 겨울 하늘을 무심한 눈길로 살피면서, 이승만은 소리 내어 생각했다. 온 세계가 숨을 멈춘 채 일본의 전략적 선택을 기다리는 판이었다. 실제로 일본의 선택에 세계의 운명이 달린 터였다.

일본으로선 네덜란드령 동인도를 장악하는 것이 긴요했다. 그곳은 자원이 풍부했고, 무엇보다도 석유가 많았다. 지난여름 일본이 인도차이나로 진출하자, 미국은 일본에 대한 원유와 가솔린의 수출을 금지했다. 일본의 치명적 약점을 바로 찌른 것이었다. 석유는 가장 긴요한 전쟁 물자인데, 일본은 석유를 대부분 미국에 의존하고 있었다.

네덜란드령 동인도를 장악하려면, 일본은 먼저 말라야와 싱가포르를 점령해야 했다. 이것은 영국은 물론 미국과의 전쟁을 뜻했다. 미국은 일본이 인도차이나로 진출한 것을 용인할 수 없음을 이미 일본 재산의 동결로 분명히 했고 일본군의 철수를 강력하게 요구하고 있었다.

"흠, 인도차이나에서 물러나진 않겠지."

그는 자신의 판단을 자신에게 밝혔다.

"물러나지 않는 게 아니라, 물러나지 못하는 거지."

일본의 사정과 정책 결정 과정을 잘 아는 이승만은 일본이 인도차이나로부터 물러나지 않으리라고 오래전에 결론을 내린 터였다. 일본의 지도자들이 미국과 영국을 상대로 한 싸움에서 이길 수 있다고 여겨서 그런 것은 아니었다. 실은 대부분의 지도자들이 경제력에서 압도적으로 우세한 미국과의 전쟁은 승산이 없다는 것을 알고 있었다. 그러나 지금 일본은 합리적인 지도자들이 이끌 수 있는 나라가 아니었다.

이미 여러 해 전부터 일본을 뒤덮은 것은 광기 어린 국수주의였다. 그런 상황은 필연적으로 군부의 독재를 불렀다. 그리고 군부를 실질적으로 움직이는 것은 급진적인 젊은 장교들이었다. 1932년 정우회政友會의 이누가이 쓰요시犬養毅 수상이 군부 정권을 요구하는 해군 장교들에게 암살되자, 예비역 해군 대장 사이토 마코토齋藤實가 내각을 조직했다. 다수당 당수가 조각하는 '헌정의 상도'가 무너지고 군부가 권력을 직접 행사하기 시작한 것이었다. 수상을 암살한 테러리스트들은 "잘못된 방법을 선택한 애국자들"로 여겨졌다.

1936년 2월 26일엔 도쿄 주둔 1사단의 초급 장교가 부하들을 이끌고 반란을 일으켜서 군부독재 정권을 세우려 했다. 그들은 정부와 군부의 우두머리들을 많이 죽였지만, 오카다 게이스케岡田啓介 수상을 암살하는 데는 실패했다. 반란이 궁극적으로 자신의 권위에 대한 도전이라 여긴 히로히토裕仁 천황은 계엄령을 내리고 자신이 믿을 수 있는 해군 연합함대를 도쿄만에 집결시켰다. 그렇게 응급조치를 한 다음, 그는 군부에 반란을 진압하라는 명령을 내렸다. '2·26 사건'은 쉽게 진압되었으나, 군부의 절대적 우위는 공식적이 되었고 해외 팽창 정책이 구체화되었다.

군부가 실질적 독재자가 되자, 직업 군인들은 제복 입은 관료들이 되었고 관료적 세계관과 행태를 지니고 자기 이익을 추구하기 시작했다. 그들은 자신들의 존재를, 특히 군대가 쓰는 막대한 자원을 정당화하는 일에 마음을 쓰게 되었다. 그래서 그들은 끊임없이 이웃 나라들을 침공해서 자신들의 존재를 정당화하려 시도했다.

이제 군부의 국수주의적 세계관과 해외 팽창 정책을 막을 세력은 일본에 없었다. 합리적이고 온건한 정책을 추진하려는 정치가들이나 군부 지도자들은 젊은 장교들에 의한 암살을 걱정해야 했다. 절대적 권위를 지닌 히로히토 천황은 비교적 합리적이고 온건해서 외교적 해결을 강조했지만, 그도 이제는 권력을 장악한 국수주의자들에게 끌려가고 있었다. 지난 10월에 미국과의 전쟁을 막으려 애쓴 정당 정치가 고노에 후미마로近衛文麿 수상이 물러나고 현역 육군 대장인 도조 히데키東條英機가 내각을 구성한 것은 이런 사정을 상징했다.

"문제는 미국이 아직…."

씁쓸하게 입맛을 다시면서, 이승만은 손가락으로 창문을 가볍게 두드렸다.

문제는 미국이 지금 일본과 싸울 준비가 전혀 안 되었다는 사실이었다. 미국은 원래 고립주의 사조가 강한 나라였다. 분쟁들이 끊임없는 유럽과 아시아로부터 각기 대서양과 태평양으로 멀찍이 떨어진 터라, 먼 대륙의 일들에 말려들 필요가 없다고 생각하는 사람들이 많았다. 백 년 넘게 이어진 '먼로주의(Monroe Doctrine)'는 이런 사조를 반영하면서 그것에 전통의 후광을 부여해 왔다.

다음엔, 미국 정부는 일본과 되도록 싸우지 않는다는 정책을 펴 왔다. 영국의 식민지로 시작했고 유럽과 여러 모로 관계가 깊었으므로, 미국은 아시아보다는 유럽을 훨씬 중요하게 여겨왔다. 히틀러가 이끈 독일이 서유럽을 장악하자, 미국은 외롭게 버티는 영국을 구원하는 데 힘을 쏟았다. 올여름에 독일이 소련을 침공한 뒤엔, 소련을 원조하는 데 큰 자원을 쓰고 있었다. 그래서 미국 정부는 독일에 대항하는 데 주력하면서 일본과의 대결은 되도록 미룬다는 전략을 채택했다.

셋째, 미국은 일본과 싸울 만한 군사력을 갖추지 못했다. 오래 전쟁을 준비해 온 일본과 달리, 미국은 군비가 부실했다. 특히 해군력이 부족했다. 미국은 지리적으로 대서양과 태평양을 함께 지배해야 했으므로 해군력이 분산되었다. 유럽의 전쟁에 실질적으로 개입한 터라, 미국은 대서양함대를 강화했고 태평양함대는 전력이 크게 약화되었다.

이미 인도차이나에 진출했으므로, 일본이 말라야와 싱가포르를 공략하고 네덜란드령 동인도를 점령해서 '대동아공영권'을 실현하겠다고 나서리라는 것은 확실했다. 그러면 미국은 일본에 대해 선전포고를 할 것이었다. 그다음이 문제였다. 현실적으로 미국은 일본 본토를 공격하거나 동남아시아에서 일본군과 싸울 준비가 안 되었다. 일본과 미국이 싸우면 궁극적으로 미국이 이기리라는 것은 모두 알고 있었다. 그러나 역사는 그렇게 정해진 '궁극적 결과'를 향해 직선적으로 전개되는 것은 아니었다.

'일본이 예상보다 쉽게 남방으로 진출해서 대동아공영권을 기정사실로 만들면, 과연 미국이 일본과 적극적으로 싸울까?'

이것이 이승만이 자신에게 줄곧 던진 물음이었다.

미국이 아시아에서 지닌 이익은 자신의 보호령인 필리핀에서 누리는 우월적 지위뿐이었다. 만일 일본이 필리핀을 비롯한 태평양 지역의 미국의 이익을 존중한다면, 미국으로선 피를 흘리면서 강력한 일본과 긴 전쟁을 할 마음이 나지 않을 터였다. 승승장구하는 독일군으로부터 영국과 소련을 구하는 데 힘을 쏟아야 하는 처지에선 더욱 그러할 터였다. 분열된 국론을 통일하고 국회의 승인을 받아 일본과의 전쟁을 시작해서 막대한 전비를 지출할 만한 지도력을 프랭클린 루스벨트(Franklin

Delano Roosevelt) 대통령과 그의 후임자가 발휘할 수 있으리라고 장담할 사람은 드물었다.

그런 사정을 고려하면, 일본이 동남아시아를 병탄하고 미국이 일본에 선전포고를 하더라도 전쟁은 치열하게 벌어지지 않을 수도 있었다. 실제로 전쟁 초기 유럽이 그랬었다. 1939년 9월 독일이 폴란드를 침공한 뒤 7개월 동안 독일과 프랑스 사이엔 싸움이 거의 없어서 '가짜 전쟁(Phony War)'이라 불렸다. 만일 독일이 소련과의 전쟁에서 이긴다면, 일본과 미국 사이에 그런 상황이 나올 가능성은 부쩍 커질 터였다. 그리고 지금 독일군은 모스크바 가까이 진격한 참이었다. 그렇게 되면 일본의 동남아시아 점령은 기정사실로 굳어질 수도 있었다.

이것이 이승만이 걱정하는 역사의 시나리오였다. 국수주의 전통을 지닌 전체주의 국가인지라, 일본은 끝없이 해외로 팽창하려 하며 궁극적으로 태평양 건너편 미국을 공격하리라고 그는 믿었다. 실은 그런 믿음을 밝힌 『일본내막기(Japan Inside Out)』를 지난 6월에 출간한 터였다. 그러나 일본이 마지막 순간에 영악한 전략을 추구해서 미국과 타협한다면, 두 나라는 시간적 제한 없이 공존할 수도 있었다.

그렇게 되면, 물론 조선은 독립할 수 없고 차츰 일본에 동화되어 갈 것이었다. 조선에 대한 일본의 엄중한 통제는 일본에서 군국주의가 득세하면서 더욱 강화되었다. 조선어 사용을 억제하고 일본어 사용을 적극 권장하고 '창씨개명創氏改名'으로 사람들의 성과 이름까지 바꾸는 지경이었다. 이대로 한 세대가 더 지난다면 조선 사람들은 일본에 많이 동화되어, 독립하려는 의지가 약해질 터였다. 민족은 영원하다고 하지만, 길게 보면 조선 민족의 운명도 시간과의 싸움이었다.

이승만이 우울한 상념에 잠긴 시각, 워싱턴 도심의 해군부 통신국 사무실에선 번역과장 직무대행 앨윈 크레이머(Alwyn D. Kramer) 소령이 일과를 시작하고 있었다. 그는 일본에서 3년 동안 일본어를 배운 일본어 전문가였다. 그의 책상에 놓인 문서는 도쿄의 일본 외무성이 워싱턴의 주미 대사관에 보내는 암호 전문들을 해군 정보부대가 도청해서 해독한 것이었다. 당시 미국은 일본 외교관들이 쓰는 암호를 거의 다 해독하고 있었다.

크레이머는 그 문서를 이내 알아보았다. 그동안 그는 노무라 기치사부로野村吉三郎 주미 대사와 외무성 사이에 오간 전문들을 줄곧 살펴온 터였다. 그 문서는 미국이 낸 마지막 제안에 대한 일본의 최종 답변이었다. 원래 14개 부분으로 되었는데, 첫 13개는 어제 도착했고 마지막 부분이 오늘 새벽에 도착한 것이었다.

지난 4월 코델 헐(Cordell Hull) 미국 국무장관은 노무라 대사에게 '협상의 기초'를 제시했다. 일본이 무력 정복 정책을 포기하고 미국이 제시한 4개 원칙을 받아들이라는 얘기였다. 4개 원칙은 1) 모든 국가들의 영토적 일체성과 주권의 존중, 2) 다른 나라들의 내정에 간섭하지 않는다는 원칙의 지지, 3) 상업적 기회의 평등을 포함한 평등의 원칙의 지지, 4) 현재 상황이 평화적 수단에 의해 변경되는 것을 제외하고는 태평양에서의 현재 상황을 흔들지 않을 것이었다.

그러나 일본이 그렇게 양보할 뜻이 없었으므로, 협상은 나아가지 못했다. 그사이에 일본은 남방으로의 진출을 위해 계속 준비하고 있었다. 마침내 11월 26일 헐은 노무라에게 현안들에 대한 미국의 입장을 분명히 밝힌 문서를 보냈다. 뒤에 '헐 문서(Hull Note)'로 불리게 될 이 문서는 10개 사항을 다루었다. 이제 미국의 입장과 제안에 대한 일본의 분명한 답변이 나온 것이었다.

크레이머는 실망과 안도가 뒤섞인 마음으로 그 문서의 마지막 문장을 거듭 읽었다.

"미국 정부의 태도를 고려해 볼 때 일본 정부로서는 이후의 협상들을 통해 합의에 이르는 것이 불가능하다고 판단할 수밖에 없다는 것을 이 문서를 통해서 미국 정부에 통보하게 된 것을 일본 정부는 유감스럽게 생각한다."

그는 한숨을 길게 내쉬고서 어제 받은 앞부분들에 마지막 부분을 합쳐서 온전한 문서를 만들었다. 그리고 서둘러 사무실을 나왔다. 해군장관, 국무장관 그리고 대통령에게 도청 문서를 전달하는 것이 그의 임무였다. 긴박하게 돌아가는 상황에 맞추어진 듯, 그의 걸음이 저절로 빨라졌다. 그는 9시 40분에 백악관에 들렀고 9시 50분에 헐 국무장관의 사무실에 닿았고 9시 55분엔 직속상관인 프랭크 녹스(Frank Knox) 해군장관에게 문서를 직접 전달했다.

10시 정각에 루스벨트 대통령의 해군 보좌관 존 비어덜(John R. Beardall) 대령은 크레이머가 가져온 문서를 대통령에게 올렸다. "대통령님, 일본 외무성이 주미 대사에 보낸 훈령입니다. 마지막 부분입니다."

"고맙네, 존." 루스벨트는 문서를 받아 읽기 시작했다. 찬찬히 14부를 거듭 읽고 나서, 그는 무겁게 고개를 저었다. "존, 일본 사람들이 협상을 단절하겠다는 얘기 같은데."

"예, 대통령님. 그런 것 같습니다." 비어덜이 조심스럽게 대답했다.

루스벨트는 천천히 고개를 끄덕였다. "하지만 외교 관계의 단절은 아니잖은가?"

사흘 전 그는 일본 외무성이 주미 대사관에 암호와 관련된 문서들과 기계들을 파기하라고 지시한 전문에 관해 비어덜로부터 보고받은 터였다. 그래서 선전포고도 아니고 외교 관계의 단절도 아닌 14부의 내용은 일본이 벼랑 끝에서 한 걸음 물러선 것처럼 보였다.

대통령의 뜻밖으로 온건한 반응에 놀라, 해군 보좌관은 황급히 고개를 끄덕였다. "예, 대통령님. 외교 관계의 완전 단절은 아닌 것 같습니다."

크레이머가 도청 문서들을 정리하던 시각, 일본 대사관에선 일등서기관 오쿠무라 가쓰조奧村造藏가 정신없이 타자를 치고 있었다. 도고 시게노리東鄕茂德 외상은 노무라 대사에게 '헐 문서'에 대한 일본의 최종 답변을 보내면서, 극도의 보안을 당부했다. 그리고 헐 국무장관에게 건넬 문서를 작성할 때 타자수를 쓰지 말고 외교관이 직접 타자하라고 지시했다. 주미 대사관에서 타자를 칠 줄 아는 외교관은 오쿠무라뿐이었다. 노무라 대사가 어깨 너머에서 바라보고 있어서 오쿠무라의 마음은 더욱 다급했고 실수는 늘어났다. 게다가 전문 해독 요원들이 늦게 출근해서, 14부의 해독에서 일본 대사관은 도청한 미국 정보기관들보다 오히려 늦었다. 타자가 서툰 데다 오역도 있어서, 오쿠무라는 미국 국무부에 넘길 대본을 다시 쳐야 했다.

눈 속으로 오는 봄

간단한 아침 식사를 마치자 이승만은 다시 2층 서재로 올라왔다. 오늘은 일요일이었지만, 아내 프란체스카(Francesca)가 감기에 걸렸고 그도 감기 기운이 있어서 교회에 가지 않고 집에서 기도로 대신했다.

관심 있는 기사들을 오려 낸 신문지들을 책상 위에 펴놓고서 그는 벼루에 먹을 갈기 시작했다. 두 해 전 하와이에서 워싱턴으로 이사한 뒤, 거듭된 좌절들로 아프고 어두운 마음을 달래려고 그는 오랫동안 잡지 않았던 붓을 잡았다. 젊은 시절 감옥에 갇혔을 때 그는 모진 고문으로 몸이 처참하게 상했다. 가까스로 처형을 면하고 여러 해 만에 풀려났지만 후유증이 심해서 붓을 잡을 수 없었다. 늙어서 다시 붓을 잡으니 옛적 필치가 나올 리 없었다. 그래도 꾸준히 썼더니 상당히 나아져서, 요즈음은 서도를 즐기고 있었다.

천천히 먹을 가는 그의 입가에 야릇한 웃음이 어렸다.

'내가 과거에 붙었다면, 내 인생은 어떠했을까?'

붓글씨는 철이 들기 전부터 배웠다. 조선조 말기에 양반의 후예로 태어난 그에게 그것은 자연의 이치와 같았다. 한문으로 글을 잘 짓고 붓글씨를 잘 써야 과거에 붙어 관리가 될 수 있었다. 몰락한 선비의 외아들이었으므로, 그는 과거에 붙는 것을 삶의 목표로 삼았다. 열세 살 나던 1887년부터 과거를 보았으나 거듭 떨어졌다. 그러다가 1894년 갑오경장으로 과거가 폐지되었다. 이미 결혼해서 가장이 된 그에게 생계도 전망도 사라진 것이었다.

그때 서당 친구인 신긍우申肯雨가 이승만에게 감리교 선교사들이 세운 배재학당에 나오라고 권했다. 기독교에 귀의해서 배재학당에 다니던 신긍우는 서양 문물을 익히고 외국어를 공부해야 한다고 역설했다. 친구의 강권에 마지못해 나간 배재학당에서 이승만은 새로운 지식을 얻고 새로운 세상을 만났다. 그리고 개화를 열렬하게 지지하게 되었다. 태종의 장자 양녕대군讓寧大君의 17대손이라는 사실을 무엇보다도 자랑스럽게 여기고 과거에 붙어 관리가 되는 것을 삶의 목표로 삼았던 젊은이가 사회를 혁명적으로 바꾸려는 급진주의자가 된 것이었다.

'그랬다면, 내 처지가 지금보다 나았을까?'

먹을 갈던 손길을 멈추고, 그는 초라한 서재를 둘러보았다. 가난한 지식인이 주인임을 작은 서재는 말해 주었다. 평생 이국에서 떠돌면서 조국의 독립을 위해 일한 사람이 가난하지 않다면 그것이 이상할 터였다.

그는 천천히 고개를 저었다. 왕조가 바뀐 것이 아니라 아예 나라가 망했는데, 과거에 붙었든 떨어졌든, 벼슬을 했든 아니 했든, 선비가 선비답게 살 길은 없었다. 그가 신학문을 배워서 해외에서 조국의 독립을 위해 애쓴 것은 생각해 보면 큰 행운이었다.

그래도 지금 그의 처지는 너무 어려웠다. 조선이 독립할 가능성은 점점 줄어들고 있었다. 기다림에 지쳐서 미국 동포들의 마음도 독립운동으로부터 멀어지고 있었다. 어려운 처지에서도 독립운동을 위해 꾸준히 성금을 내면서 그를 지지했던 사람들이 이제는 그에게 이룬 것은 없고 돈만 축냈다고 비난하고 있었다. 며칠 있으면 예순일곱인데, 편한 마음으로 나이 들어가는 아내와 함께 몸을 누일 자기 집 한 칸 없었다.

그는 어깨를 폈다. 그리고 새삼스럽게 자신에게 일렀다.

"독립운동은 조급한 사람들은 할 수 없는 게임이지."

조국의 독립을 위해 평생을 바친 그가 늙은 나이에 새삼 깨달은 교훈이 있다면 바로 그것이었다. 1919년에 해외와 본국에서 독립운동이 거세게 일어나고 이듬해에 대한민국 임시정부가 세워졌을 때, 모두 그리 멀지 않은 미래에 조국이 독립할 수 있으리라고 믿었다. 지금 돌아보면 참으로 순진한 생각이었다. 순진했던 만큼 열의도 높았다. 이제 지혜가 생겼지만, 열의는 많이 줄어들었다.

아래층에서 프란체스카의 밭은기침 소리가 났다.

'내가 죽으면….'

나오던 한숨을 그는 급히 잘랐다. 오스트리아가 독일에 합병되어 나치 천하가 되었으니 프란체스카는 자기 고향으로 돌아가기도 어려웠다. 저축한 것도 없으니 여기서 살기도 어려웠다. 막막한 심정으로 그는 먹을 가는 손에 힘을 주었다. 한성감옥에 갇혔을 때 고문을 받아 손을 다친 터라, 프란체스카가 먹을 갈아 주곤 했다.

먹을 다 갈자 그는 너덜거리는 신문지를 바로 폈다. 그리고 조심스럽게 먹물에 붓을 적셨다. 묵향이 코에 닿으면서, 마음이 문득 가라앉았다.

"구월구일망향대, 타석타향송객배."

첫 연을 낭송하고서, 그는 신문지에 붓을 댔다. 붓끝의 탄력이 손에 전해 오면서, 익숙한 즐거움이 마음을 밝혔다.

> 九月九日望鄕臺,
> 他席他鄕送客杯.
> 人情已厭南中苦,
> 鴻雁那從北地來.

> 중구重九 명절 망향대에 오르니
> 옆자리는 다른 고향으로 길손 보내는 술자리다
> 사람 마음은 남쪽 땅 고생에 물렸는데
> 기러기들은 어이 북녘에서 오는가.

당唐 시인 왕발王勃의 「촉중구일蜀中九日」이었다. 나이 들수록 마음에 깊이 들어오는 시였다. 오래전에 떠난 고국을 향한 그리움의 물살이 가슴

"사람 마음은 남쪽 땅 고생에 물렸는데 / 기러기들은 어이 북녘에서 오는가."
오래전에 떠난 고국을 향한 그리움의 물살이 이승만의 가슴을 시리게 훑었다.

을 시리게 훑는 것을 느끼면서, 그는 자신이 쓴 글씨를 비판적 눈길로 살폈다. 그리고 천천히 고개를 끄덕였다. 이제 젊을 적 글씨는 나올 수 없었다. 늙는 것은 서러웠다. 해 놓은 일 없이 늙는 것은 더욱 서러웠다.

붓을 내려놓고 그는 동물원 너머 서쪽 하늘을 바라보았다. 그리로 가고 또 가면 고국이 있었다. 아마도 살아선 돌아가지 못할 고국이 있었다. 물론 여기서 죽으면, 여기 묻힐 터였다. 설령 죽어서 돌아갈 수 있다 하더라도 마다할 터였다. 어려서 죽은 외아들을 외지에 홀로 남겨 놓고 아비 혼자 돌아갈 수는 없었다.

그의 외아들 태산泰山은 1905년에 아버지를 찾아 미국으로 왔다. 그러나 그는 조지 워싱턴 대학에 다니던 참이라, 어린 아들을 데리고 있을 수 없었다. 그래서 필라델피아에 사는 부유한 가정에 맡겼는데, 이듬해 2월에 디프테리아에 걸려 필라델피아 시립병원에서 죽었다. 그가 전보를 받고 필라델피아에 갔을 때, 태산은 이미 화장되어 묻힌 뒤였다. 어린 자식을 잃은 슬픔이야 새삼 말할 것도 없지만, 6대 독자였던 그로선 대를 잇지 못했다는 죄책감도 작지 않았다. 이승만은 프린스턴 대학에서 박사학위를 받고 귀국한 뒤 두 해 만에 부인 박씨와 이혼했다.

그가 먹물 젖은 신문지를 걷어 내고 새 신문지를 까는데, 프란체스카가 차 쟁반을 들고 올라왔다. 쟁반을 탁자에 내려놓더니 그녀가 웃음 띤 얼굴로 말했다. "파피, 글씨 써요?"

"그래요, 마미." 신문지를 손으로 다독거리면서 그도 웃음으로 대꾸했다.

아내가 따라 준 차를 한 모금 마시고서 그는 붓을 잡았다. 그리고 힘차게 휘둘렀다.

歲暮終南夜,
孤燈意轉新.
三年遠遊客,
萬里始歸人.

그는 신문지를 바꾸고 이어 썼다.

國弱深憂主,
家貧倍憶親.
梅花伴幽獨,
爲報雪中春.

"파피, 정말로 멋지네요."

프란체스카가 감탄했다. 그녀는 물론 한자를 읽지 못했고 붓글씨도 써 본 적이 없었다. 그래도 그가 붓글씨를 쓸 때마다 옆에서 구경하면서 뜻을 들어 온 덕분에 요즈음엔 좀 감식안이 생긴 듯했다. 남편이 붓을 잡으면 그녀 얼굴이 밝아졌다. 남편이 붓글씨를 쓰기 시작한 뒤로 마음의 평정을 되찾은 것이 그저 고마운 모양이었다.

"많이 쓰니까 좀 나아졌어요." 아내가 건넨 찻잔을 받으면서, 그도 밝은 목소리를 냈다.

"파피, 이 시는 다섯 자에 여덟 줄이니, 오언율시五言律詩네요?" 그녀가 조심스럽게 말하고서 그의 얼굴을 살폈다.

"맞아요, 오언율시." 그는 자신이 하는 일은 사소한 것까지 관심을 갖고 지켜보는 아내가 고맙고 든든했다. "이제 마미도 전문가가 됐네요."

가벼운 농담을 나누며 두 사람은 모처럼 밝은 웃음소리를 냈다.

"파피, 이 시는 무슨 뜻이에요?"

"이 시는," 그는 신문지를 가리켰다. "유길준兪吉濬이라는 애국자의 시예요. 제목은 「미주에서 돌아와 남산 아래에 구금되어自美洲歸拘南山下」인데…."

그녀가 진지한 얼굴로 고개를 끄덕였다. 그녀에게 '애국자'라는 말은 특별했다. 자기 남편을 규정하는 말이 바로 애국자였다.

"유길준 선생은 조선이 개항을 해서 서양 문물을 받아들이기 시작했을 때, 앞장을 선 분들 가운데 한 분이셨어요. 그래서 벼슬도 그만두고 세 해 동안 미국에서 공부하고 유럽을 시찰했어요. 그리고 조국을 근대화하겠다는 꿈을 안고 돌아왔어요."

차를 한 모금 마시고서 그는 말을 이었다. "당시 조선에서 권력을 잡은 세력은 개화에 반대하는 세력이었어요. 그 세력은 당연히 유 선생을 경계했지요. 그래서 남산 아래 자택에 가두었어요. 나라 바깥의 사정을 다른 사람들에게 알리지 못하게 한 것이죠. 그러니 유 선생의 가슴이 어떠했겠어요? 세상은 빠르게 바뀌는데, 이웃 일본은 먼저 개화해서 강대국이 되어 가는데, 우리 조선만…."

그녀가 무겁게 고개를 끄덕이고 빈 찻잔을 받아 들었다.

"집에 갇혀서 세 해 동안 지내니, 얼마나 울적했겠어요? 그 심정을 드러낸 시가 바로 이 시예요." 그는 신문지를 가리켰다.

그녀가 힘주어 고개를 끄덕이고서 따뜻한 차를 채워 다시 내밀었다.

"세모종남야, 그러니까, 섣달 그믐날 남산의 밤이로다." 그는 맨 오른쪽 줄을 가리켰다.

그녀가 고개를 끄덕이고 한 걸음 다가서서 글자를 들여다보았다.

"고등의전신, 외로운 등불에 마음은 오히려 새롭다. 삼년원유객, 세 해 동안 나그네로 멀리 떠돌았노라."

그녀가 셋째 줄 첫 자인 석 삼三자를 가리켰다. "파피, 이 글자가 셋을 뜻하죠?"

그는 껄껄 웃으면서 고개를 끄덕였다. "맞아요. 마미가 이젠 한자를 아네요."

아내에 대한 고마움이 그의 가슴을 적셨다. 석 삼자의 뜻이야 짐작하기 어려운 것은 아니었지만, 그래도 남편이 하는 일에 관심이 없다면 낯선 글자들이 눈에 들어올 리 없었다. 그녀는 남편이 하는 일마다 관심을 갖고 도움이 되려 애썼다. 해외 동포들은 독립운동 지도자인 이승만이 외국 여자와 결혼한 것을 좋게 여기지 않았다. 그러나 그녀는 남편에 대한 사랑을 그의 조국 조선으로 넓혔다. 조선 사람들을 반가워하고 조선의 습속을 되도록 따르려 했다. 그래서 한복을 즐겨 입었고 김치와 고추장을 담가 손님 대접을 했다. 그래서 사람들은 차츰 그녀를 받아들이고 따르게 되었다.

수줍게 웃으면서 그녀는 신문지에 쓰인 글자들을 살폈다. 그리고 넷째 줄 마지막 글자인 사람 인人자를 가리켰다. "사람?"

입을 벌리고 감탄하면서, 이승만은 한 팔로 그녀를 안았다. "마미, 고맙소."

그녀가 두 팔로 그를 꼭 껴안았다가 풀었다. "다음 구절들을 해석해 주세요."

"이 구절은 만리시귀인, 이제 만리를 돌아온 사람이어라. 국약심우주, 나라가 약하면 임금을 깊이 걱정하고. 가빈배억친, 집이 가난하면 부모를 곱절 그리도다. 매화반유독, 매화는 나의 깊은 외로움을 벗하느니. 위보설중춘, 눈 속에서도 오는 봄을 알리도다."

은은한 웃음이 어린 얼굴로 그녀는 그의 해석을 새기고 있었다. "마지막 구절이 특히 좋네요. 매화는 나의 깊은 외로움을 벗하느니, 눈 속에서도 오는 봄을 알리도다."

"그렇죠? 속이 답답할 때, 이 시를 읊으면, 가슴이 좀 트이는 듯해요."

그녀가 안쓰러운 눈길로 그의 얼굴을 부드럽게 쓰다듬었다. 평생 조국을 위해 노력하고도 이룬 것이 없어서 늘 쓸쓸한 독립운동가의 마음을 그녀는 헤아리는 것이었다. "그 애국자는 집에 오래 갇혔었나요?"

"꽤 오래 갇혔어요. 그때 서양에서 보고 배운 것을 쓰기 시작했어요. 그리고 꼭 십 년 뒤에 책으로 펴냈어요. 『서유견문西遊見聞』이라는 책인데, '서양을 돌아다니면서 보고 들은 것들을 적은 책'이란 뜻이오."

"파피가 감옥에 갇혀서 『독립정신』을 쓴 것과 같네요."

이승만은 웃음을 지으면서 고개를 끄덕였다. "지식인은 갇히게 되면 글을 쓰게 되는 모양이오. 『서유견문』은 참으로 훌륭한 책입니다. 조선 사람이 쓴 글 가운데 으뜸입니다. 나도 감명을 받았어요."

"그 애국자께선 아직 살아 계신가요?"

"돌아가셨어요. 조선이 독립을 잃은 뒤 몇 해 뒤에 돌아가셨어요. 그 분 아우님이 나와 함께 한성감옥에 있었어요. 그리고 그분 아드님이 나의 동지인데, 지금 조선에 있어요." 젊은 시절을 회상하는 이승만의 얼굴에 아쉬움과 그리움이 어렸다.

유길준의 동생 유성준兪星濬과 아들 유억겸兪億兼은 이승만의 충실한 후원자들이었다. 특히 1925년에 이승만이 하와이에서 만든 '대한인동지회'의 국내 지부 격인 '흥업구락부興業俱樂部'를 창설하고 운영하는 데 공이 컸다. 흥업구락부는 경제 단체로 위장한 독립운동 단체였는데, 주로 기호畿湖 지역의 기독교 인사들로 구성되었다. 신망 높은 민족 지도자인 이상재李商在를 중심으로 하여 윤치호尹致昊, 유성준, 신흥우申興雨, 유억겸, 이갑성李甲成, 안재홍安在鴻, 김준연金俊淵, 최현배崔鉉培 등이 참여했다. 1927년 이상재가 타계하고 몇 해 뒤 흥업구락부의 설립과 운영을 실질적으로 주도했던 신흥우가 탈퇴하자 활동이 줄어들었는데, 1938년에 일본 경찰에 탐지되어 해체되었다.

남편의 안색을 살핀 프란체스카가 차 쟁반을 챙겨 들었다.

"파피, 그럼 글씨 더 쓰세요. 나는 이 마지막 구절이 정말로 좋아요. 눈 속에서도 오는 봄을 알리도다."

이승만이 붓글씨로 울적한 마음을 달래던 시각, 미국 국무부에선 헐 국무장관, 육군을 관장하는 헨리 스팀슨(Henry L. Stimson) 전쟁장관과 녹스 해군장관이 상황을 논의하고 있었다.

"이 전문이 뜻하는 것은 분명합니다." 헐이 탁자에 놓인 일본의 답변서 전문을 손가락으로 찍듯이 가리켰다. "일본은 줄곧 우리를 속여 왔어요. 이것을 답변서라고 내놓다니. 일본은 지금 악마의 짓거리를 계획하고 있어요."

녹스가 무겁게 고개를 끄덕였다. "맞는 얘기입니다. 일본이 해 온 짓들에선 고약한 냄새가 납니다."

스팀슨은 팔짱을 낀 채 앞에 놓인 전문을 탐탁지 않은 눈길로 내려다보고 있었다. 그에겐 내용보다 출처가 문제였다. "신사는 상대의 우편물을 읽지 않는다"는 것이 그의 신조였다. 그리고 그런 신조를 국가 정보 수집에도 적용했다. 1920년대에 미국의 무선 정보 수집과 암호 해석 사업은 '검정 방(Black Chamber)'에서 수행했다. 뉴욕에 자리 잡은 비밀 반공식(semiofficial) 기구로 국무부와 전쟁부의 공동 지원을 받았다. 1929년 스팀슨이 허버트 후버(Herbert C. Hoover) 정권의 국무장관이 되자, 국무부는 '윤리적 이유'를 들어 '검정 방'에 대한 지원을 중단했다. 당연히, 미국의 잠재적 적국들에 대한 비밀 정보 수집은 크게 위축되었다. 도청으로 얻은 정보의 중요성을 인정하게 된 지금도 그는 그런 정보를 이용할 때면 마음이 흔쾌하지 못했다.

"비록 말은 협상을 단절하겠다는 것이지만, 실질적으로는 평화 관계를 단절하겠다는 것이잖아요? 그동안 우리로선 전쟁을 피해 보려고 양보할 것은 다 양보했는데…." 헐이 쓰디쓰게 말했다.

"그나마 해군이 육군의 징고이스트들을 좀 견제해 주기를 바랐는데, 이제는 해군도 따라가는 상황이니…." 스팀슨이 말을 받았다.

헐이 무겁게 고개를 끄덕였다. "우리 대통령하고 일본 수상의 회담까지 제의했는데, 이런 답변을 보내다니."

"어저께 대통령이 일본 천황에게 보낸 메시지는 어떻게 되었나요?"

며칠 전 루스벨트 대통령의 친구인 스탠리 존스(E. Stanley Jones) 목사가 대통령을 방문해서 주미 일본 대사관의 2등서기관 데라사키 히데나리의 부탁을 전했다. 주미 대사관의 특별대사 구루스 사부로來栖三郎가 "루스벨트 대통령이 히로히토 천황에게 직접 편지를 써서 양국 사이의 평화를 지키자고 호소하는 방안을 중개인을 통해서 루스벨트 대통령에게 제안하라"고 데라사키에게 지시했다는 얘기였다. 마침 자신도 그런 생각을 하던 참이어서, 루스벨트는 이내 그 제안을 받아들였다. 주일 미국 대사는 천황에게 면담을 요청할 수 있으므로, 도쿄의 조지프 그루(Joseph C. Grew) 대사가 전보로 송달된 그 편지를 들고 천황을 알현하기로 했다. 그 편지에서 루스벨트는 히로히토에게 함께 평화를 지키자고 간곡히 호소했다. 두 나라는 줄곧 평화와 우의의 관계를 누려 왔다는 것을 지적하고, 만일 일본이 인도차이나에서 철군하면 미국은 인도차이나를 침공할 생각이 없다는 것을 밝혔다.

헐이 벽에 걸린 시계를 살폈다. "일본 우체국에서 얼마나 빨리 우리 대사관에 전달하느냐에 달렸는데…. 그루 대사가 곧 천황을 알현하고 전달할 것입니다."

"그러면 아직 전쟁이 나는 것을 좀 늦출 여지는 있는 것 아닌가요?" 녹스가 물었다.

헐은 웃음기 없는 웃음을 얼굴에 띄었다. "그러기를 우리야 열망하지만… 요즈음엔 천황도 육군의 강경파를 제어하지 못한다는 느낌이 듭니다."

"그런 것 같습니다." 녹스가 동의하자, 스팀슨이 고개를 끄덕였다.

"솔직히 말하면, 이제 외교로부터 국방으로 중심이 이동한 셈입니다.

육군과 해군이 잘해 주리라 믿습니다." 헐이 진지하게 말하고 두 사람을 번갈아 살폈다.

좀 뜻밖의 얘기에 두 사람이 고개 들어 헐을 살폈다. 일본과의 전쟁을 피할 수 없다는 것이야 세 사람 다 알고 있었다. 그러나 외교가 실패했다는 것을 솔직히 인정하는 것은 국무장관으로선 쉽지 않은 일이었다.

"일본은 분명히 기습할 것입니다. 전체주의 국가들은 먼저 기습하고서 선전포고를 합니다. 기습하는 날도 늘 일요일이나 공휴일입니다." 헐이 씁쓸하게 말했다.

"오늘이 일요일인데…." 녹스의 지적에 두 사람이 희미한 웃음을 지었다.

그때 헐의 보좌관인 존 스톤(John F. Stone)이 서류를 들고 들어왔다. 그리고 헐과 녹스 앞에 각기 서류를 내려놓았다. "해군부에서 보낸 것입니다. 방금 도고 외상이 노무라 대사에게 보낸 훈령입니다."

세 사람은 서류를 살폈다. 도청한 전문은 짧았나. "대사는 그곳 시간으로 7일 오후 1시에 미국에 대한 우리의 답신을 미국 정부에(가능하면 국무장관에게) 제출하기 바랍니다."

세 사람은 거의 동시에 고개를 들어 서로 얼굴을 살폈다. 짧았지만 참으로 이상한 훈령이었다. 본국 정부가 상대국 정부에 외교 문서를 제출할 시간을 대사에게 지정하는 일은 무척 드물었다. 제출 시간을 정부 기관들이 쉬는 일요일 오후 1시로 정한 것도 정상적은 아니었다. 그 문서가 두 나라 외교 관계의 실질적 단절을 뜻하는 것이었고 그런 단절은 현재의 긴장된 관계에선 실질적 선전포고라는 사정도 있었다. 이런 요소들을 고려하면, 7일 오후 1시 전에 일본군이 무슨 일을 벌이려 한다는 추론이 나올 수밖에 없었다.

"일요일 오후 한 시라. 일본인들은 하는 짓거리마다…." 헐이 역겹다

도청한 일본의 훈령 전문은 짧았다.
"1941년 12월 7일 오후 1시에 우리의 답신을 .."

는 얼굴로 내뱉었다. "어쩌면 이리도 간교할 수 있나?"

"여기 시간 오후 한 시면, 서쪽에선…." 미간을 모으면서 녹스가 시간을 따져 보기 시작했다.

"이 문서를 가져온 크레이머 소령이 해군장관님께 그 시간들을 꼭 말씀 드려 달라고 했습니다." 존슨이 녹스에게 말했다. "여기 오후 한 시는 하와이에선 오전 일곱 시 삼십 분이고 코타 바루에선 동트기 두세 시간 전이라 합니다. 동트기 두세 시간 전은 일반적으로 상륙작전을 개시하는 시간이라 합니다."

코타 바루는 말라야 동북부 해안 도시였다. 남방으로 진출하려면 일본군은 영국 아시아 함대의 거점인 싱가포르를 먼저 점령해야 했는데, 코타 바루는 싱가포르 공략의 전초 기지였다.

"아, 그런가?" 녹스가 어두운 낯빛으로 고개를 끄덕였다.

"우리 서부 해안, 하와이, 필리핀, 말라야, 이 네 곳 가운데 어느 한 곳인 것은 분명한데. 서부 해안은 일본군 본거지에서 너무 멀어서 제외하고. 하와이도 멀어서 가능성이 작고. 필리핀이나 말라야가 가능성이 높은데…." 스팀슨이 소리 내어 상황을 살폈다.

다른 두 사람이 무겁게 고개를 끄덕였다. 말라야는 일단 영국 소관이었다. 만일 일본군이 필리핀을 공격한다면 미국이 버티기 힘들다는 것을 모두 아프도록 잘 알고 있었다. 일본의 빠르게 커지는 위협에 대비해서, 미국 정부는 퇴역했던 더글라스 맥아더(Douglas MacArthur) 대장을 복귀시켜 필리핀 주둔 미군과 필리핀군을 지휘하도록 했다. 그러나 강력한 일본 해군이 장악한 서태평양을 건너 필리핀으로 군대와 물자를 보급하는 일은 지난할 터였다.

"우리 육군과 해군이 일본군의 기습에 잘 대비하고 있을 테니, 일단 오후 한 시까지 기다려 봅시다."

헐이 답답한 회의를 끝냈다.

미국의 외교와 국방을 맡은 각료들인 헐 국무장관, 스팀슨 전쟁장관, 녹스 해군장관이 회의를 끝내고 일어서던 시각, 일본 대사관에선 오쿠무라가 여전히 서툰 솜씨로 타자를 치고 있었다. 그때 "오후 1시에 답변서를 국무부에 제출하라"는 외무성의 훈령이 일본 대사관에 닿았다.

해군 제독이었으므로, 노무라 대사는 그 훈령에 담긴 뜻을 이내 알아차렸다. 잠시 입을 꾹 다물었던 그는 한숨을 길게 내쉬었다. 그의 조국은 미국과의 전쟁을 택한 것이었다. 그것도 선전포고 없이 기습하려는 것이었다.

노무라는 1877년에 태어나 1898년에 해군사관학교(해군병학교)를 졸업했다. 1932년 중국군과 일본군이 싸운 '제1차 상해(상하이)사변'에선 제3함대 사령관 겸 상해 파견군 사령관이 되어 육해군을 지휘했다. 일본군이 이기지 못하자 그는 경질되었고, 마침내 시라카와 요시노리白川義則 육군 대장이 사령관이 되어 상해 싸움에서 이겼다. 노무라는 1933년 대장으로 진급해서 '군사참의관회의'에서 해군 대표로 일했고, 1937년에 퇴역했다.

1932년 4월 29일 상해 홍구虹口(훙커우) 공원에서 일본 천황 생일인 천장절天長節과 상해사변 전승을 함께 기념하는 행사가 열렸다. 이 자리에서 윤봉길尹奉吉 의사가 일본 요인들에게 폭탄을 던졌다. 시라카와 대장과 상해 일본거류민단장이 그 자리에서 죽고 여럿이 크게 다쳤다. 그때 노무라도 오른쪽 눈이 멀었고 다리를 절게 되었다.

노무라는 1939년부터 1940년까지 아베 노부유키阿部信行 내각의 외상으로 일했다. 고노에 내각이 들어선 뒤, 1940년 11월 주미 대사가 되었다. 그는 줄곧 미국과의 평화와 우호를 주장했고 많은 미국 친구들의 존경을 받았다. 워싱턴에서 해군 무관으로 근무했을 때 그는 해군차관보였던 프랭클린 루스벨트와 우정을 쌓았다. 자연히 팽창주의자들은 그의 임명을 극력 반대했다. 그 자신도 대사직을 사양했다. 그는 이미 63세였고 주미 대사라는 중책을 제대로 수행할 자신이 없었다. 그러나 온건파 해군 친구들이 그에게 주미 대사직을 맡으라고 간곡히 권하자, 그는 마지막으로 조국을 위해 봉사하겠다고 나섰다. 워싱턴에서 근무하면서 그는 일본이 미국에 뜻있는 양보를 해야 한다고 본국 정부에 조언했다.

그 모든 노력이 이제 실패한 것이었다. 그리고 곧 일본은 미국을 공격할 터였다. 쓴 물이 목에서 올라오는 것을 느끼며, 그는 천천히 일어섰다. 이제 마지막 임무를 수행해야 했다. 헐 국무장관에게 오후 1시에 만나 달라 요청하려고, 그는 전화를 들었다. 일요일 오전 11시가 조금 넘은 시각이었다.

제2장

펄 하버

이승만이 호바트 스트리트의 셋집 서재에서 로크 크리크 너머 동물원을 바라보며 깊은 상념에 잠겼을 무렵, 그리고 크레이머 소령이 해군부 사무실에서 해군 정보부대가 도청한 일본 외무성 훈령을 정리해서 보고서를 작성할 무렵, 어둠이 내린 동태평양에선 거대한 함대가 높은 파도를 헤치면서 남쪽으로 항진하고 있었다. 나구모 주이치南雲忠一 해군 중장이 이끄는 일본 해군 '기동부대'였다. 제1항공함대를 주력으로 한 이 거대한 함대는 1941년 11월 26일 일본 지시마千島 열도(쿠릴 열도)의 한 섬인 에토로후擇捉섬을 떠나 12일 만에 하와이 북쪽에 이른 것이었다. '하와이 작전'이라 불리는 이번 작전의 목표는 미국 해군 태평양 함대의 모항인 오아후섬의 펄 하버(Pearl Harbor)를 기습해서 거기 정박한 미국 태평양함대를 격파하는 것이었다.

일본 해군의 선택

미국과의 전쟁 가능성이 점점 커지면서, 일본 해군은 곤혹스러운 처지로 몰렸다. 일본 해군의 전략가들은 일본이 미국과 싸워 궁극적으로 이길 가능성은 없다고 보았다. 육군에선 병력의 크기가 근본적 중요성을 지녔지만, 해군에선 군함과 함재기 같은 무기들에 크게 의존했다. 그리고 그런 무기들은 높은 기술과 대규모 경제를 지닌 나라들만이 만들 수 있었다. 영토, 인구, 자원, 경제력 및 기술 수준에서 단 두 세대 동안에 서양을 따라잡은 일본이지만, 세계에서 가장 크고 발전된 미국엔 한참 뒤졌다. 일본 해군이 기습작전으로 미국 해군에 심대한 손실을 주어 일시적 우위를 지니더라도, 미국의 막강한 힘 덕분에 조만간 미국 해군은 일본 해군을 압도할 터였다.

군국주의에 취해서 판단이 흐려진 일본 육군 전략가들과 달리, 일본 해군 전략가들은 국력이 비교가 되지 않을 정도로 큰 미국과의 전쟁을 재앙으로 여겼다. 원래 매사에서 육군과 경쟁적이었던 터라, 해군은 육군의 폭주를 억제하려 무던히 애썼다. 이런 사정을 반영해서, 일본 해군의 기본 전략은 방어적이었다. 미국과의 전쟁이 일어나면, 일본 해군은 자기 영해를 지키고 미국 해군이 서태평양으로 진격해 오기를 기다려 격파한다는 시나리오였다.

문제는 석유였다. 석유는 가장 긴요한 전쟁 물자인데, 일본은 석유를 대부분 미국에 의존해 왔다. 미국이 갑자기 석유 수출을 금지했으므로, 사정이 무척 심각했다. 일본이 통치하는 지역에서 나오는 석유는 많지 않았고, 인조 석유 생산도 독일처럼 활발하지 못했다. 이란과 페루에서도 석유를 수입했지만, 두 나라들에서 수입하는 양을 단숨에 늘릴 수는 없었다. 그동안 근근이 비축해 놓은 석유로는 얼마 못 갈 터였다. 군함들은 특히 석유를 많이 썼다. 평시에도 해군은 달마다 30만 톤을 썼다. 1940년대 초엽 일본 해군이 비축한 650만 톤의 석유로는 두 해도 못 버틸 터였다. 이제 날마다 비축한 석유가 줄어드는 터라, 일본 해군은 기본 전략대로 가만히 앉아서 미국 해군이 쳐들어오기를 기다릴 수 없었다. 그것은 싸우지도 못하고 지는 길이었다.

현실적 대안은 개전 초기에 공세로 나아가서 석유가 많이 나오는 네덜란드령 동인도를 확보하는 길이었다. 그곳엔 석유만이 아니라 일본이 탐내는 광물 자원들이 많았다. 그래서 일본이 내세운 대동아공영권엔 네덜란드령 동인도가 꼭 들어가야 했다. 동인도를 점령하고 석유를 확보하려면, 일본 본토와 동인도 사이의 보급로를 안전하게 만들어야 했다. 그래서 동인도 점령 작전은 보급로 동쪽의 미국 보호령 필리핀과 서쪽의 영국령 말라야의 점령을 포함할 수밖에 없었다. 한꺼번에 네덜란드, 미국, 영국과 싸우게 되는 것이었다.

단숨에 이길 수 있으리라 예상했던 중국과의 싸움이 벌써 여러 해 이어지고 언제 끝날지 모르는 판국에, 새로 강대국 셋과 전쟁에 들어간다는 것은 어리석기 짝이 없었다. 러시아와의 관계도 불안해서, 전쟁이 일어나지 않더라도 만주와 조선에 상당한 병력이 주둔해야 했다. 그렇다고 뻔한 패배를 앉아서 기다릴 수는 없었다. 전력이 약하기 때문에 승산이 없는 전쟁을 먼저 일으켜야 한다는 곤혹스러운 상황을 일본 해군은 맞은 것이었다.

따지고 보면, 일본 해군이 맞은 이런 곤혹스러운 상황엔 일본 해군이 자초한 부분도 있었다. 관료 조직이 으레 그러하듯, 일본 군부는 국가의 이익보다 자신의 이익을 앞세웠고, 일본 해군도 국가나 군부의 이익 대신 자신의 이익을 앞세웠다. 자연히 일본 해군의 판단은 좁은 시야 속에서 이루어졌고 끝내 막다른 골목으로 몰린 것이었다.

19세기 후반 근대화가 성공적으로 진행되자, 일본은 이내 해외 팽창 정책을 추구해 왔다. 그런 정책의 대상은 조선이었다. 반도 국가인 조선은 바로 이웃인 데다 대륙으로 진출하기 좋은 통로였다. 1894년 조선에서 동학교도들의 반란이 일어나고 정부군이 밀리자, 조선 정부는 청에 지원을 요청했다. 1894년 5월 섭지초葉志超가 이끈 3천 명의 청군이 충청도 아산에 상륙했다. 1885년의 '천진天津(톈진) 조약'에 따라 청으로부터 조선 출병을 통보받자, 일본은 공사관과 거류민을 보호한다는 구실을 내세워 조선 정부가 요청하지 않았는데도 오시마 요시마사大島義昌가 이끈 4천 명의 병력을 제물포에 상륙시켰다.

일본은 조선에 군대를 보낼 때 이미 청과 전쟁을 하기로 결정한 터였다. 1894년 6월 일본 함대는 수원 풍도豊島 앞바다에서 청 함대를 공격해서 깨뜨렸다. 이어 일본 육군은 충청도 성환에서 청군을 공격해서 승리했다. 이렇게 시작된 청일전쟁에서 청군은 일본군에게 제대로 맞서지 못했다. 평양 싸움에서 청군에게 이긴 일본군은 10월에 압록강을 건너 청의 영토를 침공했다. 일본 육군은 만주의 중심 도시인 심양瀋陽(선양)과 군사적으로 중요한 요동遼東(랴오둥)반도를 점령했다. 일본 해군은 위해위威海衛(웨이하이웨이) 군항에서 청 해군의 주력인 북양北洋함대를 격파하고 대만(타이완)을 위협했다. 견디지 못한 청은 일본에 화의를 요청했다. 1895년에 맺어진 '시모노세키下關 조약'에 따라, 청은 조선을 자주독립국으로 인정하고 요동반도와 대만 및 팽호澎湖(펑후) 열도를 일본에 할양하고 2억 냥의 배상금을 일본에 지급했다.

일본의 흥기와 대륙 진출은 동아시아에 영토를 지녔던 유일한 유럽 국가인 러시아의 적대적 반응을 불렀다. 러시아는 16세기 말엽부터 우랄산맥을 넘어 시베리아로 진출해서 17세기 말엽까지는 아시아 북부를 지배하기에 이르렀다. 1858년에 청과 맺은 '애혼愛琿(아이훈) 조약'으로 러시아는 아무르강 북쪽과 우수리강 동쪽의 지역을 청으로부터 할양받아 조선과 국경을 공유하게 되었다. 청일전쟁에서 이긴 일본이 만주에 진출하는 것을 막고자, 러시아는 독일 및 프랑스와 함께 일본이 요동반도를 차지하는 것을 막았다. 그리고 만주에 대한 자신의 영향력을 늘리기 시작했다. 이런 정책은 일본과 러시아 사이의 대결을 필연적으로 만들었다.

1904년 2월 8일 밤 도고 헤이하치로東郷平八郎가 이끈 일본 함대는 요동반도 여순旅順(뤼순)항의 러시아 황해함대를 기습해서 큰 피해를 입혔다. 청일전쟁에서와 마찬가지로, 일본은 먼저 기습하고 뒤에 선전포고를 했다. 당시 일본 함대와 러시아의 극동함대는 규모에서 비슷했으나, 러시아 함대는 여순과 블라디보스토크에 분산되어서 제대로 힘을 쓰지 못했다.

이어 1904년 5월 1일 압록강변 의주에서 4만 명의 일본군과 7천 명의 러시아군이 싸웠다. 열세인 러시아군은 일본군보다 큰 손실을 입고 압록강 너머로 철수했다. 이 첫 싸움은 전략적으로는 그리 중요하지 않았지만, 심리적으로는 일본군의 사기를 크게 높였다.

일본군은 여순항을 육지에서 포위하는 데 성공했다. 그러나 지형을 이용한 견고한 방어망에 막혀, 공격에 나선 일본군은 엄청난 손실을 입었다. 그러나 오랜 포위 공격에 지친 러시아군은 1905년 1월 2일 일본군에게 항복했다.

1905년 2월 19일부터 3월 10일까지 이어진 '심양 회전'에서 알렉세이 쿠로파트킨(Aleksei N. Kuropatkin)이 이끈 러시아군 33만 명과 오야마 이와오大山巖가 이끈 일본군 27만 명은 많은 사상자들을 내면서 치열하게 싸웠다. 전세가 크게 불리하지 않았지만, 쿠로파트킨은 북쪽으로 물러나기로 결정했다.

만주의 전세가 소강상태에 있을 때, 해전에서 결정적 싸움이 나왔다. 1904년 10월에 발트해의 모항을 떠난 러시아 발틱함대는 희망봉을 돌아서 1905년 5월 초순에 중국해에 이르렀다. 5월 27일 부산 근해에서 기다리던 일본 함대는 쓰시마對馬 해협을 통과하던 러시아 함대를 요격했다. 이틀에 걸친 싸움에서 긴 항해로 지친 러시아 함대는 괴멸되었다.

'쓰시마 싸움'에서의 패배는 러시아의 의지를 꺾었다. 1905년에 맺어진 '포츠머스 조약'에 따라, 러시아는 요동반도의 조차지를 일본에 넘기고 만주에서 철수하고 사할린의 반을 일본에 할양했다. 아울러 조선이 일본의 영향권에 있음을 인정했다.

청일전쟁과 러일전쟁에서 처음 기습에 나서서 성공한 것도 해군이고 적국에게 결정적 타격을 준 것도 해군이었다는 사실은 일본군의 모습과 행태에 결정적 영향을 미쳤다. 섬나라인 일본이 대륙으로 진출하려면 제해권의 장악이 근본적 요소라는 사실까지 겹쳐서, 일본 해군은 이례적으로 높은 위상과 실력을 지니게 되었다. 이 점에서 일본 해군은 영국 해군과 비슷했다.

일본이 한반도를 장악하고 만주에 세력을 뻗치자, 일본 지도부는 중국으로의 진출을 당연한 일로 여겼다. 일본군 지휘부는 전력이 우세한 일본군이 중국군을 쉽게 깨뜨리고 중국은 곧 일본에 항복하리라고 예상했다. 그러나 중국을 이끄는 장개석蔣介石(장제스)은 이전의 유화적 태도를 버리고 일본과 끝까지 싸우겠노라고 선언했다. 그리고 조국을 지키려는 의지로 가득 찬 중국군은 예상보다 훨씬 잘 싸웠다. 그래서 일본군은 너른 중국 대륙에서 전략적 목표도 뚜렷하지 못한 장기전에 휘말렸다.

팽창 정책의 관성과 국제 정세는 일본이 중국과의 전쟁에만 매달리도록 놓아두지 않았다. 팽창 정책의 다음 목표를 놓고 일본에선 활발한 논의가 일었다. 하나는 북쪽으로 올라가서 러시아를 공격하는 방안이었고 다른 하나는 남쪽으로 진출해서 '대동아공영권'을 실현하고 네덜란드령 동인도의 자원을 확보하는 방안이었다. 누가 보기에도 첫 방안이 합리적이었다. 러시아는 이미 독일의 공격으로 거의 다 무너지고 있었다. 일본이 배후에서 공격하면 러시아는 버티기 어려울 터였다. 그렇게 되면 유라시아 대륙의 태반은 독일, 일본 및 이탈리아의 추축국들의 차지였다. 실제로 히틀러는 일본이 러시아를 공격하도록 공을 들이고 있었다.

단 하나의 문제는 일본 해군이 할 일이 없다는 점이었다. 러시아와의 전쟁은 시베리아의 긴 전선에서 육군이 싸우는 것이고 해군은 러시아의 미약한 극동함대를 단숨에 제압하고 나면 할 일이 없었다. 해군으로선 탐탁할 리 없었다.

어느 나라 군대에나 군부 간 대립(inter-service rivalry)은 있게 마련이다. 공군이 독립된 군부로 자리 잡기 전, 주요 국가들에선 육군과 해군이 한정된 자원을 놓고 격심하게 대립했다. 그래도 육군이 규모도 크고 정치적 영향력도 커서, 군부 간 대립은 육군의 우세를 위협하지 않았다. 무엇보다도 국가원수의 권위가 크거나 문민 통제가 확립된 나라들에선 군부 간 대립은 합리적 조정을 통해서 통제되었고 파탄으로 치닫지 않았다.

일본의 경우, 그런 조정이 불가능했다. 천황의 권위는 절대적이었지만, 천황 자신이 국정을 실질적으로 이끄는 것은 아니었다. 그렇다고 내각이나 의회가 군대를 통제하는 것도 아니었다. 오히려 군대가 국가를 이끄는 실정이었다. 그래서 육군과 해군은 그들 사이의 타협을 통해서 모든 것들을 결정했다.

그러나 그런 타협이 합리적 결정을 이끌어내기엔 둘 사이의 대립이 너무 뿌리 깊고 심했다. 19세기 중엽 에도江戶 막부幕府를 무너뜨리고 왕정복고王政復古를 실현한 세력은 규슈 남쪽의 사쓰마薩摩번과 혼슈 서쪽의 조슈長州번이었다. 근대적 군대를 양성할 때, 육군은 주로 조슈번 사람들이 맡았고 해군은 주로 사쓰마번 사람들이 맡았다. 그래서 육군과 해군은 처음부터 인맥이 달리 형성되었다. 그 뒤로 모든 일들에서 두 세력은 맞섰고 서로 미워했다. 섬나라 일본에선 해군이 다른 나라들에서보다 훨씬 중요했고 세력도 큰 데다가 청일전쟁과 러일전쟁에서 해군의 역할이 육군의 역할에 못지않았으므로, 해군은 육군에 맞서 자신의 이익을 지킬 수 있었다.

러시아에 대한 공격은 육군이 주도하고 해군은 할 일이 전혀 없는 작전이었고, 남방으로의 진출은 해군이 오히려 큰 역할을 할 터이므로, 해군은 남방 진출을 강력히 주장했다. 해군의 동의 없이 전쟁을 수행할 수는 없었으므로 육군은 양보할 수밖에 없었다. 결국 해군의 주장대로 일본의 팽창 정책은 남방으로 향하게 되었다.

야마모토 이소로쿠의 전략

네덜란드령 동인도의 자원 확보가 전쟁의 궁극적 목표가 되자, 일본군은 먼저 필리핀과 말라야를 동시에 공격해서 보급로를 확보하고 이어 동인도를 점령한다는 작전계획을 세웠다. 그런 작전계획에 맞추어, 해군참모부(해군군령부)는 해군을 방어적으로 운용하기로 했다. 해군 주력은 일본 근해에 전략적 예비부대로 남고 나머지 부대들이 전략적 목표들을 이룬다는 방안이었다. 가장 중요한 전략적 목표인 필리핀과 말라야의 적군 함대들을 격파하는 일은 증강된 2개 함대로 구성된 '남방부대'가 맡고, 동쪽 태평양을 방어하는 일은 증강된 1개 함대로 구성된 '남양 부대'가 맡고, 주로 잠수함들로 구성된 파견 부대가 미국 태평양 함대의 모항인 하와이의 펄 하버를 공격하기로 되었다. 이런 작전계획은 일본 해군의 전통적 전략에 맞았고 나름으로 합리적이었다. 실은 일본의 움직임을 살펴 온 미국의 정보 전문가들도 일본이 그런 전략을 따르리라고 예측했다.

연합함대 사령관 야마모토 이소로쿠山本五十六 대장은 이런 작전계획에 반대했다. 그는 일본 군부의 대표적 평화주의자로 미국과의 전쟁을 줄곧 반대했고 일본이 독일 및 이탈리아와 동맹을 맺는 것도 비판했다. 천황에 대한 충성심은 누구보다도 강했고 일본 민족이 선택된 민족이어서 세계를 이끌어야 한다고 확신했지만, 그는 미국의 물질적 우위를 잘 알았다. 그래서 일단 미국과 싸우게 되면 일본 해군은 공세적으로 움직여야 한다는 것이 그의 주장이었다. 국력이 크게 뒤지는 일본이 미국과의 전쟁에서 지지 않는 길은 개전 초기에 미국 함대에 치명적 손실을 주어 일본군의 남방 진출에 필요한 시간을 얻고 미국이 낙심해서 평화 협상에 나서도록 하는 것뿐이라는 얘기였다. 미국 사람들은 물질적 풍요를 누리지만 정신적으로는 일본 사람들보다 약해서, 초기 전투에서 치명적 손실을 입으면 일본에 맞서지 못하고 평화 협상에 나서리라고 그는 판단했다. 청일전쟁과 러일전쟁에서 국력이 약하지만 정신력이 강한 일본이 청과 러시아에 이긴 것처럼 되기를 바란 것이다.

그런 판단에 바탕을 두고 야마모토는 처음부터 대담하게 공격적인 작전계획을 구상했다. 그는 일본 해군이 우위를 누리는 항공모함들을 이용해서 하와이 펄 하버의 미군 태평양함대를 기습하는 방안을 해군 수뇌부에 제시했다. 그리고 연합함대의 참모들을 독려해서 구체적 기습 계획을 마련했다.

해군참모부는 야마모토의 기습 방안에 완강히 반대했다. 먼저, 그것은 일본 해군이 오랫동안 다듬어 온 기본 전략에 어긋났다. 다음엔, 너무 위험했다. 대규모 함대가 먼 하와이까지 미군에게 들키지 않고 항해해서 미군 함대를 성공적으로 기습하기를 바라는 것은 기적을 바라는 것과 비슷했다. 셋째, 그런 작전의 성공에 필요한 기술들이 아직 제대로 개발되지 않았다. 해전이 아직 전함들 사이의 결투로 여겨지던 터라서, 항공모함을 핵심으로 삼은 전술은 선구자들의 머릿속에만 존재했다. 그래서 함재기들의 효과적 운용에 필요한 기술들은 막 개발되기 시작한 터였다.

다른 편으로는, 기습이 성공하면 불리한 상황을 근본적으로 바꿀 수 있었다. 그의 방안은 '가능성이 낮지만 배당은 엄청난' 도박으로, 강심장을 지닌 도박사만이 큰돈을 걸 수 있는 패였다(야마모토는 실제로 도박을 즐겼다). 그러나 일본 해군의 운명을 궁극적으로 책임진 처지에선 그런 도박을 할 수는 없다는 것이 참모부의 입장이었다.

해군참모부의 반대는 야마모토로선 충분히 예상한 일이었다. 그의 방안은 진지한 전략가들에겐 '소설'과 같았다. 그에겐 좀 난처하게도, 그의 방안이 먼저 구체화된 것은 일본 소설가들과 만화가들의 작품들에서였다. 상부가 반대하는 위험한 작전을 혼자 추진하는 것은 개인적으로 너무 위험한 일이었다. 그의 작전이 실패하면, 그는 군인 경력이 끝나는 것만이 아니라 어리석은 죄인으로 역사에 기록되는 것이었다. 그래도 자신의 생각이 옳다고 확신한 야마모토는 참모부의 반대 논거들에 대응하는 논거들을 내놓으면서 사람들을 끈기 있게 설득했다. 자신의 생각을 열렬히 지지하는 젊은 장교들에겐 기습작전에 따르는 어려운 문제들을 푸는 임무를 부여하고 격려했다. 그리고 참모부의 승인을 받기 전에, 오래 걸리는 함재기 조종 훈련을 독려하면서 준비를 차근차근 해 나갔다.

그러나 해군참모부는 요지부동이었다. 1941년 10월이 되어도 야마모토의 방안은 받아들여지지 않았다. 결정적 요소는 재급유의 기술적 어려움이었다. 기습의 성공을 위해선 작전이 개시된 뒤 미국 해군에 되도록 늦게 탐지되어야 했다. 그래서 일본 함대는 미국 해군이 예상치 못한 항로를 따라 움직여야 했고, 야마모토는 북태평양 항로를 골랐다. 그러나 북태평양은 겨울철에 파도가 아주 심해서 유조선이 함정들에 급유하기가 어려웠다. 항공모함은 연료를 많이 썼다. 무거운 짐을 실은 폭격기들이나 어뢰 폭격기들은 이륙하는 데 14 내지 15미터의 역풍이 있어야 했다. 바람이 없는 상황에서 이런 역풍을 만들려면 항공모함은 30노트로 달려야 했다. 당연히 연료를 많이 썼다. 그래도 항공모함이나 전함처럼 큰 배들은 연료를 많이 실을 수 있었으므로, 재급유 없이 하와이까지 갈 수 있거나 한 번만 받으면 되었다. 작은 배들은 훨씬 자주 재급유를 받아야 했고, 특히 구축함들은 급격히 기동하므로 거의 매일 재급유를 받아야 할 수도 있었다.

더 이상 미룰 수 없게 되자, 야마모토는 도박사답게 마지막 패를 펼쳤다. 10월 18일 아침 그의 밀명을 받은 수석참모 구로시마 가메토黑島龜人 대좌는 급히 도쿄로 향했다. 해군참모부에 이르자 구로시마는 작전과를 찾았다. 작전과장 도미오카 사다토시富岡定俊 대좌는 해군 항공 전문가인 미요 다쓰기치 중좌와 얘기하고 있었다. 인사가 끝나자 구로시마는 도미오카에게 '펄 하버 작전'에 관한 참모부의 입장을 명확히 밝혀 달라고 요청했다.

도미오카는 차분한 어조로 자신이 야마모토의 방안에 대해 부정적인 이유들을 들었다. 그 방안은 엄청난 위험을 안았고, 일본 함대가 하와이에 닿았을 때 미국 함대가 펄 하버에 있으리라는 보장이 없고, 항공기의 어뢰 공격과 전함의 재급유와 같은 기술적 문제들이 아직 해결되지 않았으며, 여러 작전들을 동시에 수행하기엔 일본 해군의 항공 역량이 부족하므로 펄 하버 작전은 가장 중요한 작전인 '남방 작전'을 위태롭게 한다는 것이었다. 도미오카의 얘기는 그가 이미 여러 달 전에 구로시마에게 한 얘기와 똑같았다.

도미오카가 말한 반대 이유들에 대해 구로시마는 야마모토의 반론을 내놓았다. 미국 해군은 일본 보급선의 동쪽 측면을 공격해서 남방 작전을 위협할 수 있을 만큼 큰 함대를 펄 하버에 지녔다. 남방 작전에서 일본군은 동시에 여러 곳을 공격하므로, 연합함대도 자연히 작은 부대들로 분산될 수밖에 없다. 만일 미국 해군이 서태평양으로 쳐들어오면, 연합함대는 짧은 시일에 분산된 함대를 한데 모아 싸울 수 없다. 특히 미국 해군이 마셜 군도를 기습적으로 점령하면, 일본의 방어선이 뚫리고 일본 해군의 전략적 위치는 치명적으로 약화될 것이다. 이런 위협에 대비하는 길은 위협의 원천인 펄 하버를 공격하는 방안뿐이다.

야마모토의 방안에 대한 확신과 참모부의 냉소적 태도에 대한 분개로 격앙된 구로시마는 거센 어조로 결론을 내렸다. "우리는 펄 하버를 공격해야 합니다!"

그러나 야마모토의 방안이 그르다는 도미오카의 생각은 그 방안이 옳다는 구로시마의 생각만큼 굳었다. 그리고 결정권은 도미오카가 쥐고 있었다. 비록 지위와 명성이 높고 따르는 사람들이 많았지만, 궁극적으로 야마모토는 참모부에서 확정한 작전계획을 수행하는 함대 지휘관이었다.

도미오카도 단호하게 결론을 내렸다. "펄 하버 기습 방안은 참모부로선 받아들일 수 없습니다."

논리로는 설득이 불가능하다는 것을 깨닫자, 구로시마는 한숨을 길게 내쉬었다. "알겠습니다."

도미오카는 고개를 끄덕이면서 미안한 웃음을 지었다. "야마모토 제독의 높으신 뜻과 구로시마 대좌의 충정은 나도 잘 압니다. 그래도 작전계획에 대한 최종 책임을 지는 나로선 실패할 가능성이 큰 작전에 동의할 수는 없습니다. 야마모토 제독께 참모부의 입장을 잘 말씀해 주십시오."

"예, 잘 알겠습니다." 구로시마는 잠시 고개를 숙이고 마음을 가다듬었다. 그리고 자신의 사령관이 준 폭탄을 터뜨렸다. "야마모토 제독께서는 연합함대 사령관의 직무를 충실히 수행하기 위해 자신이 수립한 계획이 채택되기를 바라십니다. 만일 그 계획이 채택되지 않으면, 연합함대 사령관은 우리 대일본제국의 안보를 책임질 수 없다는 것을 천명할 권한을 소관은 위임받았습니다. 그럴 경우, 그분에겐 사직하는 길밖엔 없습니다. 그리고 그분과 함께 모든 참모들도 사직할 것입니다."

폭탄이 터진 뒤의 적막이 세 사람이 앉은 자리에 무겁게 내렸다. 도미오카도 미요도 이내 깨달았다. 사직하겠다는 야마모토의 얘기가 단순한 협박이 아니라는 것을, 그리고 그들은 그런 협박을 견딜 힘이 없다는 것을.

실은 해군참모부의 누구도, 총참모장 나가노 오사미永野修身 대장까지도 야마모토의 확신과 의지를 꺾을 수 없다는 것이 곧 드러났다. 큰 위험을 안았지만 성공하면 엄청난 이익을 얻는 도박을 즐기는 승부사 야마마토 이소로쿠가 한 번 더 이긴 것이었다.

기동부대의 항진

이승만이 마음을 가다듬으면서 붓글씨를 쓰던 시간, 그리고 국무부 장관실에서 국무장관, 전쟁장관 및 해군장관이 상황을 점검하고 협의하던 시간, 일본 해군 기동부대 사령관 나구모 중장은 기함인 항공모함 아카기赤城호의 자기 방 거울 앞에서 충혈된 눈을 살피고 있었다.

"여기까지는 천우신조로 무사히 왔는데…."

자신도 모르게 중얼거리고서, 그는 안도의 한숨을 길게 내쉬었다.

집결지 에도로후섬을 떠난 뒤 바다는 잔잔했고 적군의 척후기도 민간 선박도 보이지 않았다. 겨울철 파도가 험한 북태평양에선 믿기 어려운 행운이었다. 이제 그런 행운이 두 시간만 더 이어지면 이번 작전은 성공하는 것이었다.

기습작전의 성공 가능성에 부푸는 마음속으로 야릇한 감정 한 줄기가 섞이고 있었다. 비록 기동부대를 이끌고 여기까지 왔지만, 그는 원래 펄 하버 기습작전에 반대했었다. 야마모토가 기습작전을 결심한 뒤에도 그는 흔쾌히 따르지 않았었다. 그는 성격이 조심스럽기도 했지만, 해군 안에서 군국주의를 따르는 장교들의 지도자였고, 항공 작전에 관해선 지식도 경험도 없었다. 그래서 위험을 마다하지 않지만 평화주의자였고 항공 작전에 대한 이해가 깊은 야마모토와 대척적이었다. 그런 그가 도박에 가까운 기습작전을 수행하려고 기동부대를 이끌고 여기까지 온 것이었다.

펄 하버 공격의 목표일은 10월 11일에 결정되었다. 두 달 뒤에 기동부대가 차질 없이 여기까지 온 것은 기적에 가까웠고, 그는 자신과 자신이 거느린 함대에 대한 자부심으로 가슴이 뻐근했다. 다른 편으로는, 그는 자신이 펄 하버에 대한 공격작전을 지휘할 능력이 없다는 것을 잘 알았다. 그래서 어제 오후 적군에게 탐지되지 않은 채 해가 지자, 그는 제1항공함대 항공참모 겐다 미노루源田實 중좌에게 말했었다.

"이 시각까지 내가 함대를 안전하게 이끌고 왔네. 이 시각부터는 항공부대에 달렸네."

겐다는 야마모토의 젊은 분신과 같았다. 겐다는 항공모함들을 이용한 펄 하버 기습작전에 야마모토보다 적극적이었고 대담했다. 원래 항공장교였던 겐다는 야마모토의 구상을 구체적 작전으로 만들었고, 기술적 문제들을 창의적으로 해결해서 작전의 성공 가능성을 크게 높였다. 그는 전함들을 중심으로 한 수비적 해전은 낡았으며 항공모함의 함재기들을 이용한 공격적 해전을 준비해야 한다고 역설했다. 그는 당시 일본이 건조하던 6만 3,700톤의 전함들인 야마토大和호와 무사시武藏호를 "일본 해군의 만리장성"이라고 혹평했다.

현대 '항공모함 임무부대'의 선구라 할 수 있는 그런 주장을 충실히 따라 만들어졌으므로, 야마모토의 펄 하버 기습 계획은 '겐다 계획'이라 불리는 판이었다. 아무도 입밖에 내지 않았지만, 겐다가 펄 하버 공격작전을 최종적으로 결정한다는 것에 대해선 모두 암묵적으로 동의했다.

나구모가 상황실에 들어서자, 아카기 함장 하세가와 기이치長谷川喜一 대좌가 그를 맞았다.

"이상 없습니다, 사령관님."

나구모는 답례하고 상황판을 살폈다. 모든 것들이 예정대로 진행되고 있었다. 함대는 24노트로 오아후를 향해 항진하고 있었다. 맨 앞엔 경순양함 아부쿠마阿武隈호가 높은 파도를 가르고 있었다. 그 뒤로 제1구축함전대의 구축함 4척이 부챗살처럼 퍼져서 적군의 요격을 경계하면서 따랐다. 그 뒤엔 전함 히에이比叡호와 기리시마霧島호가 종대로 달렸다. 전함들의 오른쪽과 왼쪽엔 중순양함 지쿠마筑摩호와 도네利根호가 각기 본대의 측면을 방패처럼 감싸면서 항진했다.

이 삼각형의 전위로부터 5킬로미터 뒤엔 항공모함들이 두 줄로 섰다. 오른쪽엔 기함 아카기가 섰고 그 뒤를 가가加賀호와 주이카쿠瑞鶴호가 따랐다. 왼쪽엔 소류蒼龍호가 선두였고, 히류飛龍호와 쇼카쿠翔鶴호가 뒤따랐다. 구축함들이 항공모함들의 옆쪽과 뒤쪽을 경계했다. 맨 뒤엔 잠수함 3척이 따랐다.

만족스러운 마음으로 고개를 끄덕이는 그에게 겐다가 서류들을 들고 다가왔다. "사령관님, 참모부에서 보내온 정보를 보고드리겠습니다. 하

펄 하버 공격의 목표일은 8주 전에 결정되었다. 모든 것들이 예정대로 진행되고 있었다. 함대는 24노트로 오아후를 향해 항진했다.

와이 시간 6일 현재 진주만에 정박한 미국 함정들은 전함 9척, 경순양함 3척, 수상항공기 모함 3척, 구축함 17척입니다."

나구모의 얼굴이 환해졌다. "좋은 소식이군."

"예, 사령관님. 그러나 항공모함들은 진주만에 없는 것 같습니다."

나구모는 고개를 끄덕였다. 좀 아쉬웠지만, 펄 하버에 있는 함정들만이라도 제대로 공격하면 대성공이었다.

"대신 선거船渠에 경순양함 4척과 구축함 2척이 있다고 합니다."

나구모는 웃음을 지었다. "흠, 덤이군."

"예, 사령관님. 그리고 진주만엔 방공 기구氣球도 없고 어뢰 방어망도 없다고 합니다."

"그런가?"

"예, 사령관님."

잠시 두 사람의 눈길이 마주쳤다. 믿기 어려운 행운이었다. 미국 태평양함대의 모항에 기본 방어 시설이 없다는 얘기였다.

겐다에겐 어뢰 방어망이 없다는 정보가 특히 반가웠다. 펄 하버 기습 계획을 세울 때, 미군 함정들 둘레에 쳐진 어뢰 방어 그물이 큰 문제로 떠올랐다. 9월 이후 요코스카橫須賀 해군 기지에서 어뢰 방어 그물을 뚫는 갖가지 방안들이 실험되었지만, 성과는 없었다. 결국 겐다는 선두 어뢰 공격기들이 수면 가까이 쳐진 그물의 윗부분에 충돌해서 그물을 열어젖히는 방안을 골랐다.

"미국인들이 정신력이 약하긴 약하군." 싸늘한 웃음을 지으면서 나구모가 말했다.

"그렇습니다."

물질을 숭상해서 정신력이 약한 미국인들에 대한 가벼운 경멸이 담긴 눈길이 두 사람 사이에 오갔다.

"우리 병력 손실이 작아질 것 같습니다." 겐다가 가슴을 펴면서 덧붙였다.

"하늘이 도와주셔서 여기까지 무사히 왔는데," 나구모가 모처럼 가벼운 목소리를 냈다. "이번엔 미군이 협조해 주는군."

기동부대의 펄 하버 공격은 함재기들을 이용한 공중 공격이었다. 두 사람이 간신히 들어가는 난쟁이 잠수정 5척이 야간에 펄 하버 안으로 몰래 들어가서 어뢰로 미국 전함들을 공격하는 작전이 먼저 시도될 터였지만, 실질적으로 자살 공격인 그 작전이 성공할 가능성은 낮았다. 후치다 미쓰오淵田美津雄 중좌가 총지휘하는 기동부대의 공중 공격은 두 차례로 계획되었다.

후치다가 직접 지휘하는 1차 공격은 수평폭격기 49대, 어뢰공격기 40대, 급강하폭격기 51대 및 전투기 45대가 수행할 터였다. 시마자키 시게카즈嶋崎重和 소좌가 지휘하는 2차 공격은 수평폭격기 54대, 급강하폭격기 80대 및 전투기 36대가 수행하도록 되었다. 1차 공격에선 기습의 요소가 크게 작용하지만, 2차 공격에선 적군의 대공 포화가 훨씬 강화될 터였다. 그래서 느리고 낮게 나는 어뢰공격기들은 1차 공격에만 참가했고 대신 2차 공격엔 급강하폭격기들이 많이 들어갔다.

자리에서 일어나자, 후치다는 빨강 속옷과 셔츠로 갈아입었다. 전투에서 부상해서 피를 흘리더라도 빨간 옷이면 표가 덜 나리라는 생각에서 특별히 마련한 것이었다. 그는 다짐하는 마음으로 조심스럽게 조종복을 입었다.

펄 하버 기습작전을 결심한 야마모토가 공격 함재기들을 이끌 항공 지휘관에 대해 물었을 때, 겐다는 해군사관학교 동기생 후치다를 선뜻 추천했다. 후치다의 능력을 잘 아는 야마모토는 겐다의 건의를 선뜻 받아들였다. 후치다는 일찍부터 비행 훈련을 받았고, 항공모함들을 해군의 주력으로 삼아야 한다는 주장에 동조했고 야마모토의 열렬한 추종자가 되었다. 1941년 4월 하와이 작전의 주력 부대인 제1항공함대가 창설되자 후치다는 조종사들의 훈련을 지휘했다. 이제 그들을 이끌고 적진으로 들어가는 것이었다.

"이제 서너 시간 안에 내 운명이 결정되는구나."

그는 거울 속의 자신에게 다짐하듯 말했다.

성공하든 실패하든, 이번 작전이 군인으로 살아온 그의 삶에서 정점이었다. 그가 아무리 오래 살아도 이런 순간은 다시 오지 않을 터였다. 그것만큼은 분명했다. 서른아홉 살에 조국의 운명을 두 어깨에 진 것은 영광이었다. 두려움은 없었다. 실패하면 그는 조국과 천황 폐하를 위해 기꺼이 죽을 것이었다.

그리고 지금 그의 조국 대일본제국도 그 유구한 역사에서 가장 높은 봉우리에 올라서려는 것이었다.

5일 전 미드웨이섬 북쪽 1천 킬로미터 해상을 지나던 기동부대는 연합함대 사령부로부터 짧은 전문을 받았다.

"니타카야마新高山 등반 1208."

펄 하버 공격 일시를 일본 시간 12월 8일 0000시로 확정하는 전문이었다. 대만의 니타카야마는 3,952미터로 일본 영토에서 가장 높은 산이었다. 원래 옥산玉山이라 불렸는데, 일본이 청일전쟁에서 승리해서 대만을 얻은 뒤 지금 이름으로 고쳤다. 새로 얻은 영토의 최고봉을 오르는 것을 미국에 대한 공격 일시를 확정하는 암호로 썼다는 사실은 그에게 세계를 제패하려는 조국의 의지와 운명을 상징했다.

아침 식사가 끝나자, 후치다는 상황실로 올라가서 나구모에게 경례하고 보고했다. "공격 부대는 임무 수행 준비가 되었습니다."

나구모는 자리에서 일어나 답례했다. 그리고 후치다의 손을 잡았다. "자네가 잘하리라 믿네. 가 보세."

"예, 사령관님."

후치다가 앞장을 선 채 두 사람은 수령실受令室로 향했다.

가는 길에 후치다는 겐다와 마주쳤다. 두 사람은 이상적 짝이었다. 겐다는 계획을 맡았고 후치다는 실행을 맡았다. 이제 후치다는 혼자 함재기들을 이끌고 공격에 나서는 것이었다. 한순간 두 사람은 말없이 그

마지막 순간을 음미했다. 이어 후치다가 마음씨 좋은 웃음을 띠었고 겐다는 격려하는 뜻으로 친구의 어깨를 툭 쳤다. 그들은 함께 어두운 수령실로 들어갔다.

비행사들이 비행 임무를 수행하기 전에 상황을 듣고 명령을 받는 수령실엔 함장 하세가와 대좌와 조종사들이 기다리고 있었다. 곧바로 마지막 브리핑이 시작되었다. 공격 계획, 이륙 및 귀환, 공격 방법, 현재 펄 하버에 머무는 미군 함정들의 위치에 대해 담당 지휘관들이 자세히 설명했다. 마지막으로 나구모가 조종사들을 격려했다.

브리핑이 끝나자, 후치다가 하세가와 함장에게 경례했다. "공격 부대 이륙 준비 완료!"

하세가와가 답례했다. "계획대로 이륙하라!"

조종사들은 오아후섬의 지도, 권총, 그리고 해상 비상착륙시 생존 도구를 챙겼다. 그들이 갑판으로 올라서자 정비사들이 그들을 반갑게 맞았다. 이른 새벽에 일어나 함재기들을 비행갑판으로 끌어올리고 마지막 점검을 한 그들은 자신들의 피와 땀이 조종사들에 의해 열매를 맺는다는 것을 깊이 인식했다.

나머지 다섯 척의 항공모함들에서도 똑같은 긴장과 결의 속에 똑같은 절차들이 수행되고 있었다.

하와이 시간 0530시 전함들을 바깥쪽에서 뒤따르던 지쿠마와 도네가 수상비행기를 사출기로 쏘아 올렸다. 각기 펄 하버와 라하이나 정박지를 정찰하는 임무를 띤 두 비행기들은 날쌘 매들처럼 곧바로 남쪽으로 날아갔다. 정찰기를 띄우면, 미군에게 접근하는 함대의 존재를 알려줄 위험이 있었다. 그래도 공격에 앞서서 목표의 현재 상황을 정확히 알

필요가 워낙 절실했으므로, 나구모 사령관은 그런 위험을 감수한 것이었다.

0550시 오아후 북쪽 350킬로미터 해상에서 남쪽으로 달리던 함대는 육중한 몸을 왼쪽으로 틀어 동쪽으로 향했다. 초속 10미터 가까운 동풍을 맞아 함재기들을 띄우려는 것이었다. 자기 비행기에 오를 준비를 하면서, 비행사들은 '必勝(필승)'이라 쓴 띠를 머리에 둘렀다.

후치다가 꼬리에 빨강과 노랑 줄을 두른 비행지휘관기로 다가가자, 선임정비장교가 그에게 다가와서 머리띠를 내밀었다.

"후치다 중좌님, 이것은 아카기호 승무원들이 드리는 것입니다. 우리를 위해서 이 머리띠를 진주만까지 가져가 주시기 바랍니다." ['진주만'은 펄 하버를 의역한 일본어다.]

후치다는 고개를 깊이 숙여 감사했다. 그리고 그 머리띠를 받아 자기 비행모 위에 둘렀다. 그가 자기 폭격기에 오르자, 밤새 땀을 흘린 정비병들이 두 팔을 들어 환호했다.

그러나 이륙 명령은 아직 내려오지 않았다. 험악한 날씨가 이륙을 막고 있었다. 남쪽에서 몰려오는 높은 파도들에 항공모함들은 심하게 좌우로 흔들렸고, 물보라가 비행갑판을 적셨다.

제1항공함대 참모장 구사카 류노스케草鹿龍之介 소장은 심각한 얼굴로 무겁게 밀려오는 파도들과 흔들리는 항공모함들을 살폈다. 맨 앞쪽 1항공모함분대의 아카기와 가가는 7도가량 기울었다. 2항공모함분대의 소류와 히류는 12도 넘게 기울었다. 5항공모함분대의 쇼카쿠와 주이카쿠는 무려 15도 넘게 기울었다.

'15도라. 평상시라면, 이륙은 엄두도 못 낼 상황인데.'

씁쓸하게 입맛을 다시면서, 그는 이륙을 강행할 경우에 생길 일들을 생각했다. 제대로 이륙하지 못하고 바다에 떨어지는 항공기의 모습이 눈앞에 어른거렸다. 흔들리는 마음을 다잡으면서, 그는 두 다리에 힘을 주었다. 지금 함대의 모든 눈길들이 기함 아카기의 돛대로 쏠렸다는 것을 그는 잘 알았다.

아카기의 돛대 중간에 반기半旗로 걸린 작전 지시 신호기는 미친 듯이 펄럭이고 있었다. 반기는 '준비하고 대기하라'는 뜻이었다. 그 깃발이 돛대 꼭대기로 올려졌다 내려지면 함대는 작전에 들어가는 것이었다. 그리고 그 깃발을 올리는 책임은 그에게 있었다.

'위험은 감수해야지.'

어금니를 지그시 물고서, 그는 결정을 내렸다.

0600시 정각, 아카기의 돛대의 신호기가 펄럭이면서 꼭대기까지 올라갔다. 그리고 바로 내려졌다. 가슴 조이면서 기다리던 사람들에게서 일제히 긴 한숨이 나왔다. 드디어 작전이 개시된 것이었다.

여섯 항공모함들에서 맨 먼저 이륙하는 것은 전투기들이었다. 비행갑판에 함재기들이 가득한 터라 활주 거리가 무척 짧았다. 그래서 가볍고 빠른 전투기들이 먼저 이륙했다. 제공권을 확보해서 함대를 지키는 데도 그 편이 나았다.

아카기의 갑판에선 1차 공격의 제공부대 지휘관인 이타야 시게루板谷茂 소좌가 먼저 자기 '레이센零戰(제로센)'을 출발시켰다. 일본 해군의 표준 함재 전투기는 미쓰비시중공업주식회사에서 설계하고 제작한 '영식 함상전투기零式艦上戰鬪機' A6M이었다. 도입 연도인 1940년이 일본 황실 기원 2600년이어서 마지막 숫자 0을 따서 '영식'이라 불렀는데, 조종사들은 으레 '레이센'이라 불렀다. 빠르고 기동성이 뛰어난 데다 비행 거리도 길어서, 레이센은 공중전에 적합했다. 이미 중일전쟁에서 뛰어난 성

전투기, 수평폭격기, 급강하폭격기, 마지막으로 어뢰공격기들이 차례로 이륙했다.

능을 입증한 터였다.

이타야의 전투기는 활주로를 벗어나자 푹 떨어졌다. 사람들의 가슴이 얼어붙고 시간이 느리게 흘렀다. 마침내 작은 전투기는 삼키려는 듯 넘실거리는 파도 위로 물새처럼 솟구쳤다. 그리고 빙 돌아서 하늘 높이 올라갔다. 사람들이 안도의 한숨을 내쉬는 사이, 무슨 주술에서 풀린 듯 여섯 항공모함들에서 전투기들이 짧은 활주로를 달리기 시작했다.

전투기들이 모두 이륙하자, 지휘관기인 후치다의 수평폭격기가 이륙했다. 그의 뒤를 따라 나카지마 B5N2 수평폭격기들이 잇따라 이륙했다. 고공에서 폭격하는 이 항공기들은 승무원이 셋이었다. 조종사, 폭격수 겸 관측수, 그리고 무선병.

이어 다카하시 가쿠이치高橋赫一 소좌가 이끄는 급강하폭격기들이 가볍게 이륙했다. 70도 각도로 강하해서 폭탄을 투척하고 기수를 들어 지구 중력의 5배 가속으로 상승하는 급강하 폭격은 몸이 튼튼하고 마음이 대담한 조종사만이 수행할 수 있는 고난도 기술이었다. 폭격기도 급강하를 견딜 만큼 튼튼하고 폭격 후 이탈을 위해서 속도를 제한할 수 있는 수단을 갖추어야 했다. 일본 해군이 보유한 아이치 D3A1 급강하폭격기는 견고하고 기동성이 뛰어나서 전투기로도 쓰이는 항공기였다. 승무원은 둘이었다.

마지막으로 무라타 시게하루村田重治 소좌가 이끄는 어뢰공격기들이 이륙했다. 함정들에 낮게 다가가서 어뢰로 공격하는 어뢰공격기들은 이번 공격의 핵심이었다. 지금 일본의 어뢰는 다른 나라들보다 앞섰고, 이번 작전을 위해 특별히 고안된 어뢰들은 성공의 가능성을 더욱 높였다. 어뢰공격기들은 수평폭격기와 같은 나카지마 B5N2 기종이었는데, 폭탄 대신 어뢰를 장착했다. 승무원도 수평폭격기처럼 셋이었다.

이타야가 이륙한 지 15분 만에 1차 공격에 참가할 항공기 185대 가운데 183대가 심하게 흔들리는 항공모함들로부터 이륙하는 데 성공했다. 전투기 43대, 수평폭격기 49대, 급강하폭격기 51대, 그리고 어뢰 공격기 40대였다. 사고가 난 전투기는 이륙 직후 추락했는데 구축함이 조종사를 이내 구했고, 또 한 대의 전투기는 기관 고장으로 이륙을 시도하지 못했다.

거의 15분 동안 항공기들은 대형을 갖추면서 함대 위를 돌았다. 아래서 올려다보는 사람들은 어둑한 하늘에서 반딧불처럼 깜박이는 비행지휘관들의 신호 불빛을 쉽게 알아볼 수 있었다. 후치다의 신호는 주홍이었고 다른 지휘관들은 노랑이었다.

0620시 마침내 후치다의 신호에 따라 그가 직접 이끈 수평폭격기들이 아카기의 뱃머리를 지나 남쪽으로 향했다. 1차 공격파의 다른 항공기들이 뒤를 따랐다.

1차 공격파의 마지막 어뢰공격기가 이륙하자, 바로 나구모는 함대에 남쪽으로 항해하라고 명령했다. 항공모함들이 육중한 몸을 틀어 다시 오아후로 향했다. 이미 승무원들은 2차 공격에 나설 항공기들을 아래 갑판에서 비행갑판으로 올리기 위해 바삐 움직이고 있었다. 가가의 승강기들은 구식이어서 다른 항공모함의 승강기들보다 속도가 느렸다. 가가의 지연과 거칠어지는 바다 때문에, 2차 공격파가 이륙 준비를 마쳤을 때는 이미 날이 밝았다.

0705시 함대는 바람을 맞으려고 다시 동쪽을 향하고 속도를 올렸다. 10분 뒤 2차 공격파의 항공기들이 비행갑판을 달려 하늘로 솟구치기 시작했다. 아카기의 비행갑판에서 2차 공격 제공부대 지휘관인 신도 사부로進藤三郎 대위가 먼저 이륙하자, 36대의 '레이센'들이 뒤를 따랐다.

이어 2차 공격을 지휘할 시마자키 시게카즈 소좌의 수평폭격기가 주이카쿠에서 이륙했다. 그의 뒤를 따라 주이카쿠와 쇼가쿠에서 수평폭격기들이 날아올랐다. 마지막으로 에구사 다카시게江草隆繁 소좌가 이끄는 78대의 급강하폭격기들이 이륙했다. 1차 공격파의 첫 항공기가 이륙한 뒤부터 꼭 90분 만에 2차 공격파의 마지막 항공기가 하늘에 뜬 것이었다. 2차 공격파 167대의 항공기들은 시마자키의 지휘에 따라 일제히 남쪽으로 향했다.

항공모함들의 빈 비행갑판마다 승무원들이 남쪽으로 향하는 함재기들을 환호성으로 배웅했다. 땀 젖은 얼굴에 눈물을 흘리는 승무원들도 있었다. 함재기들이 까만 점들이 될 때까지 그들은 모자를 흔들면서 기습작전의 성공을 기원했다.

마지막 급강하폭격기가 이륙하자, 나구모는 함대에 다시 남쪽으로 항해하라고 명령했다. 함대는 오아후섬 북쪽 300킬로미터 해상에 머물면서 귀환하는 항공기들을 받아들일 터였다.

1차 공격파

막 동이 트는 오아후섬의 목표들을 향해 기동부대의 1차 공격파는 힘차게 날았다. 함재기들의 한가운데엔 지휘관 후치다가 직접 이끄는 수평폭격기들이 3천 미터 높이로 날고 있었다. 왼쪽엔 다카하시가 이끄는 급강하폭격기들이 3,400미터 높이로 날고 있었다. 오른쪽엔 2,800미터 높이에서 무라타가 지휘하는 어뢰공격기들이 굉음을 울리고 있었다. 그 앞뒤로 4,300미터 높이에서 이타야의 전투기들이 아래쪽 항공기들을 엄호했다.

0700시에 후치다는 흘긋 돌아보았다. 첫 햇살을 받아 빛나는 항공기들은 더할 나위 없이 아름다웠다. 완벽하게 편대를 이룬 항공기들이 그의 마음을 고마움과 자랑으로 채웠다. 그는 자신도 모르게 뇌었다.

"아, 대일본제국의 영광스러운 새벽이구나!"

가슴에 들끓는 감정들을 지그시 누르면서, 그는 호놀룰루 방송국 KGMB에 다이얼을 맞췄다. 가벼운 음악이 나왔다. 싱긋 웃으면서 그는 조종사에게 일렀다. "이 전파원을 찾아가라."

"예, 알겠습니다." 흥분을 가까스로 억눌러 탁해진 목소리로 조종사가 대답했다.

아래쪽 1,500미터 높이에 양털 매트처럼 깔린 두꺼운 구름이 시야를 막고 있었다. 구름이 하도 짙어서, 바람이 부는 방향도 알 수 없었다. 짙은 구름은 항공기들을 적군의 관찰로부터 가려 주었지만, 펄 하버의 목표들을 찾기 어렵게 만들어서 자칫하면 공격파가 오아후섬을 지나칠 수도 있었다.

마침 호놀룰루 방송국은 미국 항공대의 요청에 따라 캘리포니아에서 하와이로 오고 있는 B-17 중폭격기 편대를 위해 밤새 방송하고 있었다. 이 12대의 항공기들은 목적지인 필리핀의 클라크 비행장으로 가는 길에 오아후의 히컴 비행장에 기착하는 것이었다. 급히 이동 명령을 받았고 하와이까지의 비행에선 전투가 예상되지 않았으므로, 그 항공기들은 기관총조차 장착되지 않았다. 미군 비행기들을 안내하는 방송이 일본군 함재기들까지 안내하게 된 것이었다.

0735시 지쿠마에서 발진한 정찰기는 펄 하버를 선회하고 있었다. 아래쪽 상황을 확인하자, 조종사는 무전으로 상황을 알렸다.

"적 함대 정박중. 전함 9척, 중순양함 1척, 경순양함 6척이 항구 안에 있음. 이상."

3분 뒤 그는 펄 하버의 기상 상황에 관해 보고했다.

"풍향 80도, 풍속 14미터, 적 함대 상공 시계 1,700미터, 구름 밀도 7. 끝."

임무를 마친 정찰기는 바로 몸을 틀어 북쪽에서 기다리는 모함을 향해 날아갔다.

같은 시각 도네에서 발진한 정찰기의 조종사는 라하이나 정박지의 상황에 대해서 보고했다.

"적 함대는 라하이나 정박지에 없음. 끝."

임무를 마친 정찰기는 바로 북쪽으로 귀환하는 대신 오아후 남쪽 바다를 널리 정찰했다. 일본 함대에겐 불행하게도, 이 정찰 비행은 200해리 서쪽에 있던 미국 항공모함 엔터프라이즈호를 발견하지 못했다.

아카기의 상황실에서 정찰기들의 보고를 받던 겐다는 도네호 정찰기의 보고를 받자 긴 한숨을 내쉬었다. 라하이나 정박지에 적 함대가 없다는 어제 정보가 확인된 것이었다. 정박지의 깊은 바다에 미국 함대를 수장하려던 꿈은 사라진 것이었다. 이제는 펄 하버에 집중할 수밖에 없었다. 그는 그 사실을 1차 공격파를 지휘하는 후치다에게 알렸다.

일본 기동부대의 1차 공격파가 펄 하버를 향해 날아오고 정찰기들은 이미 오아후의 상황을 살필 때, 하와이는 느긋하게 일요일을 맞고 있었다. 아무도 일본 함대가 가까이 왔다는 것을 알아차리지 못했다.

일본과의 전쟁 위협이 부쩍 커진 상황에서도 태평양함대의 모항인 펄 하버의 방비는 무척 허술했다. 근본적 요인은 누구도 일본 항공모함 함대가 함재기들로 펄 하버를 공격하리라고 예상치 못했다는 사실이었다. 누가 보아도 그것은 불가능한 일이었다. 거대한 함대의 기동 자체도 어려웠지만, 미국 해군이나 민간 상선들에 들키지 않고 하와이에 접근하는 것도 상상하기 힘들었다. 미국 태평양함대 사령관 허즈번드 키멜(Husband E. Kimmel) 대장은 일본 해군이 하와이를 기습할 가능성을 경계했다. 그러나 그는 잠수함들에 의한 기습을 예상했고 그럴 가능성에 대비했다. 사정이 그러했으므로, 프랭크 녹스 해군장관을 비롯한 미국 해군 수뇌부가 일본 해군의 기습 목표로 예상한 것은 필리핀이었다.

태평양함대의 자원이 너무 부족했다는 사실도 있었다. 미국은 태평양에서 일본과 그리고 대서양에서 독일과 맞선 상황이었다. 한 대양을 겨우 지킬 수 있는 해군으로 두 대양을 동시에 지켜야 하는 상황이었으므로, 미국은 더 중요한 쪽에 주력을 배치할 수밖에 없었다.

두 나라 다 강력한 국가였지만, 미국은 일본보다는 독일을 훨씬 큰 위협으로 여겼다. 독일은 발전되고 힘이 센 나라였다. 특히 발전된 기술과 거대한 공업에 바탕을 둔 독일의 국력은 유럽의 다른 나라들을 압도했다. 실제로 독일의 막강한 군대는 서유럽을 쉽게 점령하고 영국을 위협하고 있었다.

석유를 확보하기 위해 네덜란드령 동인도로 진출하려는 일본은 상대적으로 작은 위협이었다. 본질적으로 백인 국가인 미국엔 동양 사람들에 대한 인종적 편견이 심했다. 그래서 미국인들은 일본인들이 서양을 모방할 뿐 창조성은 없다고 낮게 평가했고 일본의 군사적 위협도 그리 심각하게 여기지 않았다.

게다가 미국은 독일과는 이미 실질적으로 전쟁에 들어간 상태였다. 독일이 잠수함들로 선박들을 공격해서 영국에 대한 보급을 차단하는 작전에 나서자, 미국 상선들과 군함들도 피해를 입었다. 미국은 1941년 3월에 「무기대여법(Lend-Lease Act)」을 제정하고 영국에 막대한 원조를 제공하고 있었다. 미국 신문과 방송은 매일 독일군이 휩쓰는 유럽의 전황을 보도했고, 미국 사람들의 관심은 온통 유럽으로 쏠렸다. 일본의 움직임에 관한 기사들은 신문 안쪽에 조그맣게 나왔고 그것들에 주목하는 사람들은 적었다.

자연히, 동서로 위협받는 미국 정부의 정책은 더 큰 위협인 독일에 대처하는 데 중점을 두면서 일본과의 전쟁은 되도록 늦추는 것이었다. 특히 해군을 실제로 지휘하는 해군 작전사령관 해럴드 스타크(Harold R. Stark) 대장은 줄곧 '독일 먼저 때려눕힌다(Beat-Germany-first)'는 정책을 강력히 추진했다. "영국이 독일을 결정적으로 이기면, 우리도 다른 모든 곳들에서 이길 수 있다. 그러나 영국이 완전히 지면, 우리는 어느 곳에서도 이기기 힘들다"는 것이 그의 주장이었다. 해군 안에선 누구도 그런 주장에 대해 다른 목소리를 내지 않았다.

이런 정책에 따라, 1941년 5월부터 해군 수뇌부는 태평양함대 소속 군함들을 많이 대서양으로 보냈다. 이 조치로 태평양함대는 4분의 1가량 줄어들었다. 일본 해군의 공격에 맞설 자원이 너무 부족하다고 키멜은 호소했지만, 그의 지원 요청은 번번이 태평양에 보낼 자원이 없다는 답변만 들었다. 그래서 태평양함대는 원거리 초계비행을 제대로 하지 못했고, 일본 해군의 기동부대가 고른 북태평양 항로엔 아예 초계 항공기를 띄우지 않았다.

상황이 그러했으므로, 일본 함대가 하와이로 접근하고 있다는 것을 알리는 단서들을 거듭 탐지하고도 미군들은 지나쳐 버렸다. 작은 단서들이 계속 나와도, 그것들을 한데 엮어서 큰 그림을 그리는 사람은 없었다.

맨 먼저 미군에게 탐지된 것은 난쟁이 잠수함들이었다. 0630시 보급선 안타레스호의 함장 로런스 그래니스(Lawrence C. Grannis) 중령은 1,400미터 밖 해면에서 잠수함 전망탑을 발견했다. 그 잠수함의 모습이 낯설어서, 그는 그것이 미국 잠수함이 아님을 확신했다. 그는 바로 구축함 워드호에 그가 본 것을 알렸다.

0640시 그 수상한 물체가 미국 잠수함이 아닌 것을 확인하자, 워드 함장 윌리엄 아우터브리지(William Outerbridge) 소령은 '전투 배치' 명령을 내렸다. 침입자 가까이 다가가자, 워드는 4인치 포로 사격했다. 첫 발은 빗나갔고 둘째 발이 전망탑과 선체의 연결부를 맞혔다. 잠수함은 오른쪽으로 기울더니 가라앉기 시작했다. 워드는 수심 30미터에 맞춘 폭뢰들을 투하했고 잠수함은 해저로 침몰했다. 펄 하버 싸움의 첫 발은 미국이 성공적으로 쏜 셈이었다.

0653시 아우터브리지는 워드호의 활동을 14해군지역 상황장교에게 보고했다.

"우리는 방어 해역에서 작전하는 잠수함에 폭뢰를 투하했다."

상황장교 해럴드 커민스키(Harold Kaminski) 소령은 이내 그 정보를 위에 보고했다. 막 잠자리에서 일어난 키멜은 보고를 받자 상황실로 가겠다고 말했다. 지난 몇 달 동안 '적군 출현'을 알린 경고들이 너무 많이 나와서, 그는 조치를 취하기 전에 상황을 확인할 생각이었다. 그의 참모들도 생각이 비슷했다. 사건이 함대사령관에게 보고되었으므로, 일단 상황을 좀 더 지켜보기로 했다.

기습에 나선 일본군이 미군에게 탐지될 뻔한 상황은 또 나왔다. 0700시 오아후섬 북쪽 끝 가까이 자리 잡은 오패너 이동 레이더 기지에서 막 근무를 마친 당직병들은 오실로스코프에 비행체의 영상이 뜬 것을 보았다. 영상이 무척 커서, 50대 이상으로 보였다. 표정판標定板에 영상을 표정해 보니, 0702시 현재 동북쪽 5도 211킬로미터 되는 곳이었다. 두 병사는 정보센터에 보고했다.

그러나 정보센터는 아군 항공기들과 적군 항공기들을 변별할 능력이 없었다. 더구나 일요일이고 야간 근무가 끝난 시간이어서, 정보센터엔 보고받은 영상의 위치를 표정판에 표정할 병사들도 없었다. 공교롭게도, 그들의 전화 보고를 받은 근무장교 커밋 타일러(Kermit Tyler) 대위는 필리핀으로 가는 B-17 폭격기들이 캘리포니아에서 오고 있다는 것을 알았다. 마침 항로도 비슷했다. 자연히 그는 오패너 기지의 두 병사들이 보고한 영상이 B-17 폭격기 편대의 그것이라고 여겼다. 그래서 영상의 크기에 대해서 묻지 않았다. 폭격기 편대의 이동은 물론 기밀이었으므로, 그는 자신의 생각을 두 병사들에게 밝히지도 못했다. 그저 "알았네. 너무 걱정하지 말게"라고 말했다.

오아후가 보일 만한 시간이 되자, 후치다는 쌍안경으로 아래를 살피기 시작했다. 문득 두꺼운 구름장 사이로 햇살 한 줄기가 비쳤다. 그 햇살을 따라 아래를 살피다가, 그는 탄성을 냈다. 거기 있었다—긴 파도들이 거품을 내며 부서지는 절벽 위에 옅은 안개를 옷자락으로 두른 채 조용히 아침 햇살을 받는 짙푸른 섬이. 오아후의 북단 가후쿠곶이었다. 펄 하버는 오아후의 남쪽 깊숙한 만 속에 있었다.

"이 지점은 오아후의 북단이다." 그는 조종사에게 말했다.

"알겠습니다." 조종사가 안도감이 어린 목소리로 힘차게 대답했다. 제대로 찾아온 것이었다.

이어 후치다는 무전병에게 명령을 내렸다.

"전개!"

이내 각 부대들이 공격 위치를 찾아 전개하기 시작했다.

0740시 기습에 성공했음을 확신한 후치다는 신호 권총을 꺼내 들었다. 그리고 신호탄을 한 발 쏘아 올렸다. 한 발은 기습 성공의 신호였다. 2, 3초 사이로 발사되는 두 발은 적군이 아군의 접근을 알아채서 기습의 이점이 사라졌다는 신호였다.

한 발만 발사되면, 무라타가 이끄는 어뢰공격기들이 먼저 목표들을 향해 하강하기 시작하고 이타야가 지휘하는 전투기들이 앞으로 나가서 제공권을 확보할 터였다. 그리하면 느리고 낮게 나는 어뢰공격기들이 방해받지 않고 기습의 이점을 살려 공격할 수 있었다. 이어 급강하폭격기들과 수평공격기들이 뒤를 따르게 되어 있었다.

두 발이 발사되면, 급강하폭격기들과 수평폭격기들이 먼저 공격에 나설 터였다. 적군 방공포들이 위에서 공격하는 폭격기들에 대처하는 사이에, 전투기들의 엄호 속에 어뢰공격기들이 목표들에 접근한다는 계획이었다.

신호탄 한 발을 쏘고서 둘러보던 후치다는 스가나미 마사하루河内一彦 대위가 이끈 전투기 편대가 예정된 대형을 취하지 않는 것을 발견했다. 스가나미가 신호탄을 보지 못했음을 깨닫자, 후치다는 10초가량 기다린 뒤 다시 한 발을 쏘았다.

급강하폭격기를 이끈 다카하시는 후치다가 쏜 두 발 사이의 시간 간격을 잘못 판단했다. 그래서 적군이 알아채서 기습의 이점이 사라졌다는 신호로 받아들였다. 그는 급강하폭격기들을 이끌고 바로 포드 아일랜드 비행상과 히컴 비행상에 대한 공격에 나섰다.

어뢰공격기를 지휘하는 무라타는 일이 잘못되었음을 깨달았다. 그러나 그로선 예정대로 공격에 나설 수밖에 없었다. 급강하폭격기들이 빠른 데다가 먼저 출발했으므로, 목표들에 먼저 닿을 것은 어뢰들이 아니라 급강하폭격기들의 폭탄들일 터였다. 자신이 겐다와 후치다와 함께 공격 계획을 세웠던 터라, 무라타는 속이 더욱 쓰렸다.

정교하게 세운 계획이 부하 지휘관의 실수로 깨어지자, 후치다는 화가 치솟아 이를 갈았다. 그러나 엎질러진 물이었다. 다행히 펄 하버에 정박한 미국 전함들은 움직이지 않는 표적들이었다. 공격 순서가 뒤바뀌었어도 결과에선 큰 차이가 날 것 같지 않았다.

0749시 오아후섬 서쪽 라히라히곶 가까이에서 후치타는 무선병에게 명령을 내렸다.

"도라! 도라! 도라!"
미국 태평양함대에 대한 기습공격이 성공했음을 온 일본 함대에 알리는 암호였다.

"토. 토. 토."

1차 공격파의 모든 항공기들에게 내리는 공격 신호였다.

곧바로 항공기들이 기관 소리 요란하게 움직이기 시작했다. 모항 펄 하버의 정박지에 평화롭게 매인 미국 태평양함대의 함정들로 180대의 일본 항공기들이 말벌 떼처럼 달려들었다.

0753시 오아후섬 서남단 바버곶 가까운 곳에서 후치다는 기습의 성공을 확신했다. 그는 득의에 찬 목소리로 무선병에게 외쳤다.

"도라! 도라! 도라!"

호랑이를 뜻하는 '도라'는 미국 태평양함대에 대한 기습공격이 성공했음을 온 일본 함대에 알리는 암호였다. 이 신호는 기동부대만이 아니라 일본의 내해에 있던 야마모토의 기함 나가토호에서도 청취되었다.

어뢰공격기들과 급강하폭격기들의 공격이 진행되는 것을 살피던 후치다는 무선병에게 명령을 내렸다.

"쓰. 쓰. 쓰."

자신이 직접 지휘하는 수평공격기 편대에 내리는 공격 명령이었다.

완벽한 기습을 이룬 1차 공격파는 펄 하버의 미군 함정들과 인근 비행장들의 항공기들에 심대한 피해를 입혔다. 애초에 겐다와 후치다가 세운 계획에서 주공은 어뢰공격기들이 맡았다. 수평폭격기들이 고공에서 투하하는 폭탄은 표적을 맞히기 어려웠을 뿐 아니라 갑판은 방호가 잘되이 큰 피해를 주기 어려웠다.

전통적으로 일본 해군은 어뢰를 중시했다. 항공모함을 공격의 핵심으로 삼은 뒤엔 공중 투하 어뢰를 전술의 핵심으로 삼았다. 그렇게 어뢰를 중시해서 끊임없이 성능을 개량한 덕분에, 당시 일본은 어뢰 기술에서 미국이나 영국에 훨씬 앞섰다. 수상 함정용 어뢰인 '산소 어뢰'[산소를 쓰는 어뢰로 일본군은 '93식'이라 불렀고 연합군은 '장창(Long Lance)'이라 불렀음]는 미국의 동종 어뢰보다 순항 거리가 3배나 되고 탄두도 20퍼센트 이상 컸다. 게다가 움직임이 안정적이어서 명중률이 높았고 불발탄이 적었다. 공중 투하 어뢰의 경우, 일본 어뢰는 높은 고도에서 빠른 속도로 투하해도 작동했다. 겐다와 후치다가 펄 하버의 미국 함대에 대한 기습에서 어뢰 공격에 큰 기대를 건 것은 당연했다.

그러나 펄 하버는 지형적으로 어뢰 공격이 어려운 항구였다. 가장 큰 문제는 펄 하버의 얕은 수심이었다. 펄 하버의 평균 수심은 40피트였는데, 당시 공중 투하 어뢰는 처음에 75피트까지 잠수했다가 항진했다. 원래 해군참모부가 펄 하버 작전에 반대한 이유들 가운데 하나가 바로 공중 투하 어뢰에 의한 공격의 불가능이었다. 그러나 겐다는 좌절하지 않고 아주 얕은 수로에 정박한 군함들을 공격할 수 있는 어뢰들을 개발하도록 독려했다. 많은 실패 끝에 해군 조병창은 비교적 높은 고도에서 투하해도 깊이 가라앉지 않는 어뢰들을 개발하는 데 성공했다.

그런 기대에 부응해서, 무라타의 어뢰공격기들은 큰 전과를 올렸다. 함정 둘레에 어뢰 방어망을 치지 않은 미군의 허술한 방어도 일본군을 도왔다. 포드 아일랜드의 서쪽에 정박한 배들을 공격한 어뢰공격기들은 경순양함 롤리호에 한 발을 맞혔고 낡은 표적함 유타호에 두 발을 맞혔다. 유타는 15분 뒤에 전복했다. 어뢰공격기들의 일부는 포드 아일랜드 남쪽을 돌아서 남쪽 대안에 있던 경순양함 헬레나호에 한 발을 맞혔고 기뢰부설선 오그랄라호는 흘수선 아래 부분이 파괴되어 1시간 뒤에 침몰했다. 다른 어뢰공격기들은 전함 정박지의 전함들을 공격했다. 전함 웨스트 버지니아호와 오클라호마호가 어뢰들을 맞고 바로 침몰했다. 이어 캘리포니아호가 침몰했고 네바다호는 침수했지만 가라앉지는 않았다.

후치다가 직접 지휘한 수평폭격기들도 기대에 어긋나지 않는 전과를 올렸다. 49대의 폭격기들이 투하한 49개의 폭탄들 가운데 무려 10발이 표적을 찾았다. 이것은 겐다와 후치다가 예상한 것보다 훨씬 높은 명중률이었다. 특히 한 발은 전함 애리조나호의 화약고에 명중해서 배 전체가 폭발했다. 이 폭발로 엄청난 인명 피해가 났고 옆에 있던 수리선 베스탈호가 피해를 입었다.

항공기들의 피해는 더욱 컸다. 비행장마다 격납고와 활주로에 앉은 채 일본 폭격기들과 전투기들의 기습을 받은 미국 해군과 육군 항공기들이 "산불처럼 타올랐다".

일본군 1차 공격파가 닥쳤을 때, 키멜 사령관은 당직장교인 전쟁계획보좌관 빈슨트 머피(Vincent Murphy) 중령으로부터 워드호가 일본군 잠수함을 격침시킨 일을 전화로 보고받고 있었다.

머피가 보고를 채 끝내기도 전에, 하사관 하나가 그의 사무실로 뛰어들어와서 외쳤다.

"중령님, 통신탑에서 메시지가 왔습니다. 일본군이 펄 하버를 공격하는데, 지금 상황은 훈련이 아니랍니다."

머피는 급히 그 뉴스를 키멜에게 보고했다.

키멜은 전화기 송수화기를 내려놓고 흰 제복 윗도리의 단추를 잠그면서 밖으로 달려 나갔다. 펄 하버가 한눈에 보이는 이웃집 잔디밭에 서서, 그는 믿어지지 않는 광경을 보았다. 항구 위로 셀 수 없이 많은 항공기들이 선회하면서 거기 정박한 태평양함대의 함정들을, 바로 자기 배들을, 폭격하고 있었다. 지옥에서 나온 흡혈박쥐들 같은 그 항공기들엔 일본군의 표지인 '붉은 빛깔의 떠오르는 해(욱일승천)'가 칠해져 있었다. 멍한 가슴과 핏기 가신 얼굴로 그는 애리조나호가 물 위로 솟구쳤다가 가라앉는 것을 보았다. 그 배의 화약고가 폭발하는 소리는 길게 느껴진 순간 뒤에 그의 귀를 뚫었다. 그는 절망하는 마음으로 깨달았다. 그 폭음과 더불어 자신의 군대 경력만이 아니라 삶 자체가 망가졌다는 것을. 그러나 지금은 그런 생각에 잠길 때가 아니었다. 그는 마음을 가다듬고 급히 달려온 자기 차에 올랐다.

0805시 키멜의 차가 본부에 닿았다. 그는 바로 전쟁계획실로 향했다. 큰 충격을 받아 얼굴은 핼쑥했지만, 그는 비교적 차분하게 상황을 파악하려 애썼다.

키멜의 참모들도 모두 경악했지만, 차분히 움직이고 있었다. 머피는 이미 아시아 함대 사령관, 대서양함대 사령관, 해군 작전사령관에게 적군이 펄 하버를 공습했다는 전문을 보낸 참이었다.

"제독님." 참모장 윌리엄 스미스(William W. Smith) 대령이 함께 상황을 살피는 키멜과 전함부대 사령관 윌리엄 파이(William Pye) 중장에게 조심스럽게 말했다. "이렇게 함께 계시면 위험합니다. 자칫 폭탄 한 발에 함대 지휘부가 사라질 수도 있습니다."

키멜이 고개를 끄덕이고 파이를 돌아보았다. 파이는 키멜의 유고시 사령관직을 대행할 사람이었다.

"알겠습니다." 파이가 대답하고 바로 건물의 반대쪽으로 옮겨 갔다.

0812시 키멜은 전 태평양함대와 해군 작전사령관 스타크 대장에게 알렸다.

"펄 하버에 대한 공중 공격으로 일본의 적대행위가 시작되었다."

0817시 그는 제2초계비행단에 명령을 내렸다.

"적군의 소재를 파악하라."

이때까지도 키멜과 그의 참모들은 펄 하버를 기습한 일본 함대가 함공모함 한두 척으로 이루어졌으리라고 판단했다.

기습을 당한 미군들은 상부의 지시를 기다리지 않았다. 그들은 뜻밖의 상황에 거의 본능적으로 반응했다. 그리고 자기 배와 항공기를 지키고 다친 전우들을 구하려, 평시엔 생각지 못할 용기와 자기희생을 보였다.

다카하시가 이끈 급강하폭격기들이 펄 하버의 전함들을 급습했을 때, 태평양함대 전함부대 기뢰부설선 사령관 윌리엄 펄롱(William R. Furlong) 소장은 아침 식사가 준비되기를 기다리면서 기함 오글랄라의 후갑판을 거닐고 있었다. 그는 너무 낡아서 좀처럼 정박지를 떠나지 않는 그 기뢰부설선에서 기거했다.

항공기 기관 소리가 갑자기 높아지더니 폭탄 하나가 떨어졌다. "저런 얼빠진 조종사가 다 있나." 퍼롱은 혀를 찼다. "투하 기어도 제대로 잠그지 못하다니."

폭탄은 건너편 포드 아일랜드 해변에 떨어져 별다른 해를 입히지 않고 폭발했다. 항공기가 왼쪽으로 급히 틀면서 수로를 날아갈 때에야, 퍼롱은 항공기에 칠해진 붉은 원을 보았다. 상황을 알아챈 그는 즉각적으로 반응했다.

"일본군이다! 전투 배치!"

오글랄라의 장병들이 반사적으로 전투 위치를 찾아가는 것을 감독하다가, 그는 문득 깨달았다. 자신이 펄 하버의 '재함 선임장교'라는 것을. 그는 급히 무전실로 내려갔다. 그의 명령에 따라 오글랄라는 모든 배들에게 경보를 울렸다.

"항구의 모든 함정들은 출격하라!"

그때 일본 어뢰공격기가 오글랄라를 겨누고 어뢰를 발사했다. 어뢰는 오글랄라 아래를 지나 순양함 헬레나호를 맞혔다. 그 폭발로 두 배가 함께 큰 피해를 입고 물에 잠기기 시작했다. 오글랄라는 두 시간 뒤 침몰했다.

전함 네바다호는 전함 정박지의 맨 안쪽에 혼자 정박한 덕분에, 일본 항공기들의 공격을 늦게 받았다. 0802시 가가에서 발진한 일본 어뢰공격기들이 네바다를 향해 날아왔다. 조지프 타우시그(Joseph Taussig) 소위의 지휘 아래 네바다의 대공반은 기관총으로 다가오는 공격기들을 쏘았다. 그 사격으로 공격기 두 대가 격추되었다. 그러나 나중에 격추된 공격기가 발사한 어뢰가 네바다의 왼쪽 뱃머리에 큰 구멍을 냈다. 격실 몇 개가 이내 침수되었다. 파편이 타우시그의 허벅지를 관통했다. 그러나 그는 응급실로의 후송을 거부하고 적기들이 다 물러갈 때까지 방공반의 선임장교 임무를 수행했다.

당시 함장은 배에 없었으므로, 재함 선임장교인 토머스(J. F. Thomas) 소령이 배를 지휘했다. 0805시 배가 왼쪽으로 기울기 시작할 때, 일본군 수평폭격기들이 공격했다. 배의 대공포들이 응사했다. 폭격기들이 투하한 폭탄들은 배 왼쪽 바다에 떨어졌다. 방수 조치를 취하고 나자, 네바다의 승무원들은 배를 띄우려 애썼다. 배가 움직여야 적군의 공격을 피하고 대응할 수 있었으므로, 모든 배들의 승무원들은 거의 본능적으로 정박한 배들을 띄워서 바다로 나가려고 시도했다.

맨 먼저 펄 하버에서 바다로 나온 배는 구축함 헬름호였다. 일본 항공기들이 기습했을 때, 이 배는 이미 바다로 가는 수로에 있었다. 0817시 항구에서 나오자, 헬름은 산호초에 걸린 일본 난쟁이 잠수함 한 척을 발견하고 바로 돌진하면서 사격했다. 그러나 포탄은 그 일본 잠수함을 맞히지 못했고 그 배는 이내 잠수해서 사라졌다.

이어 구축함 에일윈호가 폭탄 공격을 뚫고 바다로 나오는 데 성공했다. 이어 구축함 레이드호가 손상을 입지 않고 바다로 나왔다.

일본군의 기습이 완벽했으므로, 대부분의 미군들은 일본군 항공기들이 공격하고 있다는 통보를 받으면 그 얘기를 믿지 않고 흔히 오보나 농담으로 받아들였다. 그래서 일본 항공기들이 덮치기 전 소중한 몇 분이 허비되곤 했다.

더러 희비극적 상황도 벌어졌다. 캘리포니아에서 날아온 12대의 비무장 B-17 폭격기들은 일본군 전투기들의 공격과 아군의 대공포 공격을 함께 받았다. 미국 항공모함 엔터프라이즈에서 발진한 19대의 함재기들도 같은 처지에 놓였다. 그래도 그들은 적군과 아군의 포화를 뚫고 대부분 무사히 착륙했다.

히컴 비행장을 일본군 급강하폭격기들과 전투기들이 공격했을 때, 그곳의 B-17 폭격기편대장 대행 브루크 앨런(Brooke E. Allen) 대령은 목욕을 하고 있었다. 일본 항공기가 공격하는 소리를 듣자, 그는 알몸에 욕의만을 걸친 채 활주로로 뛰어나왔다. 그리고 절망적 상황에 대한 분노와 자신의 확신이 맞았다는 지적 만족감이 뒤섞인 목소리로 기총소사를 하고 사라지는 일본 전투기들을 향해 팔을 저으면서 외쳤다. “내가 알았다, 저 난쟁이 개자식들이 일요일에 일을 저지를 줄! 내가 알았다!” 그리고 욕의만을 걸친 채 자신의 B-17을 찾아 올라타고 시동을 걸었다.

그사이에 일본군 전투기들은 활주로와 격납고의 미군 폭격기들을 거의 다 파괴했다. 폭탄 한 발이 보급창고를 맞히자, 너트와 볼트와 바퀴들이 하늘로 날아올랐다. 또 한 발은 사병 홀을 맞혀서, 35명이 즉사했고 나머지 병사들은 피를 흘리는 동료들을 이끌고 밖으로 뛰쳐나왔다.

일본 전투기의 폭탄 한 발이 유치장을 맞혔다. 다행히 죄수들은 다치지 않고 유치장 문만 열렸다.

“대공포 진지로!” 누가 외쳤다. “일본놈들을 혼내 주자!”

“일본놈들을 혼내 주자!” 풀려난 죄수들은 따라 외치면서 일제히 대공포 진지로 달려갔다. 그리고 거기서 혼자 포를 조작하던 부사관을 도와 일본기들을 향해 대공포를 쏘기 시작했다.

0755시 포드 아일랜드의 제2초계비행단 작전본부에서 로건 램지(Logan C. Ramsey) 소령은 일본 잠수함 격침 보고의 진위를 확인하고 있었다. 요란한 항공기 소리를 듣자, 그는 상황장교 리처드 밸린저(Richard Ballinger) 대위를 돌아보았다. "디크, 저 친구 번호 좀 알아보게. 경로와 안전 규정들을 열여섯 개는 어겼다고 보고해야겠네."

그 항공기가 급강하하는 소리를 듣고, 두 사람은 창밖을 내다보며 항공기의 경로를 따라갔다.

"디크, 번호 알아보았나?"

"아닙니다." 밸린저가 대꾸했다. "하지만 편대장 항공기인 것 같습니다. 붉은 띠를 두른 것을 보았습니다."

"편대들에 연락해서 어떤 편대장기가 떴나 알아보게."

"소령님," 밸린저가 다급하게 말했다. "그 항공기가 강하를 끝냈을 때 검은 물체가 그것에서 떨어지는 것을 보았습니다."

보고가 채 끝나기도 전에 격납고 지역으로부터 폭음이 밀려왔다. 상황을 이내 알아챈 램지의 안색이 바뀌었다.

"편대장 얘기는 잊어버리게, 디크. 그것은 일본 항공기였네."

그는 바로 복도 건너편 무전실로 달려갔다. 그리고 근무 무선병에게 경보를 방송하라고 명령했다.

공습, 펄 하버. 이것은 훈련이 아님(AIR RAID, PEARL HARBOR. THIS IS NOT DRILL).

역사상 가장 유명한 라디오 메시지들 가운데 하나가 전파를 타고 온

"공습, 펄 하버. 이것은 훈련이 아님(AIR RAID, PEARL HARBOR. THIS IS NOT DRILL)."

세계에 퍼진 것은 정확히 0758시였다. 이 라디오 메시지는 둘레의 다툼들에 아랑곳하지 않고 태평스럽게 잠자는 미국을 거칠게 흔들어 깨웠다.

펄 하버의 부두마다 자기 배를 찾아가려는 군인들로 붐볐다. 그러나 부두에서 함정들로 사람들을 실어 나를 작은 배들이 너무 부족했다. 더 기다릴 수 없다고 판단한 사람들은 물로 뛰어들어 헤엄쳐서 자기 배를 찾아갔다.

맹렬하게 닥치는 항공기들의 기관 소리, 기총 소사 소리, 터지는 폭탄들에 날아오르는 파편들, 불과 연기가 내는 매캐한 냄새—일본 항공기들이 습격한 곳마다 지옥이었다. 그 지옥 속에서도 움직일 수 있는 병사들은 다친 동료들을 구해 내서 안전한 곳으로 옮기기 바빴다.

일본 항공기들의 주목표인 전함 정박지가 있는 포드 아일랜드에선 사정이 특히 심각했다. 다친 사람들이 너무 많아서 의료진들은 부상자들을 제대로 치료할 수 없었다. 그저 모르핀을 놓아 주고, 붉은 머큐로크롬으로 이미 모르핀을 주사했다는 표지를 남기고 다른 부상자들에게로 옮겨갔다.

임시 병동이 된 해병대 막사엔 300명이 넘는 부상자들이 실려 왔다. 로건 램지 소령이 작전본부에서 상황을 파악하고 보고하느라 정신이 없을 때, 그의 열여섯 살 난 딸 메리 앤 램지는 부상병들의 이름을 적고 그들에게 훈련받지 않은 사람이 줄 수 있는 모든 도움을 주려 애썼다. 그녀는 아픈 아기를 안아 주는 것처럼 부상병의 머리를 두 팔로 받치고 마지막 순간을 함께했다. 마침내 부상병이 눈을 감으면, 조심스럽게 옷으로 덮어 주고서, 생명의 기운이 사라져 가는 다음 부상병을 위로했다.

2차 공격파

임무를 마친 일본군 1차 공격파 항공기들이 모함들을 향해 북쪽으로 날아가자, 오아후엔 잠시 적막이 내린 듯했다. 실은 모두 바삐 움직이고 있었다. 죽은 사람들을 안치하고, 부상자들을 돌보고, 다시 내습할 일본 항공기들에 대비하기 위해 대공포들을 설치하느라 모두 정신없이 움직였다.

후치다가 "도라! 도라! 도라!" 하고 기습의 성공을 알렸을 때, 시마자키가 이끈 2차 공격파는 모함들과 오아후의 중간쯤에 있었다. 167대의 항공기들은 1차 공격파와 같은 대형으로 날았다. 시마자키가 직접 지휘하는 수평폭격기 54대는 히컴 비행장, 포드 아일랜드 비행장, 그리고 카네오헤 비행장을 완전히 파괴하는 것이 목표였다. 에구사가 이끄는 급강하폭격기 78대는 배들을 공격해서 수리가 불가능할 정도로 파괴할 터였다. 신도가 지휘하는 전투기 35대는 제공권을 확보하는 임무를 띠었다. 만일 여유가 생기면, 전투기들은 휠러 비행장과 카네오헤 비행장을 공격할 계획이었다. 모두 희생자들이 많이 나오리라 각오하고 있었다. 1차 공격파와 2차 공격파 사이에 반 시간가량 틈이 있었으므로, 미군은 대응할 준비를 많이 했을 터였다. 대공포들도 많이 가동되고 요격기들도 뜰 것이었다.

1차 공격파는 오아후의 서쪽에서 공격했다. 2차 공격파는 동쪽에서 공격하기로 되었다. 0850시 오아후 북동쪽 해상에서 시마자키는 항공기들에게 전개 명령을 내렸다. 5분 뒤엔 공격 명령을 내렸다.

신도가 이끄는 전투기들이 먼저 하강하면서 목표를 향했다. 전투기들은 서쪽으로 날면서 두 집단으로 나뉘었다. 한 집단은 카네오헤 비행장으로 향하고 다른 집단은 히컴 비행장과 포드 아일랜드 비행장으로 향했다. 신도의 예상대로, 미군의 대공포화는 치열했다. 그리고 휠러 비행장에선 미군 요격기들을 만나서 공중전을 벌여야 했다.

수평폭격기 조종사들 가운데엔 이번이 첫 출격인 풋내기들이 많았다. 수평폭격기의 폭격은 표적을 맞히기가 어려운데, 그래도 그들은 격납고 2개를 파괴했다.

에구사가 이끄는 급강하폭격기들에겐 1차 공격파가 누렸던 기습의 이점이 없었다. 대공포화가 워낙 치열해서 그들은 계획대로 공격할 수 없었다. 그저 눈에 뜨이는 목표들을 공격하는 것에 만족해야 했다.

2차 공격을 받은 펄 하버는 다시 지옥이 되었다. 온갖 빛깔의 연기들이 땅을 덮고 하늘로 솟았다. 그 속으로 네바다호가 바다를 향해 움직였다. 뱃머리에 집채만 한 구멍이 난 채 찢긴 깃발을 날리면서 네바다가 불타는 애리조나를 지날 때, 생존자 셋이 헤엄치는 것을 보고 누가 밧줄을 던져 주었다. 구출되자마자 그들은 5인치 포를 조작하는 포수들을 돕기 시작했다. 불타는 애리조나의 열기가 너무 뜨거워서, 포수들은 포탄들이 폭발할까 걱정되었다. 그들은 포탄들을 자신들의 몸으로 감쌌다.

0850시 후치다는 수로를 항진하는 네바다를 발견했다. 이어 에구사의 급강하폭격기들은 다른 표적들을 버리고 그 배를 공격하기 시작했다. 네바다를 격침시키면, 전함 한 척을 잡는 것만이 아니라 좁은 수로를 막아서 배들이 드나들기 어렵게 만들 수 있었다. 말벌 떼처럼 달려든 일본 급강하폭격기들이 투하한 폭탄들 가운데 여섯 발이 네바다를 맞혔다. 0910시 마침내 그 전함은 진흙에 머리를 박고 좌초했다. 뱃머리는 완전히 파괴되었고 상부구조도 많이 파괴되었다. 인명 피해도 커서, 50명이 죽고 109명이 부상했다. 그래도 그 질긴 배는 1045시 예인선에 이끌려 펄 하버로 돌아왔다.

마침내 2차 공격파 항공기들이 임무를 마치고 집결 장소인 카에나곶 북서쪽 30킬로미터 상공을 향해 날아갔다. 거기서 폭격기들은 전투기들의 호위를 받으면서 300킬로미터 밖에서 기다리는 함대로 향했다.

예상대로 2차 공격파는 1차 공격파보다 손실이 훨씬 커서, 전투기 6대와 급강하폭격기 14대가 격추되었다. 많은 항공기들이 총탄을 맞았으나, 무사히 모함으로 귀환했다.

자기 항공기가 총탄을 여러 발 맞았지만, 후치다는 내내 펄 하버 상공에 머물면서 전과를 관찰했다. 연기가 하도 자욱해서 전과를 정확히 알 수는 없었지만, 그는 눈에 보이는 전과에 만족했다. 그는 나구모에게 "기대 이상의 전과"라고 보고했다. 그리고 자기 모함 아카기로 향했다.

갑자기 전투기 한 대가 남쪽에서 날아왔다. 그는 문득 집결 장소에 방향을 잃은 전투기들이 있을지 모른다는 생각이 들었다. 속력과 운항 거리를 늘리기 위해 전투에 필요 없는 장비들을 모두 들어낸 터라, 전투기들은 모함을 찾는 장치가 없었다. 그래서 모함을 찾는 장비들을 갖춘 폭격기를 따라가야 했다. 그의 걱정은 맞아서, 집결 장소엔 전투기 한 대가 목적 없이 선회하고 있었다. 그는 그 두 대의 전투기들을 인솔하고 함대로 향했다.

아카기의 함교에선 나구모 사령관과 구사카 참모장이 긴장된 마음으로 남쪽 하늘을 살피고 있었다. 후치다의 기습 성공 보고로 일단 마음이 놓였지만, 함재기들이 무사히 돌아오기까지는 아직 고비들이 있었다.

마침내 1010시에 남쪽 하늘 멀리 까만 점들이 나타났다.

"저기 옵니다." 구사카가 흥분을 억누른 목소리로 말하면서 손으로 가리켰다.

밝아진 얼굴로 나구모가 고개를 끄덕였다. "오는구먼."

까만 점들은 점점 커졌다. 편대를 이룬 항공기들도 있었고 혼자 날아오는 항공기도 있었다. 배마다 환호성이 일면서, 함재기들을 맞으려고 사람들이 분주히 움직이기 시작했다.

함재기들의 착륙은 쉽지 않았다. 날씨는 아침 내내 나빠져서, 파도가 심했고 바람은 거셌다. 돌아온 항공기들은 연료가 얼마 남지 않았으므로, 착륙 절차가 빨리 진행되어야 했다. 그래서 승무원들은 많이 부서진 항공기들을 아예 바다로 밀어 넣어서 선회하는 항공기들이 착륙할 공간을 마련했다.

함대 지휘관들의 마음은 더욱 바빴다. 펄 하버의 기습에 성공하더라도, 기동부대가 큰 손실을 입을 것으로 예상했으므로, 추가 공격에 대한 계획은 마련되지 않았다. 공격이 예상 밖으로 성공하자, 추가 공격이 갑자기 현실적이 되었다. 후치다는 돌아오면서 이미 추가 공격의 주요 목표로 연료 저장 시설과 정비창을 꼽은 터였다. 귀환한 조종사들도 대부분 추가 공격을 해야 한다고 주장했다.

추가 공격에 대한 계획이 없었으므로, 지휘부는 추가 공격에 대해 즉각적으로 결정해야 했다. 추가 공격이 바람직하다는 점에 대해선 모두 생각이 같았다. 문제는 추가 공격에 따르는 위험이었다. 1차 공격파보다 2차 공격파가 훨씬 큰 손실을 입었다는 사실이 가리키듯, 미군은 신속하게 일본군의 공중 공격에 대응했다. 오후의 공격엔 훨씬 큰 손실이 따를 수밖에 없었다. 위험의 판단에서 결정적 요소는 미군 항공모함 함대의 위치였다. 적군 항공모함 함대의 위치를 모르는 상황에서 펄 하버의 추가 공격에 나서면, 미군 함재기들의 공격을 받을 위험도 있었다.

상황을 종합해서, 겐다는 나구모에게 자신의 의견을 개진했다. 지금 일본 해군은 미국 해군에게 결정적 타격을 줄 수 있는 기회를 맞았으므로, 추가 공격이 꼭 필요하다. 후치다의 의견대로, 연료 저장 시설과 정비창의 파괴는 미군 함대가 회복해서 작전에 나서는 것을 더디게 할 것이다. 그러나 오후에 바로 공격에 나서는 것은 무리다. 미군 항공모함들의 반격에 대응하기 위해 항공기들이 무장을 갖춘 터라, 펄 하버를 다시 공격하려면 무장을 바꿔야 하는데, 그 일에는 시간이 많이 걸려서 날이 어두워질 것이다. 게다가 날씨가 점점 나빠져서 파도가 높고 바람이 거세므로 항공기들의 이착륙이 무척 위험하다. 그래서 일본 함대로선 현재 위치에서 며칠 머물면서 미군 항공모함들을 쫓고 추가 공격을 하는 것이 가장 현실적 선택이다.

나구모의 생각은 달랐다. 펄 하버 공격 부대는 이미 목표를 이루었다. 그것도 최소한의 손실로. 이제는 행운이 이어지기를 기대하기보다 안전한 방안을 따르는 것이 옳다. 무엇보다도, 장갑이 얇고 활주 갑판이 나무로 된 일본 항공모함은 폭격에 아주 취약한데, 미군 함재기들이 공격해 올 가능성이 있다.

나구모가 구사카를 돌아보았다.

"참모장 생각은 어떻소?"

구사카는 원래 신중한 사람이었다. 그는 기동부대가 주어진 임무를 완벽하게 수행했다고 생각했다. 이제는 기동부대를 온전히 일본으로 귀환시키는 것이 가장 중요했다. 무엇보다도, 그는 사령관의 뜻을 잘 알았다.

"사령관님, 제 생각엔 회항하는 것이 옳은 것 같습니다."

나구모가 고개를 끄덕였다.

"그렇게 합시다."

곧 아카기에선 "공격 준비는 취소되었다"는 명령이 내려졌다. 이어 돛대에 걸린 신호기들은 '함대는 서북쪽으로 회항한다'는 신호를 다른 배들에 알렸다.

정신없이 밥을 먹던 후치다는 명령을 듣자, 바로 선교로 올라갔다. 나구모에게 경례하자 그는 바로 물었다. "사령관님, 왜 우리는 공격하지 않습니까?"

나구모가 대답하기 전에 구사카가 먼저 대꾸했다. "이번 작전의 목표는 달성되었소. 이제 우리는 앞날의 작전들에 대비해야 하오."

후치다는 말문이 막혀서 가까스로 대꾸했다. "알겠습니다."

그러나 그는 너무 속이 쓰려서, 그 뒤로 어쩔 수 없는 경우를 빼놓고는 나구모와 만나는 것을 피했다.

마음이 너그럽고 다른 사람들의 생각을 잘 헤아리는 겐다는 나구모의 결정에 불만을 드러내지 않았다. 지휘관은 책임을 지므로, 지휘관의 판단을 아랫사람이 비판하는 것은 온당치 못하다는 생각이었다. 그래도 그는 나구모가 치명적 실수를 저질렀다고 믿었다. 중요한 것은 첫 승리가 아니라 패주하는 적을 추격해서 재집결을 막는 것이라는 군사 교범의 교훈을 되새기면서, 그는 혼자 한숨을 쉬었다.

회항한다는 나구모의 보고를 받자, 일본 내해 나가토호의 연합함대 본부에선 분노한 목소리들이 터져 나왔다. 연합함대 참모들은 모두 나구모의 결정을 어리석다면서 그의 소심함을 심하게 비판했다. 그들은 기동부대가 뱃머리를 돌려 펄 하버를 다시 공격하는 방안을 밤새 만들어 이튿날 아침 야마모토에게 제시했다. 그러나 야마모토는 즉석에서 그 방안을 거부했다.

추가 공격에 관한 나구모의 결정이 알려지기 전에, 이미 야마모토는 나구모가 회항하리라고 예상했었다. 그는 나구모가 예상 밖의 승리를 이용해서 결정적 승리를 추구하기엔 마음이 너무 약하고 관료적임을 잘 알았다. 참모들 앞에서 그는 나구모가 물건을 훔치러 들어가서 물건을 챙기자 무사히 도망칠 것만 생각하는 도둑과 같다고 평했다.

야마모토는 추가 공격이 꼭 필요하다 믿었고, 자기 참모들이 밤새워 만든 추가 공격 계획에도 마음이 끌렸다. 그래도 그는 나구모의 결정을 뒤집지 않았다. 그는 야전 지휘관이 본부 참모들이 알 수 없는 현지 사정들을 잘 안다는 점을 들어 야전 지휘관의 결정을 늘 존중했다. 게다가 이번엔 나구모의 결정이 전 함대에 알려졌으므로, 그가 나구모의 결정을 뒤집으면 기동함대를 지휘하는 나구모의 체면이 크게 깎일 수밖에 없었다.

결국 연합함대 사령관 야마모토는 기동부대 사령관 나구모의 회항 결정을 추인했다. 그렇게 해서, 일본이 펄 하버의 기습으로 태평양에서 얻은 해군력의 우위를 더욱 크게 하고 그 우위를 오래 유지할 수 있었던 기회는 손가락 사이로 물이 빠지듯 스르르 지나갔다.

전과에 관한 후치다의 평가는 정확했다. 겨우 2시간 동안에 미국 해군 태평양함대는 전함 8척, 경순양함 3척, 구축함 3척, 그리고 보조함 4척이 침몰되거나 파손되었다. 항공기 피해도 커서, 전투기 13대, 정찰폭격기 21대, 초계폭격기 46대, 보급항공기 3대, 수송기 2대, 관측기·정찰기 1대 그리고 훈련기 1대를 잃었다. 파손된 항공기들은 100대가 훌쩍 넘었다. 우군 사격으로 격추된 항공기들도 여러 대가 되었다. 하와이 주둔 육군 항공대는 B-17 폭격기 4대를 포함한 77대의 각종 항공기들을 잃었다. 시설도 많이 파괴되었다. 가장 아픈 손실은 물론 인명 손실이었다. 전사자는 2,403명이고 부상자는 1,178명이었다.

반면에, 일본 기동부대의 손실은 그리 크지 않았다. 전투기 9대, 급강하폭격기 15대, 어뢰공격기 5대, 합계 29대의 항공기들이 격추되었다. 그리고 결사대로 투입된 잠수함 1척과 난쟁이 잠수함 5척이 침몰했다. 원래 펄 하버 공격작전을 계획한 사람들은 기동부대가 군함, 함재기 및 병력을 각기 3분의 1가량 잃을 것으로 예상했었다.

펄 하버 싸움은 그리 큰 싸움은 아니었다. 350대 남짓한 일본군 함재기들이 2시간 동안 하와이의 미군 함대와 비행장들을 폭격한 것뿐이었다. 펄 하버 싸움에서 미군이 본 피해는 작지 않았지만, 그 싸움으로 나오게 될 수많은 전투들에 비기면 크게 마음 쓸 만한 것은 아니었다.

펄 하버에 대한 일본군의 공격은 전략적 기습도 아니었다. 이미 미국 정부는 일본과의 전쟁이 곧 일어나리라 예상했다. 두 나라 사이의 전쟁을 막아 보려 끝까지 애쓴 주일 미국 대사 조지프 그루는 도조 내각이 들어선 뒤의 일본 정책을 국무부에 보고하면서 "일본은 외국의 압력에 밀리기보다는 국가적 하라키리切腹(할복)를 할 가능성이 높다"고 평가했다. 미국 군대는 이미 오래전부터 일본과의 싸움에 대비하고 있었다. 비록 완벽했지만, 일본의 하와이 작전은 전술적 기습에 지나지 않았다.

그러나 펄 하버에서 역사의 물길은 문득 굽이돌았다. 그 대담하고 화사한 해양 작전을 계획한 사람들도, 그 어려운 작전을 성공적으로 수행한 사람들도, 그 작전으로 운명이 뒤바뀐 수많은 사람들도, 그리고 부도덕한 기습에 대해 철저한 응징을 다짐한 사람들도, 그것이 얼마나 중요한 역사적 사건인지 상상할 수 없었을 것이다. 그 사건으로 새롭게 펼쳐질 역사의 모습을 가늠하려 애쓴 사람들 가운데 확실한 전망을 내놓을 수 있었던 사람들은 몇 안 되었을 것이다.

그런 전망을 확신에 차서 제시한 사람들 가운데 하나는 뜻밖에도, 워싱턴의 허름한 셋집에서 라디오로 펄 하버 공격 뉴스를 들은 나이 지긋한 동양인 망명객이었다.

제3장

선전포고

노무라 대사의 부끄러움

워싱턴 시간 1941년 12월 7일 1300시. 녹스 해군장관은 국무부에서 자기 사무실로 돌아왔다. 국방 관련 장관들인 국무장관, 전쟁장관 및 해군장관의 협의는 진지했지만 새로운 얘기들은 드물었다. 일본 외상이 주미 일본 대사에게 보낸 전문의 "7일 1300시에 일본 정부의 답변을 미국 국무장관에게 전하라"는 대목이 세 장관 모두 마음에 걸렸지만, 아직 일본군의 특별한 움직임은 없었다.

녹스 장관이 돌아오자, 해군 작전사령관 스타크 대장과 전쟁계획부장 리치먼드 터너(Richmond K. Turner) 소장이 그의 사무실로 왔다. 바로 일본 해군의 움직임에 대한 논의가 시작되었다. 구체적 자료들을 살피기 위해 그들은 녹스의 보좌관 존 딜런(John H. Dillon) 해병 소령의 방으로 자리를 옮겼다. 그들이 딜런의 책상에 놓인 서류를 검토하는데, 해군 중령 하나가 급히 들어와서 전문을 전달했다.

그들은 함께 그 전문을 들여다보았다. 전문은 간단했다.

"공습, 펄 하버. 이것은 훈련이 아님."

"세상에," 믿어지지 않는다는 얼굴로 그 전문을 가리키면서, 녹스가 내뱉었다. "이럴 수가 없는데. 필리핀 얘기 아닌가?"

그러나 전문의 발신자는 분명히 태평양함대 사령관실이었다.

"아닙니다. 이것은 펄입니다." 스타크가 무겁게 대답했다. 워싱턴 시간으로 1337시였다.

이 무렵 백악관 오벌 룸의 서재에선 루스벨트 대통령이 보좌관 해리 홉킨스(Harry Hopkins)와 늦은 점심을 들고 있었다. 루스벨트는 일본과의 외교적 교섭이 잘 나아가지 않는 것이 걱정스러웠다. 그러나 그는 일본이 미국을 공격하지는 않으리라고 확신했다. 영국이 어려운 처지에 놓인 틈을 타서 영국령 말라야나 싱가포르를 공격할 가능성은 있었지만, 미국을 공격할 가능성은 그의 계산엔 들어 있지 않았다. 그래서 대통령과 보좌관은 모처럼 전쟁과 관련이 없는 얘기들을 하면서 머리를 식혔다.

1340시 홉킨스는 녹스 해군장관의 전화를 받았다. 그는 펄 하버가 일본군의 공격을 받았다는 녹스의 보고가 믿어지지 않았다. 그는 거듭 확인했다. 녹스는 보고 내용이 확실하다고 확인해 주었다. 고개를 저으면서 홉킨스는 식탁으로 돌아왔다. 그리고 말없이 묻는 대통령에게 보고했다. "녹스 장관의 전화입니다. 대통령님, 태평양함대 사령관이 일본군이 펄 하버를 공습했다고 해군부에 보고했다고 합니다."

"그런가?" 대통령의 얼굴에 놀라움이 슬쩍 스쳤다. "펄 하버라 했나?"

"예. 태평양함대 사령관의 전문은," 그는 손에 든 비망록을 읽었다. "'공습, 펄 하버. 이것은 훈련이 아님'입니다." 그리고 변명하듯 덧붙였다. "무슨 착오가 있는 것이 분명합니다. 일본이 펄 하버를 공격할 리 없습니다."

루스벨트는 잠시 생각하더니 고개를 끄덕였다. "해리, 그 보고는 맞을 가능성이 높네. 이것은 일본 사람들이 하기 좋아하는 종류의 일이거든. 태평양에서의 평화를 논의하면서 기습으로 전쟁을 일으키는 것은 아주 일본적이지."

루스벨트는 일본이 늘 선전포고 없이 기습으로 전쟁을 시작했다는 사실을 알고 있었다. 일본이 미국을 공격했다는 것은 그의 계산과 어긋났지만, 기습으로 전쟁을 시작했다는 것은 일본의 행동 패턴에 맞았다.

"알겠습니다." 고개를 끄덕이면서, 홉킨스는 감자 한 조각을 집어 입맛이 사라진 입속으로 넣었다.

한참 생각하더니, 루스벨트는 보좌관에게 조용히 말했다. "헐 장관에게 전화를 해야겠네. 그에게 연결하게."

전화가 연결되자, 루스벨트는 헐 국무장관에게 하와이에서 온 전문의 내용을 알려 주었다. 그리고 헐에게 노무라 대사를 만나되, 일본군이 펄 하버를 공격했다는 것은 언급하지 말라고 당부했다. 그저 일본 대사를 맞아서 얘기를 듣고 배웅하라 일렀다.

일본 대사관 암호 요원이 일본 정부의 답변서 마지막 부분인 14부를 해독한 것은 1230시였다. 미국 정부에 제시할 만한 문서로 만들어 외무성이 지시한 시한인 1300시에 미국 국무장관에게 제시하기엔 시간이 너무 부족했다. 오쿠무라가 땀을 흘리면서 서투른 솜씨로 타자하는 것을 지켜보던 노무라 대사는 헐 국무장관에게 전화를 걸어서 사정을 얘기하고 약속 시간을 늦췄다.

1405시 노무라 대사와 구루스 사부로 특별대사는 국무부에 닿았다. 일본의 기만적 행태를 아는지라, 헐은 그들을 만나고 싶은 생각이 들지 않았다. 그래서 그들은 15분이나 기다린 뒤에야 헐의 사무실로 안내되었다.

헐은 국무부 극동 문제 전문가인 조지프 밸런타인(Joseph W. Ballantine)과 함께 그들을 차갑게 맞았다. 그는 그들에게 앉으라는 말조차 하지 않았다.

헐에게 답변서를 건네면서 노무라는 설명했다. "장관님, 나는 이 문서를 오후 한 시에 전달하라고 도고 외상으로부터 지시받았습니다. 행정적 업무에 시간이 걸려 늦게 전달하게 되었습니다. 지연에 대해 사과드립니다."

"그가 이 문서를 꼭 한 시에 전달하라고 한 이유는 무엇인가요?" 속에서 일렁이는 분노를 누르면서, 헐이 탁한 목소리로 물었다.

"나는 모릅니다." 노무라가 난감한 얼굴로 대답했다. "나는 그저 한 시에 직접 장관님을 뵙고 전달하라는 지시를 받았습니다."

"어쨌든 나는 이 문서를 두 시에 전달받았습니다." 헐은 '두 시'에 힘을 주었다.

헐의 얘기를 듣자, 노무라는 순간적으로 느꼈다. 일본 측이 미국 측에 문서를 전달하는 시간에 헐이 큰 무게를 둔다는 것을, 그리고 일본 외무성과 미국 국무부가 알고 있는 무엇을 자신은 모른다는 것을. 명색이 대사였지만 사태가 돌아가는 것을 전혀 모른 채 단순한 심부름만을 해온 자신의 처지가 부끄러워서 노무라는 얼굴이 달아올랐다.

헐은 받아 든 문서를 읽는 시늉을 했다. 노무라가 일본 대사관에서 읽기도 전에 그는 이미 해군 정보부가 도청해서 해독한 것을 읽고 여러 사람들과 함께 그 뜻을 생각해 본 터였지만, 물론 내색할 수는 없었다.

"지난 아홉 달 동안 당신과 많은 얘기를 나누면서," 차가운 눈길로 노무라를 쏘아보며, 그는 경멸이 흥건히 밴 목소리로 말했다. "나는 진실이 아닌 말을 단 한 마디도 하지 않았다는 것을 먼저 얘기해야만 하겠습니다. 이 사실은 기록에 의해 절대적으로 확인됩니다."

손에 든 일본 문서를 흔들면서, 그는 목소리를 높였다. "공직에서 봉사한 오십 년 동안 나는 이것보다 사악한 거짓들과 왜곡들이 더 가득한 문서를 본 적이 없습니다. 사악한 거짓들과 왜곡들이 하도 거대해서 나는 오늘까지 이 지구 위의 어떤 정부도 그것들을 입 밖에 내리라고 상상하지 못했습니다."

노무라가 대꾸하려 하자, 헐은 손을 들어 말을 막고서 고갯짓으로 문을 가리켰다.

당황스러운 마음을 추스르면서, 노무라는 고개를 숙인 채 문을 나섰다. 헐이 무엇에 대해 분노하는지 정확히 알지 못했으므로 그는 더욱 당황스러웠다. 구루스와 수행원들이 말없이 뒤를 따랐다.

대사관에 돌아와서야 비로소 노무라는 일본군의 펄 하버 기습공격을 알았다. 충격으로 그의 얼굴이 하얘졌다. 전쟁을 걱정했고 평화를 위한 자신의 노력이 성공할 가능성은 거의 없다는 것을 알았지만, 이리 빨리 그리고 일본의 대규모 기습으로 전쟁이 일어나리라고는 예상치 못했던 터였다. 이어 아픈 깨달음이 그의 마음을 기괴한 불빛으로 밝혔다. 이제 드러난 것이었다. 굳이 일요일 1300시에 국무장관을 만나서 직접 문서를 전달하라는 도고 외상의 지시에 담긴 뜻이.

혼자 있고 싶어 하는 그의 마음을 이해하는 듯, 구루스가 긴 얘기 하지 않고 그의 사무실에서 나갔다. 다른 직원들이 뒤를 따랐다.

그는 창가에 서서 잔잔한 눈길로 밖을 내다보았다. 잎새들을 떨구고 감출 것 없는 몸으로 따습지 않은 햇살을 받는 나무들이 문득 부러워졌다. 온 세상 앞에 벌거벗고 선 느낌이었다. 어디로, 사람들의 눈길이 닿지 않는 곳으로 숨고 싶었다. 그는 일본군의 펄 하버 기습작전의 성공을 위해서 춤춘 꼭두각시였고, 도고는 그 꼭두각시를 조종하면서 한껏 농락한 것이었다.

지난 10월 고노에 내각이 물러나고 도조 내각이 들어섰을 때, 그는 사의를 밝혔었다. 그가 도쿄에 대한 영향력이 전혀 없다는 것을 미국 대통령과 국무장관이 잘 알고 있으므로 차라리 사직하는 것이 낫겠다고 직설적으로 얘기했었다. 그때 도고가 간곡한 어조로 만류했었다.

"귀하의 개인적 소망을 기꺼이 희생하시고 귀하의 직무를 계속하시기를 희망합니다."

조국을 위해서라면 굴욕적인 일도 마다할 수는 없었다. 그의 명예로운 조국은 다시 한 번 명예롭지 못하게 평화 협상 중에 선전포고 없이 상대국을 기습하기로 결정했고, 그는 그런 결정을 수행한 많은 사람들 가운데 하나에 지나지 않았다. 그가 외무성의 의도를 미리 알았다고 해서 달라질 것은 없었다. 생각해 보면 일본 해군은 청일전쟁에서 청 함대를 선전포고 없이 기습해서 침몰시켰고, 러일전쟁에서도 여순의 러시아 함대를 기습한 뒤에 선전포고를 했다. 그리고 그때 그는 그런 기습작전에 대해 마음을 쓰지 않았었다. 일본 육군이 만주사변과 중일전쟁을 선전포고 없는 기습으로 시작했어도 그는 부끄러움을 느낀 적이 없었다. 이제 와서 뒤늦게 불평할 수는 없었다. 그래도 도고와 같은 자에게 철저하게 농락을 당했다는 사실은 어쩔 수 없이 분했다.

그를 만났을 때, 헐은 이미 펄 하버 공격을 알고 있었을 터였다. 차가운 경멸이 담긴 눈길로 그를 바라보면서 문서를 흔들던 헐의 모습이 떠오르자, 그는 어쩔 수 없이 깊은 부끄러움을 느꼈다. 헐이 그가 알면서도 속였다고 생각하든 그가 상황을 모른 채 외무성의 조종을 당했다고 생각하든, 부끄럽기는 마찬가지였다.

한숨을 길게 내쉬고서, 그는 갑자기 더 늙어 버린 듯한 몸을 이끌고 책상으로 돌아왔다. 두 나라 사이의 외교 관계가 단절되어서 대사로서 할 일은 없어졌지만, 치워야 할 쓰레기들은 많았다. 지휘관으로 해전과 육전을 치른 터라, 그는 잘 알았다. 싸움이 끝난 뒤 전장을 정리하는 것이 얼마나 힘들고 괴로운가.

스팀슨 전쟁장관은 늦은 점심을 들다가 루스벨트 대통령의 전화를 받았다. 펄 하버가 일본군의 기습공격을 받았다는 소식을 전하는 대통령의 목소리에서 스팀슨은 대통령이 상황을 크게 석정하지 않는다는 느낌을 받았다. 오히려 대통령의 목소리에선 안도감 비슷한 것이 느껴졌다. 대통령으로선 그럴 만도 했다.

지난 10월 전쟁을 피하려 무던히도 애쓴 고노에 후미마로 수상이 사퇴하고 육군대신으로 강경한 주장을 펴 온 도조 히데키 대장이 수상이 되자, 미국 정부는 전쟁을 피할 길이 없다고 판단했다. 일본과의 평화 교섭은 전쟁을 피할 수 있다는 생각에서가 아니라 단 몇 주라도 시간을 벌려는 목적으로 진행되었다. 대서양에서 독일과 실질적으로 전쟁에 들어간 상황이었으므로, 미국은 태평양에서 일본과 싸우는 것을 되도록 미루면서 시간을 벌려 애썼다.

아울러, 전쟁을 피할 수 없다면, 상대가 먼저 공격하도록 하는 것이 긴요했다. 그래야 국제 여론에서 우위를 차지할 수 있고, 국내 여론의 분열을 막아서 길고 힘들 수밖에 없는 전쟁에 대한 국민들의 지지를 얻을 수 있었다. 대통령과 주요 각료들이 모인 전쟁 회의에서 "아프지 않게 한 대 얻어맞는 것이 최선"이란 얘기를 한 것은 스팀슨 자신이었다.

그 얘기는 실은 루스벨트의 의중을 대변한 것이었다. 루스벨트는 속속들이 '정치적 동물'이었다. 그는 지도력이 뛰어났지만 정치적 본능이 워낙 강해서, 대통령이 된 뒤에도 정치가의 면모가 지도자의 면모를 압도했다. 지도자로서 루스벨트는 독일의 도발에 대해 전쟁을 선포하는 것이 옳다고 생각했다. 정치가로서 루스벨트는 전쟁을 반대하는 고립주의자들이 많다는 사실을 고려해서 시기가 무르익기를 기다리려 했다. 그래서 지난 10월에 독일 잠수함의 공격으로 미국 구축함 루번 제임스(Reuben James)호가 침몰해서 큰 인명 손실을 입었어도, 독일에 대한 선전포고를 국회에 요청하지 않았다. 일본의 명시적 도발 없이 루스벨트가 일본에 대해 선전포고를 하는 일은 생각하기 어려웠다.

이제 루스벨트는 어려운 처지에서 훌쩍 벗어난 것이었다. 일본군의 비겁한 기습공격으로 미국 국민들은 분개할 것이고 보복의 목청이 거세질 터였다. 루스벨트에 줄기차게 반대해 온 공화당 의원들도 이제는 침묵하거나 일본을 성토할 수밖에 없었다.

노련한 정치가인 스팀슨은 루스벨트의 의중을 잘 읽었다. 그는 각료들 가운데 가장 연장이고 경험이 많았고 신망이 컸다. 1867년에 태어난 스팀슨은 루스벨트보다 15세나 위였다. 윌리엄 하워드 태프트(William Howard Taft) 대통령 아래에서 전쟁장관을 지냈고, 허버트 후버 대통령 아래에선 국무장관을 지냈고, 루스벨트의 민주당 정권이 들어서면서 현재 국무장관인 헐에게 자리를 물려주었다. 유럽에서 제2차 세계대전이 일어나자 루스벨트는 양당 화합 차원에서 공화당원인 스팀슨과 녹스를 각기 전쟁장관과 해군장관에 임명해서 지금에 이른 것이었다.

그렇다고 스팀슨이 대통령의 비위를 맞추려고 그런 얘기를 한 것은 아니었다. 그는 원래 다른 나라를 침략하는 군국주의 국가들을 경계했고 그들의 무도한 행태에 대해 강경한 대응을 주장해 온 터였다. 1931년 일본군이 만주사변을 일으키고 만주를 장악해 나갈 때, 국무장관이었던 스팀슨은 일본의 팽창 정책을 강력히 비난했다. 1932년 1월 그는 "미국의 조약 상의 권리들이나 파리 협약에 어긋나는 방식으로 이루어진 어떤 상황, 조약, 또는 협약을 미국은 법적으로 유효하다고 인정할 의도가 없다"는 내용의 문서를 중국과 일본에 동시에 보냈다. 뒤에 이 원칙은 '스팀슨주의(Stimson Doctrine)'라 불리게 되었다. 따지고 보면 일본이 지금 빠진 곤경은 바로 스팀슨주의를 미국이 충실히 따랐다는 사실에서 나왔다. 루스벨트 대통령이 일본에게 중국에서 물러나라고 요구해 온 것은 바로 스팀슨주의의 실천이었다.

대통령과의 전화를 마치고 서둘러 점심을 끝내면서, 스팀슨은 마음속으로 안도의 한숨을 길게 내쉬었다. 이제 미국은 전쟁에 들어가는 것이었다. 선전포고만 하지 않았을 따름 실질적으로 전쟁 상태였던 어정쩡한 상황에서 단숨에 벗어나 포악한 추축국들과 맞서는 과업을 공식적으로 시작한 것이었다.

그러나 사무실로 돌아오자, 그는 경악했다. 하와이의 미군 함대가 입은 피해를 정확히 알 수는 없었지만, 그 피해가 예상을 크게 넘는 것은 분명했다. 일본으로부터 "아프지 않게 한 대" 얻어맞은 것이 아니었다. 일본이 마음먹고 휘두른 주먹을 얼굴에 정통으로 맞고 피를 흘리면서 쓰러진 것이었다.

일요일 1500시 조금 넘어서, 백악관에서 루스벨트 대통령 주재로 회의가 열렸다. 먼저 헐 국무장관이 일본 외교관들과 만난 일을 보고했다. 간교한 일본에게 완전히 속았다는 자책감으로 그의 얼굴은 창백했다. 이어 녹스와 스팀슨이 각기 해군과 육군 관련 사항들을 보고했다. 대통령과 보좌관들이 그들에게 자세히 캐물었다. 하와이에서 일어난 일들과 그런 일들이 일어나게 된 까닭들에 대해서. 이어 일본군이 공습에 이어 하와이를 점령할 가능성과 일본군이 미국 본토 서해안을 공격할 가능성이 논의되었다.

국방과 외교에 관련된 주요 인물들은 다 모였지만, 하와이의 상황에 대한 정보가 부분적이어서 논의는 제대로 나아가지 못했다. 하와이의 정보는 주로 해군 작전사령관 스타크 대장이 전화로 대통령 비서 그레이스 털리(Grace Tully)에게 보고했는데, 스타크 자신도 상황을 제대로 파악하지 못하고 단편적 보고들에 의존하고 있었다. 여러 사람들이 모여서 열심히 논의하는 터라 회의장이 혼란스럽고 시끄러웠다. 그래서 털리는 대통령의 침실에서 전화를 받아 타자해서 대통령에게 보고했다. 단편적이고 점점 심각한 정보들이 보고되어서 회의의 분위기는 점점 무거워졌다.

그래도 루스벨트는 차분하게 필요한 일들을 챙겼다. 먼저 육군참모총장 조지 마셜(George Marshall) 대장에겐 지상군과 항공대의 배치에 대해 물었다. 마셜은 필리핀의 맥아더에게 일본과의 전쟁이 일어났을 때 할 조치들에 대해서 지시했다고 대통령을 안심시켰다.

루스벨트의 낯빛이 밝아졌다. 마셜은 그가 가장 신임하는 군인이었다. 마셜은 제1차 세계대전에서 참모장교로 뛰어난 기획 능력을 보였고 1930년대엔 포트 베닝 보병학교에서 육군의 교리를 개발했다. 곧 싸움터에서 활약할 야전 지휘관들인 오마 브래들리(Omar Bradley), 로턴 콜

"지상군과 항공대의 배치 상황은? 중남미 국가들에 상황을 통보하고 유대관계를 더욱 돈독히 하시오. 주요 시설들 경비를 강화하고… 군인이 백악관을 경비하는 건 글쎄."

린스(J. Lawton Collins), 매슈 리지웨이(Matthew B. Ridgway), 조지프 스틸웰(Joseph Stilwell), 월터 베델 스미스(Walter Bedell Smith), 코트니 호지즈(Courtney Hodges) 및 찰스 볼트(Charles L. Bolte)는 그의 영향을 깊이 받았다. 이들 가운데 리지웨이는 유럽에서 공수군단을 지휘하고 한국전쟁에선 국제연합군 사령관으로 중공군에게 밀리던 국제연합군을 추슬러 성공적으로 반격함으로써 패망의 위기에 몰린 대한민국을 구하게 된다. 1939년 9월 1일 독일이 폴란드를 침공해서 제2차 세계대전이 일어난 날, 마셜은 육군참모총장에 임명되어 줄곧 미군의 급속한 증강을 지휘했다.

루스벨트는 헐에게 중남미 국가들에 상황을 통보하고 유대관계를 더욱 돈독히 하라고 지시했다. 헐은 물론 대통령의 말뜻을 잘 알았다. 그는 중남미 국가에 일본의 영향이 확산되는 것을 막고 파나마 운하의 안전을 확보하며, 무엇보다도 멕시코와의 관계를 더욱 긴밀하게 만들겠다고 답했다.

라틴 아메리카라 불리는 것처럼, 중남미는 스페인과 포르투갈의 식민지였고 본국의 전통을 이어 왔다. 그리고 독일과 이탈리아 이민들이 많았다. 자연히 프랑코가 통치하는 전체주의 스페인과 가까웠고 추축국 독일과 이탈리아에 호의적이었다. 일본도 그런 사정을 이용하려고 라틴 아메리카에 공을 들여 왔고, 덕분에 아르헨티나와 우루과이는 일본에 무척 호의적이었다. 따라서 미국 정부로선 안마당인 라틴 아메리카를 서둘러 안심시켜야 했다. 멕시코는 긴 국경을 공유한 이웃인 데다가 미국에 대한 반감이 깊어서 특별히 마음을 써야 했다.

북쪽의 캐나다와는 달리, 멕시코는 미국에 대해 호의적이지 않았다. 캐나다와 미국은 영국의 식민지로 출발했으므로, 뿌리가 같았고 영국의 자유주의적 전통을 물려받았다. 스페인의 식민지였다가 1820년대 초엽에 독립한 터라, 멕시코는 스페인의 중앙집권적 전통을 물려받았다. 미국은 백인이 주류인 캐나다에 대해선 너그러웠지만, 원주민들이 다수인 멕시코에 대해선 인종 차별 정책을 폈다. 스페인 식민지 시절의 멕시코는 텍사스, 뉴멕시코, 애리조나 및 캘리포니아를 영유했지만, 뒤에 이 지역들을 힘센 미국에 빼앗겼다. 게다가 멕시코의 풍부한 석유는 모두 미국 기업들이 소유해서 멕시코가 '양키(Yankee)'에게 착취당한다는 생각이 널리 퍼졌다. 당연히 멕시코는 미국을 두려워하고 싫어했다.

제1차 세계대전이 한창이던 1917년 1월, 독일 외상 아르투르 치머만(Arthur Zimmerman)은 멕시코 주재 독일 공사에게 "만일 멕시코가 독일과 연합해서 미국에 맞서면, 멕시코가 미국에 빼앗긴 텍사스, 뉴멕시코 및 애리조나를 되찾도록 해 주겠다"고 제안하라는 훈령을 보냈다. 독일군 최고사령부는 잠수함(U-boat)을 이용한 무제한 격침 작전을 재개하기로 결정했다. 그리고 그 결정으로 참전할 미국에 대해선, 멕시코를 끌어들여 미국 배후에 제2전선을 열 계획이었다. 캘리포니아를 뺀 것은 태평양의 지배를 꿈꾸는 일본을 유혹하려는 생각에서였다.

독일 정부는 자신들의 암호가 안전하다고 여겨서, 그 훈령을 영국과 미국을 거치는 전신 케이블을 이용한 전보로 보냈다. 미국은 그 전보를 놓쳤지만, 미국 몰래 도청하던 영국 정보부는 그것을 발견해서 해독했다. 영국 정부는 도청했다는 것을 숨기고 그 전보를 발견하게 된 경위를 그럴듯하게 꾸며서 그것을 미국 정부에 제시했다. 3월 초에 미국 정부가 그 전문을 공개하자 미국 사회는 격노했고, 미국은 자신이 영국에 의해 조종되는 줄도 모른 채 서둘러 참전했다.

멕시코는 제1차 세계대전 내내 중립을 지켰다. 이번에도 멕시코가 흔들리지 않도록 미리 손을 쓰는 것은 중요했다. 일본이 멕시코의 석유를 탐내는 것은 비밀이 아니었다. 다행히 아직까지 멕시코는 미국의 대일본 정책을 지지하면서 전쟁 물자와 식량의 대일본 수출을 금지하고 있었다.

헐의 답변에 만족한 루스벨트는 스팀슨과 녹스에게 조병창, 화약 공장, 교량과 같은 주요 시설들에 대한 경비를 강화하라고 지시했다. 한 보좌관이 백악관의 경비를 강화할 것을 건의하자, 루스벨트는 군인이 백악관을 경비하는 것은 좋은 방안이 아니라고 물리쳤다.

세 장관들과 마셜은 빨리 자기 사무실로 가서 필요한 조치들을 하고 싶어 했다. 그래서 2030시에 내각 회의를 열기로 하고, 회의는 예상보다 일찍 끝났다.

프란체스카의 소원

이 시각 이승만은 거실에서 프란체스카와 차를 들고 있었다. 그는 귤을 까서 숄을 어깨에 두른 프란체스카에게 내밀었다. "마미, 감기엔 뭐니 뭐니 해도 귤이 제일이라던데…."

그녀가 웃음 띤 얼굴로 받아 들었다. "고마워요, 파피."

아내가 귤을 먹는 것을 바라보면서, 그는 한 줄기 서늘한 바람이 가슴을 스치는 것을 느꼈다. 감기에 걸려 연신 손수건으로 콧물을 닦으면서도, 초라한 거실에서 지아비와 온전히 함께 보내는 일요일이 행복한 여자—그의 아내는 그런 여자였다. 독립운동을 한다고 평생을 낯선 땅에서 떠돈 지아비에게 불평 한마디 한 적 없이 작은 기쁨들로 만족해 온 여자였다. 그런 아내에게 이제 집 한 칸 남기지 못하고 죽는 것이었다. 지금 그가 사는 2층 벽돌집은 엄격히 얘기하면 그의 집이 아니라 하와이 동포들의 집이었다. 동포들의 돈으로 장기 할부로 구입한 것이었다. 그가 죽으면 아마도 이 집은 팔릴 터였다. 그녀로선 잔금을 매달 부을 능력이 없었다. 그런 생각은 힘든 평생으로 단단해진 그의 마음도 약하게 만들었다.

'내가 죽으면….'

그는 나오는 한숨을 급히 죽였다.

"이것은 긴급 뉴스입니다."

카네기 홀에서 열린 뉴욕 필하모닉 콘서트를 중계하던 CBS 라디오

"하와이 시간 오늘 아침 여덟 시경에 일본군이 하와이를…."
라디오를 듣던 이승만은 긴 한숨을 내쉬었다. "드디어…."

에서 갑자기 흥분된 아나운서의 목소리가 나왔다.

"하와이 시간 오늘 아침 여덟 시경에 일본군이 하와이를 기습공격했습니다…."

솟구치는 흥분을 누르면서, 이승만은 찻잔을 조심스럽게 내려놓았다. 두 사람의 눈길이 마주쳤다.

"일본 해군은 함재기들로 아군 태평양함대를 공격했습니다. 펄 하버에 있던 아군 함대는 큰 피해를 입은 것으로 알려졌습니다. 다시 말씀드리겠습니다. 하와이 시간 오늘 아침 여덟 시경에 일본군이…."

이승만은 긴 한숨을 내쉬었다. "드디어…."

"드디어 일본이 미국을 공격했네요. 파피, 아무도 당신 얘기를 믿지 않더니, 끝내 기습을 당했네요."

그녀는 이승만이 『일본내막기』에서 한 예언을, 즉 일본이 언젠가는 미국을 공격할 것이라는 경고를 얘기한 것이었다. 하와이의 미국 함대가 기습을 당해 큰 피해를 입었다는 것에 대한 걱정이나 분노보다, 사람들이 자기 남편의 얘기를 경청하지 않았다는 서운함과 자기 남편이 옳았음이 증명되었다는 만족감이 그녀에겐 훨씬 더 컸다.

그녀에게 씁쓸한 웃음을 지어 보이면서, 그는 다시 쌉쌀한 차를 마셨다. 그도 실은 그런 생각이 든 터였다. 오래전에 한 예언이 들어맞는다는 것은, 비록 불길한 예언이었지만 일단 지적으로 흐뭇한 일이었다.

'흠.' 야릇한 웃음이 그의 입가에 어렸다. '이젠 미친 소리 하는 고집쟁이란 소린 듣지 않게 되었구먼.'

그들은 라디오에서 나오는 얘기들에 열심히 귀를 기울였다. 많은 얘기들이 나왔지만, 새로운 정보들은 드물었다.

"파피, 이제 어떻게 되나요?"

새로운 얘기가 없다는 것을 확인하자 그녀가 진지하게 물었다. 그녀가 물은 것은 물론 이번 사태가 조선에 미칠 영향이었다. 그동안 독립운동을 하는 남편을 뒷바라지하면서, 그녀는 남편을 따라 국제 정세의 변화를 조선의 관점에서 생각하게 되었다.

"일본이 드디어 미국을 먼저 공격했네요. 공격할 수밖에 없는 처지가 된 거지요. 마미, 그 점이 중요해요. 아나운서가 강조했잖아요, 미국과 일본이 평화 협상을 하고 있었는데, 일본이 야비하게 선전포고도 없이 기습했다고."

그녀가 고개를 끄덕였다. "네, 파피."

"전쟁에선 국민들의 의지가 중요해요. 꼭 이기겠다는 의지가 없으면,

전쟁에서 이길 수 없어요. 적당한 선에서 타협하게 돼요. 일본 해군에게 미국 해군이 기습을 당해서 엄청난 피해를 입었는데, 미국 사람들이 쉽게 타협하겠어요? 얕보던 일본에게 눈 뜨고 당했다는 것에 대해 굴욕감을 느끼고 분노해서 보복을 다짐할 것 아니오? 그래서 이번 전쟁은 일본이 멸망할 때까지 계속될 거요. 그리고, 마미, 당신도 알다시피, 궁극적으로 일본은 미국을 이길 수 없어요. 이 세상 어느 나라도 미국을 이길 수 없어요. 일본이 어리석기 짝이 없는 짓을 한 거지요."

"알겠어요, 파피." 고개를 끄덕이고서, 그녀는 탁자 한쪽에 놓인 지도책을 당겨서 태평양 지역이 나온 도엽을 펼쳤다. "이제 일본은 어떻게 할까요?"

"마미, 여기." 이승만은 인도차이나를 짚었다. "지금 일본은 여기 인도차이나까지 내려왔어요. 인도차이나는 쌀이 많이 나요. 이제 일본은 더 남쪽으로 진출할 거요. 여기 말리야의 고무와 주석 그리고 여기 네덜란드령 동인도의 석유가 필요하니까. 미국은 물론 모든 수단들을 써서 일본의 목을 조르려 할 테고. 하지만 미국과 일본 사이엔 너른 태평양이 있으니까, 두 나라의 본토들이 싸움터가 되지는 않을 거요. 주로 두 나라 해군들이 싸우겠지. 자연히, 전쟁은 오래 끌 거요."

그녀가 고개를 끄덕이고서 잠시 생각했다. "파피, 당신 생각엔 전쟁이 얼마나 오래갈 것 같아요?"

비스킷을 하나 집어 들고서, 그는 잠시 생각을 가다듬었다. "미국은 지금 전쟁 준비가 전혀 되어 있지 않아요. 미국이 군비를 갖추어 힘을 쓰는 데는 적어도 두 해는 걸릴 거요. 그리고 미국 사람들은 유럽을 중시하니까 유럽 싸움에 힘을 쏟겠지. 미국 사람들이 독일 사람들은 무서워해도 일본 사람들은 얕보잖아요?"

눈길이 마주치자, 두 사람은 야릇한 웃음을 지었다. 오스트리아 사람인 프란체스카는 독일 민족에 속했고, 이승만은 일본 민족이 속한 동양 사람이었다. 굳이 국제법적 신분을 따지자면, 독일과 오스트리아가 1938년에 합병했으므로 프란체스카는 독일 국민으로 간주될 터였고, 조선 사람 이승만은 미국 시민권을 마다해서 국적이 없었지만, 조선이 일본에 합병되었으므로 일본 국민으로 간주될 터였다.

"아마도 독일이 먼저 전쟁에 지고 다음에 일본이 멸망할 거요. 마미, 나보단 당신이 먼저 고향에 돌아갈 것 같소."

그의 농담 같은 진담에 그녀가 밝으면서도 아쉬운 웃음을 지었다. "그래도, 파피, 나는 당신을 따라 조선에 가서 살고 싶어요. 조선 사람들 속에서 조선 옷 입고 조선 음식 먹으면서."

가슴에서 일렁이는 고마움과 안쓰러움을 지그시 누르면서, 그는 손을 내밀어 그녀 손을 부드럽게 쓰다듬었다. "그럽시다. 우리, 조선으로 돌아가서 조선 사람들 속에서 삽시다. 참으로 좋은 땅이오."

"네, 파피." 그녀가 행복한 웃음을 지었다.

그녀에게 조선은 환상적 아름다움을 지닌 땅이었다. 남편이 간간 들려주는 조선의 모습이 그녀 상상 속에서 찬란한 빛깔을 띤 이상향으로 자라난 것이었다. 이승만을 만나기 전에 조선 소개서에서 먼저 만난 금강산은 그 이상향의 한가운데에 자리 잡았다. 이승만은 늘 아릿한 그리움이 담긴 눈길로 그녀에게 말했다. "독립한 내 조국에 돌아가면, 죽장망혜竹杖芒鞋로 삼천리강산을 한없이 떠돌 작정이오." 그녀는 '대나무 지팡이와 짚신'이라는 비유가 마음에 들었다. 그녀의 소원도 그래서 간단한 차림으로 지아비를 따라 그리던 조선 땅을 떠도는 것이었다. 태평양 건너 조선에 대한 그리움은 축일 길 없는 갈증이었다.

그들은 손을 맞잡고 라디오에서 나오는 선율을 들었다. 쇼스타코비치의 〈교향곡 1번〉이었다. 물론 그들은 카네기 홀과 같은 데에 표를 사고 들어가서 교향악단의 연주를 들을 수 없었다. 이승만이야 서양음악을 크게 즐기는 것도 아니었고 아는 것도 적었다. 그가 쇼스타코비치에 관해서 지닌 지식은 쇼스타코비치가 젊은 러시아 작곡가라는 것과 지금 듣는 〈교향곡 1번〉이 인기가 높다는 것 정도였다. 빈서 자라서 음악이 일상생활의 한 부분이었던 프란체스카는 달랐다. 음악은 그녀에게 환경의 한 부분이었다. 라디오에서 나오는 교향곡 선율은 그녀 가슴에서 즐거움과 함께 아련한 향수를 불러냈다.

그러나 지금은 그녀도 음악에 집중할 수 없었다. 생각에 깊이 잠긴 남편의 얼굴을 살피면서, 그녀는 조심스럽게 물었다. "파피, 전쟁을 할 때는 상대국에 선전포고를 하는 것 아닌가요?"

이승만이 싱긋 웃었다. "마미, 국제정치학자의 아내라, 마미가 중요한 점을 지적했네요."

남편의 칭찬에 그녀가 밝은 웃음을 터뜨렸다. "고마워요, 파피."

"원래 그렇게 선전포고를 하고 싸움을 시작하는 것이 정상적이오. 국제법에 그렇게 되어 있어요. 그러나 일본은 간교한 나라라 늘 먼저 기습하고 뒤에 선전포고를 해요. 마미도 알다시피, 내가 서울의 감옥에 갇혔을 때 『청일전기淸日戰記』를 써서 뒤에 하와이에서 펴냈잖소?"

청일전쟁이 일본의 승리로 끝나자, 중국에서 포교와 교육에 종사한 미국 선교사 영 존 앨런과 중국 선각자 채이강蔡爾康은 중국 사람들을 깨우치기 위해 그 전쟁을 기록한 『중동전기본말中東戰紀本末』을 썼다. 급진적 계몽운동을 하다 한성감옥에 오래 갇혔던 이승만은 그 책에서 조선 사람들이 알아야 할 사실들을 뽑고 자신의 생각을 더해서 『청일전기』를 썼다. 원고는 1900년에 완성되었으나 이미 조선이 일본의 영향 아래 있었던 터라 출간되지 못했다. 조선조 말기의 선각자로 계몽운동을 활발하게 펼친 현채玄采가 그 원고를 보관했다가 이승만이 미국에서 잠시 귀국했을 때 그에게 돌려주면서 해외 출간을 권유한 덕분에, 1917년에 하와이 호놀룰루에서 출간될 수 있었다.

"네, 파피." 미소를 지으면서 그녀가 고개를 끄덕였다.

"그 책에서 내가 강조한 것이 바로 일본의 그런 간교한 작태요. 선전포고가 없는 상태에서 일본 해군은 갑자기 중국 해군을 공격했어요. 그래서 중국 전함 한 척은 폭파되고 한 척은 가까스로 도망쳤어요. 그리고 6일 뒤에야 두 나라가 서로 선전포고를 했어요."

"그랬군요." 그녀가 무겁게 고개를 끄덕였다. "그러면 곧 일본이 공식적으로 전쟁을 선언하겠네요?"

"그럴 거요." 고개를 끄덕이면서 이승만이 말했다. 한숨을 쉬고서 그는 말을 이었다. "우리가 알아야 하는 것은 일본군이 그렇게 간교하다는 사실만이 아니오. 일본군은 아주 비인간적이오. 청일전쟁에서 그들은 온전한 사람이라면 도저히 할 수 없는 짓들을 했소. 마미, 우리는 곧 일본군이 얼마나 무도한 집단인지 깨닫게 될 거요."

프란체스카가 걱정스러운 낯빛으로 고개를 끄덕였다. "청일전쟁에서 일본군이 무슨 짓을 했나요?"

"중국군 병사들을 싣고 조선으로 가던 수송선이 일본 전함의 검색을 받았어요. 영국 선적의 배를 중국이 빌린 터라, 선장과 선원들은 영국 사람들이었어요. 중국군 지휘관은 일본군의 검색을 거부했어요. 그러자 일본 전함 지휘관은 그 수송선을 공격해서 침몰시켰어요. 일본 지휘관은 구명정을 보내서 영국인 선장을 비롯한 서양 사람 10명만을 구조하고 중국군 병사들을 외면했어요. 물에 빠진 중국군 병사들 가운데 일부가 이튿날 지나가던 외국 선박에 의해 구조되고 나머지 800명이 넘는 병사들이 익사했어요. 전쟁 중에도 전투가 끝나면 이긴 군대가 패한 군대의 부상병들을 치료해 주는 법인데, 일본 해군은 민간 수송선을 무단히 공격해서 배를 침몰시키고 거기 탄 병사들을 물에 빠져 죽게 했어요."

"그때부터 일본군이 그렇게 비인간적으로 행동했군요."

"그래요. 그렇게 비인간적으로 행동한 일본 함장이 도고 헤이하치로 대좌였어요. 마미, 그 이름이 귀에 익지 않아요?"

잠시 생각하더니, 그녀가 조심스럽게 물었다. "러일전쟁에서 일본 해군을 지휘한 제독 아닌가요?"

"맞아요." 손뼉을 치면서, 이승만은 고개를 끄덕였다. "바로 그 칭송받는 제독이 청일전쟁에서 그렇게 비인간적으로 행동했어요. 뛰어난 지휘관은 비인간적으로 행동하지 않아요. 고대부터 위대한 지휘관은 적에게 너그러웠어요. 고대의 한니발과 스키피오부터 줄곧 그랬어요. 거의 법칙이라 할 수 있어요. 그 법칙이 일본군엔 적용이 되지 않는 거예요. 그 생각이 늘 내 마음 한구석에 얹혀 있어요."

이승만은 눈길을 창밖으로 돌렸다. 일본의 식민지가 되어 압제적 통치를 받는 조국이 독립을 되찾도록 평생 노력해 온 터라, 일본이 약하거나 모자란 면을 드러내면 그는 조건반사적으로 반가웠다. 그러나 일본 사람들이 나쁜 면을 드러내면 그 자신도 마음이 편치 못했다. 일본 사람들도 조선 사람들도 중국 사람들도 결국 같은 인종과 문명에 속했다. 일본 사람들이 드러내는 부정적 특질들은 동양 인종과 문명의 부족함을 드러내는 것처럼 느껴졌다. 미국에서 일상적으로 인종 차별을 받아서 그 점에 더욱 예민해진 탓도 있을 터였다.

두 사람의 마음속으로 부드럽게 들어오던 선율이 문득 멈추더니, 다시 아나운서의 목소리가 끼어들었다.

"방금 들어온 소식을 전해 드립니다. 일본이 미국과 영국에 대해 선전포고를 했습니다."

1941년 12월 7일 미국 동부표준시(EST) 1600시 일본제국군 대본영大本營은 "대일본제국과 북미합중국 및 대영제국 사이엔 전쟁 상태가 존재한다"고 선언했다. 1차 공격파를 이끈 후치다 미쓰오 중좌가 펄 하버에 대한 기습이 성공했음을 보고한 시각부터 2시간 37분이 지난 때였다. 드디어 태평양전쟁이 공식적으로 시작된 것이었다.

"파피, 저 녀석이 이젠 우리 집 단골이네요." 프란체스카가 아직 감기 기운이 남은 목소리로 나직이 말하고서 그를 돌아보았다.

그의 손바닥에 앉아 두려움 없이 모이를 쪼아 먹는 새를 흐뭇한 얼굴로 내려다보던 그는 고개를 끄덕였다. "영리한 녀석이야."

숲이 많은 동물원이 가까운지라, 그의 집 뜰엔 새들이 많이 찾아왔다. 작년 겨울 먹이가 귀할 것 같아서 새들에게 모이를 주었는데, 한 녀석이 그의 손에서 모이를 받아먹은 뒤 잊지 않고 찾아왔다. 이름은 모르지만, 참새보다 좀 컸다.

"대통령 연설 시간이 다 됐을 텐데…" 그녀가 집을 돌아보았다.

기대감이 이는 것을 느끼면서, 그는 고개를 끄덕였다. "그래요, 마미. 들어가요."

루스벨트 대통령이 오늘 12시에 의회에서 연설하는데 라디오로 생중계한다고 했다. 어저께 일본군이 펄 하버의 미국 태평양함대를 기습한 사건에 대한 대응책이 나올 터였다. 라디오에 나온 정치 해설자들은 대통령이 의회에 선전포고를 요청할 것이라고 전망했다. 당연한 얘기였다. 펄 하버에 대한 기습공격에 이어, 일본은 다른 미국 기지들도 공격했다. 필리핀과 괌섬, 웨이크섬, 미드웨이섬이 일본군의 공격을 받았는데, 필리핀의 피해가 컸다고 했다. 아울러 일본은 영국령인 홍콩과 말라야를 동시에 공격했다고 했다.

태평양 동쪽 하와이에서 태평양의 서쪽 끝 말라야에 이르기까지 서로 멀리 떨어진 지역들을 동시에 성공적으로 기습했다는 것은 탄성이 나올 만큼 놀라웠다. 비록 적국 일본의 군대가 벌인 일이었지만, 그것들이 잘 계획되고 매끄럽게 수행된 작전들이라는 것은 이승만도 인정하지 않을 수 없었다. 독일군의 전유물인 '전격전(Blitzkrieg)'을 떠올리게 했다. 실은 오늘 아침 신문들은 이번 펄 하버 기습작전에서 독일이 일본을 지도했으리라는 의견들을 여럿 실었다.

이승만은 그것이 떨떠름했다. 미국 사람들은 일본 사람들을 인종주의적 시각에서 낮추보았다. 일본 사람들은 발달된 서양의 문물들을 베끼는 데는 능란하지만, 창조적 재능은 없어서 무엇을 독창적으로 하지는 못한다고 여겼다. 그런 일본에게 군사적으로 크게 당하자, 미국 사람들은 겹으로 마음이 상했다. 세계에서 가장 강한 자기 나라가 어이없는 군사적 참패를 당했다는 것이 화가 치솟는데, 그것도 얕잡아보던 동양인들에게 당했다는 사실은 '상처에 모욕을 더하는' 일이었다. 그래서 펄 하버 기습처럼 어려운 작전을 일본 혼자 계획해서 수행했다고 생각지 않고 독일이 뒤에서 지도했다고 믿고 싶어 하는 것이었다. 이승만으로선 그런 태도에 비위가 상하지 않을 수 없었다. 미국에서 산 30여 년 동안 인종 차별을 겪지 않은 날이 드물었던 그로선 백인들 마음 밑바닥에 자리 잡은 인종적 편견에서 나온 행태들에 민감할 수밖에 없었다.

집안으로 들어오자, 그는 거실의 라디오를 틀었다. 새로운 얘기는 드물었다. 그는 필리핀과 말라야 쪽 소식을 듣고 싶었지만, 아나운서는 펄 하버 얘기만 했다. 그나마 펄 하버의 실제 상황보다 사람들의 반응을 소개하는 데 시간을 많이 바쳤다. 정치인들은 모두 일본의 야비한 기습 공격을 비난하면서 한데 뭉쳐서 일본에 대응하자고 역설했다. 미국이 중립적 태도를 유지해야 한다고 역설했던 정치인들이 유난히 국민 단합과 애국심을 강조했다.

마침내 의회에서의 중계방송이 시작된다는 안내가 나오더니, 새 아나운서가 이어받았다. 아직 시간이 남았는지, 아나운서는 의회 모습을 소개하기 시작했다.

"이곳 하원 본회의장엔 모든 하원의원들이 자리 잡았습니다. 하원을 이끄는 영향력 있는 의원들의 모습이 보입니다…."

아나운서가 중요한 하원의원들을 소개하는 사이, 프란체스카가 찻잔을 탁자에 내려놓았다. "파피, 일본에 대한 선전포고를 반대할 의원도 있을까요?"

그는 싱긋 웃었다. "있다면, 그 사람은 정말로 용감한 사람이지요. 공화당도 이제는 일마다 루스벨트에게 반대할 수 없을 거요. 로지(Henry Cabot Lodge Jr.) 상원의원이 '이제는 고립주의자들도 일본의 공격에 대해 뭉쳐야 한다'고 주장했다는데, 나는 그렇게 재빠른 변신을 본 적이 오래됐어요."

그녀가 클클 웃었다. "누구 얘기더라, 이제 '정치는 휴업'이라고 했다는데, 정말 그럴 것 같아요."

"맞아요. 원래 전시엔 일이 행정부 위주로 돌아가는데, 이번엔 국민들이 모두 분개해서 일본에 대해 철저히 보복하라고 한목소리로 외치니…."

"방청석엔 사람들이 넘치고 있습니다."

아나운서의 소개는 이어지고 있었다.

"대통령 영부인 루스벨트 여사의 모습이 보입니다. 검정 옷에 은빛 여우 목도리를 두른 모습이 정말로 우아하고 상황에 맞는 것 같습니다."

차를 따르던 프란체스카가 고개를 끄덕였다. 그녀는 엘리너 루스벨트(Eleanor Roosevelt)의 팬이었다. 그리고 그녀를 본받으려 애썼다. 입 밖에 내지 않았지만, 프란체스카는 늘 대한민국 임시정부 초대 대통령의 부인에 어울리는 행동을 하려 애썼다.

"그리고 조금 떨어진 곳에 우드로 윌슨(Woodrow Wilson) 전 대통령의 영부인 이디스 윌슨(Edith Wilson) 여사의 모습도 보입니다…."

윌슨이라는 이름을 듣는 순간, 이승만의 가슴에 그리움의 물살이 시리게 차올랐다. 프린스턴 대학에서 보낸 시절은 그의 평생에서 가장 보람차고 행복한 시절이었다. 조지 워싱턴 대학에서 학사과정에 다닐 때나 하버드 대학에서 석사과정에 다닐 때는 무척 힘들었었다. 신앙 간증에 조선의 소개를 겸한 강연들에서 얻은 수입으로 근근이 학비를 댔었다. 프린스턴에선 기숙사에 머물러서 경제적으로 안정된 편이었고 덕분에 사람들도 많이 사귈 수 있었다.

당시 총장이었던 우드로 윌슨은 그가 가장 존경하고 본받으려 애쓴 사람이었다. 자신이 옳다고 믿는 일은 둘레의 반대에도 불구하고 굳세게 밀고 나가는 윌슨의 태도에서 특히 큰 영향을 받았다. 그는 윌슨의 약점도 잘 알았다. 윌슨은 독선적인 면이 있었고 반대하는 사람들을 외교적으로 설득하는 재능이 없었다. 그래서 그가 주도해서 만들어진 베르사유 조약은 끝내 미국 의회의 비준을 받지 못했고, 그가 심혈을 기울여 만든 국제연맹은 미국의 불참으로 힘없는 기구가 되었다. 만일 윌슨이 정치적 감각이나 설득하는 기술을 조금만 더 지녔었더라도 세계 역사는 크게 달라졌을 터였다.

이승만은 자신의 성품에 그런 면이 있다는 것을 잘 알았다. 그는 독선적이었고, 반대하는 사람들을 차근차근 설득하지 못하고 불같이 화를 내서 지지자를 단숨에 적으로 만들었다. 배재학당 시절 그를 가르친 서재필은 그의 그런 성격을 늘 걱정했다. 1920년에 그가 임시정부가 있는 상해로 떠나기 전에 서재필徐載弼은 그에게 편지로 그 점을 주의하라고 당부했다.

"여러 사람의 의견에 혹 반대하는 자가 있을지라도 결코 노하지 말고 인내와 공손으로 그 반대하는 이유를 경청하는 금도襟度를 가지면 개중에는 자기가 생각이 미치지 못한 좋은 방침을 얻는 경우가 적지 않습니다."

자기에 맞서는 사람들에게 화를 낼 때마다, 그는 자신을 호되게 질책하면서도 다른 편으로는 위로하곤 했다.

'위대한 윌슨 대통령도 반대하는 사람을 설득하지 못해서 어려움을 겪었는데, 나처럼 평범한 사람이….'

무슨 까닭에서였는지, 처음부터 윌슨 총장은 이승만에게 각별한 관심을 쏟았다. 차별과 압제를 싫어했던 윌슨은 동양에서 온 늦깎이 대학생에게서 자신과 비슷한 면을 보았는지도 몰랐다. 윌슨은 이승만을 집에 자주 초청했고 가족들도 그를 반겼다. 부인 엘런(Ellen Wilson) 여사는 누님처럼 그를 보살폈고 세 딸은 먼 동양에서 온 아저씨를 잘 따랐다. 슬프게도 엘런 여사는 1914년에 죽었다. 지금 의회에 앉아 있는 이디스 윌슨 여사는 1915년에 결혼한 후처였고, 그는 그녀를 만난 적이 없었다.

그러나 대통령이 된 뒤로 윌슨은 이승만을 모른 체했다. 이승만은 자신이 임시정부를 이끌고 있다는 것을 알리며 도움을 청하는 편지들을 윌슨에게 보냈지만, 한 번도 답신을 받지 못했다. 윌슨과의 교분을 내세우며 사람들을 독려해서 일을 추진했던 이승만으로선 실망도 컸고 체면도 많이 깎였다. 섭섭함이 워낙 컸으므로, 윌슨이 대통령에서 물러나 실의의 세월을 보냈을 때도 그는 끝내 윌슨을 찾지 않았다. 세계를 상대로 하는 미국의 대통령이 사사로운 인연을 다 챙길 수 없었으리라는 것을 깨달은 지금도 그의 마음 한구석엔 섭섭함이 남아 있었다.

'이제 섭섭함을 털어낼 때가 되었구나.'

찻잔을 집어 들면서 그는 자신에게 일렀다.

'긴 세월이 흘렀지. 몇 핸가?'

그가 프린스턴에서 박사학위를 받은 것이 1910년 6월이었으니, 서른한 해가 지난 것이었다. 마음속으로 매듭을 하나 지으면서, 그는 차를 한 모금 마셨다.

루스벨트의 연설

"이제 상원의원들이 입장하고 있습니다."

라디오 아나운서가 흥분된 목소리로 보도했다.

"루스벨트 대통령의 연설을 듣기 위해서, 상원의원들이 이곳 하원 본회의장으로 걸어 들어오고 있습니다. 앨번 바클리(Alben W. Barkley) 상원 다수당 지도자와 찰스 맥네어리(Charles McNary) 상원 소수당 지도자가 팔짱을 끼고 들어옵니다. 민주당 상원의원들과 공화당 상원의원들이 단결을 과시하고 있습니다. 엘머 토머스(Elmer Thomas) 오클라호마 출신 민주당 상원의원은 고립주의자들의 상징적 인물인 하이럼 존슨(Hiram W. Johnson) 캘리포니아 출신 공화당 상원의원과 팔짱을 껴서 뜻을 같이한다는 것을 과시하고 있습니다."

"마미, 당신 말이 딱 맞았어요." 소리 없는 웃음을 터뜨리면서 이승만이 프란체스카를 손가락으로 가리켰다. "평화주의자들이 다 사라졌어요."

그녀가 소리 내어 웃었다. "오래간만에 나도 예언 하나가 맞았네요."

그는 만족스러운 한숨을 길게 내쉬었다. "하아, 십년 묵은 체증이 내려간 것처럼 속이 시원하네."

미국은 일찍부터 남북아메리카의 패권 국가였고, 대서양과 태평양으로 유럽과 아시아에서 멀리 떨어져서 외부 정세의 영향을 작게 받았다. 자연히 외부 정세에 관심이 적었고, 외부의 분쟁들에 휩쓸리지 않으려는 고립주의적 사조가 강했다. 1823년 제임스 먼로 대통령이 천명한 먼로주의는 이런 사조를 반영했고 또한 강화했다. 유럽과 아메리카는 정치적으로 별개의 권역들이라는 주장은 이미 1796년에 조지 워싱턴 초대 대통령이 이임 연설에서 뚜렷이 제시했고 토머스 제퍼슨 대통령은 취임 연설에서 그것을 강조했다. 그 뒤로 먼로주의는 미국의 외교 정책을 인도한 원칙이었다.

일본이 동아시아에서 침략전쟁을 일으키고 독일과 이탈리아가 유럽에서 정복에 나섰어도, 여전히 미국 사회엔 고립주의적 사조가 강했다. 실제로 미국이 아시아나 유럽의 전쟁에 참가하는 것을 반대하는 평화주의자들의 핵심은 고립주의자들이었다. 정치적으로는 공화당 쪽에 그리고 지역적으로는 중서부에 고립주의자들이 많았다.

참전에 반대하는 또 하나의 집단은 좌파 지식인들이었다. 그들은 미국이 제1차 세계대전에 뒤늦게 참전한 것이 미국의 군수산업자본의 이익 추구와 영국의 선전 때문이라고 여겼다. 그리고 그 비참한 전쟁을 마무리한 베르사유 조약이 독일에 가혹한 조건들을 강요해서 독일에서 나치 세력이 떠올랐다고 믿었다. 그들은 미국이 중립을 지키면서 유럽의 전쟁에 끼어들지 말아야 한다고 주장했다.

이 두 집단보다 숫자는 훨씬 적지만 영향력에선 그리 뒤지지 않는 평화주의 집단은 파시스트들과 공산주의자들이었다. 미국 사회에 널리 퍼진 반유대주의(anti-Semitism)는 나치 독일의 유대인 박해 정책을 지지하고 독일에 대한 전쟁을 반대하는 집단을 낳았다. 바티칸 도시국가에 대한 교황의 주권을 인정한 1929년의 무솔리니와 교황청 사이의 협약(Concordat)은 많은 천주교도들을 파시스트 이탈리아에 우호적으로 만들었다. 공산주의 러시아가 중립을 천명하고 이어 독일과 불가침조약을 맺자, 러시아의 지시를 충실히 따르는 미국 공산당은 소리 높여 미국의 중립을 주장했다. 독일이 러시아를 침공하자, 트로츠키파를 제외한 주류 공산주의자들은 이내 태도를 바꾸어 독일과 싸워야 한다고 주장했다.

이민들로 이루어진 사회라서, 미국은 거의 모든 시민들이 자신이나 선조들의 고국에 대한 애착을 지녔다. 그래서 독일, 이탈리아 및 일본계 시민들은 미국이 자신들의 고국인 독일이나 이탈리아나 일본과 싸우는 것을 반대했다. 폴란드계 시민들은 역사적으로 폴란드를 침략했고 이번 전쟁에서도 독일과 야합해서 폴란드 동부를 점령한 러시아에 대한 군사 원조를 반대했다. 아일랜드계 시민들은 고국을 식민 통치한 영국에 대한 원조에 불만이 컸다.

이런 평화주의자들은 미국이 전체주의의 위협에 맞서야 한다고 주장하는 사람들을 "군국주의자"로 몰면서 비난했다. 이승만 자신도 그렇게 군국주의자로 경멸받은 적이 있었다.

1934년 그가 뉴욕의 허름한 호텔에서 프란체스카와 신혼살림을 꾸렸던 때였다. 그는 같은 호텔에 묵던 친구를 통해서 저명한 평화주의자의 집에 초대받았다. 파크 애비뉴에 있는 그 저택은 아름다웠고 아늑했다. 멋진 가구들과 장식품들은 주인의 고상한 취미를 보여 주었다. 이승만을 초대한 집주인은 중년을 넘긴 부부였는데, 우아했고 매력적이었다. 바깥주인은 평화주의 잡지를 편집한다고 했다.

이승만이 자리에 앉자, 바깥주인이 물었다. "이 박사님, 만일 당신의 적국이 당신의 나라를 침공하면, 당신은 무기를 들고 싸우러 나가시겠습니까?"

뜻밖의 물음에 이승만은 무심코 대답했다. "예, 그렇게 할 것입니다."

그러자 주인은 몸을 앞으로 내밀고 이승만의 얼굴을 바로 보면서 말했다. "당신은 군국주의자입니다."

이승만은 느닷없는 모욕에 얼굴을 붉혔지만, 가까스로 화를 참았다. 그리고 조금 뒤 실례하겠다고 인사하고 나왔다.

이들 전투적 평화주의 집단들의 영향력이 워낙 컸으므로, 유럽이나 아시아의 전쟁에 참가해야 한다고 주장하는 사람들은 소수였다. 펄 하버에 대한 일본의 기습공격이 있기 며칠 전에 실시된 여론 조사에선 참전 지지자들이 겨우 20퍼센트가량 되었다.

이승만은 전투적 평화주의자들이 제기하는 위험을 이미 『일본내막기』에서 자세히 밝혔다,

> 동양의 유가儒家 철학자들처럼, 전쟁을 모든 개명된 사람들이 외면하고 물리쳐야 할 악으로 비난하는 평화주의자들에게 나는 높은 존경심을 품었었고 아직도 품고 있다. 나는 종교적 신념이나 인

도주의적 원칙에서 동료 인간들에 맞서 무기를 드는 것을 거부하는 '양심적 참전 거부자들'을 높이 평가한다. 그러나 국가의 방위, 국가의 명예 또는 국가의 독립을 위한 것인지 아닌지 가리지 않고 모든 종류의 전쟁들을 반대하는 그들 전투적 평화주의자들은 내 생각엔 어떤 '제5열'과도 똑같이 위험하고 전복적이다. 그들의 동기들은 서로 다를 수 있겠지만, 결과는 같다.

아나운서의 보도가 이어졌다.

"상원의원들에 이어 대법관들이 들어옵니다. 검은 법복을 입고서 심각한 표정으로 대법관들이 들어옵니다. 그 뒤를 행정부 각료들과 국군 최고 지휘관들이 따르고 있습니다."

그는 가볍게 한숨을 쉬었다. "우리 임시정부가 미국의 승인을 받았으면, 우리도 캐피톨(Capitol, 미 국회의사당)에 초청을 받았을 텐데."

"그것도 좋은 자리에 앉았겠죠."

두 사람은 마주 보며 소리 내어 웃었다.

"이제 헨리 월리스(Henry A. Wallace) 부통령과 샘 레이번(Sam T. Rayburn) 하원의장이 공동의장석에 착석했습니다. 곧 대통령이 도착할 것 같습니다." 잠시 하원 본회의장의 모습을 소개하던 아나운서의 목소리가 문득 높아졌다. "마침내 루스벨트 대통령이 탄 차가 의회에 도착했습니다. 루스벨트 대통령이 아들 제임스의 부축을 받아 차에서 내립니다. 대통령은 늘 입던 해군 케이프를 입었고 제임스 대위는 해병 제복을 입었습니다."

루스벨트 대통령은 해군차관을 7년이나 지냈고 해군의 개혁에 공헌했다. 그의 장남인 제임스는 해병 대위였다.

이승만의 입에서 감탄과 탄식이 뒤섞인 한숨이 새어 나왔다. 나라가 외국의 위협 속에 놓인 지금, 군복을 입은 대통령과 아들의 모습이 사람들에게 줄 심상은 무엇으로도 살 수 없는 정치적 자산이었다. 다른 편으로는, 해병 제복을 입은 자식의 늠름한 모습을 보는 루스벨트의 흐뭇함과 어린 자식을 잃은 자신의 슬픔이 선연히 대비되었다.

"대통령의 모습을 보자, 통제선 밖에서 시민들이 환호하고 있습니다. 대통령이 걸음을 멈췄습니다. 그리고 미소 지으면서 손을 흔듭니다. 시민들의 걱정스러운 마음을 가라앉히고 희망을 주는 웃음과 손짓입니다."

'나도 언젠가 조선에 돌아가서 저렇게 손을 흔들 날이 있을까? 꼭 지도자가 아니더라도. 그저 평생 타국에서 독립운동을 한 사람으로서라도.'

두 해 전 거듭된 실패로 지지자들의 신망을 잃고 반대파의 야유와 비난을 받아 의기소침해서 하와이를 떠날 때는 그런 날이 오리라 감히 기대하지 못했었다. 이제는 아주 절망적은 아니었다. 일본이 이미 어리석은 짓을 저질러서 스스로 패망의 길로 들어선 것이었다.

"아들 제임스 대위의 부축을 받으면서, 루스벨트 대통령이 회의장 안으로 걸어 들어옵니다. 그는 양원 합동회의에서 전쟁에 관해 연설하기 위해 이곳 하원 본회의장 안으로 걸어 들어옵니다. 모두 일어서서 대통령을 박수로 맞습니다. 우레와 같은 박수입니다. 모든 사람들이, 양당 의원들이, 열렬히 대통령을 환영합니다. 이 자리에선 민주당과 공화당의 구별이 없습니다. 모두 미국 의회의 일원으로 미국을 대표하는 대통령을 맞고 있습니다."

아나운서의 흥분된 중계를 들으면서, 이승만은 힘주어 고개를 끄덕였다. 루스벨트가 받는 환호는 거저 얻은 것이 아니었다. 물론 일본이 루스벨트에게 안겨 준 셈이었지만, 그래도 그런 행운이 굴러들어온 것은 아니었다. 그는 점증하는 일본의 위협을 잘 인식했고 현실적 정책들로 대응해 왔다. 한편으로는 경제적 봉쇄 조치들로 자원이 빈약한 일본을 점점 아프게 압박했고, 다른 편으로는 일본이 물러설 명분을 주려고 평화 협상을 끈질기게 이어 왔다. 일본의 도발이 마지막 선을 넘어섰어도, 루스벨트는 평화 협상을 중단시키지도 전쟁을 선포하지도 않았다. 그리고 일본이 먼저 공격하도록 만들어서 분열된 국론을 단숨에 통합했다. 그를 미워하고 반대해 온 공화당 의원들도 기립박수를 하지 않을 수 없도록 만든 것이었다.

"샘 레이번 하원의장이 루스벨트 대통령을 청중에게 소개합니다. 대통령이 부통령과 악수합니다. 이어 하원의장과 악수합니다. 그리고 연단으로 다가섭니다. 환호성이 회의장에 가득합니다. 역사적 순간입니다."

이승만은 자신도 모르게 숨을 들이켜고 자세를 바로 했다. 아나운서의 말대로, 역사적 순간이었다. 많은 것들이 걸린 순간이었다. 그렇게 걸린 것들 가운데엔 물론 자신의 조국 조선의 운명도 있었다.

"부통령님, 하원의장님, 상원의원님들, 하원의원님들. 어제, 1941년 12월 7일—악명 속에 살아남을 날(Day of Infamy)—미국은 일본제국 해군과 공군에 의해 갑자기 그리고 의도적으로 공격을 받았습니다."

자신도 모르게 참았던 숨을 길게 내쉬면서, 이승만은 연설 잘하는 정치가 루스벨트의 첫마디를 음미했다. "악명 속에 살아남을 날"이란 구절이 마음에 선명하게 들어왔다. 아마도 그 구절도 세월 속에 살아남을 것 같았다.

"미국은 그 국가와 평화 관계에 있었고, 일본의 요청에 따라, 태평양에서의 평화를 유지하기 위해 그 정부 및 그 천황과 아직 대화하고 있었습니다. 실로, 일본 공군 편대들이 미국 오아후섬을 폭격하기 시작한

“악명 속에 살아남을 날(Day of Infamy)—신이여 도와주소서.”

지 한 시간 만에, 미국 주재 일본 대사와 그의 동료들은 최근의 미국 메시지에 대한 공식적 답변서를 우리 국무장관에게 전달했습니다. 그리고 이 답변서가 현재의 외교 협상들을 계속하는 것이 쓸모없을 것으로 보인다고 진술했지만, 그것은 전쟁이나 무장 공격의 위협이나 암시를 포함하지 않았습니다.”

이승만은 힘주어 고개를 끄덕였다. 바로 이 대목이었다. 일본이 야비하게 협상 상대를 속이고 기습했다는 사실을 강조함으로써, 루스벨트는 일본에 대한 선전포고의 정당성을 마련하고 미국 시민들의 분개를 한껏 고조시킨 것이었다. 그 구절을 음미하면서, 이승만은 남은 차를 마저 마셨다. 프란체스카가 다시 잔을 채웠다.

이어 루스벨트는 하와이와 미국 서해안에 대한 일본의 공격으로 군비와 인명에서 큰 손실을 입었다는 것을 선선히 인정했다. 그리고 일본은 말라야, 홍콩, 필리핀, 괌섬, 웨이크섬 및 미드웨이섬도 공격했음을 강조해서 일본의 공격이 온 태평양 지역에 걸쳐 이루어졌음을 지적했다.

"육군과 해군의 통수권자로서 나는 우리 국방을 위해 모든 조치들을 취하라고 명령했습니다."

루스벨트의 목소리는 옳은 전쟁에 대한 확신과 끝내 승리로 이끌겠다는 자신이 가득했다.

"우리 국군에 대한 믿음과 우리 인민들의 무한한 결심으로 우리는 필연적인 승리를 얻을 것입니다. 신이여 도와주소서. 나는 요청합니다. 1941년 12월 7일 일요일 아무런 예고 없이 자행된 일본의 공격 이후 미국과 일본제국 사이에 전쟁 상태가 존재했음을 국회가 선언하기를."

박수와 환호 소리가 나왔다. 아나운서는 흥분된 목소리로 의회의 모습을 중계했다.

루스벨트의 연설이 끝났음을 확인하자, 이승만은 결연한 낯빛을 하고 자리에서 일어났다.

프란체스카가 묻는 눈길로 올려다보았다.

"마미, 중경重慶(충칭)에 전보를 쳐야겠소. 우리 정부도 일본에 대해 선전포고를 하고 그 사실을 미국 국무부에 알려야 하지 않겠소?"

'중경'은 중국 사천四川(쓰촨)성 중경에 있는 '대한민국 임시정부'를 뜻했다. 지금 임시정부는 일본군에 쫓겨 상해를 떠나 중화민국의 임시수도인 중경에 머물고 있었다.

"네, 파피."

그녀의 얼굴이 환해졌다. 이제 어려움을 겪던 독립운동이 좋은 환경을 만난 것이었다.

3·1 독립운동

중경에 보낼 전보의 문안을 쓰다 말고, 이승만은 창밖을 내다보았다. 임시정부가 세워진 뒤 흐른 세월이 눈앞을 스치면서, 가슴에서 그리움과 아쉬움의 물살이 시리게 일었다.

"그 모든 게 거기서 시작했지."

그는 탄식처럼 뇌었다.

1919년 3월 조선 전역과 해외의 조선인들이 참여한 '3·1 독립운동'이 일어나면서, 자연스럽게 임시정부가 세워졌다. 그 뒤로 그는 직업적 독립운동가가 되었고, 그의 삶은 어쩔 수 없이 임시정부와의 유기적 관계 속에서 이어졌다.

1918년 11월 제1차 세계대전이 휴전되자, 온 세계에 새로운 질서를 마련하려는 기운이 넘쳤다. 1917년의 러시아 혁명은 이미 유럽의 여러 나라들에 영향을 미쳐서 곳곳에서 혁명의 열기가 일었다. 1917년에 핀란드가 공화국을 선포한 뒤로 1918년엔 리투아니아, 라트비아, 조지아, 유고슬라비아, 체코슬로바키아, 아이슬란드가 독립을 선언했다. 특히 1918년 1월 윌슨 미국 대통령이 의회 연설에서 제시한 '민족자결주의'는 억압받던 약소국들에게 영감과 희망을 주었다.

이처럼 새로운 기운의 영향을 받아, 서양 열강과 일본의 침략으로 끊임없이 괴로움과 굴욕을 맛보던 중국에선 빼앗긴 국권을 회복하려는 움직임이 활발해졌다. 이런 움직임을 주도한 것은, 놀랍지 않게도, 젊은 세대를 대표하는 대학생들이었다.

마침 와세다早稻田대학에서 철학을 공부하던 이광수李光洙가 북경을 찾았다. 세계정세와 중국 지식인들의 국권 회복 움직임을 알게 되자, 그는 그런 상황이 조선에 독립의 기회를 준다고 판단했다. 서울로 돌아오자, 그는 와세다대학을 졸업하고 중앙학교 교사로 일하던 현상윤玄相允을 만나 상의했다. 현상윤은 이광수의 생각에 동의하고 협력하겠다고 약속했다.

서울에서 협의를 마치자, 이광수는 1918년 12월 하순에 도쿄로 가서 동지들을 모았다. 이때 일본에 유학한 조선인 학생들도 급격하게 바뀌는 국제 정세에 관심을 갖고 있었다. 당시 미국인이 도쿄에서 발행하던 영자 신문 〈저팬 애드버타이저〉에 "미국에 있는 한국인들은 한국인들의 독립운동에 대한 미국의 원조를 요청하는 청원서를 미국 정부에 제출했다"는 기사가 실렸다. 이어 그 신문은 뉴욕에서 '소약속국小弱屬國 동맹회의(Congress of League of Small and Subject Nationalities)'가 열려 윌슨 대통령의 민족자결주의에 따라 약소국들도 국제연맹에 가입해야 한다고 주장했으며, 한국도 회의에 참가했다고 알렸다. 짤막한 기사들이어서 내용은 소략했지만, 그 기사들은 유학생들의 암울한 마음에 내린 밝은 햇살이었고, 그 뒤로 유학생들은 큰 관심을 갖고 국제 정세를 살피게 되었다.

이광수를 통해서 중국에서 활동하는 독립운동가들의 움직임과 국내 정세를 자세히 알게 되자, 유학생들은 바로 독립운동에 나서기로 결의했다. 다른 적절한 조직이 없던 터라, 이들은 '조선유학생 학우회'를 통해서 움직였다. 회장인 와세다대학의 최팔용崔八鏞을 비롯해서 메이지明治

대학의 백관수白寬洙, 게이오慶應대학의 김도연金度演과 김철수金喆壽, 도요東洋대학의 이종근李琮根, 도쿄고등사범학교의 서춘徐椿, 도쿄고등상업학교의 최근우崔謹愚, 아오야마가쿠인靑山學院대학의 전영택田榮澤과 윤창석尹昌錫 그리고 메이지대학의 김상덕金尙德 등이 실행위원들이 되어 적극적으로 나섰다. 필요한 자금은 황해도 출신의 유학생 김석황金錫璜이 내놓았고 여자 유학생 지도자들인 도쿄 메지로目白여자학원 전문부의 김마리아와 현덕신玄德信이 모금해서 보탰다.

이처럼 움직이는 과정에서, 실행위원들은 독립운동의 주체가 될 조직이 필요하다는 것을 깨달았다. 그들은 서둘러 '조선청년독립당'을 결성하고 자신들의 독립운동을 그 정당의 이름으로 하기로 했다. 이광수가 조선청년독립당의 「독립선언서」 초안을 만들자, 백관수와 김도연이 퇴고해서 사흘 만에 독립선언서가 완성되었다. 이어 이광수는 결의문과 일본 중의원에 보낼 민족대회 소집 청원서를 만들고 해외에 보내기 위해 독립선언서와 결의문을 일본어와 영어로 옮겼다. 선언서는 2월 8일에 발표하기로 했다.

실행위원들은 이번 독립선언이 도쿄에서의 일회성 행사로 끝나지 않고 널리 퍼지고 오래 이어지도록 계획을 세웠다. 먼저, 송계백宋繼白을 국내로 들여보냈다. 송계백은 명주에 베낀 독립선언서를 모자 속에 기워 넣어서 일본 경찰의 눈길을 피했다. 그는 모교인 중앙학교로 현상윤을 찾아가 독립선언서를 꺼내 놓고 유학생들의 독립 선언 계획을 밝혔다.

한편 학우회장 최팔용은 이광수의 하숙을 찾아가서 그에게 동지들의 뜻이니 상해로 가라고 권했다. 독립선언서를 발표한 뒤 동지들이 모두 체포되면 조선의 독립운동을 세계에 알릴 사람이 없을 터였다. 그래서 이광수가 미리 상해로 피신해서 거기서 일본의 식민 통치의 부당성과 조선민족의 독립 열망을 널리 알리는 방안에 동지들이 합의했다고 알렸다. 최팔용이 내놓은 여비로 이광수는 상해로 향했다.

2월 8일 오전 유학생들은 독립선언서를 일본 의회, 각국 대사관 그리고 신문사들에 발송했다. 이어 오후 2시에 도쿄의 조선기독교청년회관에서 '조선유학생학우회' 명의로 모임을 열었다. 모두 600여 명이 모여서, 회의장을 채우고 밖으로 넘쳤다. 당시 도쿄의 조선인 유학생들이 642명이었으니, 모두 모인 셈이었다.

회의 도중에 학우회장 최팔용이 회의의 진정한 목적은 독립 선언이라고 밝혔다. 그러자 백관수가 등단해서 독립선언서를 낭독했다. 이어 김도연이 등단하여 결의문을 낭독했다. 감동한 유학생들의 울음은 윤창석이 기도를 시작하자 차츰 그쳤다. 독립 선언을 막으려는 일본 경찰과의 충돌로 많은 유학생들이 다쳤고 주동자들은 검거되어 끌려갔다.

상해에 닿자, 이광수는 도쿄 유학생들의 독립운동에 관한 기사를 써서 〈노스차이나 데일리 뉴스〉를 찾았다. 그 신문의 편집부 사람들은 처음엔 그의 기사를 반신반의했다. 실제로 도쿄의 조선 유학생들이 독립을 선언하자, 그 신문은 "젊은 조선의 야망"이란 제목으로 그 사실을 알렸다. 다음 날 미국인 신문 〈더 차이나 프레스〉에 이광수가 작성한 기사가 실렸다. 이렇게 해서, 1919년의 조선 독립운동이 바깥 세계에 알려지기 시작했다.

국내에서도 독립 선언을 위한 준비가 착실히 진행되었다. 송계백에게서 독립선언서를 받자, 현상윤은 중앙학교 교장 송진우宋鎭禹와 출판을 통한 계몽운동을 하던 최남선崔南善에게 보였다. 최남선은 국내 독립운동의 선언서는 자기가 작성하겠다고 말했다. 현상윤은 보성고등보통학교 교장 최린崔麟에게 도쿄의 상황을 설명했고 최린은 천도교 교주인 손병희孫秉熙에게 현상윤에게 들은 얘기를 보고했다.

조선청년독립당의 독립선언서를 거듭 읽은 손병희는 고개 들어 최린을 잠시 응시했다. 그리고 한숨을 길게 내쉬었다. "어린아이들이 저렇게 운동을 하는데, 우리로서 어떻게 보기만 할 수 있겠소. 우리도 합시다."

"알겠습니다." 손병희의 선선한 응낙에 최린은 조용히 안도의 한숨을 내쉬었다. 그리고 슬쩍 둘러앉은 천도교 간부들을 살폈다.

"자세한 것은 여러분들이 상의해서 처리하시오." 손병희가 당부했다.

당시 천도교는 민족종교로서 세력이 컸고 응집력이 강했다. 손병희가 결단을 내리자, 그의 핵심 참모들인 권동진權東鎭과 오세창吳世昌이 최린과 함께 적극적으로 움직였다. 그들과 중앙학교 측이 협력하게 되자, 일은 빠르게 나아갔다.

최린은 송진우, 현상윤, 최남선과 함께 국내에서도 독립 선언을 하기로 하고 신망이 있는 사람들을 독립선언서의 서명자들로 삼기로 했다. 그들은 철종哲宗의 부마이며 갑신정변甲申政變의 주역들 가운데 하나인 박영효朴泳孝, 참정대신으로 을사조약을 반대했던 한규설韓圭卨, 한일합병 뒤에 작위를 거절한 대신 윤용구尹用求 그리고 105인사건의 주동자 윤치호尹致昊에게 교섭했으나, 네 사람 모두 서명자가 되기를 거절했다.

신망 있는 대한제국 관리들을 끌어들이는 데 실패하자, 그들은 기독교 세력과의 연합을 시도했다. 마침 기독교 쪽에서도 정주의 오산학교 교주 이승훈李昇薰을 중심으로 독립운동을 시작한 참이었다. 최남선의 주선으로 이승훈이 서울로 올라와 중앙학교 교주 김성수金性洙의 집에서 송진우를 비롯한 서울의 독립운동 세력과 만났다. 그동안 서울에서 이루어진 일들과 앞으로의 계획을 듣자, 이승훈은 흔쾌히 합류하겠다고 말했다.

열정적인 이승훈은 바로 기독교 지도자들을 모았고 장로교의 양전백梁甸伯, 유여대劉如大, 김병조金秉祚, 이명룡李明龍, 길선주吉善宙, 함태영咸台永, 이갑성李甲成, 안세환安世桓, 현순玄楯 등과 감리교의 신홍식申洪植, 오화영吳華英, 정춘수鄭春洙, 오기선吳箕善, 박희도朴熙道 등이 독립운동에 참여했다. 당시 기독교 측은 자금이 옹색했다. 이승훈은 천도교 측에 자금 지원을 요청했고, 손병희는 이승훈이 요청한 5천 원을 선뜻 지원했다.

기독교 측에선 천도교 측과의 연합에 주저하는 사람들이 있었고, 발표문의 성격에 관해서도 독립 청원서로 하기를 바랐다. 그러나 최린과 최남선이 기독교 지도자들을 강력히 설득했다. 결국 두 세력은 통합해서 독립운동을 하기로 했고 발표문도 독립선언서로 하기로 했다.

이어 최린은 불교 세력과 접촉했다. 일본의 더할 나위 없이 억압적인 통치 아래서 시민 조직들은 모두 무너진 터리, 민족의 역량을 동원하는 데는 종교 조직밖에 없었다. 최린은 친교가 있는 신흥사의 한용운韓龍雲에게 독립운동 계획을 밝혔고 한용운은 흔쾌히 참여했다. 시일이 급박했고 비밀을 지켜야 했으므로 불교계에 널리 알릴 수 없어서, 마침 서울에 올라온 해인사의 백용성白龍城만이 참여했다.

독립운동 주동자들은 유교 측과는 접촉하지 않았다. 유교는 종교적 색채가 옅고 조직이 뚜렷하지 않았으며 오랜 당쟁으로 응집력이 작았다. 기일이 촉박한 데다, 참가자들의 범위를 넓히면 비밀이 새나갈 위험이 따라서 커질 터였다. 결국 천도교를 중심으로 기독교와 불교가 연합하기로 했다.

일본 유학생들이 독립 선언을 준비한다는 소식에 국내 학생들도 움직이기 시작했다. 기독교청년회(YMCA) 간사로 이미 기독교 측의 독립운동에 참여한 박희도가 중심이 되어 여러 차례 회합한 결과, 각 대학의 대표자가 선정되어 조직적으로 운동을 추진하게 되었다. 경성전수학교의 전성득全性得, 세브란스의학전문학교의 김문진金文珍, 경성공업전문학교의 김대우金大羽, 연희전문학교의 김원벽金元璧, 보성법률상업전문학교의 강기덕康基德, 경성의학전문학교의 김형기金炯璣가 대표자들로 뽑혔고, 대표자들이 체포될 경우의 후임자들로 경성전수학교의 윤자영尹滋英, 세브란스의학전문학교의 이용설李容卨, 경성의학전문학교의 한위건韓偉鍵, 보성법률상업전문학교의 한창환韓昌桓을 뽑았다. 이들은 학교별로 규합해서 독립운동을 추진하기로 했다. 이어 종교계가 중심이 되어 독립운동을 추진하자, 학생들은 거기 가담해서 앞장을 서기로 했다.

2월 15일 최남선이 최린에게 독립선언서 문안을 건넸다. 문안을 읽어 본 최린이 훌륭하다고 감탄했다. 원래 최남선은 독립운동엔 소극적이었다. 도쿄 유학생들의 독립선언서를 읽고서, 그는 최린에게 말했었다.

"나는 일생을 통하여 학자 생활로 관철하려고 결심한 바 있습니다. 그래서 독립운동의 표면에 나서고 싶지 않습니다. 그래도 독립선언서만은 내가 지어 볼까 합니다."

최린이 응낙하자, 최남선은 우미관優美館의 영화 광고지 뒷면에 초를 잡았다. 그리고 신익희申翼熙를 비롯한 여러 사람들이 돌려 보며 퇴고를 했다. 이런 최남선의 소극적 태도가 마음에 들지 않았던 한용운이 자기가 짓겠다고 나섰다. 그러나 최린은 최남선이 짓는 것이 좋다면서 한용운의 얘기를 받아들이지 않았다.

독립선언서가 마련되자, 독립선언서에 민족 대표자로 서명할 사람의 선정이 시작되었다. 천도교 측에선 운동을 주도한 손병희, 권동진, 오세창, 최린에다 양한묵梁漢默, 홍기조洪基兆, 홍병기洪秉箕, 나용환羅龍煥, 박준승朴準承,

나인협羅仁協, 임예환林禮煥, 이종훈李鍾勳, 이종일李鍾一, 권병덕權秉悳, 김완규金完圭가 더해져서 모두 15명이 서명하기로 되었다. 기독교 측에선 이승훈, 양전백, 유여대, 김병조, 이명룡, 길선주, 이갑성, 신홍식, 오화영, 정춘수, 박희도, 최성모崔聖模, 이필주李弼柱, 김창준金昌俊, 신석구申錫九, 박동완朴東完의 16명이 서명하기로 되었다. 불교 측에선 한용운과 백용성 2명이 서명하기로 되었다. 최남선의 중재에 따라, 서명자 대표는 손병희가 되고 이어 기독교 장로교를 대표한 길선주, 기독교 감리교를 대표한 이필주, 불교를 대표한 백용성이 서명하고 그다음은 가나다순으로 하기로 했다. 천도교의 대도주大道主 박인호朴寅浩, 기독교의 함태영, 그리고 중앙학교의 송진우와 현상윤은 사후 수습을 위해 서명에서 빠졌다. 그래서 모두 33명이 서명한 것이었다.

마침 고종高宗의 인산因山을 위해 많은 사람들이 서울로 모여들고 있었다. 인산일인 3월 3일 바로 전날이 거사에 좋았지만, 일요일이라 기독교 측에서 반대했다. 그래서 3월 1일이 거사일로 잡혔다.

독립선언서의 인쇄는 천도교 측에서 맡기로 되어 이종일이 운영하는 보성사에서 조판을 시작했다. 그러나 보성사 직공의 기술이 부족해서 최남선이 운영하는 신문관에서 조판을 하고 보성사에선 인쇄만 했다. 2월 27일 밤까지 이종일은 선언서 2만 1천 장을 인쇄해서 자기 집으로 옮겼다.

독립선언서를 비밀리에 전국에 배포하는 일은 어렵고 위험했다. 그래서 천도교, 기독교, 불교 그리고 학생 측이 각기 책임자를 정해서 배포하기로 되었다. 가장 중요한 서울 시내의 배포는 학생들이 맡았다. 지방 도시들엔 기독교와 천도교에서 분담해서 인원을 파견했다. 일본 정부와 의회, 파리 평화회의에 참석한 각국 대표들, 윌슨 대통령에게 보낼 의견서나 청원서 등의 문서들을 국외로 반출할 책임자들도 결정되어 2월 27일부터 출발하기 시작했다.

민족 대표들은 2월 28일 오후에 손병희의 집에 모여 상견례 겸 마지막 회의를 했다. 이 자리에서 최린은 학생들과 시민들이 많이 모인 파고다(탑골)공원에서 독립 선언을 하면 일본 경찰과 민중 사이에 충돌이 일어날 가능성이 크다고 지적하면서 장소를 바꿀 것을 제안했다. 논의 끝에 최린의 제안대로 탑골공원에서 가까운 인사동의 명월관明月館 지점 태화관泰和館에서 민족 대표들만 모여 독립선언식을 열기로 결정되었다. 태화관은 원래 이완용李完用의 집으로 을사조약과 합병조약이 모의된 곳이었다. 그런 곳에서 독립선언식을 여는 것은 참으로 적절하다고 최린은 생각했다.

1919년 3월 1일 오후 2시 명월관 2층에서 마침내 조선 민족 대표들이 모였다. 지방에 있던 길선주, 유여대, 김병조, 정춘수 넷이 미처 도착하지 못해서, 참석한 서명자들은 29명이었다. 간소하게 점심을 든 뒤, 그들은 바로 선언식을 시작했다. 참석자들은 식탁에 놓인 독립선언서를 한 장씩 집어 들었다. 잠시 사람들이 인쇄 잉크 냄새가 나는 선언서를 들여다보았다.

> 오등吾等은 자玆에 아我 조선朝鮮의 독립국獨立國임과 조선인朝鮮人의 자주민自主民임을 선언하노라. (…)

선언서를 속으로 읽으며 자신들이 하려는 일의 뜻을 새삼 새기는 사람들의 얼굴엔 비장함이 어렸다. 이제 자신들에게 닥칠 험한 운명을 온몸으로 느끼면서, 모두 말이 없었다.

"원래 선언서를 낭독할 예정이었으나, 이 자리는 우리만 모인 곳이니, 선언서를 배포하는 것으로 낭독을 대신하겠소이다."

손병희가 무겁게 말했다.

이때 보성법률상업전문학교생 강기덕이 대학생 둘과 함께 나타났다. 탑골공원에 학생들이 모여서 민족 대표들이 오기를 기다리니, 함께 가서 학생들 앞에서 독립선언서를 낭독해 달라는 얘기였다.

최린은 학생들에게 선언 장소를 갑자기 바꾼 이유를 간곡하게 설명했다. 그리고 학생들에게 충돌이 없도록 하라고 당부했다.

학생들이 돌아가자 손병희가 한용운에게 말했다. "만해 선사."

"예." 한용운이 자리에서 일어났다. 그리고 간단하게 인사한 다음 만세 삼창을 주도했다.

"조선 독립 만세!"를 외치는 소리에 놀란 주인이 달려왔다.

대표들은 주인이 해를 입지 않도록 배려했다. 그래서 주인에게 총독부 경무총감부에 전화를 걸어서 조선 민족 대표들이 독립을 선언했음을 통보하라고 했다.

경무총감부는 바로 경찰을 보내 이들 29인의 민족 대표들을 체포했다. 최린과 한용운이 마지막으로 차에 올라타자, 이들을 연행하는 자동차 행렬이 남산 아래 왜성대에 있는 경무총감부를 향해 움직이기 시작했다. 지켜보던 사람들이 "조선 독립 만세!"를 부르면서 그들을 보냈다.

이사이에 탑골공원에선 자연스럽게 독립선언식이 진행되었다. 오후 한 시경부터 모여든 사람들은 공원을 채우고 넘쳐서 종로를 메웠다. 그러나 그들이 기다리던 민족 대표들은 끝내 나타나지 않았다.

그러자 경신학교 졸업생인 정재용鄭在鎔이 단상으로 올라갔다. 그는 지넜던 독립선언서를 꺼내 들고 낭독하기 시작했다.

"오등은 자에 아 조선의 독립국임과 조선인의 자주민임을 선언하노라. 차로써 세계만방에 고하야 인류평등의 대의를 극명하며, 차로써 자손만대에 고하야 민족자존의 정권을 영유케 하노라…."

청중은 숨을 죽여 가며 들었다. 어려운 낱말들을 제대로 알아듣기 어려웠지만, 뜻이야 환한 대낮처럼 확실했다. 일본의 압제에서 벗어나 떳떳하게 살겠다는 얘기였다.

"… 오등이 자에 분기하도다. 양심이 아와 동존하며 진리가 아와 병진하는도다. 남녀노소 업시 음울한 고소로부터 활달히 기래하야 만휘군상으로 더부러 흔쾌한 부활을 성수하게 하도다. 천백세 조령이 오등을 음우하며 전세계 기운이 오등을 외호하나니, 착수가 곧 성공이라. 다만, 전두의 광명으로 맥진할 따름인저."

마침내 긴 선언서의 낭독이 끝나자, 박수와 환호가 터졌다.

"여러분, 잠깐만." 환호하는 청중에게 정재용은 잠시 조용히 해 달라는 손짓을 했다. "독립선언서엔 「공약 삼장」이 있습니다. 제가 낭독하겠습니다."

조용해진 속에 정재용이 공약 삼장을 낭독했다.

"(…) 조선 건국 4252년 3월 1일, 조선민족 대표 손병희 외 32인."

이번에는 박수와 환호가 더욱 컸다. 정재용은 다시 조용히 해 달라는 손짓을 한 뒤, 감격으로 탁해진 목소리로 외쳤다.

"여러분, 이제 독립 선언과 동시에 조선은 독립국이 되었습니다. 조선의 무궁한 미래를 위해 만세를 부르겠습니다. 제가 선창하면, 여러분들은 수창하시기 바랍니다. 조선 독립 만세!"

청중들이 일제히 따라서 "조선 독립 만세!"를 외치며 두 손을 들어 조

"오등은 자에 아 조선의 독립국임과 조선인의 자주민임을 선언하노라…."
만세 시위는 이내 마른 들판의 불길처럼 조선 곳곳으로 퍼졌다.

선의 미래를 축원했다.

그들은 바로 탑골공원을 나와 시위행진을 시작했다. 동대문, 남대문, 서대문으로 만세 소리가 퍼져 나가면서, 고종의 인산을 위해 각지에서 모여든 사람들이 시위 행렬에 참가했다. 저녁나절엔 시위가 서울 교외로 번졌고 밤늦게까지 만세 소리가 났다.

그렇게 시작된 만세 시위는 이내 마른 들판의 불길처럼 조선 곳곳으로 퍼졌다. 3월 1일 서울의 만세 시위와 동시에 평안남도의 평양, 진남포, 안주와 평안북도의 의주, 선천 그리고 함경남도 원산에서 만세 시위가 일었다. 3월 2일엔 평안남도의 상원, 중화, 증산, 안주와 평안북도의 초산과 황해도의 해주와 수안에서 시위가 일었다. 그 뒤로 전국에서 만세 시위가 일었다. 일본의 혹독한 탄압에도 불구하고 시위는 4월까지 60일 동안 이어졌다. 전국 218개군 가운데 211개군에서 총 1,500여 회의 시위에 200만 명 이상이 참가했다.

이처럼 거대한 시위운동은 물론 일본의 압제적 통치에 대한 조선 민중의 반응이었다. 어떤 민족도 다른 민족의 지배를 고분고분 받아들이지 않는다. 게다가 고종의 죽음이 자연사가 아니라 자살이거나 독살이라는 소문이 널리 퍼져서, 사람들의 울분을 키웠다. 독립운동을 주도한 천도교와 기독교의 잘 짜인 조직은 대규모 시위를 가능하게 했다.

조선총독부는 평화로운 시위들을 무력으로 진압했다. 경찰만으로 진압하기 어렵자 군대까지 동원했다. 4만 7천 명이 체포되고 7,500명이 죽었으며 1만 6천 명이 다쳤다. 민가 700여 채와 교회당 47채와 학교 2채가 일본 당국의 방화로 불탔다.

거의 모든 조선 사람들이 만세 시위에 참가해서 큰 희생을 치렀어도,

조선 사람들은 명시적 목적인 조국의 독립을 얻지 못했다. 조선 사람들이 스스로 일본을 물리치기엔 조선의 역량은 일본의 역량보다 너무 작았다.

이 점은 3·1 독립운동을 추진한 독립운동 지도자들도 잘 알았다. 그들은 국제적 지원이 조선의 독립에 필수적임을 이미 깨달았고, 당시 근본적 변화를 겪던 국제 질서에서 조선의 독립에 유리한 여건을 발견했고, 그것을 이용하기 위해 3·1 독립운동을 일으킨 것이었다.

불행하게도, 그들의 기대는 비현실적이었음이 드러났다. 국제적 여론이 힘을 쓰기엔 일본의 역량이 너무 컸고 국제적 위상이 너무 높았다. 근대화를 성공적으로 이룬 터라 일본의 역량은, 특히 군사력은 아주 컸고, 그런 역량과 주도면밀한 외교 덕분에 일본의 국제적 위상도 아주 높았다. 실은 역사적으로 일본의 국제적 위상이 그때보다 높았던 적은 없었다.

청일전쟁과 러일전쟁에서 잇따라 이긴 터라, 20세기 초엽의 일본은 명실상부한 강대국이었다. 제1차 세계대전에선 연합국들에 가담했고 독일의 동아시아 식민지들을 공격해서 쉽게 차지했다. 그래서 전쟁을 마무리하는 파리 평화회의에 주요 승전국들 가운데 하나로 참가했다.

파리 평화회의의 첫 전체회의는 1919년 1월 18일에 열렸다. 그러나 주요 사항들은 1918년 12월에 프랑스, 영국, 미국, 이탈리아, 그리고 일본으로 이루어진 주요 전승국들의 회의에서 미리 결정되었다. 이어 다섯 강대국들이 각각 두 사람씩 낸 대표들로 이루어진 '십자회의(the Council of Ten)'가 평화회의를 실질적으로 이끌었다.

일본의 위상이 그렇게 높았으므로, 일본의 뜻을 거스르는 결정은 나오기 어려웠다. 독일이 중국 산동山東(산둥)성에서 지녔던 권익을 중국에 되돌려주는 대신 일본에 넘긴 데서 이 점이 잘 드러났다. 게다가 조선은 독립된 나라가 아니었으므로, 회의에 정식으로 참가할 자격도 주어지지 않았다. 자연히 시위만으로는, 아무리 거족적이었다 하더라도, 조선의 독립을 이루기 어려웠다.

그러나 3·1 독립운동의 성과가 작았던 것은 아니다. 먼저, 일본의 조선에 대한 시각과 정책이 바뀌었다. 만세운동이 워낙 갑작스럽고 거셌으므로, 조선총독부는 경악했고 일본 전체가 큰 충격을 받았다. 그들은 무력에 의한 억압만으로는 조선을 순조롭게 다스릴 수 없다는 것을 깨달았다. 3·1 독립운동에 대한 책임을 지고 하세가와 요시미치長谷川好道 총독이 물러나고 사이토 마코토가 후임이 되었다. 일본에선 일반적으로 해군이 육군보다 온건했으므로, 육군 장성들이 맡았던 조선 총독에 해군 제독 출신인 사이토를 기용한 것이었다. 그런 기류를 반영해서, 사이토는 '문화 정치'를 내세웠다. 비록 그런 정책의 변환이 근본적인 조치일 수는 없었지만, 억압과 통제를 줄여서 조선 사람들이 보다 자유롭게 살 수 있게 된 것은 다행이었고 장기적으로는 조선 사람들의 역량을 늘리는 데 기여해서 뒷날 독립을 되찾은 조선 사회가 보다 튼실한 바탕을 지니도록 했다.

국제적으로도 성과가 작지 않았다. 이미 10년 전에 끝난 일본의 조선 합병은 국제사회의 공인을 받았고 일본의 통치 아래 조선 사람들의 삶이 나아지고 있다고 알려졌다. 3·1 독립운동으로 조선의 실상이 드러나면서 '조선 문제'가 국제적 의제로 새삼 등장했다. 그런 인식의 변화는 국제적 도움이 나올 바탕을 마련했다. 아울러 약소국들과 식민지들의 주권 회복 운동과 독립운동에 운동량을 더해 주었고, 특히 중국 대학생들의 국권 회복 운동인 1919년의 '5·4 운동'에 직접적 영향을 미쳤다.

그러나 가장 큰 충격을 받은 것은 조선 사람들 자신이었다. 3·1 독립운동을 주도한 지도자들도 자신들이 추진한 일이 그렇게 거족적인 운동으로 발전하리라고는 기대하지 못했었다. 만세 시위가 온 나라를 휩쓸면서, 지금까지 무기력하게 일본의 압제적 통치를 받아들이던 조선 사람들은 자신들이 떳떳하게 살 자격과 희망을 지녔음을 새삼 깨달았다.

해외의 조선 사람들도 자신들의 정체성을 깊이 인식하게 되었다. 이민의 역사가 길었던 만주와 연해주에선 많은 시위들이 일었다. 이민의 역사가 짧은 하와이의 경우, 거기서 나서 자란 아이들도 신문을 보고 울었다. 하와이 왕국 수립을 기념하는 축제에 한인 교포 한 사람이 '대한독립'이라 쓴 깃발을 들고 나갔다가 일본인과 시비가 붙었다. 그러자 미국인이 나서서 일본인에게 "여기가 너희 나라냐?" 하고 힐문하는 일도 있었다.

조선 사람들의 그런 깨달음은 자신들의 정부를 세워야 한다는 깨달음으로 이어졌다. 독립운동을 보다 효과적으로 수행하려면 망명정부의 수립이 필요했다. 그러나 조선이 일본에 망한 지 10년이 지났어도 조선 사람들은 망명정부를 세우지 못했다. 1894년 청일전쟁에서 이긴 뒤 일본이 조선에 대한 실질적 지배를 꾸준히 강화해서 합병의 충격이 비교적 작았다는 사정도 있었고, 조선조 왕실이 그대로 남아서 망국의 현실을 상당히 덮었다는 사정도 있었다.

이제는 사정이 달라졌다. 맨 먼저 움직인 사람들은 3·1 독립운동을 주도한 천도교 세력이었다. 시위가 막 전국으로 퍼져나가던 3월 3일 그들은 지하 신문인 〈조선독립신문〉을 통해서 '가假정부'를 세웠음을 알렸다. 이어 3월 21일엔 러시아 극동 지역에서 '대한국민회의'가 임시정부를 세웠음을 선포했다. 4월엔 '조선민국 임시정부', '상해임시정부', '신한민국 정부', 그리고 '한성정부'가 섰다. 8월엔 간도에서 '임시 대한 공화국 정부'가 섰다. 비록 이들 임시정부들은 지역들의 명망가들이 모여서 갑작스레 만든 서류상의 조직들로서 정부라고 할 만한 실체는 없었지만, 임시정부를 만들었다는 사실은 조선의 독립으로 가는 길고 험한 길에서 중요한 이정표가 세워졌음을 뜻했다.

여러 곳에 실체가 없는 임시정부들이 세워지자, 자연스럽게 그것들을 통합해서 조선 사람들을 대표하는 임시정부를 구성해야 한다고 모두 느꼈다. 임시정부는 조선에 세워질 수 없었으므로, 독립운동가들이 많이 모이고 외국 조계租界들이 있어서 활동하기 좋은 상해가 후보지로 자연스럽게 떠올랐다.

임시정부를 세우는 작업은 민족대표 33인의 파견원 자격으로 상해에 온 현순이 주도했다. 이승훈은 손병희에게서 받은 거사 자금에서 1천 원을 장로교 목사인 현순에게 주어 상해로 가게 했다. 3월 1일 상해에 도착하자, 현순은 조선에서 활동했던 선교사인 조지 피치(George Fitch)를 찾아갔다. 피치는 현순에게 선우혁鮮于爀, 신규식申圭植, 이광수, 김철金澈, 여운홍呂運弘 같은 독립운동가를 만나도록 주선했다. 3월 4일, 조선에 독립운동이 일어났다는 보도가 신문에 나오자, 현순은 프랑스 조계에 임시정부 사무소를 설치했다.

3월 9일 현순은 대한인국민회 중앙총회장 안창호安昌浩와 국민회 하와이 지방총회장 이종관李鍾寬에게 전보를 쳤다.

"한인 300만 명 독립단은 예수교회 3천과 천도교회 5천과 각 대학교와 모든 학교들과 및 각 단체들이 일어나 조직한 자라. 독립단은 3월 1일 하오 1시에 서울 평양과 및 그 밖의 각 도시에서 대한 독립을 선언하고 대표자는 손병희 이상재 길선주 3씨를 파송하얏소. 리승만 박사는 어디 있소. 회전하시오. 상해특별대표원 현순.”

“손병희 이상재 길선주 3씨를 파송하얏소”라는 구절은 그들을 파리 평화회의에 보냈다는 뜻이었다.

대한민국 임시정부 수립

현순의 전보로 국내의 독립운동이 알려지자, 미국과 하와이의 한인들은 열광했다. 가장 먼저 반응한 사람은 안창호였다. 그는 정치 형세에 민감하고 설득력이 뛰어나고 조직의 중요성을 잘 아는 천부적 지도자였다. 그래서 일찍부터 계몽운동에 앞장섰다. 1905년엔 양기탁梁起鐸, 이동녕李東寧, 전덕기全德起, 이갑李甲, 이동휘李東輝, 조성환曺成煥, 신채호申采浩, 노백린盧伯麟 등과 비밀 계몽독립운동 조직인 신민회新民會를 만들었다. 800여 명의 회원을 가진 이 조직은 〈대한매일신보〉를 발행하고 평양에 대성학교를 설립했다. 그러나 1912년 데라우치 마사타케寺內正毅 총독 암살 음모에 회원들이 연루되거나 망명하면서 시나브로 조직이 무너졌다. 미국으로 망명한 뒤엔 대한인국민회大韓人國民會를 조직해서 미주 지역의 ‘무형 정부’로 키웠고 〈신한민보〉를 창간했다. 1913년엔 계몽독립운동 조직인 흥사단興士團을 세워 자신의 정치적 기반으로 삼았다.

거족적인 3·1 독립운동으로 조선의 독립운동에 전기가 온 것을 깨닫자, 안창호는 바로 상해로 가기로 결심했다. 조선과 가깝고 외국 조계들이 있어서 해외 독립운동에 적합하며 곧 망명정부가 세워질 상해에서 독립운동을 주도하겠다는 생각이었다. 그는 4월 1일 국민회가 모은 자금 가운데 6천 달러를 지니고 캘리포니아를 떠나 상해로 향했다.

1919년 3월 12일 이종관은 이승만의 워싱턴 주소로 현순의 전보 내용을 알리는 전보를 쳤다. 3월 15일엔 현순이 다시 국민회 중앙총회로 이승만을 찾는 전보를 쳤다.

"우리 내지의 정형情形이 사람과 돈을 아울러 요구합니다. 리승만 박사가 유럽에 갔는지요? 그의 번지를 알기 원합니다. 그이더러 유럽에 가기를 권고하시오."

현순이 이승만을 간절히 찾은 까닭은 물론 이승만의 높은 명망이었다. 이승만이 국내에서 한 열정적 계몽운동과 미국에서 한 활발한 독립운동은 그를 조선의 중요한 지도자들 가운데 하나로 만들었다. 당시 조선인으로선 드물게 미국 명문 대학의 박사학위를 지녔다는 점도 그의 성가를 높였다. 게다가 파리 평화회의를 주도하는 윌슨 대통령의 대학 제자여서 윌슨과 친분이 있다는 사실은 그에 대한 기대를 한껏 높였다. 현순은 이승만과 개인적으로도 친분이 있었으니, 그의 아버지 현제창玄濟昶은 독립협회의 간부로 이승만과 함께 활약했고 현순 자신도 독립협회에 참여해서 이승만과 함께 일했다.

그때 이승만은 4월에 필라델피아에서 열릴 '제1차 한인회의(First Korean Congress)'의 준비에 힘을 쏟고 있었다. 미국 사람들에게 조선의 독립이 중요한 까닭을 알리고 자유로운 나라를 세워 세계 평화에 이바지하겠다는 조선 사람들의 뜻을 밝히려는 모임이었다. 국민회가 주최했고 이승만, 서재필 그리고 정한경鄭翰景이 대표로 일했다.

이종관의 전보로 고국에서 3·1 독립운동이 일어났음을 알게 되자, 이승만은 피가 끓었다. 3월 16일 그는 안창호에게 전보로 물었다.

"제가 상해로 갈 수 있겠습니까?"

이어 안창호에게 보낸 편지에서 당장 중국과 조선으로 가고 싶은 심경을 밝혔다. 안창호가 이승만의 요청에 대꾸하지 않고 자신이 상해로 떠나자, 이승만은 크게 실망했다. 그래도 높은 명망 덕분에 이승만은 여러 임시정부들이 만든 각료 명단들에서 늘 주요 부서를 맡았고, '한성정부'에선 집정관총재로 정부 수반에 선출되었다.

이들 여러 임시정부들은 소수의 명망가들이 서류상으로 만든 조직들이었다. 이 조직들을 통합해서 실체가 있는 임시정부를 만들려는 움직임이 나온 것은 당연했다. 독립운동가들이 몰려든 상해에서 이런 움직임이 열매를 맺은 것도 자연스러웠다. 당시 프랑스 조계는 일본 당국의 힘이 미치지 않는 곳으로 알려져서, 상해의 조선 독립운동은 프랑스 조계 안에서 이루어졌다.

그러나 의견들이 다르고 이해들이 엇갈려서, 임시정부를 세우는 일은 쉽지 않았다. 분열의 위기까지 겪고 나서 4월 11일에야 비로소 29명의 의원들은 임시정부의 구조와 충원에 대해 합의를 이루었다.

국호는 대한민국大韓民國으로 정했다. 의결 기관으로는 임시의정원을 두고, 이동녕을 의장으로 손정도孫貞道를 부의장으로 선출했다. 이광수와 백남칠白南七은 서기로 선출되었다. 정부 수반은 국무총리가 맡도록 되었다.

국무총리로는 이승만이 압도적 지지를 받았다. 그러나 신채호가 극력 반대했다. 이승만이 윌슨 대통령에게 조선이 국제연맹의 위임통치를 받도록 해 달라고 청원한 것을 문제 삼은 것이었다. 신채호는 "이승만은 이완용보다 더 큰 역적이오. 이완용은 있는 나라를 팔아먹었지만, 이승만은 아직 나라를 찾기도 전에 팔아먹은 놈이오!"라고 비난했다. 그래서 지리한 토론 끝에 표결로 이승만이 국무총리로 선출되었다. 각부 총장과 차장도 선출되어 내각이 조직되었다. 내무총장은 미정이고, 외무총장은 김규식金奎植, 재무총장은 최재형崔在亨, 교통총장은 문창범文昌範, 군무총장은 이동휘, 법무총장은 이시영李始榮이었다.

이어 자유민주주의를 따른 임시헌장이 제정되었다. 임시헌장은 민주공화제를 채택하고 기본권을 보장하고 남녀평등을 실천하고 생명형, 신체형 및 공창제公娼制를 폐지했다.

4월 12일 이승만은 대한공화국(the Korean Republic) 임시정부 국무경國務卿 명의로 파리 평화회의의 의장인 조르주 클레망소(Georges Clemenceau) 프랑스 대통령과 윌슨 미국 대통령에게 공한을 보내서 한국의 독립을 인정할 것을 요구했다. 처음으로 조선의 임시정부가 국제사회에 자신의 존재를 알리고 승인을 요청한 것이었다.

안창호는 5월 25일 상해에 닿았다. 뛰어난 지도력을 지녔고 이미 신망이 높았으며 미국, 하와이 그리고 아메리카의 다른 나라들의 국민회 조직을 통해서 자금을 마련할 수 있었으므로, 그는 바로 임시정부를 주도하기 시작했다. 당시 임시정부는 국무총리 이승만이 미국에 있었고 총장들이 부임하지 않거나 사임해서 마비된 상태였다. 안창호는 6월 28일 내무총장에 취임하고 바로 국무총리 대리를 겸했다.

안창호는 임시정부의 성공이 튼실한 재정에 달렸음을 잘 알았다. 그래서 해외 동포들의 인구 조사를 통해서 세금을 거두며 국내외에 연통제聯通制를 실시해서 자금을 모집한다는 방침을 세웠다.

아울러 7월 초순에 임시사료편찬회를 설치하고 안창호 자신이 회장을 맡아 독립운동에 필요한 사료들을 모으기 시작했다. 이 사업은 빠르게 나아가서, 9월 하순에 조선과 일본 사이의 역사적 관계와 일본의 식민 통치의 실상 및 조선민족의 독립 역량을 상세하게 기술한 『한일관계사료집』이 발간되었다. 이것은 조선이 일본의 지배를 받게 된 시기에 관한 조선민족의 첫 공식적 역사 해석이었고 이후의 독립운동에 이론적 바탕을 제공했다.

『한일관계사료집』의 편찬이 끝나자, 안창호는 임시정부 기관지의 발행을 서둘렀다. 이광수가 신문사 사장 겸 주필을 맡고 이영렬李英烈이 영업부장을 맡고 주요한朱耀翰이 출판부장을 맡아서, 8월 21일 기관지 〈독립〉은 창간호를 발행했다. 조선 사람들의 생각과 꿈을 담은 〈독립〉은 큰 환영을 받았다. 〈독립〉의 영향이 빠르게 커지자, 일본 총영사는 프랑스 조계 당국에 임시정부와 기관지의 폐쇄를 끈질기게 요구했다. 그래서 〈독립〉은 10월 25일부터 제호를 〈독립신문〉으로 바꾸었다.

임시정부를 장악하자, 8월에 안창호는 부임하지 않은 총장들 대신 차장들로 하여금 각 부를 관장하게 했다. 이어 국민회에서 보낸 자금으로 프랑스 조계 하비로霞飛路(샤페이루)에 있는 꽤 큰 건물을 임대해서 청사로 삼았다. 이처럼 안창호가 지도력을 발휘하자, 임시정부는 활기를 띠었다. 직원들은 매일 오전 9시에 출근해서 강당에 모여 국기에 경례하고 애국가를 부른 다음 안창호의 훈시를 들었다. 그리고 오후 4시까지 일했다.

고국을 떠나 이역에서 독립운동을 하는 터라, 이들은 삶이 늘 곤궁했다. 그래도 의기는 드높아서, 낯선 하늘을 찌를 듯했다. 그들은 눈 속에서 오히려 푸르른 소나무들이었다. 그들 한 사람 한 사람이 "남산 위의 소나무들"이었다.

바로 이때 김구金九가 임시정부의 경무국장으로 활약하게 되었다. 뒷날 어려운 시절에 혼자 힘으로 임시정부를 이끌 독립운동의 영웅에 걸맞게, 그의 등장은 극적이었다.

1919년 8월 11일 김구는 임시정부 청사 2층의 국무총리실을 찾았다.

"총리님을 뵈러 왔습니다."

"아, 백범白凡. 어서 오십시오." 안창호는 반갑게 김구를 맞았다.

"총리님께서 상해에 오신 뒤로, 우리 임시정부가 활기를 띠었습니다. 모두 밝은 안색으로 열심히 일합니다." 악수를 하고 자리에 앉자 김구가 말했다. 덕담만은 아니었다.

"모두 도와주신 덕분입니다. 백범도 많이 도와주십시오."

"예. 그렇잖아도 소생이 하고 싶은 일이 있어서, 이리 찾아뵈었습니다."

"아, 그러십니까? 반가운 얘기입니다." 안창호가 밝은 웃음을 지었다. "그래, 백범은 무슨 일을 하고 싶으신지요?"

국무원 비서실에 근무하는 여직원이 차를 내왔다.

"좀 드시죠. 날이 더우니, 이열치열이라고…."

"예. 감사합니다." 차를 한 모금 마시고서, 김구는 방안을 둘러보았다. 그리고 진지한 얼굴로 안창호에게 말했다. "총리님, 소생은 이 임시정부 청사의 문지기가 되고 싶습니다."

"문지기요?" 좀 뜻밖의 대답에 안창호가 그를 건너다보았다.

"예. 소생이 임시정부의 문지기를 자원한 소이는 둘입니다. 하나는 소생이 서대문감옥에서 옥살이를 할 때에 '뒷날 우리 독립 정부가 수립되면, 정부의 뜰을 쓸고 창을 닦아 보고 죽게 해 주십시오' 하고 하나님께 기도한 적이 있습니다."

안창호는 숙연한 얼굴로 김구의 얘기를 들었다. 그는 김구를 국내에서

"소생은 이 임시정부 청사의 문지기가 되고 싶습니다."

만난 적은 없었다. 그러나 안창호가 신민회를 조직해서 계몽독립운동을 할 때 황해도에 살던 김구가 참여했다. 김구가 자신의 누이 안신호安信浩와 혼담이 있었다는 얘기도 안창호는 알고 있었다. 그리고 그가 상해에 도착하자, 김구가 청년들을 이끌고서 그를 호위하려 했다는 얘기를 들었다. 그는 현순의 안내를 받아 무사히 임시정부에 도착해서 김구의 도움을 받지는 않았지만, 김구에 대해 호감을 품었고 높이 평가했다.

차로 목을 축이고서 김구는 말을 이었다. "또 하나는 소생이 교육계몽운동을 할 때, 어느 곳에서 순사 시험 과목을 보았습니다. 그래서 집에 가서 혼자 시험을 쳐 보았더니, 합격하기 어렵다는 것을 깨달았습니다. 소생은 그런 방면엔 재조가 없습니다. 그래서 소생은 우리 정부 청사의 문지기나 할까 합니다. 그런 일이라면, 소생도….”

잔잔한 웃음을 띤 김구의 얼굴을 바라보면서, 안창호는 천천히 고개를 끄덕였다. 김구가 신실한 사람이라는 것이야 이미 알고 있었지만, 지금 김구가 한 얘기는 그의 성품을 드러냈다는 생각이 들었다. 신실하지 못한 사람이 꾸밀 수 있는 얘기가 아니었다. 하긴 무엇을 꾸미는 사람이 임시정부 청사의 문지기를 시켜 달라고 조를 리 없었다.

“백범 말씀이 참으로 좋은 말씀입니다. 내가 미국에서 보니, 백악관만 지키는 관리가 있었습니다. 우리도 백범처럼 믿을 만한 분이 우리 정부 청사를 경호하게 된다면 얼마나 좋겠습니까? 내일 당장 국무회의에 백범을 임명하는 안을 제출해서 결정하겠습니다.”

“감사합니다. 일을 맡겨 주시면, 총리님 기대에 어긋나지 않도록 열심히 하겠습니다.”

“백범, 내 그동안 너무 비쁘다는 핑계로 백범과 자주 만나지 못했는데, 이제 백범의 도움을 받게 되었소이다.”

김구는 안창호보다 일찍 4월 13일에 상해에 닿았다. 김구는 1876년 해주에서 태어났다. 이승만보다 한 살 아래고 안창호보다 두 살 위이니, 해외에서 독립운동을 주도한 세 지도자들이 모두 한 연배였다. 1894년 동학란이 일어나자, 김구는 해서海西 동학군의 선봉장으로 해주성 공략에 참가했다. 1895년의 을미사변으로 민비閔妃가 궁궐에서 일본인들에게 참혹하게 살해되자, 김구는 국모의 원한을 풀겠다는 마음으로 안악 치하포에서 변복한 일본군 중위를 맨손으로 죽였다. 이 일로 체포되어 사형을 선고받았으나, 고종의 특사로 형 집행은 중지되었고, 이듬해 봄에 그는 인천의 감옥을 탈출했다. 그 뒤로 도망 다니면서도 학교들을 설립하고 계몽운동을 했다. 1911년엔 안중근安重根 의사의 사촌동생 안명근安明根이 주도한 안악 지역의 모반 사건에 연루되어 17년형을 선고 받았다. 안명근이 독립운동 자금을 모으고 봉기를 일으키려 한 일을 기화로 삼아, 일본 당국은 무고한 사람들을 엮어서 고문으로 사건을 터무니없이 부풀려 황해도의 독립운동가들을 탄압했다. 1914년에 가출옥한 뒤, 김구는 안악의 부호이자 지사인 김홍량金鴻亮의 농장 관리인으로 일했다. 3·1 독립운동이 일어나자, 김홍량의 집안이 김구에게 상해로 가서 독립운동을 하라고 권했다. 그래서 김구는 가족을 남겨 두고 홀로 떠났다. 신의주를 거쳐 중국 안동安東(안둥)으로 건너가서 영국 배를 얻어 타고 상해로 온 것이었다.

마침 신민회 시절부터 친교가 있는 이동녕이 임시의정원 의장이어서, 김구는 열흘 뒤에 열린 제2회 임시의정원 회의부터 내무부 소속 위원으로 활동하게 되었다. 그는 원래 완력이 세고 담이 커서, 요인들을 보위하는 일에 적합했다. 그래서 젊은이들을 이끌고 청사와 요인들을 일본 경찰들과 밀정들로부터 지키는 임무를 맡았다.

그러나 4월 30일 국무총리 대리로 선임된 이동녕이 5월 9일 사임하자, 김구는 후견인을 잃고 안창호가 주도한 임시정부 조직 개편에서 밀려났다. 안창호와 이동녕은 각기 서북파西北派와 기호파畿湖派를 대표했으므로, 안창호로선 김구를 중용할 마음이 없었다. 그래서 아무런 직책을 얻지 못한 김구가 스스로 안창호를 찾은 것이었다.

"감사합니다. 다망하실 터이니, 소생은 이만 일어서 보겠습니다."

"백범, 진정으로 고맙습니다. 내 바로 조치할 터이니, 내일 다시 들러 주십시오."

이튿날 김구가 국무총리실을 찾자, 안창호가 반갑게 맞으면서 문서를 내밀었다. "백범의 사령장이외다."

"감사합니다." 사령장을 받아 읽어 본 김구가 놀라서 안창호를 쳐다보았다. "소생이 경무국장으로 발령이 난 것입니까?"

"그렇습니다. 연세로 보나, 능력으로 보나, 그동안의 업적으로 보나, 백범이 경무국장으로 우리 정부를 지키는 것이 합당하다고 모두 찬동했습니다."

"순사의 자격에도 못 미치는 소생이 경무국장의 중책을 어떻게 감당하겠습니까?" 김구가 고개를 저었다.

"백범은 나보다도 손위 아니오? 젊은 사람들이 그럽디다, 백범이 손수 문을 여닫으면 자기들이 미안해서 어떻게 하느냐고. 그리고, 백범." 안창호가 정색했다.

"예."

"백범은 그동안 옥살이를 오래 해서 일본 사람들에 대해서 잘 알지 않습니까? 그런 경험을 십분 이용해서, 왜놈들의 마수가 우리 청사에 뻗지 못하도록 해 주시오. 백범이 경무국장을 맡아서 우리 정부를 지킨다면, 내가 밤에 발 쭉 뻗고 편히 잘 수 있겠소이다."

"그래도 소생이 경무국장이 되는 것은…."

"백범, 백범이 끝내 거절해서 경무국장 자리를 피한다면, 청년 차장들의 부하가 되는 것이 싫어서 그런다고 다른 사람들이 여길 것이오. 내 뜻이 간곡하니, 이번만큼은 백범이 내 뜻을 따르시오. 혁명 시기에는 무엇보다도 인재의 정신을 보아 등용합니다. 신분의 귀천이나 학식의 다소가 중요한 것이 아니외다. 힘든 독립운동을 하는 데는 심지가 굳고 대의를 위해 모든 것을 바칠 수 있는 정신이 중요하외다. 이미 임명된 것이니, 백범은 사양하지 말고 행공行公하시오."

경무국장이 되면서, 김구는 단숨에 임시정부의 실력자로 떠올랐다. 프랑스 조계에서 프랑스 당국의 용인 아래 움직이는 처지라서, 임시정부로선 경찰도 사법부도 갖출 수 없었다. 그래서 자신을 스스로 지킬 방도가 없었고, 그저 프랑스 정부의 보호에 의지해야 했다. 반면에, 일본 정부의 힘은 상해 전체에 미치고 있었다. 중국이 영국과 교역이 많고 영국의 영향을 크게 받는 나라인 데다, 상해는 실질적으로 영국이 관장하고 있었다. 영국은 전통적으로 러시아와 대립했었고, 볼셰비키 혁명 뒤에는 소비에트 러시아와 무력으로 싸우기까지 한 터였다. 그래서 일찍부터 동맹국이었고 러시아와 대립해 온 일본에 무척 우호적이었다. 덕분에 일본 경찰은 쉽게 프랑스 조계 안의 조선 독립운동가들을 감시할 수 있었고, 마음만 먹으면 언제라도 임시정부를 덮칠 수 있었다.

당연히 임시정부로선 일본의 침투를 막아서 자신을 지키는 일이 무엇보다도 중요했다. 일본 밀정들이 침투하는 것을 막고 독립운동가들 가운데 배신한 사람들을 찾아내서 처단하는 일이 모두 경무국 소관이었다. 김구 자신이 뒷날 자서전 『백범일지白凡逸志』에서 토로한 대로, 경무국장은 신문관, 검사, 판사에 형리까지 겸해야 했다. 그래서 이름만 내걸고 직원은 없었던 부서들까지 있던 상황에서 김구는 20여 명의 청년들을 거느리고 활발하게 움직였다.

다행히 프랑스 조계 당국은 임시정부에 호의적이어서 적극적으로 도와주었다. 영국과 프랑스는 전통적으로 대립했고, 비록 제1차 세계대전에선 함께 독일에 맞서 싸웠지만, 방대한 식민지들을 가진 터라 이해가 상충하는 일들이 많았다. 자연히 프랑스는 상해에서 우월적 지위를 누리는 영국이나 영국의 전통적 동맹국인 일본에 대해 우호적이지 않았다. 어려운 처지에서 독립운동을 하는 임시정부 요원들에 대한 자연스러운 동정심도 있었다. 그래서 일본 영사가 조선 독립운동가들의 체포를 요구하면 프랑스 당국은 넌지시 임시정부에 알렸고, 덕분에 독립운동가들은 미리 피할 수 있었다. 아울러 임시정부는 프랑스 변호사를 고문으로 고용해서 프랑스 당국과의 관계를 긴밀하게 유지했다.

김구의 지휘 아래 경무국은 규율이 서고 민첩하게 움직이는 조직으로 바뀌었다. 경무국 요원들은 일본의 밀정 노릇을 하는 조선 사람들을 파악하고, 그들이 공작하러 프랑스 조계로 들어오면 붙잡아서 상해 변두리의 안전가옥으로 데리고 갔다. 붙잡힌 밀정들은 일단 타일러서 전향시키고, 전향이 안 될 것 같은 자들은 그 자리에서 처형했다. 그렇게 처형된 밀정들이 30여 명이 되자, 밀정들은 프랑스 조계로 들어오기를 꺼리게 되었다.

이처럼 힘들고 위험한 일들을 하는 데는 김구가 감옥에서 배운 실제적 지식이 큰 도움이 되었다. 1911년 김구는 조선총독부가 꾸며 낸 '안악사건'에 얽혀서 모진 고문을 받은 뒤 징역 15년 형을 선고받았다. 서대문감옥에 갇혀 지낼 때, 그는 활빈당活貧黨의 우두머리인 '김 진사'와 사귀어 그로부터 그 조직에 관해 알게 되었다. 활빈당은 도적 조직이었지만, 연원이 오래되고 나름으로 의적으로 활동했다. 김구는 활빈당의 조직과 관행에서 비밀 조직이 응집력을 유지하면서 오래 지속할 수 있었던 사정을 배웠다. 그리고 '김 진사'에게서 사람을 처치하는 방법과 같은 실제적 지식도 자세히 배웠다. 그런 실제적 지식이 경무국장으로 활동하는 데 큰 도움이 되었다.

직무가 그러한지라, 사람들을 모질게 대할 수밖에 없었던 경우도 많았다. 한번은 국내에 파견되었다 상해로 돌아온 임시정부 요원이 일본 경찰에 체포되었다. 조사해 보니, 그 요원이 복귀할 때 데리고 온 열일곱 살 난 소년이 일본 영사관에 매수되어 제보한 것이었다. 그 소년이 받은 돈이래야 겨우 여비 10원이었다. 철없는 소년이었지만, 타일러 바로잡거나 죽이는 길밖에 없던 김구로선 그 소년을 처형할 수밖에 없었다. 많은 사람들을 모질게 대할 수밖에 없었던 김구로서도 그 일은 마음에 무겁게 얹혔다.

조선총독부가 임시정부에 대해 염탐하라고 상해로 파견한 일본 경찰의 경부警部가 김구에게 면담을 신청한 적도 있었다. 강인우姜麟佑라는 사람이었는데, 김구에게 영국 조계의 음식점에서 만나자고 했다. 일본 경찰이 독립운동가들을 쉽게 체포할 수 있는 곳이었지만, 김구는 약속 장소에 나갔다. 강인후는 김구에게 자신이 받은 밀명을 밝혔다.

김구가 고개를 끄덕이자 강인후가 말했다. "선생님께서 거짓 보고 자료를 만들어 주시면, 귀국하여 그것으로 책임을 얼버무리겠습니다."

"그렇게 합시다."

김구는 선뜻 승낙했다. 그리고 바로 보고 자료를 만들어 주었다.

강인후는 그 보고 자료를 갖고 귀국했다. 그리고 그 공으로 뒤에 풍산군수가 되었다.

하루는 청년 하나가 찾아와서 면회를 청했다. 그는 김구를 보자마자 눈물을 흘리며 품속에서 권총 한 자루와 일본 경찰이 준 수첩 하나를 꺼내 놓았다.

"어찌 된 일이오?" 김구가 놀라서 물었다.

"선생님, 제가 조선에서 먹고살기 어려워서 며칠 전에 상해로 왔습니다. 일본 영사관에서 제가 체격이 튼튼한 것을 보더니, 임시정부를 찾아가서 경무국장 김구를 살해하라고 권했습니다. 선생님을 살해하면 돈도 많이 주고 조선에 있는 가족들에겐 나라의 토지를 주어 배불리 먹고

살도록 해 주겠다고 했습니다. 만일 자기들 제안에 응하지 않으면 저를 체포해서 취조하겠다고 위협했습니다. 그래서 승낙했더니 이 권총과 수첩을 주었습니다."

"아, 그랬소?"

"예. 그런데 여기 불국佛國 조계에 와서 보니, 선생님께서 조선 독립을 위해 애쓰시는 것이었습니다. 제가 비록 못난 놈입니다만, 저도 조선 사람입니다. 어떻게 선생님을 해칠 수 있겠습니까?" 청년이 흐느꼈다.

"알겠소. 진실로 고맙소." 김구는 청년의 손을 잡고 위로했다. "얼마나 힘들면 그런 일을 맡았겠소. 내 당신의 마음을 이해합니다."

그러자 청년이 고개를 들고 단호하게 말했다. "선생님, 이제 저는 권총과 수첩을 선생님께 바치고, 여기를 떠나서 중국 지역으로 가겠습니다. 거기 가서 장사나 해서 먹고살렵니다."

"장한 생각이오."

"그러면, 선생님, 저는…." 청년이 자리에서 일어섰다.

이역에서 고달프게 살아갈 청년에게 작은 도움이라도 주고 싶었지만, 자신의 호구지책도 막막한 터라 김구는 마음이 아팠다. 그저 청년의 손을 잡고 당부했다. "마음 굳게 먹고 열심히 사시오."

구미위원부 설치

이사이에 미국에서 활동한 이승만은 1919년 8월 25일 워싱턴에 대한민국 특파구미 주찰위원부大韓民國特派歐美駐紮委員部(the Korean Commission to America and Europe for Republic of Korea)를 설치했다. 약칭인 구미위원부

(Korean Commission)로 흔히 불리게 된 이 기구는 대외적으로는 대한민국을 대표하여 외교와 선전을 하고 대내적으로는 재미 동포들로부터 독립운동 자금을 거두었다. 구미위원부 설치는 국내와 극동의 일들은 상해의 임시정부가 맡고 국제 활동과 재미 동포들에 관한 일들은 자신이 관장하겠다는 이승만의 생각이 구체화된 것이었다. 구미위원부는 위원 셋으로 이루어졌는데, 위원장엔 파리 평화회의에 파견되었다 워싱턴으로 온 김규식이 임명되었다. 이 뒤로 구미위원부는 이승만의 활동을 떠받치는 조직이 되었다.

그사이에도 상해임시정부를 개조하려는 안창호의 노력은 이어졌다. 상해임시정부의 수립 뒤에도 의연히 존재하는 한성정부와 러시아 연해주의 대한국민의회를 품어서 단일 임시정부로 만들려는 시도였다. 서로 멀리 떨어지고 이해와 신념이 다른 세 임시정부들을 상해임시정부로 통합하는 일은 당연히 어렵고 더딜 수밖에 없었다. 그러나 뛰어난 지도력을 지닌 안창호의 열정적 노력은 마침내 열매를 맺어 9월 11일 새로운 헌법이 제정되고 내각이 구성되었다.

임시대통령엔 이승만이 선출되었고, 내각은 한성정부 명단대로 인준되었다. 안창호 자신은 평민 출신이어서 양반 출신 기호파의 반대로 총장이 되지 못하고 노동국 총판이라는 애매한 직책을 맡게 되었지만, 그는 흔쾌히 그런 강등을 받아들였다. 물론 그는 여전히 임시정부를 실질적으로 움직이는 지도자였다. 마침내 11월 3일 저녁 국무총리 이동휘와 내무총장 이동녕, 재무총장 이시영李始榮, 법무총장 신규식申圭植의 취임식이 열렸다. 3·1 독립운동이 일어난 지 여덟 달 만에 통합 임시정부가 선 것이었다.

이때 미국에서 중심적 정치 의제는 파리 강화조약의 비준이었다. 1918년 10월 독일이 윌슨 대통령이 제시한 휴전 조건인 '14개조(Fourteen Points)'를 수락하고 11월에 휴전이 이루어지면서, 대재앙이었던 제1차 세계대전은 끝났다. 이어 전쟁을 수습하는 평화회의가 파리에서 열렸고 거기서 나온 연합국과 독일 사이의 강화조약안이 1919년 6월 28일 베르사유 궁에서 조인되고 1920년 1월 10일 발효했다.

흔히 베르사유 조약이라 불리는 이 조약의 주요 목적은 독일의 죄를 묻는 것과 독일이 다시 전쟁을 일으키지 못하도록 하는 것이었다. 그래서 독일에 대해 배상금을 물리는 조항과 독일의 모든 해외 영토와 독일이 합병한 변경 지역들을 반환하는 조항이 들어갔다.

패전한 처지라 강화조약을 받아들였지만, 독일은 그 조건들이 너무 부당하거나 가혹하다고 끊임없이 불평했다. 이런 인식은 뒷날 히틀러가 집권하고 제2차 세계대전을 일으키는 데 한몫을 했다. 실상은 달랐다. 독일은 실제로 배상한 금액의 곱절이 되는 금액을 미국으로부터 빌렸고 끝내 갚지 않았다. 독일의 경제가 파산해서 독일 민중이 어려움을 겪은 것은 사실이지만, 파산의 원인은 독일이 치른 엄청난 전쟁 비용이었다. 독일이 12년 동안 치른 배상액은 4년 동안 독일이 쓴 전쟁 비용의 20분의 1에 지나지 않았다.

반면에, 연합국들의 민심은 오히려 독일을 철저히 응징하라고 요구했다. 독일의 공격에서 가장 큰 피해를 본 프랑스는 강화조약이 독일에 너무 후하고 독일의 재침을 막기 위한 조치가 너무 미흡하다고 판단했다. 그래서 1920년 1월의 대통령 선거에선 불리한 전황 속에서도 꿋꿋이 프랑스를 이끈 지도자 클레망소가 낙선했다.

클레망소가 프랑스 시민들로부터 버림받은 것은 그리 이상한 일이 아니었다. 어려운 전쟁을 승리로 이끈 지도자들은 전쟁이 끝나면 흔히 시민들로부터 버림받는다. 전쟁의 수행을 위해 아프게 조여졌던 몸과 마음이 풀리고, 전쟁이 끝날 때까지 유보되었던 욕망들과 희망들이 전쟁으로 피폐한 사회에서 채워질 수 없다는 것이 드러나면, 시민들은 지도자에게 불만을 쏟아 낸다. 전제적 권력을 쥔 지도자들만이 그런 위기를 넘길 수 있다. 제1차 세계대전에서 영국을 이끈 로이드 조지(David Lloyd George)도, 제2차 세계대전에서 영국을 이끈 처칠도 전쟁이 끝난 뒤 치러진 첫 선거에서 패했다. 중일전쟁에서 우세한 일본군의 공세를 막아 내고 끝내 승리해서 중국을 '백년국치百年國恥'에서 벗어나도록 한 장개석의 국민당 정부가 중일전쟁에서 별로 한 것이 없이 자기 세력의 확대에만 몰두했던 모택동毛澤東(마오쩌둥)의 공산당 정권에 끝내 패퇴한 것도 성격이 비슷하다. 전쟁으로 피폐해진 중국 사회의 문제들이 모두 국민당 정권의 무능과 부패에서 비롯한 것으로 중국 시민들은 여긴 것이었다.

이런 운명에서 윌슨도 벗어나지 못했다. 1918년의 국회의원 선거에서 그의 간절한 호소에도 불구하고 미국 시민들은 공화당을 상원의 다수당으로 만들었다. 그래서 그의 외교 정책을 떠받칠 상원 외교위원회를 야당인 공화당이 장악했다.

파리 평화회의에서 그가 제창한 평화의 원칙들은 인민들의 해방, 우방과 적에 대한 공평한 대우, 그리고 국제연맹의 설립을 통한 평화의 확보였다. 이들 세 개념들은 서로 연결되어 자유주의적 국제 질서로 구현될 수 있었다. 특히 인민들의 해방은 '민족자결주의'라 불리면서 온 세계 약소민족들에게 자결과 독립의 영감을 주었고 새로운 국제 질서의 바탕으로 자리 잡았다.

파리 평화회의에서 윌슨이 제창한 '인민들의 해방'은 '민족자결주의'라 불리면서 온 세계 약소민족들에게 자결과 독립의 영감을 주었다.

그러나 그런 원리에 따라 체결된 강화조약은 정작 미국 국내에선 거센 반대에 부딪쳤다. 상원 외교위원장 헨리 캐벗 로지를 비롯한 공화당 상원의원들은 국제연맹이 잘못 설계되었다고 비판했다. 먼저, 그들은 국제연맹 규약이 미국으로선 유사시에 이행할 의지도 능력도 없는 국제적 약속을 하도록 했다고 비판했다. 게다가 국제연맹 규약 제10조는 서명국들의 독립과 영토 보전을 보장했는데, 반대파는 그 조항이 열강의 식민지 지배를 보장해서 윌슨 자신이 제창한 민족자결주의에도 맞지 않고, 미국의 전통적 외교 원칙인 '먼로주의'에 어긋난다고 지적했다.

강화조약에 반대하는 기류를 반영해서, 상원 외교위원회는 강화조약에 유보 조건(reservation)들을 달기 시작했다. 로지는 전쟁 기간 내내 윌슨의 정책에 협조했고 그의 반론도 일리가 있었다. 그러나 강화조약과 국제연맹에 관해 도저히 양보할 수 없었던 윌슨은 타협 대신 시민들에게 직접 호소하는 길을 골랐다. 그는 철도를 이용해서 전국 순회 연설에 올랐고 많은 시민들의 호응을 얻었다. 불행하게도, 평화회의를 이끄느라 이미 심신이 지친 그에게 전국 순회 연설은 무리였다. 1919년 9월 그는 완전히 탈진해서 워싱턴으로 돌아왔고 10월에 혈전증으로 신체 왼쪽이 마비되었다.

윌슨이 병상에 눕자, 강화조약의 비준을 이끌어 낼 지도력이 사라져 버렸다. 공화당이 주도한 상원은 11월 13일 유보 조건들에 찬성했다. 윌슨은 유보 조항들이 강화조약을 무력하게 만든다고 판단했고, 자신의 지지자들에게 차라리 강화조약의 비준을 반대하라고 요청했다. 결국 11월 19일 공화당의 강경파와 민주당의 윌슨 지지자들이 연합해서 강화조약의 비준을 막았다.

이런 반어적反語的 상황에서도 타협안을 이끌어 내려는 노력은 이어졌다. 로지는 강화조약과 국제연맹의 설립안을 분리해서 다루자고 제안했다. 그러나 윌슨은 끝내 자신의 주장에서 한 발도 물러나지 않았다. 1920년 3월 19일의 최종 투표에서도 그의 지지자들은 비준을 반대했고, 강화조약은 끝내 비준되지 못했다. 국제연맹의 창안자의 반대로 미국이 국제연맹에 참가하지 못하는 비극적 상황이 나온 것이었다.

윌슨은 1920년 11월의 대통령 선거를 강화조약에 관한 국민투표로 삼자고 주장했다. 그러나 미국 시민들은 너무 비타협적인 윌슨을 외면했다. 공화당 후보 워런 하딩(Warren G. Harding)은 민주당 후보 제임스 콕스(James M. Cox)에게 역대 선거들 가운데 가장 큰 승리를 거두었다. 크게 상심한 윌슨은 이듬해 연두 연설에서 국제연맹을 아예 언급하지 않았다.

이 격변의 시기에 이승만은 바쁘게 움직였다. 그는 파리 평화회의에 참가한 각국 대표들에게 대한민국 임시정부가 섰음을 알리고 대한민국 대표들이 회의에 참가하도록 해 달라고 요청했다. 특히 윌슨 대통령과 프랭크 포크(Frank L. Polk) 미국 대표에게 상세한 상황을 알렸다. 전쟁에서 이긴 국가들이 대부분 식민지를 지닌 터여서, 이런 노력은 뚜렷한 결실을 맺기 어려웠다. 그래도 조선 문제를 부각시켰고 그래서 조선이 독립국이었다는 사실조차 잊혀지는 것을 막았다는 점에서, 그의 노력은 허사가 아니었다.

파리 평화회의가 끝나자, 이승만은 베르사유 조약에 대한 의회의 반대 기류에 편승해서 외교 활동을 이어 갔다. 먼저 그는 구미위원부 법률고문 프레더릭 돌프(Frederic A. Dolph)에게 셀던 스펜서(Selden P. Spencer) 미주리 출신 상원의원에게 조선의 상황에 대해 자세히 설명하는 편지를 쓰도록 요청했다. 스펜서는 로지 상원 외교위원장과 함께 윌슨에 맞서 강화조약의 비준을 반대하고 있었다. 돌프의 편지는 이승만이 줄곧 주장해 온 사항들을 담았는데, 조선은 1882년에 체결된 「조미수호통상조약(Treaty of Peace, Commerce and Navigation between the United States and Korea)」을 파기한 적이 없으므로, 거기 들어 있는 '우호 조항(Amity Clause)'에 따라 미국은 일본의 침략을 막을 의무가 있다는 주장이 핵심이었다.

우호 조항은 제1조를 가리켰다.

嗣後 大朝鮮國君主 大美國伯理爾天德 並其商民 各皆永遠和平友

好. 若他國有何不公輕藐之事 一經照知 必須相助 從中善爲調處 以示友誼關切.

There shall be perpetual peace and friendship between the president of the United States and the king of Chosen and the citizens and subjects of their respective governments. If other powers deal unjustly or oppressively with either government, the other will exert their good offices, on being informed of the case, to bring about an amicable arrangement, thus showing their friendly feelings.

조선 측의 한문과 미국 측의 영문 사이에 약간의 차이는 있으나, 이 조항의 뜻은 대략 "대조선국 군주와 합중국 대통령 및 양국 정부의 시민들과 신민들 사이엔 영원한 평화와 우의가 존재할 것이다. 만일 다른 나라들이 어느 한 정부에 대해 불공정하거나 압제적으로 대하면, 그런 경우를 통보받은 즉시, 다른 나라는 우호적 타결이 되도록 중재하여 그들의 우호적 감정을 표해야 한다"이다.

이 조항은 수호조약에 으레 들어가는 수사적 규정이었고 서양 열국은 그것에 별다른 뜻을 부여하지 않았다. 실제로 조미조약 뒤에 맺어진 다른 서양 국가들과의 수호조약에도 이 구절이 들어갔다. 서양의 외교 관행을 잘 알지 못했던 조선 정부는 이 의례적 조항에 큰 뜻을 부여했었고 그 조항이 조선의 안전을 보장한다고 믿었다. 국제법을 공부하고 국제 상황을 잘 아는 이승만이 그런 사정을 모를 리 없었지만, 그는 짐짓 그 조항을 문자 그대로 해석해서 조약에 규정된 의무를 다하라고 미국에 요구한 것이었다. 막상 제기되고 보니, 이승만의 주장은 반박하거나 무시하기 어려웠다.

1919년 6월 30일 스펜서는 조미 수호통상조약의 우호 조항에 규정된 중재(good offices) 의무에 따라 미국이 조선의 상황에 대해 어떤 조치를 취할 수 있는지 국무장관이 상원에 보고할 것을 요구하는 결의안을 상원에 제출했다. 조선 문제가 처음으로 미국 의회에 정식으로 상정되었고 조미 수호통상조약의 효력이 주제였다는 점에서 이것은 큰 뜻을 지닌 외교적 성과였다.

이어 여러 공화당 의원들이 베르사유 조약에 반대하면서 조선 문제를 거론했다. 특히 조지 노리스(George W. Norris) 네브래스카 출신 상원의원은 거듭 조선 문제를 거론했다. 공평하고 용감한 자유주의자로 널리 존경받았던 노리스는 강화조약이 열강의 기득권을 보장하기 위해 약소국들과 식민지의 권리를 부당하게 무시했다고 통렬하게 비판했다. 그는 중국 산동반도에서 독일이 지녔던 특권들을 중국에 돌려주는 대신 일본에 넘긴 것은 정의롭지 못하며 중국에 대한 배신이라고 비난했다. 아울러 일본의 조선 통치에서 나온 문제들을 상세히 지적했다. 특히 3·1 독립운동에 대한 일본의 잔혹한 탄압을 구체적 사례들을 들어 비난했다. 그리고 교회에 사람들을 가두고 불을 지른 '제암리사건'과 같은 일본의 만행들을 구체적으로 보도한 7월 13일자 〈뉴욕 타임스〉 기사를 의사록에 수록하도록 했다.

이어 8월에 노리스는 호머 헐버트(Homer B. Hulbert)를 의회에 불러서 증언하게 했다. 헐버트는 미국 선교사로 언어학과 사학에 조예가 깊었다. 1886년 교사로 초청을 받아 조선에 와서 고종이 설립한 근대적 교육기관인 육영공원育英公院에서 가르쳤다. 1905년 일본이 조선에 을사조약을 강요할 때, 헐버트는 조미 수호통상조약에 따라 조선을 보호해 달라고 미국에 요청하는 고종의 밀서를 지니고 미국으로 돌아가서 시어도어 루스벨트 대통령에게 전달하려 했다. 그러나 미국이 이미 일본의 조선 합병을 인정하기로 한 터라, 그의 노력은 실패했다. 1907년 그는 고종의 밀사로 헤이그 평화회의에 참가한 이상설李相卨, 이위종李瑋鍾 및 이준李儁을 도왔으나, 열강의 반대로 회의에 참가하는 데 실패했다.

1908년 조선의 운명이 실질적으로 결정되자, 헐버트는 미국으로 돌아가서 조선을 위한 활동을 이어 나갔다. 조선의 역사를 다룬 『조선 역사(The History of Korea)』와 『조선의 사라짐(The Passing of Korea)』과 같은 책을 썼고, 이승만이 구미위원부를 설치하자 선전원으로 독립운동을 적극적으로 도왔다. 뒷날 대한민국이 서자 국빈으로 초대받았으나, 여독으로 병사해서 양화진 외인묘지에 묻혔다.

의회에서 증언하게 되자, 헐버트는 의원들에게 조선의 독립운동에 참여한 자신의 경험을 자세히 얘기하면서, 일본의 조선 통치가 부당함을 밝혔다. 그리고 조미 수호통상조약에 대한 조선 사람들의 큰 기대를 너무 가볍게 저버린 미국의 잘못을 지적했다.

1919년 10월 1일 제임스 펠런(James D. Phelan) 캘리포니아 출신 상원의원이 "미국 상원은 스스로 선택한 정부를 갖고자 하는 조선 사람들의 열망에 대해 동정의 뜻을 표한다"는 요지의 결의안을 제출했다. 10월 9일엔 조지프 프랜스(Joseph I. France) 메릴랜드 출신 상원의원이 베르사유 조약에 반대하는 발언을 했는데, 그는 조선에 대한 부당한 대우를 반대 이유들 가운데 하나로 들었다. 그의 발언엔 1919년 4월 이승만과 서재필이 주도한 필라델피아 한인대회에서 채택된 결의문이 첨부되었다. 10월 24일엔 윌리엄 메이슨(William E. Mason) 일리노이 출신 하원의원이 펠런 상원의원의 결의안과 내용이 같은 결의안을 하원에 제출했다. 이로써 미국 상원과 하원에 조선 문제에 관련된 결의안이 제출되었다.

의원들에 대한 자신의 외교 활동이 상당한 성과를 내자, 이승만은 윌슨 대통령의 냉대로 울적하고 소침했던 마음이 좀 펴졌다. 그는 하와이와 미국의 동포들에게 그런 사정을 알리면서 조선에 호의적 발언을 한 의원들에게 감사 편지를 쓰도록 독려했다.

이어 3·1 독립운동과 상해임시정부의 수립을 미국 시민들에게 널리 알리려고 그는 1919년 10월 초순부터 이듬해 6월까지 미국을 순회하면서 강연하고 홍보했다. 한 지역의 유학생들과 교포들이 학교, 교회, 로터리 클럽 또는 상공회의소를 통해서 청중을 모으면, 이승만이 일본의 조선 지배의 부당성, 일본의 압제적 통치의 실상, 미국의 책임과 같은 주제들에 대해 연설했다. 서재필, 정한경, 헐버트 또는 조선에서 활동했던 미국 선교사 베크(S. A. Beck)가 함께 연설하기도 했다.

1920년 2월 평화조약의 비준에 대한 상원의 최종 투표가 임박하자, 이승만은 조선 관련 유보 조건의 통과에 힘을 기울였다. 워싱턴에 머물면서 의원들과 접촉하고 강연과 기자회견으로 조선 문제의 부각에 힘썼다.

3월 16일 찰스 토머스(Charles S. Thomas) 콜로라도 출신 상원의원이 조선의 독립에 관한 유보조건안을 제출했다. 특이한 점은 토머스가 민주당 소속이었다는 사실이다. 유보 조건들을 내걸어서 베르사유 조약의 비준을 방해한 사람들은 거의 다 공화당 소속이었다. 콜로라도 덴버엔 조선 사람들이 많았고 한국친우회를 결성하려는 움직임이 일었다는 사정이 그로 하여금 조선 문제에 적극적으로 나서도록 했다.

그러나 그가 낸 결의안은 조선 문제만을 다룬 독자적 안이 아니라, 이미 다른 의원이 아일랜드의 독립을 다룬 유보조건안에 조선 문제를 첨가한 수정안이었다. 아일랜드를 지지하는 의원들은 당연히 반대했다. 그래서 아일랜드와 조선에 관련된 안은 따로 표결에 부쳐졌다. 아일랜드에 관한 안은 찬성 38, 반대 36, 기권 22로 통과되었다. 조선에 관한 안은 찬성 34, 반대 46, 기권 16으로 부결되었다. 물론 이런 결과는 아일랜드 출신 미국 시민들이 많아서 강력한 정치적 힘을 지녔고 조선 출신 미국 시민들은 아주 적었다는 사실을 반영했다.

1920년 3월 19일 상원은 최종적으로 베르사유 조약의 비준에 대한 표결을 했다. 비준은 3분의 2 이상이 찬성해야 되는데, 결과는 찬성 49, 반대 35, 기권 12였다. 공화당의 고립주의자들과 윌슨 대통령에 충성하는 의원들이 연합해서 윌슨이 심혈을 기울인 조약을 미국이 부정하도록 만든 것이었다.

베르사유 조약이 미국 의회에서 비준되지 못한 것은 온 세계의 불행이었다. 가장 강대한 미국이 빠지자, 베르사유 조약의 권위는 크게 줄어들었다. 그래서 조약에 규정된 사항들이 제대로 지켜지지 않았고, 국제질서가 빠르게 무너졌다. 국제연맹이 실질적 힘을 지니지 못한 국제기구가 되어서 전체주의 세력의 무도한 행태를 견제할 길이 어려워졌다는 사실은 특히 아쉬웠다.

베르사유 조약이 미국에서 비준되지 못하면서, 조약의 유보조건안으로 조선의 독립을 지지하는 결의를 이끌어내려는 노력은 허사가 되었다. 이승만으로선 실망이 컸다. 다행히, 이번엔 미국 교포들이나 상해임시정부 요원들도 미국 상원에서 조선 문제가 토의되고 독립에 동정적인 결의안들이 제출된 것을 높이 평가했다. 덕분에 외교를 중시하고 외교의 중심은 미국의 여론에 호소하는 것이라는 이승만의 주장은 큰 힘을 얻었다.

한편 상해에선 임시정부를 주도하는 안창호가 1920년을 '독립전쟁의 해'로 선언하고 실제로 일본군과 싸울 준비를 시작했다. 임시정부는 이미 1919년 말에 상해에 육군무관학교를 설립해서 6개월 과정으로 운영했다. 김희선金羲善 군무부 차장이 교장이었고 도인권都寅權이 학도대장을 맡았다. 육군무관학교는 1920년 5월과 12월에 도합 43명의 졸업생들을 배출했다.

임시정부는 국민개병제를 주장하면서 1920년 1월부터 상해의 18세 이상의 남성들을 군적에 등록하도록 권유했다. 이동휘 국무총리를 비롯해서 임시정부 요인들이 앞장서서 등록한 덕분에 모두 165명이 군적에 이름을 올렸다.

아울러, 안창호는 간도의 독립운동 단체들을 임시정부 아래로 받아들여서 광복군을 조직하는 일에 힘을 쏟았다. 마침 한족회 대표 이탁李鐸, 대한독립단의 김승학金承學 및 대한청년단연합회의 안병찬安炳瓚이 상해로 와서, 광복군을 조직하는 일이 빠르게 나아갔다. 임시정부 산하에 광복군 사령부가 설치되었고, 서간도 지역의 무장 독립운동 단체들은 광복군으로 통합되어 활발하게 일본군과 싸우기 시작했다. 특히 1920년 8월에 미국 의원 시찰단이 조선을 방문했을 때는 의주, 선천, 서울 등지에 요원들을 특파해서 조선총독부 관청들을 습격함으로써 조선 사람들의 독립 의지를 미국 의원들에게 보여 주었다.

그러나 임시정부는 독립전쟁을 준비할 자금이 없었다. 일본의 지배체제가 강화되면서, 국내에서 나오는 자금은 점점 말라 갔다. 중국에 머무는 교포들은 가난해서 생계를 걱정했고, 미국과 하와이의 교포들은 좀 여유가 있었지만 수가 적어서 큰돈이 모일 수 없었다.

볼셰비키 정부의 자금 지원

돈에 쪼들린 상해임시정부가 자금을 얻을 길을 모색하던 1920년, 마침 러시아의 볼셰비키(Bolsheviki) 정부가 조선 문제에 관심을 보이기 시작했다. 볼셰비키 군대가 유럽 지역에서의 내전에서 승기를 잡자, 볼셰비키 정부를 이끌던 레닌(Nikolai Lenin, 본명 블라디미르 일리치 울랴노프 Vladimir Ilich Ulyanov)은 동북아시아에서 잃었던 영토와 영향력을 되찾으려 했다. 지정학적 조건은 러시아로 하여금 조선을 주목하도록 만들었다.

러시아는 20세기 초엽에 조선에서 우월적 지위를 누렸다. 그러나 1904년의 러일전쟁에서 일본에 패배하자, 조선과 만주에서 지녔던 이권들을 모두 잃었다. 게다가 러시아 내전이 일어나자, 일본군은 연해주에 대규모 병력을 파견해서 점령한 상태였다. 이런 상황을 타개하는 데 상해임시정부가 도움이 될 수 있다고 레닌은 판단했다.

서유럽을 휩쓴 근대화의 조류를 외면하고 중세적 질서를 유지하던 러시아는 20세기에 들어서면서 급격히 불안해졌다. 필요한 개혁들은 제대로 이루어지지 못했고, 혁명의 기운은 점점 거세어졌다. 러일전쟁에서 러시아가 일본에 지자, 민심은 정부를 떠났고 수도 상트페테르부르크에선 민중 봉기가 일어났다. 충격을 받은 니콜라이 2세는 의회(두마[Duma])를 설치하고 시민들에게 자유를 허용하겠다고 약속했다.

1914년 8월 제1차 세계대전이 일어나자, 러시아는 영국과 프랑스와 맺은 동맹에 따라 바로 참전했다. 그러나 독일군에 대한 러시아군의 초기 공세는 '타넨베르크(Tannenberg) 싸움'에서의 대패로 좌절되었고 전황은 점점 불리해졌다. 자연히 러시아 국민들의 전쟁에 대한 염증은 빠르게 커졌다.

1915년 9월 불리한 전세를 만회하고자 니콜라이 2세는 자신이 직접 군대를 지휘하기로 결정했다. 전선으로 떠나기 전, 그는 당시 열렸던 제4차 두마를 갑자기 중단시켰다. 그것은 당시 러시아의 정치 상황을 고려하지 못한 결정이었다. 당연히 두마는 황제의 일방적 해산 명령을 거부하고 회의를 이어 갔다.

1917년 3월 전제정치와 전쟁에 반대하는 시위가 수도에서 일어났다. 조직한 세력도 없이 우발적으로 일어난 시위였지만, 두마는 그것을 기회로 삼아 바로 임시정부를 구성했다. 이이 대표단을 구성해서 진선에 있는 황제에게 보내어 황위에서 물러나라고 요구했다. 민심이 떠났음을 깨달은 니콜라이 2세는 그들의 요구를 순순히 받아들여 동생 미하일 알렉산드로비치(Mikhail Aleksandrovich) 대공에게 양위했다. 그러나 미하일은 황제의 지위를 물려받기를 거부했다. 그래서 300년 넘게 러시아를 다스려 온 로마노프(Romanov) 왕조는 느닷없이 끝났다.

온건한 사회주의 세력이 이끄는 임시정부는 전쟁을 계속하기로 결정했다. 어쩔 수 없이, 그동안 논의되던 개혁 조치들은 전쟁이 끝날 때까지 미루어졌다. 개혁이 기약 없이 연기되자, 농지개혁을 통해 자기 땅을 갖기를 소망한 농민들과 보다 나은 처우를 요구하는 노동자들의 불만은 점점 커졌고, 극단적 혁명운동이 일어날 사회적 토양은 점점 비옥해졌다. 이런 상황에서 즉각 휴전을 주장하는 급진적 사회주의 세력의 목소리가 커졌고, 그런 주장을 지지하는 '노동자 대의원 소비에트(회의)'가 빠르게 세력을 늘렸다.

1917년 4월 해외에 망명했던 레닌이 고국으로 돌아왔다. 그는 이내 볼셰비키당을 장악하고 임시정부에 전면적으로 맞섰다. 그는 당이 노동자들을 이끌고 노동자들이 농민 대중을 이끌어서 "프롤레타리아와 농민들의 혁명적 민주 독재"를 이루어야 한다고 역설했다.

7월 수도 페트로그라드(1914년 전쟁이 일어나자, 러시아는 서유럽풍 이름인 상트페테르부르크를 러시아풍 이름인 페트로그라드로 바꾸었다)에서 반전 시위가 일어났는데, 볼셰비키가 대대적으로 참가했다. 반정부운동에 미온적으로 대처했던 임시정부는 마침내 볼셰비키에 적극적으로 대응하는 조치를 취했고, 시위는 어렵지 않게 진압되었다. 레닌은 핀란드로 도피했다. 이어 온건한 사회주의자들인 멘셰비키(Mensheviki)를 대표하는 알렉산드르 케렌스키(Aleksandr F. Kerenski)가 수상이 되어 임시정부를 이끌었다.

9월 전황이 러시아에 결정적으로 불리해져서 수도까지 독일군의 위협을 받자, 러시아 정부와 러시아군 사이에 반목이 심해졌다. 최고사령관 라브르 코르닐로프(Lavr Kornilov) 장군은 급진파가 수도를 장악했다고 판단해서 스스로 수도를 확보하려 시도했다. 그러나 그가 수도로 보낸 군대는 싸울 의욕이 없어서 임시정부에 투항했고, 코르닐로프 자신은 사령부에서 체포되었다. 군부 반란이 실패하자, 우파는 몰락했고 케렌스키를 중심으로 한 멘셰비키의 힘도 약화되었다. 대신 레닌이 핀란드에서 조종하는 볼셰비키의 세력이 커졌다.

마침내 1917년 11월 페트로그라드 소비에트 의장 트로츠키(Trotsky, 본명 레프 다비도비치 브론슈타인[Lev Davydovich Bronstein])가 이끄는 볼셰비

페트로그라드에 이어 모스크바도 볼셰비키에 의해 장악되었다(10월 혁명).

키 세력이 반란을 일으켜 페트로그라드를 장악했다. 이어 모스크바도 볼셰비키에 의해 장악되었다. 케렌스키는 전방으로 도피했으나, 반란을 진압할 군대를 파견할 수 없었다. 군대도 이미 볼셰비키가 조직한 소비에트에 의해 통제되는 상황이었다. 11월 중순 총사령관이 해임되고 볼셰비키가 임명한 소위가 러시아 군대를 지휘하게 되었다. 당시 러시아에서 쓰이던 달력으로는 11월이 10월이었으므로, 이 반란은 '10월 혁명'이라 불리게 되었다.

볼셰비키 정부는 곧바로 전쟁에 관한 정책을 공표했다. 러시아는 모든 나라들이 영토의 합병이나 전쟁 책임에 대한 배상이 없다는 전제 아래 휴전 협상을 곧바로 시작할 것을 권유하며, 러시아는 어떤 평화 제안도 고려하겠다는 내용이었다. 휴전 권유에 대한 반응이 없자, 러시아는 바로 독일 및 오스트리아와 개별 평화 협상에 들어갔다. 1917년 12월 휴전협정이 조인되었고 평화 협상이 시작되었다. 군사적으로 우세한 독일은 자신에게 크게 유리한 조건을 내세웠지만, 독일군을 막아낼 힘이 없다고 판단한 레닌은 독일의 제안을 수락했다.

원래 레닌은 집권 과정에서 독일의 도움을 받았다. 1917년 로마노프 왕조가 무너지고 임시정부가 세워졌을 때, 레닌은 스위스에 있었다. 먼 고국으로 돌아가려면 레닌은 독일 정부의 도움을 받아야 했다. 레닌을 비롯한 200여 명의 러시아 망명객들은 독일 정부가 제공한 열차를 이용해서 독일을 지나 발트해에 이르러 스웨덴으로 건너간 뒤 핀란드를 통해서 러시아로 귀국했다. 그들은 또한 독일이 제공한 자금을 받아서 세력을 늘리는 데 썼다. 이처럼 독일 정부에 큰 빚을 졌고 독일의 공갈에 노출되었으므로, 레닌은 독일의 고압적 요구에 맞서기 어려웠다.

1918년 3월 브레스트리톱스크에서 맺어진 평화조약으로 러시아는 영토를 많이 잃었다. 독일이 점령한 발트해 연안의 영토, 폴란드 및 벨라루스의 일부를 포기했고, 핀란드와 우크라이나의 독립을 인정했고, 루마니아와 터키에 분쟁 지역을 넘겼다. 독일군의 위협으로부터 멀어지기 위해, 레닌은 아예 수도를 모스크바로 옮겼다.

전쟁을 끝내자, 볼셰비키 정권은 토지개혁에 착수했다. 대농장들과 황실 및 교회 소유의 농지를 몰수해서 국가 소유로 만든 다음 이 토지를 농민들에게 나누어 주겠다고 약속했다. 이 조치는 모든 생산수단들을 국가가 소유하는 사회주의 체제로 가는 첫걸음이었다.

볼셰비키 정권이 권력을 독점하고 급진적 정책들을 펴자, 반감도 자연스럽게 커졌다. 독일과 맺은 굴욕적 평화조약은 반대파들의 애국심을 자극했다. 코르닐로프는 탈출해서 남부 초원에서 반란군을 조직했고, 그가 전사하자 안톤 데니킨(Anton Denikin) 장군이 반란군을 이끌면서 강력한 군대로 만들었다. 우랄산맥 너머 서부 시베리아의 중심지 옴스크에선 알렉산드르 콜차크(Aleksandr Kolchak) 제독이 반란군을 조직했다. 급진적 공산주의 정권의 출현에 위협을 느낀 데다가 독일과의 개별적 휴전으로 사라진 동부 전선을 다시 열기 위해, 연합국들도 군대를 파견해서 볼셰비키 정권을 공격했다. 1918년 3월엔 소규모 영국군 병력이 북극해의 항구 무르만스크에 상륙했고, 4월엔 7만 3천 명의 일본군 병력이 연해주의 블라디보스토크에 상륙하기 시작했으며, 12월엔 흑해의 항구들에 약간의 프랑스 병력이 상륙했다.

이런 사태에 대응해서 트로츠키의 주도 아래 볼셰비키 군대는 재편성되었고 '적군赤軍'이라 불리게 되었다. 이들에 대항하는 군대들은 '백군白軍'이라 불렸다. 적군은 백군보다 여러모로 유리했다. 적군은 병력에서 백군을 압도했다. 백군은 이미 무너진 구체제를 되살리려 했으므로 민심을 얻지 못했다. 백군을 이룬 군대들은 서로 이질적인 세력들이어서 하나의 군대로 통합되기 어려웠다. 게다가 서로 멀리 떨어진 터라 백군은 서로 돕기 어려웠고 연합작전을 펼칠 길은 처음부터 없었다. 반면에 러시아의 중앙부를 장악한 적군은 내선內線의 이점을 살려 효과적 공세를 펼 수 있었다. 볼셰비키는 러시아 인민들과 유럽 국가들의 노동자 계층의 열정적 지지를 받았고, 덕분에 국제 여론도 차츰 호의적이 되었다.

독일의 패배로 전쟁이 끝나자 연합국들은 러시아에 대한 관심이 줄어들었다. 자유로운 민주주의 사회에서 이미 끝난 전쟁을 먼 러시아에서 이어 가기는 어려웠으므로, 영국군과 프랑스군은 1919년 가을까지 철수했다. 일본군만 여전히 연해주를 점령하고 있었다.

1919년 후반 백군은 마지막 공격에 나섰다. 그들은 한때 페트로그라드를 위협했으나, 적군은 반격에 나서서 그들을 물리쳤다. 결국 러시아의 내전은 1920년 11월에 적군의 승리로 끝났다.

1919년 3월 레닌은 러시아가 해외에 영향력을 행사할 기구로 '국제공산당(the Communist International)'을 설립했다. '코민테른(Comintern)'이란 약칭으로 불린 이 기구는 러시아 공산당의 지도를 받아 움직였고 세계 곳곳에 열렬한 추종 세력을 거느리게 되었다. 러시아의 영향력을 온 세계에 퍼뜨린 이 조직은 1943년 스탈린이 해체할 때까지 존속했다.

원래 '인터내셔널(the International)'은 자본주의 사회들을 사회주의 사회들로 바꾸어 궁극적으로 하나의 세계연방을 이루려는 노동계급 정당들의 연합을 가리켰다. 인터내셔널의 뿌리는 1789년의 프랑스 혁명이니, 그 혁명은 민주주의와 평등주의를 추구하는 국제적 기구를 만들려는 움직임을 낳았다.

제1 인터내셔널은 1864년에 마르크스의 주도로 런던에서 창립되었다. 그러나 1872년 헤이그 회의에서 마르크스의 중앙집권적 사회주의와 미하일 바쿠닌(Mikhail A. Bakunin)의 무정부주의가 맞서서 분열되었고 그 뒤로 쇠퇴했다.

제2 인터내셔널은 1889년에 파리에서 창립되었다. 중앙집권적 조직이었던 제1 인터내셔널과 달리, 이미 많은 사회주의 정당들이 나왔다는 사정을 반영해서, 제2 인터내셔널은 국가 정당들과 노동조합들의 연합체로 결성되었다. 제2 인터내셔널은 유럽에서 전쟁이 일어나는 것을 막는 데 힘을 쏟았다. 막상 전쟁이 일어나자 국가 정당들과 노동조합들은 자기 국가의 이익을 따랐고, 제2 인터내셔널은 무너졌다.

제3 인터내셔널은 바로 '국제공산당'이었다. 러시아의 주도 덕분에 가장 성공적인 인터내셔널이었으나, 전적으로 러시아의 이익에 복무한 까닭에 원래의 이상을 잃었다. 1943년에 해체된 이 기구를 대신해서 1947년에 '공산당 정보국(the Communist Information Bureau)'이 설립되었다. '코민포름(Cominform)'이란 약칭으로 불린 이 기구는 러시아와 동유럽 러시아 위성국가들의 공산당으로 결성되어 1956년까지 존속했다.

1923년엔 제2 인터내셔널에 속했던 30개국의 43개 사회주의 정당이 함부르크에 모여서 '노동자 및 사회주의자 인터내셔널'을 결성했다. 그러나 나치 독일이 서유럽을 장악하자, 이 조직은 기반을 잃었다.

제2차 세계대전이 끝나자 인터내셔널을 되살리려는 움직임이 나왔고, 마침내 1951년에 독일 프랑크푸르트 암 마인에서 사회민주주의 정당들이 모여 '사회주의 인터내셔널(the Socialist International)'을 결성했다. 이 조직은 경제적으로는 사회주의를 추구하고 정치적으로는 자유민주주의를 추구하며, 21세기에도 활발하게 움직인다.

1919년 12월 일본에서 추방된 러시아 장군 알렉세이 포타포프(Alexei Potapov)는 상해임시정부를 찾아와서 러시아에 지원을 요청하라고 권유했다. 1920년 1월 임시정부는 국무회의를 열어 그의 권유를 따르기로 하고 여운형呂運亨, 안공근安恭根 및 한형권韓馨權을 러시아에 파견하기로 결의했다. 그러나 이동휘는 국무회의의 결의를 무시하고 심복인 한형권만을 몰래 모스크바로 보냈다. 이런 조치는 당연히 다른 사람들의 반발을 불렀고 가뜩이나 응집력이 약한 임시정부를 더욱 분열시켰다.

1920년 4월 한형권은 모스크바에 도착했다. 한인사회당의 코민테른 파견 대표였던 박진순朴鎭淳의 도움을 받아, 그는 레닌과 외무인민위원장 게오르기 치체린(Georgy Chicherin)을 만났다. 그는 그들에게 상해임시정부를 도와달라고 요청하고 요구 사항을 구체적으로 제시했다. 러시아 정부는 먼저 대한민국 임시정부를 승인하고, 다음엔 한국 독립군의 장비를 적군赤軍의 장비와 똑같이 공급해 주고, 이어 시베리아의 적절한 지점에 독립군 사관학교를 설립하고, 마지막으로 상해임시정부에 독립운동 자금을 지원하라는 내용이었다.

한형권의 요청에 대해 러시아 정부는 호의적 반응을 보였고 바로 200만 루블을 지원하겠다고 약속했다. 당시 박진순은 코민테른의 대외전권위원이었고 조선만이 아니라 중국과 일본을 아우르는 '동양공산당'을 조직하는 임무를 맡고 있었다. 작지 않은 돈인 200만 루블은 그런 목적을 위한 자금이었다.

한형권과 박진순은 일차로 60만 루블을 금화로 받았다. 그들은 20만 루블은 임시로 모스크바에 맡겨 놓고 나머지 돈을 갖고 바이칼호 남쪽의 교통 요지 베르흐네우딘스크(지금의 울란우데)로 왔다. 거기서 한형권은 이동휘가 보낸 김립金立과 만나 12만 루블을 건넸고 박진순에겐 22만 루블을 맡겼다. 6만 루블을 활동비로 배정받은 한형권은 나머지 자금을 가져오려고 모스크바로 돌아갔다. 김립은 12만 루블 가운데 4만 루블을 도중에 분실하고 8만 루블을 갖고 상해로 돌아왔다. 박진순은 1921년 3월에 22만 루블을 갖고 상해에 도착했다. 한형권은 베를린 주재 소비에트 러시아 대표부에서 20만 루블을 수령해서 1921년 11월에 상해로 가져왔다.

러시아 정부가 제공한 자금은 임시정부로선 무척 큰돈이었지만, 원래 '동양공산당'의 조직에 쓰일 자금이었으므로 상해임시정부엔 별다른 도움이 되지 못했다. 오히려 임시정부에 반대하는 세력의 자금이 되어 두고두고 임시정부를 괴롭혔다. 빈궁한 상해의 독립운동 세력에 큰 돈이 들어오자, 치열한 다툼이 벌어졌다. 먼저 고려공산당 안에서 싸움이 벌어져서, 이동휘와 김립을 중심으로 한 세력과 김만겸金萬謙, 여운형, 안병찬, 조동호趙東祜, 최창식崔昌植 등으로 이루어진 세력으로 분열되었다.

큰돈을 쥔 이동휘와 김립은 임시정부의 권력구조를 위원회제로 바꾸는 데 그 돈을 썼다. 위원회제는 볼셰비키 정부처럼 인민위원회를 바탕으로 정부를 조직하는 방안이었다. 김립은 날마다 큰 음식점에서 사람들을 대접하면서 임시정부를 위원회제로 바꾸어야 한다고 역설했다. 곤궁한 처지에서 지내던 터라, 사람들은 김립의 초대에 기꺼이 응했다. 공산주의를 반대하는 신념이 굳은 기호파 지도자들만 그런 모임에 나타나지 않았다. 한형권이 가져온 20만 루블도 비슷하게 쓰였다. 레닌이 지원한 큰 자금은 결국 공산주의자들의 세력을 늘리고 임시정부를 약화시키는 데 쓰였다.

이처럼 임시정부가 어지러울 때, 임시정부 밖에서 정당을 조직하려는 움직임이 나와서 임시정부를 더욱 약화시켰다. 1920년 5월 코민테른 본부는 중국 전문가 그리고리 보이틴스키(Grigori Voitinsky)를 책임자로 한 임무단을 상해에 파견했다. 그들의 임무는 '코민테른 임시 동아시아 비서부'를 결성하는 일이었다. 비서부는 바로 중국부, 일본부 및 조선부를 만들었는데, 조선부의 구성원들은 이동휘를 비롯한 한인사회당 간부들이었다. 이동휘는 사람들을 포섭해서 고려공산당을 조직했다.

안창호는 1920년 9월 국내를 비롯해서 중국, 연해주, 일본을 관할하는 흥사단 원동遠東임시위원회를 만들었다. 이 조직은 구성원이 190여 명에 이르러 큰 세력을 형성했는데, 주요 인물들은 독립신문사 사장인 이광수를 비롯한 평안도와 황해도 출신 청년 독립운동가들이었다. 이 뒤로 〈독립신문〉은 실질적으로 흥사단의 기관지가 되었고 안창호의 견해를 대변했다.

이처럼 임시정부 밖에서 정당들이 생기자, 임시정부의 주축이었던 원로 민족주의자들은 위기를 느끼게 되었고 나름으로 대응하기 시작했다. 그래서 조선 독립운동에 내재했던 단층선斷層線들이 모습을 뚜렷이 드러냈다.

가장 오래되고 심각한 단층선은 지리적 분열이었다. 조선조 말기 이후 개화와 기독교 전파는 기호와 관서關西에서 가장 활발했다. 기호는 서울을 중심으로 경기도, 황해도 남부 및 충청도 북부를 포함했고, 관서는 평양을 중심으로 평안도와 황해도 북부를 포함했다. 자연히 계몽운동도 이 두 지역에서 가장 활발했다. 기호엔 조선조 지배계층이 많이 살았고 관서 사람들은 조선조에 심한 차별을 받아서 대부분 평민들이었다.

이런 역사적 사정이 독립운동에도 반영되어, 상해에 모인 독립운동가들은 기호파와 서북파로 나뉘었다. 기호파는 서울에 머무는 이상재를 따르면서 임시정부에선 이승만을 중심으로 이동녕, 이시영, 조완구趙琬九, 신규식, 현순, 장붕張鵬, 이규갑李奎甲, 이희경李喜儆 등이 활약했다. 서북파는 안창호를 중심으로 손정도, 이광수, 정인과鄭仁果, 이유필李裕弼, 김석황金錫璜, 김홍서金弘敍, 조상섭趙尙燮, 주요한, 백영엽白永燁, 황진남黃鎭南 등이었다. 황해도 출신인 김구는 중간적 입장이어서, 이동녕을 따르고 임시정부에 충성하면서도 안창호와도 관계가 원만해서 흥사단에 가입했다.

코민테른이 동아시아에 관심을 갖고 상해임시정부에 지원을 약속하자, 이런 지역적 단층선에 이념적 단층선이 겹쳐져서 상황이 더욱 복잡해졌다. 독립운동가들은 모두 민족주의자들이어서 공산주의에 매력을 느끼는 사람들은 그리 많지 않았고, 주로 젊은 세대가 공산주의에 끌렸다. 이동휘를 필두로 해서 김립과 여운형이 공산주의자들을 이끌었다. 비록 골수 공산주의자들은 소수였지만, 자금을 지원할 외국 정부가 러시아뿐이라는 사정은 임시정부로 하여금 러시아에 호의적으로 접근하도록 만들었다. 공산주의의 정체와 위험을 가장 잘 아는 이승만도 러시아의 도움을 받고자 했다.

독립운동가들 사이에 존재했던 노선의 차이도 점점 심각해져서, 외교를 중시하는 외교파와 일본과의 무력 대결을 앞세우는 무장투쟁파가 대립했다. 약소민족인 조선이 독립을 되찾으려면, 지정학적으로 중요한 조선의 독립이 강대국들의 다툼을 막아서 평화에 도움이 된다고 먼저 강대국들을 설득해야 한다는 것이 이승만을 중심으로 한 외교파의 기본 인식이었다. 반면에, 박용만朴容萬과 신채호를 중심으로 한 무장투쟁파는 무력을 강화해서 일본군과 싸워야 독립할 수 있다고 주장했다.

그렇게 전략이 다르니, 자연스럽게 외교파와 무장투쟁파는 조선에 중요하다고 여기고 의지하려는 강대국들이 달랐다. 외교파는 조선에 대한 영토적 야심이 없고 자유주의를 추구하는 미국을 중시했고 근거로 삼았다. 이승만 자신은 궁극적으로 러시아가 조선에 큰 위협이 되리라고 보았다. 무장투쟁파는 한반도와 인접한 만주와 러시아 연해주에 근거를 두고 일본군에 맞서 왔으므로, 러시아의 도움을 받으려 했다. 공산주의나 사회주의를 따르는 사람들은 당연히 러시아의 후원을 받고 지시를 따랐다.

이승만의 상해 밀항

임시대통령으로서 이승만이 천명한 독립운동의 방략은 "극동에선 최후 운동인 무력투쟁을 준비하고 미국에선 선전과 외교에 진력한다"는 것이었다. 이런 방략에 따라, 그는 상해임시정부의 내각에선 국내와 동아시아에 관련된 업무들을 수행하고 미국과 유럽에 대한 외교는 자신이 직접 관장하기로 했다.

이승만이 천명한 방략은 합리적이었다. 그러나 여러 요인들 때문에 그것은 제대로 실행되기 어려웠다. 가장 큰 요인은 역시 지리적 조건이었다. 출신과 이념과 이해가 서로 다른 집단들이 모여서 만든 터라 임시정부가 애초에 단합하기 힘든 조직인데, 그들을 아우를 지도자가 멀리 있으니 임시정부가 제대로 돌아갈 수 없었다. 자연히 파벌들 사이의 반목이 점점 심해졌다. 이승만이 스스로 내각을 조직하지 못했으므로, 임시정부 안엔 이승만에 반대하는 세력도 컸다. 중국에서 활동한 독립운동가들은 모두 일본과의 직접적 투쟁에 종사했으므로, 외교에 치중한 그의 활동에 대한 각료들의 불만도 점점 높아 갔다. 마침내 1920년 3월 임시정부의 국회에 해당하는 의정원은 이승만 대통령이 상해를 방문해서 일을 처리하라고 결의했다.

그런 결의를 통보받자, 이승만은 상해의 상황이 생각보다 훨씬 심각하며 그대로 두면 임시정부가 분열되어 무너질 수도 있다는 것을 깨달았다. 그런 위험을 막으려면 자신이 상해에 가서 업무를 관장하고 사태를 수습해야 한다고 판단했다. 그는 상해로 가겠다고 임시정부에 전보를 쳤다.

그러나 대통령이 상해를 방문해서 일을 처리하라는 의정원의 결의는 실은 이승만을 대통령에서 몰아내려는 세력의 모의에서 나온 것이었다. 이승만에 적대적인 세력은 이동휘와 그의 추종자들이 핵심이었고, 이승만이 미국과 하와이에서 거둔 자금을 임시정부에 제대로 보내지 않는다고 불평하는 내각의 요원들이 가세한 형국이었다. 그들은 이승만을 공격할 구실들을 여럿 준비해 놓고 기다리고 있었다.

그런 사정을 잘 아는 이승만의 추종자들은 이승만의 상해 방문을 말렸다. 이승만이 임시정부의 사정을 살펴서 보고하라는 임무를 맡겨 상해로 보낸 안현경安玄卿은 이승만에게 상해로 오면 안 된다고 거듭 편지를 보냈다. 정 상해로 오려면 상당한 자금을 지니고 오라고 간곡하게 조언했다. 현순과 장붕도 같은 의견이었다. 특히 장붕은 "만일 각하가 상해에 오시려거든 돈 기만 원을 가지고 오셔야 하며, 또 사용私用할 기밀비도 기만 원 있어야만 하겠소이다"라고 구체적 금액까지 제시했다. 잘게 분열되어 서로 적대적인 사람들을 구슬려서 조직을 추스르려면 자금을 푸는 길밖에 없다는 얘기였다.

이승만은 물론 돈이 없었다. 따로 자금을 마련할 길도 마땅치 않았다. 그러나 그는 자신의 성심으로 사람들을 다독거릴 수 있다고 판단했다. 1920년 6월 12일 그는 혼자 워싱턴을 떠나서 29일에 하와이에 닿았다. 10월에는 이승만을 수행해서 상해로 가기로 된 임병직이 닿았다.

당시 모든 배들은 일본의 항구들을 거쳤으므로, 태평양을 건너는 여정은 조선의 독립운동가들에겐 대단한 모험이었다. 특히 이승만은 일본 정부에서 그의 체포에 30만 달러의 현상금을 걸었다는 소문이 돌았다. 그는 실은 미국 여권이나 비자도 없었다. 그래서 그들은 일본을 들르지 않고 바로 중국으로 가는 배를 찾았다.

이승만은 장의사를 운영하는 윌리엄 보스윅(William Bothwick)에게 도움을 요청했다. 보스윅은 이승만의 오랜 친구로 그의 애국심을 존경해서 그를 후원해 왔다. 이번에도 그는 선뜻 이승만과 임병직의 중국 밀항을 돕겠다고 나섰다. 먼 훗날 이승만이 망명지 아닌 망명지 하와이에서 외롭게 죽었을 때, 바로 달려와서 이승만의 시신을 잡고 호곡한 옛 친구가 바로 보스윅이었다.

그때 보스윅은 하와이에서 죽은 중국인들의 시신들을 고국으로 보내기 위한 준비를 하고 있었다. 덕분에 자연스럽게 화물선을 수배할 수 있었다. 1920년 11월 16일 새벽 이승만과 임병직은 중국인 노동자 부자로 행세하면서 화물선에 올랐다. 캘리포니아의 목재를 싣고 중국으로 바로 가는 네덜란드 국적 화물선이었다.

두 사람이 배에 오르자 보스윅이 접촉한 2등항해사가 그들을 화물 선창으로 들여보내더니 문을 잠갔다. 깜깜하고 통풍도 되지 않는 선창인지라 더워서 숨이 막혔지만, 밖에선 사람들이 오가서 두 사람은 나무 궤짝 위에 누워 가슴 졸이면서 배가 출항하기를 기다렸다. 그들은 그 궤짝들이 고향에 묻히기 위해 중국으로 가는 시체들이 담긴 관들이라는 것도 처음엔 몰랐다.

배가 출항하고도 한참 지난 이튿날 새벽에야 누가 선창의 문을 열어주었다. 시원한 바닷바람을 가슴 깊이 들이쉬자, 두 사람은 살았다는 느낌이 들었다. 그러나 여행 가방을 들고 위층 갑판으로 올라서자, 검은 섬이 눈에 들어왔다. 하와이에 오래 살면서 섬들을 두루 다닌 이승만은 그 섬이 하와이 군도 서북쪽 끝에 있는 카우아이섬이라는 것을 이내 알아차렸다. 그의 가슴이 철렁했다. 선원들이 두 사람을 그 섬에 내려놓고 가 버리려는 것은 아닌가 하는 생각이 든 것이었다.

"이게 뭐야?"

누가 외쳤다. 그리고 가까이 다가오더니 구역질이 난다는 어조로 자신의 물음에 답했다. "세상에, 중국놈 밀항자들이네. 너희 어떻게 탔어?"

이승만은 그냥 고개를 저으면서 영어를 알아듣지 못하는 시늉을 했다.

"안녕하세요? 이분은 제 아버지입니다." 미리 합의한 대로 임병직이 나서서 둘러댔다. "저희는 지금 중국으로 돌아가는 길입니다. 보시다시피 제 아버지께선 연로하셔서 미국에선 살 수 없으십니다. 그래서 중국으로 돌아가시는데, 배를 탈 돈이 없어서 어쩔 수 없이 이렇게 몰래 배에 올라탔습니다. 어젯밤에 몰래 올라탔는데, 제발 용서해 주십시오."

선원들과 얘기가 오간 뒤, 두 사람은 선장 앞으로 불려갔다. 선장은 호의적 태도로 두 사람에게 자세한 얘기를 물었다. 여전히 이승만은 영어를 모르는 중국 노인으로 행세했고, 임병직이 임기응변으로 대답했다.

선장은 고개를 끄덕이더니, 1등항해사를 돌아보았다. "이 사람들 사정이 딱하니, 그냥 태우고 갑시다."

"예, 선장님." 1등항해사가 반갑게 대꾸했다.

"상하이까지는 먼 길인데, 시간을 그냥 보내기는 뭣하니, 이 사람들에게 일거리를 찾아 주시오."

"예, 선장님. 말씀대로 시행하겠습니다."

이승만은 속으로 안도의 한숨을 내쉬었다.

"감사합니다, 선장님." 임병직이 공손하게 인사하고 허리를 숙였다.

이승만도 따라서 허리를 숙였다. 그리고 중국어로 인사했다. "많이 감사합니다. 많이 감사합니다."

선장실에서 나오자, 1등항해사가 2등항해사에게 말했다. "이 사람들에 관해서 선장께서 말씀하신 것은 당신이 알아서 처리하시오."

"예, 알겠습니다." 2등항해사는 대꾸하고서, 바로 두 사람을 데리고 갑

이승만과 임병직은 중국인 노동자 부자로 행세하면서 화물선에 올랐다.
"혼자 몸이 물과 하늘 사이에 떠다니면서 / 만 리 태평양을 몇 번이나 오갔던가."

판을 내려갔다. 그는 두 사람에게 빈 병실에서 묵도록 했다. 그리고 요금으로 600달러를 받았다. 호되게 비싼 요금이었지만, 두 사람은 감지덕지했다.

두 사람에게 맡겨진 일은 힘들지 않았다. 이승만에겐 초저녁부터 깜깜해질 때까지 뱃머리에서 망을 보는 일이 주어졌다. 망을 보다 무료해지면, 이승만은 속으로 한시를 지었다. 임병직에겐 갑판 닦는 일이 주어졌다.

어느 날 밤 임병직이 갑판에 서 있는데, 아득히 불빛이 보였다. 곁에 선 선원에게 물으니, 배가 나가사키長崎항 가까이 지나고 있다고 했다.

조국에 가까운 일본 규슈 연안을 지난다는 생각에 임병직은 8년 동안 찾지 못한 고향에 대한 그리움으로 가슴이 먹먹했다. 병실로 돌아오자, 그는 이승만에게 배가 나가사키 외항을 지나고 있다는 것을 알렸다. 그리고 고향이 그립다는 얘기를 푸념 비슷하게 했다.

이승만은 말없이 임병직의 얘기를 들었다. 1919년 4월에 필라델피아에서 열린 한인대회에서 오하이오 주립대학교 2학년생이었던 임병직은 서기를 맡아 일을 많이 했다. 이승만은 임병직이 마음에 들어서 그에게 자기 비서가 되라고 강권했다. 임병직은 더 공부하고 싶다고 말했지만, 학업보다도 독립운동을 앞세워야 한다는 이승만의 얘기에 설복되어, 학업을 중단하고 이승만을 돕기 시작했다. 향수에 가슴이 아픈 임병직의 얘기를 듣자, 이승만은 마음이 착잡했다. 그는 임병직과 자신의 소회를 담은 한시 한 수를 지어 임병직에게 들려주었다.

一身漂漂水天間,
萬里太洋幾往還.
到處尋常形勝地,
夢魂長在漢南山.

혼자 몸이 물과 하늘 사이에 떠다니면서
만 리 태평양을 몇 번이나 오갔던가
이르는 곳마다 명승지들은 심상한데
꿈속의 넋은 한강의 남산에 오래 머무네.

20일의 항해 끝에 무사히 상해에 도착하자, 선장은 그들을 당국에 밀항자들이라고 신고하지 않았다. 당시 상해의 행정권과 사법권은 영국이 쥐고 있었는데, 일본과 동맹을 맺은 터라 영국은 한국인들에 대해 비우호적이었다. 이승만과 임병직은 목재를 하역하는 중국인 노동자들로 행세하면서 어깨에 재목을 메고 상륙했다. 그들은 중국인 지역으로 가서 하루를 여관에서 지낸 뒤 장붕의 안내를 받아 벌링턴 호텔로 갔다. 며칠 뒤 그들은 프랑스 조계에 있는 미국인 안식교회 선교사의 집에 닿았다. 상해에 머무는 동안 이승만은 내내 거기서 지냈다.

그리 힘들게 이루어진 이승만의 상해 방문은 많은 사람들의 기대와 달리, 그리고 상해임시정부의 상황을 잘 아는 현순과 안현경의 걱정대로, 재앙임이 드러났다. 사람들은 대통령인 그가 여러 어려움들을 해결해 주리라 기대했다. 그러나 이승만에겐 그런 능력이 없었다.

가장 시급한 문제는 물론 임시정부를 운영할 자금을 마련하는 일이었다. 적잖이 들어가는 임시정부의 비용을 대는 것이 지도자의 기본적 기능이기도 했지만, 파벌들 사이의 반목을 누그러뜨리고 합심하도록 하려면 자금을 대는 외부 인사들의 영향력을 줄여야 했다. 현순과 안현경이 내내 지적한 것이 바로 그것이었다. 그러나 미국에서 근근이 살아가는 이승만이 큰 자금을 내놓을 수는 없었다.

자신을 환영하는 모임에서 이승만은 자신이 빈손으로 왔음을 알렸다.

"오늘 내가 이곳으로 온 것은 많은 금전이나 대정략大政略을 가지고 온 것이 아니라 재미 동포들의 이곳에서 일하시는 제위에게 감사하고자 하는 소식을 가지고 왔나이다."

이승만이 원론적 수준의 얘기만을 하자, 어려운 처지에서 독립운동을 하면서 대통령의 방문에 막연한 기대를 걸었던 사람들은 크게 실망했다. 그가 40만 원을 갖고 온다는 소문이 돌았던 터라, 사람들의 실망은 더욱 컸다.

이 무렵 임시정부는 경신참변庚申慘變의 충격으로 크게 흔들렸다. 1920년(경신) 10월부터 다음 달까지 일본군이 간도에서 조선인들을 학살한 것이었다. 임시정부로선 대응할 길이 마땅치 않은 데다가 의견이 엇갈렸다.

함경도와 인접한 지역이어서, 간도엔 조선인들이 많이 살았다. 일본이 조선을 완전히 장악해서 국내에선 무장 독립운동이 어려워지자, 간도가 자연스럽게 무장 독립운동의 근거가 되었다. 3·1 독립운동이 일어난 뒤, 간도에 근거를 둔 독립군 부대들이 두만강을 건너 일본 국경 수비대를 습격하는 일이 많아졌다.

1920년 6월 홍범도洪範圖와 최진동崔振東이 이끄는 대한독립군의 작은 부대가 두만강을 건너 함경북도 종성의 일본군 헌병 초소를 성공적으로 습격한 뒤 철수했다. 추격에 나선 일본군 1개 대대는 봉오동鳳梧洞의 계곡에서 독립군의 매복에 걸려 괴멸적 손실을 입었다.

일본군은 그 사건을 계기로 조선독립군을 소탕할 계획을 세웠다. '간도지방 불령선인不逞鮮人 초토계획'이라 불린 이 작전계획에 따라, 1만 8천 명의 병력이 간도에 투입되었다. 일본군의 압박을 받은 중국 정부가 부대의 이동을 요구하자, 김좌진金佐鎭의 북로군정서와 홍범도의 대한독립군은 간도를 떠나 백두산의 삼림 지대를 향해 움직였다. 이들은 추격해 온 일본군을 청산리青山里 일대에서 거듭된 매복작전으로 격파했다. 1920년 10월 21일부터 26일까지 벌어진 이 전투에서 일본군은 2천 명이 넘는 사상자를 냈다.

일본군은 간도의 조선인 마을들을 습격해서 학살하고 방화해서, 참패에 대한 분풀이를 하고 독립군들의 근거를 없앴다. 〈독립신문〉에 따르면 3,623명이 살해되었다. 일본군의 추격을 피해 독립군들은 연해주로 이동했다. 만주의 무장 독립군들이 협력하도록 해서 임시정부의 군사적 기반으로 삼으려던 임시정부의 계획도 물거품이 되었다.

임시정부 인사들 사이에선 대응책을 놓고 논란이 벌어졌다. 이동휘는 당장 전쟁을 결행하자고 주장했다. 간도에서 온 사람들은 그를 지지했다. 안창호는 전쟁은 무기를 갖추고 훈련을 해야 가능하니 먼저 준비하자고 했다. 이런 논쟁은 가뜩이나 분열된 임시정부를 더욱 분열시켰다.

1921년으로 접어들자, 이승만은 정색하고 집무를 시작했다. 그의 집무실은 재무부가 쓰던 곳이었다. 막상 대통령으로 일해 보니, 그가 할 일은 거의 없다는 것이 드러났다.

당시 임시정부 헌법의 권력구조는 대통령중심제와 내각책임제를 절충한 것이었다. 그래서 국무총리의 비중이 컸고, 국무총리가 내각인 국무원을 장악해서 일을 처리했다. 대통령은 국무회의에 참석할 권한도 없었고 국무회의에서 안건들이 의결된 뒤에야 결재할 수 있었다. 김규식과 노백린이 이승만에게 국무회의에 참석하기를 권유하자, 비로소 대통령도 국무회의에 참석하게 되었다.

이동휘 국무총리는 공산주의자답게 임시정부의 구조를 볼셰비키 정부처럼 위원회제로 바꾸려고 시도했다. 자신의 주장에 다수가 찬성한다고 여기고서, 그는 그 일을 국무회의에 의제로 올렸다. 그러나 이승만이 강력히 반대했고 안창호도 부정적이어서, 이동휘의 제안은 통과되지 못했다. 그러자 이동휘는 사임을 청원했다. 모두 사임을 말렸지만, 1월 24일 그는 사의를 굽히지 않고 광동廣東(광둥)성으로 가버렸다. 그래서 내무총장 이동녕이 국무총리 대리로 선임되었다.

이승만에게 드러내 놓고 적대적이었던 이동휘가 떠났어도, 이승만을 공격하면서 사임을 요구하는 사람들은 늘어났다. 그들은 이승만이 윌슨 대통령에게 국제연맹의 조선 위임통치를 청원한 일을 들어 끈질기게 이승만을 공격했다. 이승만은 3·1운동 이전의 상황에선 그것이 현실적 방안이었고 궁극적 독립을 전제로 한 것이므로 문제가 될 수 없다고 반박했지만, 공격이 워낙 집요해서 그는 수세로 몰렸다. 당시 안창호가 그의 청원을 승인했었으므로, 안창호는 그를 옹호해 줄 수 있었다. 그러나 그와 안창호와 관계가 멀어지면서, 그는 고단한 처지로 몰렸다.

1921년 4월 18일 저녁에 열린 비공식 각원閣員회의에서 김규식 학무총장이 이승만을 집요하게 공격했다. 격분한 이승만은 김규식이 임시정부 일을 돌보지 않고 국무회의에도 제대로 참석하지 않았던 점을 들어 김규식의 얘기를 반박했다. 그러자 김규식은 사직하겠다고 했고 이승만은 사직을 받아들이겠노라고 받았다. 김규식이 떠나자, 남형우가 교통총장에서 물러났고 이어 안창호가 노동국 총판직을 내놓았다. 노백린은 시베리아로 가 버렸다. 임시정부엔 이승만을 옹호하는 이동녕, 신규식, 이시영만 남았고 외무총장과 법무총장을 겸임한 신규식이 국무총리 대리가 되었다.

이처럼 지리멸렬한 임시정부의 모습은 사람들을 깊이 실망시켰다. 임시정부가 섰을 때의 감격과 열정도 차츰 식고 외지에서의 삶은 고달픈지라, 임시정부에 대한 실망은 적잖은 사람들의 의지를 꺾었다. 보다 근본적으로, 독립운동을 위해 상해로 왔지만, 그들이 실제로 할 수 있는 일은 거의 없었다. 그래서 일본 당국에 투항하거나 조선으로 돌아가는 사람들이 생겼다. 대표적인 경우는 3·1 독립운동을 주도하고 상해임시정부 수립에 큰 역할을 한 이광수였으니, 그는 1921년 4월 독립신문사 주필을 그만두고 귀국했다. 안창호는 말렸지만, 그는 조선에 돌아가서 일하는 것이 오히려 조선의 궁극적 독립에 훨씬 크게 기여하리라는 생각을 굽히지 않았다.

결국 이승만의 상해 방문은 임시정부가 맞은 어려움들을 풀기는커녕 분열만을 촉발했다. 1921년 5월 그는 "외교상 긴급과 재정상 절박으로 인하야" 미국으로 돌아간다는 교서를 임시의정원에 보냈다. 이틀 뒤, 그는 좌절과 환멸만을 안고 상해를 떠났다.

일본 정부의 눈길을 피하려고 그는 먼저 필리핀으로 향했다. 그곳에 열흘 동안 머물면서 미국의 영토인 필리핀의 상황을 살핀 뒤, 6월 29일 하와이로 돌아왔다. 화물선 선창에 숨어서 하와이를 떠난 지 7개월 반 만에 돌아온 것이었다.

그는 바로 자신의 지지자들을 모아서 '대한인동지회'를 만들었다. 인민들의 지지를 중시하는 터라, 이승만은 특정 정예 집단의 지지를 받기 위한 조직에 대해서 호감을 지니지 않았었다. 그러나 상해임시정부 안의 파벌 싸움을 겪으면서, 자신의 지지 기반이 될 단체가 없으면 힘을 제대로 쓸 수 없다는 사실을 그는 절감했다. 아메리카 대륙에서도 이미 안창호의 '흥사단'과 박용만의 '독립단'이 활발하게 움직이고 있었으므로, 그를 견제하는 그들 단체들과 맞서려면 자신의 단체가 필요하다고 판단한 것이다.

워싱턴 회의

1921년 8월 10일 이승만은 호놀룰루를 떠나 워싱턴으로 향했다. 11월에 열리는 워싱턴 회의(the Washington Conference)에 참석할 생각이었다. 제1차 세계대전으로 유럽은 피폐했고 압도적 경제력을 갖춘 미국이 국제정치를 주도하게 되었다. 전쟁 이전의 국제 질서가 무너진 터라, 미국의 하딩 정권은 군비 축소를 통해서 안정적 국제 질서를 세우려 했다. 특히 동아시아와 태평양에서 미국에 맞설 만한 강대국으로 성장한 일본과의 관계를 안정적으로 만들기를 바랐다. 그래서 미국, 영국, 프랑스, 일본, 이탈리아, 벨기에, 네덜란드, 포르투갈 및 중국의 9개국이 참가하는 회의가 11월부터 열리게 되었다.

이 회의가 조선에 대해 지닌 뜻을 먼저 깨달은 사람은 구미위원부 임시위원장 서재필이었다. 그는 상해임시정부와 해외 동포들에게 워싱턴 회의의 중요성을 알리고, 이 회의에서 조선 문제가 다루어지도록 만들자고 호소했다. 그는 이번 회의에서 조선의 운명이 결정된다고 강조하면서, "만일 이 평의회에서 한국의 독립을 작정하면 구미위원부를 더 유지할 필요가 없고 정식적 공사관을 워싱턴에 설치할 것이며, 또한 불행히 한국을 일본에 붙여도 위원부를 이곳에 두는 것이 필요함이 없다 하나이다. (…) 이러한 경우에는 위원부를 모스크바에나 5개 강국 밖의 다른 나라 도성에 설치하는 것이 나을 줄로 믿나이다"라고까지 말했다. 회의가 조선에 유리한 결론을 내도록 하려면 대표단이 많은 사람들과 만나 조선 문제를 설명하고 설득해야 하므로 큰 자금이 필요하다고 지적하면서, 서재필은 필요한 자금을 모으기 시작했다. 그의 열렬한 주장에 설복되어 임시정부도 적극적으로 나섰다.

이승만 자신은 그 회의에 그리 큰 기대를 걸지 않았다. 파리 평화회의에 참석조차 못한 경험에서 그는 쓰디쓴 교훈을 얻은 터였다. 국제정치의 통화通貨는 국력이었다. 이상주의자로 민족자결주의를 주창한 윌슨도 결국 현상 유지를 바라는 강대국들의 주장에 밀려 약소민족들의 자결이나 독립을 돕지 못했다. 윌슨보다 훨씬 보수적이고 평범한 하딩은 강대국들의 이해에 맞서 새로운 국제 질서를 세울 의지도 능력도 없을 터였다.

이승만이 보기엔, 워싱턴 회의에서 논의될 동아시아 문제들은 셋이었다. 하나는 중국 산동성에서 일본이 독일로부터 물려받은 특권이었다. 중국이 북경(베이징)의 단기서段祺瑞(돤치루이) 군벌 정권과 광동성의 손문孫文(쑨원) 혁명정부로 분열되었는데, 미국 정부는 중국의 태반을 지배하는 단기서 정부만을 초청했다. 둘째 문제는 시베리아에서 일본이 철병하는 일이었다. 러시아 내전에서 볼셰비키의 적군이 이겼고 러시아에 출병했던 영국과 프랑스가 이미 철병한 터라, 일본도 곧 철병할 수밖에 없을 터였다. 셋째는 조선 문제였는데, 조선은 일본 영토라는 인식이 널리 퍼져서, 일본이 참가하는 국제회의에서 조선 문제가 논의되기는 어려울 터였다.

자신의 회의적 전망에도 불구하고, 임시정부의 대통령인지라 이승만은 적극적으로 나설 수밖에 없었다. 그래서 워싱턴 회의에서 조선 문제가 논의되도록 하는 데 온 힘을 쏟았다. 다른 일에서와 마찬가지로, 이번에도 필요한 자금을 모으는 일이 가장 어려운 과제였다. 그는 미국과 하와이의 동포들에게 헌금을 요청하고 국내의 이상재에게도 자금을 보내 달라고 편지를 보냈다.

워싱턴에 돌아오자, 이승만은 구미위원부를 열어 워싱턴 회의에 참석할 대표단을 꾸렸다. 대표단장은 이승만 자신이 맡고 서재필이 대표, 정한경이 서기, 돌프가 고문을 맡기로 하고 상해임시정부에서 파견한 사람이나 현지에서 필요한 법률가를 더하기로 했다. 이어 콜로라도 출신 상원의원이었던 찰스 토머스를 특별 법률고문으로 초빙했다. 토머스는 베르사유 조약의 비준 동의안에 조선 문제를 유보 조건으로 달았던 일로 구미위원부와 인연이 있었다. 아울러 그는 하딩 대통령과 휴즈 국무장관과 친분이 깊었다.

대표단은 회기 동안 각국 대표들과 회의 관계자들 및 언론인들을 접대할 임시 사무실도 얻었다. 외국 공관들이 몰려 있는 노스웨스트 16번가의 4층 건물이었는데, 월세는 550달러였다. 돈에 쪼들리는 구미위원부로선 큰돈을 쓴 셈이었다. 다행히 구미위원부의 호소에 동포들이 호응해서, 자금은 4만 5천 달러 남짓 모였다.

10월 중순 대한민국 대표단은 하딩 대통령에게 청원서를 보냈다. 조선을 태평양의 한 부분으로 간주하고, 조선을 피침략국으로 인정하고, 조선의 독립이 세계 평화의 기초가 된다는 점을 고려하여, 대한민국 대표단의 워싱턴 회의 참가를 허용하고 발언권을 부여하라고 요청했다.

대한민국 대표단이 회의에 참석하지 못해서 애를 태울 때, 상해임시정부가 「한국인민치태평양회의서韓國人民致太平洋會議書」를 보내왔다. 국민공회 대표 이상재와 양기탁, 이강李堈(의왕義王), 김윤식金允植과 민영규閔泳奎, 천도교 대표 정광조鄭廣朝, 불교계 대표 이능화李能和, 산업대회 대표 박영효朴泳孝, 변호사회 대표 허헌許憲, 의사회 대표 오긍선吳兢善, 청년회연합회 대표 장덕수張德秀, 계명구락부 대표 김병로金炳魯 등 사회단체와 지역을 대표한 374명이 서명하고 날인한 청원서였다. 서명자들은 일본의 조선 합병을 부인하며 열국이 상해임시정부를 승인해 줄 것을 요망하며 특히 상해임시정부가 파견한 위원의 출석을 허락할 것을 요청했다. 대표단은 이 청원서를 영어로 옮겨서 각국 대표단과 신문사들에 배포했다. 이승만은 손수 영어 번역본을 들고 회의장 입구에서 사람들에게 나누어 주었다.

이승만을 비롯한 대표단의 정성과 노력에도 불구하고, 그들은 끝내 워싱턴 회의에 참석할 수 없었다. 워싱턴 회의는 본질적으로 현상 유지를 바라는 강대국들이 자신들의 이해관계를 조정하는 자리였다. 미국은 자신이 구상한 방안에 일본이 동의하도록 애쓰는 처지였고, 어느 나라도 점점 강성해지는 일본의 비위를 거스르려 하지 않았다. 그래서 미국 국무부는 오래전에 조선 문제를 거론하지 않는다는 방침을 세웠고, 일본 정부는 조선 문제의 상정을 강력하게 반대하라는 훈령을 자국 대표단에 내린 터였다. 그래서 대한민국 대표단이 하딩 대통령에게 보낸 청원서는 그냥 국무부의 문서철에 보관되었다.

1922년 6월 폐회될 때까지, 워싱턴 회의는 조약 일곱 개를 만들어 냈다. 핵심적 조약은 미국, 영국, 일본, 프랑스 및 이탈리아의 5개국이 체결한 「해군 군비제한조약」으로, 각국이 보유할 수 있는 주력함들과 항공모함들의 총량을 규정했다. 주력함(1만 표준배수톤 이상이거나 8인치를 넘는 함포를 보유한 전함)에서 미국과 영국은 각기 52만 5천 톤을, 일본은 31만 5천 톤을, 그리고 프랑스와 이탈리아는 각기 17만 5천 톤을 보유하게 되었다. 항공모함에선 미국과 영국은 각기 13만 5천 톤, 일본은 8만 1천 톤, 그리고 프랑스와 이탈리아는 각기 6만 톤을 보유하게 되었다. 일본은 이런 조건에 대해 불만을 드러냈지만, 해군력에서의 우위를 지키려는 미국과 영국의 주장에 밀려 끝내 받아들일 수밖에 없었다.

해군 군비에서 일본에 열등한 조건을 강요했으므로, 미국은 조선 문제를 거론할 처지가 못 되었다. 한국 대표단의 노력이 성공할 가능성은 처음부터 없었다.

워싱턴 회의에 대한 해외 동포들의 기대가 비현실적으로 컸고 헌금도 전례 없이 많았으므로, 그들의 실망 또한 클 수밖에 없었다. 그런 실망은 상해임시정부에 대한 비난으로 나타났고, 그런 비난은 임시정부의 대통령으로 대표단을 이끈 이승만에게로 쏠렸다.

막상 이승만이 어려운 처지로 몰리자, 그를 도우려 나서는 사람은 없었다. 애초에 워싱턴 회의의 중요성을 역설하면서 대한민국 대표단의 참가를 제의했던 서재필은 이승만에게 쏟아지는 비난에 아무런 대응도 하지 않았다. 워싱턴 회의에서 목적을 이루지 못하면 워싱턴의 구미위원부를 폐쇄해야 한다던 발언에 대해서도 한마디 해명 없이 침묵으로 일관했다. 이승만으로선 씁쓸할 수밖에 없었지만, 그는 서재필을 탓할 만큼 한가롭지 못했다. 그는 주눅이 들지 않고 2월 20일부터 3월 말까지 미국 본토를 여행하면서 동포들을 격려하고 모금을 했다. 어쩔 수 없이 구차스럽고 성과를 기대하기 어려운 여행이었지만, 대통령인 그로선 온갖 비난과 모멸을 견디면서 독립운동을 이끌어야 했다.

태평양 건너편에선 상해임시정부의 권위가 걷잡을 수 없이 추락했다. 워싱턴 회의에 참가하는 데 실패한 책임을 지고 각료들은 모두 사직했다. 이승만은 그들을 붙잡으려 무던히 애썼다. 임시정부를 흔드는 사람들을 꾸짖고, 사직하려는 각료들에겐 곧 자금을 보내겠으니 임시정부를 유지하라고 간곡히 타일렀다. 당시 임시정부는 큰 빚을 지고 있었는데, 그 빚이 임시정부를 반대하는 사람들에게 진 것이어서 상황은 더욱 어려웠다. 대통령으로서의 권위는 땅에 떨어졌고 임시정부에 최소한의 자금을 보낼 길도 없어서, 이승만은 속이 타 들어갔다.

이처럼 임시정부가 어려운 처지에 놓였을 때, 안창호와 여운형은 난국을 극복한다는 명분을 내세우면서 '국민대표회의'를 열겠다고 선언했다. 국민대표회의의 개최는 임시정부의 권위를 근본적 수준에서 부정하는 일이었다. 워싱턴 회의에 참가하지 못한 이유가 임시정부나 이승만의 무능이나 태만이 아니라 불리한 국제 정세였으므로, 국민대표회의와 같은 별도 회의를 열 필요도 명분도 없었다. 그들이 큰 비용을 들여 굳이 그런 회의를 열려고 한 것은 이승만을 임시정부에서 몰아내고 자신들이 임시정부를 장악하려는 생각에서였다.

국민대표회의는 원래 1921년 2월에 박은식朴殷植, 김창숙金昌淑, 원세훈元世勳, 최동오崔東旿 등 14인이 제의했었는데, 임시정부에 참여한 사람들은 반대했었다. 안창호가 임시정부에서 나오면서, 그를 중심으로 국민대표회의를 열려는 움직임이 다시 일어난 것이었다. 국내와 해외에서 많은 대표들을 상해로 불러와서 대회를 여는 데 드는 비용은 한형권이 볼셰비키 정부로부터 받은 자금으로 충당하기로 되었다.

국민대표회의가 준비되는 동안에도 이승만을 내쫓으려는 반대파의 시도는 이어졌다. 마침내 1922년 6월 임시의정원은 '대통령 및 각원 불신임안'을 의결했다. 대통령이나 각원들에 대한 불신임은 임시헌법에 없는 제도였지만, 이승만을 반대하는 세력이 그를 옹호하는 세력보다 훨씬 컸다. 다행히, 임시정부를 옹위하려는 사람들의 노력으로 불신임 결의안은 다음 달에 취소되었다. 이승만은 신규식 내각의 사직을 수락하고 유일하게 남은 각원인 노백린을 국무총리로 임명해서 조각하도록 했다. 어려운 인선 끝에 9월에야 내무총장 김구, 외무총장 조소앙趙素昻, 재무총장

이시영, 법무총장 홍진洪震, 교통총장 이탁李沰, 군무총장 유동열柳東說, 노동총판 김동삼金東三이 취임했다.

1923년 1월 3일 프랑스 조계의 미국인 침례교 예배당에서 두 해 동안 논란 속에 준비되어 온 국민대표회의가 드디어 열렸다. 각지를 대표한 125명이 참가한 큰 행사였다. 원래 이 회의를 주동한 것은 안창호였지만, 곧 전투적인 공산주의자들이 회의를 주도했다. 공산주의자들은 이르쿠츠크파 공산당과 상해파 공산당으로 나뉘어서 세력을 다투었다. 이르쿠츠크파는 1921년 5월에 시베리아 이르쿠츠크에서 결성된 고려공산당을 가리켰는데, 김만겸과 여운형이 주도했다. 상해파는 같은 시기에 이동휘를 중심으로 상해에서 조직된 고려공산당을 가리켰다. 이르쿠츠크파 공산당은 현존 임시정부를 없애고 정부를 새로 만드는 '창조'를 주장했고, 상해파 공산당은 현존 임시정부의 구조와 인물들을 바꾸는 '개조'를 주장했다. 이 두 공산주의 세력의 다툼에 민족주의자들도 휩쓸려서 창조파와 개조파가 대립했고, 결국 회의가 분열되었다. 안창호 지지 세력은 개조파에 합류했다.

상황이 너무 혼란스러워지자, 임시정부와 국민대표회의는 타협을 시도했다. 그러나 이념과 이해에서 양측의 차이가 너무 큰 데다 국민대표회의 안의 창조파와 개조파 사이의 반목도 점점 심해져서, 협상은 번번이 실패했다.

1923년 6월 임시정부 및 개조파와의 마지막 협상이 결렬되자, 창조파는 독단적으로 소비에트 체제를 따르는 헌법을 마련했다. 그리고 그 헌법에 따라 국민위원회를 구성했다. 최고지도부인 국무위원으로는 신숙申肅이 내무위원장, 김규식이 외무위원장, 윤덕보尹德甫가 재정위원장, 그리고 김응섭金應燮이 법제경제위원장에 선출되었다.

그러나 창조파의 독단적 정부 수립은 사람들의 지지를 얻지 못했다. 임시정부를 지지하는 독립운동가들만이 아니라 각지의 독립운동가들이 창조파를 규탄했다. 상해의 조선 교민 사회는 분열과 혼란에 빠졌다. 상황이 유리해졌다고 판단한 임시정부는 반격에 나섰다. 김구는 국민대표회의의 해산을 명하는 '내무부령'을 발표했고, 노백린은 창조파의 독자적 연호와 국호 제정을 규탄하는 '국무원 포고'를 선포했다.

기대와 달리 상황이 크게 불리해지자, 창조파는 크게 당황했다. 정세를 돌이킬 길이 없다고 판단한 그들은 비우호적인 상해를 떠나 우호적인 연해주로 근거를 옮기기로 결정했다. 코민테른도 새 정부의 이전에 동의하고 여비를 제공했다. 1923년 8월말 윤해尹海, 신숙申肅, 원세훈 등 창조파 30여 명과 새 정부를 대표하는 인물로 추대된 김규식은 배를 타고 블라디보스토크로 떠났다.

그사이에 국제 상황이 창조파에 결정적으로 불리하게 바뀌었다. 1918년에 시베리아에 파견되었던 일본군은 1922년 6월부터 물러나기 시작해서 10월까지 모두 철수했다. 이런 정세 변화에 맞추어, 러시아와 일본은 관계 개선을 시도해서 시베리아의 개발과 어업 협상과 같은 현안들을 협상하고 있었다. 러시아로서는 조선인들의 임시정부가 연해주에 자리 잡아서 일본과의 협상을 어렵게 하는 것을 허용할 수 없었다. 결국 러시아는 창조파의 새 정부를 공식 기관으로 인정하지 않고 공산당 기구로 활동하는 것만 허용했다. 러시아의 이런 정책에 따라, 윤해와 신숙은 바로 러시아에서 추방되었고 다른 창조파 인사들도 이듬해 봄에 중국으로 뿔뿔이 돌아왔다.

국민대표회의가 독립운동 세력의 분열만을 심화시키고 끝나자, 그것의 개최를 주도한 사람들은 거센 비판을 받았다. 소비에트 체제를 따르는 헌법을 만들어 정부를 세우려 했던 창조파는 러시아에서 추방되자 웃음거리가 되었고, 큰 세력을 거느리고 개조파를 이끌었던 안창호도 권위에 큰 손상을 입었다.

고국방문단

1922년 8월 이승만은 워싱턴을 떠나 하와이로 향했다. 워싱턴 회의에선 비참하게 실패했지만, 뒤처리는 간단하지 않았다. 지겨운 일들을 대충 마무리하자 그는 서재필과 상의해서 워싱턴 구미위원부의 향후 대책도 마련해 놓았다.

그래서 9월 7일 호놀룰루에 도착했을 때 이승만은 비교적 홀가분한 마음이었다. 일을 미루는 법이 없는 그는 바로 한인기독교회의 예배당과 한인기독학원의 교사校舍를 새로 마련하는 일에 나섰다. 독실한 기독교도인 그에게 조선 사람들이 기독교를 믿도록 하는 일은 독립운동의 핵심적 부분이었다. 그가 꿈꾼 독립국가 조선의 모습은 기독교 원리에 따라 움직여서 자유와 번영을 누리는 사회였다. 그리고 그 과업은 물론 그의 근거인 하와이에서 시작해야 했다.

하와이의 조선인 사회는 노동 이민 사회였다. 19세기 중엽 하와이에선 사탕수수 재배가 본격적으로 시작되었다. 사탕수수 사업이 번창하면서 수요가 급증한 노동력은 중국과 일본의 이주 노동자들로 충당되었다. 그러나 미국에서 중국인들의 이주를 금지하는 법이 시행되어 중국 노동자들이 들어오지 못하게 되고, 일본 노동자들에 전적으로 의존하는 상황은 바람직하지 않다는 여론이 일자, 하와이 당국은 다른 나라들에서 노동자들을 찾기 시작했다. 마침 조선에선 흉년으로 많은 사람들이 굶주렸다. 그래서 조선인 노동자들이 하와이로 이주해서 사탕수수 농장들에서 일하게 되었다. 1902년 12월에 120명가량 되는 제1진이 제물포를 떠난 뒤 1905년 4월 일본 정부의 방해로 이민이 금지되기까지 7,500명 안팎의 조선인 노동자들이 하와이로 이주했다.

이어 1910년부터는 하와이 이민자들 가운데 독신 남성들과의 결혼을 위한 젊은 여성들의 이민이 시작되었다. 하와이에 조선인 사회가 뿌리를 내리는 데 긴요한 일이었지만, 신랑과 신부가 사진만을 보고 결혼한 탓에, 나이 든 배우자를 보고 실망한 신부들이 많아서 애달픈 사연들이 많이 나왔다.

사탕수수 농장의 일은 무척 힘들고 위험했다. 그래도 거기서 일하는 조선인 노동자들은 생계를 유지하면서 가족을 꾸릴 수 있었다. 덕분에 아메리카 대륙에서 하와이의 조선인 사회가 가장 크고 번창했으며, 자연히 독립운동의 가장 든든한 기반이 되었다. 상해임시정부가 자신에게 적대적인 세력에게 장악된 뒤에도 이승만이 흔들림 없이 독립운동을 계속할 수 있었던 것은 하와이 조선인 사회가 그를 열렬히 지지한 덕분이었다.

이승만은 먼저 예배당을 세우기 시작했다. 스쿨 스트리트에 1,300평가량 되는 부지를 사고 1만 7천 달러를 빌린 다음, 조선인 목수들을 동원해서 교회를 짓기 시작했다. 모두 열심히 일해서 교회는 두 달 만에 준공되었다. 한인기독교회의 신도는 2천여 명이었다. 5천 명 남짓한 하와이의 동포 사회에서 이처럼 많은 동포들이 이승만이 이끄는 기독교회에 참여했다는 사실은 이승만의 지도력에 대해서 많은 것들을 시사

하와이 한인 예배당은 두 달 만에 준공되었다. 이승만은 바로 한인기독학원의 교사를 새로 짓기 시작했다.

해 준다.

예배당이 서자 이승만은 바로 한인기독학원의 교사를 새로 짓기 시작했다. 이 일은 예배당을 짓는 일보다 훨씬 큰 사업이어서 자금도 많이 들고 시일도 오래 걸렸다. 그는 먼저 하와이의 여러 섬들에 자리 잡은 동포 사회들의 대표자들을 초청해서 대책을 협의했다. 그리고 동포들은 물론 외국인 독지가들을 상대로 모금을 시작했다. 그 일을 위해 학생들의 연극을 공연하기도 했다.

다른 편으로는 학교 부지를 물색했다. 자금이 워낙 부족했으므로 그는 호놀룰루 시내에서 멀리 떨어져서 땅값이 싼 곳들을 둘러보았다. 마침 호놀룰루 시내 북쪽 칼리히 밸리의 황무지에서 그는 좋은 곳을 발견했다. 뒤로는 산골짜기가 들여다보이고 앞으로는 멀리 바다가 보여서 전망도 좋았다. 부지를 매입하고 기도실이 딸린 교사 한 채와 남녀 학생들을 각기 60명씩 수용할 수 있는 기숙사 두 채를 짓고 큰길에서 학교까지 길을 내는 일이 만만치 않아서, 부지 값을 빼놓고도 거의 4만 6천 달러가 들 것으로 예상되었다. 이것저것 다 팔고 하와이 동포들과 외국인 독지가들이 낼 만한 기부금을 다 합쳐도 거의 3만 달러가 부족했다. 그는 시공 회사와 협의해서 기숙사의 규모를 좀 줄이기로 했다. 그리하고도 부족한 돈은 1만 5천 달러나 되었다.

이승만이 고심 끝에 생각해 낸 대책은 남녀 학생들로 이루어진 고국 방문단을 통한 국내 모금이었다. 학교 건립 기금을 모으려고 해외 동포 학생들이 고국을 방문하는 일은 선례들이 있었다. 1921년 4월엔 연해주 동포들이 중학교를 세우기 위해 학생음악단을 만들어 서울을 비롯한 여러 도시들을 순례해서 큰 호응을 얻었다. 8월에는 간도 동포들의 고국방문단이 간도의 유일한 동포 중학교인 영신학교의 확장을 위해 국내 동포들의 지원을 호소했다. 1922년엔 연해주의 학생연예단, 기독청년회 음악단 및 천도교 연예단이 잇달아 고국을 찾았고, 서간도 동포들의 고국방문단도 다녀갔다.

학생들의 고국 방문이라 하더라도, 조선에 가려면 일본 영사관에 여권을 신청해서 발급받아야 했다. 총영사 야마자키 게이이치山崎馨一는 하와이의 조선인들이 고국을 방문하는 것이 반일 사상을 누그러뜨리는 데 도움이 된다고 판단했다. 일본의 통치 아래서 조선 사람들의 생활 수준이 나아진 것을 보면 해외 조선인들의 생각이 바뀌리라고 여긴 것이다. 게다가 야마자키는 이승만을 존경했고, 만나고 싶다는 뜻을 이승만의 측근에게 밝히기도 했다. 덕분에 여권 발급은 문제가 되지 않았다.

정작 문제가 된 것은 생각이 다른 동포들의 적대적 태도였다. 일본이 조선을 실질적으로 지배하고 그런 지배가 국제적으로 공인되었다는 현실을 받아들이기를 거부하는 사람들로선 조선 학생들을 일본의 통치를 받는 고국으로 보낸다는 일은 도저히 받아들일 수 없었다. 그런 명분론자들의 거센 비난과 공격을 각오하지 않으면 학생들의 고국 방문을 추진할 수 없었다. 자신이 가장 중요하다고 믿는 교회와 학교를 통한 젊은 동포들의 교육을 위해서 이승만은 어떤 반대와 어려움도 뚫고 나아가겠다고 결심한 것이었다.

실제로 박용만을 중심으로 한 하와이의 반 이승만 세력과 캘리포니아의 안창호 지지 세력은 연합해서 학생들의 고국 방문을 반대했다. 그들은 이승만이 일본 당국의 허가와 협조를 얻어 학생들을 일본의 통치를 받는 고국에 보내는 일은 독립정신을 약화시키는 짓이라고 거세게 비난했다. 그리고 학생들의 고국 방문과 관련된 온갖 비난들과 헛소문들을 모아 격문들을 만들어 널리 배포했다.

자신이 하는 일이 독립운동의 방략에 맞는다고 확신한 이승만은 반대파들의 비난과 중상에 개의하지 않았다. 그는 한인기독학원 학생들이 고국을 방문한다는 것을 조선 국내에 알리고, 「방문단 발기문」을 통해 국내 동포들의 도움을 호소했다. 반응은 뜨거웠다. 〈동아일보〉는 하와이 학생들의 고국 방문을 환영하는 사설을 실었고, 이승만의 후원자인 이상재를 비롯한 유력 인사들이 환영 사업을 준비하기 시작했다.

이 무렵 국내의 민족주의자들은 실력 양성 운동을 펴고 있었다. 거족적인 3·1 독립운동이 끝내 별다른 성과를 얻지 못하고 끝나자, 조선인 지도자들은 깊이 깨달았다. 독립은 남이 주는 선물일 수 없다는 사실을, 스스로 힘을 기르지 않으면 독립은 이루어질 수 없는 꿈이라는 것을.

그래서 식민 통치의 엄격한 제약 속에서 가능한 대로 조선인들의 실력을 차분히 기르려는 움직임이 일었다. 1920년 8월에 평양에서 시작된 '물산장려운동'은 금주, 금연과 함께 일본 상품들 대신 조선 상품들을 쓰도록 독려했다. 이 운동은 전국적으로 확산되어 1923년 1월엔 서울에서 '조선물산장려회'가 창립되었다. 1922년 4월부터 시작된 '민립대학 설립 운동'은 젊은이들이 고등교육을 받을 수 있도록 해야 한다는 깨달음에서 나왔다. 이 운동도 전국적 호응을 얻어, 1923년 4월엔 '민립대학 기성회'가 조직되었다.

이처럼 조선 사람들의 실력을 배양하려는 운동은 이승만의 독립운동 방략과 맞았고, 그는 이런 실력 양성 운동을 적극 지지했다. 1923년 초부터 그는 국내의 물산장려운동을 하와이에 소개하고, 그 운동이 인도 민족주의 운동 지도자 간디가 제창한 비협조 운동과 본질적으로 같다고 설명했다. 그리고 공동회를 열어 물산장려운동과 일본 상품 배척 운동을 벌이기로 결의했다. 이승만은 민립대학 설립 운동에도 적극 가담해서 7월에 민립대학 기성회 하와이 지방부를 조직했다.

당시 이승만은 형편이 무척 어려웠다. 상해임시정부는 분열과 대립 속에 표류하고 있었고, 하와이의 교육사업은 반대파들의 집요한 비난과 중상에 시달렸다. 궁여지책으로 마련한 학생들의 고국 방문도 온갖 중상모략의 표적이 되어 있었다.

1922년 11월 19일 한인기독교회 예배당의 헌당식엔 많은 사람들이 초대되었다. 하와이의 주요 인사들에게 초청장이 발송되었고 영자 신문과 중국어 신문에도 광고가 실렸다. 모든 사람들을 초청한다는 전언을 보냈지만, 일본인 사회는 어쩔 수 없이 초청에서 제외되었다.

헌당식이 끝난 뒤, 한인기독교회가 식전式典에 일본 총영사를 초청하여 단상에 앉히고 기부금 50달러까지 받았다는 소문이 퍼졌다. 이 소문은 상해까지 전해져서, 이승만 반대파가 장악한 〈독립신문〉이 그 소문을 사실인 것처럼 보도했다.

야마자키 총영사가 식전에 참석한 것은 사실이었다. 그러나 그는 교회의 초청을 받은 것이 아니었고, 대동한 직원 한 사람과 함께 일반 신도들과 함께 앉아서 축사를 들은 다음 조용히 뒷문으로 나갔다. 공교롭게도, 헌금을 거둘 때 한인기독학원 교장으로 미국 본토에서 새로 부임한 길리스 씨 내외가 50달러를 내면서 이름을 알리지 말라고 부탁했다. 그래서 그 50달러는 무명씨無名氏의 헌금으로 기록되었고 〈국민보〉에도 그렇게 보도되었다. 그런 사정을 누군가 악의적으로 비틀기 시작해서 마침내 상해임시정부에까지 왜곡되어 알려졌고 이승만을 비난하는 근기로 이용되었다.

이승만이 발행하는 〈태평양잡지〉는 이런 사실을 밝혔지만 악의적 소문을 잠재울 수는 없었고, 그의 명성과 신뢰는 상당히 훼손되었다. 매사가 그런 식이었다. 이승만은 그런 음해들에 의연하게 대처하려 했지만, 그의 마음은 어쩔 수 없이 상처들을 입었고 조금씩 지쳐 갔다. 그가 믿은 사람들이 배신하고서 그를 악의적으로 비난할 때는 상처가 특히 깊었다.

1923년 5월 7일, 동아일보 주필 장덕수張德秀가 미국으로 유학 가는 길에 호놀룰루에 들렀다. 민찬호閔贊鎬가 부두에 나가서 장덕수를 맞이하여 바로 이승만의 집으로 안내했다. 당시 이승만은 팔롤로 하이츠의 허름한 집에 〈태평양잡지〉의 활판 주자鑄字 시설을 옮겨 놓고서 거처 겸 사무실로 쓰고 있었다.

장덕수는 이승만을 만난 일과 감상을 자세히 적어 〈동아일보〉에 송고했다.

> 그러나 처음에는 어쩐 일인지 내 목이 메어 말이 잘 나오지 아니하야 선생의 얼굴만 보고 있었소이다. 형님, 그 이 박사의 얼굴을 무엇이라고 형용하면 좋을는지요. 속이 상할 대로 상하고 애가 탈 대로 탄 사람, 기름이 빠질 때로 빠진 사람, 이런 사람 얼굴을 본 사람이 있으면 아마 그 이 박사의 얼굴을 상상하여 볼 수가 있으리라고 하는 말밖에는 나에게 적당한 형용사가 없고 또 그렇게밖에는 감각이 되지 아니하더이다.

장덕수와 이승만은 초면이었다. 그러나 두 사람은 이내 흉금을 털어놓는 사이가 되었다. 물론 장덕수는 상해임시정부의 어지러운 상황을 잘 알고 있었고, 임시대통령 이승만이 얼마나 어려운 처지에 있는지 십분 이해했다.

"이상재 옹도 안녕하시고, 그 밖의 여러 형제가 다 안녕하신가요? 애들은 모두 얼마나 쓰시는지." 이승만은 물기 없는 목소리로 탄식처럼 물었다.

"예, 모두 잘 계십니다. 이 박사님께서 힘이 드시는 줄 모두 잘 알고 있습니다." 야위고 메마른 이승만의 얼굴을 살피면서 장덕수가 조심스럽게 위로의 말을 건넸다.

"나야 뭐 한 것이 있소. 해외에 편안히 있지 않소." 이승만이 희미한 웃음을 얼굴에 띠었다.

"해외 생활이 얼마나 힘드시겠습니까?" 흘긋 초라한 집안을 둘러보면서 장덕수가 은근한 어조로 받았다.

"힘들긴 뭐… 내지 생활이 힘들지. 내지 형들의 피땀 흘리는 것을 생각하면 나도 바로 내지로 들어가서 그 형제들과 같이 죽거나 살거나 고생을 같이 하였으면 하는 생각이 문득문득 납니다. 그러나 그럴 수도 없고…."

"지금 이 박사님께서 대통령으로 계시니 상해 쪽도 그나마 유지되는 것 아니겠습니까?" 장덕수가 단호하게 말했다.

"고맙소, 장 주필. 그렇지만 나더러 이 자리를 내어놓고 물러가라는 사람도 없지 않소." 침통한 낯빛으로 이승만이 말하고서 창밖을 내다보았다. 그리고 자신에게 다짐하듯 말을 이었다. "내가 물러가서 일만 잘되면 내가 죽기라도 하기를 원하는 사람이라, 어찌 아니 물러갈 리가 있소. 그러나 나는 내 맡은 책임이 중한 줄 압니다. 그 중한 책임을 함부로 내던지고 훽 달아날 수 있소?"

이승만의 쏘아보는 눈길을 받자 장덕수는 급히 대꾸했다. "이 박사님께서 대통령 직무를 수행하셔야 상해임시정부도 안정이 됩니다. 내지의 모두가 그리 생각하고 있습니다."

"고마운 말씀이오. 나는 내가 물러갈지라도 그 뒤의 일을 맡아볼 튼튼한 기관 하나가 뭉치어 생겨나야 한다고 생각하오. 그런 기관이 생겨날 빛이 보이기만 하면 그때에는 손을 턱턱 털고 그 기관에 일을 내맡길 생각이 간절하오. 그러나 그런 빛이 어디 보이오?" 이승만의 목소리에 노기가 어렸다.

"저희도 걱정이 큽니다."

"매우 딱한 일이오. 그러니 나로서는 불가불 내 책임을 붙잡고 앉았을 밖에는 없지 않소?"

"잘 알겠습니다. 이 박사님, 저희가 힘자라는 데까지 이 박사님을 돕겠습니다."

"참으로 고마운 말씀이오. 장 주필, 내 얘기만 했구려. 그래, 내지의 생활 형편은 어떻소? 힘들지요?"

"말이 아닙니다." 장덕수가 고개를 저었다. "조선 사람들이 모두 사람답게 살 수가 없습니다." 속에서 끓어오르는 감정을 가까스로 억누르면서 장덕수가 탁한 목소리로 대답했다.

"말이 아니야? 그럴 터이지. 살 수가 있나." 이승만이 한숨을 길게 내쉬었다. "그래도, 장 주필, 살 수 없다고 죽을 수도 없은즉, 그저 우리 민족이 한 덩어리가 되어서 애를 쓰고 함께 나가야 해."

"옳으신 말씀입니다."

"다행히 만세 이후에 우리 형제들에게 생기가 났어!" 이승만의 목소리에 문득 힘이 실렸다. "그 생기야. 그 생기가 싹이지. 눈 속을 뚫고라도 필경 새싹은 꽃이 피지. 나는 그것을 꼭 믿소."

"예, 저도 그렇게 생각합니다. 만세 이후 우리 조선 사람들이 많이 달라졌습니다." 장덕수가 얼굴에 웃음을 올리면서 대꾸했다.

"그런데 노형은 어느 지방으로 가실 테요? 이왕 들르셨으니 여기서 얼마 동안 우리 동포의 일을 좀 보시구랴."

"저는 일단 샌프란시스코로 갑니다. 그런데 배가 내일 떠납니다. 그래서 오래 머물지는 못하고… 이리 이 박사님을 뵈었으니 저로선 만족합니다."

그날 저녁 하와이 교민총단은 장덕수를 환영하는 연회를 열었다. 나라는 없어졌는데 이역에서 힘들게 사는 동포들이 고국에서 온 귀한 손님을 맞는 자리였으니 사람들의 마음이 오죽했겠는가. 뒷날 장덕수는 "염치를 불구하고 실컷 울고 싶은 대로 울게 한" 자리였다고 〈동아일보〉에 썼다.

이승만은 한인기독학원 재학생 55명 가운데 남학생 12명과 여학생 8명으로 고국방문단을 구성했다. 그들은 야구와 배구 같은 운동들과 연극에다 노래를 열심히 익혔다. 대부분 하와이에서 태어나서 조선을 모르는 학생들이었다. 단장은 민찬호, 총무는 김영우金永遇, 그리고 여자감독은 김노디였다.

고국방문단은 1923년 6월 20에 호놀룰루를 떠나 6월 30일에 요코하마橫濱에 닿았다. 그곳에선 환영위원회에서 보낸 구자옥具滋玉이 그들을 기다리고 있었다. 그들은 7월 2일에 부산항에 닿았고 그날로 열차편으로 서울에 도착했다. 서울에서 그들은 열렬한 환영을 받았다. 학교들과 종교단체 대표들을 포함한 6천여 명이 그들을 환영했고, 환영위원회 위원장 이상재의 선창으로 만세를 불렀다.

고국방문단의 일정은 무슨 공식 사절과 비슷했다. 금곡에 있는 고종황제의 묘소인 홍릉洪陵을 참배했고, 각 신문사를 예방했고, 고궁을 방문했다. 7월 4일엔 미국 영사관에서 열린 미국 독립기념일 축하연에 초대되어 음악 공연을 했다. 이어 3·1 독립운동의 발상지인 탑골공원과 독립문을 찾았다. 그들의 동정은 신문들을 통해서 전국에 알려졌다.

이처럼 환대를 받았지만, 고국방문단을 이끈 세 사람은 방문의 목적이 학교를 세우기 위한 모금임을 잊지 않았다. 미국 사회에서 조선 독립운동을 활발하게 해 왔고 성격이 당차고 활달한 김노디는 이 점을 환영하는 사람들에게 야무진 말씨로 알렸다.

10여 년 만에 고국에 돌아와 각처에서 성대한 음식으로 배를 불리게 하시니 동포의 따뜻하신 사랑에는 참으로 감격할 뿐인가 합니다. 그러나 저희들은 결코 맛있는 음식을 먹기만 위하야 온 것이 아니올시다. 더욱이 모두가 학생이라 그같이 훌륭한 음식은 결코 신분에도 적당하지 않습니다. 저희들의 손으로 밥을 지어 먹게 하여도 훌륭할 것이올시다.

그러므로 각처에서 쏟아지는 초대석에 나아갈 때마다 가슴에 넘치는 감격한 생각이 나는 일편에 '이 비용을 현금으로 주셨으면 얼마나 좋을까' 하는 외람한 생각이 간절하였습니다. 아동 교육은 어디서든지 제일 필요하겠지마는 남의 곳에 떠도는 아이들에게는 더욱 필요합니다. 그같이 필요한 교육을 시킬 학교 집을 세울 비용 3만 원이 도무지 생길 길이 없어서 애가 타는 이때에 다만 한 푼이라도 보태어 주었으면 얼마나 감격하겠습니까. 어차피 저희들을 위하야 하시는 일이니, 너무 월권일지 모르겠으나 사정이 그러하오니, 될 수 있는 대로 먹이시기보다는 학교 세울 돈을 좀 보태어 주셨으면 참으로 기쁘겠으며, 하와이에 가지고 돌아가서 기다리는 동포를 대할 낯도 있겠습니다.

김노디의 얘기가 7월 8일자 〈동아일보〉에 "과분한 초대보다도 학교 건축비를"이라는 제목의 기사로 실리자, 학생들을 식사에 초대하려던 사람들은 그 돈을 기부금으로 내기 시작했다.

김노디는 본명이 김혜숙으로 영어 이름은 Nodie Dora Kim이었다. 1914년 이승만이 하와이에 한인중앙학교를 세웠을 때 그녀는 거기 입학한 45명의 여학생 가운데 하나였다.

동아일보 주최로 경운동 천도교회당에서 열린 '하와이 조선인 사정 강연회'를 예고하면서, 〈동아일보〉는 김노디를 아래와 같이 소개했다.

> 하와이에 이 사람이 있다 하는 평판이 높은 여류 교육가 김노디 양은 '고국 동포에게 요망한다'라는 연제로 필경 가슴에 사무친 가지가지의 하소가 끝없이 솟구쳐 나올 것이니, 김노디 양은 이제로부터 십팔 년 전에 열 살이 다 못 되야 하와이 건너가서 미국에 들어가 오블린 대학을 졸업한 재원이니, 미국인 간에서도 그의 강연을 한번 듣기에 500원을 아끼지 않는다 한다.

강연회에서 김노디는 자신의 경험을 소개하면서 여성 교육의 필요성을 설득력 있게 설명했다. 그리고 이승만의 결단으로 동포들과 미국인들의 반대를 무릅쓰고 하와이 한인기독학원에서 남녀공학을 실시한 일을 자세히 얘기했다. 그녀의 얘기에 감동한 청중들은 강연 도중에도 여러 차례 큰 박수로 응답했다.

김노디는 뒷날 이승만이 프란체스카와 결혼할 때까지 결혼하지 않고서 이승만을 헌신적으로 도왔다. 그래서 이승만과의 염문이 있었고, 그런 염문은 반대파들이 이승만을 공격하는 재료가 되었다. 이승만과 프란체스카가 결혼한 뒤 하와이를 처음 찾았을때, 사람들이 "노디가 불쌍하다"고 했을 만큼 그녀는 이승만을 헌신적으로 도왔다.

하와이 학생단은 서울에 머문 열흘 동안 4회의 야구 경기, 1회의 배구 경기 그리고 2회의 음악회를 가졌다. 야구 경기가 인기가 높아서 관객이 많이 몰렸다. 첫 경기는 7월 5일 배재학교 운동장에서 '1912년팀'을 상대로 열렸다. '1912년팀'은 도쿄 유학생들이 1912년 여름 방학에

하와이 학생단은 서울에 머문 열흘 동안 4회의 야구 경기, 1회의 배구 경기 그리고 2회의 음악회를 갖고 나서 지방 순회에 나섰다.

야구팀을 구성해서 고국에 돌아와 시범경기를 한 데서 비롯한 노장 야구단이었다. 경기가 열리기 전에 기도가 있었고, 시구는 이상재가 했다. 이 경기에선 하와이 학생단이 22대 16으로 이겼다. 이어 배재학교 야구단, 휘문고보 야구단 그리고 도쿄 유학생 야구단과의 경기가 열렸다.

서울 일정을 마치자 하와이 학생단은 지방 순회에 나섰다. 〈동아일보〉는 그 사실을 보도하면서 사설을 통해 하와이 학생들의 고국 방문은 학교 건축비 3만 원을 모금하기 위한 것임을 일깨웠다. 〈동아일보〉의 보도로 관심이 높아진 터라 그들은 들르는 곳마다 큰 환영을 받았다.

7월 13일 하와이 학생단은 서울을 떠나 인천으로 향했다. 인천역 광장과 그 둘레엔 많은 사람들이 모여 학생들을 환영했다. 무려 1만여 명으로 추산된 환영 군중은 인천항 개항 이래 최대의 인파였다. 그 많은 사람들이 환영하는 깃발을 들고 만세를 부르는 모습은 "문득 일행으로 하여금 듣지 못하던 몇 해 전 인상"을 연상하게 했다고 〈동아일보〉는 보도했다. "몇 해 전 인상"은 물론 3·1 독립운동 때의 만세 시위를 뜻했다.

이어 학생단은 하와이 이민과 인연이 깊은 내리內里예배당을 찾았다. 이 예배당은 외국인 지계地界와 인접한 한국인 거주 지역인 제물포 내동內洞에 있었다. 이곳에 이민을 주선한 미국인 회사가 있어서, 내리예배당에 속한 교인들이 많이 이민에 나섰다.

오후엔 인천상우단仁川商友團과 야구 경기를 하고 저녁엔 음악회를 열었다. 그리고 이튿날 새벽에 선편으로 해주로 향했다.

열렬한 환영을 받으면서 하와이 학생단은 황해도, 평안북도, 평안남도의 주요 도시들을 잇달아 찾았다. 간절한 초청을 받아 예정에 없던 재령을 찾았고, 신의주를 방문했을 때는 압록강 건너편 중국 안동현 동포들의 오찬 초청을 받아 그곳에 다녀왔다. 관서의 중심인 평양에선 가장 큰 환영 행사가 열렸고 학생들은 이틀을 묵었다.

7월 말에 서울에 돌아온 하와이 학생단은 쉴 시간도 갖지 못하고 바로 남도 지방 순회에 나섰다. 8월 1일 서울을 떠나 충청도를 거쳐 전라도를 찾았고 이어 경상도를 찾았다. 8월 18일부터는 함경도를 찾았다.

8월 30일 마침내 하와이 학생단은 종로의 기독청년회 대강당에서 송별식을 가졌다. 이튿날 부산행 열차편으로 귀환 길에 오르면서, 하와이 학생 고국방문단은 고별사를 발표했다.

금번 본 단원 중에 혹은 20년 만에, 혹은 평생 처음으로 고국에 돌아와서 고국 동포들의 발전에 경하하였고 제반 사업에 감복하는 동시에 재내 동포의 고통에 같이 울었나이다. 임시로 거류하는 지방이 자유의 나라인들 하등의 소용이 있습니까. 고국을 떠나는 금일에 제하야 본 단원은 실로 감개무량하오이다. 우천에 우주가 암흑하지마는 청천의 백일이 다시 나타나는 것은 천리의 순환이올시다. 2천만의 분자인 저희 무리는 자유의 낙원인 이역에 거류한다고 재내 동포를 일시라도 망각지 않나이다. 동포의 행복을 위하야 최후의 노력을 다하고자 하나이다.

부모 형제시여, 내내 강령하소서. 이번에 다액의 물질상 원조를 얻어 가지고 돌아가나이다. 하와이의 기독학원은 곧 여러분 동포의 사랑하시는 정신상 기념탑으로 엄연한 태평양 중에 우뚝 서게 되나이다.

조선총독부의 검열을 받는 처지에서 발표한 고별사엔 한 민족이라는 사실을 다시 확인한 감격과 독립에 대한 조선 사람들의 열망이 담겨서 읽는 사람들의 가슴에 울렸다.

고국방문단은 고국의 방방곡곡에서 열렬한 환영을 받았지만, 그들이 실제로 모은 기부금은 그리 많지 않았다. 서울에선 1만 2,170원이 모였고 인천에선 713원이 모였다. 황해도에선 해주 911원, 재령 500원, 사리원 439원이었다. 평안북도에선 정주 300원, 선천 250원, 용암포 400원, 신의주 968원이었다. 평안남도에선 진남포 328원, 평양 1,487원, 안주 100원이었다. 경기도에선 개성 835원, 수원 450원이었고 지나는 길에 들른 충청북도 청주에선 595원이었다. 호남에선 이리

200원, 전주 900원, 광주 400원, 영광 400원, 장성 70원, 군산 195원이었다. 영남에선 대구 500원, 마산 652원, 진주 328원, 창원 100원, 안동 81원, 부산 200원이었다. 함경남도에선 원산 550원, 함흥 643원이었다.

기부금 통계는 1920년대 중엽의 조선 사회의 모습에 관해 흥미로운 얘기들을 들려준다. 당시엔 평양을 중심으로 한 관서 지방이 비교적 풍요롭고 민족주의의 열기가 뜨거웠음이 드러난다. 전통적으로 중요한 도시들이었던 해주, 개성, 수원, 전주, 청주, 함흥 등이 아직 중요성을 잃지 않았고 뒷날에 중심도시로 발전한 대전과 부산이 아직 크게 발전하지 않았음을 엿볼 수 있다.

2만 6천 원이 채 못 되는 총액에서 왕복 경비를 빼고 남은 1만 6천 원이 한인기독학원에 전달되었다. 미국 화폐로는 4,900달러였다. 이런 성과는 물론 이승만의 기대에 크게 못 미쳤다. 그는 고국방문단이 적어도 3만 5천 달러는 모아 올 것으로 기대했었다.

그러나 고국방문단은 모금액이 가리키는 것보다 훨씬 큰 성과를 거두었다. 학생들의 고국 방문을 계기로 하와이에서 활동하는 이승만의 업적이 국내에 널리 알려졌고 이승만의 정치적 기반도 튼튼해졌다. 하와이와 캘리포니아에서도 동포들이 한인기독학원에 대해 알게 되어 2만 6천 달러나 되는 기부금이 들어왔다.

9월 18일 마침내 칼리히 밸리에 새로 세워진 한인기독학원 남녀 기숙사와 교사의 낙성식이 열렸다. 고국방문단이 호놀룰루로 돌아온 날 오후였다. 두 달 만에 공사를 끝낸 것이었다. 비가 내렸지만, 낙성식에는 700명가량 되는 사람들이 참석했다. 하와이 여러 섬들의 동포 사회마다 대표들을 보냈다. 하와이 동포들의 숙원 사업이 드디어 이루어진 것이었다.

임시대통령 탄핵과 면직

갖가지 어려움들을 극복하고 단 두 달 만에 한인기독학원의 건물들을 세운 것에 대해 이승만은 뿌듯한 성취감을 맛보았다. 그러나 상해임시정부의 상황은 점점 나빠져서 그의 마음엔 그늘이 졌다.

국민대표회의를 통해서 임시정부를 흔들려던 시도가 실패했다 해서 임시정부의 처지가 크게 나아진 것은 아니었다. 자금을 마련할 실력을 지닌 안창호가 떠난 뒤 임시정부는 점점 쪼들렸다. 노백린이 취임한 뒤엔 프랑스 조계 포백로蒲柏路에 있는 이시영의 집 2층을 청사로 썼는데, 전화도 없었다.

보다 큰 문제는 국무총리 노백린의 부족한 지도력이었다. 당시 임시정부를 지키는 각원들은 김구 내무총장, 조소앙 외무총장, 이시영 재무총장뿐이었는데, 노백린은 셋뿐인 각원들과 단합하지 못했고 국무회의도 열지 않았다. 국무총리에 취임한 뒤에도 대통령 이승만에게 단 한 차례도 임시정부의 상황을 보고하지 않았다. 국민대표회의와의 협상에서도 단호한 태도를 보이지 못하고 끌려가서 사태를 악화시켰다.

노백린의 지도력에 절망한 김구, 조소앙, 이시영 세 총장은 이승만에게 노백린을 해임하고 이동녕을 총리로 임명하라고 거듭 요구했다. 이승만은 이동녕의 심지가 굳지 못함을 꺼려 김구를 국무총리로 앉히려 했다. 그러나 세 총장이 거듭 권유하자 그들의 뜻을 받아들여 이동녕을 국무총리로 임명했다.

그사이에 임시의정원은 개조파가 장악했다. 안창호의 서북파와 코민테른의 지휘를 받는 공산주의자들이 연합한 것이었다. 그들의 목표는 임시의정원을 통해서 이승만을 몰아내고 소비에트 체제를 채택한 헌법을 제정하는 것이었다. 1924년 6월 임시의정원은 '임시대통령 유고 문제에 관한 제의안'을 의결했다. 현임 대통령 이승만이 4년 동안 임지에서 멀리 떨어진 곳에 있은 것은 허용될 수 없는 일이라면서, 이승만이 임지에 귀환할 때까지 임시대통령이 유고임을 공포하고, 유고 기간엔 현임 국무총리 이동녕이 그 직권을 대리한다는 것을 공포한다는 내용이었다.

이승만은 '임시대통령 유고 결의'가 부당함을 지적하면서 받아들이기를 거부했다. 임시정부도 바로 임시의정원에 재의를 요구했다. 그러나 임시의정원은 8월 21일 유고 결의가 정당하다고 확정했다. 이 결의로 이승만 임시대통령의 직권은 공식적으로 정지되었고, 국무총리 이동녕이 임시대통령 직무를 대리하게 되었다.

그러나 이동녕 임시대통령 체제는 오래가지 못했다. 1924년 4월 명성황후의 조카인 민영이閔泳翊의 아들 민정식閔廷植이 가족과 함께 상해로 왔다. 그는 상당한 자금을 임시정부에 내놓았고, 덕분에 임시정부는 프랑스 조계 서문로西門路의 셋집으로 이사했다. 11월에 민정식의 장인 이범철李範喆이 상해로 와서 민정식을 데려가려 했다. 민정식이 응하지 않자, 일진회 회원인 이범철은 일본의 상해 총영사관에 부탁해서 사위를 강제로 조선으로 데려갔다. 민정식이 일본 경찰에 끌려간 것이 알려지자 상해 교민 사회에선 임시정부의 무능을 비난하는 여론이 거세게 일었고, 임시정부 청사에 와서 항의하는 사람들까지 나왔다. 12월 11일 이런 사태에 책임을 지고 이동녕 대통령 대리와 모든 총장들이 사퇴했다. 개조파가 장악한 임시의정원은 바로 박은식을 대통령 대리로 뽑았다.

이제 임시정부의 실세는 안창호였다. 그는 자신의 세력 기반인 흥사단, 그의 지지로 결성된 청년동맹회를 이끄는 윤자영 등의 경상도 세력,

그리고 의정원 의장 최창식과 부의장 여운형 등 이르쿠츠크파 고려공산당 안의 기호파 인사들을 한데 묶은 '삼방연합'을 통해서 상해임시정부를 장악했다.

1925년 3월 박은식 내각은 구미위원부의 폐지를 결의했다. 구미위원부가 원래 법적 절차를 거치지 않고 이승만이 단독으로 설립한 기구이고 독립운동에 오히려 방해가 되므로 폐지하고, 구미위원부가 다루던 일들은 앞으로 법적 기관을 설립해서 이어 나간다는 내용이었다. 이어 '임시대통령 탄핵안'과 '임시대통령 면직안'을 결의했다. 사소한 일들을 들어 일방적으로 이승만을 몰아붙인 뒤, 성원도 되지 않은 회의에서 개조파 의원들만으로 결의한 것이었다. 4월엔 임시의정원을 통과한 헌법개정안이 공포되었다. 새 헌법은 대통령 직위를 없애고 국무령 중심의 내각책임제를 도입했다.

이승만을 대통령 자리에서 내몬다는 임무를 마친 박은식 내각은 새 헌법이 시행된 1925년 7월 7일 물러났다. 정부 수반인 국무령을 뽑는 선거에선 안창호가 추천한 이상룡李相龍이 뽑혔다. 이상룡은 경상도 안동 출신으로 1911년에 서간도로 망명해서 독립운동을 했고 당시 남만주 지역 독립운동 단체들의 통합 조직인 정의부正義府를 이끌었다. 이상룡은 만주에서 활동하는 독립운동가들 위주로 내각을 조직했는데, 그들은 근거인 만주를 떠날 생각이 없어서 취임하지 않았다. 그래서 국무원은 실질적으로는 구성도 되지 않았다. 분열된 임시정부를 제대로 이끌지 못하다가 어려운 처지로 몰리자, 이상룡은 1925년 12월에 몰래 상해를 떠나 북경으로 가 버렸다. 1926년 2월 임시의정원은 이상룡을 면직하고 양기탁을 국무령으로 선출했다. 그러나 양기탁은 취임을 거부했다. 5월에 임시의정원은 안창호를 국무령으로 선출했다. 안창호도 임시정부를 장악한 자신이 앞에 나서는 것을 꺼려서 취임을 거부했다.

1926년 7월에 이르러서야 국무령으로 선출된 홍진이 취임했다. 홍진의 취임과 조각으로 한 해 넘게 이어진 무정부 상태는 끝났지만, 임시정부는 안창호가 이끈 서북파 일색이었다. 당연히 이동녕을 중심으로 한 기호파의 반발도 컸다. 11월에 치러진 임시의정원의 보결선거에선 기호파를 중심으로 한 임시정부 옹호파가 개조파를 제치고 임시의정원을 장악했다. 출범한 지 겨우 넉 달 된 홍진 내각은 바로 사퇴했다.

1926년 12월 기호파의 지지를 받은 김구가 국무령에 취임했다. 임시의정원은 바로 헌법 개정에 착수해서, 1927년 3월에 「임시약헌」이 공포되었다. 이 헌법은 소비에트 러시아의 헌법을 본뜬 것으로, 대통령이나 국무령과 같은 정부 수반을 없애고 국무위원들로 구성되는 국무회의가 임시정부를 이끌도록 했다. 새 헌법이 시행되면서 김구는 넉 달 동안 수행한 국무령의 직책에서 물러났다.

이처럼 상해임시정부가 파벌들의 싸움터가 되어 헌법이 가볍게 바뀌고 주요 직책들을 맡은 사람들도 수시로 바뀌자, 임시정부에 대한 사람들의 실망은 점점 깊어졌다. 자연히 임시정부의 세력은 점점 줄어들었고 재정은 궁핍해졌다. 일본의 통치가 견고해지면서 국내로부터 자금을 조달할 길은 막혔다. 해외 동포들의 도움도 받기 어려웠다. 만주와 연해주엔 조선인들이 많이 살았지만 모두 곤궁했다. 반면에 미국, 하와이, 멕시코, 쿠바에 사는 동포들은 1만이 채 못 되었지만 비교적 여유가 있었다. 안창호가 이끈 서북파와 공산주의자들이 연합해서 이승만을 대통령에서 몰아낸 '정변'은 미국과 하와이의 교민들의 분노와 반발을 불러서, 임시정부는 자신의 거의 유일한 자금원을 없앴다.

게다가 소비에트 러시아를 조국으로 여기는 공산주의자들이 끊임없이 임시정부를 위협했다. 공산주의자들은 러시아의 자금 지원으로 비교적 잘살았고, 곤궁한 민족주의자들을 압박했다.

이 어려운 시절에 김구는 재무장이 되어 임시정부를 혼자 힘으로 지탱했다. 그는 미국과 하와의 동포들에게 편지를 써서 도움을 호소했고 약간의 도움을 받았다. 그리고 1926년 병인년에 테러 단체 '병인의용대'를 조직해서 공산주의 조직들에 맞서 임시정부를 지켰다. 그리고 남들이 생각지 못한 방식으로 시들어 가는 임시정부를 되살렸다.

이봉창의 등장

1931년 1월 초순, 프랑스 조계 마랑로馬浪路 보경리普慶里의 으슥한 골목에 자리 잡은 임시정부 청사 2층에서 김구는 수심 어린 눈길로 어둑한 바깥을 내다보면서 상념에 잠겨 있었다. 아내는 이국에서 병사하고 자식들은 모친과 함께 고국으로 돌아간 터였다. 고단한 홀아비인지라 그는 따로 집을 얻지 않고 이곳 임시정부 청사에서 기거했다. 청사라 하기엔 너무 초라했지만, 재무장으로 임시정부를 혼자 꾸려 나가는 김구에겐 달마다 세를 내는 일도 벅찼다.

'또 하루가 가는구나.'

그는 속으로 탄식했다. 요즈음은 하루하루 넘기는 것도 벅차다는 느낌이 들었다.

"몸은 늙어 가고. 속절없이 늙어 가고…."

그는 나직이 탄식했다. 나이는 빠르게 늘어 가고 희망은 더 빠르게 줄어들었다. 이제 그도 쉰다섯이었다. 정상적 상황이라면 삶을 마무리하기 시작할 나이였다.

아래층에서 나는 소리가 그의 어두운 상념 속으로 비집고 들어왔다. 말다툼이 벌어진 듯했다. 아래층엔 임시정부를 지키는 '병인의용대' 소속 청년들이 있었다. 잠시 망설이다가, 그는 조용히 아래층으로 내려갔다.

아래층 문간에선 의용대 청년들이 낯선 사내 하나를 밀어내고 있었고, 그 사내는 밀어내는 청년들에게 항의하고 있었다. 김구를 보더니 청년들이 멈췄다.

"어떻게 오셨소?"

계단에서 내려서면서 김구가 그 사내에게 부드럽게 물었다. 차림이 남루했다. 서른 살쯤 되어 보였다.

사내는 숨을 고르더니 김구에게 고개 숙여 인사했다.

"저는 일본에서 왔습니다. 일본에서 일하다가, 우리 조선의 독립운동을 하고 싶어졌습니다. 상해에 가정부가 있다는 얘기를 듣고 배를 타고 상해로 왔습니다. 여기저기 찾아다니다가, 전차 검표원이 가정부가 보경리 4호에 있다고 말해 주었습니다. 그래서 이렇게 찾아왔습니다."

"아, 그러시오?"

김구는 고개를 끄덕였다. 사내는 일본말이 섞인 조선말을 했다. '가정부假政府'는 일본 사람들이 임시정부를 가리키는 말이었다. 일본의 밀정이라면 그 말을 쓰지 않으리라는 생각이 그의 마음을 스쳤다.

"나는 백정선白貞善이오."

"아, 예. 저는 이봉창李奉昌입니다." 그 사내가 자기소개를 하고 김구가 내민 손을 잡았다.

"이리 들어오시오."

김구는 사내에게 손짓하고서 앞장서서 사무실로 들어갔다.

자리에 앉자 김구가 사내에게 물었다.

"고향은 어디시오?"

"저는 서울 용산 태생입니다."

"일본엔 언제 건너가셨소?"

"다이쇼大正 14년입니다."

태연히 일본 천황의 연호를 쓰는 사내에게 둘러선 사람들이 적의가 담긴 눈길을 보냈지만, 정작 당사자는 태연했다.

김구는 잠자코 고개를 끄덕였다. 사내가 일본의 밀정이 아니라는 생각이 굳어졌다. 그는 옆에 선 김동우에게 말했다. "차 한 잔 내오게. 나도 목이 마른데…."

"일본인 집 식모로 가는 조카딸과 함께 오사카大阪로 건너갔습니다." 잠시 침묵이 이어지자, 사내가 덧붙였다.

"아, 그러셨소? 상해엔 언제 오셨소?"

"작년 12월 6일에 쓰이코築港에서 배를 타고 10일에 상해에 도착했습니다."

"그동안은 어디서 머무셨소?"

"싼 여인숙에서 자면서 일자리를 찾았습니다. 도쿄에서 일할 때 우연히 만난 사람에게서 상해의 영국 전차회사에서 조선인을 우대한다는 얘기를 들었습니다. 그래서 일자리를 쉽게 구할 줄 알았는데…." 사내가 고개를 저었다. "돈도 다 떨어지고 해서, 독립운동도 하고 일자리도 알아보려고 이렇게 찾아왔습니다."

"차를 드시지요." 김구는 사내에게 차를 권하고 자신도 찻잔을 집어들었다.

"고맙습니다." 사내가 반갑게 찻잔을 들어 한 모금 마셨다. "실은 어저께도 왔었습니다. 김동우 선생에게 일자리를 부탁했습니다."

사내가 차를 내온 김동우를 흘긋 쳐다보았다.

"아, 그랬어요?" 김구는 김동우를 돌아보았다.

"예, 선생님. 이분이 어제 왔었습니다. 제게 영국 전차회사에 취직하도록 도와달라고 해서, 제가 영어와 중국어를 하지 못하면 취직이 안 된다고 알려 주었습니다."

"선생님, 제가 영국 전차회사에 취직하도록 도와주십시오." 이봉창이 김구에게 부탁했다. "열심히 일하겠습니다."

"그 일은 김동우 동지가 말한 대로입니다. 영어와 중국어를 잘해야 합니다. 이 선생은 영어와 중국어를 잘하시나요?"

"전혀 못합니다."

"그러면 어려울 텐데…." 김구는 입맛을 다셨다.

"제가 가정부에 가입하면 어떨까요?"

김구는 잠시 생각한 뒤 말했다. "이 선생, 여기 상해에 임시정부가 있긴 하오. 그러나 독립운동가를 먹이고 입힐 역량이 부족한 형편이오. 그래서 독립운동을 하려면 가진 돈이 있어야 하오. 이 선생은 형편이 어떠시오?"

"여비 하고 남은 돈이 10원뿐입니다."

"그러면 생활 문제를 해결할 방법이 있소?"

"그것은 근심이 없습니다. 저는 철공장에서 일할 수 있습니다. 그런데 노동을 하면서는 독립운동을 못 합니까?"

"꼭 그러한 것은 아니지만…." 김구는 말끝을 흐렸다.

"선생님, 교민단이라는 단체가 있다고 하던데요, 무슨 단체인가요? 제가 거기 가입할 수 있습니까?"

"교민단? 교민단이 있죠. 여기 상해에 사는 조선 사람들의 단체죠. 외지에서 우리 조선 사람들이 친목을 도모하고 직장도 소개하고 그럽니다. 달마다 각자 1원 정도 회비를 내서 부인회와 같은 행사를 돕죠."

"노동을 하면서도 독립운동을 할 수 있다면, 저는 임시정부와 교민단에 가입해서 독립운동을 하고 싶습니다."

김구는 잠시 생각하고서 말했다.

"이 선생, 오늘은 늦었으니, 근처 여관에 가서 묵으시고 내일 다시 이야기합시다." 그리고 김동우에게 일렀다. "이 선생에게 묵으실 여관을 잡아 주시게."

김구는 신중한 사람이었다. 그는 이봉창이 일본의 밀정이 아니라는 생각이 들었지만, 그래도 이봉창이 일본 사람처럼 말하고 행동하는 터라 자세히 조사할 필요가 있다고 판단했다.

며칠 뒤, 김구가 2층에서 사무를 처리하는데 아래층 주방에서 사람들이 떠드는 소리가 들렸다. 이봉창이 청사에 들러서 사무원들과 술과 국수를 먹고 있었다. 김구는 호기심이 일어서 조용히 아래층으로 내려왔다.

"당신들은 독립운동을 합네 하지만, 뭐 하는 것이 있소?"

술이 거나한 이봉창의 목소리가 주방에서 흘러나왔다.

"아니, 이 선생, 독립운동이 말처럼 쉬운 줄 아시오?" 김동우가 받았다. 그사이 친해진 듯, 김의 목소리엔 악의가 없었다.

"무엇이 그리 어렵소? 일본 천황을 죽이는 일도 내가 보기엔 어렵지 않소. 당신들은 맨날 독립운동, 독립운동 하는데, 왜 천황 죽이는 일은 하지 못하시오?" 술이 거나했지만 이봉창의 목소리엔 허세도 구김살도 없었다.

"에이, 여보시오. 일개 문무관도 죽이기가 쉽지 않은데 천황을 죽이기가 어찌 쉽단 말이오?" 누가 거세게 반박했다. 다른 사람들의 냉소가 그 말을 받았다.

"내가 작년에 도쿄에 있었습니다." 잠시 뜸을 들인 뒤, 이봉창이 차분히 말했다. "하루는 천황이 하야마葉山의 별장에 간다 하기에 구경하러 갔습니다. 행인들은 땅에 엎드리라고 하기에 엎드려서 천황이 지나가기를 기다렸는데, 그때 '내게 지금 총이나 폭탄이 있다면 천황을 쉽게 죽일 수 있겠다' 하는 생각이 들었습니다."

주방 안이 조용해졌다. 사람마다 이봉창의 얘기를 새기고 있었다.

김구는 문득 깨달았다. 이봉창이 보기와 달리 비범한 면을 지닌 사람이라는 것을.

'내가 인물을 몰라봤구나.'

그날 저녁 김구는 이봉창이 묵고 있는 여관을 혼자 찾아갔다. 두 사람은 마침내 가슴을 열고 얘기를 나누었다.

이봉창은 천성에 구김살이 없었고, 얽매이지 않는 삶을 살았다. 그래서 철이 든 뒤로 자신을 '신新일본인'이라 여겼었다. 비록 조선에서 태어났지만 천황 폐하의 신하로 대일본제국의 어엿한 일원이라 여겼었다. 이름도 기노시타 쇼조木下昌藏로 바꾸었다. 그러나 일본 사회에서 일상적으로 만나는 조선인에 대한 차별은 그런 생각이 부질없음을 일깨워 주었다. 마침내 그는 '조선인이 조선인으로 행세하지 않는 것은 거짓이다'라는 생각에 이르렀다. 그런 생각이 끝내 그를 조선의 '가정부'가 있다는 상해로 이끌었다.

"선생님, 제 나이 이제 서른하나입니다. 앞으로 다시 서른한 해를 더 산다 하더라도, 지난 반생 동안 방랑 생활에서 맛본 것에 비하면 늙은 생활이 무슨 재미가 있겠습니까? 인생의 목적이 쾌락이라면, 31년 동안 육신으로 인생의 쾌락은 대강 맛본 셈입니다. 이제는 영원한 쾌락을 도모하기 위해, 우리 독립사업에 몸을 바칠 생각으로 상해를 찾아왔습니다."

이봉창이 담담한 어조로 긴 얘기에 매듭을 지었다.

김구는 눈시울이 아려 왔다. 이제 서른을 갓 넘긴 젊은이의 광활한 생각과 높은 뜻에 가슴이 먹먹했다.

"이 군, 군 얘기에 감동했소. 군과 같은 동지를 만난 지 오래되었소이다."

"선생님, 아무것도 모르는 저를 이리 반겨 주시니 참으로 감사합니다. 제가 나라를 위한 일에 몸을 바칠 수 있도록 지도해 주십시오." 이봉창이 공손하게 말하고 고개를 숙였다.

"좋소. 함께 나라를 위해 일해 봅시다. 금년 안에 군의 행동을 위한 준비를 하겠소." 선선히 대꾸하고서 김구가 씁쓸하게 입맛을 다셨다. "그런데 지금은 우리 임시정부의 형편이 궁핍해서 군에게 살아갈 방도를 마련해 주기가 어렵소. 그리고 군의 장래 행동을 위해선 우리 기관 가까이 있는 게 불리하오. 어떻게 하면 좋겠소?"

"선생님, 그러시다면 더욱 좋습니다." 이봉창이 선뜻 대꾸했다. "저는 일본어에 능해서 일본인 행세를 했습니다. 이번에 상해로 올 때도 기노시타 쇼조라는 이름을 썼습니다. 앞으로 일본인으로 행세하겠습니다. 선생님께서 일을 준비하실 동안 저는 일본인의 철공장에 취직하겠습니다. 철공장에서 일하면 월급도 많습니다."

이봉창이 웃음을 지었다. 김구도 따라 웃음을 지었다.

"좋은 생각이오. 그리고 내가 하나 당부하리다. 군이 조선 사람이라는 것이 알려져서 좋을 일은 없소. 순전한 일본인으로 행세하시오. 우리 기관이나 우리 사람들과는 교제를 빈번히 하지 마시오. 매월 한 차례 밤중에만 날 찾아오시오."

두 달 뒤 이봉창이 다시 김구를 찾아왔다. 행색이 전보다 훨씬 좋았다. 그동안 일본인이 경영하는 철공소에 취직해서 하루 2원씩 받는다고 했다.

김구는 이봉창을 반갑게 맞았다. 그리고 그에게 일본의 사정에 대해 여러 가지를 물었다. 특히 천황이 나들이할 때 경계가 얼마나 엄중한지 자세히 캐물었다. 이봉창은 아는 대로 대답했다.

마침내 김구가 만족한 낯빛으로 고개를 끄덕였다. 그리고 지나가는 얘기처럼 물었다. "이 군, 군은 혹시 일본에 갈 일이 없소?"

"일본요? 무슨 말씀이신지요?"

"무슨 얘기냐 하면…." 김구가 가벼운 웃음을 얼굴에 띠고 이봉창을 바라보았다. "군이 폭탄을 하나 들고 일본으로 가서 큰일을 한번 해볼 생각이 없느냐는 얘기요."

"제가 하려고 마음먹으면 못할 일도 없습니다." 잠시 생각하더니 이봉창은 담담하게 말했다.

"알겠소." 김구가 힘주어 고개를 끄덕였다.

"선생님, 생각해 보니 제 신세가 기구하긴 기구합니다." 이봉창이 푸념 비슷하게 말했다. "일본에서 일본인 행세를 하며 사는 것이 마음에 걸려서 떳떳하게 조선 사람으로 살고 싶어서 상해로 왔는데, 여기서도 일본인 행세를 하며 살고 있습니다. 이리 되었으니, 일본인 행세하며 일본으로 돌아가지 못할 이유가 어디 있겠습니까? 폭탄이든 무엇이든 적당한 무기만 있으면 일본으로 가서 천황을 죽이겠습니다."

"고맙소. 내 곧 준비를 하리다."

이봉창이 돌아가자, 김구는 밤늦도록 방 안을 서성거렸다. 일본 천황을 암살한다는 생각에 살 속에선 피가 콸콸 흐르는 듯했고, 마음은 맹금처럼 하늘을 나는 듯했다. 천황을 암살하는 데 성공한다면 조선 사람들의 독립운동은 온 세계의 관심을 끌 터였다. 물론 상해임시정부도 단번에 빈궁한 처지에서 벗어나 당당한 망명정부로 인정받을 터였다. 시들어 가던 독립운동이 성큼 한 단계 뛰어오르는 것이었다.

날이 밝자 김구는 왕웅王雄을 찾아갔다. 왕웅은 김홍일金弘壹의 중국 이름이었다. 김홍일은 1898년에 평안북도 용천에서 태어났는데, 일찍이 중국 국민당의 국민혁명군에 가담했다. 장개석이 주도한 북벌에 참여했고, 당시엔 고창묘高昌廟의 중국군 병공창 주임으로 중국군의 무기를 관리하는 직책에 있었다.

김구는 왕웅에게 자신의 천황 암살 계획을 얘기하고 필요한 무기를 요청했다. 김구의 계산에 따르면 이봉창과 천황의 행렬 사이의 거리는 100미터가 넘을 터였다. 왕웅은 그 거리에선 보통 수류탄으로는 명중시키기가 무척 어려우니 마미麻尾 수류탄을 쓰는 것이 좋겠다는 의견을 내놓았다. 마미 수류탄은 구식이고 폭발력이 약했지만, 무게가 가벼워서 멀리 던질 수 있는 데다가 불발탄이 없고 지니기 편했다. 김구는 왕웅의 의견에 동의했다.

한 달 뒤 이봉창이 다시 김구를 찾았다. 김구는 이봉창을 반가이 맞은 다음, 엿듣는 사람이 없는가 확인했다.

"이 군, 군이 정말로 천황에게 폭탄을 던질 수 있겠소?"

김구가 정색하고 물었다.

"예, 선생님. 폭탄만 있다면, 던지는 것은 어렵지 않습니다. 제가 일본에서 오래 살았고 동경(도쿄) 지리도 알 만큼 압니다." 이봉창도 진지하게 대답했다.

"알겠소. 그래도 상대가 상대이니만큼 쉬운 일은 아닐 것이오. 왜황은 보통 관리하고는 전혀 다르오."

"예, 선생님. 당연히 준비를 철저히 해야 되겠죠." 이봉창이 기대가 된다는 듯 두 손을 마주 비비면서 씨익 웃었다. "그런데, 선생님. 제 생각을 말씀드리면, 천황을 죽이는 일은 그다지 중요한 일은 아닌 것 같습니다."

"그래요? 그러면 군은 누구를 죽이는 것이 중요하다고 생각하시오?"

"선생님, 천황은 일본의 신과 함께 있는 장식물에 불과합니다." 잠시 생각을 가다듬더니 이봉창이 대답했다. "천황은 실권이 없습니다. 그를 죽인다 해도 우리 조선에 별로 도움이 되지 않으리라고 생각합니다. 천황보다는 총리대신이나 그 밖에 조선에 대해 호감을 갖고 있지 않은 고관을 죽이는 편이 오히려 효과가 있지 않겠습니까?"

김구가 무겁게 고개를 저었다. "내 생각은 다르오. 왜황은 일본의 상징이오. 실은 상징 이상이오. 일본 사람들이 '덴노헤이카天皇陛下'를 얼마나 떠받드는가 생각해 보시오. 관리는 아무리 높아도, 수상이라 하더라도 관리요. 우리 조선 사람이 왜황을 죽이면 일본의 심장에 칼을 꽂는 것이오. 그리고 온 세계가 놀라서 조선을 다시 볼 것이오."

"예, 선생님. 잘 알겠습니다."

목표가 확실해졌다는 생각에서 이봉창은 활기찬 목소리로 대답했다.

다시 한 달 뒤인 5월 하순에 이봉창이 김구를 찾아왔다. 이번에도 술과 고기를 사 들고 왔다. 그는 빈손으로 오는 법이 없었다.

"선생님, 상해에 조선 독립운동 단체가 있습니까? 있으면 가입하고 싶습니다." 자리를 잡자 이봉창이 물었다.

"독립운동 단체가 두어 개 있긴 한데, 어느 것도 착실하지 못하오. 우리가 하려는 일에 도움이 못 되오." 김구는 단언했다. 쓸 만한 단체들이 드물기도 했지만, 가장 활발한 단체들은 공산주의자들이 만든 것들이었다. 무엇보다도, 비밀 임무를 맡은 이봉창이 다른 사람들과 어울리는 것은 적절치 못했다.

"아, 그렇습니까?" 이봉창이 좀 아쉬운 낯빛을 했다. "선생님, 좋은 단체가 없다면, 제가 임시정부에 참여할 수는 없겠습니까?"

"그게…." 김구가 중국식으로 짧게 깎은 머리를 긁적거렸다. "임시정부도 이름은 거창하지만 실속은 없소이다. 돈이 없고, 사람도 없고. 돈이 있어야 사람이 모이지."

김구가 헛웃음을 터뜨렸다. 무어라 대꾸해야 할지 몰라 두 손을 비비기만 하는 이봉창을 보자, 김구가 정색했다.

"그렇다고 걱정할 것은 없소. 중요한 것은 군의 뜻이오. 왜황의 목숨을 빼앗아 억울한 조선 사람들의 원수를 갚고 온 세계 사람들에게 조선 사람들의 기개를 보일 뜻이 굳다면, 군 혼자도 실행할 수 있는 일이오. 군이 단체에 들어가거나 임시정부에 참여할 필요가 없소. 오히려 기밀이 새서 일을 그르칠 위험만 커지오."

"아, 그렇습니까?" 이봉창이 진지한 낯빛으로 고개를 끄덕였다. "선생님, 잘 알겠습니다."

한순간 김구의 가슴에 이봉창에게 임시정부의 실상을 얘기하고 싶은 충동이 일었다. 아직은 때가 아니라는 생각에서 김구는 그 충동을 눌렀다.

"이 군, 군의 결심이 굳다면, 나 혼자서라도 군을 후원해서 거사할 수 있도록 하겠소."

"선생님, 감사합니다. 선생님께서 폭탄을 구하실 수 있습니까? 폭탄만 구하면 저는 바로 일본으로 가서 일을 하겠습니다."

"내 무슨 수를 써서라도 폭탄을 구하겠소." 김구가 다짐했다.

"알겠습니다. 선생님께서 폭탄을 구하시면 제게 알려 주십시오. 전 이만 일어서 보겠습니다."

이봉창이 임시정부 청사에 드나들자 국무위원들이 그 일을 문제 삼았다. 이봉창은 성격이 호방해서 술을 좋아했고 노래도 잘 불렀다. 그런데 그가 즐겨 부르는 노래마다 일본 노래였다. 차림도 일본인이어서, 하오리 입고 게다 끌고 임시정부를 찾았다가 중국인 경비원에게 쫓겨나기도 했다. 교민단 청년들은 그를 '일본 영감'이라 불렀다. 김구는 이봉창의 그런 행태가 이봉창의 본심을 가려서 천황 암살에 도움이 된다고 판단했다. 그래서 국무위원들에게 따로 조사하는 사업이 있다고 둘러대고 자신의 계획을 발설하지 않았다.

만주사변

김구가 이봉창을 만나면서 일본 천황의 암살 계획을 구체적으로 다듬어 갈 무렵, 만주에서 중대한 사건들이 잇달아 일어났다. '만보산萬寶山 사건'과 '만주사변滿洲事變'이었다.

만주 길림吉林(지린) 장춘長春(창춘)현 만보산 기슭의 삼성보三姓堡에서 조선인들이 습지 3천 에이커를 중국인 지주로부터 10년 동안 빌려서 논으로 개간했다. 그리고 송화松花(쑹화)강 지류에서 물을 끌어오는 수로를 파기 시작했다. 인근 중국인 주민들은 이 수로 공사가 콩밭을 망가뜨리고 토착민들이 사는 땅에 물이 배게 한다면서 불평을 했다. 자연히 이주 조선인들과 토착 중국인들 사이의 관계가 나빠졌다. 중국인 주민들은 장춘현 당국에 진정하여 수로 공사를 강제로 중단시켰다. 그러나 조선인 농민들은 일본 영사관 경찰의 지원을 받아 수로 공사를 강행해서 1931년 6월에 완공했다.

7월 2일 중국인 주민 400여 명이 수로로 몰려와 완공된 수로를 파괴했고 그 과정에서 조선인 농민들과 충돌했다. 힘에 밀린 조선인들은 일본 영사관에 호소했고 영사관 경찰은 조선인들을 보호했다. 중국인들도 자기 경찰에 호소했다. 그래서 일본 경찰과 중국 경찰이 맞섰지만, 두 나라 경찰들 사이에 충돌은 없었다.

그러나 일본 영사관은 이 일을 부풀려서, 다수 중국인들에게 핍박받는 조선인들을 일본 경찰이 구했다고 발표했다. 실제로 만주로 이주한 조선인들은 중국 관리들과 지주들의 횡포로 큰 어려움을 겪었다. 조선인들은 황무지를 빌려서 논을 만들고 어렵사리 물을 끌어와서 볍씨를 뿌려 농사를 지었다. 그렇게 해서 논다운 논이 되면 중국인 관리들이 "호조護照를 보자"고 요구했다. 호조는 일종의 패스포트였다. 호조가 있을 리 없으니 조선인 농민들은 제대로 논농사를 지어 보지도 못하고 쫓겨났다. 이처럼 조선인들이 박해를 받았으므로, 일본 영사관의 부풀려진 얘기는 조선인들에겐 선뜻 사실로 받아들여졌다.

조선일보 장춘지국장 김리삼金利三은 일본 영사관의 발표에 바탕을 두고 기사를 작성해서 본사에 전보로 보냈다. 7월 3일 〈조선일보〉는 김리삼의 기사를 보도했다. 4단 크기의 이 기사엔 "삼성보 동포 수난 익심益甚, 이백여 명 우부又復 피습, 완성된 수호水濠 공사를 전부 파괴, 중국 농민 대거 폭행" 및 "인수引水 공사 파괴로 금년 농사는 절망! 파종시에 여차 폭거"와 같은 제목들이 달렸다.

이어 김리삼은 일본과 중국의 경찰이 충돌했다는 전보를 본사로 쳤다. 이 전보에 바탕을 두고 조선일보는 속보 형식의 호외를 발행했다. 호외엔 "삼성보 일·중 관헌 일시간여 교전, 중국 기마대 육백 명 출동, 급박한 동포 안위", "삼백여 중국 관민이 삼성보 동포를 포위, 사태 거익去益 험악화", "기관총대 급파 전투 준비중" 및 "폭동 중국인 중 순경도 오십명"과 같은 제목들이 달렸다.

상황이 긴박하다고 판단한 조선일보는 7월 4일 조사부장 이여성李如星을 현지로 파견하고 동포들에게 시급한 대책을 호소하는 사설을 실었다. 〈동아일보〉도 7월 4일에 3단으로 이 사건을 다루었다.

이런 보도들에 자극된 사람들은 곳곳에서 화교들을 습격했다. 살길을 찾아 고향을 등진 동포들이 먼 이국에서 박해를 받는다는 사실에 자극된 민심은 가까운 회교들에 대한 분풀이로 나타났다. 만주로 이주한 사람들이 많은 전라북도 삼례에서 중국인 호떡 장수가 살해된 것을 시작으로 곳곳에서 화교 박해가 잇달았다. 사태가 가장 심각했던 곳은 평양으로 화교 94명이 죽고 300여 명이 다치고 289채의 가옥이 파손되었다. 그러나 일본 경찰은 개입하지 않고 내버려 두었다.

7월 16일에 나온 조선총독부 경무국의 발표에 따르면, 조선에서 죽은 중국인은 100여 명이고 부상한 중국인은 수백 명에 이르렀다. 경무국 발표가 중국에 알려지자, 이번엔 만주의 조선인들이 중국인들로부터 보복을 당했다.

사태가 불행한 방향으로 흐르자, 조선과 중국 양쪽에서 신중하게 대응하자는 움직임이 일었다. 7월 5일 〈동아일보〉는 사설에서 국민들에게 사태를 냉정하게 살피고 화교에 대한 폭력을 중단하라고 촉구했다.

현지에 파견된 신의주지국의 서범석徐範錫 기자는 현지 상황을 차분히 전하면서, 군대 출동은 오보였고 중국인들의 폭동은 수그러들었고 충돌도 가벼운 수준이며 현지 동포들은 무사하다고 보고했다. 동아일보 사장 송진우는 조선상공협회 이사들과 함께 중국 영사관과 화교상인연합회를 방문해서 뜻밖의 사태에 대한 유감의 뜻을 밝히고 위문금을 전달했다. 이어 7월 7일 〈동아일보〉는 사설 "이천만 동포에게 고합니다"에서 "민족적 이해를 고려해 허무맹랑한 선전에 속지 말라"고 당부했다. 이날 서울과 평양에선 각 사회단체들의 동조 결의문이 발표되었다.

이런 노력에 힘입어 사태는 차츰 가라앉았다. 7월 18일엔 중국 국민당 정부가 "만보산사건은 일본의 계획적인 음모에 의한 것이며, 조선인의 국내 폭거도 일본인의 사주에 의한 것인즉, 우리는 조선인을 구적仇敵으로 보지 않을 것"이라는 성명을 발표했다.

그러나 만보산사건은 만주 침략의 기회를 찾던 일본군에게 조선인들의 보호를 위한 출병이라는 명분을 안겨 주었다. 일본군은 만주에서 행방이 묘연해진 장교 문제로 중국군을 압박하면서 출병을 노리던 참이었다.

러일전쟁에서 이긴 일본은 러시아가 만주에서 지녔던 이권을 거의 다 물려받았다. 장춘과 여순 사이의 남만주철도는 이런 이권의 핵심이었다. 요동반도의 조차지인 관동주關東州에 본부를 둔 관동군은 이런 이권을 지킨다는 명목으로 강력한 군대를 유지했다.

당시 관동군 참모부에서는 한 무리의 군국주의 장교들이 권한을 장악했다. 이타가키 세이시로板垣征四郎 대좌, 이시와라 간지石原莞爾 중좌 및 도이하라 겐지土肥原賢二 대좌를 중심으로 한 이 고급 장교 집단은 만주에서 중국군과 충돌을 일으켜 만주를 점령하는 계획을 추진했다. 이들은 일본군 본부의 고급 장교들과 연결되었고, 지휘부의 통제에서 실질적으로 벗어난 상태였다. 이들이 제기하는 위험을 인식한 육군대신 미나미 지로南次郎 대장은 관동군 장교들의 불복종과 군국주의적 행태를 억제하라는 임무를 주어 다테가와 요시쓰구建川美次 소장을 관동군으로 파견했다. 그러나 다테가와는 "일본군 본부는 관동군이 명령 없이 행동하는 것을 명확히 금지한다"는 지시 사항을 관동군 지휘부에 전한 다음, 바로 술을 마시기 시작해서 곯아 떨어졌다. 그로선 관동군의 군국주의 장교들을 막을 의사도 자신도 없었다. 시간이 없다는 것을 깨달은 이타가키를 중심으로 한 군국주의 장교 집단은 중국군이 일본군을 무단 공격했다는 '증거'를 만드는 데 바로 착수했다.

1931년 9월 18일 밤, 이들의 지령을 받은 일본 관동군 29연대 독립수비대는 심양 근처 유조구柳條溝의 남만주철도를 폭파하고 중국군의 소행으로 돌렸다. 일본군이 폭파한 것은 겨우 1.5미터짜리 레일이었고 그나마 피해가 가벼워서 열차가 그대로 지나갔다.

이튿날 아침 일본군은 근처의 중국군 기지를 공격했다. 만주의 중국군은 장학량張學良(장쉐량)이 지휘하는 동북군東北軍이었다. 동북군은 원래 장학량의 아버지 장작림張作霖(장쭤린)이 거느렸던 봉천(펑톈)군奉天軍의 후신이었다. 봉천군은 한때 가장 강한 군벌로 북경을 포함한 중국 북부를 장악했었으나, 1928년 장개석이 이끈 혁명군에 패해서 만주로 물러났다. 장작림이 만주로 돌아오면 일본의 영향력이 줄어들 것을 걱정한 일본군은 그가 탄 열차를 폭파해서 그를 암살했다. 봉천군을 물려받은 장학량은 바로 혁명군을 지지한다고 선언했다. 덕분에 16년 동안 지지부진했던 혁명군의 '북벌北伐'은 마침내 성공했다. 이어 벌어진 국민당 정부군과 정부군에 반기를 든 군벌들인 풍옥상馮玉祥(펑위샹)과 염석산閻錫山(옌시산) 사이의 '중원대전中原大戰'에서 장학량은 장개석의 정부군을 도왔다. 그 대가로 동북군은 하북河北(허베이)성을 장악하게 되었다. 자연히 장학량은 군대의 주력을 남쪽 지경에 배치했고, 동북군에 우호적이었던 일본군에 대비하는 데엔 소홀했다.

동북군이 공격을 받았어도 중국 정부군은 도움을 주지 못했다. 정부군은 '중원대전'으로 기진맥진한 상태였고, 장개석은 일본군보다 중국 공산군이 훨씬 위험하다고 판단해서 공산군을 격멸하는 데 힘을 쏟았다. 이런 사정을 반영해서 장학량은 동북군에게 일본군이 공격하면 싸우지 말고 병력을 아껴서 중국 본토로 남하하라는 지침을 내린 터였다. 일본군의 기습을 받자, 심양의 동북군은 큰 손실을 입고 심양에서 물러났다.

관동군 사령관 혼조 시게루本莊繁 중장은 자신의 명령 없이 일어난 유조구사건에 경악했다. 그러나 유조구사건을 전적으로 지지하는 참모부의 분위기를 깨닫자, 혼조는 그 작전을 추인했다. 실은 그 자신도 군국주의자였다. 그는 심양으로 관동군 본부를 옮기고 조선군 사령관 하야시 센주로林銑十郎 중장에게 증원군을 요청했다. 하야시는 혼성여단을 편성해서 일본군 본부나 내각에 보고도 하지 않은 채 만주로 보냈다. 엄격히 따지면 이것은 천황의 권위에 대한 도전이었다. 그는 문책을 받아서 물러났지만 일본 사회에서 영웅 대접을 받았고, 끝내 육군대신을 거쳐 수상까지 지냈다.

9월 19일 0400시, 관동군은 심양을 완전히 장악했다고 발표했다. 중국은 '9·18사건'이라 부르고 일본은 '만주사변'이라 부른 군사적 충돌은 일본군의 본격적 만주 침공으로 이어졌다.

중국 정부는 일본 정부에 강력히 항의하고 일본군의 침공을 중지시키라고 요구했다. 이어 국제연맹에 호소했다. 10월 24일 국제연맹은 11월 26일까지 일본군이 철수해야 한다는 결의를 통과시켰다. 그러나 일본은 국제연맹의 결의를 거부했다. 1932년 1월 빅터 불워리튼(Victor Bulwer-Lytton)을 단장으로 하는 조사단이 중국에 도착해서 진상을 파악하기 시작했고, 10월엔 보고서를 발표했다. 이 보고서는 일본군의 출동이 자위적 조치였다는 일본의 주장을 일축하고, 만주국은 일본군의 침공의 산물이라고 확인했다. 이 보고서에 따라 국제연맹은 일본군이 철도 연변으로 철수할 것과 일본이 만주국의 승인을 취소할 것을 의결했다. 1933년 3월 일본은 아예 국제연맹을 탈퇴했다.

일본의 도전에 대해 국제사회는 무력했다. 미국의 불참으로 힘이 약한 국제연맹에 책임을 떠넘기고 움직이지 않았다. 동아시아와 태평양 지역에 긴요한 이익을 지녀 거세게 반응하리라고 예상된 미국과 영국부터 소극적이었고 중국을 도울 생각을 하지 않았다.

1932년 1월 7일 미국 국무장관 헨리 스팀슨은 "미국의 조약 상의 권리들이나 파리 협약에 어긋나는 방식으로 이루어진 어떤 상황, 조약, 또는 협약을 미국은 법적으로 유효하다고 인정할 의도가 없다"는 내용의 문서를 중국과 일본에 동시에 보냈다. 뒤에 '스팀슨주의'라 불린 이 정책은 일본의 군국주의적 팽창에 대한 미국의 기본 입장을 천명했고 비교적 충실히 추구되었다. 10년 뒤 일본 해군이 펄 하버를 기습했을 때 스팀슨은 전쟁장관으로 미국 육군을 지휘했다. 그러나 미국은 태평양 건너편 동아시아에서 일어난 일에 적극적으로 개입할 뜻은 없었다. 1922년의 워싱턴 군축회의에서 일본에 불리한 해군군비조약을 맺은 터라, 미국으로선 일본과의 관계에서 현상 유지를 바랐다.

만주사변(1931)은 일본군의 본격적 만주 침공으로 이어졌다. 1932년 일본은 괴뢰국 만주국을 세우고, 1933년에는 국제연맹에서 탈퇴했다.

전통적 강대국이고 홍콩을 영유해서 중국에 큰 이익을 지닌 영국도 나서지 않았다. 경제 위기를 맞아 금본위제를 포기한 터라 영국은 동아시아 사태에 적극적으로 나설 형편이 못 되었고 정치적 의지도 없었다. 결국 국제사회는 일본의 중국 침략에 대해 '도덕적 비난(moral condemnation)'을 퍼붓고 손을 놓았다.

이처럼 국제사회가 손을 놓자 일본군은 단숨에 만주를 점령했다. 전력이 일본군보다 훨씬 약한 데다 지휘부가 애초에 일본군과 맞서려 하지 않았으므로 동북군은 거의 싸우지 않고 만주를 내주었다. 흑룡강黑龍江(헤이룽장)성을 지키는 마점산馬占山(마잔산) 휘하 부대만이 용감하게 싸워서 일본군의 진격을 늦췄을 따름이다.

1932년 3월 일본군은 만주국을 세웠다. 장춘을 수도로 삼아 청의 마지막 황제였던 부의를 '집정執政'으로 옹립했다가 이듬해에 황제로 추대했다. 우세한 일본군은 중국군을 어렵지 않게 만주에서 밀어내고 만리장성 이남으로 진출했다. 천진이 함락되자 중국은 견디지 못하고 일본과 휴전협정을 맺었다. 그래서 일본은 공식적으로 만주 전역을 차지하게 되었다.

일본군이 원래 만주 거주 조선인들의 보호를 출병의 명분으로 삼았으므로, 패퇴한 중국 동북군 병사들은 만나는 조선인들에게 분풀이를 했다. 마점산 휘하의 흑룡강성 수비군이 1932년 12월까지 저항했으므로, 북만주에서 살던 조선인들이 특히 끔찍한 화를 입었다. 이들은 일본군의 보호를 받으려고 일본이 관장하는 철도를 향해 모여들었고 마침내 장춘, 심양 및 하얼빈哈爾濱으로 집결했다. 겨울이 닥치자 이들은 추위와 배고픔에 혹심한 고통을 겪었다. 조선일보의 이여성 특파원은 이들의 참상을 보도해서 동포들의 도움을 호소했다.

만보산사건은 상해의 조선인 사회에 큰 충격을 주었다. 자칫하면 성난 중국인들의 보복을 받을 판이었다. 임시정부 안팎의 지도자들은 임시정부 청사에 모여 대책을 찾았다. 임시정부는 이번 사건이 중국과 조선을 이간시키려는 일본의 소행임을 널리 알리기로 결정했다. 임시정부는 중국 신문에 외무장 조소앙의 명의로 성명서를 발표하고 이어 중국 국민정부와 주요 단체들에 해명하는 전문을 보냈다.

9월 중순 만보산사건의 여파가 가까스로 가라앉는데, 만주사변의 거센 충격파가 닥쳤다. 상해의 조선인 사회는 두려움에 휩싸였고, 임시정부는 서둘러 일본의 침략을 비난하고 일본에 맞서 싸울 것을 촉구하는 전문을 국민당 정부, 국민당 중앙당부 및 중국 신문사들에 보냈다.

상해의 독립운동 지도자들이 걱정한 것은 조선이 공식적으로 일본의 영토라는 사실이었다. 사정을 제대로 알지 못하는 중국인들이 조선 사람들을 일본 사람들로 여길 가능성이 작지 않았다. 게다가 만주엔 많은 조선인들이 있었는데, 이들 가운데 적지 않은 사람들이 일본군의 권세에 빌붙어서 중국인들을 마구 대한다는 소문이 돌았다. 김구는 당시 상황에 대해 뒤에 『백범일지』에서 이렇게 기술했다.

> 이 전쟁 중에 한인 부랑자들이 왜의 권세를 빌려 중국인에게 극단의 악행을 저질렀기 때문에, 중국의 무식계급은 물론이고 유식계급 인사들까지 우리 민족에 대해 종종 민족감정을 말하는 자를 보게 되었다. 사태가 이에 이르니 우리 정부에서는 지극히 우려하지 않을 수 없었다.

만주의 상황이 알려지자, 상해에서 중국인들이 조선인들을 폭행하는 일도 일어났다.

가뜩이나 임시정부의 활동이 저조한데 만보산사건과 만주사변으로 중국인들의 반감까지 얻게 되자, 임시정부 요원들은 비상한 탈출 수단을 찾았다. 그리고 일본군에 대한 군사 공작을 할 처지가 못 되니 테러 공작이라도 해야 한다는 결론을 내렸다. 하긴 테러는 독립운동가들에겐 낯선 방법이 아니었다. 게다가 이제 중국 정부가 일본과 싸우기로 결정했으므로, 중국 정부의 지원을 받을 수 있었다. '특무대'라 불린 비밀 테러 조직의 운영은 김구가 맡았다.

이봉창의 거사

1931년 9월 중순 이봉창은 다시 김구를 찾았다. 그는 8월에 다니던 철공소를 그만두고 일본인이 경영하는 축음기 상점에서 점원으로 일하고 있었다.

"선생님, 폭탄을 언제 구할 수 있으신지요? 구하실 수 있는지 없는지 확실한 말씀을 듣고 싶습니다. 그래야 저도 앞날을 위한 계획을 세울 수 있지 않겠습니까?".

"이 군, 군이 답답해 하는 것도 내 이해하오. 내 확언하리다, 폭탄은 구할 수 있소." 김구는 확신에 찬 목소리로 대답했다. "그리고 군이 일본에 가는 여비도 내가 마련하겠소."

"잘 알겠습니다."

"군의 결심은 여전히 굳소?" 이번에는 김구가 다짐하듯 물었다.

"예, 선생님. 제 결심은 흔들리지 않습니다. 이제 저는 5년, 10년 더 사는 것도 흥미 없습니다. 오히려 빨리 의미 있는 일을 하고서 죽고 싶습니다." 이봉창이 나직한 목소리로 대답했다. "폭탄이 제 손에 들어오면, 책임지고 결행하겠습니다. 저는 원래 어떤 일이든 중간에 흐지부지하는 것을 싫어합니다."

"알겠소. 군의 결심이 여전하다면, 내 다시 재촉해 보리다."

"선생님, 폭탄이 틀림없는 것인지, 그리고 그 효력이 어떤지, 제가 일본에 가기 전에 먼저 확인해야 하겠습니다."

김구는 이봉창의 얘기가 반가웠다. 폭탄의 성능을 확인해야 되겠다는 얘기는 그의 결심이 굳음을 보여 주었다.

"내 경험으로는 폭탄이 6, 7칸 거리 안에 있는 물건들은 다 파괴해요.

폭탄을 시험하지 않아도 문제가 없어요. 폭탄과 여비가 준비되면, 내 군에게 연락하리다."

"알겠습니다. 저로선 가능하면 연내에 입수하면 좋겠습니다. 그것이 힘들면 내년 3, 4월로 연기하는 것도 좋습니다."

이봉창은 나름대로 계산이 있었다. 그동안 김구와 만나고 교민 단원들과 어울리면서 그는 김구와 임시정부의 처지가 무척 어렵다는 것을 알게 되었다. 그래서 김구가 주는 거사 자금이래야 일본까지 가는 여비이리라 짐작했다. 그는 일본에 가서 일하면서 천황이 나들이하는 때를 알아볼 생각이었다. 일본에선 12월이 바쁜 시기라 일자리를 구하기 쉬웠으므로 연내에 떠나는 것이 좋았다. 1, 2월은 한가한 때라 일자리가 드물었으므로, 12월 대목을 못 보게 되면 차라리 3, 4월로 늦추는 것이 좋았다.

"준비는 걱정하지 않아도 되오. 연내에 폭탄과 거사 자금을 마련하리다." 김구는 선뜻 약속했다.

이봉창에게 장담한 대로 김구는 11월까지 거사 준비를 마쳤다. 하와이와 미국의 동포들이 1천여 원의 자금을 보내와서 돈 걱정이 끝났다. 수류탄도 두 개 준비했다. 하나는 일본 천황에게 던질 것이었고 다른 하나는 이봉창이 자살할 것이었다.

드디어 1931년 12월 6일 밤 임시정부 청사에서 열린 국무회의에서 김구는 거사 계획을 보고했다.

"제가 긴히 드릴 말씀이 있습니다. 여러분들께서도 이봉창이란 사람에 대해서 들으셨을 것입니다. 그동안 수상한 사람이라는 소문이 돌았지만, 그 사람은 실은 진정한 애국 청년입니다. 우리 조선의 독립을 위해 목숨을 바칠 준비가 된 사람입니다."

예사롭지 않은 기색을 느끼고 국무위원들이 긴장한 얼굴로 김구를 바라보았다.

"이봉창 군을 도쿄에 보내서 왜황에게 폭탄을 투척할 계획입니다. 그동안 무기도 입수했고 자금도 들어왔습니다. 모든 준비를 완료했으니 거사를 승인하여 주시기 바랍니다."

잠시 무거운 정적이 회의장을 덮었다. 엄청난 계획이 갑작스럽게 드러나자 모두 얼떨떨한 낯빛이었다. 서로 얼굴을 살피기만 했다.

"이봉창이라는 그 청년 혼자 거사하는 것인가요?" 조소앙이 물었다.

"그렇습니다."

"그렇다면, 저로선 찬성하기 어렵소이다." 조소앙이 조심스럽게 말했다. "잘 모르는 청년 하나를 동경(도쿄)으로 보내서 왜황을 죽이겠다는 말씀인데, 그것이 과연 가능하겠습니까?"

"저는 가능하다고 봅니다." 김구가 확신에 찬 목소리로 대꾸했다. "그동안 제가 이봉창 군을 여러모로 살펴 왔습니다. 이런 일을 하기에 적합한 인물입니다."

"저는 조 위원의 의견과 같습니다. 왜황 암살은 우리 힘에 부치는 일입니다. 성사되기 어려운 계획에 자금을 헛되이 쓰는 것 같습니다." 김철이 조소앙의 반대 의견에 동조했다.

"성사 여부를 미리 점칠 수는 없지만, 저는 성공할 수 있다고 확신합니다. 그리고 준비도 완벽합니다. 저로선 우리 임시정부에 이번 거사보다 더 나은 기회가 오리라고 보지 않습니다." 흔들림 없는 자세로 김구가 대꾸했다.

"준비가 다 되었는데 일을 멈추는 것도 문제일 것이오. 이왕 시작한 일이니 끝장을 보는 것이 오히려 현실적 아니겠소?" 늘 김구를 후원해 온 이동녕이 말했다.

그러자 다른 사람들이 동조했다. 의론이 그렇게 돌아가자 조소앙과 김철도 더 이상 반대하지 않았다.

1931년 12월 13일 밤 이봉창은 프랑스 공원 근처의 조선인 집으로 김구를 찾아왔다. 김구는 그를 가까운 러시아 식당으로 데리고 갔다. 늦은 저녁을 들면서 김구는 이봉창으로부터 그동안 지낸 얘기를 들었다.

"이 군." 둘레를 살피고서 김구가 나직이 말했다. "마침내 준비가 다 되었소."

"아, 예. 알겠습니다." 이봉창은 가벼운 웃음을 얼굴에 띠고서 고개를 끄덕였다.

"그래, 군은 언제 일본에 가겠소?"

"언제든지 좋습니다. 준비가 다 되면 바로 떠나겠습니다." 이봉창이 잠시 생각했다. "오는 17일에 고베神戶로 가는 배편이 있는데, 그 배엔 일본으로 돌아가는 방적회사 친구들이 여럿 타고 갑니다. 이왕이면 그 배로 가는 것이 좋겠습니다."

"알겠소." 김구는 해져서 누더기가 다 된 옷을 헤치더니 돈을 꺼냈다. "여기 300달러가 있소. 여비하고 다른 경비로 쓰시오."

"감사합니다."

돈을 받아 들면서 이봉창은 갑작스럽다는 느낌이 들었다. 예상보다 훨씬 큰돈인데, 김구가 폭탄에 대한 얘기도 없이 돈만 건네는 것이 좀 이상했다. 그러나 김구의 치밀함을 잘 아는 그는 다른 것들에 대해서 묻지 않았다.

식사가 끝나자 김구는 이봉창을 데리고 근처 사진관으로 갔다. 사진관 주인인 안공근이 반갑게 맞았다. 안공근은 안중근의 둘째 동생이었다.

김구가 고개를 끄덕이자, 안공근은 바로 안채로 들어가서 상자 하나를 들고 나왔다. 안공근은 말없이 상자에서 물건들을 꺼내 놓았다. 접힌 태극기와 신문지로 싼 폭탄 두 개였다. 이어 안공근은 두꺼운 종이 한 장을 꺼내 김구에게 건넸다.

김구가 종이를 받아 들고 한번 훑어본 다음 이봉창에게 내밀었다. "이 군, 이것 한번 읽어 보시오. 한인애국단 선서문이오."

"아, 예." 종이를 받아 들고 읽어 본 이봉창이 고개를 들었다. "좋습니다, 선생님."

"그러면, 이 군, 그대로 선서하시오." 김구가 바로 서면서 낯빛을 고쳤다.

"예, 알겠습니다." 이봉창도 바로 섰다.

"잠깐만요." 안공근이 말하고서 급히 태극기를 펼쳐 벽에 걸었다.

한순간 좁은 사진관에 선 세 사람을 무거운 정적이 감쌌다.

"선서문."

이봉창이 선서문을 낭독하기 시작했다.

"나는 적성赤誠으로써 조국의 독립과 자유를 회복하기 위하야 한인애국단의 일원이 되야 적국의 수괴를 도륙하기로 맹세하나이다. 대한민국 13년 12월 일. 선서인 이봉창. 한인애국단 앞."

여운이 사라지면서, 정적이 다시 팽팽해졌다.

"고맙소, 이 의사. 임무를 완수하시오." 김구가 손을 내밀었다.

일본 요인 암살을 위해 조직된 특무대는 조소앙이 '의생단義生團'이라 불렀는데, 김구가 막판에 '한인애국단'으로 고쳤다. 이제 이봉창은 한인애국단 제1호 단원이었다.

"임무를 완수하겠습니다." 나직하지만 힘이 들어간 목소리로 이봉창이 대답했다. 그리고 김구의 손을 두 손으로 감쌌다.

"사진을 박이셔야죠." 안공근이 조심스럽게 말했다.

"그럽시다." 김구가 고개를 끄덕였다.

안공근이 위쪽에 끈이 달린 좀 큼직한 선서문을 집어 들어 이봉창의 목에 걸었다. 그리고 만족한 듯 고개를 끄덕였다. "이 의사, 양손에 폭탄을 들고 태극기 앞에 서시오."

이봉창이 잠시 생각하더니 김구에게 말했다. "선생님, 이게 제 마지막 모습일 것 같습니다. 고국에 계신 형님께 보낼 사진을 먼저 박이고 싶습니다."

처연한 낯빛을 애써 누르면서 김구가 고개를 끄덕였다. "그리하시오. 형님이 한 분 있으시다고 했지요, 이 의사?"

"예. 이범태李範泰라고 합니다."

"알겠소. 내 백씨께 이 의사의 사진과 유품을 보내 드리리다."

이봉창은 선서문을 목에서 벗고 정장한 채로 태극기 앞에 섰다. 피붙이에게 보낼 마지막 사진을 찍는지라 심지 굳은 이봉창의 얼굴에도 어쩔 수 없이 처연한 기색이 어렸다.

김구는 나오는 눈물을 참으면서 야트막한 사진관 천장을 올려다보았다. 여러 번 사진관에 드나들면서도 천장을 살핀 것은 이번이 처음이라는 생각에 서글픈 웃음 한 줄기가 그의 얼굴을 스쳤다.

이어 이봉창은 선서문을 목에 걸고 폭탄을 두 손에 들고 사진을 찍었다. 이번엔 이봉창은 환한 웃음을 지었다. 그 환한 웃음이 가슴을 후벼서, 김구는 끝내 눈물을 흘렸다. 스스로 죽음을 찾아가면서 환한 웃음을 짓는 것—그것이 독립운동이었다.

"적국의 수괴를 도륙하기로 맹세하나이다."
이봉창은 선서문을 목에 걸고 폭탄을 두 손에 들고 사진을 찍었다.

1931년 12월 17일 아침 중흥여관에서 이봉창은 일본으로 떠날 채비를 했다. 김구가 가르쳐 준 대로 그는 폭탄 두 개를 중국 비단으로 만든 길쭉한 주머니에 하나씩 넣어 허벅지 안쪽에 묶은 다음, 주머니 끝을 배에 묶고 그 위에 팬티를 입었다. 이틀 동안 김구와 함께 지내면서 거사와 관련된 일들을 꼼꼼히 챙긴 터라 따로 할 일은 없었다.

두 사람은 근처 중국 음식점으로 향했다. 아침 식사를 주문하면서 그들은 술 한 병을 먼저 청했다.

술이 나오자 이봉창이 김구의 잔을 채우고서 씨익 웃었다. "이제 선생님하고 술을 마시는 것도…."

"그렇구먼." 한숨을 길게 내쉬면서 김구가 병을 받아 이봉창의 잔에 채웠다. "자, 이번 의거를 위하여 건배하지."

"예, 선생님."

두 사람이 잔을 부딪치고 단숨에 잔을 비웠다.

"술맛이 좋습니다." 이봉창이 입맛을 다시면서 밝은 웃음을 지었다.

김구가 고개를 끄덕이고서 병을 들어 잔들을 채웠다. "이 의사, 우리 저세상에서 다시 만나 저세상 술맛을 봅시다."

음식점에서 나오자, 김구가 이봉창의 옷깃을 잡으면서 사진관 쪽을 고갯짓했다. "이 의사, 마지막으로 나와 함께 사진 하나 박입시다. 우리가 다시 만나지 못할 터인데, 함께 박인 사진이라도 하나 있어야…." 흔들림 없는 김구의 목소리가 문득 가라앉았다.

"예, 선생님. 그러지요."

두 사람은 안공근의 사진관으로 갔다. 그리고 태극기 앞에 나란히 서서 안공근이 다루는 사진기를 향했다. 마지막 사진인지라 김구의 얼굴에 처연한 기색이 어렸다.

"선생님." 김구의 얼굴을 흘긋 살핀 이봉창이 쾌활한 목소리로 말했다. "저는 영원한 쾌락을 누리고자 이 길을 떠나는 것입니다. 그러니 선생님, 우리 기쁜 얼굴로 사진을 박이십시다."

"맞소. 이 의사 말이 맞소." 가슴에서 북받치는 슬픔을 가까스로 누르면서 김구는 억지로 미소를 지었다.

검은 막 속에서 사진기를 다루고 난 안공근이 붉어진 눈으로 애써 밝은 낯빛을 지으면서 한마디 했다. "사진이 잘 나올 것 같습니다."

그들은 사진관 앞에서 헤어졌다. 택시가 오자 이봉창은 두 사람과 악수하고 차에 올랐다. 상해 부두를 향해 멀어지는 택시를 배웅하면서, 남은 두 사람은 그대로 서서 속으로 울었다.

1932년 1월 8일 오전 도쿄 교외의 요요기代代木 연병장에서 천황의 육군 시관병식陸軍始觀兵式이 열렸다. 천황이나 내각의 승인을 받지 않고, 심지어 육군 본부의 명령도 없이 독단적으로 만주사변을 일으킨 관동군의 행태를 덮어 버리고 만주를 점령하는 데 성공한 관동군의 공적을 내세우려는 뜻이 있었으므로, 이번 관병식은 예년의 의례적 행사들과는 달랐다. 그래서 만주에 뿌리를 둔 청 왕조의 마지막 황제로 곧 만주국 수반으로 옹립될 부의도 히로히토 천황과 함께 관병했다.

관병을 마친 히로히토 천황이 궁성의 남문인 사쿠라다몬櫻田門 가까이 갔을 때, 관중 속에서 천황의 행렬로 수류탄이 날아왔다. 그 수류탄은 궁내부대신이 탄 둘째 마차를 맞췄다. 그러나 폭발의 위력이 너무 약해서 마차의 밑바닥과 바퀴가 파손되었을 뿐 사람은 다치지 않았다.

히로히토가 점심을 들고 나자, 스즈키 간타로鈴木貫太郎 시종장이 송구스러운 얼굴로 허리 굽히고 보고했다.

"폐하, 오늘 일은 너무 죄송스러워서 무슨 말씀을 올려야 할지 모르겠습니다."

스즈키는 히로히토를 가까이에서 보필하다가 1945년 4월에 총리대신이 되어 일본의 패전과 항복을 처리하게 된다.

히로히토는 가볍게 고개를 끄덕이고서 차분한 목소리로 말했다. "원래 암살은 군주의 직업적 위험이라 하지 않소?"

"폐하, 그 말씀을 들으니 저희는 더욱 황공합니다." 시종장이 허리를 더욱 굽혔다. "흉악한 행패를 부린 범인은 조선인이라 합니다."

"조선인? 조선인이라면 독립당원이겠지."

"예, 폐하. 상해에 있는 조선인들의 '가정부'에서 보낸 자라 합니다."

"그자들이 계속 말썽을 부리는구먼." 히로히토가 가벼운 한숨을 내쉬었다.

"예, 폐하. 일부 조선인이 우매해서 조선을 덮은 성은을 모릅니다. 하지만 그런 불령선인들은 소수고 대다수 조선인들은 성은에 감복하고 있습니다."

"그건 그렇고… 오늘 오후에 미국 대사가 총리대신을 방문한다고 했는데, 그 일은 어떻게 되었소?"

"바로 확인해 보겠습니다." 시종장이 인사하고 물러났다.

시종장이 물러가자 히로히토는 무겁게 고개를 저었다. 그로선 만주사변에 대한 미국의 공식적 태도에 마음이 크게 쓰였다. 미국이 만주사변을 기정사실로 여긴다면 만주는 일본이 무난히 차지하는 것이었다. 만일 미국이 일본의 만주 점령에 반대하고 원상 복구를 요구하면 일은 복잡해질 수밖에 없었다. 일본이 강성한 미국과 맞서는 것은 현명한 선택은 못 되었다. 그렇다고 만주를 내놓을 수는 없었다. 넓고 자원이 많은 만주를 영유해야 일본이 강대국으로 자라날 수 있었다. 설령 천황 자신

이봉창의 일본 천황 저격은 비록 미수에 그쳤지만 동아시아를 뒤흔들었다. 같은 날 오후엔 미국이 외교 서한으로 일본의 침략을 꾸짖었다.

이 만주에서 물러나려 하더라도 군부가 고분고분 말을 들을 리 없었다. 민심도 그들을 지지했다. 실은 천황 자신도 넉 달이 채 안 된 기간에 일본군이 만주 전역을 점령했다는 사실을 떠올리면 애국심과 자부심으로 가슴이 가득해지곤 했다.

"문제는 책임이…."

히로히토는 소리 내어 생각했다. 문제는 군부가 일을 저지르면 궁극적으로 책임은 자신에게로 돌아온다는 사실이었다.

예고대로 그날 오후 윌리엄 캐머런 포브스(William Cameron Forbes) 주일 미국 대사는 일본 정부와 중국 정부에 함께 보내는 헨리 스팀슨 국무장관의 1932년 1월 7일자 서한을 일본 정부에 수교手交했다. 무력에 의한 영토의 변경을 인정하지 않고 중국에 대한 '개방 정책'을 지지한다는 내용이었다.

그래서 1931년 1월 8일은 역사에서 중요한 뜻을 지니게 되었다. 오전엔 조선 사람들이 폭탄으로, 그리고 오후엔 미국 사람들이 외교 서한으로 일본의 군국주의적 해외 침략을 거부한 것이었다.

이봉창의 일본 천황 저격은 비록 미수에 그쳤지만 동아시아를 뒤흔들었다. 현인신現人神으로 추앙받아 절대적 권위를 지닌 천황에 대한 공격은 일본 사회에 큰 충격을 주었다. 오후 다섯 시 이누카이 쓰요시犬養毅 총리는 내각 총사직서를 히로히토 천황에게 제출했다. 히로히토는 사직서를 바로 반려했다. 이누카이 내각은 들어선 지 한 달도 채 못 되었고 이전의 와카쓰기 레이지로若槻禮次郎 내각은 8개월 만에 물러난 터였다. 미수로 끝난 암살 사건으로 새 내각이 물러나면 오히려 민심이 불안해진다는 생각도 있었다. 대신 치안 책임자들을 준엄하게 문책했다.

중국의 반응은 당연히 이봉창에 대해 호의적이었고, 저격 실패를 드러내 놓고 아쉬워했다. 1월 8일 중국 신문들은 호외를 발행해서 이봉창의 거사를 보도했다. 이튿날 상해의 국민당 기관지 〈민국일보〉는 "한인이 일황을 저격했으나 맞추지 못했다韓人刺日皇未中"라는 표제와 "일황이 열병을 마치고 동경으로 돌아갈 때 갑자기 저격을 받았으나, 불행히도 겨우 따르던 차에 터지고 범인은 바로 붙잡혔다日皇閱兵畢返京突遭狙擊，不幸僅炸副車兇手卽被逮"라는 부제로 사건을 크게 보도했다. 상해의 〈신보〉는 "한국 지사, 일황을 저격했으나 이루지 못했다韓國志士狙擊日皇未成"란 표제로 보도했다. 청도靑島(칭다오)의 〈민국일보〉는 "한국의 잊혀지지 않을 의사 이봉창이 일황에게 폭탄을 던졌으나 이루지 못했다韓國不亡義士李奉昌炸日皇未遂"라는 표제로 보도했다. 이런 보도들에 중국인들은 환호했다. 덕분에 만보산사건과 만주사변으로 나빠졌던 중국인들과 조선인들 사이의 관계는 크게 나아졌고, 두 나라가 연합해서 일본에 대항해야 한다는 인식도 널리 퍼졌다.

중국 신문들의 이런 보도에 일본인들은 격분했다. 청도의 일본인들이 민국일보를 공격하자 청도항에 정박한 일본 군함 두 척의 육전대陸戰隊 600여 명이 가세해서 난동은 1주일 동안 이어졌다(육전대는 일본의 해병대였다). 크게 파손된 민국일보는 끝내 폐간되었다. 상해에서도 일본인들과 중국인들이 충돌했다.

이봉창의 거사가 크게 보도되자 상해임시정부는 문득 활기를 띠었다. 천황을 암살하지 못한 것은 아쉽지만, 일본을 상징하는 천황을 저격했다는 사실 자체가 큰 뜻을 지녔다고 임시정부 요원들은 생각했다. 이번 거사로 조선인들이 일본인들에 동화되지 않고 독립을 열망한다는 것을 세계에 널리 알린 것을 모두 자축했다.

당장 급한 것은 일본 경찰의 습격을 피하는 일이었다. 마침 프랑스 조계 공부국으로부터 김구에게 피신하라는 연락이 왔다. 지금까지 김구를 극진히 보호해 왔지만 이번엔 일본 정부의 인도 요구에 응하지 않을 수 없다는 얘기였다. 김구는 급히 피신했다.

임시정부는 바로 국무회의를 열고 대책을 의논했다. 결국 이번 거사를 한국독립당韓國獨立黨이 한 일이라고 성명을 발표하기로 결정되었다. 1930년 1월에 조직된 뒤 내놓을 만한 실적이 없었던 한국독립당으로선 자신의 존재를 내보이기 좋은 기회였다. 한국독립당의 성명은 1월 11일 중국인이 경영하는 〈국문통신〉을 통하여 보도되었다.

> 본당은 삼가 한국 혁명용사 이봉창이 일본 황제를 저격하는 벽력일성으로 전 세계 피압박민족에게 신년의 행운을 축복하고, 이것과 같은 소리로 환호하며, 바로 제국주의자의 아성을 향해 돌격하여, 모든 폭군과 악정치의 수범首犯을 삼제芟除하고 민족적 자유와 독립의 실현을 도모하기 바란다.

이튿날엔 「이봉창이 일황을 저격한 데 대한 한국독립당 선언」이 발표되었다. 중국어로 된 이 선언문은 일본의 죄악들을 지적하고 천황을 죽여야 할 이유를 열거했다. 그리고 이봉창의 의거는 30년 동안 이어진 장인환張仁煥, 안중근, 이재명李在明, 신민회, 강우규姜宇奎, 양근환梁瑾煥, 김익상金益湘, 김지섭金祉燮, 송학선宋學先, 조명하趙明河 등과 같은 의인들과 열사들의 뜻을 계승한 것이라 천명했다. 이 선언문은 여러 중국 신문들에 게재되었고 중국 각시의 동포들에게도 배포되었나.

이봉창은 대역죄大逆罪로 기소되었다. 대역죄는 천황을 보호하기 위해 1907년 일본 형법에 신설된 죄목이었다. 통상 범죄들과 달리 대역죄는 삼심제가 아니라 최고재판소인 대심원大審院의 심리만으로 판결하게 되었다.

1947년 대역죄가 폐지될 때까지 대역죄로 기소된 사건은 넷이었다. 1910년의 고토쿠 슈스이幸德秋水 사건, 1923년의 박열朴烈 사건, 1923년의 난바 다이스케難波大助 사건, 그리고 1932년의 이봉창 사건이었다. 이봉창 사건은 조선 독립운동가들의 천황 암살 시도였지만, 앞선 사건들은 모두 무정부주의자들의 시도들이었다.

20세기 초엽 일본에서 무정부주의는 적잖은 추종자들을 거느렸다.

전통적으로 사회적 통제가 엄격했고 메이지유신明治維新 뒤엔 군국주의가 대세로 자리 잡은 일본 사회에서 자유주의는 제대로 자라날 수 없었다. 그런 상황에 절망한 지식인들은 흔히 사회주의와 무정부주의에 끌렸다. 19세기 말엽과 20세기 초엽엔 무정부주의가 세계적으로 호소력을 지녔고 많은 추종자들을 거느렸다는 사정도 있었다.

무정부주의는 모든 정부기구들을 없애는 것이 바람직할 뿐 아니라 실제적이라는 이념이다. 사람의 천성이 착하므로 국가 없이 시민들의 자발적 합의들로써도 사회적 조화가 이루어진다는 얘기다. 무정부주의자들은 정부가 재산권과 계급 차별에 바탕을 두어 본질적으로 정의롭지 못한 질서를 보호하는 기구라 여긴다. 자연히 그들은 사회를 점진적으로 개선하는 대신 단숨에 바꾸는 급진적 개혁을 추구한다.

무정부주의자들이 자신들의 이념을 실현하는 방식은 다양하다. 솔선수범, 설득, 비폭력 불복종과 같은 평화적 방식을 따르는 사람들로부터 전투적 행동을 선호하는 사람들까지 다 있다. 전투적 무정부주의자들은 혁명적 군중이나 조직이 실행하는 '자발적 정의'를 받아들인다. 테러와 같은 '직접행동(direct action)'은 거기서 논리적으로 도출된 행동 양식이다.

거의 모든 철학이나 이념들과 마찬가지로 무정부주의의 연원도 고대 그리스다. 무정부주의(anarchism)라는 말은 1840년 프랑스 사상가 피에르 프루동(Pierre Proudhon)의 『재산이란 무엇인가』에서 처음 쓰였다. 자신의 물음에 대해 스스로 답한 "재산은 도둑질이다"라는 프루동의 구호는 무정부주의자들의 전투 함성이 되었다. 이어 러시아 사상가 미하일 바쿠닌(Mikhail Bakunin)과 표트르 크로포트킨(Pyotr Kropotkin)이 무정부주의 이념과 프로그램을 발전시켰다.

혁명이나 내전에서 무정부주의자들과 공산주의자들은 동맹으로 시작해서 대립으로 끝나곤 했다. 기성 정치 체제의 파괴라는 목표에선 같았지만, 모든 정부기구들을 없애고 자유로운 개인들의 협력으로 조화롭게 움직이는 세상을 꿈꾸는 무정부주의자들과, 국가가 모든 개인들을 철저하게 통제하는 세상을 꿈꾸는 공산주의자들은 공존할 수 없었다. 그래서 무정부주의자들은 마르크스가 주도한 제1차 인터내셔널에서 떨어져 나와 '무정부주의자 인터내셔널'을 세웠고, 러시아 혁명 뒤에 세력을 잡은 볼셰비키는 무정부주의자들을 무자비하게 탄압했다.

19세기 말엽 직접행동을 선호하는 전투적 무정부주의자들은 곳곳에서 정부 요인 암살에 나섰다. 프랑스의 사디 카르노(Sadi Carnot) 대통령, 오스트리아의 엘리자베스 황후, 이탈리아의 움베르토(Umberto) 1세, 미국의 윌리엄 맥킨리(William McKinley) 대통령이 무정부주의자들에게 암살되었다. 암살된 지도자들이 모두 뛰어나거나 평판이 좋았다는 사실은 무정부주의자들의 지향점을 또렷이 가리킨다. 일본 정부의 대역죄 신설은 이런 상황에 대한 반응이었다.

1910년의 고토쿠 슈스이 사건은 한 무리의 무정부주의자들이 메이지 천황을 암살하려고 폭탄 제조 시설을 마련했다는 혐의를 받은 것이었다. 고토쿠는 당시 일본 무정부주의자들의 지도자였는데, 천황 암살 음모를 초기에 알았을 수도 있지만 뒤에는 분명히 관여하지 않았다. 그래도 그를 포함한 12명의 무정부주의자들이 대역죄로 처형되었다.

1923년의 박열 사건은 조선인 무정부주의자 박열이 애인 가네코 후미코金子文子와 함께 섭정인 히로히토 황태자의 암살을 기도한 사건이었다. 다이쇼 천황이 정신병을 앓고 있어서 히로히토는 1921년부터 섭정으로 천황 업무를 맡아 왔다. 히로히토를 암살하려고 해외에서 폭탄을 들여오려 했다는 것이 드러나서 두 사람은 사형을 선고받았으나, 히로히토는 무기징역으로 감형했다. 박열은 22년을 복역하고 1945년에 석방되었지만 가네코는 감옥에서 몇 달 뒤 자살했다고 발표되었다.

박열은 1902년 경북 문경에서 태어났는데 본명은 준식準植이었다. 일본에 유학한 뒤 독립운동 단체인 의열단義烈團과 비밀결사인 불령사不逞社를 조직해서 직접행동에 나섰다. 해방 뒤 우익 재일 동포 단체인 '재일조선인 거류민단'을 조직해서 신탁통치를 반대하고 남한 정부 수립을 촉구한 이승만의 노선을 지지했다. 대한민국 정부가 선 뒤 이승만 대통령의 초청을 받아 귀국했다가 6·25전쟁 때 납북되어 1974년에 북한에서 죽었다. 가네코의 유해는 2003년에 박열의 생가 근처로 이장되었다.

1923년의 난바 다이스케 사건은 무정부주의자 난바가 혼자서 히로히토 황태자를 저격한 일이었다. '간토關東 대지진' 때 일본 정부가 조선인들의 학살을 조장하고 무정부주의자들을 탄압하자, 난바는 직접 행동에 나서기로 마음먹었다. 그는 상류계급에 속했으니, 할아버지는 메이지천황으로부터 훈장을 받았고 아버지는 제국의회 의원이었다. 히로히토 황태자가 제국의회에 참석한다는 정보를 입수한 난바는 아카사카赤坂 이궁離宮에서 도쿄 도심의 의회로 가는 길목인 도라노몬虎ノ門에서 권총으로 저격했다. 그러나 시종장이 부상했을 뿐 황태자는 무사했다.

이처럼 천황 암살은 성공하기 어려운 일이었다. 앞선 두 사건들은 예비·음모 수준에 머물렀고 사건이 크게 부풀려졌다. 천황을 실제로 위협한 난바 다이스케 사건은 무기를 쉽게 구할 수 있고 천황의 움직임에 관한 정보에 쉽게 접근할 수 있으며 경찰의 의심을 사지 않는 상류계급 청년에 의해 시도되었다.

이봉창은 사정이 달랐다. 그는 차별과 감시를 받는 조선 사람이었다.

중국에서 무기를 구해서 몰래 일본으로 들여왔고, 천황의 움직임에 대한 정보는 신문에서 얻었다. 무엇보다도 난바 사건으로 천황에 대한 경계가 무척 엄중해진 상황에서 저격을 시도해야 했다. 이봉창이 실제로 천황의 행렬에 폭탄을 던졌다는 사실은 이봉창의 뛰어난 자질과 능력을 증언한다.

이봉창은 성격이 호방하면서도 담백했다. 그래서 붙임성이 있었고, 낯선 일본인들과도 이내 사귀고 잘 어울렸다. 기노시타 쇼조라는 이름으로 행세하면서 상해에 머문 짧은 기간에도 그는 그곳 일본인들과 친분을 맺었다. 상해 주재 일본 총영사관의 한 경찰 간부와는 절친해져서, 그는 이봉창의 배가 맨 먼저 들르는 일본 항구인 나가사키의 경찰서장에게 이봉창이 도쿄로 유학 가는 착실한 청년이니 잘 인도해 주라는 글을 자기 명함에 써서 그에게 건넸다. 이봉창의 거사 뒤 이 친절한 경찰 간부는 파면되어 일본으로 소환되었고 끝내 자살했다.

이봉창은 1931년 12월 22일 밤에 도쿄에 닿았다. 〈도쿄아사히신문〉에서 천황이 1월 8일 요요기연병장의 육군 시관병식에 참석한다는 기사를 읽자, 그는 그날 거사하기로 작정했다. 그리고 상해에서 초조하게 기다리는 김구에게 "상품은 1월 8일에 꼭 팔릴 터이니 안심하시오"라고 전보를 쳤다.

1월 6일 그는 요요기연병장을 답사했다. 연병장을 본 순간 그는 가슴이 내려앉았다. 연병장이 아니라 들판이었다. 하도 넓어서 천황에게 접근할 방도가 생각나지 않았다. 관병식 준비에 바쁜 일본군들을 바라보면서 그는 씁쓸하게 입맛을 다셨다. 그리고 연병장에서 저격하려던 계획을 바꾸어, 천황이 오가는 길에서 거사하기로 했다. 연병장을 찾는 길에 그는 승합차 운전사와 얘기를 나누었는데, 그가 관병식장에 입장하기 어렵겠다고 걱정하자 그 운전사는 도쿄 헌병대 소속 헌병 조장曹長의 명함을 건넸다. 이봉창은 그 명함을 반갑게 받아서 품에 간수했다.

1월 7일 저녁 이봉창은 도쿄 서남쪽 교외도시인 가와사키川崎로 가서 허름한 유곽에서 잤다. 관병식을 앞둔 도쿄에선 검문이 심했다. 여관과 유곽만이 아니라 진자神社와 절, 빈집까지 경찰과 헌병이 뒤졌다. 사탕 상자 두 개 속에 수류탄 두 개를 넣어 지니고 다니는 터라 그는 아예 도쿄에서 벗어나 밤을 지낸 것이었다.

1월 8일 아침 이봉창은 수류탄 두 개를 바지 주머니에 하나씩 넣고 요요기연병장 근처 하라주쿠原宿역으로 갔다. 역 앞 중국음식점에서 아침을 먹으면서 그는 천황의 행렬을 기다렸다. 그러나 경비가 점점 엄중해져서 행렬에 가까이 갈 수 없다는 것이 분명해졌다.

이봉창은 하라주쿠에서의 거사를 포기하고 요쓰야四谷에서 시도하기로 했다. 그러나 전철로 요쓰야에 도착하니, 신문팔이 소년이 천황은 그곳이 아니라 아카사카미쓰케赤坂見附를 지나간다고 했다. 그는 서둘러 아카사카미쓰케로 향했다. 그러나 그가 도착했을 때는 천황 행렬이 지나간 뒤였다.

이봉창은 천황이 돌아올 때 거사하기로 했다. 그는 아카사카 전철역 근처 식당에서 이른 점심을 들면서 기다렸다. 마침내 라디오에서 관병식이 끝났다는 얘기가 나왔다. 그가 다시 아카사카미스케로 돌아오니, 천황 행렬이 막 지나갔다 했다.

이봉창은 허탈한 마음에 한숨이 절로 나왔다.

'새벽부터 애를 썼는데, 오늘은 틀렸구나.'

옆에 있던 선로 인부가 흘긋 그를 쳐다보았다.

이봉창은 의심을 사지 않으려고 말을 걸었다. "오늘 천황 폐하를 뵈려고 나왔는데…."

인부가 안됐다는 얼굴로 고개를 끄덕였다. "조금만 일찍 나오셨으면 뵈었을 텐데."

인부가 친절해서 그는 가볍게 물었다. "그렇게 됐네요. 지금 천황 폐하를 뵈려면 어떻게 해야 하나요? 혹시 지름길은 없나요?"

인부가 잠시 생각하더니 고개를 끄덕였다. "아, 지름길이 있습니다."

인부가 지름길을 이봉창에게 알려 주자 빈 택시가 다가왔다. 인부에게 고맙다고 인사하고서 그는 택시에 올라탔다. "천황 폐하의 행렬을 보러 가니, 빨리 가 주십시오."

택시는 참모본부 앞을 지나 내리막길이 끝나는 지점에서 경찰의 제지를 받고 멈춰 섰다. 이봉창은 차에서 내려 경찰이 없는 쪽으로 달려서 경시청 앞에 닿았다. 거기서도 경찰이 가로막았다. 그는 이틀 전 승합차 운전사가 건넨 일본 헌병의 명함을 보여 주면서 천황의 행렬을 보게 해 달라고 부탁했다. 경찰의 허락을 받자 그는 경시청 현관 앞 잔디밭으로 달려갔다.

그곳엔 천황의 행렬을 보려는 사람들이 여러 겹으로 서 있었다. 이봉창은 사람들을 비집고 앞으로 나아갔다. 천황의 행렬이 막 사람들 앞을 지나 사쿠라다몬 쪽으로 가고 있었다. 맨 앞 마차는 이미 지나갔고, 둘째 마차는 막 앞을 지나고 있었다. 순간적으로 둘째 마차에 천황이 탔으리라고 판단하고서 그는 오른쪽 주머니에서 수류탄을 꺼내 행렬을 향해 던졌다.

수류탄은 둘째 마차의 뒤쪽 마부가 선 받침대 아래에 떨어져서 폭발했다. 그러나 수류탄의 위력이 약해서 마차는 멀쩡했다. 히로히토 천황은 셋째 마차에 타고 있었는데, 폭음이 크지 않아서 셋째 마차 안의 사람들은 폭탄이 터진 줄도 몰랐다.

"이런…."

이봉창의 입에서 비참한 탄식이 새어 나왔다. 성능이 강한 수류탄이라서 시험할 필요가 없다는 김구의 말을 믿은 것이 불찰이었다. 실망이 너무 커서 그는 왼쪽 주머니에도 수류탄이 들었다는 것을 미처 생각하지 못했다.

폭탄이 터지자 일대는 아수라장이 되었다. 사람들은 비명을 질렀고 경찰이 몰려들었다. 경찰관들은 이봉창의 옆에 섰던 사내를 붙잡았다.

"아니오! 그 사람이 아니오! 나요 나! 내가 폭탄을 던졌소!" 이봉창은 그 경찰관들에게 외쳤다.

일본 천황을 실제로 저격한다는 것은 무척 어려운 일이었다. 능력에 운이 따라야 가능했다. 따지고 보면 운도 순수한 운수만은 아니었다. 이봉창이 사람들과 잘 사귀고 신뢰를 받았으므로, 낯선 사람들이 그를 도운 것이었다.

뒷날 김구는 『백범일지』에서 이봉창의 성품을 솔직하게 술회했다.

> 이 의사의 성행은 춘풍같이 화해하지마는 그 기개는 화염같이 강하다. 그러므로 대인 담론에 극히 인자하고 호쾌하되 한번 진노하면 비수로 사람 찌르기는 다반사였다. 술은 한량없고 색은 제한이 없었다. 더구나 일본 가곡은 못하는 것이 없었다. 그러므로 홍구에 거주한 지 1년도 못 되어 그가 친하게 사귄 친구는 헤아릴 수 없을 정도였다. 심지어 왜경찰까지 그의 손아귀에서 현혹되기도 하고, ○○ 영사의 내정에는 무상출입이었다. 그가 상해를 떠날 때

에 그의 옷깃을 쥐고 눈물짓는 아녀자도 적지 아니하였지마는 부두까지 나와 가는 길이 평안하기를 기원하는 친우 중에는 왜경찰도 있었다.

1932년 9월 30일 일본 대심원大審院은 비공개재판에서 이봉창에게 대역죄로 사형을 선고했다. 10월 10일 이치가야형무소에서 형이 집행되었다.

이봉창은 삶을 담백하게 대했다. 그리고 서른두 살에 삶을 마감했다.

제1차 상해사변

이봉창의 거사로, 상해와 칭도에서 일본인들과 중국인들이 충돌한 상황은 만주 침략에 대한 중국 인민들의 거센 반발과 부정적 국제 여론으로 어려운 처지로 몰린 관동군에게 사람들의 눈길을 돌릴 기회를 제공했다. 일본은 이미 상해에 근거를 지닌 터라, 관동군은 상해 일대를 무력으로 점령할 계획을 세웠다. 그리고 '유조구사건'을 조작해서 만주사변의 구실로 삼은 것처럼 상해에서도 일을 꾸몄다.

1932년 1월 18일 일본의 토착 불교 종파인 일련종日蓮宗의 일본인 승려 2명과 신도 3명이 공동조계 안에서 중국인들에게 폭행당해서 하나가 죽고 셋이 중상을 입었다. 이어 인근 공장이 불탔다. 이 사건은 관동군 사령부의 작전을 실질적으로 지휘하던 이타가키 세이시로 대좌의 지시를 받은 상해 총영사관 육군 무관 다나카 류키치田中隆吉 소좌가 꾸민 공작이었다.

상해 경찰은 시위하는 중국인들의 진압에 나섰고, 그런 진압은 오히려 시위를 격화시켰다. 거리를 메운 시위 군중은 일본의 침략을 규탄하고 일본 상품 불매를 외쳤다.

1월 27일 일본 총영사는 상해시 당국에게 '승려 살상 사건'에 대해 24시간 안에 시장이 사과하고, 가해자를 체포해서 처벌하고, 피해자들에 대한 위자료와 치료비를 지급하고, 항일 시위를 엄금하라는 최후통첩을 보냈다. 이튿날 상해시 당국은 일본의 요구를 받아들이겠다고 일본 총영사관에 통보했다. 그러나 일본군 육전대는 28일 밤 1100시에 상해 부근에 주둔한 중국군을 일방적으로 공격했다. 자정엔 항공모함의 함재기들이 상해의 민간인 지역을 폭격했다. 1937년 스페인 내전에서 독일군이 게르니카를 폭격하기 다섯 해 전, 일본군은 세계에서 가장 먼저 민간인들에 대한 테러 폭격을 감행한 것이었다. 이렇게 해서 '제1차 상해사변'이 일어났다.

당시 상해 근처에 주둔한 중국군은 채정개蔡廷鍇(차이팅카이)가 지휘하는 19로군이었다. 노군路軍은 중국군에서 2개 이상의 군(군단을 뜻함)들이나 상당수의 사단들 또는 독립여단들로 이루어진 군대를 가리켰다. 1938년 이후 집단군이란 호칭으로 대치되었는데, 중공군인 8로군만은 여전히 옛 이름을 썼다.

채정개는 뛰어난 지휘관이었고, 19로군 병사들은 상해 시민들의 항일 독립운동의 영향을 받아 일본군에 맞서려는 의지가 굳었다. 그래서 일본군의 공격을 받으면 이내 퇴각하리라는 예상과 달리, 중국군은 우세한 일본군에 맞서 용감하게 싸웠다. '1·28사건'을 일으키기 전에 일본군은 상해 연안에 전함 30여 척, 항공기 40여 대와 7천가량 되는 병력을 집결해 놓은 터였다.

19로군이 일본군에 맞서 싸우자 상해 시민들은 의용군과 호송대를 조직해서 19로군을 도왔고, 각지의 인민들이 구호물자를 보내왔다. 상황이 그렇게 바뀌자 장개석도 일본과의 전쟁을 피한다는 전략에서 벗어나 적극적으로 일본군에 맞섰다. 그래서 2월 14일엔 장개석의 심복 장치중張治中(장즈중)이 이끄는 제5군 예하 87사단과 88사단을 상해 전선에 투입했다.

그러나 일본군이 증강되자 전황은 중국군에게 불리하게 되었다. 병력은 5만 아래로 줄어들어 10만으로 늘어난 일본군에 밀렸고, 함포 사격과 전차의 지원을 받는 일본군의 공격을 물리칠 힘이 없었다. 2월 29일에 중국군 배후에 상륙한 일본군 11사단을 몰아내는 데 실패하자, 3월 3일 중국군은 상해에서 물러났다.

상해를 비롯한 화중華中 지역에 이권을 많이 가진 영국과 미국은 일본의 중국 침공에 당연히 반대했다. 결국 일본군도 3월 3일에 전투 중지를 선언했다. 3월 중순부터는 국제연맹의 중재로 휴전 협상이 진행되었고, 5월 5일 휴전협정이 체결되었다. 이 협정에 따라 상해는 비무장지역이 되었고, 중국군은 상해 인근에 군대를 배치할 수 없게 되었다. 반면에 일본은 일부 군대를 상해에 유지할 권리를 얻었다.

제1차 상해사변이 진행되는 사이, 김구는 일본 경찰을 피해 숨어 다니면서도 다음 거사를 준비했다. 뒷날 그는 『백범일지』에서 당시 상황을 자세히 기술했다.

> 일본군은 상해 갑북閘北에서 불을 지르고는 화염 속에 남녀노유男女老幼를 가리지 않고 모두 던져 넣어 잔인하게 죽이는 만행을 저

상해사변에서 시민들은 의용군과 호송대를 조직했고 각지의 인민들이 구호물자를 보내왔다.
'우리도 어느 때에 저처럼 혈전을….'
김구는 자신도 모르게 눈물이 비 오듯 흘러내렸다.

질렀다. 참혹하여 차마 눈 뜨고 볼 수 없는 비극이 벌어졌다.

프랑스 조계 안에서도 곳곳에 후방 병원을 세워 전사병의 시체와 부상병들을 트럭에 실어 날랐다. 나무판자 틈으로 붉은 피가 흘러나오는 것을 목격하고 가슴 가득한 열성으로 경의를 표하니 나도 모르게 눈물이 비 오듯 흘러내렸다. 우리도 어느 때에 저와 같이 왜와 혈전을 벌여 본국 강산을 충성스러운 피로 물들일 날이 있을까, 눈물이 쉴새없이 흘러 내려 길가는 사람들이 수상히 여길까 봐 그 자리를 물러났다.

거사엔 자금과 사람과 표적이 아울러 필요했다. 이봉창의 거사 뒤 자금과 사람은 사정이 좋아졌다. 미주 동포들이 의연금을 보내왔고, 나라를 위해 헌신하려는 젊은이들이 김구를 찾아왔다. 일본군이 상해에 들어오자, 둘레에 표적들이 갑자기 많아졌다.

김구는 왕웅으로 통하는 김홍일과 자주 만났다. 상해사변 중에 김홍일은 19로군의 후방 정보국장을 겸임했는데, 그의 주요 임무는 일본군에 관한 정보들을 수집하고 일본군의 주요 군사 시설들을 파괴하는 것이었다. 두 사람은 황포강黃浦江에 정박한 일본 군함 이즈모出雲호에 눈독을 들였다. 러일전쟁에서 활약한 이 순양함은 지금 일본군 사령부로 사용되고 있었다. 자연히, 그 배를 폭파하면 일본군 수뇌부를 없앨 수 있었다. 바로 앞쪽의 홍구 부두엔 일본군 군수창고가 있어서, 이즈모호가 크게 폭발하면 군수창고도 불이 붙고 탄약이 폭발할 수 있었다.

김구와 김홍일은 물밑 선각에 항공기용 폭탄을 설치해서 폭파하기로 결정했다. 거사 날짜는 2월 12일로 정했고, 점심시간에 장교들이 배의 식당에 모이는 것을 노려 낮 1230시에 폭파하기로 했다. 중국인 잠수부들을 매수해서 하루 전에 예행연습까지 마쳤다. 그러나 겁을 먹은 잠수부들이 머뭇거려서 예정된 시간에 이즈모호에 접근하지 못했다. 예정대로 폭파 스위치를 눌렀을 때, 폭탄은 이즈모호에서 10여 미터 밖에서 터졌고 잠수부들만 폭사했다.

김구와 김홍일은 홍구 부두에 있는 군수품 창고를 다음 목표로 삼았다. 당시 군수품 창고에선 물품들을 나르고 정리하는 일에 일본인 노동자들이 부족해서 중국인 노동자들도 썼다. 두 사람은 일본인 노동자들이 쓰는 것과 같은 도시락과 물통 안에 시한폭탄을 장치하는 방안을 추진했다. 그러나 시한폭탄의 제조와 시험에 시간이 걸렸고, 그사이에 전투가 끝났다.

애써 준비한 거사들이 성공하지 못하자, 김구는 국내와 만주의 일본 고위 인사들을 암살하는 계획을 세웠다. 그는 먼저 우가키 가즈시게宇垣一成 조선 총독을 암살하라는 임무를 주어 유진식兪鎭植과 이덕주李德柱를 각기 1932년 3월과 4월에 국내로 들여보냈다. 그러나 두 사람은 4월 9일 황해도 신천에서 체포되었다. 이어 만주의 관동군 사령관 혼조 시게루 대장과 남만주철도회사의 우치다 야스아内田康哉 총재를 암살하는 임무를 주어 최흥식崔興植과 유상근柳相根을 각기 3월과 4월에 대련으로 보냈다. 거사는 리튼 조사단(Lytton Commission)이 대련大連(다롄)에 도착하는 5월 26일로 잡았다. 이들도 결국 일본 경찰에 발각되어 거사에 실패했다.

윤봉길의 거사

"감사하오. 저녁 잘 먹었소이다."

김구는 안주인에게 인사했다.

"선상님께서 소찬에두 맛있게 드시니, 지가⋯."

숭늉 대접을 상에 내려놓으면서 안주인이 사람 좋은 웃음을 얼굴에 띠었다. 그녀는 전차 검표원으로 일하는 계춘건桂春建의 부인이었다.

김구가 숭늉 대접을 집어 드는데, 문밖에 기척이 났다.

"형수님."

"예, 삼춘." 아낙이 몸을 돌렸다. "어서 와유."

"형님이 오늘 선생님께서 오신다 해서 일찍 들어왔는디, 선생님 오셨어유?"

안주인이 김구를 흘긋 돌아보더니 문을 열었다.

"아, 계시네." 윤봉길尹奉吉이 반갑게 말하고서 방 안으로 들어섰다. "선생님, 오늘 오신다는 얘기를 듣고…. 선생님, 그동안 안녕히 지내셨는지요?"

"윤 군, 어서 오시오. 반갑소." 김구는 손을 내밀었다.

"삼춘, 저녁 드셔야쥬?" 윤봉길이 밥상을 놓고 김구와 마주앉자 안주인이 물었다.

"예. 형수님. 그런데 술잔 먼저 주세유." 윤봉길이 들고 온 꾸러미에서 술 한 병을 꺼내 놓았다.

윤봉길은 작년 초여름에 상해에 나타났다. 그는 동포 한 사람과 말총으로 모자를 만드는 공장을 차렸으나 영업이 부진했다. 그래서 상당히 큰 말총 제품 회사를 운영하던 박진朴震에게 공장을 넘기고 자신은 그 회사에서 일했다. 김구가 자주 박진을 찾았는데, 그때 윤봉길을 눈여겨보게 되었다. 믿고 일을 맡길 만한 사람이라 여겨, 한인애국단이 이봉창을 일본으로 보냈다는 사실도 알려 주었다. 상해사변이 일어나 북경으로부터 말총을 들여올 수 없게 되자 박진의 회사도 어려워졌다. 윤봉길은 거기서 나와 계춘건의 집에서 기식하면서 홍구 시장에서 채소와 밀가루 장사를 했다.

안주인이 술잔을 내왔다. "안주감이 읎는디, 어떡하나?"

"이거면 됐습니다." 김구가 웃으면서 상의 반찬들을 가리키자, 안주인은 다시 수더분한 웃음을 지었다.

"여기 돼지고기 좀 샀어유." 윤봉길이 꾸러미를 내밀었다.

"자상두 허셔라. 그럼 이거 삶아 올게유."

"형수님두 한잔 하실래유?"

안주인이 환하게 웃었다. "먼저 드세유."

"형수님 친정이 제 고향입니다." 안주인이 나가자 윤봉길이 설명했다. "충청남도 예산인데, 저는 덕산면이구 형수님은 예산읍냅니다."

"아, 그래요? 여기 상해 와서 고향 사람 만나면 반갑지. 자, 듭시다."

"예, 선생님."

두 사람은 잔을 부딪쳤다.

"그래 장사는 어떻소?" 입맛을 다시면서 김구가 물었다.

"지금 뭐 되는 게 없잖습니까. 그래두 걱정했던 것보다는 낫습니다."

"다행이오." 김구가 고개를 끄덕였다. "이역에서 하루하루 살아가는 것만도 하나님의 은총이오."

"저두 그렇게 생각하구 있습니다. 그런데, 선생님…."

윤봉길이 문득 정색을 했다.

"제가 고향을 떠나 여기로 올 때는 제 나름으루 뜻이 있었습니다. 비록 날마다 채소 바구니를 메구서 시장에 나가 호구지책을 삼지만, 그 뜻을 잊은 적은 없습니다."

김구가 천천히 고개를 끄덕였다. "장한 일이오. 윤 군의 뜻이 가상하오."

"그런데 저 혼자 아무리 생각해 보아두 그 뜻을 이룰 길이 없습니다. 이번 상해사변두 일본이 원하는 거 다 주구 끝나는 것 같습니다. 만주사변하구 똑같이 진행되는 것 같습니다. 중국은 힘이 없구 열강들은 나서려 하지 않구. 지금 상해에선 왜눔들만 기세가 등등합니다." 속에서 무엇이 솟구친 듯, 윤봉길이 잔을 들어 술을 마저 마셨다.

김구가 병을 들어 윤봉길의 잔을 채웠다. "지금 세상 돌아가는 것이

윤 군 말대로요."

"그래두 선생님께서는 길을 찾으실 수 있을 것입니다. 저는 우매하지만, 선생님께선 저번 '동경사건'과 같은 경륜을 갖구 계실 것입니다. 저를 믿으시고 지도하여 주시면, 그 은혜는 죽어두 잊지 않겠습니다."

"좋은 말씀이오. 내 명심하리다. 자, 한잔 듭시다." 속에서 문득 솟구친 감동을 애써 감추면서 김구는 잔을 집어들었다.

그동안 김구는 점점 커지는 압박감에 시달렸다. 이봉창의 거사로 동포들의 기대가 한껏 커지고 송금도 부쩍 늘었는데, 뒤를 잇는 거사를 성공시키지 못했다. '이즈모호 폭파 계획'부터 꾸민 거사마다 실패한 터에, 상해사변이 끝나서 목표들도 사라졌다. 그래도 목표야 찾으면 있을 터였다. 그러나 중대한 임무를 믿고 맡길 만한 사람은 찾기 힘들었다.

그러던 차에 여기 새로운 인물이 나온 것이었다. 윤봉길은 뜻이 굳었다. 조선을 떠나 상해임시정부를 찾아오는 길에 윤봉길은 평안북도 선천에서 경찰에 붙잡혔다. 달포 만에 풀려나자 주저하지 않고 압록강을 건넜다. 가까스로 발해만을 건너 청도에 닿았지만, 상해로 갈 여비가 없어서 한 해 동안 일본인의 세탁소에서 일했다. 그리고 여비가 마련되자 바로 온 것이었다.

"하아, 술맛이 좋네." 배추김치 접시로 젓가락을 뻗으면서 김구가 얼굴에 웃음을 올렸다. "윤 군 덕분에 오늘…."

"별 말씀을…. 자주 뵙지 못해서 선생님께 늘 죄송한 마음을 품구 있습니다." 윤봉길이 허리를 굽혔다.

김구는 마음속으로 윤봉길을 이봉창에 비겨 보았다. 둘 다 젊은 지사들이었지만, 성격은 전혀 달랐다. 이봉창은 자유로운 넋이었다. 구김살 없이 호방한 성품이었고 사람들과 잘 사귀었지만, 무슨 인연에도 얽

매이지 않았고 떠돌며 살았다. 삶의 모든 맛들을 탐했고 주색에 절제가 없었지만, 부도덕하다는 느낌 대신 오히려 삶을 담백하게 대한다는 인상을 주었다. 일본 노래들을 좋아하고 일본옷을 즐겨 입었지만, 그의 정신은 가장 조선적이었다. 이봉창에겐 세속의 계율을 훌쩍 뛰어넘는 선승禪僧의 기품이 어렸다. 지팡이 하나 들고 표표히 세상을 떠도는 선승의 풍모를 지녔다. 다만 그가 지닌 지팡이는 조국의 원수들을 벨 칼날을 속에 품은 '시코미즈에仕込み杖'였다. 원래 시코미즈에는 닌자들이 애용하는 무기로, 적을 먼저 치는 것을 좋아하는 일본 사람들의 성품이 담긴 칼이었다. 그 칼이 이봉창이라는 선승 아닌 선승에게 잘 어울릴 터였다.

윤봉길은 매사에 진지했다. 학식도 넓었고 어릴 적에 한학을 배워서 글도 좋았다. 생김새도 단단해서 바위와 마주 앉은 듯한 느낌을 주었다. 속에 거대한 분노를 품은 바위였다. 그래서 아직 20대 초반인 그에겐 전형적인 우국지사의 풍모가 어렸다.

'선승과 지사라….' 그런 비유가 그럴듯해서 김구는 입가에 웃음을 띠고 속으로 고개를 끄덕였다.

"안주가 아직 안 나오는데, 선생님…." 윤봉길이 가벼운 웃음을 띠고서 김구의 잔을 채웠다.

"이만하면 안주가 좋은데, 뭐." 잔을 잡으면서 김구는 순간적으로 결심을 했다. "윤 군, 내가 할 얘기가 하나 있는데…."

김구가 중요한 얘기를 하려 한다는 것을 느낀 윤봉길이 자세를 고쳐 앉았다. "예, 선생님."

"방금 윤 군이 우리 민족과 나라를 위해 큰일을 하고 싶다는 뜻을 밝혔는데, 우리 한인애국단으로선 참으로 고맙고 반가운 얘기요. 윤 군과 같은 지사가 나서야 무슨 일이든 성사가 되는 것이오."

"감사합니다, 선생님."

"유지자 사경성有志者事竟成이라 했으니, 윤 군의 뜻이 끝내 이루어질 것이오. 이번 전쟁 중에 연구해서 실행하려 한 일이 있었는데, 준비가 부족해서 실패하였소. 요사이 내가 연구하는 바가 있으나 마땅한 사람을 구하지 못해서 번민하던 참이었소. 윤 군의 얘기를 들으니 마음이 문득 밝아지는구려."

"선생님, 감사합니다." 윤봉길이 허리를 깊이 굽혔다.

"아마 윤 군도 신문에서 보아서 알고 있을 것이오. 이번에 왜놈들이 싸움에 이겼다고 축하회를 여는 모양이오. 왜황의 생일이라고 천장절天長節 행사도 겸해서 성대하게 여는 모양이오."

"예, 저두 보았습니다. 왜놈들이 떠들썩하게 행사를 한다구…." 윤봉길이 무심코 대답하다가 김구의 말뜻을 깨달았는지 김구를 정색하고 바라보았다.

김구가 힘주어 고개를 끄덕였다. "그렇소. 하늘이 주신 기회요. 나와 함께 연구하고 준비해서 군의 일생의 대목적을 그날에 달성해 봄이 어떻소?"

"선생님, 잘 알겠습니다. 감사합니다."

"왜놈들 경축식이 4월 29일이니 준비할 시간은 충분하오."

"아이고, 불이 시원찮아서 너무 오래 걸렸네." 안주인이 쟁반을 들고 들어왔다. 구수한 고기 냄새가 풍겼다.

"이거… 고맙습니다. 윤 군하고 아주머님 덕분에 오늘 내가…." 김구가 껄껄 웃었다. "저녁을 배불리 먹었는데, 고기 냄새를 맡으니…."

"선상님, 밥배가 따루 있구 고깃배가 따루 있다구 그러잖아유?"

"그 얘기가 맞는 것 같습니다. 집주인이 없는 사이에 우리끼리 먹으려니, 좀…. 계 군은 언제 들어오나요?"

"좀 있어야 들어오니께, 선상님허구 삼춘허구 두 분이 먼저 드세유."

"형수님두 같이 드시쥬."

"내가 먹을 건 냉겨 놨슈. 이따가 형님 들어오면…. 선상님허구 먼저 드세유."

고기를 들면서 김구는 그동안 생각해 온 거사 계획을 윤봉길에게 설명했다. 윤봉길은 열심히 들으면서 잘 이해가 안 되는 부분들은 자세히 물었다. 윤봉길은 이봉창의 거사 준비에 대해서 자세히 알고 싶어했다.

"이봉창 의사는 홀몸이었소. 고국에 형님 한 분이 계셨소." 이봉창의 거사에 대한 얘기가 끝나자 김구가 처연한 낯빛으로 말했다.

"아, 예." 윤봉길이 김구의 말뜻을 새겼다. "저는 가족이 많습니다."

"아이들이… 둘이라 했던가?"

"예. 둘입니다." 윤봉길의 목소리엔 어쩔 수 없이 애틋한 기운이 어렸다. "집을 떠날 때 내자에게 일렀습니다. 오늘부터 두 아이는 아비 없는 자식이다 잘 키워라."

김구는 말없이 고개만 끄덕였다. "그렇게 가족을 남겨 두고 조국을 떠나 여기까지 온 분에게 내가 무슨 말을 더 하겠소. 그저 고마울 따름이오."

"아닙니다, 선생님. 선생님께서 제게 길을 주셨습니다."

"이제 가 봐야겠소. 오늘 밤 잘 곳을 찾아야지." 김구가 웃음기 없는 웃음을 얼굴에 올렸다.

이봉창의 거사 이후 김구는 공개활동을 중지하고 거처를 옮겨 다니면서 일본 경찰을 피했다. 식사는 동포 집을 찾아다니면서 해결하고, 잠은 동지들의 집이나 창기들의 집을 하룻밤씩 이용했다. 처음엔 상해 총영사관에서 김구를 체포하러 나섰으나 성과가 없자, 사법성은 이봉창을 수사한 검사인 가메야마龜山라는 자를 상해로 파견했다고 했다. 지난달엔 대심원 검사국의 검사가 상해로 나와서 수사를 지휘한다는 소문이 돌았다.

문간에서 두 사람은 손을 굳게 잡았다. 그리고 김구 혼자 살그머니 밖으로 나갔다.

윤봉길과 헤어진 뒤, 김구는 거사의 구체적 계획을 짜는 데 골몰했다. 이미 여러 차례 거사에 실패한 터라, 이번엔 무슨 일이 있더라도 성공해야 했다. 실패들에서 교훈들을 얻어서 완벽하게 계획을 세우자고 다짐했다. 그러나 마음을 다진다고 힘들고 위험한 거사가 성공한다는 보장이 없는지라 속이 탔다.

승전과 천장절을 아울러 기리는 행사인지라 일본 총영사관에선 축하회를 성대히 치르려고 일본 거류민들의 참여를 독려했다. 날마다 일본계 신문들을 통해 행사를 선전하고 필요한 정보들을 알렸다. 덕분에 축하회 준비에 대해선 김구도 대략 알고 있었다.

해가 많이 기울었는데도 햇살이 따가웠다. 어느새 4월도 중순으로 접어들고 있었다.

'봄철이 또 하나 지나가는구나. 강남 제비는 고국으로 갔는데….'

그의 눈길이 자연스럽게 자신의 모습으로 끌렸다. 낡고 때 묻은 중국옷에 고단한 처지가 고스란히 드러나 있었다.

'마누라는 이역 땅에 묻고, 자식들은 왜놈들 치하에서 노모 혼자 돌보고. 끼니나 제대로 이어 가는지….'

어쩔 수 없이 처량해지는 마음을 떨치고 그는 가로수 그늘에서 나와 가게에서 〈일일신문〉을 집어 들었다. 일본 당국의 소식을 아는 데는 이

신문이 가장 나았다. 그는 다시 가로수 그늘로 들어와서 신문을 펼쳤다.

예상대로 축하회에 관한 기사들이 나와 있었다. 그 기사들을 천천히 읽으면서 그는 마음속으로 홍구공원의 구조와 축하회 식장의 모습을 그렸다. 식장의 모습을 제대로 예측해야 가장 빠르게 표적에 다가가는 방안을 궁리할 수 있었다.

"허어."

무심코 기사를 읽던 그의 입에서 탄성이 나왔다. 일본 총영사관이 일본 거류민들에게 고지한 내용을 다룬 기사였다. 이번 축하식에선 장내에 매점을 설치하지 않으니 참석자들은 각자 벤또(도시락)와 수통을 지참하라는 얘기였다.

"벤또하고 수통이라…." 일본군 군수품 창고를 폭파하려 만들었다가 전투가 끝나서 쓰지 못한 도시락 폭탄과 수통 폭탄이 눈앞에 떠올랐다. "하늘이 도우시는구나. 운이 다하면 천복비薦福碑에도 벼락이 친다더니…."

김구는 신문을 접어 들고 바로 김홍일을 만나러 갔다.

"왕 국장, 이 기사를 읽어 보시오." 인사가 끝나자 김구는 들고 온 신문을 펼쳐 놓고 그 기사를 짚었다.

말없이 기사를 읽더니, 김홍일이 고개 들고 웃음이 담긴 눈길로 김구를 건너다보았다. "왜놈들이 우리를 도우려고 작정한 것 같습니다."

김구가 고개를 끄덕였다. "왕 국장, 내가 왜놈들이 쓰는 벤또하고 수통을 사서 보내겠소. 송 창장에게 부탁해서…."

송 창장은 상해병공창장 송식표宋式驫(쑹스퍄오)를 가리켰다.

"알겠습니다. 언제까지 해 드리면 되겠습니까?"

김구가 잠시 생각했다. "사흘 안으로 되겠소?"

"알겠습니다. 송 창장한테 알아보겠습니다. 잠시만 기다려 주십시오."

김홍일이 자리에서 일어나 밖으로 나갔다.

한참 뒤 김홍일이 밝은 얼굴로 돌아왔다. "선생님, 송 창장이 내일 오전에 선생님 모시고 병공창으로 오랍니다. 폭탄 시험하는 것을 선생님께서 직접 보시는 것이 좋겠다는 얘기입니다."

이튿날 아침 일찍 김구는 김홍일의 안내를 받아 강남조선소를 방문했다. 상해병공창은 그 조선소 안에 있었다. 그리 크지 않아서, 무기들을 생산하는 것보다는 수리하는 것이 주임무인 듯했다.

폭탄 시험은 포탄장 주임 왕백수王伯修(왕바이슈)가 지휘했다. 왕은 '이즈모호 폭파 계획'과 '군수품 창고 폭파 계획'에서 폭탄들을 제조하는 임무를 맡았었다. 마당 한쪽에 굴을 파고 안쪽을 철판으로 두른 곳이 시험장이었다. 도시락 형태의 폭탄과 수통 형태의 폭탄을 차례로 실험했는데, 위력이 엄청났다.

"대단합니다. 수고하셨습니다." 김구는 왕백수에게 치하했다.

"폭탄은 불발할 위험이 늘 있습니다. 그래서 뇌관들을 만들면 한 조에서 이십 개를 시험합니다. 이십 개 모두 터져야 비로소 폭탄에 장착합니다. 이번 시험에선 성적이 좋습니다."

"아, 그렇군요." 김구는 송식표에게로 몸을 돌렸다. "창장님, 감사합니다. 이렇게 배려해 주시니 저희 임시정부와 한인애국단도 힘이 납니다."

"아닙니다." 송이 힘주어 고개를 저었다. "저희가 오히려 감사해야죠. 저번에 이봉창 의사의 의거가 폭탄의 위력이 약해서 실패한 것을 보고 저희가 무척 안타깝고 부끄러웠습니다. 이번엔 저희가 만든 폭탄 때문에 의거가 실패하지 않도록 최선을 다하겠습니다."

1932년 4월 26일에 열린 임시정부 국무회의에서 김구는 일본군의 축하식에서 폭탄으로 일본군 수뇌부를 제거하려는 계획을 보고했다.

"비밀이 절대적으로 요구되는 일이라, 아직 저만 알고 다른 분들께 말씀드리지 않은 사업이 하나 있습니다."

나른한 봄날 특별한 의제도 없이 열려서 좀 산만하던 분위기가 문득 팽팽해졌다. 눈길들이 일제히 김구에게로 쏠렸다.

"잘 아시다시피, 다가오는 4월 29일에 홍구공원에서 왜군 축하식이 열립니다. 상해사변에서 이긴 것을 자축하고 왜황의 생일인 천장절을 축하하는 행사를 함께 엽니다."

사람들이 자기 얘기를 새길 틈을 준 다음, 김구는 말을 이었다. "그 자리에 우리 청년 지사 한 사람을 보내어 폭탄으로 거사할 계획입니다."

"왜군 지휘부를 제거한다는 얘기요?" 회의장에 문득 내린 무거운 정적을 이동녕의 목소리가 헤쳤다.

"예. 그동안 중국군 측과 협의해서 위력이 충분한 폭탄을 준비했습니다. 거사할 사람은 윤봉길이라는 청년입니다. 작년에 상해로 왔는데, 지금은 홍구공원에서 행상을 하고 있습니다."

"어렵고 위험한 일인데, 믿을 만한 사람이오?"

"예. 충청도 예산 사람인데, 배운 것도 많고 심지가 굳습니다. 심지가 굳기로는 이봉창 의사에 못지않습니다."

김구는 윤봉길을 만나게 된 경위와 그동안 나눈 얘기들을 자세히 설명했다.

"좋은 계획인데, 그래도 전 불안합니다."

김구의 얘기가 끝나자, 조소앙이 어두운 낯빛으로 말했다. "저번 이봉창 의사의 의거와 이번 일은 상황이 다릅니다. 지금 상해를 일본군이 장악했는데, 일본군 지휘부를 공격하면 일본군이 가만히 있을까요?"

"만일 왜군 장군들이 폭사하면 우리 한국인은 상해에서 살 수 없게 될 것이오." 조완구가 무거운 목소리로 받았다. 내무장인 조완구는 국무회의의 주석이어서, 그의 의견엔 힘이 실렸다. "잔악한 왜놈들이 무슨 짓을 할지 모르는데, 아무런 대책 없이 일방적으로 일을 벌이면…."

"무슨 말씀인지 잘 알겠습니다. 그러나 실은 저도 그 점에 대해서 생각하고 대비했습니다. 본건은 우리 사람들이 결행한 것이라는 것을 절대 비밀로 합니다. 그래서 윤봉길 군에겐 한국인이라는 것이 발각될 우려가 있는 물건은 일절 소지하지 말라고 지시했습니다. 그리고 결행과 동시에 폭탄으로 자살하라고 일렀습니다. 폭탄은 두 개를 만들어, 하나는 식단으로 던지고 하나는 자살하는 데 쓰도록 했습니다. 그러니 그 점은 크게 걱정하시지 않아도 될 것 같습니다."

"그게 그렇게 쉽게 되겠습니까?" 여전히 굳은 얼굴로 조완구가 고개를 저었다. "이런 일은 백범이 전문이긴 하지만, 원래 암살이라는 것이 성공보다는 실패가 많은 법인데…."

"지금 계획은 이렇습니다." 김구가 차분한 어조로 설명하기 시작했다. "행사에 참석하는 요인들은 높은 식단 위에 있고, 일반 참석자들은 식단 뒤쪽에 자리 잡을 것 같습니다. 그래서 윤봉길 군은 식단 뒤쪽에 있다가 기회를 엿보아 첫 폭탄을 식단 위로 던지고, 둘째 폭탄으로는 자폭합니다. 폭탄을 던진 사람이 누구인지 어느 나라 사람인지 알아보지 못하도록 폭탄을 얼굴 가까이 대고 폭발시키라고 했습니다."

사람들이 고개를 끄덕였다.

"들어보니, 좋은 계획인 것 같은데." 이동녕이 동의했다. "중국인이 했다고 알려지면 왜놈들이 그동안 중국인들에게 한 짓이 있으니 할 말이 없을 테지."

"그렇게 하면 일본군은 범인을 중국인으로 착각하거나, 아니면 중국인이 아니라는 것을 알더라도 중국인이라고 억지를 부리고서 중국을 공격할 수도 있습니다. 그렇잖아도 일본군은 남경(난징)을 공격하고 싶어 하는데, 좋은 구실이 생겼다고 반길 것입니다. 지금 중국은 어떻게 하든지 일본과 전쟁 하지 않으려 하는데, 이대로 끝나면 일본의 지위는 일층 높아질 것입니다. 일이 잘되면 왜군 지휘부를 몰살시키고 중국이 다시 항일전쟁에 나서도록 할 수 있습니다."

김구의 설명은 설득력이 있었을 뿐 아니라 모든 독립운동가들의 마음에 자리 잡은 두려움을 일깨웠다. 상해가 일본군의 근거가 되면 임시정부는 설 땅이 없을 터였다. 그대로 앉아서 뻔한 결과를 받아들이는 것은 어리석었다.

"일거양득이라…. 내 생각엔 백범의 계책이 좋은 것 같은데, 다른 분들은 생각이 어떠신지?" 이동녕이 좌중을 둘러보았다.

"저도 같은 생각입니다." 군무장 김철이 받았다.

다른 사람들이 고개를 끄덕였다.

"그러면 김구 위원의 보고대로 거사하는 것을 승인합시다." 이동녕이 결론을 내리면서 조완구를 쳐다보았다.

조완구가 고개를 끄덕였다. "그러면 백범이 잘 준비해서 거사하는 것으로 하죠."

"감사합니다." 김구가 고개를 숙여 인사했다. "철저히 준비해서 여러분들의 기대에 어긋나지 않도록 하겠습니다."

"잘 준비해서, 저번 이봉창 의사의 의거처럼 좋은 효과를 내도록 하시오." 이동녕이 격려했다.

"알겠습니다. 감사합니다. 그리고 거사가 끝나면 틀림없이 왜경이 우리를 체포하러 몰려올 것입니다. 이번엔 프랑스 조계 당국도 우리를 보호해 주지 못할 것입니다. 그러니 모두 피신하셔야 합니다."

"내 말이 그 말입니다." 떨떠름한 낯빛으로 조소앙이 받았다. "피신이 말이 쉽지…."

"피신하는 데는 비용이 드는데, 여유가 없어서 조금밖에 드리지 못합니다." 김구는 재무장이었으므로 비용 조달은 그의 임무였다.

"지금 우리 처지에 뭐 찬밥 더운밥…." 무거워진 분위기를 가볍게 하려고 이동녕이 우스개 비슷한 소리를 했다.

"그래서 국무위원들께는 60달러씩 드리고, 비서들에겐 30달러씩 지급하기로 했습니다."

4월 28일 저녁 김구는 '동방공우'로 윤봉길을 찾았다. 거사를 앞두고 김구는 윤봉길을 계건춘의 집에서 나와 따로 묵도록 했다.

"별일 없소?"

"예, 선생님. 어서 오십시오." 윤봉길이 반갑게 맞았다.

"그래, 홍구공원엔 다녀왔소?" 얼굴에 가벼운 웃음을 띠고서 김구가 물었다.

"예. 시라카와 대장과 우에다 중장의 사진을 구해서 홍구공원으로 갔습니다. 관병식 예행연습을 다 지켜보았습니다."

윤봉길이 홍구공원에서 본 것들을 자세히 설명했다. 이어 김구가 자신이 치하포에서 변복한 쓰치다 조스케土田讓亮를 죽인 경험을 얘기하면서 거사에 임하는 자세를 윤봉길에게 들려주었다. 아무리 마음이 굳은 사람도 막상 거사가 가까워지면 마음이 흔들리게 마련이었다.

"윤 군."

거사와 관련된 얘기가 끝나자 김구가 문득 가라앉은 목소리로 말했다. “마지막 길이니, 이력서와 유언을 쓰시오.”

“예.”

좀 갑작스러웠지만, 윤봉길은 바로 수첩을 꺼내 이력을 적기 시작했다. 그는 그저께 “중국을 침략하는 적의 장교를 도륙하기로 맹세”하는 선서문을 쓰고 한인애국단에 가입했다. 어저께는 안공근의 사진관에서 마지막 사진을 찍었다. 벽에 걸린 태극기 앞에서 왼손엔 수류탄을, 오른손엔 권총을 들고 목에 선서문을 건 채 찍었다.

윤봉길이 글을 쓰는 것을 옆에서 지켜보던 김구가 찬탄했다. “군은 참으로 소양이 있군.”

윤봉길이 싱긋 웃었다. “감사합니다. 그런데 갑작스럽게 이력을 적으려니 연차에 착오가 생길 것 같습니다.”

“연차 같은 것이야 다소 틀려도 지장이 없소. 윤 군 자신의 의사를 명확히 쓰는 것이 중요하오.”

윤봉길은 이력을 다 적자, 어린 아들들에게 남기는 유서를 썼다.

> 강보襁褓에 싸인 두 병정兵丁에게—모순模淳과 담淡,
>
> 너이도 만일 피가 잇고 뼈가 잇다면 반다시 조선을 위하야 용감한 투사가 되여라. 태극에 기발을 놉피 드날니고 나의 빈 무덤 압헤 차져와 한잔 술을 부어 노으라. 그리고 너이들은 아비 업슴을 슬퍼하지 말어라. 사랑하는 어머니가 잇스니, 어머니의 교양으로 성공자를 동서양 역사상 보건대 동양으로 문학가 맹가가 잇고 서양으로 불란서 혁명가 나푸레옹이 잇고 미국에 발명가 에디슨이 있다. 바라건대 너의 어머니는 그의 어머니가 되고 너의들은 그 사

람이 되어라.

이어 윤봉길은 '조국 청년들에게 남기는 시'와 김구에 바치는 시를 썼다. 그리고 그 수첩을 김구에게 두 손으로 바쳤다. "선생님, 제가 하고 싶은 얘기는 여기 다 적어 놓았습니다."

김구가 처연한 얼굴로 받아 들었다. "내 이 수첩을 소중히 간직해서 군의 애국 정신을 후세에 길이 전하겠소."

4월 29일 아침 일찍 김구는 김해산金海山의 집에서 윤봉길과 함께 아침을 들었다. 주인 김해산도 함께 들었다.

어저께 이력과 유서를 적은 수첩을 윤봉길로부터 건네받은 뒤, 김구는 윤봉길을 김해산의 집 2층 구석진 방으로 데리고 갔다. 책상 위엔 도시락 폭탄이 놓여 있었고 벽엔 수통 폭탄이 걸려 있었다. 김구는 거기서 비로소 폭탄 사용법을 윤봉길에게 가르쳐 주었다. 그리고 이튿날 아침은 그 집에서 함께 들자고 말했다.

윤봉길이 숙소로 돌아가자, 김구는 김해산 부부에게 일렀다.

"김 동지, 윤봉길 군은 내일 아침 일찍 중대한 임무를 주어 동북 삼성으로 파견할 터이오. 내일 아침이라도 든든히 먹여서 보내고 싶소. 오늘 저녁에 쇠고기를 사다가 내일 아침에 국이라도 끓여 주시오."

김구만이 아니라 김해산도 윤봉길의 기색을 유심히 살폈다. 윤봉길은 일을 나가는 농부가 아침을 든든히 먹듯 맛있게 밥을 들었다. 쇠고깃국에 밥을 말아서 김해산의 부인이 급히 담근 배추 겉절이로 뚝딱 들었다.

윤봉길의 모습에 감명을 받은 김해산이 조심스럽게 김구에게 말했다. "선생님, 지금 상해는 우리의 행동이 있어야 우리 민족의 체면을 보전할 수 있는 상황 아닙니까? 이런 중요한 때에 윤 군처럼 믿음직한 일꾼을 왜 다른 곳으로 파견하십니까?"

"사정이 그렇긴 한데…." 사정을 밝힐 수 없는 김구가 적당한 대답을 찾으면서 우물거렸다. "모험사업은 원래 실행자에게 전부 맡기는 것인즉, 윤 군 마음대로 어디서 무엇인가 하겠지요. 어디서 무슨 소리가 나는지 한번 들어 봅시다."

윤봉길이 조용한 웃음을 얼굴에 띠고 김해산에게 고개 숙여 감사의 뜻을 나타냈다.

김해산이 고개를 끄덕이고서, 상을 들고 방에서 나갔다.

시계 종소리가 났다. 윤봉길이 급히 주머니에서 회중시계를 꺼내면서 중얼거렸다. "일곱 시에 맞춰 두었는데…."

김구도 회중시계를 꺼내어 시간을 확인했다.

윤봉길이 웃음 띤 얼굴로 김구를 바라보았다. "선생님, 제 시계하구 선생님 시계하구 바꾸면 어떻겠습니까? 이 시계는 어제 선서식을 한 뒤에 선생님 말씀에 따라 6원을 주구 산 건데, 선생님 시계는 2원짜리입니다. 저는 이제 한 시간 뒤엔 시계가 소용없습니다."

"그럽시다." 김구가 웃으면서 자기 시계를 건네고 윤봉길이 내민 시계를 받아들었다. 그리고 한참 들여다보았다. "역시 비싼 게 좋구먼."

윤봉길이 소리 내어 웃었다. "선생님께 드릴 줄 알았으면 더 좋은 걸루 사는 건데 그랬습니다."

두 사람은 2층으로 올라갔다. 윤봉길이 수통 폭탄을 어깨에 메고 도시락 폭탄은 보자기에 싸서 손에 들었다. 두 사람은 김해산 부부에게 고맙다는 인사를 하고 집을 나섰다.

하비로에 이르자, 김구가 걸음을 멈췄다. "그럼 난 여기서 윤 의사를 송별하겠소."

"선생님, 그러면 저는 여기서 선생님께 하직 인사를 올리겠습니다." 윤봉길이 허리 굽혀 마지막 인사를 올렸다.

택시에 오르기 전에, 윤봉길이 돈을 꺼내어 김구의 손에 쥐여 주었다. "저한테는 필요없는 돈이니…."

"돈을 좀 갖고 있는 것이 무슨 방해가 되겠소?"

"아닙니다. 택시 요금을 주고도 오륙 원은 남겠습니다."

윤봉길이 메고 든 폭탄들을 조심스럽게 챙기면서 택시에 올라탔다.

"윤 의사, 뒷날 지하에서 만납시다."

택시가 움직이기 시작하자, 김구가 목이 멘 소리로 작별 인사를 했다. 윤봉길이 김구를 향해 고개를 숙였다.

홍구공원 쪽으로 달려가는 택시를 망연히 바라보면서, 김구는 작년 겨울에 이봉창을 송별하던 때를 떠올렸다. 그리고 깊은 속에서 나오는 한숨을 길게 내쉬었다.

'뜻이 높은 젊은이들을 사지로 내모는 것이 내 일이구나.'

오전 7시 50분경 윤봉길은 홍구공원 정문 가까이에서 택시에서 내렸다. 정문엔 사람들이 바글거렸다. 사람들이 대부분 자신처럼 수통을 어깨에 메고 도시락을 손에 든 것을 보자 그는 마음이 좀 차분해졌다.

"입장권!" 정문을 지키던 중국인 문지기가 그냥 들어가려는 윤봉길을 제지했다.

"나는 일본인이오. 입장권 따위는 필요없소."

윤봉길은 호기롭게 말하고 그대로 정문을 지나 안으로 들어갔다. 경축식장은 일본 총영사관이 공동조계 공부국에 사용료를 내고 빌렸다.

그래서 일본인들은 무료로 입장할 수 있었지만 외국인들은 일본 총영사관이 발행하는 입장권이 있어야 들어갈 수 있었다.

정문을 무사히 통과한 것에 안도의 한숨을 조용히 내쉬면서, 윤봉길은 식단 뒤쪽의 관람석으로 향했다. 일반관람석 왼쪽에 자리를 잡자 마음을 가라앉히면서 그는 상황을 살폈다. 단상의 고위 장교들과 관리들을 경호하는 병력은 적지 않았다. 식단 바로 뒤엔 말 탄 헌병 6명이 섰고, 그 뒤로도 헌병들이 여럿 배치되어서 일반 관람객들의 접근을 막았다. 일반관람석으로부터 식단까지는 30보가량 되었다.

'쉽진 않겠다.'

헌병들의 움직임을 살피면서 그는 판단했다. 다행스러운 것은 기마헌병들이 모두 관람석을 등지고 앞쪽을 바라보고 섰다는 사실이었다. 행사가 진행되면 나머지 헌병들도 행사를 보느라 관람석의 움직임에 마음을 덜 쓸 터였다.

'천장절 행사에선 헌병들 마음이 더 풀어지겠지.' 차가운 웃음이 그의 얼굴을 스쳤다.

축하회는 두 부로 나뉘어 진행된다고 했다. 1부는 일본 정부가 주최하는 일본 육해군의 관병식이었고 2부는 일본 교민단이 주최하는 천장절 행사였다. 1부엔 외국 외교 사절들도 많이 참석했지만 2부는 순전히 일본 사람들만의 잔치였다.

관병식은 예정대로 9시에 시작되어 11시 20분경에 끝났다. 각국 외교사절들이 자리를 떴다. 이어 천장절 행사가 시작되었다. 단상에는 상해파견군 사령관 시라카와 요시노리 대장을 비롯해서 제3함대 사령관 노무라 기치사부로 중장, 육군 제9사단장 우에다 겐기치植田謙吉 중장, 주중 일본 공사 시게미쓰 마모루重光葵, 상해 거류민단장 가와바타 사다지河端貞次

등이 있었다.

참석자들이 모두 일어나서 일본 국가 〈기미가요〉를 부르기 시작했다. 갑자기 어둑해진 하늘에서 빗발이 듣기 시작하더니 소나기가 쏟아졌다. 사람들은 그대로 서서 비를 맞으면서 노래를 불렀지만 그들의 눈길은 거세게 내리는 빗줄기로 향했다.

'됐다. 지금이다.'

윤봉길은 순간적으로 마음을 정했다.

사람들이 〈기미가요〉의 마지막 소절을 부를 때, 그는 들고 있던 도시락 폭탄을 살그머니 내려놓고 어깨에 멘 물통 폭탄을 풀어 들었다. 물통 폭탄의 안전핀을 뽑고 도시락 폭탄을 집어 들고 두세 사람을 헤치고 앞으로 뛰어나갔다. 기마 헌병 바로 뒤에 이르자 시라카와와 우에다를 겨냥해서 폭탄을 던졌다.

폭탄은 윤봉길이 겨냥한 곳에 바로 떨어져서 굴렀나. 이어 억수처럼 쏟아지는 빗속에서 벼락 치는 소리가 났다. 폭탄이 제대로 터진 것을 확인하자 그는 땅에 내려놓은 도시락 폭탄을 향해 손을 뻗었다. 그 순간 헌병들이 그를 덮쳤다.

중국군 공병창이 정성을 들여 만든 터라 윤봉길이 던진 폭탄은 위력이 컸다. 단상의 일본군 지휘관들과 고관들은 큰 피해를 보았으니, 시라카와 대장은 많은 파편들을 맞고 병원에 실려 가 치료를 받다가 5월 26일에 죽었다. 우에다 중장은 중상을 입고 왼발 발가락들을 잃었다. 뒷날 일본 해군이 펄 하버를 기습할 때 주미 대사로 일하게 될 노무라 중장은 오른눈을 다쳐서 실명했다. 뒷날 외상으로 일본의 항복 문서에 서명하게 될 시게미쓰 총영사는 오른 다리를 절단해야 했다. 거류민단장 가와바다는 내장을 다쳐 이튿날 새벽에 죽었다.

윤봉길이 던진 폭탄은 위력이 컸다. 시라카와 대장은 중상을 입고 4주 만에 죽었다. 임시정부는 단숨에 조선민족을 대표하는 조직이 되어 중국인들의 인정과 지원을 받았다.

한편 윤봉길을 배웅한 김구는 그 길로 안창호의 측근인 조상섭의 가게를 찾았다. 윤봉길의 거사는 비밀 속에 진행되었고 임시정부 국무위원들과 측근들도 막판에서야 계획을 들은 터라, 안창호는 모르는 일이었다. 윤봉길이 성공하든 실패하든 일본 총영사관은 전력을 동원해서 조선인 독립운동가들을 체포하러 나설 터였다. 상해의 조선인 사회에서 인망과 실력이 가장 큰 안창호는 당연히 위험했다.

조상섭은 가게에 없었다. 김구는 "오늘 오전 10시부터 댁에 계시지 마시오. 무슨 대사건이 발생될 듯합니다"라고 쪽지에 써서 점원 김영린金永麟에게 주었다. 도산 선생에게 급히 전할 얘기라는 말을 듣자 김영린은 바로 안창호의 거처로 향했다.

이어 김구는 임시정부의 중국인 사환을 홍구공원에 보내어 상황을 살피게 했다. 김구의 측근인 엄항섭嚴恒燮은 청년단원 김덕근金德根을 홍구공원으로 보냈는데, 김덕근은 축하회가 시작된 뒤 한 시간가량 머물다 폭음이 없자 거사가 실패한 줄로 알고 돌아와 버렸다.

김구는 정정화鄭靖和에게 몇 사람이 점심을 먹을 수 있게 해 달라고 부탁했다. 그녀는 3·1 독립운동 뒤 상해임시정부에 참여한 유일한 대한제국 고위 관리인 김가진金嘉鎭의 며느리였다. 1922년 시아버지가 세상을 떠난 뒤에도 그녀는 임시정부를 위해 헌신했다. 재주와 학식이 있는 데다가 바지런하고 일솜씨도 좋아, 임시정부 인사들은 중요한 자리가 있으면 그녀에게 부탁하곤 했다.

정정화가 점심상을 거의 다 차렸을 때, 이동녕과 조완구가 먼저 오고 이어 김구가 왔다. 그들은 여느 때같이 시국 얘기를 하면서 점심을 들었다. 식사가 끝나자 김구가 정정화에게 술 한 병과 신문을 사 오라고 부탁했다. 그녀는 좀 의아했다. 평소에 술을 입에 대지 않는 김구가 낮술을 들겠다는 얘기였다.

무슨 일인가 생각하면서 그녀는 신문을 파는 가게로 향했다. 거리에 선 사람들이 술렁거렸다. 신문 호외가 뿌려지고 있었다. 그녀는 가게에서 호외 한 장을 구했다. 홍구공원에서 중국 청년이 일본군의 축하회 식장에 수류탄을 던져 침략군의 지휘관인 시라카와 요시노리 대장이 죽고 여러 사람들이 다쳤다는 기사가 실려 있었다. 그제서야 정정화는 김구가 자기를 심부름 보낸 까닭을 깨달았다. 김구는 어떤 경로를 통해서 이번 거사에 관해서 알았고, 신문으로 거사가 성공했음을 확인하면 술을 들어 축하하려는 것이었다. 그녀는 신이 나서 술 한 병을 사 들고 급히 돌아왔다.

"해냈구나!" 호외를 받아 훑어본 김구가 탄성을 냈다. 그리고 두 사람에게 말했다. "윤봉길 의사가 해냈습니다."

호외를 읽은 이동녕과 조완구가 함께 환성을 냈다.

"백범, 수고했소." 이동녕이 김구에게 말했다. 그리고 이내 한숨을 쉬었다. "훌륭한 대한 남아 한 사람이 또 조국을 위해서 목숨을 바쳤구나."

"그렇습니다." 김구가 무겁게 고개를 끄덕였다.

그제서야 정정화는 이번 거사가 임시정부에서 꾸민 일이고 결행한 사람은 윤봉길이라는 것을 깨달았다. 온몸과 마음이 환희로 가득 차는 것을 느끼면서 그녀는 술잔에 술을 따르기 시작했다.

"축하하셔야죠."

"잔 하나 더 가져오시오." 이동녕이 말했다. "정 여사도 함께 축하주를 듭시다."

일본군 지휘부를 습격했다는 성취감과 목숨을 바친 조선 청년에 대한 안타까움이 뒤섞인 자리가 끝나자, 김구는 바로 엄항섭과 안공근을 불렀다.

"윤봉길 의사의 거사가 성공해서, 일이 급박하게 돌아가오." 두 사람이 자리에 앉자마자 김구가 말했다.

"예." 두 사람이 힘주어 고개를 끄덕였다. 거사의 대성공에 고무된 얼굴들이었다.

"따라서 우리 사업에 전념할 사람들이 필요하오. 이제부터 두 분의 집안 생활은 내가 책임질 테니, 두 분은 오로지 우리 사업에만 전념하시오."

"예, 형님. 잘 알겠습니다." 안공근이 대답했다.

"선생님, 저희가 당장 할 일이 무엇인지요?" 엄항섭이 조심스럽게 물었다.

"당장 급한 것은 우리 사람들이 피신할 곳을 찾는 일인데. 두 분이 상의해서 어디가 좋을지 알아보시오."

피신처를 찾아보라는 김구의 지시를 받자, 안공근과 엄항섭은 상해 교통대학의 체육 교사 신국권申國權(신궈취안)을 만나 상의했다. 신국권은 상해 외국인 YMCA 간사인 미국인 목사 조지 피치에게 부탁해 보라고 권했다. 피치 목사의 아버지와 형도 목사였는데, 아버지는 생전에 조선 독립운동가들에게 무척 동정적이었다. 중국에서 태어난 피치 목사는 아버지의 영향을 받아 일본에 대한 반감과 경계심이 컸다. 그는 1921년 5월 이승만이 상해에서 필리핀을 거쳐 하와이로 돌아갈 때, 여권이 없는 이승만에게 1등실 선표를 끊어 준 적도 있었다. 신국권은 피치 목사의 집이 프랑스 조계 안에 있으며 군무장 김철이 피치 목사와 면식이 있다고 알려 주었다.

김철로부터 사정을 들은 피치 목사는 선뜻 자기 집을 조선인들의 피신처로 제공했다. 그래서 김구, 김철, 안공근, 엄항섭 네 사람은 피치 목사의 집 2층으로 숨었다. 피치 부인은 정성으로 이들 쫓기는 독립운동가들을 보살폈다.

일본군 헌병들의 신문을 받자, 윤봉길은 이번 사건의 주모자가 한인교민단 정무위원장 이유필이라고 진술했다. 그가 교민단을 배후로 지목한 것은 김구를 비롯한 임시정부 요인들에게 피신할 시간을 주려는 뜻이었다. 이유필 자신이야 사건이 났다는 소식을 들으면 바로 피신했을 터였다. 이유필은 안창호의 심복으로 '개조파'의 중심인물이었다. 실제로 일본 총영사관 경찰의 요청을 받고 프랑스 공부국 경찰이 이유필을 체포하러 하비로 보강리에 있는 그의 집을 습격했을 때, 그는 이미 피신해서 집에 없었다.

그러나 프랑스 경찰은 돌아가지 않고 집 안에 숨어서 기다렸다. 그런 줄 모르고 안창호가 이유필의 집을 찾았다. 안창호는 이날 이유필의 아들 만영晩榮에게 소년단 기금을 주기로 약속했었다. 어린 소년과의 약속을 어겨서 실망을 주고 싶지 않은 마음에서 안창호는 10시 이후엔 조심하라는 김구의 연락을 받고도 이유필의 집에 나타난 것이었다. 프랑스 경찰은 안창호를 체포해서 차에 태웠다. 안창호는 자신이 중국인이라고 주장하면서 친척 집으로 데려가서 중국 정부가 발급한 여권을 제시했다. 프랑스 경찰은 그의 정체를 몰랐지만, 이유필의 집을 찾아온 사람인지라 일단 일본 경찰에 그를 넘겼다. 일본 경찰은 이내 안창호의 정체를 알아냈다. 계몽운동과 독립운동에서 큰 업적을 남겼고 초기 상해임시정부를 이끈 위대한 지도자가 한순간의 불찰로 일본 경찰에 붙잡힌 것이었다.

안창호는 바로 조선으로 이송되어 재판을 받았다. 두 해 반을 복역한 뒤 병으로 가출옥해서 휴양할 때, 이광수가 주도한 계몽단체 '동우회'를 일본 경찰이 탄압한 '동우회사건'이 일어났다. 원래 동우회가 안창호의 사상을 실천하는 단체였으므로, 안창호 자신이 화를 피할 수 없었다. 결국 그도 다시 수감되었고, 중병으로 보석되었으나 끝내 건강을 되찾지 못하고 서거했다. 이승만, 김구와 함께 조선의 독립운동을 이끈 안창호는 1938년, 그리도 그리던 조국의 독립을 보지 못하고 눈을 감았다.

윤봉길의 거사로 입은 손실이 워낙 컸으므로, 일본 당국은 조선인 독립운동가들을 모조리 검거하겠다고 나섰다. 4월 30일 새벽부터 일본 경찰 44명과 사복 헌병 22명이 검거작전에 나섰고, 프랑스 경찰 12명과 중국 경찰 48명이 그들을 도왔다. 그들의 수색은 철저했지만, 주요 인사들은 이미 피신한 뒤라서 수배 인물은 한 사람도 잡지 못했다. 빈손으로 돌아올 수 없었던 그들은 사건과 관련이 전혀 없는 조선인 11명을 체포했다.

일본 영사관 경찰과 헌병이 시뻘게진 눈으로 상해의 조선인 사회를 뒤지고 다니자, 조선인들은 숨을 죽이고 살았다. 임시정부는 물론이고 교민단과 애국부인회까지 활동을 멈췄다. 무고하게 체포된 동포들을 구하려는 노력은 전혀 성과를 내지 못했다.

상황이 풀릴 기미가 보이지 않자, 당장 어려움을 겪는 사람들이 불평하기 시작했다. 특히 주모자로 몰린 이유필과 붙잡혀 간 안창호를 따르는 사람들은 불만이 컸다. 일은 임시정부와 김구가 저질렀는데, 해는 고스란히 개조파 사람들이 보았다는 얘기였다. 마침내 주모자가 아무 말 없이 숨으니 애꿎은 사람들만 해를 입는다는 목소리가 점점 커졌다.

김구로서는 그런 여론이 부담이 될 수밖에 없었다. 그는 피치 목사의 집에서 함께 숨어 지내는 동지들에게, 사건의 진상을 밝혀서 애꿎은 동포들이 해를 입는 일이 없도록 해야 하겠다고 말했다. 게다가 홍구공원의 거사가 자기들이 한 일이라고 선전하면서 중국인들의 도움을 받으려는 사람들까지 생겼다.

김구의 의사를 듣자, 안공근이 반대했다. 프랑스 조계에 있으면서 그런 발표를 하는 것은 너무 위험하다는 얘기였다. 안공근의 얘기도 일리가 있었지만, 그래도 김구는 성명서를 발표하는 것이 옳다고 판단했다. 그는 엄항섭에게 성명서를 준비하라고 지시했다. 그리고 그것을 피치 부인에게 부탁해서 영문으로 번역했다.

5월 10일 김구는 한인애국단 명의로 홍구공원의 진상을 밝히는 「홍구공원 작탄사건 진상虹口公園炸彈事件眞相」을 발표했다. 영문 성명서는 중국 신문사들과 로이터 통신사에 보냈다.

김구가 사건의 주모자임을 스스로 밝히자, 일본 당국은 김구의 체포에 온 힘을 쏟았다. 사건 바로 뒤 외무성은 김구의 체포에 20만 원의 현상금을 걸었었는데, 성명이 나오자 외무성, 조선총독부, 상해 주둔군 사령부의 세 기관이 합동해서 60만 원을 내걸었다.

프랑스 조계가 그리 너른 것도 아닌데 일본 당국이 큰 현상금을 내걸고 많은 인력을 투입해서 수사하자 김구의 소재가 일본 당국에 알려지게 되었다. 김구가 피치 목사의 전화로 외부와 자주 연락한 것이 직접적 단서가 되었다.

5월 14일 오후 피치 부인이 황급히 2층으로 올라왔다. 김구를 보더니 목소리를 낮추어 거세게 속삭였다. "김 선생님, 우리 집이 정탐꾼에게 발각된 모양입니다. 속히 떠나셔야 하겠어요."

"아, 그렇습니까?" 마음을 다잡고서 김구는 차분한 목소리를 냈다. "어떻게 된 일인가요?"

"내가 아래층에서 문밖을 내다보다가, 동저고리 바람의 중국인 노동자 비슷한 사람이 우리 집 주방으로 들어가는 것을 보았어요. 아무래도 수상해서 따라가서 누구냐고 물었어요. 그는 양복점 사람인데 주방에서 일하는 중국인이 양복 지을 것이 없는가 물어보려 왔다고 말했어요. 내가 다그쳐 묻자, 그는 프랑스 공부국 경찰서의 정보원 증명서를 꺼내어 내게 보여 주었어요. 그래서 내가 꾸짖었어요. 외국인 집에 함부로 침입해도 되느냐고. 그랬더니 그 사람이 미안하다면서 물러갔어요."

"알겠습니다. 그러면 우리는 바로 떠나겠습니다."

김구는 다른 사람들을 둘러보았다. 모두 고개를 끄덕였다.

"그러면 부인, 피치 목사께 이런 사정을 말씀해 주시겠습니까?"

"알겠습니다."

피치 부인이 바로 아래층으로 내려갔다. 사무실에 있던 피치 목사는 연락을 받자 차를 몰고 집으로 왔다. 일행은 그의 차를 타고 바로 떠났다. 집 밖에는 일본인은 보이지 않았지만, 각국의 정탐꾼들로 보이는 사람들이 집 둘레를 지키고 서 있었다.

"어디로 가시겠습니까?" 피치 목사가 뒷좌석의 김구에게 물었다.

"일단 프랑스 조계에서 벗어나 중국 지역으로 들어가겠습니다."

피치 목사는 프랑스 조계와 중국 지역의 경계인 다리에서 차를 멈췄다.

"여기서 내리셔야 합니다. 우리 차는 중국 지역으로 들어갈 수 없습니다."

네 사람은 황급히 차에서 내렸다. 그리고 각자 짐을 꺼내 들고, 피치 부부에게 작별 인사도 변변히 하지 못한 채 다리를 뛰어 건넜다.

윤봉길의 거사 소식은 이내 세계 곳곳으로 퍼졌다. 미국의 〈뉴욕 타임스〉와 영국의 〈더 타임스〉를 비롯한 각국 신문들이 크게 보도했다. 일본의 신문들은 더욱 자세히 보도했다. 국내에서도 〈동아일보〉와 〈조선일보〉가 조선총독부 당국의 엄중한 검열을 받아 홍구공원 폭파 사건을 논평 없이 보도했다.

그렇게 주목을 받은 사건이었으므로 영향도 당연히 컸다. 조선인들이 사는 곳마다 환성이 올랐다. 소식을 빨리 접하고 생각을 자유롭게 드러낼 수 있는 하와이와 미국에서 가장 열렬한 반응이 나왔다.

윤봉길의 거사로 가장 크고 직접적 영향을 받은 나라는 물론 거사가 일어난 중국이었다. 중국 정부는 난감한 처지에 빠졌다. 일본과 휴전협정을 체결해서 상해 지역을 점령한 일본군의 철수를 유도할 계획이었는데, 일본이 협상을 미룰 구실이 생긴 것이었다. 실제로 휴전 협상에서 일본 대표였던 시게미쓰 마모루 주중 일본 대사가 중상을 입어서 협상이 중단되었다. 중국 정부로선 국제연맹의 지원을 받아 마무리 단계에 이른 휴전 협상에 차질이 올까 노심초사했다.

그러나 중국 인민들의 반응은 열광적이었다. 이봉창의 거사도 중국 사람들에게 깊은 인상을 남겼지만, 그것은 먼 일본 땅에서 천황을 저격하려다 실패한 사건이었다. 윤봉길의 거사는 중국을 침략해서 만행을 저지르고 아직도 중국 땅을 점령한 일본군의 수뇌부를 단숨에 응징한 사건이었다. 그래서 '만보산사건' 이래 조선인들에 대해 중국인들이 품었던 나쁜 감정을 단숨에 걷어 냈다.

가장 큰 혜택을 입은 것은 윤봉길의 거사를 준비한 임시정부와 김구였다. 지도부의 분열로 추진력을 잃은 채 동포들의 무관심 속에 시들어 가던 임시정부는 이봉창과 윤봉길의 잇단 거사들로 단숨에 조선민족을 명목적으로나 실질적으로나 대표하는 조직이 되었다. 그리고 거사를 지휘한 김구는 임시정부를 상징하는 인물로 떠올랐다. 이제 임시정부는 중국인들의 인정과 지원을 받는 조직이 되었고, 김구는 중국 정부의 요인들과 영향력 있는 중국 민간인들의 존경과 지원을 받는 조선의 지도자가 되었다.

이승만의 외교적 수습

윤봉길의 거사 이후 안창호를 비롯한 조선인들이 많이 체포되었다는 소식이 전해지자, 미국과 하와이의 동포들이 그들의 구조에 적극적으로 나섰다. 안창호 지지자들이 많은 미국 서부에선 홍사단, 대한인국민회 및 대한인여자애국단이 상해 주재 프랑스 영사에게 안창호의 석방을 주선해 달라는 전보들을 쳤다. 석방 운동을 후원하는 모임들이 만들어지고 후원금이 모였다. 그러나 별다른 성과는 없었다.

이때 이승만은 뉴욕에 머물고 있었다. 원래 그는 독립운동의 방식으로서 무장투쟁이나 테러에 대해 부정적이었다. 그의 지론은 비폭력 저항운동을 펴다가 일본과 맞서서 싸울 여건이 마련되면 그때 결전을 하자는 것이었다. 그는 조선의 역량이 부족한 상태에서 무장투쟁이나 테러를 시도하는 것은 일본의 조선에 대한 태도를 바꾸지 못하면서 다른 나라들이 조선 독립운동을 부정적으로 보게 만들 뿐이라고 생각했다.

이런 소신을 반영해서, 이승만은 자신이 만든 동지회의 정강에서 비폭력주의를 천명했다. 그의 비폭력주의에 대한 동포들의 오해가 심각하고 비난이 거세자, 그는 1925년에 〈태평양잡지〉에 실린 「비폭력을 비평」이라는 글에서 자신의 생각을 밝혔다.

> 첫째 비폭력주의를 오해하는 이는 생각하기를 전쟁도 말고 피도 흘리지 말고 순리로 독립을 회복하자는 것이 곧 비폭력주의자의 목적이라 함이니, 이는 전혀 오해라. 우리의 주장하는 바는 이것이 아니요 곧 인명을 잔해하거나 폭탄 폭약 등으로 인도에 위반되는 일을 행치 말자 함이니, 만국공법을 의지하야 적국과 전쟁하는 것은 폭력으로 인정하지 아니함이라.
>
> 우리가 힘을 길러서 적국과 아주 대적할 만치 된 후에는 세계 각국의 통용법식을 따라 선전서宣戰書를 반포하고 공공한 의전義戰을 시작하야 적국 군사를 살육하기에 조금도 퇴보치 않으려니와, 그렇지 못할 때에는 적국의 만행을 보복하거나 원수의 마음을 공겁

하기 위하야 어두운 중에서 인명을 겁박하거나 안녕을 손해함은 법리상 위반이니, 이는 우리의 힘을 점점 약하게 할 따름이라, 대업을 성취할 수 없는 법이며 (···)

무엇보다도, 이승만은 일본을 막을 나라는 미국밖에 없다는 사실을 잘 알았다. 중국의 국민당 정권은 조선의 독립에 대해 우호적이었지만, 자신을 지킬 힘도 부족했다. 러시아는 줄곧 조선을 병합하려고 시도했고 앞으로도 조선엔 일본 못지않은 위협이 될 터였다. 유럽의 열강들은 근본적으로 동아시아에 관심이 작았고 영향력은 더욱 작았다. 그러나 미국은 일본을 제압할 힘이 있을 뿐 아니라 태평양을 일본과 실질적으로 공유했다. 일본이 팽창 정책을 계속 추구하면 언젠가는 두 나라가 충돌할 터였다. 바로 그런 상황에서 조선이 독립할 기회를 얻을 수 있다고 그는 생각했다.

당연히, 이승만은 미국인들이 조선인들에게 호의를 품고 조선의 독립을 지지하도록 만드는 것을 독립운동의 중심 전략으로 삼았다. 미국은 자유로운 민주주의 사회라서 시민들의 의견이 중요했다. 그리고 미국의 여론은 무장투쟁이나 테러에 부정적이었다. 1865년 링컨 대통령이 암살된 이래 1881년에 제임스 가필드(James Garfield) 대통령이, 그리고 1901년엔 윌리엄 맥킨리 대통령이 암살되었다. 이런 사정은 암살과 테러에 대한 미국인들의 인식을 무척 부정적으로 만들었다.

이승만 자신이 그 점을 뼈저리게 체험한 터였다. 1908년 하버드 대학에 다닐 때, 그는 역사학 논문 몇 편을 제출했다. 담당교수는 이승만과의 면담을 거절하고 논문 심사도 미루더니, 여름 방학에 휴가를 떠나면서 논문의 처리를 조교에게 맡겼다. 그 교수의 행태는 얼마 전에 일어난 장인환의 더럼 스티븐스(Durham W. Stevens) 암살 사건 때문이었다. 미국엔 주로 일본의 입장이 알려졌고 조선의 사정과 장인환의 의도에 대한 이해가 부족했다는 점까지 겹쳐, 당시 미국인들의 인식은 조선인들에 대해 무척 부정적이었다.

스티븐스는 일본 정부의 추천을 받아 일본이 외교권을 장악한 대한제국 정부에서 외교고문으로 일했다. 일본의 조선에 대한 정책을 미국에 알려 미국과의 관계를 개선하려는 일본 정부의 정책에 따라 1908년 3월 스티븐스는 미국으로 돌아왔다. 3월 20일 샌프란시스코에 도착하자 그는 바로 "일본의 조선 지배는 유익하다"라는 제목의 성명서를 발표했다. 그리고 조선 인민들은 일본의 통치를 바란다고 선전했다.

스티븐스의 성명서가 샌프랜시스코의 신문에 보도되자 그곳의 조선인들은 격분했다. 3월 21일 공립협회와 대동보국회 회원들은 공동대책회의를 열었다. 공립협회는 1905년 안창호가 조직한 단체로 주로 관서 사람들이 모였다. 대동보국회는 공립협회에 대응해서 설립된 단체인데 관서 이외 지역 사람들이 모였다.

그들은 대표를 뽑아서 스티븐스에게 강력히 항의하기로 결정했다. 대표로 뽑힌 네 사람은 스티븐스가 묵는 호텔로 찾아가서 그에게 일본의 조선 통치를 찬양한 발언을 취소하라고 요구했다. 스티븐스는 그들의 요구를 거절하고 "만일 일본이 조선을 차지하지 않았다면, 조선은 벌써 러시아가 차지했을 것이며 조선 사람들은 훨씬 나쁜 처지에 놓였을 것"이라는 자신의 생각을 밝혔다. 격분한 네 사람은 호텔 로비에서 스티븐스를 구타했다.

이튿날 열린 두 번째 대책회의엔 대동보국회의 장인환과 공립협회의 전명운田明雲도 참석했다. 두 사람은 스티븐스를 암살하기로 결심하고 각기 권총과 스티븐스의 사진을 준비했다. 3월 23일 아침 두 사람은 오클랜드 페리 부두에서 워싱턴행 대륙 횡단 열차를 타러 나온 스티븐스를 저격했다. 전명운이 먼저 권총을 쏘았으나 불발이었다. 그는 권총 자루로 스티븐스의 얼굴을 타격하고 달아났다. 이어 장인환이 권총을 쏘았다. 첫 발은 달아나는 전명운의 어깨에 맞았지만 다음 두 발은 스티븐스의 몸에 맞았다. 두 사람은 현장에서 붙잡혔고, 스티븐스는 이틀 뒤 병원에서 죽었다.

전명운은 6월 27일의 재판에서 증거불충분으로 무죄 판결을 받았다. 그는 이름을 바꾸고 블라디보스토크로 떠났다. 장인환은 1909년 1월 2일의 재판에서 2급살인죄로 25년의 금고형을 받았다. 그는 모범적 수감 생활로 10년 복역 후 석방되었다.

이승만은 7월 중순에 콜로라도주 덴버에서 열린 '애국동지대표회'에 참석했다. 박용만이 주도한 이 회의에서 이승만은 회장으로 뽑혀 회의를 주재했다. 회의가 끝나자 그는 바로 샌프란시스코로 갔다. 거기서 그는 장인환의 재판에서 통역을 맡아 달라는 부탁을 받았다. 그동안 통역을 맡았던 양주삼梁柱三 목사는 전명운의 재판이 끝나자 샌프란시스코를 떠났다. 영어를 잘하는 조선 사람들이 드물던 시절이라 법정에서 통역할 만한 사람을 구하기가 무척 어려웠다.

이승만은 무척 난감했다. 그는 장인환과 아는 사이였다. 장인환이 속한 대동보국회는 이승만에게 회장을 맡아 달라고 간곡히 요청한 적도 있을 만큼 그를 따랐다. 번민 끝에 그는 통역 요청을 거절했다. 동부에 가서 학업을 계속해야 할 처지에서 샌프란시스코에 오래 머물 수 없었다. 기독교인인 그로선 장인환의 거사에 찬성할 수 없다는 사정도 있었다. 그런 결정을 내리는 데엔 영국 문필가 프레더릭 맥켄지(Frederick A.

전명운이 더럼 스티븐스를 쏘았으나 불발이었다. 이어 장인환이 쏜 두 발이 스티븐스의 몸에 맞았다. 스티븐스는 이틀 뒤 죽었다.

Mckenzie)의 견해가 적잖은 도움이 되었다. 맥켄지는 영국 〈데일리 메일〉의 기자로 일하면서 조선의 망국 과정을 기술한 『조선의 비극(The Tragedy of Korea)』과 3·1 독립운동을 세계에 알린 『조선의 자유를 위한 투쟁(Korea's Fight for Freedom)』을 펴냈다. 맥켄지는 이승만과 박용만이 보낸 편지에 대한 답장에서 그들이 올바른 길로 가고 있다고 격려하면서, 스티븐스에 대한 공격은 "어리석은 짓"이었다고 비판했다. 이승만의 예상대로, 그의 통역 거절은 많은 동포들을 실망시켰다.

1909년 10월 26일 중국 하얼빈역에서 안중근이 일본 추밀원 의장 이토 히로부미伊藤博文 공작을 저격해서 죽이고 일본 요인들에 중상을 입힌

사건이 일어났다. 이토는 일본을 대표하는 정치가였고, 1902년에 맺어진 영일 동맹에도 불구하고 러시아와의 관계를 개선하려는 세력의 중심인물이었다. 하얼빈을 찾은 이유도 러시아 재무장관과의 회담을 위해서였다.

당연히 이 사건은 세계적으로 큰 관심을 끌었다. 1908년 3월 샌프란시스코에서 장인환이 더럼 스티븐스를 권총으로 저격한 사건이 아직 기억에 생생한 터라, 안중근의 이토 암살로 미국 사회의 조선인들에 대한 인식은 크게 나빠졌다. 원래 테러에 대해 부정적인 미국 인심을 일본 정부의 능란한 선전이 격동시킨 것이었다.

뒷날 자서전 초고에서 이승만은 당시 상황을 자세히 적었다.

> 샌프란시스코와 하얼빈에서 있은 이 두 살해 사건은 일본의 선전 기관들이 한국 사람들을 흉도兇徒들이고 최악의 악당들이라고 묘사하는 데 대대적으로 이용되었다. 나는 그때에 캘리포니아주에 갈 일이 있었는데, 일본의 선전에 영향을 받은 모든 사람들은 학교나 교회에서 한국 사람 대하기를 두려워했다.

이승만 자신도 본래 암살을 정치적 수단으로 삼는 것을 옳지 않게 여겼다. 개인이 다른 개인을 정치적 이유로 살해하는 것은 법과 도덕에 어긋나며 사회의 근본 질서를 깨뜨린다고 생각했다. 한 사회에서 폭력은 국가가 독점하는 것이 원칙이었다.

나아가서, 그는 특정 인물을 암살해서 사회를 바꾸려는 시도는 사회의 구성과 움직임에 대한 피상적 이해에서 나온다고 보았다. 아무리 중요한 사람이라도, 절대군주까지도 사회 질서의 산물이고, 그가 사라진

다 하더라도 사회 질서는 그대로 남는 것이었다. 그래서 암살은 거의 언제나 암살자의 의도와는 달리 반동을 부른다고 보았다. "국왕을 죽이는 자도 그를 위해 죽는 자도 같은 우상 숭배자들이다(He who slays a king and he who dies for him are alike idolaters)"라는 조지 버나드 쇼(George Bernard Shaw)의 얘기에 그는 공감했다.

그러나 그가 상해임시정부나 다른 독립운동가들의 무장투쟁이나 테러에 반대한 가장 큰 이유는, 그것이 무고한 조선 사람들을 위험에 빠뜨린다는 사실이었다. 테러에 대한 가장 효과적인 대책은 테러리스트가 속한 집단에 대한 무자비한 보복이었다. 그것은 실제로 일본이 조선에서 줄곧 펴 온 정책이었다. 대한제국 말기 의병운동이 일어났을 때 일본군은 의병들이 출몰한 마을들을 모두 불태우고 주민들을 핍박했다. 의병들에 호의적이라서가 아니라 의병들이 나타났다는 것 자체가 죄라는 식이었다. 이 무지막지한 보복으로 의병들이 활동했던 조선 중부의 인민들은 참혹한 화를 입었다. 근년에는 '봉오동 싸움'의 패배에 대한 일본군의 보복으로 만주의 조선인들이 참혹한 피해를 입은 '경신참변'이 있었다. 그래서 이승만은 소규모 무장대를 국내로 침투시키는 일을 하지 말라고 임시정부에 거듭 요청했었다. 일본 군인이나 경찰을 몇백 명 죽인다고 상황이 나아질 리 없는데, 가뜩이나 빈약한 독립운동의 역량을 소모하면서 조선 사람들을 최악의 위험으로 몰아넣는 것은 비합리적이라고 간곡히 설득했었다.

지난 1월 도쿄에서 이봉창이 히로히토 천황을 암살하려다 실패했다는 소식을 들은 순간, 이승만은 등골이 서늘해지면서 오금이 저려 왔다. 히로히토가 다치거나 죽었을 때 나왔을 상황은 상상하기도 싫었다. 1923년의 '간토 대지진' 때, 무고한 조선인들이 많이 일본 민간인들에게 참살되었다. 바로 그때 이승만이 보냈던 하와이 학생 고국방문단이 귀국하는 길에 일본을 지났다. 부산에서 기선을 타고 시모노세키下關에 닿아 열차로 요코하마로 가던 방문단은 간토 지역으로 가지 못하고 고베에서 내려 엿새 동안 두려움에 떨며 지내야 했다. '만일 히로히토가 다치거나 죽었다면, 일본에 거주하는 몇십만 조선인들 가운데 몇이나 살아남았을까?' 하는 물음에 대한 답을 그는 마음속에서도 차마 내놓을 수 없었다. 그런 참화로 조선 사람들이 얻을 것은 증오의 대상인 천황을 죽였다는 심리적 만족뿐이었다. 일본 사회의 구조도 일본 정부의 정책도 일본 사람들의 의식도 달라질 리 없었다.

물론 그런 생각을 입 밖에 내기는 어려웠다. 국내외 동포들이 모두 이봉창의 거사를 반기고 높이는데, 지도자인 자신이 나서서 반대할 수는 없었다. 천황 암살이 미수에 그쳐서 조선 사람들이 해를 입지 않으면서도 조선의 민심이 어떠한지 세계에 널리 알린 것은 하늘이 배려한 행운이었고, 덕분에 임시정부의 위상이 높아지고 독립운동이 활기를 띠게 된 것은 그런 행운에 따른 덤이었다.

윤봉길의 거사는 상황이 달랐다. 중국을 침략해서 중국군을 공격했을 뿐 아니라 중국 민간인들에 대해 만행을 저지른 일본군을 중국 인민들을 대신해서 응징한 것이었다. 그래서 개인의 저격이었지만, 테러라기보다 전투의 연장이었다. 상해에서 일본 당국에 체포된 몇 사람을 빼놓고는 조선 사람들이 해를 입은 것도 아니었다. 이승만은 윤봉길의 거사를 흔쾌히 반겼다. 그리고 사태의 수습에 적극적으로 나섰다.

이승만은 먼저 구미위원부 명의로 워싱턴의 주미 프랑스 대사에게 서한을 보냈다. 그는 상해 프랑스 조계 당국이 거기 거주하는 선량한 조선인들을 일본 당국의 불법적 체포로부터 제대로 보호하지 못하고 있음을 지적하고 시정을 촉구했다.

> 대한민국 임시정부와 한국위원부는 상해 프랑스 조계 안에 거주하는 한국인들은 반드시 프랑스 정부의 완전한 보호를 받아야 될 줄로 믿습니다. 또 프랑스 정부는 일본에 대하여 전기 체포된 한국인을 석방하여 프랑스 조계로 돌려보내도록 요구하여야 될 줄 알며, 또한 그들이 다만 한국인이라는 이유로 일본의 무법한 희생이 되게 방치해 두지 않을 것을 주장합니다. 이상의 이유로 재상해 대한민국 임시정부와 재워싱턴 한국위원부는 프랑스국 정부에 대하여 전기 한국인들을 즉시 석방하도록 일본 당국에 요망하고 또 그들을 적당히 보호하여 주시기를 요망합니다.

이승만의 서한을 받자 주미 프랑스 대사는 이승만의 주장이 정당함을 인정하고 즉각 움직였다. 덕분에 프랑스 정부는 상해 주재 프랑스 영사에게 자국 조계 안에 있는 조선인들을 보호하라는 훈령을 보냈다. 그리고 바로 이승만에게 그 사실을 통보했다. 5월 23일 이승만은 하와이의 동지회 중앙본부에 이 사실을 알렸고, 동지회 중앙본부는 곧바로 프랑스 대통령에게 감사하는 전보를 쳤다.

1932년 5월 25일 일본의 상해 파견군 군법회의는 윤봉길에게 사형을 선고했다. 일본으로 압송된 윤봉길은 11월 18일 가나자와金澤 교외의 미쓰코우지三小牛 공병작업장에서 총살되었다. 윤봉길은 지사답게 살았다. 그리고 스물넷에 삶을 마감했다.

제네바

이처럼 상해에서 김구의 주도로 일본에 대한 투쟁이 이루어지는 사이, 미국에선 이승만이 다시 활발하게 움직였다. 하와이에선 동포 사회의 분열과 적대적 세력의 방해와 비방으로 큰 어려움을 겪었지만, 그는 국제 정세의 흐름 속에서 조선이 독립할 기회를 찾으려 애썼다. 일본의 팽창 정책으로 국제 정세가 급박하게 돌아가자, 그는 워싱턴으로 나와서 외교 활동을 시작했다.

1931년 12월 16일 이승만은 미국 국무부를 찾아 헨리 스팀슨 국무장관에게 보내는 서한을 전달했다. 이 서한에서 그는 자신이 조선 국내의 2천만 명, 시베리아의 200만명, 만주의 60만 명, 하와이의 7천 명, 미국 본토와 쿠바의 4,500명 등 모든 조선인들을 공식적으로 대변한다고 주장하면서, 일본의 만주 침략에 대한 자신의 생각과 미국 정부에 대한 요청 사항들을 밝혔다.

그는 일본의 침략이 만주가 처음도 아니고 마지막도 아니리라는 점을 지적했다. 일본은 이미 조선을 병탄했고, 만주의 풍부한 자원을 이용해서 힘을 더욱 키우면 바로 중국과 아시아를 공격할 것이고, 궁극적으로는 미국을 위협하리라는 얘기였다. 그래서 일본의 공격적 정책으로 세계대전이 일어나기 전에 미국이 강력한 정책으로 일본의 위협에 대응해야 한다고 주장했다. 그는 일본의 팽창 정책으로 조선의 독립은 점점 어려워지고, 일본의 만주 점령은 만주에 있는 조선인들에게 큰 괴로움을 준다고 덧붙였다. 만일 허버트 후버 대통령이 1932년의 연두교서에 일본의 팽창 정책에 대해 강력하게 반대한다는 뜻을 담으면 조선인을 비롯한 아시아인들에게 큰 도움이 되리라는 자신의 희망을 밝혔다.

이승만의 편지에 대해 국무부의 극동 문제 담당관은 "이 서한은 한국의 독립운동 지도자들이 아직 활동하고 있다는 증거일뿐더러 만주사변에 대한 그들의 입장을 보여 주므로, 읽을 만한 가치가 있다"고 비망록에서 지적했다.

1932년 1월 7일 스팀슨 국무장관은 "미국의 조약 상의 권리들이나 파리 협약에 어긋나는 방식으로 이루어진 어떤 상황, 조약, 또는 협약을 미국은 법적으로 유효하다고 인정할 의도가 없다"는 내용의 문서를 중국과 일본에 동시에 보냈다. 스팀슨의 서한은 만주를 단숨에 점령한 일본군의 흉흉한 기세에 대한 대응으로는 너무 미약했다. 실제로 국제사회는 그것을 '상징적 선언'으로 여겼다. 그래도 그것은 그 뒤로 미국의 외교를 인도하는 지침이 되어 '스팀슨주의'라는 이름을 얻었다. 그리고 이듬해 프랭클린 루스벨트 정권이 들어선 뒤로는 점점 포악해지는 일본의 군국주의적 행태에 보다 강력하게 대응하는 바탕이 되었다. 태평양전쟁이 일어나기 직전, 전쟁을 피하기 위한 협상에서 미국은 일본에게 모든 점령지에서 물러날 것을 강력히 요구했는데, 그런 원상복구는 바로 스팀슨주의의 정신이었다.

시간적으로 바로 앞섰고 그리고 내용적으로 동질적이었으므로, 이승만은 자신의 서한이 스팀슨의 서한에 다소간 영향을 미쳤다고 판단했다. 어쨌든 그 뒤로 국무부는 그를 새삼 주목했고 그에게 호의적인 태도를 보였다.

1932년 1월 국제연맹은 만주사변을 조사하기 위해 동아시아에 조사단을 파견했다. 영국 대표 불워리튼 백작을 단장으로 해서 미국, 독일, 이탈리아 및 프랑스 대표들로 구성된 리튼 조사단은 바로 조사 활동을 시작했다.

그러나 일본은 아랑곳하지 않고 자신의 팽창 정책을 추진했다. 1932년 3월엔 만주의 점령지에 만주국을 세웠다. 장춘을 수도로 삼아 청의 마지막 황제였던 부의를 '집정'으로 옹립했다가 이듬해에 황제로 추대했다. 그리고 만주국의 수립으로 일본군의 만주 철수 문제는 해결되었다고 선언했다.

1932년 10월 1일 리튼 조사단은 보고서를 국제연맹에 제출했다. 「리튼 보고서」는 일본과 중국 사이에서 편향되지 않는 태도를 유지하려 애쓰면서 만주사변과 관련된 사항들을 포괄적으로 다루었다. 그리고 문제들을 해결하기 위한 제안들을 내놓았다.

흥미롭게도, 보고서는 만주사변을 촉발한 '유조구사건' 자체에 대해선 직접적으로 언급하지 않았다. 대신 책임이 중국에 있다는 일본의 주장을, 그것의 진실 여부에 대한 평가 없이 그대로 옮겨 놓았다. 프랑스 대표가 일본을 유조구사건의 공격자라고 기술하는 것을 완강히 반대했기 때문이었다.

그래도 보고서의 전반적 논지는 일본의 주장을 부정하고 중국의 주장을 지지했다. 무엇보다도, 유조구사건 뒤 일본군이 벌인 작전들은 정당한 자위로 정당화될 수 없다고 언명했다. 만주국에 대해서도, 일본군의 지원 없이 스스로 나온 존재가 아니고 중국 인민들의 지지를 받지 못하며, 따라서 진정한 독립국가가 아니라는 결론을 내렸다. 보고서는 만주에 자치적 지방정부를 수립하고 비무장지대로 삼을 것을 권고했다.

「리튼 보고서」가 발표되자 온 세계의 눈길이 제네바의 국제연맹으로 쏠렸다. 유조구사건 이전으로 돌아가도록 권유한 「리튼 보고서」에 일본이 거세게 반발할 것은 분명했으므로, 국제연맹이 일본의 반발을 어떻게 수습할지 모두 걱정스러운 눈길로 지켜보았다.

조선과 밀접한 관련이 있는 만주 사태가 이처럼 급박해지자, 사람들은 이승만에게 제네바로 가서 활동하라고 권했다. 분열이 깊고 사소한 다툼들이 끊이지 않는 동포 사회에서 벗어나, 국제 무대에서 제대로 능력을 발휘해서 그가 조국의 독립에 진정한 공헌을 하기를 바란 것이었다. 그가 제네바로 가기로 결심하기도 전에 그의 지지자들은 경비를 마련하기 시작했다.

적잖은 경비를 마련하는 일도 어려웠지만, 당장 급한 것은 이승만의 여권이었다. 그는 미국 시민권이 없었으므로 국무부로선 여권을 발급하기가 어려웠다. 14년 전 대한인국민회 대표로 파리 평화회의에 참가하려다가 여권을 발급받지 못해서 끝내 참가하지 못한 터였다.

1932년 12월 11일 이승만은 국무부를 찾아 스탠리 혼벡(Stanley Hornbeck) 극동국장을 만났다. 혼벡은 중국의 대학들에서 강의했고 극동 정세에 대한 책도 펴낸 극동 문제 전문가였다. 이승만과는 1925년 하와이에서 열린 국제회의에서 만난 적이 있었다. 이승만의 부탁을 받자 혼벡은 선선히 여권 발급 신청서를 작성해서 제출하라고 했다. 이틀 뒤 그 신청서가 되돌아왔는데, 그 서류엔 법무장관이 국무장관에게 이승만의 여권을 발급해 주라고 권고하는 공문이 붙어 있었다. 신청서 끝에 스팀슨 국무장관의 서명이 있었다. 그 기묘한 문서가 이승만의 여권이었다. 이 여권에 국무부의 주선으로 유럽의 여러 나라들의 입국 사증인이 찍혔고, 덕분에 이승만은 거의 모든 곳에서 외교관 대우를 받게 되었다.

12월 23일 오후 이승만은 영국 리버풀로 가는 여객선을 타고 뉴욕항을 떠났다. 많은 동료들과 지지자들이 부두에서 대한민국 임시정부를 대표해서 홀로 유럽으로 향하는 그를 배웅했다. 이승만은 거센 폭풍이 휩쓰는 아일랜드 남쪽 바다에서 58번째 생일을 맞았다. 그리고 이틀 뒤에 리버풀에 상륙했다. 이어 기차로 런던까지 간 뒤에 비행기를 탔다.

1933년 1월 4일 이승만이 제네바 공항에 도착하자 서영해徐嶺海가 반갑게 맞았다. 서영해는 이미 '오텔 드 뤼시'에 이승만이 묵을 방을 예약해 놓았다. 서영해는 1902년에 부산에서 태어났는데 3·1 독립운동에 참가한 뒤에 상해로 망명했다. 김규식의 권유로 프랑스로 유학했고 조선의 역사를 다룬 프랑스어 소설『어떤 조선적 삶에 대하여(Autour d'une vie coréenne)』를 펴내서 조선의 역사를 프랑스에 알리려 애썼다. 그는 1927년에 '고려통신사(Agence Korea)'를 설립하고 상해임시정부의 프랑스 통신원으로 일했으며, 구미위원부와도 협력해 온 터였다.

제네바에 이르자, 이승만은 바로 움직이기 시작했다. 낯선 곳에서 외롭게 활동하는 처지였지만, 그동안 미국에 만들어 놓은 인맥 덕분에 그는 미국 언론인들의 적극적 협조를 얻었다. 미국 영사관도 호의적이었다. 프랑스에서 통신사를 운영하는 서영해는 프랑스어가 유창했고 아는 사람들이 많았고 정보를 빠르게 얻어서 그에게 큰 도움이 되었다. 1인 대표단의 단장인 이승만은 사람들을 만날 때는 꼭 서영해를 대동했고, 서영해는 궂은일들을 스스로 도맡았다.

이승만이 기대를 건 것은 중국 대표단의 도움이었다. 침략하는 일본과 맞선다는 점에서 중국과 조선은 한편이었다. 그는 서영해의 주선으로 중국 대표단장 안혜경顏惠慶(옌후이칭)과 만나 공동전략을 협의했다. 이승만은 만주 문제와 조선 문제는 일본의 침략에서 비롯했으므로 직접적으로 연관이 있고, 조선 문제를 국제연맹의 의제로 삼는 것은 만주 문제의 해결에 도움이 된다는 점을 지적했다. 안혜경은 이승만의 얘기에 동의하고, 실무를 관장하는 주영 공사 곽태기郭泰祺(궈타이치)와 중국 대표 고유균顧維鈞(구웨이쥔)과 상의하라고 말했다. 이튿날 이승만이 곽태기와 고유균을 차례로 방문하자, 그들은 이승만이 국제연맹에 제출할 목적으로 작성하는 어떤 문서라도 국제연맹에 제출해 주겠노라고 확약했다. 고유균은 일본이 일방적으로 수호조약을 파기했고 조선이 항의했다는 사실과, 일본이 조선에서 저지른 잔학한 행위들을 그 문서에 자세히 기술해 달라고 요청했다.

1933년 1월 18일 이승만은 국제연맹에 제출할 문서의 개요를 마련해서 중국 대표단과 다시 만났다. 그러나 중국 대표단은 지금은 조선의 독립 문제를 국제연맹에 제기할 때가 아니라고 말했다. 이승만은 사리를 따지면서 그들을 설득했으나, 그들은 조선 문제를 국제연맹에 제기할 근거가 없다면서 거부했다.

이승만은 중국 대표단의 태도 변화가 중국의 급박한 정세 때문이라고 짐작했다. 1932년 12월 전력이 바닥난 중국 동북군 마점산 부대는 일본군의 압박을 견디지 못하고 소련으로 물러났다. 만주를 완전히 장악하자, 일본군은 공세의 방향을 중국 본토로 돌렸다. 1933년이 시작되자마자 일본군은 만리장성의 동쪽 끝 요새로 만주와 중국 본토를 나누는 산해관을 공격해서 점령했다. 이어 만리장성 바로 북쪽 지역인 열하热河(러허)성을 침공했다. 만주사변에 관한 「리튼 보고서」를 다루는 국제연맹 회의들이 열리고 있었어도, 일본 정부의 통제에서 벗어난 일본군 관동군은 내처 중국 본토를 침공한 것이었다. 중국 대표단으로선 국제연맹의 관심이 자신들에게 당장 시급한 문제인 일본군의 중국 침공에 집중되기를 바랄 터였다. 조선 독립처럼 의제가 되기도 어려운 일에 자신들의 역량을 쏟을 형편이 아닐 터였고, 어쩌면 국제연맹의 관심이 조선 문제로 분산되는 것을 바라지 않을 수도 있었다.

이런 일에서 언제나 현실적인 이승만은 중국 대표단의 뜻을 따르기로 했다. 그들은 임시정부의 승인과 같은 안건보다는 만주의 조선인들의 처우와 같은 안건이 낫다고 주장했다. 그들의 주장을 따르더라도 조선 독립에 관한 제안을 할 수 있다고 판단해서, 이승만은 그들의 주장에 별다른 이견을 달지 않았다. 그리고 호텔에 돌아오자 바로 국제연맹에 제출할 청원서 초안을 만들기 시작했다.

그러나 1월 26일 다시 만나자, 중국 대표단은 또다시 말을 바꾸었다. 그들은 자신들이 직접 작성한 청원서를 제출하겠다고 이승만에게 말했다. 그리고 중국인들의 청원서인 만큼 그 문서엔 조선과 일본 사이의 문제들은 직접 언급되지 않고, 오직 만주에 사는 조선인들의 처우만 다루어질 것이라고 말했다.

이승만은 자신이 중국 대표단의 태도에 크게 실망했음을 굳이 감추지 않았다. 그리고 선언했다. 스스로 문제를 해결하겠다고. 화가 치밀기도 했지만, 그동안 제네바에서 활동하면서 자신감이 생기기도 한 터였다. 마침 프랑스어 신문 〈주르날 드 주네브〉에 어려운 처지에 놓인 만주의 조선인들에 관한 이승만의 긴 글이 실려서 그의 자신감을 떠받쳤다. 그러자 중국 대표단은 자신들이 며칠 안에 청원서를 제출할 터이니, 그 뒤에 이승만이 독자적 청원서를 제출하는 것이 좋겠다고 말했다. 중국 대표단과 그런 일을 놓고 다툴 처지가 아니라서 이승만은 일단 그들의 뜻을 따르기로 했다.

2월 1일 중국 대표단은 만주국을 지지하는 만주 인민 대표자 586명이 작성해서 국제연맹의 모든 회원국들에 배포한 성명서 사본을 이승만에게 건넸다. 물론 일본이 꾸민 일이었지만, 성가실 수밖에 없었다. 게다가 서명자들 가운데엔 길림의 조선인 둘이 들어 있었다. 이승만은 바로 그 성명서를 반박하는 성명서를 만들어서 중국 대표단에 건넸다. 중국 대표단은 이승만의 글이 자기들의 글보다 훨씬 낫다는 것을 인정하는 터라, 고맙게 받았다.

이튿날 이승만은 안혜경에게 전화를 걸어서 중국 대표단이 언제 서류를 국제연맹에 제출할 것인지 물었다. 안혜경은 하루이틀 안에 제출할 것인데, 혹시 좀 더 시일이 걸리더라도 중국 대표단이 먼저 제출한 뒤에 이승만이 자신의 서류를 제출해야 한다고 못 박았다.

이승만은 속이 타 들어갔다. 제네바에 온 지 한 달이 되어 가는데 이룬 것은 없었다. 도와주겠다는 나라가 없어서 중국 대표단에 매달렸는데, 그들은 계속 말을 바꾸면서 조선 문제를 미루기만 했다. 답답한 마음을 좀 풀어 볼 겸 조언을 구하려고 그는 알프레도 블랑코(Alfredo E. Blanco)를 찾아갔다. 블랑코는 스페인 사람으로 '반아편정보국(Anti-Opium Information Bureau)'에서 아편 퇴치 운동을 했다. 원래 중국에서 일했고 지금은 국제연맹 주재 중국 대표단의 명예고문이기도 했다. 이승만을 적극적으로 돕던 AP 통신사의 제네바 특파원 플런터스 립시(Pluntus J. Lipsey Jr.)가 소개한 사람이었다.

이승만의 얘기를 듣자 블랑코는 국제연맹에 제출한 자신의 편지를 이승만에게 건넸다.

"이 박사님."

이승만이 편지를 훑어보기를 기다려 블랑코가 말했다. "나는 지난

3년 동안 이 일을 해 왔습니다. 이제서야 한 회원국 대표가 지난 1월 27일에 연맹 사무총장에게 내 편지를 배포할 것을 요구했고 사무총장은 그렇게 했습니다. 이제 나는 공식적 자격을 얻었습니다."

이승만이 자신의 얘기를 새길 틈을 준 다음, 블랑코는 진지하게 말했다. "이 박사님, 만일 당신이 연맹과 관련해서 무슨 일을 하시려면, 당신 자신이 하십시오."

이승만이 힘주어 고개를 끄덕였다. "알겠습니다. 좋은 조언 감사합니다. 그러나 나를 도와줄 회원국 대표를 찾기가 힘듭니다. 애초에 중국 대표단에 매달린 이유가 바로 그것이었거든요."

이승만의 씁쓸한 웃음에 사정을 이해한다는 뜻이 담긴 웃음을 얼굴에 올리면서 블랑코가 고개를 끄덕였다. "알겠습니다. 일전에 아일랜드 대표 숀 레스터(Seán Lester) 씨를 만났는데, 한국 문제에 관심이 많더군요. 혹시 만난 적이 있습니까?"

"예. 두 주일 전에 레스터 씨를 만났습니다. 중국 대표단의 태도에 실망해서 다른 약소국 대표들을 만나기 시작했는데, 맨 먼저 만난 사람이 레스터 씨였습니다."

"아, 그렇습니까?"

"레스터 씨는 조선 문제에 호의적이었습니다. 두 나라가 강대국의 바로 이웃이어서 어려움을 겪었다는 역사적 공통점이 있죠." 이승만이 쓸쓸한 웃음을 지었다. "그는 그러나 공식적으로 돕는 데는 많은 제약이 있다는 점도 솔직히 말해 주었습니다. 그리고 신문의 역할이 크다고 조언했는데, 그의 조언은 내게 큰 도움이 되었습니다."

"알겠습니다. 레스터 씨에게 편지를 써서 연맹 사무총장에게 이 박사님의 문서를 배포하도록 하라고 요청하면 어떨까요? 만일 레스터 씨가 그렇게 해 준다면 사무총장은 그 문서를 배포할 것이고, 공식적 계류안繫留案이 될 것입니다."

"잘 알겠습니다. 블랑코 씨, 귀찮은 일 하나에 관해서 당신의 도움을 받고 싶습니다." 이승만은 조심스럽게 말했다. "내가 연맹에 서류를 제출하는 일에 서투릅니다. 혹시 제 문서를 제출하기 위한 편지를 써 주실 수 있겠습니까?"

"그러죠." 블랑코는 선선히 응낙했다. "완성되면 전화로 알려 드리죠."

2월 8일 이승만은 레스터를 찾아갔다. 이승만이 국제연맹 사무총장에게 보내는 문서를 훑어보더니 레스터는 훌륭한 문서라고 칭찬했다. 그러나 그 자신은 본국의 훈령 없이 그 문서를 연맹에 제출할 권한은 없다고 말하고서, 바로 본국에 훈령을 요청하겠다고 말했다.

레스터에게 고맙다고 인사하고 나왔지만, 이승만은 깊은 좌절감과 무력한 분노로 가슴이 끓었다. 이미 「리튼 보고서」를 심의하는 19인 위원회는 활동하고 있었다. 한시가 급한데, 도와주려는 나라는 없었다. 강대국들이야 그렇다 치더라도, 강대국의 핍박을 받아 온 약소국들이 다른 약소국에 작은 도움도 주기를 꺼렸다. 제네바를 움직이는 원리는 관료주의였다.

"저주받을 '본국 훈령', 저주받을 '연맹 규정', 저주받을 관료주의, 저주받을…."

쓰디쓴 영어 욕설을 입 밖에 내면서 팔을 휘젓는 동양인 신사를 지나치던 사람들이 놀라서 쳐다보았다.

가슴 깊은 곳에서 솟구친 분노의 시뻘건 불길에 좌절감이 밀려나면서, 뜨겁고 단단한 오기가 마음속에 자리 잡았다.

'그래, 내가 직접 해보자, 떠들썩하게. 신문마다 일면에 대문짝만 하게 나도록.'

그는 발길을 우체국 쪽으로 돌렸다. 정식 서류는 에릭 드러먼드(Eric Drummond) 국제연맹 사무총장에게 보내고, 사본들은 모든 연맹 회원국 대표들에게 보냈다. 그렇게 하고도 남은 사본들은 신문과 방송 기자들에게 배포했다. 막상 언론기관들에 보내려 하니 보낼 사람들이 너무 많아서, 이튿날 100부를 더 주문해서 보냈다. 이어 2월 10일에는 사본들을 프렌티스 길버트(Prentiss B. Gilbert) 제네바 주재 미국 총영사에게 보내면서, 스팀슨 국무장관과 막심 리트비노프(Maksim Litvinov) 소련 대표에게 전해 달라고 부탁했다.

이승만이 국제연맹 사무총장에게 보낸 문서는 바로 관심을 끌었다. 여러 신문과 방송들이 보도했고, 일본의 만주 침략을 다루는 모든 외교관들이 읽고 논의했다. 회원 자격도 없는 멸망한 나라의 대표가 만든 문서가 그렇게 큰 관심을 끈 것은 이례적이었다.

이승만의 문서가 그렇게 주목을 받게 된 가장 큰 요인은 문서 자체의 뛰어남이었다. 그것은 격조 높은 문장과 설득력 있는 논리와 자세한 자료들로 이루어진 문서였다. 이승만은 "만주 문제에 대한 어떠한 해결도 현재의 중일 분쟁과 기본적으로 밀접하게 관련된 조선 문제의 정의롭고 공정한 해결 없이는 최종적이고 영구적인 것이 될 수 없다"고 단언하고, 「리튼 보고서」에서 적절하게 인용한 사실들로 그런 주장을 체계적으로 떠받쳤다. 아일랜드 대표 레스터의 칭찬은 그저 외교적 수사가 아니었다.

시의에 맞았다는 점도 물론 크게 작용했다. 그래서 스위스를 넘어 프랑스와 독일의 신문과 방송들도 이승만의 문서를 다루었다. 〈뉴욕 타임스〉가 이승만에 관한 기사를 실었다고 동포들이 전보로 알려 왔다. 국제연맹에 참석한 각국 외교관들도 이승만의 문서를 처리하는 길을 놓고 논의를 벌였다. 덕분에 이승만은 갑자기 제네바에서 주목받는 인물이 되었다.

2월 14일 국제연맹의 19인 위원회는 '만주국 승인 거부'를 천명한 9개국 소위원회의 결의를 만장일치로 결의했다. 이런 결정에 자신의 문서가 다소간 영향을 미쳤으리라는 생각에 이승만은 적잖은 성취감과 자신감을 느꼈다.

그날 서영해가 웃음이 가득한 얼굴로 이승만에게 보고했다. "박사님, 지금 중국 대표단이 고유균 씨 명의로 박사님에게 경의를 표하는 성명서를 배포하고 있습니다."

"그래요?" 이승만은 좀 퉁명스러운 어조로 대꾸했다. "그 사람들이 우리 문제를 제기하겠다는 그들의 약속을 이행하지 못했기 때문에 우리를 달래려고 선심을 쓰는 거요." 그리고 밝은 얼굴로 덧붙였다. "어쨌든, 우리가 헛힘만 쓴 것 아니니 다행이오. 이번에 서 대표의 공이 으뜸이오. 만일 서 대표가 도와주지 않았다면 나는 이번에 아무것도 이루지 못했을 거요."

"아닙니다." 서영해가 고개를 저었다. "박사님을 도우면서 보람도 느꼈고 배운 것도 많습니다. 박사님을 모시고 일한 것은 저로선 큰 영광이었습니다."

"내 처지에 술을 마실 수는 없지만, 오늘은 어디 가서 축배를 한잔 듭시다. 여비를 마련해 준 동포들도 오늘은 뭐라고 하지 않을 거요. 갑시다."

이승만이 호기롭게 앞장을 섰다. 이승만은 늘 쪼들렸고, 여유가 있더라도 돈을 철저하게 아껴 쓴다는 것을 잘 아는 서영해는 앞장선 이승만의 뒷모습을 보면서 가슴이 시려 왔다.

2월 16일 이승만은 국제연맹의 방송 시설을 통해서 '조선과 극동 분쟁'이라는 주제로 강연을 했다. 국제연맹 사무국에 문서를 제출할 자격도 없어서 한 달 넘게 애를 태운 한국 대표로서는 감회가 깊을 수밖에 없어서, 원고를 낭독하는 그의 목소리엔 물기가 어렸다.

그는 먼저 극동에 대해 거의 알지 못하는 사람들을 위해 극동의 지정학적 역사부터 설명했다.

"일본은 3세기 전부터 중국 대륙에 세력을 뻗치려는 야심을 품고, 그 목적을 달성하기에 앞서 먼저 조선을 탈취하고 중국 국경까지 군대를 보냈습니다. 그런데 이번에 또다시 같은 목적의 사업을 계획하고 그것을 수행하려는 것이 이번 '만주사변'입니다. …"

이어 그는 극동의 평화엔 조선의 독립이 필수적 조건임을 지적했다.

"세계가 조선에 대하여 열국 군대의 보장 아래 중립국으로 독립하는 것을 승인하지 않는다면 언제까지라도 일본의 침략은 멈추지 않고 우리 조선을 마치 거점인 것처럼 생각할 것이므로, 아시아의 안전과 평화를 보장하는 일은 영구히 불가능할 것입니다. …"

이승만의 연설이 끝나자, 제네바의 일본 경찰은 바로 연설 원고를 본국에 보고했다. 그리고 이승만의 활동이 연맹의 회의에 중대한 영향을 미친다고 덧붙였다.

2월 18일 오후에 중국 대표 고유균의 비서 킹 운쓰金問泗(Wunz King)가 이승만을 찾아와서 서류를 내놓았다. 만주국의 건립은 만주의 조선인들의 이익을 해치는 일이므로 대한민국 대표단은 만주국의 건립을 반대한다는 내용의 성명서였다. 중국 대표단이 작성한 그 초안에 이승만이 서명해 달라는 얘기였다. 그는 연맹 총회가 열리는 21일 이전에 발표해야 한다고 덧붙이면서 서명을 재촉했다.

이승만은 검토해 보겠다고 대답하고 한 시간 뒤에 와 달라고 말했다. 킹 운쓰가 돌아가자, 이승만은 그 문서를 찬찬히 읽어 보았다. 그리고 고개를 저으면서, 서영해에게 읽어 보라고 건넸다.

"그대로는 도저히 안 되겠소. 내가 새로 쓰는 게 낫겠소."

서영해가 심각한 얼굴로 문서를 돌려주자, 이승만이 불만이 가득한 얼굴로 말했다. 서영해가 고개를 끄덕였다.

"우리 대표단 명의로 발표하기엔 너무 미흡합니다. 하지만, 박사님."

이승만의 낯빛을 살피면서 서영해가 조심스럽게 말했다. 이승만이 문서를 살피던 눈길을 들어 서영해를 바라보았다.

"박사님께서 새로 쓰시면 중국 사람들이 좀 섭섭해 할 수도 있습니다. 우리 대표단 명의로 나가는 성명서이긴 하지만."

이승만이 잠시 생각하더니 고개를 끄덕였다. "그럴 수도 있겠네."

"이미 우리 성명서가 널리 알려졌으니, 그 문서에서 문제가 되는 부분들을 고쳐서 중국 사람들이 섭섭해 하지 않도록 하는 것이 낫지 않을까요?"

"서 대표 얘기가 맞소." 이승만이 싱긋 웃었다.

서영해의 의견을 구하면서, 이승만은 문단 몇 개를 삭제하고 만주의 조선인들의 상황과 의견을 첨가했다. 이어 그들은 안혜경의 비서를 찾아가서 함께 문장을 다듬었다. 이튿날 오후 안혜경의 비서가 성명서를 가져오자, 이승만은 선뜻 서명했다.

1933년 2월 21일 온 세계가 주목하는 국제연맹 총회가 마침내 열렸다. 의제는 19인 위원회가 제출한 보고서의 심의였다.

역사적인 총회를 방청하려고 로잔에서 앤 메리엄(Anne W. Meriam) 양과 브라운(Brown) 부인이 제네바로 왔다. 메리엄은 메릴랜드 출신으로 로잔 대학교에 다니고 있었다. 1월 29일엔 이승만과 서영해가 제네바 호 북쪽의 로잔으로 가서 그녀를 만났었다. 이승만은 두 사람을 점심에 초대했다. 식사가 끝나자 그들은 함께 총회장으로 향했다.

총회장은 역사적 사건이 일어나기를 기대하는 사람들의 달뜬 마음이 가득 채우고 있었다. 오후 3시 30분 의장 폴 히망(Paul Hymans)이 개회를 선언했다. 히망은 벨기에 대표였는데, 1920년 국제연맹 첫 총회에서도 의장을 맡았었다. 히망이 연설을 마치고 연설문이 배포되었다. 그리고 2월 24일에 회의를 속개한다는 안내 방송이 나왔다. 그것으로 총회 첫날이 끝났다.

실망한 사람들은 투덜댔다. 큰 기대를 품고 일부러 로잔에서 찾아온 두 사람의 얼굴에도 아쉬움이 짙게 어렸다. 이승만 자신은 실망하기보다는 마음이 긴장되었다. 의장의 개회사만으로 첫날 일정을 끝냈다는 사실은 아직도 국제연맹이 만주 문제에 대해 결정을 내리지 못했고 막후 협상이 치열하게 벌어지고 있음을 말해 주었다.

국제연맹의 회원국들은 일본에 대한 강경책이 부를 일본의 반발을 걱정했다. 만주에서 원상을 회복하라는 국제연맹의 결의를 일본이 받아들일 가망은 거의 없다는 사실을 모든 회원국 대표들이 잘 알았다. 일본 정세에 밝은 사람들은 일본 정부가 일본군을 제대로 통제하지 못한다는 사실도 알았다. 자칫하면 일본이 국제연맹에서 탈퇴하는 상황이 나올 수도 있었다. 그렇지 않아도 허약한 국제연맹은 일본의 탈퇴라는 충격을 견뎌 내기 어려울 터였다. 자연히, 적당한 선에서 타협해서 일본의 국제연맹 탈퇴라는 최악의 상황은 막아 보자는 기류가 흘렀다.

게다가 국제연맹을 주도하는 영국은 일본의 팽창 정책을 그리 경계하지 않았다. 원래 영국과 일본은 러시아에 함께 대응하려고 1902년부터 1923년까지 동맹을 맺었었다. 러시아가 공산주의 국가가 된 뒤로, 영국은 러시아를 더욱 경계했다. 일본이 만주를 장악하면 공산주의 러시아에 대한 방벽 노릇을 할 터였다. 그래서 영국은 일본의 팽창 정책에 대해 비교적 온건하게 대응해 온 터였다.

그러나 영국은 독자적으로 움직일 수 없었다. 영연방에 속한 나라들은 지금까지 함께 움직였고, 이번에도 그럴 터였다. 영연방 안에서 캐나다와 오스트레일리아는 전통적으로 일본에 대해 강경한 입장이었다. 캐나다는 일본을 경계하고 견제하는 미국과 입장이 같았고, 오스트레일리아는 일본의 군사적 위협에 바로 노출되었다. 반면에, 남아프리카 공화국이나 인도는 일본에 대해 강경할 이유가 없었다. 이번에도 영연방이 의견을 통일하느냐 못 하느냐에 표결의 결과가 달라질 수 있었다.

이튿날 제네바에서 발행되는 프랑스어 격주간지 〈라 트리뷘 도리앙〉은 1면 거의 전부를 이승만과의 대담으로 채웠다. 이승만의 경력과 활동에 대한 소개 기사와 함께, 만주 문제와 동아시아의 정치에 대한 그의 견해가 자세히 보도되었다. 다른 때와 마찬가지로 그는 조선의 독립이 동아시아의 안정과 평화에 필수적 조건임을 설득력 있게 개진했다.

이날 비로소 중국 대표단은 만주국의 설립에 반대하는 한국 대표단의 성명서를 연맹 사무국에 제출해서 회원국들에 배포하도록 했다.

2월 23일에는 베른에서 발행되는 독일어 신문 〈데어 분트〉에도 이승만에 관한 기사가 실렸다. 전날 〈라 트리뷘 도리앙〉에 실린 것과 비슷한 내용이었다.

2월 24일 이승만은 아침부터 「만주의 조선인들(The Koreans in Manchuria)」의 원고를 다듬었다. 그동안 성명서, 연설 및 대담을 통해서 단편적으로 밝힌 만주의 조선인 문제를 종합해서 팸플릿으로 내려는 계획이었다. 「리튼 보고서」를 구하면 거기 언급된 사항들을 인용해서 이승만 자신의 견해와 주장을 떠받칠 생각이었다. 그래서 '이승만 박사의 논평이 달린 리튼 보고서 초록(Extracts from the Lytton Report with Comments by Dr. Syngman Rhee)'이란 부제까지 생각해 두었는데, 보고서를 구하기가 예상보다 훨씬 어려워서 애를 먹는 참이었다.

문을 두드리는 소리가 났다.

"박사님, 총회에서 19인 위원회 보고서가 채택되었습니다."

이승만이 방문을 열어 주자 서영해가 복도에 선 채 흥분된 목소리로 보고했다. 얼굴도 상기되어 있었다.

"아, 그래요?" 이승만의 가슴속에서 물살이 묵직하게 차올랐다. "드디어…."

"42 대 1이랍니다. 찬성 42, 반대 1. 압도적입니다. 일본만 반대하고 다른 나라들은 모두…."

"42 대 1이라. 하아." 이승만의 입에서 탄성이 나왔다.

"히망 의장은 당사국들의 투표는 표결에서 제외되므로 만장일치라고 선언했습니다."

만주국의 불인정과 원상 복구를 권고한 19인 위원회의 보고서를 총회가 채택했다는 것은 본질적으로 도덕적인 판단이었다. 국제법을 어기고 국제 질서를 깨뜨렸으니 일본이 도덕적으로 잘못했다는 판단이었

국제연맹 총회는 만주국의 불인정과 원상 복구를 권고한 보고서를 찬성 42 대 반대 1(일본)로 채택했다. 일본은 국제연맹을 탈퇴했다.

다. 그런 판단에서 만장일치는 뜻이 컸다. 이제 국제연맹이 내린 이 판단은 영구적으로 일본의 행동을 평가하는 기준이 될 터였다.

"표결 결과가 발표되자 모두 놀란 모양입니다. 일본도 이렇게 참패할 줄은 몰랐다는 얘기가 돕니다."

"그래요? 영연방이 의견을 통일하는 데 성공했단 얘기군."

서영해가 아직 복도에 섰다는 것을 깨닫고, 고개를 끄덕이던 이승만이 황급히 손짓을 했다. "어서 들어오시오."

"표결이 끝나자 마쓰오카는 바로 일본의 국제연맹 탈퇴를 선언하고 회의장에서 퇴장했답니다."

마쓰오카 요스케松岡洋右 국제연맹 주재 일본 대표는 일본 안에서도 국수주의자로 이름이 났다고 했다.

"그래요?" 이승만이 심각한 얼굴로 잠시 생각했다. "표결에서 질 줄 알고 준비했다는 얘기군."

방으로 들어오자, 그들은 탁자를 두고 마주 앉았다. 내놓을 것이 없는 이승만은 좀 겸연쩍은 낯빛으로 컵에 물을 따르고 서영해에게 손짓했다. 목이 말랐던지 서영해가 맛있게 물을 마셨다. 그런 서영해를 이승만이 웃음 띤 얼굴로 바라보았다.

"이번에 서 대표 정말로 수고 많았어요."

"저야 뭐 한 게 있나요? 박사님께서 정말로 큰일을 하셨습니다. 공항에서 처음 박사님을 뵐 때만 하더라도, 혼자 오신 분이 과연 거대한 국제연맹의 조직에 영향을 미칠 수 있을까 하는 생각이 들었습니다. 그런데 지금은… 정식 회원국 대표도 아닌 대한민국 대표단이 늘 주목을 받다니… 잘 믿어지지가 않습니다." 서영해가 환한 얼굴로 고개를 저었다.

"지성이면 감천이라 했으니…." 이승만이 싱긋 웃었다. "무슨 일이든 운이 따라야 하는데, 이번엔 운이 따랐소. 하늘이 도우신 거요."

"정말 그렇습니다."

두 사람은 잠시 가슴에 뿌듯하게 어린 성취감을 즐겼다. 맹물을 맛있는 포도주처럼 마시면서.

'이제 몇 해냐?'

이승만은 자연스럽게 처음 조선을 떠나 미국으로 향하던 때를 떠올렸다. 을사년 겨울이었다. 이미 기운 대한제국을 추슬러 보겠다는 염원에서 한규설韓圭卨과 민영환閔泳煥 두 대신이 쓴 밀서를 품고 미국 가는 배를 탔었다. 그 뒤 잠시 조선에 돌아간 적을 빼놓고는 해외에서 떠돌았다. 그 긴 세월에 이룬 것이 무엇이냐고 누가 묻는다면, 이제는 내놓을 것이 있었다. 그 힘든 삶이 이제 보상을 받은 셈이었다.

"박사님, 제가 고향을 떠난 지 14년인데, 오늘 처음으로 마음이 밝습니다."

서영해도 그와 비슷한 생각을 한 모양이었다. 이승만이 환한 얼굴로 고개를 끄덕였다.

"우리가 조금만 더 노력하고 하늘이 조금만 도와주시면, 우리가 고국 산천을 다시 볼 날이 있을 거요."

"예, 박사님."

이승만이 고개를 돌려 창밖의 이국 하늘과 땅을 내다보았다.

"지금쯤 진달래가 피지 않았을까? 오늘이 2월 24일이니 아직 좀 철이 이른가?"

"좀 철이 이르지만, 제주도엔 피지 않았을까요?" 서영해가 웃음 띤 얼굴로 대꾸했다.

"제주도라면…."

이승만이 천천히 고개를 끄덕였다. '제주도'라는 말이 뜻밖에도 그의 마음을 휘저어서, 가슴에 시린 물살이 일렁였다. 말은 그렇게 했지만, 그는 잘 알았다. 자신이 독립된 조국의 땅을 밟을 가능성은 실질적으로 없다는 사실을. 언젠가는 일본과 미국이 부딪치고 일본이 패망해서 조선이 독립하리라는 전망을 그는 굳게 믿었지만, 그것은 오랜 시일이 걸릴 과정이었다. 두 해 뒤면 환갑인 그가 그 과정이 끝나는 것을 볼 가능성은 거의 없었다. 그러기를 바랄 자식도 손자도 없었다.

"이제 어떻게 될까요?" 서영해가 기대에 찬 얼굴로 물었다.

"갈 길로 가지 않겠어요?" 이승만의 눈길이 멀어졌다. 먼 미래를 조망하는 것처럼. "일본은 관동군이 일을 저지르면 외무성이 뒤치다꺼리를 하는 판국 아니오? 지금 일본군이 열하성을 다 점령하고 계속 남하하는데 중국군은 막지 못하니, 결국 중국이 손을 들고 휴전할 것이오. 그러면 만주국은 그대로 존속한다는 얘긴데. 결국 일본은 중국 전체를 탐낼 것이고, 그다음엔 미국과 대결하게 될 것이오. 내가 보기엔, 외길인 것 같소."

1933년 3월 27일 일본은 국제연맹에 탈퇴를 공식적으로 통고했다. 이미 2월 24일 총회가 19인 위원회의 보고서를 채택한 뒤 마쓰오카 대표가 탈퇴를 선언했던 터라, 주요 회원국의 첫 탈퇴였지만 충격은 그리 크지 않았다.

이보다 며칠 앞서 이승만의 「만주의 한국인들」이 서영해가 운영하는 파리의 고려통신사의 이름으로 제네바에서 발간되었다. 35쪽의 이 책자에서 이승만은 그것이 만주 문제와 얽혀 있는 만주 거주 조선인들의 문제에 대한 국제연맹의 이해를 돕기 위해 씌어졌다고 밝혔다. 이어 만주 문제의 내력과 조선 문제와 만주 문제의 유기적 연관성에 대해 너른 맥락에서 자세하게 설명했다. 부제인 '이승만 박사의 논평이 달린 리튼 보고서 초록'이 말해 주듯, 이승만은 리튼 보고서를 인용하고 해설하면서 자신의 주장을 떠받쳤다.

3월 20일 이승만은 「만주의 한국인들」을 드러먼드 국제연맹 사무총장에게 보내면서 회원국들에게 배포해 줄 것을 요청했다. 이것으로 제네바에서 국제연맹을 상대로 한 이승만의 외교 활동은 실질적으로 끝났다.

제네바에서의 활동은 이승만의 자랑스러운 성취이자 대한민국 임시정부의 첫 외교적 성취였다. 그리고 제네바에서 이승만에겐 개인적 행운도 따랐으니….

제네바에서의 외교 활동은 이승만의 자랑스러운 성취였지만, 대한민국 임시정부로서도 첫 외교적 성취였다. 임시정부라 했지만, 상해 프랑스 조계의 허름한 셋집들을 전전하는 궁색한 독립운동가들의 집단에 지나지 않았다. 정부로 인정해 준 나라도 없었고 국제회의에 참가할 자격을 인정받은 적도 없었다. 그런 임시정부의 1인 대표가 국제연맹을 상대로 활동해서 신문과 방송들에 크게 보도되고, 그의 성명서들이 국제연맹의 공식 기구들의 관심을 끌고, 실제로 일본의 무력 침공을 규탄하는 국제연맹의 결의에 영향을 미친 것은 알찬 성과였다.

이승만 자신이 서영해에게 말했듯이, 그런 성취엔 행운이 따라야 했다. 제네바에서 그에겐 개인적 행운도 따랐다.

역사적으로 중요한 국제연맹 총회가 열린 1933년 2월 21일, 이승만이 저녁을 들려고 호텔 식당을 찾았을 때 식당은 만원이었다. 지배인의 주선으로 그는 4인용 식탁에서 식사하던 오스트리아인 모녀와 함께 저녁을 들었다. 간소한 식사를 조용히 드는 기품 있는 노신사에게 젊은 딸은 묘하게 마음이 끌렸다. 그는 저녁을 들고 일어섰지만, 그녀 마음엔 이미 흠모의 싹이 수줍게 트고 있었다.

임시정부의 이주

윤봉길의 거사가 성공한 뒤, 임시정부 요인들은 주로 상해 동남쪽 항주杭州(항저우)와 가흥佳興(자싱)으로 피신했다. 임시정부는 항주에 판공처辦公處를 마련했고 조완구, 김철, 조소앙 등이 거기 머물렀다. 김구와 이동녕, 엄항섭 등 김구와 가까운 인사들은 가흥에 몸을 숨겼다.

1932년 5월 15일 항주의 여관에 마련된 임시정부 판공처에서 국무회의가 열렸다. 윤봉길의 성공적 거사로 당연히 밝고 가벼웠어야 할 국무회의 분위기는 그러나 어둡고 무거웠다. 윤봉길의 거사로 김구 혼자 영웅이 되었고 다른 국무위원들은 개인적으로 얻은 것 없이 생활 근거인 상해를 황급히 떠나야 했으니, 분위기가 좋을 리 없었다. 게다가 다른 국무위원들은 중국 정부가 임시정부에 지급한 자금을 김구가 혼자 갖고서 내놓지 않는다고 생각했고, 김구는 김구대로 상해의 중국인 상인 단체가 낸 윤봉길과 안창호의 가족을 위한 위로금을 김철과 조소앙이 움켜쥐고 있다고 여겼다. 결국 자금 문제를 놓고 김구와 김철 사이에 논쟁까지 벌어졌다. 며칠 뒤 국무회의에서 군무장 김철과 재무장 김구가 자리를 맞바꾸어 김철이 재무장이 되고 김구가 군무장이 되는 것으로 상황이 간신히 수습되었다.

대한민국 임시정부의 항일 투쟁 능력을 새삼 인식한 중국 국민당 정부는 김구와 임시정부를 적극적으로 보호하고 돕기 시작했다. 국민당의 실력자인 진과부陳果夫(천궈푸)가 김구를 일본 경찰로부터 보호하는 일에 앞장을 섰고, 가흥 명문의 후예로 애국 활동을 해 온 저보성褚輔成(추푸청)이 김구 일행에게 은신처를 마련해 주었다. 일본 경찰의 집요한 추적을 피해 김구는 가흥 지역에서 여러 차례 거처를 옮겼다. 결국 가흥성 밖 호수에서 작은 배를 부리는 주애보朱愛寶(주아이바오)라는 중국 여인과 함께 배 위에서 살게 되었다. 그곳엔 그녀처럼 작은 배를 부리는 선랑船娘들이 많았다.

1932년 7월 중국 정부는 김구에게 독립운동에 관한 계획을 제출하라고 요구했다. 김구는 구체적인 계획 대신 장개석 주석과의 면담을 요청하고, 조선인들이 많이 사는 만주에 기병騎兵학교를 설립하는 방안을 제시했다. 중국 정부는 기병학교 설립은 비현실적이라 판단해서 거부하고 장개석과의 면담은 주선했다.

9월 말 김구는 장개석과의 면담을 위해 안공근과 엄항섭을 대동하고 남경으로 갔다. 중앙육군군관학교 구내 관저에서 이루어진 면담에선 중국 국민당에서 일하던 박찬익朴贊翊이 통역을 맡았다. 장개석은 김구에게 일본군에 관한 정보를 탐지해 달라고 부탁했다. 김구는 장개석에게 항일 활동을 위한 자금 지원과 군사학교 설립을 요청했다. 장개석은 자금 지원은 승낙했다. 그러나 독자적 한인 군사학교는 일본에 노출될 위험이 크다면서 거부하고서, 대신 중국 군사학교 안에 한인특별반을 설치하는 방안을 내놓았다. 이렇게 해서 김구는 공식적으로 중국 국민당의 지원을 받게 되었다. 중국은 대한민국 임시정부를 승인하지 않았으므로, 중국의 지원은 김구 개인에게 주어진 것이었다. 그 뒤로 김구는 매달 경상비로 5천 원을 받고 승인된 사업들에 대해선 별도로 사업비를 받았다. 당시 중국 원이 미국 달러의 반값이었으니, 월 5천 원은 큰 돈이었다.

김구는 중국의 옛 도읍 하남河南(허난)성 낙양洛陽(뤄양)에 있는 중앙육군군관학교 낙양분교에 한인특별반을 설치하기로 결정했다. 그는 한 기에 군관 100명을 양성한다는 목표를 세웠다. 중국에 있는 조선인들이 그리 많지 않았으므로, 이 야심 찬 목표를 이루기 위해 그는 만주에서 활약했던 독립군들을 초청했다. 마침 만주에 대한 일본의 장악이 확고해지면서, 만주에서 활약하던 독립군 지도자들이 만주를 떠나 중국 본토로 내려오려 했다. 김구의 초청을 받자 이청천李靑天을 비롯해 이범석李範奭, 오광선吳光鮮, 김창환金昌煥과 같은 장교들이 부하 청년들 수십 명을 이끌고 만주를 떠나 낙양으로 왔다. 중국 본토에 있던 청년들도 많이 지원했다. 드디어 1934년 2월에 92명의 학생들로 이루어진 한인특별반이 중국 중앙육군군관학교 낙양분교 제3총대 제4대대 육군군관훈련반 제17대라는 이름으로 교육과정을 시작했다.

한인특별반에 대한 김구의 애착과 기대는 컸다. 그래서 한인특별반의 운영은 김구 자신이 총괄하고 실무는 안공근이 맡았다. 대원들에겐 피복과 12원의 월급을 지급했다. 훈련은 총교도관 이청천이 총괄했다. 이범석, 오광선, 한헌韓憲 등이 교관이었는데, 이범석은 학생대장을 겸했다. 교육과정은 지형학, 전술학, 병기학, 통신학, 정치학과 같은 학과學科와 체육, 무술, 검술, 사격과 같은 술과術科로 이루어졌다. 한인특별반의 졸업생들은 곧 일어날 것으로 예상된 동아시아의 대규모 전쟁에서 활약할 터였다. 일본군의 후방인 만주와 한반도로 들어가서 유격전을 펼쳐 일본군을 괴롭히는 것이 그들의 목표였다.

이처럼 큰 기대를 받으며 출범한 한인특별반은 얼마 지나지 않아서 암초를 만났다. 한인특별반 운영의 주도권을 놓고 김구와 이청천이 반목하게 된 것이었다. 독자적 세력을 거느린 두 사람은 한인특별반을 자기 군대로 삼으려 했다. 게다가 두 사람은 경력도 달랐고 독립운동을 해 온 방식도 달랐고 이념적으로도 이질적이었다.

이청천은 본명이 지대형池大亨이고 지청천池青天이란 이름도 썼다. 1888년에 태어났으니 김구보다 12살 아래였다. 소년 시절에 대한제국 관비로 일본에 유학해서 1913년 일본 육군사관학교를 졸업했다. 일본이 제1차 세계대전에 참전해서 1914년 10월 중국 산동성 청도를 지키던 소수의 독일군을 공격했을 때는 중위로 참가했다.

3·1 독립운동이 일어나자 그는 만주로 망명해서 일본군과의 무력 투쟁에 나섰다. 신흥무관학교新興武官學校와 서로군정서西路軍政署에서 독립군을 양성했고, 청산리 싸움 뒤에는 서일徐一, 김좌진 등과 대한독립군단을 결성해서 여단장이 되었다. 1921년 러시아 땅으로 망명했던 조선독립군들이 러시아 정권의 배신으로 죽거나 포로가 된 흑하사변黑河事變(자유시 참변)이 일어났을 때, 지휘관인 이청천도 러시아군의 포로가 되었다. 상해임시정부를 비롯한 독립운동 단체들의 노력으로 이청천은 풀려나서 만주로 돌아왔다. 이어 양기탁, 오동진吳東振 등과 정의부를 조직해서 군

사위원장 겸 사령장이 되었다. 1931년 한국독립당 산하 한국독립군의 총사령으로 중국군과 연합해서 일본군과 싸웠고 큰 전과를 올렸다. 그러나 일본군이 만주를 확고하게 장악하자, 조선독립군들이 만주에서 활동할 공간이 사라졌다. 게다가 중국군과 알력이 생겨 그는 한때 구금되기까지 했다. 1933년 그는 중국 본토로 남하하기로 결정하고 오광선吳光鮮을 김구에게 보내서 자신의 뜻을 전달했다. 김구는 이청천의 계획을 반기고 부대 이동 비용으로 4천 원을 지급했다. 그래서 이청천을 비롯한 한국독립군 50여 명이 중국인으로 변장하고 남경으로 왔다.

이처럼 군사 지휘관의 경력을 오래 쌓았으니, 이청천으로선 김구가 한인특별반의 운영에 깊숙이 간여하는 것이 못마땅할 수밖에 없었다. 물론 김구는 혼자 힘으로 개설한 한인특별반을 자신의 군대를 양성하는 기관으로 여겼고, 모든 요원들과 학생들에게 자신에 대한 충성을 요구했다. 변절과 배신이 어지럽게 나와서 늘 불안했던 김구로선 당연한 조치였다.

이념적으로도 두 사람은 본질적으로 달랐고, 자연히 정치적 일정에서도 크게 달랐다. 김구는 오랫동안 공산주의자들의 책동을 막아 내면서 임시정부를 지켜 온 사람이었다. 그는 공산주의자들의 전술을 잘 알았고 늘 그들의 선동선전을 경계했다. 반면에, 러시아 공산주의자들에게 배신을 당해서 처절하게 실패했지만 이청천은 공산주의에 대해 호의적이었다.

두 사람의 경력과 생각이 그렇게 달랐으므로, 두 사람은 화해하거나 타협하려 하지 않았다. 각기 한인특별반을 통해서 자기 세력을 키우려고만 했다. 심지어 김구는 자기를 따르는 훈련생들에게 기밀비를 별도로 보조했고, 이청천은 자기를 따르는 30여 명의 훈련생들로 '한국군인회'라는 비밀 조직을 만들었다.

8월이 되자, 김구는 한인특별반이 공산주의자들에게 장악될 위험이 있다고 판단했다. 특히 이념적으로 확고하고 잘 조직되고 경험 많은 의열단을 중심으로 공산주의자들이 뭉치고 있어서, 공산주의자들이 한인특별반의 주도권을 장악하는 것은 시간문제로 보였다. 김구는 결단을 내려 자기를 따르는 훈련생 25명을 남경으로 철수시켰다. 그리고 이들을 중앙군관학교에 편입시키거나 특수임무들을 맡겨 각지로 파견했다. 김구가 이처럼 결연히 나오자 이청천을 비롯해서 이범석, 오광선도 교관에서 물러났고, 남은 한인 훈련생들은 중국인 부대에 편입되었다.

이 무렵 장개석의 중국 국민당 정권은 모택동의 중국 공산당과의 투쟁에 주력하면서 일본에 대해선 유화적 정책을 취해서 시간을 번다는 전략을 고수하고 있었다. 1935년 1월 남경에서 만난 왕조명汪兆銘(왕자오밍) 중국 외교부장은 수마 야키치로須磨彌吉郎 남경 주재 일본 총영사가 내놓은 요구 사항들을 거의 다 들어주었고, 양국은 1) 배일排日 활동 및 일본 상품 배척의 근절, 2) 조선인 독립운동자들의 인도와 책동 방지, 3) 제3국으로부터의 고문 및 교관의 초청, 무기 수입 및 자본 수입의 중단과 해당 분야들에서의 일본과의 합작이라는 협상안에 합의했다. 특히 수마 총영사는 낙양군관학교 한인특별반에 대해 중국 정부에 항의했고 김구의 체포 문제도 적극적으로 제기했다.

이처럼 내분에다 외압이 겹쳐서, 한인특별반은 존속하기 어려워졌다. 중국 정부의 지원을 받아 큰 기대 속에 출발한 한인특별반은 제1기조차 졸업시키지 못하고 좌초했다. 이것은 김구로선 큰 좌절이었고, 그가 제대로 훈련받은 군대를 거느리지 못했다는 사정은 그의 활동을 근본적으로 제약하게 되었다.

임시정부가 항주로 옮긴 뒤 임시정부 요인들의 다수가 자신에게 적대적이 되자, 김구는 임시정부와 거리를 두기 시작했다. 그는 공식적으로는 여러 국무위원들 가운데 하나였고 주석은 조완구였으므로, 임시정부의 운영에 대한 그의 실질적 및 도덕적 책임은 그리 크지 않았다. 김구가 국무위원 직을 사양하고 임시정부의 운영에서 발을 빼자 임시정부는 휴면 상태가 되었다. 근거였던 상해에서 허겁지겁 도망한 데다가 일본 경찰의 집요한 추적이 계속되었으므로, 김구가 빠진 임시정부로선 할 수 있는 일이 거의 없었다.

이봉창과 윤봉길의 거사를 성공시킨 임시정부가 물러가자, 상해엔 임시정부에 반대했던 세력들이 몰려들었다. 특히 공산주의자들이 많아져서 공산주의 운동이 활발해졌다. 이런 움직임은 중국공산당 상해인민지부 책임비서 조봉암曺奉岩이 주도했다. 그는 1931년 12월에 홍남표洪南杓, 강문석姜文錫, 동생 조용암趙龍岩과 함께 '상해 한인 반제동맹'을 만들고 기관지 〈반제전선〉을 발행하면서 활발하게 움직였다. 특히 중공군을 돕는 데 앞장섰다. 그러나 공산주의자들의 활동은 1932년 9월 조봉암이 일본 경찰에 체포되어 국내로 압송되고 다른 간부들도 속속 체포되면서 크게 위축되었다.

그사이에도 상해 인근에 주둔한 일본군을 상대로 영업하는 조선인들이 많아졌다. 덕분에 상해의 조선인 사회는 오히려 커지고 윤택해졌다. 일본 경찰과 일본군을 상대로 영업해야 하므로, 조선인들이 자발적으로 조직한 친일 단체들도 늘어났다. 이런 변화는 독립운동가들이 은신하고 연명하기 좋은 환경을 제공해서, 일본 경찰의 표적인 김구와 직접 연관이 없어서 일본 경찰의 추적을 받지 않았던 독립운동가들이 차츰 상해에 근거를 마련했다.

이들 가운데 두드러진 사람은 김규식이었다. 1923년 창조파 정부의 수반으로 추대되어 창조파 요인들과 함께 블라디보스토크에 갔다가 러시아의 정책 변화로 추방되자, 김규식은 중국으로 돌아와 1927년부터 천진天津 북양대학 교수로 일했다. 1932년 10월 그는 상해로 와서 임시정부에 반대하거나 중립적인 이유필, 김두봉金科奉, 신익희, 최동오, 박건웅朴建雄 등과 함께 '한국 대일전선 통일동맹'을 결성했다. 좌우익을 통합한 독립운동 단체를 지향했지만, 이 단체는 임시정부를 대신하기엔 역량이 너무 모자랐다. 특히 해외 조선인들과 중국 정부에 널리 알려지고 영향력이 큰 김구를 배제한 것은 결정적 약점이었다.

'통일동맹'의 영향 아래 1934년 1월 남경 동쪽 소도시 진강鎭江(전장)에서 임시의정원 회의가 열렸다. 송병조宋秉祚가 의장으로 선출되었고 송병조, 윤기섭尹琦燮, 조소앙, 양기탁, 김규식, 조성환, 최동오, 성주식成周寔이 3년 동안 임시정부를 이끌 국무위원들로 선출되었다. 이어 내무장에 조소앙, 외무장에 김규식, 군무장에 윤기섭, 법무장에 최동오, 재무장에 송병조가 선임되었다. 임시정부를 없애려고 갖은 책략들을 꾸몄던 공산주의 세력의 우두머리 김규식이 임시정부에 다시 참여해서 업무를 주도하고, 어려웠던 시절에 임시정부를 지탱했던 김구와 그를 지지해온 이동녕과 엄항섭이 임시정부를 완전히 떠난 것이었다. 더할 나위 없이 반어적인 변화였지만, 드문 일은 아니었다. 원래 어느 나라의 독립운동이든 파벌들이 어지럽게 나와서 다투고 연합하게 마련이다.

1934년 3월엔 남경에서 통일동맹 제2차 대표대회가 열렸다. 김규식이 주도한 통일동맹은 그동안 별다른 활동을 하지 못했는데, 임시정부에서 나왔지만 여전히 영향력이 크고 중국 정부의 신임과 지원을 받는 김구에 대항하려는 세력이 이 단체를 활용하기로 결정한 것이었다. 이런 움직임의 주동자는 김원봉金元鳳이었다.

1898년에 태어났으니, 김원봉은 김구보다 한 세대 젊었다. 김원봉은 1919년 11월 만주 길림에서 12명의 동지들과 함께 의열단을 만들었다. 당시 세계적으로 마르크스주의에 버금가는 영향력을 지녔던 무정부주의를 받아들인 이 단체는 폭력으로 독립을 쟁취한다는 강령을 채택했다. 그리고 중국을 중심으로 조선과 일본에서 테러 사건들을 여러 차례 실행했다. 임시정부가 이봉창과 윤봉길의 거사를 성공시키기 전까지 의열단은 조선인들의 항일 폭력 투쟁에서 발군의 실행력을 보였다. 그러나 러시아 혁명이 성공하고 코민테른의 활동이 극동에서도 활발해지자, 의열단은 이념적으로 무정부주의에서 정통 마르크스주의로 옮겨갔다. 그리고 독자적 활동 대신 코민테른의 지침을 따르게 되었다.

김원봉은 조선인들만의 투쟁이 지닌 한계를 절감하고, 1926년 3월에 여러 의열단원들과 함께 광동의 황포黃埔(황푸)군관학교에 입학했다. 당시 교장은 장개석이었다. 1927년 상해에서 의열단을 정비한 김원봉은 1929년에 북경으로 가서 조선공산당 재건동맹을 조직했다. 레닌주의 정치학교라는 부설 기관을 만들어 〈레닌주의〉라는 기관지를 발간했다.

만주사변이 일어난 뒤엔 근거를 남경으로 옮기고 중국 국민당 정권의 지원을 받기 시작했다. 김원봉의 황포군관학교 동기생들 가운데 많은 이들이 국민당 정부와 군의 요직에 올랐다. 특히 '삼민주의역행사'의 간부인 등걸騰傑(텅제)은 김원봉에게 큰 도움을 주었다. 삼민주의역행사는 흔히 '남의사藍衣社'라 불렸는데, 황포군관학교 출신들을 중심으로 1932년 2월에 결성된 국민당의 특무공작 조직이었다. 등걸을 통해서 김원봉은 중국과 조선이 함께 대일 전선에 나서자는 주장을 국민당에 전달했고, 중국 군사위원회는 이를 승인했다. 덕분에 김원봉은 김구보다 먼저 중국 측의 지원을 받았다. 그는 남경 교외에 '조선혁명 군사정치간부학교'를 설치하고서 일본의 눈길을 피하려고 중국 군사위원회 간부훈련반 제6대로 위장했다. 김구가 설립한 낙양의 한인특별반은 김원봉의 간부학교를 본받은 것이었다.

통일동맹 대회에선 모든 독립운동 단체들을 하나의 정당으로 통합하는 일이 논의되었다. 이 일엔 김원봉이 가장 적극적이었다. 통일동맹이 주도하는 단일 정당을 통해서 공산주의 세력을 늘리고 아울러 자신이 공산주의자라는 사실을 중국 국민당에게 감추려는 속셈이었다. 그렇게 되면 그는 독립운동과 중국 국민당의 지원에서 경쟁자인 김구를 꺾을 수 있다고 판단했다.

김원봉은 김구에게도 단일 신당에 참여해 달라고 요청했다. 그러나 김원봉의 속셈을 간파한 김구는 일언지하에 거절했다. 김구와 그의 지지자들은 쓰디쓴 경험을 통해서, 공산주의자들과 함께 독립운동을 하면 궁극적으로 그들에게 이용만 당한다는 점을 깨달은 터였다.

김원봉이 주도한 신당 운동은 1935년 7월 '민족혁명당'을 출범시켰다. 여러 정파들을 아우른 터라 논란이 많았다. 당명을 놓고도 좌우파가 의견을 달리했다. '민족혁명당' 앞에 붙일 국호에 관해서, 공산주의자들인 의열단 쪽에선 '조선'을 주장했고 민족주의자들이 다수인 한국독립당 쪽에선 '한국'을 주장했다. 두 진영이 끝내 합의하지 못하자 국호를 아예 빼는 방안이 채택되었다. 대외적으로는 국호를 넣지 않을 수 없어서, 중국 국민당 정부에 대해선 민족주의자들이 선호하는 '한국민족혁명당'으로 하고 조선이라는 국호를 쓰는 국내 조선 인민들에 대해선 '조선민족혁명당'으로 하고 영어로는 'Korean Revolution Association'을 쓰기로 했다.

민족혁명당의 조직은 코민테른에서 파견된 장건상張建相이 지도했다. 장건상은 중국 공산당에 가입해서 상해 지역에서 활동했고, 당시 의열단의 고문으로 김원봉과 협력했다. 자연히 민족혁명당은 조직과 운영 원리에서 러시아 공산당을 충실히 따랐다. 모든 공산당들은 레닌이 제창한 민주집중제(democratic centralism)를 기본 원리로 삼았다. 모든 당원들이 토론에 참여할 수 있다는 점에서 민주적이고, 다수결에 의해 당론이 결정되면 당원들은 그것을 충실히 따라야 한다는 점에서 집중적이라는 뜻인데, 레닌 자신은 민주집중제가 "토론의 자유와 행동의 일치"로 이루어진다고 말했다.

공산당이 지배하는 사회에선 무산계급을 대표하는 공산당이 최고의 기구다. 국가도 공산당에 복속한다. 공산당 자체는 중앙위원회에 의해 운영되는데, 이 기구는 다시 소수 정예 당원들로 이루어진 정치국이 관장한다. 그리고 정치국은 최고지도자의 지도를 따른다. 러시아 혁명이 일어나기 전인 1906년에 트로츠키는 레닌의 방안은 궁극적으로 독재자를 만들어 내리라고 예언했다.

"레닌의 방식은 이것으로 이끈다. 당 조직은 처음에 당 전체를 자신으로 대치한다. 다음엔 중앙위원회가 당 조직을 자신으로 대치하고, 마지막으로 한 독재자가 중앙위원회를 자신으로 대치한다."

트로츠키의 예언대로, 레닌의 방식을 따른 러시아는 공산당 위계의 정점에 오른 독재자가 지배하는 사회가 되었다. 그 뒤로 공산당이 통치하는 사회들에선 이 방식이 예외 없이 채택되었고, 궁극적으로 공산주의가 내건 이상과는 달리 독재자가 다스리는 압제적 사회들이 되었다.

민주집중제를 기본 원리로 삼았으므로 민족혁명당은 자연스럽게 사회주의 경제 체제를 지향했다. 토지는 국유화하여 농민들에게 나누어 주고, 큰 생산 시설들은 국영으로 하며, 국민들의 모든 경제 활동들은 국가의 계획에 따라 통제된다고 선언했다.

당을 실질적으로 이끄는 서기장엔 김원봉이 선임되었다. 그리고 조직부장에 김두봉, 선전부장에 최동오, 군사부장에 이청천, 국민부장에 김규식, 조련부장에 윤기섭이 선임되었다. 이어 신당에 참여한 단체들이 당원들과 재산들을 모두 민족혁명당에 인도했다. 의열단은 당원 200명과 중국 정부의 지원금 월수입 3천 원을, 한국독립당은 70여 명과 월수입 600원을, 신한독립당은 당원 600여 명을, 미국에 있는 대한인독립단은 200명을 인도했다.

단일 신당이 임시정부의 해체를 전제로 삼았으므로, 많은 독립운동가들은 단일 신당에 참가하기를 거부했다. 특히 김구는 그동안 발을 뺐던 임시정부의 옹호에 적극적으로 나섰다. 그는 임시정부의 정통성과 업적을 상기시키면서, 통일동맹이 주도하는 통합 운동은 1921년의 군사통일위원회나 1923년의 국민대표회의와 마찬가지로 온 민족의 통일된 의사를 반영한 것이 아님을 지적했다. 그래서 임시정부를 지키려는 세력이 자연스럽게 김구를 중심으로 결집했다. 임시정부가 정통성과 상징성을 지녔고 다른 단체들보다 훨씬 역사가 길었고 그동안 이룬 것들도 많았으므로, 지지자들도 당연히 많았다. 김원봉이 민족혁명당을 주도하자 소외된 한국독립당 출신 인사들이 탈당했고, 이들도 임시정부 재건에 합류했다.

임시정부가 실질적으로 무정부 상태라는 조완구의 절박한 호소를 듣자, 김구는 다시 임시정부에 참여하기로 결심했다. 1935년 11월 김구는 남경을 떠나 항주로 가서 임시정부의 전현직 요인들과 만나서 협의했다. 그의 초대로 임시의정원은 가흥에서 놀잇배 한 척을 띄우고 거기서 회의를 열었다. 여기서 김구, 이동녕, 이시영, 조완구, 조성환이 국무위원으로 선출되었다. 이튿날 그동안 임시정부를 지킨 송병조, 차리석車利錫과 함께 이들 다섯 국무위원들은 취임식을 거행했다. 그들은 호선으로 직무를 분장해서 주석에 이동녕, 내무장에 조완구, 재무장에 송병조, 외무장에 김구, 군무장에 조성환, 법무장에 이시영, 그리고 비서장에 차리석을 뽑았다. 그리고 판공처를 항주에서 진강으로 옮겼다. 진강은 수도 남경에 가깝고 중국 국민당 강소江蘇성당부가 있어서 여러모로 편리했다.

중일전쟁 발발

만주국을 세워 만주 점령을 마무리한 일본군은 중국 침략의 다음 단계로 화북華北의 지배를 추진했다. 하북성, 찰합이察哈爾(차하르)성, 산동성, 산서山西(산시)성 및 수원綏遠(쑤이위안)성의 다섯 성을 한데 묶어 '북지北支자치운동'이라는 명분을 내세우고 화북을 중국으로부터 분리시켜 일본이 지배하겠다는 계획이었다. '북지'는 '북부 지나支那'를 뜻했고 '지나'는 일본인들이 중국을 낮추어 부르는 이름이었다. 원래 중국 남부 광동성에 기반을 두었던 중국 국민당 정부는 1928년에야 가까스로 '북벌'에 성공했지만, 화북은 여전히 군벌들이 세력을 지녀서 국민당 정부가 화북을 실질적으로 지배한 적은 없었다. 그래서 수도도 전통적으로 수도였던 북경이 아니라 남경에 둔 터였다. 화북의 군벌들은 국민당 정부에 대한 충성심이 약했고, 일본군과 야합을 통해서 자신들의 세력과 이익을 지키려 했다.

일본의 이런 공작은 계획대로 진행되어, 1935년 11월 하북성 통주通州(퉁저우)에서 '기동冀東(지둥) 방공자치정부'가 섰다. '기동'은 하북성의 옛 이름인 기주冀州의 동쪽이란 뜻이었다. 이 정권은 만주국과 성격이 비슷한 괴뢰 정권이었는데, 만주국 설립의 명분이었던 공산주의 소련에 대한 방어를 명분으로 내세웠다. 기동 방공자치정부는 일본군의 공작에 따라 대규모 밀수를 통해 재원을 확보하면서 국민당 정부의 세원을 고갈시켰다.

화북을 분리해서 지배하려는 일본군의 공작은 중국인들의 거센 저항을 불렀다. 북경 학생들의 반일 시위를 시작으로 전국적으로 시위가 확산되었는데, 그들의 구호는 "일치항일一致抗日, 내전정지內戰停止"였다. 국민당군과 공산당군이 서로 싸우지 말고 힘을 합쳐 일본과 싸우라는 요구였다. 당시 전세는 국민당군이 우세했으므로, 인민들의 이런 요구는 장개석에게 부담이 될 수밖에 없었다.

1936년 12월 12일 장개석은 중공군에 대한 공세를 독려하기 위해 섬서陝西(산시)성 서안西安(시안)을 찾았다. 당시 서북 지역에서 중공군과 싸우던 국민당군의 사령관 장학량은 갑자기 장개석을 구금하고 중공군과 연합전선을 구축하라고 요구했다(서안사건). 장학량은 이미 그해 봄에 중공군을 대표한 주은래周恩來(저우언라이)와 비밀리에 만나 '국공분열'을 끝낼 방안을 협의한 터였다. 장개석은 할 수 없이 중공군과 연합해서 일본군을 중국 땅에서 몰아내겠다고 장학량에게 약속했다.

장학량은 중국 현대사에서 보기 드물게 정직하고 대범하고 애국적인 지도자였다. 만주를 기반으로 한 봉천 군벌 장작림의 아들로 태어나 일찍부터 군대를 지휘했다. 그러나 여색을 좋아하고 마약에 중독되어 지도자로서는 부족하다고 여겨졌다. 한때 중국 북부를 장악했던 장작림이 1928년 패퇴해서 만주로 돌아왔다. 일본군은 유약해서 다루기 쉽다고 여겨진 장학량이 봉천군을 이어받도록 장작림이 탄 열차를 폭파해서 그를 제거했다.

봉천군을 물려받자 장학량은 놀랍게 변신했다. 마약을 끊고 사령관답게 처신하면서 일본군으로부터 독립하려 애썼다. 러시아가 소유한 동중국철도의 일부를 회수하려 시도해서 러시아군의 공격을 받기도 했다. 국민당군의 북벌 막바지에 풍옥상과 염석산이 장개석의 국민당군에 맞섰을 때, 장학량은 장개석을 지원했다. 그리고 스스로 장개석 휘하로 들어가서 북벌을 완성시켰다. 일본군의 모략으로 아버지를 잃었고 만주사변으로 일본군에 의해 근거인 만주에서 밀려난 데다 중국 본토까지 일본군에게 유린되기 시작했으니, 그로선 일본에 대한 적개심이 사무쳤을 것이다.

서안사건으로 나라를 위해 큰일을 해냈다고 생각한 장학량은 혼자 장개석을 따라 남경으로 돌아왔다. 그러나 장학량에게 충성하는 부대에서 벗어나자, 장개석은 바로 그를 체포해서 가택에 연금했다. 장학량은 명대明代의 문학과 만주어와 성경을 공부하고 서예작품들을 수집하면서 오랜 연금을 견뎠다. 1975년 장개석이 죽자, 장학량은 공식적으로 자유로운 몸이 되었다. 1993년 그는 하와이로 이주했다. 중국 공산당 정권의 역사가들은 그를 "천고공신千古功臣"이라 칭송했고 공산당 정권은 그에게 중국 본토를 방문해 달라고 거듭 요청했다. 그러나 자신이 국민당과 가깝다는 이유를 들면서 그는 끝내 사양했다. 그리고 100세의 나이로 2001년에 삶을 마감하고 하와이에 묻혔다.

비록 선언적 의미가 강했고 공산군은 처음부터 그것을 자기 세력의 확장 수단으로 삼았지만, 그래도 '국공합작國共合作'은 일본의 침략을 받는 중국으로선 꼭 필요한 일이었다. 실제로 그것이 발효된 지 반년 뒤에 일본의 본격적인 중국 침략이 시작되었다.

1937년 7월 7일 북경 교외 노구교盧溝橋에서 일본군과 중국 정부군이 충돌했다. 일본군은 야간 전투훈련에서 병사 하나가 실종되었다면서 중국군을 공격했다. 노구교는 북경 서남쪽을 흐르는 영정하永定河에 놓였는데, 그 이름은 영정하의 옛 이름 노구하盧溝河에서 나왔다. 200미터가 넘는 웅장하고 아름다운 돌다리인 데다 둘레 풍경도 아름다워서, 13세기 원元 세조世祖 쿠빌라이 칸 시절에 원을 찾아온 이탈리아 상인 마르코 폴로(Marco Polo)가 『동방견문록東方見聞錄』에서 극찬했다. 그래서 서양 사람들은 노구교를 '마르코 폴로 다리'라 불렀다.

'노구교사건'으로 일어난 군사 충돌은 7월 11일에 멈췄지만, 일본은 이 일을 구실로 삼아 중국에 대한 전면전을 개시했다. 8월 13일에는 일본군이 상해를 공격했다. 장강長江(창장) 하류 지역의 중국 정부군은 공군력과 해군력이 미약했지만, 지형을 잘 이용해서 일본군의 공세를 석 달 동안 막아냈다. 11월 5일 일본군이 항주만에 상륙해서 중국군의 저항선이 무너지자, 일본군은 후퇴하는 중국군을 쫓아 수도 남경으로 진격했다.

남경에서 무한武漢(우한)으로 철수하면서, 장개석은 남경의 수비를 당생지唐生智(탕성즈)에게 맡겼다. 당생지는 장개석을 충실히 지지한 군벌 지휘관이었는데, 장개석이 권력을 잡은 뒤 그를 제거하려 해서 대립하는 사이였다. 장개석이 도와달라고 호소하자, 당생지는 실질적으로 불가능한 수도 방위 임무를 맡았다. 당생지가 거느린 병력은 10만이 되었지만, 제대로 훈련받지 못한 병력과 상해 전투에서 패배해서 지치고 공포에 휩싸인 병력이었다. 반면에 상해를 점령하고 공격해 온 일본군은 전력이 강한 3개 사단이었고 항공대와 해군의 지원도 받았다.

남경을 지킬 수 없다는 것을 장개석과 그의 막료들은 잘 알았다. 무엇보다도 일본군 항공기들의 일방적 공격을 견디기 어려웠다. 이미 광활한 중국의 영토를 이용해서 장기전으로 끌고가는 전략을 택했으므로, 평지의 성곽 도시여서 우세한 일본군에게 완전 포위되어 고립될 수밖에 없고 민간인들의 피해가 클 남경에선 싸우지 않고 물러나는 것이 합리적이었다. 그러나 제대로 싸움 한번 하지 못하고 수도를 일본군에게 내주었다는 비난을 장개석은 걱정했다. 공산당의 교묘한 선전으로 곤란을 겪어 온 그로선 수도를 그냥 내준 무능한 정권이라는 비난에 마음을 쓰지 않을 수 없었다. 그래서 그는 공식적으로 당생지에게 '결사항전'을 지시했고, 최소한의 전투를 치르고서 물러나기를 기대했다. 당생지 자신도 수도를 그냥 내주었다고 비난받는 것을 두려워해서, 지킬 수 없는 수도를 죽음으로 지키겠다고 외국 기자들 앞에서 선언했다.

이처럼 최고사령관과 야전사령관이 수도를 잃었다는 비난을 자신이 받는 것만을 피하려다 보니, 실제적인 방어 전략은 나올 수 없었다. 큰 희생을 치르면서 수도를 지키려면 수도에 시민들이 남아 있어야 했다. 그래서 일본군의 공격에 대한 대비는 남경 시민들이 성곽 밖으로 탈출하는 것을 막는 일이 되었다. 중국군은 성문들을 잠그고 민간인들이 피난할 수 있는 수송 수단들을 모조리 없앴다.

이때엔 이미 외국 공관들도 다 철수했고 겨우 22명의 서양인들이 중국인들을 보호한다는 사명감에서 남았다. 이들 가운데엔 일찍이 이승만을 도와주었고 김구 일행의 은신처를 제공했으며 당시엔 남경 기독청년회 대표였던 존 피치 목사도 있었다. 이들은 '남경 국제안전지역위원회'를 구성하고 외국 공관들과 남경대학교가 자리 잡은 서쪽 지구를 '안전지구'로 설정했다. 위원장은 지멘스 직원인 욘 라베(John Rabe)가 맡았다. 당시 일본과 독일은 '방공협정'을 맺은 사이였고 라베는 나치당원이었다는 사실이 고려된 것이었다.

남경 학살

12월 9일 일본군을 지휘한 중지파견군中支派遣軍 사령관 마쓰이 이와네松井石根 대장은 남경의 중국군에게 10일까지 항복하라는 최후통첩을 보냈다. 라베는 이미 승패가 결정된 싸움으로 도시가 파괴되고 민간인들이 희생되는 것을 막기 위해 나섰다. 남경시장도 피난하고 민간인들은 대부분 '안전지구'로 피난해서 '국제안전지역위원회'가 남경을 공식적으로 대표하는 상황이었다. 라베는 양군이 3일간 휴전해서 중국군이 남경에서 철수하고 그 뒤에 일본군이 남경을 점령하는 방안을 당생지에게 제안했다. 당생지는 라베가 장개석의 허락을 받아 주면 그 제안을 받아들이겠다고 말했다. 라베는 미국 전함 '파네이'호의 통신 시설을 이용해서 중국군과 일본군에 휴전을 제의했다. 다음 날 장개석은 라베의 제안을 받아들일 수 없다고 통보해 왔다.

남경의 중국군으로부터 항복하겠다는 연락이 없자, 12월 10일 이와네는 남경 공격을 명령했다. 우세한 일본군의 일방적 공격에 견디지 못한 중국군은 겨우 이틀을 버티고서 남경에서 철수하기로 결정했다. 그러나 훈련이 되지 않고 사기가 떨어진 중국군의 철수작전은 이내 패주로 이어졌다. 무기를 버리고 민간인 복장을 하고 '안전지구'로 들어온 중국군 병사들도 많았다.

12월 13일 일본군이 남경을 점령하자 남경은 바로 생지옥이 되었다. 일본군은 아무런 제약 없이 살인, 강간, 방화, 약탈을 저질렀다. 실은 일본군이 상해 전투에서 이겨 남경에 이르는 과정에서 이런 만행이 일어났다. 당시 일본군에 배속된 종군 기자는 "장교들과 병사들 사이엔 그들이 맘껏 약탈하고 강간할 수 있다는 암묵적 승인이 있었고, 덕분에 일본군이 남경으로 빠르게 진격할 수 있었다"고 보도했다. 이미 1937년 8월 5일 히로히토 천황은 "중국군 포로들에 대해서 포로의 대우에 관한 국제법의 규정을 해제한다"는 육군의 제안을 승인한 터였다. 그리고 마쓰이 대장이 부임하기 전 일본군을 임시로 지휘했던 아사카 야스히코왕朝香宮鳩彦王은 남경 공격을 앞두고 사단장들에게 "모든 포로들을 죽여라"라는 명령을 내렸다. 그는 메이지 천황의 사위였다.

일본군은 중국인들을 남녀노소를 가리지 않고 마구 죽였다. 중국인 포로들은 모두 죽였다. 그리고 중국인 여인들은 계집아이부터 노파에 이르기까지 모조리 강간하고 죽이고 시체에 칼이나 막대기를 박는 끔찍한 짓들을 했다.

특히 악명 높은 만행은 일본군 16사단의 장교들인 무카이 도시아키向井敏明와 노다 쓰요시野田毅 사이에 벌어진 중국인 참수斬首 경쟁이었다. 이

남경은 생지옥이 되었다. 6주 동안 4만~30만의 중국인들이 학살되었다.

들은 남경을 점령하기 전에 군도로 중국인의 목 100개를 베는 첫 일본 군인이 되려고 경쟁했다. 이들은 각기 106인과 105인을 참수했는데, 100인 참수를 누가 먼저 했는지 확인할 수 없어서 무승부가 되었다. 이 과정을 〈오사카마이니치신문大阪每日新聞〉과 자매지인 〈도쿄일일신문東京日日新聞〉은 운동 경기를 중계하듯 열심히 보도했다.

몸이 아파서 뒤에 처졌던 마쓰이는 이런 상황을 몰랐다. 상황이 심각함을 차츰 파악하자 그는 경악했다. 원래 중국과의 친선을 주장해 온 터라 그의 놀람과 슬픔은 더욱 컸다. 그러나 그는 장교들과 병사들의 만행을 개탄했을 뿐 적극적으로 병사들을 제어하지 않았다. 그러다 보니 그의 명령은 잘 이행되지 않았고, 만행은 6주간이나 이어졌다. 이 참극으로 죽은 중국인들은 4만에서 30만 사이로 추산된다. 객관적 추산은

20만이 넘는 중국인들이 남경과 둘레의 도시들에서 죽은 것으로 본다.

전쟁에서 포로와 민간인들에 대한 가혹한 대우를 금지하는 전통이 자리 잡은 근대 이후 정규군이 포로들과 민간인들을 이처럼 대규모로 학살한 일은 없다. 가장 비슷한 예로는 독일군이 소련을 침공하면서 소련군 포로들을 가혹하게 다룬 일인데, 그때도 독일군 장교들은 병사들의 민족적 편견을 억제하고 국제법을 지키려 애썼다. 소련군 포로들이 수용소들에서 다수 죽은 것은 보급의 부족 때문이었지, 독일군의 의도적 학살은 아니었다. 히틀러의 나치 조직이 유대인들을 학살할 때도 독일 정규군은 외면했고 일부 후방 부대들이 소극적으로 가담했다. 전쟁 막바지에 소련군이 독일 여인들을 대규모로 강간했을 때도, 독일 여성들을 해치거나 죽이지는 않았다.

김구 피습

중일 전쟁이 일어나자, 임시정부 요원들은 조국 광복의 기회가 왔다고 판단하고서 대응 방안을 논의했다. 7월 15일 국무회의는 군무부 아래 군사위원회를 설치하기로 의결했다. 군사위원회는 독립전쟁 계획을 마련하고 군사 간부들을 양성하며 군사 사적들을 편찬하는 임무를 맡았다. 이튿날엔 유동열과 이청천, 이복원李復源, 현익철玄益哲, 안경근安敬根, 김학규金學奎를 군사위원회 위원 겸 상무위원으로 임명했다. 이들 위원들 가운데 안경근을 제외한 다섯 사람은 만주에서 일본군과 무력 투쟁을 한 경험이 있었다.

11월 16일 중국 정부가 무한으로 수도를 옮기자, 대한민국 임시정부도 11월 18일에 국무회의를 열어 판공처를 호남湖南(후난)성 장사長沙(창사)로 옮기기로 했다. 장사는 곡창 지대여서 곡식 값이 싸고, 홍콩과 철도로 연결되어서 미국 동포들과 통신할 수 있었다. 나아가서, 전황이 아주 불리해져서 중국이 일본군에게 완전히 점령되면 임시정부를 하와이로 옮기는 방안까지 생각했다.

김구는 각지에 흩어진 임시정부 요원들에게 여비를 보내 남경으로 모이도록 했다. 요원들과 가족으로 이루어진 임시정부의 대가족은 장강을 3천 리 거슬러 올라가 거의 한 달 만에 장사에 닿았다. 김구는 이때 5년 동안 동거한 주애보와 헤어졌다. 뒷날 김구는 이 이별을 『백범일지』에 적었다.

> 그 후 이따금 후회되는 것은 송별할 때에 여비 100원밖에 주지 못하였던 것이다. 근 5년 동안 한갓 광동인으로만 알고 나를 위했고 모르는 사이에 우리는 부부같이 되었도다. 나에 대한 공로가 없지 않은데 내가 뒷날을 기약할 수 있을 줄 알고 돈도 넉넉히 돕지 못한 것이 유감천만이다.

임시정부가 장사에 자리 잡자, 김구는 민족주의를 추구하는 정당들인 한국국민당, 조선혁명당, 한국독립당의 통합에 나섰다. 공산주의자들이 주도하는 민족혁명당에 대응하려면 통합된 민족주의 정당이 필요했다. 중일전쟁이 일어나면서 임시정부가 중국 정부의 지원을 받게 된 터라 임시정부를 정치적으로 떠받칠 정당의 필요성도 훨씬 커졌다.

1938년 5월 7일 저녁 김구는 조선혁명당의 당사가 있는 남목청楠木廳

에서 3당 요인들이 모인 저녁 식사를 주선했다. 한국국민당의 김구와 조완구, 조선혁명당의 이청천과 조경한趙擎韓, 현익철, 한국독립당의 조소앙과 홍진이 대표들로 참석했고 유동열, 이복원, 임의택林義澤이 배석했다. 모두 통합 신당의 필요를 절감하고 있었으므로 회의 분위기는 좋았고 합의는 쉽게 이루어졌다. 이어 식사가 시작되고 술자리가 벌어졌다.

술이 부족해서 조경한이 술을 사러 밖으로 나간 사이에 이운환李雲煥이 들어와서 권총을 쏘았다. 첫 발은 김구를 맞혔고 현익철, 유동열, 이청천이 차례로 피격되었다. 왼쪽 가슴에 총탄을 맞은 김구는 이내 의식을 잃었다. 현익철은 병원에 옮겨져서 바로 죽었다. 유동열은 총탄이 허리를 관통했다. 이청천은 손에 찰과상을 입었다.

김구를 진단한 의사는 가망이 없다고 말했다. 그래서 사람들은 입원 수속도 밟지 않은 채 김구를 병원 문간에 놓아두고 숨이 끊어지기를 기다렸다. 그리고 홍콩에 간 김구의 장남 인仁과 안공근에게 김구가 피살되었다는 전보를 쳤다. 그러나 김구는 세 시간이 넘도록 숨이 붙어 있었다. 마침내 의사가 우등병실로 옮기고 치료를 시작했다.

범인 이운환은 평안북도 사람으로 31세였다. 그는 성격이 우직해서 판별은 좀 부족했지만 용감했다. 1933년 8월 그는 김구를 체포하러 상해로 온 일본 밀정 이진룡李珍龍을 사살해서 김구를 보호했다. 김구에게서 자금을 받아 특수임무를 수행하기도 했다. 그 뒤에 조선혁명당에 들어가서 중앙집행위원이 되었는데, 3당 합당에 반대해서 요인들을 암살하려 한다는 소문이 돌아서 사건 두 달 전에 제명과 1년 근신 처분을 받은 터였다.

그래서 이운환이 3당 통합을 막고 자신의 제명에 대해 보복하려고 일을 저질렀다는 얘기가 돌았다. 그러나 김구는 자신을 제거하려는 일본

이운환이 김구를 쏘았다. 의사는 가망이 없다고 했으나 김구는 세 시간이 넘도록 숨이 붙어 있었다. 그제야 의사가 치료를 시작했다.

경찰의 음모에 이운환이 이용되었다고 생각했다. 중국에서 일본의 세력이 강성해지고 상해의 조선인 사회가 부쩍 커지자, 힘든 독립운동에 지치고 조선의 앞날에 절망해서 일본에 투항하는 사람들이 늘어났다. 김구는 박창세朴昌世를 주동 인물로 지목했는데, 그는 아들이 일본 밀정이었다. 김원봉도 김구와 같은 생각이었다.

김구가 피습되자 장사는 발칵 뒤집혔다. 장사엔 임시계엄이 선포되고, 군대와 경찰이 범인의 체포에 총력을 기울였다. 장사를 출발해서 무창武昌(우창)으로 가던 열차를 장사로 되돌려서 범인들을 찾았다. 임시정부는 내무장 조완구의 책임 아래 임시위원회를 두고 호남성 당국과 협력해서 범인들을 수색해서 이운환과 그를 사주한 박창세 등을 체포했다. 중국 법정은 이운환에게 사형을 선고했으나 공범들은 증거불충분으로 석방했다. 이운환도 일본군의 위협을 받은 장사에서 중국 기관들이 중경으로 후퇴할 때 탈옥했다.

중국 정부는 김구의 안위에 특별한 관심과 배려를 보였다. 장개석은 장치중 호남성 주석에게 김구를 잘 보살피라는 전보를 쳤고, 장치중은 병상의 김구를 위문하고 병원비를 성 정부에서 부담하겠다고 말했다. 김구가 퇴원하자 장개석은 사람을 장사로 보내 위문하고 치료비 3천 원을 내놓았다. 그리고 많은 해외 동포들이 김구에게 위문편지를 보냈다.

1938년 여름 일본군의 공세가 다시 시작되자 장사도 일본군의 공습을 받았다. 임시정부는 재미 동포들과 연락할 수 있는 광동성 방면으로 이동하기로 했다. 그래서 7월 하순에 임시정부와 요원들의 대가족은 광주廣州(광저우)로 피난했다.

그러나 광주로 온 것은 오판이었음이 바로 드러났다. 일본군이 주요 항구들을 장악하고 해상 통제권을 장악하자 미국과 연락할 길은 끊어졌다. 당장 광주가 일본군의 위협을 받았다. 결국 임시정부는 중국 정부를 따라 오지인 사천성 중경으로 가기로 결정했다. 김구가 장개석에게 임시정부의 중경 이전을 허락해 달라고 요청하자 장개석은 바로 승낙했다. 1938년 10월 20일 임시정부 가족들은 중국 정부가 마련해 준 열차편으로 황급히 광주를 떠나 귀주貴州(구이저우)성으로 떠났다. 이튿날 광주는 일본군에게 점령되었다.

마침내 1939년 5월 임시정부 가족 120여 명은 최종 목적지 기강綦江(치장)에 도착했다. 중경은 집들을 구하기도 어렵고 일본군의 폭격으로 위험해서, 중경에서 30리쯤 떨어진 기강에 자리를 잡기로 한 것이었다. 강소성에서 출발해서 안휘安徽(안후이)성, 강서江西(장시)성, 호남성, 광동성, 광서廣西(광시)성, 귀주성을 거쳐 사천성에 이른 피난길은 1만 2천 리가 넘었다. 중국 당국들이 교통 편의를 마련해 주어서 큰 어려움을 겪지는 않았지만, 피난길은 힘들고 위험할 수밖에 없었다. 임시정부의 역사에서 가장 힘든 시기가 될 중경 시대는 그렇게 열렸다.

광복군 창설

김구가 이끈 임시정부 요인들이 중경에 도착해서 한숨을 돌리던 때, 장개석은 중국에서 활동하던 조선 독립운동가들에게 통합을 요구했다. 김구를 중심으로 한 민족주의 세력과 김원봉을 중심으로 한 공산주의 세력이 다투면서 조선 독립운동 세력이 일본에 효과적으로 대항하지 못한다고 판단한 것이었다. 장개석은 1938년 11월에 김구를 만나서 김원봉과 협력하라고 종용하고, 1939년 1월엔 계림桂林(구이린)에 있던 김원봉을 중경으로 불러 자신의 뜻이 전달되도록 했다.

중국 정부의 호의에 기대어 생존해 온 터라 김구와 김원봉은 장개석의 요구를 선뜻 받아들일 수밖에 없었다. 무엇보다도, 일본군의 흉흉한 침공을 맞아 두 사람 다 독립운동 세력의 단결이 필요함을 절감하던 터였다. 김구는 이념과 정책이 같은 단체들은 '통합'하고 다른 단체들은 '연합'하는 방안을 제시했다. 공산주의자들을 경계하는 국민당 정권의 지원을 얻기 위해 자신이 공산주의자임을 감추려 애쓴 김원봉도 이미 자신이 이끄는 조직이 '계급전선'이나 '인민전선'이 아닌 '민족전선'이라고 선언한 참이었다.

막상 통합을 위한 협상에 들어가자, 두 진영 사이의 간격이 너무 크다는 것이 바로 드러났다. 이념에서 근본적으로 다르고 이해에서 상극인 데다 서로 믿지 못하는 처지여서, 협상은 전혀 나아가지 못했다. 기다림에 지친 중국 정부가 직접 통합 작업에 나섰다. 장개석의 측근인 중국 국민당 중앙당 조직부장 주가화朱家驊(주자화)의 주선으로, 1939년 8월 '한국혁명운동통일 7단체회의'가 열렸다. 이 회의에는 우파 '광복진선光復陣線'에서 한국국민당의 조완구와 엄항섭, 한국독립당의 홍진과 조소앙, 조선혁명당의 이청천과 최동오가 대표로 참석했고, 좌파 '민족전선연맹'에서 민족혁명당의 성주식과 윤세주尹世胄, 조선혁명자연맹의 유자명柳子明과 이하유李何有, 조선민족해방동맹의 김성숙金星淑, 조선청년전위동맹의 신익희와 김해악金海岳이 참석했다. 김구와 김원봉은 참석하지 않았다. 그러나 두 진영의 생각과 이해가 너무 달라서 도저히 합의에 이를 수 없었다. 근본적 차이는 임시정부의 권위에 대한 것이었으니, 우파에선 권위와 역사에서 으뜸인 임시정부를 최고기구로 삼자고 주장했고, 좌파에선 임시정부를 아우르는 통합 기구를 세워야 한다고 주장했다. 결국 이 회의도 아무런 성과를 얻지 못하고 결렬되었다.

양측은 서로 비난하면서 회의 결렬의 책임을 상대방에 떠넘겼다. 회의를 주선했던 중국 사람들은 통합 실패의 원인으로 첫째 조선인들의 단결심이 부족한 것, 둘째 전통적 중심사상이 없어서 외래 사상에 쉽게 빠지고 이념에 따른 파벌이 형성된 것, 셋째 각 당파 사이의 시기와 불신이 너무 심각한 것, 넷째 구심점이 될 지도자가 없다는 것을 들었다. 그들은 조선 독립운동가들 가운데 김구와 김원봉이 가장 큰 인망을 지녔지만 한계가 있다고 평가했다. 김구는 "도덕성과 성망 그리고 고난을 무릅쓰고 분투하는 정신은 혁명을 족히 영도하겠으나 지략에선 약간 부족하다"고 평가했고 김원봉은 "지략에선 김구보다 약간 앞서나 도덕성과 성망에선 전체 당인들을 영도하기가 좀 어렵다"고 평가했다. 중국 측의 평가는 분명히 조선인들에 대한 편견에서 나왔다. 민족주의자들과 공산주의자들이 협력할 수 없다는 사실은 치열하게 국공내전을 치르는 자신들에게 오히려 절실할 터였다. 그래도 구심점이 될 지도자가 없다는 지적은 틀린 얘기가 아니었다.

중국 국민당이 주선한 '한국혁명운동통일 7단체회의'가 결렬되자, 김구는 광복진선에 참여한 한국국민당, 한국독립당 및 조선혁명당의 통합에 노력했다. 광복진선과 민족전선연맹의 통합에 실패해서 지도력에 큰 손상을 입은 데다가 중국 국민당을 실망시켜서 중국 정부에 대한 영향력을 많이 잃은 김구로선 광복진선 3당의 통합이 당장 시급했다. 이념과 정책에서 비슷한 정당들의 통합이었지만, 단결보다는 분열로 기울게 마련인 독립운동 세력으로선 이 작은 일도 쉽지 않았다. 가까스로 정당 대표들이 기본적 사항들에 합의하자, 각 당의 당원들이 크고 작은 이의들을 제기했다.

그때 임시정부 국무회의 주석 이동녕이 사망했다. 처음부터 임시정부를 떠받친 기둥들 가운데 하나인 이동녕의 죽음은 중국과 미국의 조선인들에게 큰 충격과 슬픔을 주었다. 덕분에 3당 통합은 동력을 얻어서, 1940년 5월 드디어 광복진선의 민족주의 3당이 합친 '한국독립당'이 결성되었다.

한국독립당의 조직 원리는 '민주집중제'였다. 민족주의 정당인 한국독립당이 공산주의의 조직 원리를 따른 것은 주목할 일이다. 비록 그들은 공산주의자들을 경계하고 증오했지만, 당시 세계를 덮은 공산주의의 영향으로부터 자유로울 수는 없었다. 중국 국민당이 민주집중제를 따랐다는 사실도 그들에게 영향을 미쳤다.

이어 1940년 8월엔 김구를 비롯한 임시정부 요인들의 숙원이었던 한국광복군 총사령부가 창설되었다. 당장은 예하 부대를 편성할 병력이 없어서 총사령부를 먼저 창설한 것이었다. 광복군 창설의 실무를 맡았던 이범석은 뒷날 "만리타국에 우리 군대가 되어 줄 젊은이들이 있을 리가 없었다. 한 달을 두고 고심했지만, 없는 사람을 구해 올 재주는 없었다"고 술회했다. 총사령엔 이청천이 임명되었고 이범석은 참모장이 되었다. 비록 부대도 없는 군대였지만, 1920년 7월 임시정부가 광복군 창설을 포고한 지 꼭 20년 만에 독자적 군대를 갖춘다는 간절한 꿈이 실현된 것이었다.

1940년 10월엔 임시정부 헌법이 개정되었다. 가장 두드러진 변화는 입법부인 의정원의 권한이 상당히 줄어들고 대신 행정부를 대표하는 주석의 권한이 강화된 것이었다. 이제 주석은 국무의 처리에서 총리의 자격을 가졌고, 국군을 총괄하고, 대외적으로 국가의 원수가 되었다. 주석엔 김구가 취임했고 이시영, 조완구, 차리석, 조성환 및 박찬익이 국무위원이 되었다. 이렇게 해서 김구가 주도하는 중경임시정부 체제가 완성되었다.

임시정부의 광복군 육성 계획은 중국 국민당 정부의 지지를 얻었다. 1941년 5월 장개석은 한국광복군을 정식으로 편성하라는 지시를 내렸다. 광복군 참모장 이범석과 중국 군사위원회 판공청 군사처장 후성候成(허우청)의 실무적 협의에선 광복군이 독립적 군대이며 중국 국민당군에 예속되지 않는다는 원칙이 세워졌다. 후성은 중국 군사위원회가 광복군에 파견하는 인원들은 임시정부 군무부장의 임명장을 받고 광복군의 제복을 입도록 하겠다고 언명했다.

그러나 이 계획은 김원봉의 집요한 방해를 받았다. 김원봉 자신이 거느린 '조선의용대'는 중국 군사위원회 정치부에 소속되어 중국 정부의 지원을 받으면서 활동해 왔다. 만일 광복군이 중국 정부의 인정과 지지를 받게 되면, 조선의용대는 없어지거나 광복군에 편입될 터였다. 김원봉은 황포군관학교 동문들을 통해서 중국 정부에 광복군을 비하하면서 육성 계획을 방해했다. 다행히 임시정부를 충실히 도운 주가화의 주선 덕분에 7월에 장개석은 중국 군사위원회가 광복군과 조선의용대를 함께 관장해서 둘 사이의 마찰을 피하도록 하라는 지시를 내렸고, 광복군은 중국 정부의 지원을 받게 되었다.

이즈음에 조선의용대가 중국 공산당 경내로 이동했다는 사실이 밝혀졌다. 서안에 파견된 광복군 총무대리 참모장 겸 제2지대장 김학규는 「조선의용대 도하입중공 경과朝鮮義勇隊渡河入中共經過」라는 보고서를 만들어 마침 서안을 방문한 주가화에게 제출했다. 조선의용대는 조선인 공산주의자 100여 명으로 이루어졌는데, 그들은 러시아와 중국의 공산당을 추종했고, 1941년 3월부터 황하를 건너서 중공군 지역으로 갔다는 내용이었다. 그리고 그들은 화북의 조선인들을 상대로 적화 공작을 하고 있다고 기술했다. 실제로 조선의용대원 130여 명 가운데 110명이 북쪽 중국 공산당 지역으로 올라가고, 중경에는 김원봉을 비롯한 본부대원들과 그 가족들만 있었다. 김원봉 자신도 북쪽으로 가겠다는 뜻을 중경에 파견된 공산당 대표단장 주은래에게 밝혔으나, 주은래는 김원봉에게 중경에 남아서 일하라고 지시했다.

국공합작 상태였지만 국민당은 공산당에 대한 경계를 늦추지 않고 있었다. 조선의용대가 중공군에 합류해서 국민당 정권의 응징을 받을 위기를 맞자, 중경의 공산주의자들은 서둘러 임시정부에 참여하기로 결정했다. 그리하면 중국 국민당의 의심을 덜 사서 생존할 수 있다는 계산이었다. 1941년 5월 조선민족혁명당은 중앙회의를 열어 임시정부 참여를 결의하고 한국독립당에 합당을 통해서 임시정부를 공동으로 운영하자고 제의했다. 합당을 위한 회의에서 한국독립당은 화북으로 간 조선민족혁명당 당원들은 신당의 당원이 될 수 없다고 주장했고, 조선민족혁명당은 그런 주장을 거부해서 결국 협상은 결렬되었다.

임시정부에 참여하는 길이 막히자 김원봉 일파는 임시정부에서 비교적 접근이 쉬운 부분인 임시의정원을 통해 임시정부 권력을 장악하려 시도했다. 임시의정원은 결원이 많았으므로, 보선을 통해서 자파 의원들을 많이 확보하면 좌파가 임시의정원을 장악할 수도 있었다. 이 일에선 임시의정원 의장 김붕준金朋濬이 앞장을 섰고, 김원봉이 공작에 필요한 자금을 댔다. 그래서 김원봉 계열 사람들이 많이 의원으로 선출되어 공산주의 세력이 단숨에 다수가 되었다. 임시정부 세력은 김붕준이 주도한 보선은 절차를 제대로 밟지 않은 불법선거임을 천명하고 김붕준을 탄핵해서 제명했다.

임시정부에 합류하려던 김원봉 일파의 계획은 좌절되었지만, 조선의용대가 중공군 지역으로 넘어간 사건은 광복군에 나쁜 영향을 미쳤다. 중국 군사위원회는 조선인 무장 병력을 철저하게 통제해야 할 필요를 새삼 절감했다. 독립된 광복군이 제기하는 법적 문제들이 있어서, 원래 중국 정부는 독립적 광복군의 편성에 대해 회의적이었었다. 게다가 중국 본토에 들어온 조선인들 가운데엔 일본의 밀정 노릇을 하는 사람들이 적지 않았다. 그래서 중국 군사위원회는 「한국광복군 행동준승韓國光復軍行動準繩」을 광복군에게 보내왔다. 항일전쟁 기간엔 광복군을 한국 임시정부에서 분리해서 중국 군사위원회에 배속시켜 운용한다는 내용이었다. 이런 조치는 임시정부로선 큰 좌절이었지만, 중국 정부의 도움으로 살아가는 처지에선 선택의 여지가 없었다. 결국 1941년 11월 임시정부는 「행동준승」을 받아들이기로 결정했다.

중경의 대한민국 임시정부는 처지가 무척 곤궁했다. 당장 닥친 위험은 일본군의 공습이었다. 오지인 중경을 지상군으로 공략하기 어렵다는 것이 드러나자 일본군은 군사 도시가 아닌 중경을 무차별적으로 공습했다. 폭격이 가장 심했던 기간엔 날마다 폭격기들이 몇백 대씩 날아와서 중경과 사천성 일대를 폭격했다. 그래서 사람들은 많은 시간을 방공호 안에서 지냈고 보따리장수까지 나왔다. 죽은 사람들을 묻고 불탄 집들을 다시 짓는 일이 반복되었다.

그렇게 처참한 상황에서 임시정부 가족들의 삶은 고달플 수밖에 없었다. 임시정부 청사도 일본군 공습으로 큰 피해를 입어 청사를 두 번 옮겼다. 지금은 빈민굴에 가까운 동네로 옮겨서 2층 목조 건물을 청사로 삼고 있었다. 건물 안에는 변소도 없어서 한구석에 칸막이를 쳐서 통을 놓아두고 용변을 보는 형편이었다. 햇살이 잘 들지 않아서 대낮에도 굴속같이 어둡고 습기가 많았다.

게다가 중경은 분지이고 강들이 합류하는 곳이어서 안개가 많이 끼었다. 여름엔 무덥고 겨울엔 석탄 연기로 스모그가 심해서 사람들이 거의 다 호흡기 질환에 걸렸다. 임시정부 가족들 가운데 많은 이들이 폐질환으로 숨졌다.

아침마다 태극기 앞에 서서 애국가를 부른 다음 모국어로 공부하는 아이들의 모습은 이역만리에서 고난을 견디는 임시정부 요인들과 가족들의 마음을 희망과 자부심으로 따습고 밝게 했다.

가장 큰 어려움은 물론 자금의 부족이었다. 임시정부 요인들과 그 가족들은 생계를 꾸릴 길이 없었고 중국 정부의 지원에 전적으로 의존했다. 중국 정부 자신이 어려운 처지에 있었으므로 지원은 넉넉지 못했고 그나마 제때에 나오지도 않았다.

이처럼 어려운 처지에서 임시정부가 버틴 것은 김구의 꿋꿋한 의지와 뛰어난 지도력 덕분이었다. 어려운 처지에서도 그는 광복군의 양성을 계속했다. 자라나는 아이들의 교육에도 힘썼다. 아침마다 태극기 앞에 서서 애국가를 부른 다음 모국어로 공부하는 아이들의 모습은 이역만리에서 고난을 견디는 임시정부 요인들과 가족들의 마음을 희망과 자부심으로 따습고 밝게 했다.

주미외교위원부 설치

중일전쟁이 치열해지는 사이, 유럽에선 독일군이 영국과 프랑스 연합군에게 크게 승리해서 실질적으로 서유럽 전역을 점령했다. 1940년 6월 영국군이 가까스로 덩케르크에서 본국으로 철수하자, 마침내 미국 정부도 미국 사회를 덮은 고립주의를 걷어 내려고 애쓰기 시작했다. 덩케르크 철수 일주일 뒤 루스벨트 대통령은 미국이 '중립'에서 '비非교전국 입장'으로 바뀌었다고 선언했다. '비교전국 입장'은 비록 전쟁에 참가하지는 않지만 전쟁 당사국들 가운데 한쪽을 지지하고 원조하는 입장을 가리킨다. 이런 변화에 따라 영국에 대한 본격적 지원이 시작되었다. 1940년 11월의 선거에서 전례 없이 3기 연임에 성공한 루스벨트는 12월에 군수산업을 총괄할 생산관리국을 신설하고 "미국은 민주주의의 병기창이 되어야 한다"고 말했다. 이런 정책에 따라 1941년 3월엔 「무기대여법(Lend-Lease Act)」이 제정되었다. 자금이 부족한 영국과 다른 연합국들에 무기를 빌려주는 법이었다.

이처럼 미국 정부가 적극적으로 추축국들과의 전쟁에 참여하려는 움직임을 보이자 미국의 한인 사회는 고무되었고, 중국에서의 독립운동을 돕기 위한 운동이 일었다. 여러 단체들이 협의한 끝에 1941년 4월 하와이 호놀룰루에서 재미 한인 사회를 대표하는 '재미한족연합위원회'가 만들어졌다. 잘게 나뉘어 서로 다투던 한인 단체들이 통합해서 하나의 독립운동 조직을 만든 것이었다.

재미한족연합회는 중경임시정부에 워싱턴 주재 '주미외교위원부'를 설치하고 이승만을 위원장으로 임명할 것을 요청했다. 그동안 이승만이 혼자서 꾸려 온 '구미위원회' 대신 임시정부가 공식적으로 외교기관을 설치해 달라는 얘기였다. 1941년 6월 임시정부는 주미외교위원부 설치를 결의하고 이승만을 위원장에 임명했다.

이런 조치는 독립운동의 전략에 관해서 중경임시정부 요인들과 이승만 사이에 존재했던 차이가 상당히 줄어들었음을 가리켰다. 일본과 가까운 곳에서 활동한 임시정부 요인들은 태평양 건너편 미국에서 활동한 이승만과는 정세의 인식과 독립운동의 전략에서 다를 수밖에 없었다. 임시정부 요인들은 군사적 활동에 큰 뜻을 두었고 중국과 러시아를 중시했다. 이승만은 외교를 통해서만 조선이 독립할 수 있다고 믿었고 미국을 중시했다.

중일전쟁이 점점 치열해지자, 김구는 자신의 견해를 미국에 있는 동포들에게 밝히고 따라 달라고 요청했다. 1939년 6월에 하와이의 동지회 중앙부장 김이제金利濟에게 보낸 편지에서 그는 이승만의 노선을 확고한 어조로 비판했다.

> 기미선언을 근거하여 비폭력으로 정신운동만을 선전하여 세인에게 정신적 원조를 구할까요. 아니오이다. 원동遠東 각 단체는 임시정부까지 3·1절 기념식에서 독립선언서 낭독을 폐지한 지 10여 년입니다. 공약삼장이 우리 전 민의에 위배되는 까닭입니다. 우리는 인도 어떤 곳이나 필리핀 루존(루손)의 운동이 아닌 것이고, 대유혈을 목표하는 것입니다. 왜냐하면 유혈운동으로야 우방의 도움도 얻을 수 있으나 정신운동으로는 자체로 진행키가 불능하고 다

른 사람의 원조도 소망이 없습니다. 지금 화북에 유격대, 화남에 의용대가 세인의 예찬을 받는바, 화북에는 장차 한국 독립운동을 조직코저 노력 중인데, 외교나 선전하는 인사들은 비무장, 비폭력 운동을 절규한다면 자체 모순만 공개함이니 크게 신중할 바이오며, 선전기관은 무엇이 적당할까. 저의 생각은 임시정부나 폐지된 지 오래된 구미위원회 모두가 부적당하고, 제일 좋은 것은 해외 각 단체가 통일된 기관 명의로 우리의 군사운동을 전력 선전하는 것이 급선무일까 하나이다.

동지회는 이승만을 지지하는 조직이었으므로, 김이제에 보낸 편지는 이승만에게 보낸 것과 같았다. 그런 편지에서 김구가 이승만의 견해에 반대하는 자신의 견해를 밝히고 모두 따르라고 요구한 것은 임시정부를 이끄는 김구의 자신감과 함께 이승만의 쇠락한 처지에 대한 인식을 드러낸 것이었다.

대통령과 경무국장으로 처음 만난 처지인데 이제 주석이 되었다고 임시정부의 권위를 들어 이승만의 견해를 완전히 틀렸다고 주장하는 김구가 이승만으로서는 고마울 리 없었다. 그래도 그로선 미국 사정을 전혀 모른 채 비현실적 주장을 펴는 김구를 설득하는 것이 당장 급했다. 그는 김구의 주장들을 조목조목 반박하는 편지를 중경으로 보냈다.

선전 한 가지로 논하더라도 일인은 30년 전부터 1년에 100만 달러를 미국에만 소비하고, 이번 중일전쟁 이래로 350만 달러 이상을 소비하야 미국인의 동정을 100분의 1을 가지고도 물자상 필요는 다 얻어 가는데, 중국인은 99분을 가지고도 군수물자를 얻지 못하니, 다름이 아니라 선전이 부족한 연고입니다. 미국은 민중이 전쟁이냐 화평이냐를 결정하노니, 몇백만 달러를 들여 각 신문상에 날마다 일본인의 만행을 알려 주면 정부와 국회를 억지로라도 시켜 정책을 변형케 할 터인데, 아직도 당연히 알지 못하니 어찌하리오. 중국인이 아무리 혈전분투할지라도 제3국의 원조가 아니면 중국은 제2 조선을 면키 어려울 것입니다.

외교선전보다 용전이 우선이니 군수물자를 얻어 보내라는 것은 이곳 형편을 전혀 모르시는 것입니다. 선전으로 우리의 하는 것을 알려 주어야 도움을 얻지, 도무지 한인들이 있는지 없는지도 모르는 사람에게 도움을 받을 수 없을 것이외다. (…)

폐일언하고, 이번에 워싱턴과 뉴욕에서 군기창에 혹 구식이라 폐기한 군수물자라도 좀 얻으려고 해보았으나 원동에서 한인들의 어떤 가능성이 있는 것을 알아야 한다 합니다. 그러니 언제 어디에서든지 들을 만한 사실이 있거든 진상을 적어 보내시오. 이곳에서 선전한다는 것이 미주에 있는 우리 사람 한두 개인의 소관인 줄로 아실 것이 아니외다.

이처럼 중경임시정부와 자신이 견해가 서로 크게 다르고 임시정부가 자신에게 예의를 갖추지 못한 터라, 이승만은 임시정부가 자신을 주미외교위원장으로 임명한 것이 탐탁하지 않았다. 더구나 그 자신은 위원장을 맡아 달라는 재미 동포들의 거듭된 요청들을 사양한 터였다. 그러나 임시정부가 1941년 6월 4일자로 된 임명장과 신임장을 보내오자 이승만은 선뜻 수락했다. 그리고 다시 미국 정부와 시민들에게 조선의 독립이 당연하고 세계 평화에 필수적이며 미국에 궁극적으로 이롭다는 것을 알리는 일에 적극적으로 나섰다.

눈물로 옷깃을 적시게 하도다

긴 회상에서 깨어난 이승만의 입에서 한숨이 새어 나왔다. 그리움과 슬픔이 흥건히 배어 신음처럼 들리는 한숨이었다. 대한민국 임시정부가 세워진 지도 이제 스무 해가 넘었다. 그동안 세상은 많이 변했다. 그도 중년에서 노년으로 접어들었다.

가장 슬픈 것은 조국의 독립을 위해 몸을 바친 사람들이 많이 저세상으로 떠났다는 사실이었다. 국내에서 독립운동을 하다가 죽은 사람들도 많았지만 해외에서 외롭게 죽은 사람들도 적지 않았다.

그 모든 일들의 시작인 3·1 독립운동을 지휘한 손병희는 1922년 5월에 죽었다. 당시 조선에서 가장 큰 세력이었던 천도교를 이끌었던 손병희의 결단이 없었다면 3·1 독립운동은 일어나기 어려웠고, 설령 일어났다 하더라도 작은 사건에 머물렀을 것이다.

손병희보다 두 해 앞서 1920년에, 연해주 조선인 사회의 중심이었고 독립운동의 핵심인 최재형이 일본군에 살해되었다. 그는 의병장 유인석柳麟錫과 안중근을 후원했었다.

손병희가 죽고서 두 달 뒤, 상해에서 김가진이 죽었다. 조선왕조에서 높은 벼슬을 한 사람들 가운데 해외로 망명해서 독립운동에 참여한 이는 김가진뿐이었다.

다시 두 달 뒤엔 신규식이 마흔세 살의 나이에 삶을 마감했다. 을사조약이 체결되자 육군 부위로 근무하던 그는 의병을 일으키려 했고, 그

시도가 실패하자 자살하려 했다. 그러나 목숨은 건지고 눈만 돌아가서 흘겨보게 되자, 호를 아예 '흘겨본다'는 뜻인 예관睨觀으로 지었다. 중국의 신해혁명 당시 상해로 망명해서, 손문을 비롯한 중국 혁명정부의 요인들과 교분이 깊었다. 상해에서 임시정부가 출범할 때 그는 항주에서 요양하고 있었다. 그래도 임시정부의 부름을 받자 중국 혁명정부 요인들과의 친분을 바탕으로 외무총장의 직임을 수행하다 명을 줄인 것이었다. 죽음이 가까워졌다는 것을 깨닫자 그는 식음을 전폐하고 입을 열지 않은 채 좌선하다가 조용히 세상을 하직했다.

신규식은 인품이 강직해서 이승만은 늘 그에게 의지했다. 중병이 든 줄 알면서도 허물어지는 임시정부에 남아 달라고 강청했었다. 서울에서 태어나 본향인 충청북도에서 자라난 터라 신규식은 기호파의 중심인물이었고, 서북파가 압도적으로 많은 임시정부에서 이승만에게 큰 힘이 되었다. 신규식이 죽은 다음 날 이승만은 이시영이 친 전보를 받았다.

> 대국을 위하야 재작일 시무. 전도 망연. 돈 전환송電換送. 신규식 작일 사망. 장비葬費 무득無得이오.

이승만은 참담한 심정으로 장례식 비용 50달러를 송금했다.

1925년엔 박은식이 죽었다. 조선의 멸망 과정을 기록으로 남긴 역사가였고 임시정부의 대통령을 지냈다. 그러나 처음부터 이승만을 공격해서, 이승만과는 사이가 소원했었다.

1926년엔 상해에서 노백린이 병으로 죽었다. 그리고 국내에서 독립운동을 이끌던 이상재가 죽었다. 이 뛰어난 선각자는 늘 이승만의 든든한 후원자였다. 그의 부음을 들었을 때, 이승만은 발밑에서 땅이 푹 꺼지는 듯했다. 이상재의 죽음으로 이승만과 조선 국내 인사들과의 연결이 크게 약화되었다.

1928년엔 박용만이 북경에서 살해되었다. 박용만은 일본 당국의 허가를 얻어 북경에서 블라디보스토크로 가서 거기서 열린 국민위원회에 참석했다. 그는 국민위원회의 상황과 소비에트 러시아의 정책에 대해서 일본 당국에 보고하고 러시아의 적화 정책에 대한 방안을 건의했다. 이러한 행동이 독립운동가들 사이에 변절로 보여서 의열단 출신 이해명李海鳴이 '처단'한 것이었다. 이해명은 정치범으로 간주되어 5년형을 선고받았다.

이승만으로선 박용만의 행적을 이해하기 어려웠다. 3·1 독립운동으로 한껏 밝아졌던 독립의 희망이 점점 강성해지는 일본과 냉혹한 국제질서의 벽 앞에서 사그라지면서, 박용만의 굳은 심지가 문득 꺾였을 수도 있었다. 늘 무장투쟁을 외치고 직접행동을 선호한 박용만은 거센 바람에도 휘지 못한다는 약점이 있었다. 그래서 중국의 왕조명이 암울한 현실에 절망하고 필연으로 여겨진 일본의 지배와 타협한 것처럼 박용만도 절망 속에서 일본과 타협했으리라고 이승만은 생각했다. 이승만으로선 한성감옥에서 함께 지낸 옥중 동지요, 그 뒤로 줄곧 힘든 일들을 함께 도모했고, 갈라선 뒤에도 '사랑하는 아우'라고 불렀던 박용만과 끝내 화해하지 못한 것이 못내 아쉬웠다.

1930년대가 시작되면서, 이봉창과 윤봉길이 장렬하게 거사하고 형장의 이슬로 사라졌다. 그 두 젊은이들이 시들어 가던 임시정부를 되살렸다.

1932년엔 이상룡과 이회영李會榮이 죽었다. 명문의 후예로 나라가 기울자 바로 재산을 처분해서 식솔을 이끌고 만주로 이주해서 독립운동의 바탕을 마련했다는 행적이 서로 비슷한 이 두 지사는 일본이 장악한 만주 땅에서 눈을 감았다.

1934년엔 김철이 항주에서 병사했다. 임시정부가 반대파들의 공격으로 흔들릴 때 끝까지 임시정부를 지킨 기둥이었다.

1936년엔 신채호가 여순감옥에서 병사했다. 조선민족에게 잊혀져 가는 조선 역사를 알리는 데 평생을 바친 이 위대한 역사가는 이승만이 윌슨 대통령에게 조선의 위임통치를 청원했다는 사실을 들어 이승만의 대통령 추대를 극력 반대했고 끝내 임시정부에도 참여하지 않았다.

1938년엔 양기탁이 강소성에서 병사했다. 영국인 베델(Earnest T. Bethel)과 함께 영자신문 〈코리아 타임스〉를 발간한 이래 그는 평생 저널리스트로 활약하면서 계몽운동과 독립운동에 헌신했다.

그해에 국내에선 안창호가 감옥에서 얻은 병으로 죽었다. 안창호의 부음을 듣자 이승만은 마음이 착잡했다. 적잖은 세월이 흘렀지만 안창호에게 품었던 분노와 경멸은 그의 가슴 한구석에 아직 남아 있었다. 안창호가 그를 대통령직에서 밀어내려 집요하게 꾸민 갖가지 계략들이 남긴 상처들은 아직 아물지 않았고, 안창호가 임시정부를 장악한 뒤 그에게 보인 행태는 아직 떫은 기억으로 남았다. 그래도 그의 마음을 먼저 스친 생각은 '우리가 협력할 수는 없었을까?'였다. 만일 두 사람이 힘을 합칠 수 있었다면 임시정부는 훨씬 안정적으로 움직여서 상당한 업적을 남길 수 있었을 터였다. 어쩌면 미국은 몰라도 중국의 승인을 받을 수도 있었다. 그러나 이승만은 이내 고개를 저었다. 그가 이끈 기호파와 안창호가 이끈 서북파는 너무 이질적이어서 합칠 수 없었다. 무엇보다도, 이승만 자신이나 안창호나 권력에 대한 의지가 너무 강했다. 둘 가운데 누구도 제2인자 노릇을 할 뜻이 없었다.

그리고 작년엔 이동녕이 중경에서 병사했다. 이동녕은 충청남도 천안에서 태어났는데, 이승만보다 여섯 살 위였다. 이동녕은 임시정부 안에서 기호파의 중심이었고 처음부터 김구의 후견인이 되어 뒷날 김구가 임시정부를 이끄는 지도자가 되는 데 큰 역할을 했다. 다만 성격이 유약해서 반대파와의 대결에 나서지 못했고 이승만을 제대로 변호하지 못했다. 그러나 한결같이 임시정부를 떠받친 기둥이어서, 모두 그의 서거를 슬퍼했다. 임시정부는 국무회의 주석을 지낸 그의 장례를 국장으로 치르기로 결의하고 각지의 동포들도 추모식을 열어 달라고 통지했다. 이승만도 그를 기리는 추도사에서 "광복의 성공을 보지 못하게 됨은 과연 '장사영웅누만금'이로다" 하고 애석해 했다. 이승만이 인용한 한시는 "출병하여 이기기 전에 몸이 먼저 죽으니, 길이 영웅들로 하여금 눈물로 옷깃을 적시게 하도다出師未捷身先死, 長使英雄淚滿襟"라는 두보杜甫의 「촉상蜀相」에서 나왔다. 이동녕이 삼국시대 촉한蜀漢의 옛 땅인 사천성에서 촉한의 승상 제갈량諸葛亮처럼 끝내 나라를 위한 꿈을 이루지 못하고 병사한 것을 가리킨 것이다.

독립운동의 첫 세대는 그렇게 사라지고 있었다. 이제 칠십을 바라보는 그도 멀지 않아 먼저 저 세상으로 간 동지들을 따를 터였다. 그 전에 되살아난 조국을 볼 수 있기를 바랄 따름이었다.

독립운동은 힘들고 고달픈 일이었다. 그래서 독립운동가 자신만이 아니라 가족도 함께 고생할 수밖에 없었다. 그동안 독립운동가 가족들 가운데 이역에서 곤궁하게 살면서 독립운동을 돕다가 끝내 낯선 땅에 묻힌 이들이 적지 않았다.

특히 가슴 아픈 일은 김구의 부인 최준례崔遵禮의 죽음이었다. 최준례는 1920년 6월에 일본 경찰의 눈길을 피해 상해로 왔다. 김구는 프랑스

이동녕은 광복을 보지 못하고 병사했다. 독립운동의 첫 세대가 그렇게 사라지고 있었다.

조계의 집 2층을 세로 얻어 방 둘을 다시 세를 주고 다섯 식구가 작은 방 하나에서 기거했다. 1922년 6월 최준례는 둘째 아들 신을 낳은 뒤 세숫대야를 들고 아래층으로 내려가다 층계에서 굴러 크게 다쳤다. 그녀는 낙상으로 늑막염을 얻었지만, 제대로 치료를 받지 못해서 폐결핵을 앓게 되었다. 마침 외국 선교회에서 운영하는 홍구폐병원이 가난한 환자들을 무료로 치료해서, 그녀는 거기 입원했다. 그러나 홍구는 일본 조계여서 김구는 입원한 아내를 찾지 못했다. 결국 그녀는 1924년 정월 초하루에 외롭게 숨을 거두었다. 겨우 서른여섯이었다.

그녀 묘비엔 한글학자 김두봉이 쓴 "ㄹㄴㄴㄴ해 ㄷ달 ㅊㅈ날 남. 대한민국 ㅂ해 ㄱ달 ㄱ날 죽음. 최준례 묻엄. 남편 김구 세움"이란 비명碑銘이 새겨졌다. 장례식 광경을 〈동아일보〉가 보도했고 샌프란시스코의 〈신한민보〉가 그 기사를 그대로 전재해서 이승만도 읽었다.

지난 1월 1일 하오 2시에 세상을 떠난 김구씨의 부인 최준례 여사의 장례식은 지난 1월 4일 오후 2시에 프랑스 조계 하비로 공부국 묘지에서 기독교식에 의지하여 목사 조상섭씨의 사회로써 상해에 있는 남녀 동포가 많이 모여서 엄숙하게 거행하얏는데, 일동은 모두 깊은 느낌의 얼굴로써 지내었고, 윤기섭씨가 설명하는 역사 중에 김구씨가 두 번째 감옥에 들어가서 15년의 징역을 선고를 받은 뒤에 가출옥이 되기 전 4년 동안에는 안악군에 있는 안신여학교에서 선생이 되어 약간의 봉급으로써 늙은 시모를 봉양하나 또한 넉넉지 못하야 교수한 여가에는 친히 동산에 올라가서 나무를 베어다가 삼동의 얼음 같은 찬 방을 녹이고 소생의 어린 딸 하나와 함께 삼대의 여인끼리 서로 의지하면서 즐거움 없는 세월을 보냈다는 말에는 회장會葬한 일동의 눈에 눈물이 비오듯 하얏다.

풍파와 고초를 많이 당하고 쉬지 아니하며 분투하는 남편을 다시 만난 뒤에도 가난살이를 하던 일이며, 이번에 최씨가 세상을 떠난 뒤에도 김구씨는 우리 민족의 처지가 이와 같으니 극히 검소하게 장례를 지내려고 결심하얏으나, 많은 동지들의 권고와 주선으로써 창피치 아니한 장례를 거행하게 된 것이더라. (상해)

눈물로 아린 눈을 손등으로 문지르면서 이승만은 그 기사를 거듭 읽었었다. 그리고 새삼 새겼다. 독립운동은 혼자 하는 것이 아니라는 사실을, 어쩔 수 없이 가족까지 끌어들이는 사업이라는 것을. 그 독한 눈물 몇 방울에 가슴속 모진 감정들이 씻겨 나간 듯 마음이 맑았다.

임시정부가 막 중경에 도착했을 무렵, 김구의 모친 곽낙원郭樂園 여사가 사천성의 풍토병인 인후병으로 서거했다. 독립운동에 헌신한 자식을 대신해서 손주들을 키우면서 두 번이나 조선을 탈출해서 중국으로 가족들을 데리고 나온 그녀는 임시정부 가족들의 웃어른이었다. 죽음에 앞서 그녀는 아들에게 일렀다.

"어서 독립이 성공되도록 노력하고, 성공하여 귀국할 때에 나의 유골과 인이 어미 유골도 가지고 돌아가서 고향에 묻어라."

뒷날 김구의 오른팔 노릇을 한 엄항섭은 프랑스 조계의 공부국 형사로 일했다. 그래서 일본 영사관 경찰이 조선인 독립운동가들을 체포하려 할 때 미리 정보를 얻어 피신하도록 했다. 경제적으로도 비교적 여유가 있어서 이동녕과 김구를 돌보았다. 엄항섭의 부인 임씨는 유난히 곤궁한 김구에게 마음을 많이 썼다. 아이가 없는 그녀는 김구가 자기 집에 들렀다 돌아갈 때면 으레 문밖까지 따라나와서 은전 한두 닢을 김구의 손에 쥐여 주면서, "아기 사탕이나 사 주세요"하고 전송했다. 그녀는 초산에 딸아이를 하나 낳고 죽어서 노가만盧家灣의 공동묘지에 묻혔다.

『백범일지』에서 김구는 그녀에 대한 고마움을 밝혔다.

> 나는 그이의 무덤을 볼 적마다 엄군이 능력이 부족하면 나라도 능력이 생길 때에 기념묘비 하나 세워 주리라 늘 생각하였다. 마침내 상해를 떠날 때에는 그만한 재력이 있었으나, 환경이 여의치 못하여 그것도 뜻대로 되지 않았다. 이 글을 쓰는 오늘에도 노가만 공부국 공동묘지의 임씨 무덤이 눈에 어른거린다.

이승만은 다시 한숨을 길게 내쉬었다. 생각은 어쩔 수 없이 태산에게로 향했고, 무엇으로도 다스릴 수 없는 슬픔이 삶을 채웠다. 그가 조국의 독립을 되찾는 일에 몸을 바치면서 그의 가족도 어쩔 수 없이 값을 치른 것이었다. 그는 부친을 임종하지 못했고, 부인과는 이혼했고, 아들은 병사해서 이국에 묻혔다.

'만일 내가 독립운동을 하지 않았다면…?'

비록 아쉬움이 불러온 부질없는 물음이었지만, 그는 잠시 그 물음을 진지하게 생각했다. 그리고 천천히 고개를 저었다. 조국이 독립을 잃었는데 편히 살 수는 없었다. 독립운동은 그의 운명이었다. 그리고 운명을 거스르는 것은 삶을 쭉정이로 만드는 짓이었다.

다른 물음이 머릿속에 자리 잡으면서, 그는 자세를 바로 했다.

'만일 상해임시정부가 세워지지 않았다면…?'

임시정부가 없는 상황에서 그가 꾸려 왔을 삶의 모습을 상상하느라 한동안 그의 마음이 바삐 움직였다. 이윽고 그는 한숨을 내쉬고 고개를 천천히 끄덕였다.

'만일, 만일, 임시정부가 세워지지 않았다면, 나는 직업적 독립운동가가 되진 않았겠지.'

임시정부가 없었더라도 그는 물론 독립운동에 몸을 바쳤을 것이다. 그러나 임시정부가 없었다면 그는 직업적 독립운동가가 되지는 않았을 것이었다. 아마도 미국에 자리 잡고 대학 교수나 저널리스트가 되어, 생업에 종사하면서 틈이 나는 대로 조국을 되살리기 위해 노력했을 것이었다. 그것은 그의 불운한 스승 서재필이 걸어간 길이었다. 뛰어난 재능과 식지 않는 열정과 조국을 위한 헌신에도 불구하고, 서재필은 직업적 독립운동가의 삶을 고를 계기를 끝내 만나지 못했다.

임시정부가 세워지면서 그는 직업적 독립운동가의 길을 걷게 되었다. 그 길은 걷기 힘들었지만, 돌아보면 그 길로 접어들 기회가 주어진 것은 그에겐 더할 나위 없는 행운이었다.

하긴 그것은 임시정부에 참여한 모든 사람들에게 해당되는 얘기였다. 지금 중경에서 임시정부를 이끄는 김구만 하더라도, 임시정부가 없었다면 아직 황해도에서 생업에 종사하면서 민족의 역량을 기르려 애쓰고 있을 터였다. 비록 얼마 안 되는 사람들이 이국의 도시에 세우고 가까스로 지켜 왔지만, 임시정부는 2천만 조선인들의 운명에 끊임없이 작용한 것이었다. 그리고 그는 초대 대통령으로서 나름의 역할을 한 것이었다.

고마움과 자랑스러움이 가슴에 따스하게 번져 가는 것을 느끼면서, 이승만은 연필을 집어들고 중경에 보낼 전문을 작성하기 시작했다.

대한민국 임시정부의 대추축국 선전포고 (…)

루스벨트 대통령이 일본에 대해 선전포고를 하자 미국 의회는 바로 그것을 승인했다. 상원은 82명 전원이 찬성했고 하원은 388명이 찬성하고 1명이 반대했다.

이승만은 중경임시정부에 그런 사정을 알리고, 임시정부가 미국의 선전포고를 지지한다는 전문을 보내 달라고 요청했다. 이승만의 전보를 받자 임시정부는 바로 외무부장 조소앙이 루스벨트 대통령에게 보내는 형식을 한 편지를 전보로 보내왔다. 대한민국 망명정부는 일본을 패배시키는 과업에서 미국을 돕기 위해서 모든 일들을 할 의사가 있음을 천명한다는 내용이었다.

이튿날 이승만은 비서 장기영張基永과 함께 국무부를 찾았다. 두 사람은 기대에 부풀었다. 미국과 일본이 전쟁을 하니, 일본의 뜻을 거슬러서는 안 된다는 얘기가 이제 적용되지 않을 것이고, 미국으로선 대한민국 임시정부를 인정하지 않을 이유가 없었다.

그들은 국무장관 특별보좌관 스탠리 혼벡을 만났다. 혼벡은 오랫동안 국무부의 극동아시아국장을 지냈고 미국의 동아시아 정책에 큰 영향을 미치고 있었다. 1925년 하와이에서 처음 이승만을 만난 뒤 그는 이승만을 도와주었다. 1932년 이승만이 국제연맹에 참석할 때 쓴 그 기묘한 여권도 혼벡의 주선으로 얻었다. 지난 7월에도 이승만은 김구가 루스벨트에게 보내는 편지와 조소앙이 헐 국무장관에게 보내는 편지를 지니고 혼벡을 찾았었다. 그는 국무부의 동료들과 상의한 뒤, 그 편지들을 수신인들에게 보내는 것보다 이승만이 보관하는 것이 낫겠다고 말했다. 그 편지들에 담긴 내용을 미국으로선 논의할 준비가 아니 되었다는 뜻이었다. 『일본내막기』가 출간되자 이승만은 자신의 저서를 혼벡에게 증정했고, 혼벡은 그 책을 읽고서 고쳐야 할 부분들을 지적해 주었다.

인사가 끝나자 이승만은 조소앙의 전문과 타자한 편지가 든 봉투를 꺼냈다.

"이것은 중국 중경에 있는 대한민국 임시정부에서 미국 정부에 보내는 문서입니다. 이번에 루스벨트 대통령께서 의회에서 하신 연설은 우리 한국 사람들에게 큰 영감과 용기를 주었습니다. 우리 한국 사람들도 미국이 사악한 일본을 응징하는 일에 참여하기를 열망합니다. 이 편지엔 우리 국민들의 그런 뜻이 담겼습니다."

"알겠습니다."

혼벡은 봉투를 집어 전문과 편지를 꺼내어 훑어보더니, 문서를 탁자에 내려놓았다. 그리고 잠시 가늠하는 눈길로 이승만을 쳐다보았다.

이승만의 마음에 문득 불길한 예감의 그늘이 드리웠다. 그가 미국에서 독립운동을 하면서 질리도록 보아 온 관리들의 사무적 표정이 혼벡의 얼굴을 덮고 있었다.

"이 박사, 이 편지에 담긴 뜻은 충분히 이해하겠습니다. 그러나 미국 국무부로선 '대한민국 임시정부'가 한반도에 거주하는 조선 사람들을 공식적으로 대표한다고 인정할 수 없습니다." 자신의 얘기를 이승만이 새길 틈을 주려는 듯 잠시 뜸을 들이더니, 혼벡은 말을 이었다. "따라서 나로선 이 박사가 한 국가나 한 민족의 대표라고 인정할 수 없습니다."

이승만은 숨이 막혔다. 몸이 절벽에 부딪친 듯했다. 이어 분노의 불길이 머리로 치솟았다. 그런 분노는 혼벡에 대한 것이라기보다 이 세상의 비정한 질서에 대한 것이었다.

이승만의 침묵이 길어지자, 장기영이 헛기침을 했다. 이승만은 눈길을 돌려 벽에 기대어 선 서가를 바라보았다. 어떻게 이 면담을 끝내는 것이 가장 나은가 속으로 바삐 계산하면서.

"나로선 이 박사의 높은 뜻과 열정적 활동을 잘 이해합니다. 하지만 잘 아시다시피 국무부의 입장은 여러 상충되는 요소들을 고려해서 결정됩니다." 혼벡이 달래는 어조로 말했다.

"알겠습니다." 이승만은 가까스로 태연한 목소리를 냈다.

"이 편지와 관련된 일에 대해선 일단 위에 보고하겠습니다." 혼벡이 편지를 들여다보았다. "조소앙 외무부장에게 우리의 그런 입장을 전해 주시기 바랍니다."

"알겠습니다. 우리 임시정부에 혼벡 박사의 말씀을 보고하겠습니다. 외무부장의 전문이 오면 다시 귀하를 찾아뵙겠습니다."

이승만은 다시 찾아올 구실을 혼벡에게 강요했다. 좀 떨떠름한 기색이었지만 혼벡도 차마 찾아올 필요 없다는 얘기를 할 상황은 아니었다.

"알겠습니다. 부디 그렇게 하십시오."

국무부에서 나오자 이승만은 잠시 멈춰 서서 겨울 햇살을 쬐었다. 어둡고 쓸쓸한 마음에 햇살을 들이기라도 하는 듯.

"혼벡 박사의 반응은 너무 실망스러운데요." 이승만의 마음을 헤아리는 듯 조심스럽게 장기영이 말을 건넸다.

"그렇지? 생각보다 넘어야 할 산이 많구먼." 이승만은 고개를 끄덕였다. "산이 나오면 넘고, 또 나오면 또 넘고. 그게 우리 일 아닌가?"

대한민국 임시정부의 선전포고

집으로 돌아오자 이승만은 조소앙에게 전보를 쳤다. 의정원과 내각이 일본에 대해 정식으로 선전포고를 하면 대한민국 임시정부도 미국과 동맹 관계를 맺은 국가들 속에 포함될 수 있으리라는 내용이었다.

조소앙은 이내 답신을 보내왔다. 워싱턴의 외교위원회의 활약에 큰 기대를 건다는 치하에 이어, 그가 요청한 내용이 나왔다.

대한민국 임시정부
중경, 중국
1941년 12월 10일

프랭클린 디. 루스벨트 대통령 각하

백악관

워싱턴 디.씨.

대통령 각하,

3천만 조선 인민들을 대신해서, 나는 각하께 일본의 공격에 대응하여 전쟁을 선포한 것에 대하여 존경의 말씀을 드립니다. 이 우두머리 공격자가 제거되지 않으면, 태평양의 민주 국가들이 그들의 모든 힘들을 한결같이 유럽의 추축국들에 맞서는 데 쓸 희망이 없습니다. 그리고 민주 국가들이 나치 독일에 맞서 단합된 노력을 하지 않는다면, 독일을 깨뜨릴 희망은 아주 작을 것입니다.

극동 질서의 재건은 군국주의 일본의 제거 뒤에야 가능합니다. 민주 국가들의 승리에 따라 이 지역의 크고 작은 나라들이 모두 자유와 독립 속에 살 수 있기를 희망합니다.

태평양전쟁에 대한 자유 조선의 자세와 관련하여, 나는 아래와 같이 언명하고자 합니다.

1. 모든 조선 인민들은 반침략 작전에 참여하며 추축국들에 선전포고를 한다.

가슴에 깊은 감회의 물살이 일렁이는 것을 느끼면서, 이승만은 1항을 다시 읽었다. 이어 소리 내어 읽었다.

"모든 조선 인민들은 반침략 작전에 참여하며 추축국들에 선전포고를 한다."

그가 흘긋 장기영을 쳐다보자, 장이 웃음 담긴 눈길로 받았다. 그는 이어 읽었다.

2. 1910년의 소위 합방조약 및 모든 다른 불평등조약들은 무효지만, 조선 안에서의 반침략 국가들의 특권들과 권리들은 존중되고 유지된다.
3. 조선 인민들은 민주 국가들이 최후의 승리를 얻을 때까지 일본군과 싸우는 데 도움을 주려는 결심이 더할 나위 없이 굳다.
4. 조선은 중국과의 협력을 강화할 것이며, 장춘과 남경의 꼭두각시 조직들을 결코 인정하지 않을 것이다.

"장춘과 남경의 꼭두각시 조직들"은 각기 만주국과 왕조명 정권을 가리켰다. 필명인 왕정위汪精衛(왕징웨이)로도 불린 왕조명은 청 말기의 두드러진 혁명가들 가운데 하나로 손문의 최측근이었다. 그러나 손문이 죽은 뒤 국민당 안의 권력투쟁에서 장개석에게 져서 소수파 지도자가 되었다. 중일전쟁에서 중국이 일본에 밀리자 상황을 비관적으로 보고 일본에 투항했다. 1940년 일본이 남경에 괴뢰정권을 세우자 그 수반이 되었다.

5. 조선은 각하와 처칠 수상이 공동으로 발표한 선언을 완전히 지지한다.
6. 조선은 민주 세력의 궁극적 승리를 기원한다.

반침략 작전의 개시에서 귀하와 귀국이 일마다 성공하기를 기원합니다.

경구敬具,

조소앙

외무부장

다 읽고서 이승만은 잠시 편지 내용을 음미했다. 그리고 장에게 일렀다.

"됐어요. 이걸 들고 혼벡 박사를 만나러 갑시다."

이튿날인 1941년 12월 11일 독일과 이탈리아는 미국에 대해 선전포고를 했고, 미국은 독일과 이탈리아에 대해 선전포고를 했다. 온 세계가 전쟁에 휘말린 것이었다.

이승만은 장기영과 함께 혼벡의 사무실을 찾았다. 미국이 공식적으로 추축국 모두와 전쟁에 들어간 터이니 국무부의 태도가 좀 바뀌었으리라는 기대를 품고서. 실망스럽게도 혼벡의 태도는 이틀 전 그들이 찾았을 때와 같았다. 미국으로선 대한민국 임시정부가 조선 사람들을 대표한다는 것을 인정할 수 없다는 얘기였다. 그는 무척 미안해 했지만, 미국 정부의 태도가 바뀔 가능성은 전혀 없다는 점을 분명히 했다.

국무부에서 나오자 이승만은 잠시 햇살을 쬐면서 마음을 가다듬었다. 그리고 낙심해서 얼굴이 어두운 장기영에게 뜻밖으로 힘찬 목소리로 말했다.

"선전포고는 선전포골세. 일본놈들이 듣든 말든. 미국 국무부의 입장이 무엇이든."

"하긴 그렇습니다, 박사님."

"외로운 길에도 이정표는 있는 법일세. 지금 막 우리가 이정표 하나를 세웠네."

한 세대 전에 다른 나라에 병탄된 조국을 다시 세우기 위해 이국에서 궁핍한 삶을 영위해 온 두 나그네는 고달픈 몸과 추운 마음을 이국의 햇살에 쬐면서 마주 보았다. 그리고 뜻밖으로 밝은 웃음을 지었다.

제4장

『일본내막기』

『일본내막기』의 성공

"상원의원님, 대한민국 임시정부는 귀하께서 늘 조선을 위해 애써 주신 데 대해 깊은 감사의 말씀을 드립니다. 오늘도 바쁘신 일정 속에서 우리를 위해 이리 시간을 내 주신 데 대해 감사의 말씀을 드립니다."

모두 자리에 앉자, 이승만은 다시 아이오와 출신 민주당 상원의원 가이 질레트(Guy Gillette)에게 감사하다는 인사를 했다.

"아닙니다." 질레트가 손을 저었다. "나는 여러분들과 만나게 되어 정말로 즐겁습니다. 조선의 독립을 위해 애쓰시는 여러분들을 조금이라도 돕게 된다면 나로선 무척 흐뭇한 일일 터입니다."

이곳은 캐피톨의 질레트 상원의원 사무실이었다. 질레트는 조선 문제에 꾸준히 관심을 갖고 재미 조선인들과 접촉하면서 그들을 대변해 왔다. 이미 30년 전에 일본에 합병되어 국제적으로 잊혀진 조선에 대해 관심을 가진 미국 정치인들이 드문 상황에서, 질레트는 조선인들에겐 정말로 고마운 사람이었다.

1941년 12월 11일 이승만과 장기영이 국무부를 찾아 대한민국 임시정부가 일본에 선전포고를 한 편지를 전달했을 때, 극동 업무를 담당하는 국무장관 특별보좌관 스탠리 혼벡은 회의적 태도를 보였다. 조선에 대해 호의적인 혼벡의 그런 태도는 조선 문제에 대한 국무부의 입장을 유창하게 말해 주었다.

이튿날 장기영은 질레트의 사무실을 찾아 그에게 대한민국 임시정부를 위해 나서 달라는 편지를 남겼다. 질레트의 답신은 지난 주말에 닿았다. 그 편지에서 질레트는 "미국과 일본의 외교관들이 교환되기 전까지는 대한민국 임시정부의 승인에 관해 어떤 조치도 나올 수 없다"는 국무부의 입장을 설명했다. "일본의 적의를 살 수 있는 조치들을 취하면, 아직 일본에 있는 미국인들을 위태롭게 할 수 있다"는 것이 그 이유였다.

이승만은 국무부의 태도를 이해하기 어려웠다. 이미 일본의 기습공격으로 전쟁이 시작되었고, 지금 필리핀에선 미군이 일본군에 참패해서 제대로 저항하지 못하는 판인데, "일본의 적의"를 살까 두려워서 아무런 조치도 취하지 못한다는 얘기는 조리가 서지 않았다. 이제 모든 자원과 수단을 동원해서 일본에 맞서야 하는 상황이니, 조선인들의 협력을 얻는 일도 이전과는 달라져야 할 터였다. 국무부가 가장 관료주의적인 조직이라는 점을 감안하더라도 국무부의 태도는 너무 무기력했다.

이승만은 국무부의 태도에 울화가 치밀었다. 일본군이 펄 하버를 기습한 지 벌써 두 주일이 지났는데 임시정부의 승인을 얻는 일에서 아무런 성과도 내지 못했다는 사실은 그를 초조하게 만들었다. 그래서 그동안 자신을 도와준 존 스태거스(John Wesley Staggers)와 제이 윌리엄스(Jay Jerome Williams)와 함께 오늘 12월 22일에 이곳을 찾은 것이었다. 스태거스는 워싱턴의 명망 높은 변호사였고, 윌리엄스는 통신사 INS(International News Service)의 기자였다. 1919년 이승만이 대한민국 임시정부의 대통령으로 미국에서 외교 활동을 시작했을 때부터 두 사람은 이승만과 임시정부의 열렬한 후원자들이었다. 조선의 독립이 가망 없는 것처럼 보였던 시절에도 그들은 한결같이 이승만의 외로운 외교 활동을 도왔었다.

"그런데, 상원의원님께서 국무부와 협의하시고서 우리에게 보내 주신 편지와 관련하여, 국무부의 입장에 잘 이해되지 않는 부분이 있습니다. 우리가 국무부의 입장을 혹시 잘못 아는 것은 아닌지 염려되어서, 상원의원님께 확인하려고 이리 찾아뵈었습니다."

"어떤 부분이 그러한가요?" 밝았던 질레트의 얼굴에 그늘이 살짝 어렸다.

"내가 얘기하는 것은 '일본의 적의를 걱정해서 대한민국 임시정부의 승인에 관해 아무런 조치도 취하지 못한다'는 국무부의 태도입니다."

"아, 그것 말입니까? 국무부의 걱정은 이해할 수 있잖습니까? 지금 일본엔 많은 미국 시민들이 있습니다. 외교관들도 그대로 머물고 있습니다. 만일 우리가 일본 사람들로 하여금 우리에게 적의를 품도록 한다면, 그들은 지금 일본에 있는 미국 시민들과 외교관들에게 분풀이를 할 가능성이 큽니다. 이 박사님도 일본 사람들이 어떠한지 잘 아시잖습니까?" 잠시 뜸을 들이더니, 질레트는 이승만에게로 몸을 숙이고 진지하게 말했다. "그러니 이 박사님, 국무부에 대한민국 임시정부를 승인해 달라고 요청하시지 않는 것이 좋겠습니다."

이승만은 잠시 생각하더니 나직한 목소리로 더할 나위 없이 진지하게 말했다. "그렇다면 상원의원님, 이번 전쟁은 우리가 졌습니다. 일본 사람들의 감정을 상하게 하지 않고 어떻게 그들과 싸울 수 있나요?"

잠시 머뭇거리더니, 질레트가 변명 비슷하게 대꾸했다. "나는 국무부가 말한 것을 그대로 옮겼을 따름입니다."

"상원의원님, 알겠습니다. 국무부가 무엇을 걱정하는지 이제 확실해졌습니다." 어색해진 분위기를 바꾸려는 듯 스태거스가 노련한 변호사답게 웃음 띤 얼굴로 받았다. "그러나 이미 펄 하버가 기습공격을 받아 미국 시민들이 몇천 명 죽었고, 이젠 마닐라가 일본군에게 점령될 상황입니다. 그런데도 국무부가 일본과의 전쟁에서 이길 방도를 찾지 않고 국제법으로 안전과 자유가 보장된 미국 시민들을 지레 인질로 여기는 태도는 사람들의 지지를 받지 못할 것 같습니다. 실은 그런 태도는 일본에 있는 미국 시민들을 인질로 쓸 가능성을 일본이 인식하도록 해서 미국 시민들의 안전을 오히려 위협합니다. 상원의원님께서 그런 의견도 있다고 국무부에 전해 주시면 우리로선 정말로 고맙겠습니다."

"맞는 말씀이오." 심각한 낯빛으로 질레트가 고개를 끄덕였다. "내, 국무부에 그리 전하겠습니다."

"미국에게 조선은 잊혀진 나라입니다. 조선에 대해 관심을 가진 정치 지도자들은 정말로 적습니다. 상원의원님께서 조선과 대한민국 임시정부를 위해서 애써 주시는 데 대해 우리는 늘 감사하고 있습니다." 이승만이 진지하게 말하고서 고개를 깊이 숙여 인사했다.

질레트는 사무실 밖 복도까지 나와서 웃는 얼굴로 이승만 일행을 배웅했다. 그러나 돌아서서 사무실로 들어가는 그의 얼굴엔 웃음기가 없었다. 그는 이승만이나 대한민국 임시정부에 대해 호의적이 아니었다. 그는 이승만의 정적인 한길수韓吉洙와 친했고, 한길수의 얘기를 들어 조

"상원의원님, 일본 사람들의 감정을 상하게 하지 않고 어떻게 그들과 싸울 수 있나요? 이 전쟁은 졌습니다."
이승만을 배웅하고 돌아서는 질레트 상원의원의 얼굴에서 웃음기가 가셨다.

선에 관한 일들을 판단했다.

한길수는 공산주의자였고, 이념이 같은 김원봉을 추종하고 지원했다. 그래서 김구가 이끄는 대한민국 임시정부, 한국독립당 및 광복군은 이승만과 연결되었고, 김원봉이 이끄는 조선민족혁명당 및 조선의용대는 한길수와 연결되었다. 그리고 김원봉이 임시정부의 대표성을 문제 삼아 중국 국민당 정부가 임시정부를 승인하는 것을 막고 광복군의 편성을 방해해 온 것과 마찬가지로, 한길수는 임시정부의 대표성을 문제 삼아 미국 정부가 임시정부를 승인하는 것을 집요하게 방해해 왔다.

한길수는 수수께끼 같은 인물이었다. 그는 1900년에 경기도 장단에서 출생했는데 1905년에 부모를 따라 하와이로 이주해서 1938년까지 거주했다. 1914년부터 1916년까지 호놀룰루의 감리교 계통 한인 기숙학교에서 수학하면서 당시 교장이었던 이승만에게서 배웠다. 1921년부터 1926년까지 구세군에서 복무했다. 그 뒤로는 뚜렷한 직업이 없이 여러 가지 일을 했다.

한길수가 사람들의 주목을 받게 된 계기는 그가 1935년부터 1937년까지 호놀룰루의 일본 총영사관에서 일한 것이었다. 재미 교포들은 그가 일본의 정보원 노릇을 했다고 여겼고 그를 배반자라고 비난했다. 그 자신은 뒤에 미국의 첩자로 일본 총영사관에 잠입했다고 해명했다. 1937년 그는 미국 상하 양원 합동조사위원회에 출석해서 일본 총영사관이 일본계 시민들이 많은 하와이에 일본의 영향력을 심기 위한 음모를 꾸몄다고 증언했다. 그 뒤로 그는 질레트 상원의원의 적극적 후원을 받게 되었다.

펄 하버가 기습을 당한 뒤, 한길수가 1941년 12월 첫 일요일에 일본 함대가 하와이의 미국 태평양함대를 기습하리라고 이미 10월에 예측했다는 것이 밝혀졌다. 게다가 그의 예측은 10월 2일 상원에서 질레트 상원의원이 언급해서 의사록에 기록되었으므로, 공적 예언이 되었다. 자연히 한길수는 단번에 큰 명성을 얻었고, 여러 모임들에 강사로 초빙되었다.

한길수는 12월 5일 미국 국무부 극동국장 맥스웰 해밀튼(Maxwell Hamilton)에게 보낸 편지에서 그런 예측의 근거들을 자세히 설명했다.

> 1) 1941년 11월 22일자 하와이의 일본어 신문인 〈니푸지지日布時事〉는 미국 육군 항공대의 하와이 열도 항공 기동 일정을 실었다. 이 시간표는 항공 기동이 11월과 12월에 걸쳐 "일요일과 공휴

일을 빼놓고 매일" 실시됨을 보여 주었다. 시간표에 따르면 자정부터 오전 8시까지 항공 기동이 없었다. 따라서 토요일 자정부터 일요일 종일 항공 기동이 없었다. 〈니푸지지〉는 실질적으로 일본 총영사관의 통제를 받는 신문으로 하와이의 일본화에서 큰 역할을 했다.

2) 1941년 10월 24일 이탈리아 잡지 〈오기〉는 일본과 미국 사이의 전쟁을 예측한 기사를 실었는데, 전투는 하와이 열도에 대한 항공대 및 해군 공격으로 시작되리라고 전망했다.

3) 1941년 10월 2일 호놀룰루, 로스앤젤레스, 샌프란시스코 및 시애틀의 일본 영사관은 일본계 미국인들에게 징집 명령을 내렸다.

4) 1940년 10월 일본에서 나온 마쓰오 기노아키松尾樹明의 『3국 동맹과 일미전쟁』엔 일미전쟁에 대비한 일본의 전쟁 계획이 상세하게 나왔다. 요점은 러일전쟁에서처럼 외교 교섭을 끝까지 하고 적절한 기회에 기습 함대로 기습한 다음 선전포고를 한다는 것이었다. 마쓰오는 일본 외무성의 고위 정보 요원으로 해군과의 연락을 맡았으며, 극우 민간단체인 고쿠류카이黑龍會에 속했다고 알려졌다.

이처럼 여러 나라들에 흩어진 다양한 정보들로부터 핵심적 결론을 도출하는 재능은 흔히 볼 수 있는 것이 아니다. 미국의 누구도, 군대와 정보기관과 국무부의 수많은 정보 전문가들도 보지 못한 숨겨진 그림을 한길수는 일찍부터 보았고 미국 기관들에 경고한 것이었다.

한길수는 부지런하기도 했다. 그는 쉬지 않고 미국 관리들과 의원들에게 편지를 써서 재미 조선인들의 어려움을 호소했고, 관련 법규들을 살펴서 해결책을 찾아내서 제시했고, 실제로 성과들을 거두었다. 그의 도움을 받은 사람들은, 특히 막 미국에 들어온 젊은이들은 그가 실제로 성과를 내는 독립운동가라고 칭송했다.

이승만은 자기가 가르친 한길수가 정력적으로 활동해서 뚜렷한 성과들을 거두는 것이 대견했다. 그래서 다른 사람들에게 한길수를 칭찬하고 추천했다. 『일본내막기』에선 "1940년 외국인등록법에 따라 미국 법무부는 중한동맹 대표 한길수의 청원을 허락하면서, 한국인들은 일본 국민이 아니라 한국인으로 등록하도록 허락한다는 결정을 내렸다"고 소개했고, 덕분에 하와이에 사는 한국인 2,276명이 한국인으로 등록했다는 보도가 있다고 썼다.

그러나 한길수의 성격엔 비열하고 교활한 면이 있었다. 변변한 직업도 없이 살아오면서 밝혀지지 않은 부분들이 많은 그의 행적에서 그 점이 드러난다. 그는 모든 사람들과 모든 일들을 자기의 이익을 위해 이용했고, 자기에게 방해가 되는 사람들을 꺾기 위해 모함하고 음모를 꾸미는 것도 서슴지 않았다. 그는 재미 동포 사회에서 가장 두드러진 인물인 이승만이 자기 앞길에 가장 큰 방해라고 여겼고, 이승만과 임시정부를 깎아내리려고 온갖 술수를 다 썼다.

한길수는 이승만에 대해 존경과 시기를 함께 품었다. 이승만의 높은 인격과 굳은 의지를 존경했지만, 이승만이 누리는 사회적 지위와 명성을 시기했다. 이승만은 오랫동안 변함없이 그를 도와 온 지지자들이 많았다. 특히 미국 정부에 대해 발언권이 있는 훌륭한 미국인 후원자들이 있었다. 그러나 한길수 자신에겐 이승만에 대해 이념적으로나 당파적으로 적대적인 소수의 사람들만 있었다. 나름으로 재능과 야심이 있는 한길수에겐 그것은 참을 수 없는 일이었다. 그렇게 이승만을 존경하고 시기한 한길수의 미묘한 마음은 그로 하여금 평소엔 이승만을 헐뜯다가도 연말이면 이승만과 프란체스카 여사에게 간곡한 마음이 담긴 크리스마스카드를 쓰도록 했다.

어쨌든 질레트는 한길수를 믿었고 한길수의 얘기에 귀를 기울였다. 이번에도 그는 한길수의 주장을 따라 임시정부를 승인하지 말라고 국무부에 조언하기로 마음먹은 터였다. 이승만 일행의 방문은 그를 설득하는 대신 불쾌하게 만들기만 했다.

질레트의 그런 속내를 알 수 없는 이승만 일행은 비록 얻은 것은 없었지만 헛걸음은 아니었다는 생각에 마음이 그리 어둡지 않았다.

"그런데 존, 지금 필리핀 상황은 절망적이오?" 승강기에 타자 이승만이 물었다.

스태거스가 고개를 끄덕였다. "일본군은 세 길로 나뉘어서 마닐라를 향하고 있는데, 맥아더는 저항할 병력이 없다고 합니다."

이승만은 무겁게 고개를 끄덕이고서 윌리엄스를 쳐다보았다. "최신 뉴스는 어떤가요?"

"존 얘기대로 일본군을 막을 길이 없어요." 윌리엄스가 한숨을 쉬었다. "아군이 기습을 당해서 항공기들을 다 잃은 것이 결정적 요인입니다."

"펄 하버에서 기습당한 것을 알고서도 넋 놓고 있다가 또 기습을 당하다니. 맥아더는 도대체 무엇을 하고 있었나 모르겠어." 스태거스의 목소리에 분기가 어렸다.

"책임은 키멜보다 맥아더가 훨씬 크죠. 펄 하버는 누구도 예상하지 못했지만, 그 뒤로는 일본군이 기습할 수 있는 상황이 아니었죠." 윌리엄스가 동의했다. "그런데도 키멜은 교체되고 맥아더는 그대로 자리를 지키고 있어요."

이승만이 잠시 생각하더니, 침중하게 말했다. "기습을 당해서 큰 손실을 입은 장군은 아마 자리에서 물러나게 하는 것이 옳은 조치일 것 같아요. 심리적 충격이 얼마나 크겠어요. 그런 충격을 받은 장군은 냉정하고 과감하게 결단을 내릴 수 없죠. 키멜 제독으로선 억울한 점도 있겠지만."

"인생은 원래 불공평한 겁니다."

승강기에서 내리면서 스태거스가 농담을 건넸다. 세 사람은 함께 소리 내어 웃었다. 같이 탔던 사람들이 쳐다보건 말건.

이승만은 방금 질레트의 사무실에서 맛본 좌절이 웃음에 좀 씻겨 나가는 것을 느꼈다. 그랬다, 사람의 삶은 불공평했다. 중요한 것은 그런 현실을 직시하고 불공평을 조금이라도 줄이려 애쓰는 것이었다. 따지고 보면 독립운동도 그런 불공평을 줄이려는 노력이었다.

일본군의 남방 침공작전은 펄 하버 기습작전의 시작과 연계되었다. 펄 하버에 대한 기습이 성공했다는 정보를 받자 일본군은 일제히 공격에 나섰다. 말라야와 필리핀이 1차 목표였고, 궁극적 목표는 싱가포르와 네덜란드령 동인도였다.

1898년 미국과의 전쟁에서 패배한 스페인은 필리핀을 푸에르토리코 및 괌과 함께 미국에 할양했다. 필리핀 사람들의 독립에 대한 열망이 워낙 컸으므로, 1934년 미국은 필리핀을 '연방(commonwealth)'으로 만들었다. 그리고 1946년까지 필리핀에 완전 독립을 허용하겠다고 필리핀 의회에 약속했다. 1935년 케손(Manuel Luis Quezon y Molina)이 연방 초대 대통령에 선출되었고 1941년에 재선되었다.

미국과 일본 사이의 관계가 점점 험악해지자, 1941년 6월 루스벨트 대통령은 필리핀 군대를 미국 연방군으로 전환하고 퇴역한 더글라스 맥아더를 육군 소장으로 복귀시켜 극동 미군 사령관으로 임명했다. 이튿날엔 육군 중장으로 승진시켰다. 출중한 군인이었던 맥아더는 1930년부터 1935년까지 육군참모총장을 지냈고, 퇴역한 뒤엔 케손 대통령의 초청을 받아 필리핀군 원수로 필리핀군을 지휘했다. 필리핀에서 오래 근무했고 필리핀 지도자들과 친밀했으므로, 맥아더로 하여금 극동 미군을 지휘하도록 한 조치는 좋은 결정이었다. 이때 맥아더는 61세였다.

당시 필리핀 지구의 육군 병력은 조너선 웨인라이트(Jonathan Mayhew Wainwright) 소장이 지휘하는 미군 필리핀 사단과 필리핀 정찰대로 이루어졌는데, 총 병력은 3만 명가량 되었다. 화기와 장비가 부족해서 전투력은 그다지 강하지 못했다. 그러나 마닐라 북쪽 클라크 비행장과 이바 비행장의 항공대 병력은 상당했다.

맥아더의 참모장인 리처드 서덜랜드(Richard K. Sutherland) 소장은 현지 시각 1941년 12월 8일 0330시에 일본군의 펄 하버 기습공격을 통보받았다. 이 시각은 하와이 시간으로 0900시였으므로, 후치다 중좌가 기습 성공을 보고한 시각에서 1시간 정도 지난 때였다. 따라서 필리핀을 공격할 일본군과 실질적으로 같은 시각에 펄 하버 소식을 들은 셈이다.

서덜랜드는 이내 맥아더에게 상황을 보고했다. 0530시엔 육군참모총장 조지 마셜 대장으로부터 현존하는 전쟁 계획인 '레인보 파이브'를 실행하라는 명령이 내려왔다. 그러나 어쩐 일인지 맥아더는 아무런 조치도 취하지 않았다. 극동항공대 사령관 루이스 브레어튼(Louis H. Brereton) 소장은 세 차례나 전쟁 이전의 의도대로 대만 공격을 허가해

대만에서 발진한 일본 항공기들은 필리핀의 클라크 비행장과 이바 비행장을 기습했다. 카비테 해군 기지도 많이 파괴되었다.

달라고 요청했으나 서덜랜드에 의해 거부되었다. 1100시에야 브레어튼은 맥아더를 만날 수 있었고 대만 공격을 허가받았다.

1230시 대만에서 발진한 일본 제11항공함대의 항공기들은 클라크 비행장과 이바 비행장을 기습했다. 기습이 완벽했으므로 두 비행장에 있던 항공기들은 큰 손실을 입었다. B-17 폭격기 35대 가운데 18대가, P-40 정찰기 107대 가운데 53대가, 그리고 다른 비행기들 28대 이상이 땅에 머문 채 파괴되었다. 이틀 뒤 일본군의 공습들로 나머지 항공기들도 거의 다 파괴되었다. 사흘간 계속된 일본군의 공습으로 마닐라 남쪽의 카비테 해군 기지도 많이 파괴되었다.

12월 10일 일본군은 루손섬에 상륙하기 시작했다. 이어 21일 주력 사단의 본대가 아무런 저항을 받지 않고 루손섬 중서부 링가옌만에 상륙했다. 루손섬의 다른 해안에도 일본군 부대들이 상륙해서 모두 마닐라를 향해 모여들었다.

12월 16일, 일본군의 기습공격에 제대로 대응하지 못한 책임을 물어 미군 수뇌부는 태평양함대 사령관 허스번드 키멜 해군 대장과 하와이 지역 사령관 월터 쇼트 육군 중장을 해임했다. 그러나 키멜이나 쇼트보다 변명의 여지가 훨씬 작은 맥아더는 오히려 12월 20일 대장으로 승진했다. 펄 하버의 충격이 워낙 커서 필리핀에서의 참패가 묻혔다는 면도 있었고, 맥아더의 경력과 명성이 뛰어나서 그에게 책임을 물으려는 사람이 없었다는 면도 있었다. 무엇보다도, 필리핀에 대해서 잘 알고 필리핀 사람들과 친근한 그를 대신할 만한 지휘관이 없었다.

두 사람과 헤어져서 버스를 타고 집으로 돌아오면서, 이승만은 우울한 눈길로 창밖을 내다보았다. 마음이 암담했다. 펄 하버가 일본 함대에 기습받자 그는 미국 국무부가 대한민국 임시정부를 바로 승인할 것으로 생각해서 마음이 부풀었었다. 임시정부가 조선 사람들을 대표하는 정부라고 미국 정부가 승인하면 갖가지 혜택들이 따를 터여서, 임시정부 요원들이 중국과 미국에서 보다 활발하게 움직일 수 있었다. 혼벡을 만나 국무부의 부정적 태도를 알게 된 뒤에도, 비록 실망이 컸지만 그는 낙심하지는 않았었다. 국무부가 임시정부의 승인에 대해 검토하고 있다는 혼벡의 얘기에 상당한 기대를 걸었다. 그러나 질레트 상원의원의 입을 통해서 확인한 것은 국무부가 임시정부의 승인을 전혀 고려하지 않는다는 사실이었다.

거리 풍경은 유난히 쓸쓸했다. 사흘 뒤면 크리스마스니 거리가 밝고 활발해야 했다. 그러나 올해의 거리 풍경은 다른 해보다 많이 가라앉은 듯했다. 일본군에 기습을 당했다는 사실과 앞으로 어려운 전쟁을 치르게 되었다는 생각이 사람들의 마음을 짓누르는 듯했다.

그는 애써 밝은 얼굴을 하고 집안으로 들어섰다.

"마미, 나 왔어요."

프란체스카는 속지 않았다. 환한 웃음을 지으면서 그녀가 밝은 목소리로 말했다. "파피 얼굴에 임무가 그리 성공적이지 못했다고 쓰여 있네요. 내 말 맞아요?"

"마미, 난 당신한테서 아무것도 감추지 못한다는 것을 이미 오래전에 알았어요. 당신이 맞았어요." 그는 싱긋 웃었다. "질레트 상원의원은 국무부가 우리 임시정부를 승인하지 않으리라고 확인해 주었어요."

"어리석은 사람들. 그런 작자들이 정부를 가득 채웠으니 일본군에게 기습을 당하지." 화가 단단히 나서 그녀가 내뱉었다.

이승만은 쓸쓸한 웃음을 지으면서 외투를 그녀에게 건넸다. "관리들은 어디나 다 같아요."

"파피, 실러가 그랬잖아요. '어리석음에 대해선 신들도 헛되이 애쓴다'고." 외투를 받아 들고 안방으로 들어가면서 그녀가 위로했다.

"미국 국무부 관리들을 상대하려면, 신은 아니더라도 성인의 참을성은 있어야 할 것 같소." 그는 한숨을 길게 내쉬었다.

"아, 파피, 그런데 아까 출판사에서 전화가 왔어요. 지난주에 중쇄에 들어갔답니다. 이제 4쇄죠."

『일본내막기: 오늘의 과제(Japan Inside Out: The Challenge of Today)』는 그동안 두 차례 중쇄된 터였다.

이승만의 마음이 환해졌다. "정말로?"

"네. 재고가 소진되었답니다. 어떤 독자들은 출판사에 전화를 걸어서 파피를 '예언자'라고 부른답니다."

"오래간만에 좋은 소식이네."

펄 하버 기습 이후로 그의 『일본내막기』가 화제가 되고 서점들에서 잘 팔린다는 것은 알고 있었다. 그래서 은근히 중쇄를 기대하던 참이었다.

"책이 팔리는 것도 기쁘지만, 파피, 난 당신 얘기를 사람들이 알게 된 것이 더 기뻐요."

윗도리를 받아 드는 그녀의 밝은 얼굴에서 그는 언뜻 소녀의 모습을 보았다. 미안함과 안쓰러움이 그의 가슴을 시리게 했다. 빈한한 망명객의 아내로 이국에서 떠돈 8년 세월이 모르는 새 그녀 얼굴에 서린 것이었다.

거실 구석의 전화기가 소리를 냈다. 넥타이를 풀면서 그는 전화기를 집어 들었다. "여보세요?"

"안녕하세요? 저는 신시아 롱입니다. 싱만 리 박사 전화 맞나요?" 여자 목소리였다.

"예. 제가 싱만 리입니다."

"오, 반갑습니다, 리 박사님. 저는 필라델피아에 사는데요, '펜실베이니아 여성협회'에서 발행하는 잡지의 편집자입니다. 리 박사님의 『일본내막기』와 관련하여 리 박사님의 말씀을 듣고서 우리 잡지에 싣고 싶습니다. 대담을 허락해 주시겠습니까?"

"아, 예. 좋습니다. 그런데 필라델피아에서 여기까지는 멀어서…."

"마침 제가 크리스마스를 워싱턴에서 보내기로 되어 있습니다. 혹시 이십육일에 시간을 내 주실 수 있으면, 제가 댁으로 찾아뵙고 싶습니다."

"이십육 일이라. 잠깐 기다리세요." 그는 프란체스카를 돌아보았다. "마미."

"녜, 파피?"

"이십육일에 손님이 와도 괜찮아요?"

"이십육일? 네, 괜찮아요." 그녀가 고개를 끄덕였다.

"이십육일 괜찮습니다. 오후가 좋겠죠?"

"네. 그러면 제가 이십육일 오후 세 시경에 찾아뵙는 것으로 하겠습니다."

"예. 그렇게 하세요."

"리 박사님, 고맙습니다. 저희 회원 한 분이 전에 리 박사님께서 필라델피아에서 하신 강연을 들었답니다. 그때 깊은 감명을 받았는데, 이번에 예언적 저서를 내셨으니 우리 회원들에게 꼭 리 박사님 말씀을 알려야 한다고 신신당부했습니다."

"아, 그랬나요? 그분께 고맙다는 말씀 전해 주십시오."

서재로 올라온 이승만은 언제나처럼 창가에 서서 서쪽 풍경을 내다보았다. 겨울 저녁 풍경이야 쓸쓸할 수밖에 없었지만, 그의 마음은 그리 어둡지 않았다. 실은 펄 하버 기습 이후 그의 형편은 크게 나아졌다.

'그땐 정말로 힘들었지.'

그는 두 해 전 쫓기듯 하와이를 떠났던 자신의 모습을 떠올렸다. 그때 그는 자신의 인생이 실패였다고 느꼈었다.

1919년 3·1운동으로 한껏 고조되었던 조선의 독립운동은 냉혹한 현실에 부딪쳐 사그라지기 시작했다. 조선에 대한 일본의 지배는 빠르게 강화되었고 일본의 국제적 지위는 점점 높아졌다. 모든 나라들이 놀랍도록 빠르게 강대국으로 성장하는 일본의 비위를 맞추려 애썼다. 반면에, 독립운동은 눈에 뜨이는 성과가 없었다. 1930년대 전반에 일본이 만주를 장악하자 상해임시정부는 조국과의 연결이 실질적으로 끊어졌다. 1930년대 후반 중일전쟁이 일어나자 임시정부는 일본군에 쫓긴 중국 국민당 정부를 따라 서쪽 오지 중경으로 피신했다. 조선의 독립운동을 지원하던 국가는 중국뿐이었던 터라, 중국 정부의 곤경은 임시정부의 처지를 더욱 어렵게 만들었다. 이제 동아시아를 놀라게 했던 청산리의 승리도 윤봉길의 상해 거사도 사람들의 기억 속에서 희미해졌다.

사정이 점점 나빠지자, 독립운동을 열성적으로 지원하던 하와이 교포들도 지쳐 갔다. 하와이의 독립운동을 이끌어 온 이승만은 어쩔 수 없이 교포들의 실망과 비난의 표적이 되었다. 게다가 세월이 흐르면서 독립운동의 주력이 된 젊은 운동가들은 그의 얘기를 순순히 따르지 않았다. 특히 그의 지론인 미국 정부의 인정과 원조를 통한 독립 방안에 비판적인 목소리들이 부쩍 높아졌다.

성과는 없고 전망은 어두워지니, 이승만 자신도 의기가 소침해질 수밖에 없었다. 그의 딱한 처지를 동정하고 걱정한 사람들은 그에게 하와이를 떠나 워싱턴으로 가서 '조선 독립운동의 역사'를 쓰라고 권했다. 다른 방도가 없었으므로 그는 1939년 4월에 하와이를 떠났다. 워싱턴으로 가는 길에 그는 자신의 어려운 처지와 처연한 심정을 밝히는 글을 썼다.

내가 혼자 인도자 책임을 가지고 동포의 재정을 모손耗損하며 독

> 럽은 회복하지 못하고 보니 자연 내게 대한 악감이 심해서 내 신분에만 어려울 뿐 아니라 우리의 하고자 하는 일을 해 갈 수 없을 만치 되고 보니, 차라리 내가 물러앉으면 (…)

워싱턴에 자리 잡자 이승만은 여러 사람들을 만나 워싱턴의 정치 상황을 들었다. 그리고 한가롭게 조선 독립운동의 역사를 쓰고 있을 때가 아니라고 판단했다. 1937년에 일어난 중일전쟁은 미국 사람들로 하여금 일본의 위협을 절감하도록 만들었다. 독일이 승승장구하는 유럽의 상황은 늘 고립주의적 조류가 거센 미국에서도 여론의 변화를 불렀다. 일본의 위협에 대해선 조선 사람들이 가장 잘 알았으므로, 그는 조선 사람이 그 위협을 미국 사람들에게 알려야 한다고 생각했다. 그는 바로 일본이 온 세계에, 특히 미국에 제기하는 위협에 대해 쓰기 시작했다. 임병직이 통계와 관련 자료들을 모아서 그의 논거를 떠받쳤다. 그가 필기하면 프란체스카가 타자했는데, 원고를 세 차례나 고치는 바람에 그녀의 손가락이 짓물렀다. 몬태나에 사는 친구 전인수가 비용을 많이 감당한 덕분에 그의 원고는 지난 8월 뉴욕에서 출간되었다.

『일본내막기』는 본질적으로 무지와 안일 속에서 닥쳐오는 재앙을 보지 못하는 사람들을 일깨우려는 책이었다. 그 책에서 이승만은 일본이 세계 평화를 위협하고 미국을 공격하게 되는 사정을 명쾌하게 설명했다. 그리고 미국은 행동에 나서야 한다고 지적했다. 그는 서문에서 "미룸은 해결이 아니다"라고 외쳤다.

그의 기대는 당연히 컸다. 그러나 시장의 반응은 그의 기대에 미치지 못했다. 그의 책을 다룬 신문들과 잡지들 가운데 영향력이 큰 매체는 드물었다. 다행히 동아시아에 관심이 많은 작가 펄 벅(Pearl Buck)이 그의 책을 주목했다. 그녀는 1931년에 중국을 무대로 한 『대지(The Good Earth)』를 출간해서 이듬해에 퓰리처상을 받았고 1938년엔 노벨 문학상을 받았으므로 명망이 한창 높았다. 〈아시아 매거진〉에 실린 서평에서 그녀는 이승만의 책을 높이 평가했다.

> 나는 이 박사가 미국 사람들이 거의 알지 못하는 사실, 곧 미국이 1905년에 수치스럽게도 이 조약[조미 수호통상조약]을 폐기했고, 그럼으로써 일본의 한국 병탄을 허용했다고 말해 준 것을 기쁘게 생각한다. 이 박사는 "이것이 큰불이 시작되는 불씨였다"고 말하고 있는데, 나는 이 말에 당연히 두려움을 느낀다.

이승만 자신은 그녀의 서평에서 "이 책엔 일본 사람들에 대한 개인적 증오는 없지만, 그들의 것과 같은 심리 상태가 인류에 대해 품은 위험에 대한 확실한 진단은 있다"는 구절이 특히 마음에 들었다. 노벨 문학상을 받은 작가에게서 그런 얘기를 들었다면 그로선 더 바랄 것이 없었다.

물론 헐뜯는 사람들도 있었고 부정적 평가들도 나왔다. 일본에 대해 잘 알지 못하는 미국 사람들은 전쟁을 부추기는 책이라고 비난하기까지 했다.

어쨌든 그의 얘기는 적잖은 미국 사람들이 이미 극도로 위험해진 상황을 제대로 보도록 일깨웠다. 그리고 바로 나온 펄 하버 기습은 『일본내막기』가 뛰어난 예언서임을 충격적으로 보여 주었고 이승만의 명성과 위상을 크게 높였다

『일본내막기』의 목적

"리 박사님, 이 책을 쓰신 목적은 무엇이었나요?"

이승만의 말을 받아 적을 준비를 마친 신시아 롱(Cynthia Long)이 물었다. 나흘 전 약속대로 그녀는 그와의 대담을 위해 그의 집을 찾은 것이었다.

"미국 사람들에게 일본의 정체를 알리는 것이었습니다." 받아 적는 사람을 생각해서 이승만은 천천히 또박또박 말했다. "미국 사람들은 일본에 대해 잘 알지 못합니다. 미국 사람들은 유럽 국가들에 대해선, 영국이나 프랑스나 독일에 대해선 관심도 크고 대체로 잘 알죠. 그러나 일본에 대해선 관심도 작고 제대로 알지도 못합니다. 일본이 동아시아의 패권 국가로 된 지금, 그것은 결코 바람직한 상황이 아닙니다."

연신 고개를 끄덕이면서 롱이 열심히 연필로 받아 적었다. 속기였다.

"지금 일본은 경제 규모와 군사력에서 유럽의 강대국들과 비슷합니다. 그리고 일본은 오래전부터 그처럼 강대한 군사력으로 조선과 중국을 침입해서 동아시아의 평화를 깨뜨렸습니다. 일본은 해외 팽창 정책을 일관되게 추구하므로, 궁극적으로는 태평양을 사이에 둔 미국과 맞설 것입니다. 당연히 미국 사람들은 일본이 제기하는 위험에 대해서 잘 알아야 합니다. 그래야 일본의 위협에 적절하게 대응할 수 있죠. 이 책의 부제가 '오늘의 과제'인 까닭이 바로 그것입니다. 나는 이 책을 통해서 미국 사람들이 일본이 제기하는 크고 음산한 위협에 대해서 알고 대비하기를 희망했습니다."

"알겠습니다. 리 박사님께선 자신이 일본의 내막과 속셈에 대해, 일본이 외부로부터 감춘 것들에 대해 잘 안다고 쓰셨습니다. 제목도 『일본내막기』입니다. 그리고 '다가올 사태를 예견하는 데는 투시력이나 멀리 내다보는 정치력이 필요하지 않다'고 쓰셨습니다. 일본에 대해 어떻게 그렇게 잘 아시게 되셨습니까?"

물음에 날이 조금 선 것을 느끼고 이승만은 싱긋 웃었다. "일본이 추구한 해외 팽창 정책의 첫 대상은 이웃 나라인 조선이었습니다. 그리고 나는 조선 사람입니다. 당연히 일본의 검은 속셈과 교활한 술책에 대해서 잘 알죠. 이 세상에서 일본에 대해 가장 잘 아는 사람들은 우리 조선 사람들입니다."

롱이 옅은 웃음을 지으면서 고개를 끄덕였다. "알겠습니다."

"나는 국제정치를 공부했고, 조선의 독립을 위해 평생 애썼습니다. 독립운동을 하려면 당연히 일본에 대해서 잘 알아야 하죠. 그래서 일본이 조선을 병탄한 과정만이 아니라 일본이 만주를 침략하고 이어 중국 중심부를 침략한 과정을 관찰하고 분석했습니다. 일본의 행태엔 일관성이 있습니다. 애써 외면하지만 않는다면 누구나 이내 깨달을 수 있는 사실입니다. 그런 뜻에서 일본이 제기하는 위험을 아는 데는 투시력이나 멀리 내다보는 정치력이 필요하지 않다고 한 것입니다."

"일본이 제기하는 위험은 구체적으로 무엇인가요?"

"일본의 궁극적 목표는 세계 정복입니다. 전체주의 지도자들인 일본 천황, 이탈리아의 무솔리니 그리고 독일의 히틀러가 추구하는 것은 이 세계의 정복입니다. 그들은 자기들이 이 세상을 지배할 권리를 지녔고 그렇게 할 힘이 있다고 믿습니다. 만일 그들이 추구하는 것을 얻으면, 자유로운 민주주의 사회는 이 세상에서 사라질 것입니다. 전체주의와 민주주의는 양립할 수 없습니다. 전체주의의 위협, 바로 그것이 미국과 같은 자유로운 나라들에 대해서 일본이 제기하는 위험입니다."

"미국은 일본에 대해서 적대적 태도를 보인 적이 없지요?"

"맞습니다. 실은 일본에 너무 많이 양보했습니다."

"그런데 왜 일본이 미국과 공존하려 하지 않나요? 왜 우리를 공격하고 정복하려고 하나요?"

"지정학적, 군사적 및 경제적 측면에서 많은 이유들을 들 수 있겠죠. 그런 것들은 전문가들이 이미 자세히 얘기했으니, 나는 주로 이념적 측면을 얘기하겠습니다. 일본 사람들은 자신들의 군주인 천황이 신적 존재라고 믿습니다. 그들은 당연히 천황이 이 세상을 다스려야 한다고 믿죠. 하늘에 태양이 하나이듯, 이 땅을 다스릴 자격을 갖춘 사람은 천황뿐이라는 얘기죠. 궁극적으로 온 세계가 천황의 통치를 받을 때 비로소 정당한 질서가 들어서고 세계 평화가 이루어질 수 있다는 결론이 나오죠. 그동안 일본은 '대동아공영권'이라는 것을 선언해서 자신들의 영역이 동아시아만을 포함한다고 해 왔어요. 그러나 한번 힘이 커지면 다른 지역들도 일본 천황의 통치를 받는 것이 이치에 맞다 주장할 것입니다."

"알겠습니다. 지난 며칠 사이에 일본은 태평양의 여러 곳을 한꺼번에 공격했습니다. 그것도 미국과 영국의 영토에서 결정적 중요성을 지닌 곳들을 공격했습니다. 그리고 일방적으로 이겼습니다. 일본은 원래 동양의 작은 나라로 서양에 비해 뒤떨어졌었죠. 그런데 지금은 오히려 서양의 강국들을 공격해서 이기고 있습니다. 어떻게 이런 상황이 나왔나요? 미국이 무엇을 잘못한 것일까요?"

"매사가 그러하듯, 이 일도 아주 작은 잘못 하나에서 비롯했습니다." 이승만은 가볍게 한숨을 내쉬었다. "일본이 처음 무도한 군국주의 정책을 취할 때 미국이 일본을 억제하지 않고 오히려 거들었습니다. 한번 도덕적 원칙이 무너지자, 그 뒤로는 일본을 억제할 명분도 정치적 의지도 갖출 수 없게 된 것이죠."

프란체스카가 커피 쟁반을 탁자에 내려놓았다.

"커피 드세요."

"고맙습니다, 부인."

롱이 잔을 받으면서 인사했다. 그녀는 30대 후반으로 보였는데, 키가 훌쩍 컸다. 말씨와 행동이 이지적이고 활발했다.

"향기가 좋네요."

프란체스카가 웃음으로 답하고서 설탕 통을 그녀 앞으로 밀어 놓았다. 그리고 남편 앞에는 검은 차가 담긴 잔을 내려놓았다.

"그것은 무슨 차인가요?" 롱이 호기심이 담긴 눈길로 찻잔을 살폈다.

"몬태나에서 농장을 하는 친구가 있는데, 그 친구 부인이 보내온 포스툼이란 차입니다. 밀 껍질과 호밀의 겨를 섞어 까맣게 볶아서 빻은 것이죠. 보기는 좀 뭣해도 구수하고 영양이 많답니다. 한번 들어 보실래요?"

롱이 손을 저었다. "저는 커피를 들겠습니다."

가벼운 웃음판이 되었다.

"미국과 조선은 1882년에 수호조약을 맺었습니다." 포스툼 한 모금을 맛있게 마시고서 이승만이 말을 이었다. "조선이 다른 나라들과 맺은 수호조약들 가운데 첫 번 조약이었죠. 당연히 조선은 그 조약에 큰 뜻을 부여했습니다. 그 조약의 첫 조항은 '두 정부들 가운데 하나를 다른 나라들이 부당하게 또는 압제적으로 대할 경우, 다른 정부는 그런 사정을 통보받으면 우호적 조정을 실현하기 위한 노력으로 그들의 우호적 감정들을 표현한다'는 것이었습니다. 이른바 '친선 조항'이죠. 조선은 이 조항에 큰 뜻을 두었고 미국과의 관계를 돈독하게 유지하는 데 힘을 쏟았습니다. 미국 사람들이 이권을 요구하면 어지간하면 들어주었습니다."

속에서 올라온 씁쓸한 기운을 삭히려고 그는 차를 한 모금 마셨다. 지금은 스러진 시공을 더듬는 눈길로 창밖을 내다보면서, 그는 어쩔 수 없이 탁해진 목소리로 말을 이었다.

“일본이 조선의 독립을 위협하자 조선은 그 조항을 근거로 삼아 미국에 도움을 요청했습니다. 그러나 조선의 국왕과 보좌관들의 큰 기대를 저버리고, 미국은 조선을 돕지 않았습니다. 오히려 일본이 조선의 외교권을 침탈하는 일을 도왔습니다. 그 뒤로 일본이 군국주의적 팽창 정책을 추구하자, 미국은 일본의 침략을 막을 도덕적 권위도 정치적 의지도 갖출 수 없었습니다. 조선이라는 작은 나라와 한 약속을 가볍게 저버린 것이 오늘의 엄청난 재앙을 키운 것입니다.”

롱이 천천히 고개를 끄덕였다. 그러나 낯빛으로 보아 그의 얘기를 선뜻 받아들이는 것 같지는 않았다.

“무슨 말씀인지 알겠습니다. 하지만 수호조약엔 으레 그런 조항이 들어가는 것 아닌가요? 조선 사람들이 그런 의례적 조항에 너무 큰 뜻을 둔 것은 아닌가요?”

“많은 미국 사람들이 그렇게 생각했습니다. 심지어 수호조약의 ‘친선조항’을 ‘어리석은 약속’이었다고 평가한 사람도 있었습니다. 그러나 수호조약을 체결할 때 미국 공직자들은 그렇게 생각하지 않았습니다. 체스터 아서(Chester Arthur) 대통령은 ‘이 조약의 모든 조항들은 미국과 미국 시민들에 의해 충실하게 지켜지고 이행될 것이다’라고 선언했습니다. 만일 그 조항을 지킬 뜻이 없이 한 약속이라면, 그들은 위선자들이죠.”

“아, 수호조약이 체스터 아서 정권 때 맺어졌나요?”

“예. 1881년에 제임스 가필드(James Garfield) 대통령이 암살되어 아서 부통령이 승계했죠. 이듬해 미국과 조선의 수호조약이 맺어졌습니다.”

잠시 생각을 가다듬고서 이승만은 말을 이었다. "일본이 처음 조선을 병합하려 했을 때, 미국은 그리 어렵지 않게 일본의 군국주의적 기도를 막을 수 있었습니다. 일본이 만주를 점령했을 때는 미국이 일본을 억제하기가 훨씬 힘들었습니다. 이제 와서 돌아보면, 그래도 그때 미국이 보다 적극적으로 일본의 무도한 팽창 정책을 억제하는 것이 옳았다는 것이 드러납니다. 일본이 중국 본토로 쳐들어왔을 때는 일본에 맞서기가 더욱 힘들어졌죠. 마침내 미국 군함이 일본군의 부당한 공격을 받아 배는 가라앉고 미국 군인들이 죽고 다쳐도 미국 정부는 효과적으로 대응하지 못했어요. 미세스 롱, '패네이(Panay)호' 사건을 기억하시나요?"

"양자(양쯔)강에서 일본군의 공격을 받고 침몰한 군함을 얘기하시는 거죠?"

"그렇습니다. 일본군의 야만적 공격으로 군함이 침몰하고 미국 군인들이 죽었는데, 미국은 그저 외교적 항의만을 했어요. 일본은 그 사건을 조사한다고 하더니 끝내 잘못한 것이 없다고 우겼어요. 그래서 흐지부지되었죠. 마침내 일본은 펄 하버와 필리핀을 기습했어요. 이런 과정을 돌아보면 미국이 어디서 잘못했는지 분명히 드러나잖습니까?"

"리 박사님 말씀을 듣고 보니, 그러하네요." 그녀가 고개를 끄덕였다.

"우리 조선에 '작은 삽으로 막을 일을 큰 삽으로도 못 막는다'는 속담이 있습니다. 위험이 커지기 전에 막아야 한다는 얘기죠. 일본이 점점 강해지면서 점점 방자해지는 것을 보고도 미국은 위험을 깨닫지 못했습니다. 위험을 깨달으려면 도덕심이 있어야 하죠. 작은 나라와 한 약속을 당장의 이익과 편리를 위해 쉽게 저버릴 만큼 도덕심이 약화된 것이 오늘의 불행을 키운 씨앗이었습니다." 이승만은 단호한 어조로 결론을 내렸다.

롱이 한숨을 내쉬었다. "이제 우리 미국 시민들은 어떻게 해야 하나요?"

"침공해 온 나라에 맞서려면, 먼저 시민들이 나라를 지키겠다고, 적군을 물리치는 데 필요한 일이라면 무엇이라도 하겠다고 굳게 마음을 먹어야 합니다. 그런 '전쟁 심리'를 시민들이 갖도록 하는 일에서 일본은 어느 나라보다 앞섰습니다. 그런 뜻에선 일본과 독일이 전쟁을 치를 준비가 가장 잘된 셈이죠. 준비가 가장 부족한 나라가 바로 미국입니다. 세계 곳곳에서 전체주의 세력이 기승을 부려도 우리 일이 아니라고 고립주의를 주장한 사람들이 많았죠. 이제 미국 시민들은 마음을 굳게 다져야 합니다. 일본과 독일의 전체주의적 위협이 사라질 때까지 싸우겠다고."

그녀가 고개를 끄덕였다. "알겠습니다. 이제 우리 미국 시민들도 잠에서 깨어났습니다. 리 박사님께선 미국과 일본 사이의 전쟁이 어떻게 되리라고 생각하십니까?"

"결론은 명확합니다. 궁극적으로 미국이 이깁니다."

확신에 찬 그의 대답에 그녀가 고개 들어 그를 바라보았다.

"일본은 전쟁을 오래 준비해 왔습니다. 그래서 단기적으로는 싸움터에서 일본군이 압도적 우세를 보일 것입니다. 그러나 일본은 보기보다 허약합니다. 일본은 조선 사람들도 중국 사람들도 자기편으로 만들지 못했습니다. 특히 중국과의 싸움에서 일본은 지난 네 해 동안 많은 자원을 들이고도 중국을 제대로 장악하지 못했습니다. 일본 함대가 펄 하버의 미국 함대를 성공적으로 기습한 것은 미국 시민들에겐 충격적으로 다가왔겠지만, 그것은 군사적으로 그리 중요한 사건이 아닙니다. 군함들은 새로 만들면 됩니다. 미국도 일본도 앞으로 많은 무기들을 생산할 텐데, 전쟁 초기에 군함 몇 척 전투기 몇 대 잃은 것이 얼마나 대단한 일이겠습니까? 일본의 펄 하버 기습은 오히려 미국 시민들의 애국심을 고취함으로써, 미국의 거대한 힘을 일본과의 싸움에 집중하도록 만들었습니다. 궁극적으로 일본이 미국을 이길 길은 없습니다. 미국에 대한 비열한 기습은 휴전 협상을 불가능하게 만들었으므로, 일본은 패망할 수밖에 없습니다. 그리고 동아시아엔 자유로운 질서가 들어설 것입니다. 물론 조선도 독립할 것입니다."

"명쾌한 진단이군요." 그녀의 얼굴이 밝아졌다. "모두 걱정만 하는데…. 이제 리 박사님 자신에 관한 얘기를 듣고 싶습니다. 리 박사님께선 대한민국 임시정부의 초대 대통령이셨다고 했죠?"

"예. 조선은 1910년에 독립을 잃고 일본의 압제적 통치를 받았습니다. 1919년에 조선 사람들은 일본의 압제에서 벗어나고자 평화적 독립운동을 일으켰습니다. 그러자 일본은 조선 사람들을 야만적으로 탄압했습니다. 그렇게 분출된 독립운동의 에너지 덕분에 대한민국 임시정부가 세워졌고 미국에 있던 내가 초대 대통령에 임명되었습니다. 임시정부는 지금 중국 중경에서 일본과 싸우고 있고, 나는 워싱턴 주재 외교위원회를 이끌고 있습니다."

"리 박사님께선 언제 미국에 오셨나요?"

"1904년 12월에 처음 미국에 왔습니다. 조선 정부의 고위 관리들이 미국에 도움을 호소하는 편지를 써서 제게 주었습니다. 밀사로 미국에 온 셈이죠." 이승만은 탁해진 목소리로 대답했다. 처음 미국으로 향하던 젊은 날의 자신의 모습이 떠오르면서, 그리움과 서글픔의 물살이 새삼 그의 가슴에서 물결을 일으켰다.

1904년 러일전쟁에서 이긴 일본이 조선을 병탄하려는 의도를 노골적으로 드러내자, 대한제국 조정에선 미국의 도움을 받으려는 노력이 구체화되었다. 그런 노력의 일환으로 이승만이 밀사로 미국에 파견되었다. 1904년 11월 4일 이승만은 제물포에서 기선에 올랐다. 부친 이경선李敬善 옹과 부인 박씨, 아들 태산이 눈물을 흘리면서 그를 배웅했다. 그는 공식적으로는 주미 대한제국 공사관으로 가는 외교 문서들을 지녔지만, 핵심적 문서는 시종무관장 민영환과 의정부 찬정贊政 한규설이 휴 딘스모어(Hugh A. Dinsmore) 하원의원에게 보내는 비밀 편지였다. 딘스모어는 1887년부터 1890년까지 주한 미국 공사로 일해서 두 사람과 친교가 있었다. 이승만은 12월 6일에 샌프란시스코에 상륙했다. 이어 기차로 12월 31일에 워싱턴에 닿았다. 서울을 떠난 지 56일 만이었다.

"아, 그랬나요?" 그녀가 흥미롭다는 얼굴로 그를 살폈다. "밀사의 임무는 성공적으로 수행하셨나요?"

"조선 관리들이 편지를 보낸 사람은 아칸소 출신 하원의원 휴 딘스모어였습니다. 그분은 조선 주재 미국 공사를 지내서 조선에 호의적이었고 조선을 위해서 수고를 마다하지 않았습니다. 1905년 2월에 나는 딘스모어 하원의원과 함께 존 헤이(John Hay) 국무장관을 만났습니다. 나는 헤이 장관에게 그가 주도한 중국 정책을 한국에도 적용해 달라고 요청했습니다. 헤이 장관은 중국에 대한 '문호 개방 정책'을 추진했죠. 중국과의 무역에서 모든 나라들이 동등한 기회를 누리고 중국의 영토적 및 행정적 일체성은 침해되지 않아야 한다는 정책이었습니다. '문호 개방 정책'은 중국의 독립에 큰 도움이 되었습니다. 내 요청을 듣자 헤이 장관은 '조약에 따른 의무를 다하기 위해 최선을 다하겠다'고 말했습니다. 그러니 나로서는 일단 임무를 수행한 셈이죠." 이승만은 씁쓸한 웃음을 얼굴에 띠었다.

"그 뒤에는 어떻게 되었나요?"

"1905년 여름에 하와이의 조선인들이 독립운동 단체를 만들고 시어도어 루스벨트(Theodore Roosevelt) 대통령에게 조선이 독립하도록 도와달라고 청원하기로 했습니다. 그때 헤이 장관이 갑작스럽게 사망했습니다. 마침 일본으로 가던 윌리엄 태프트(William Taft) 전쟁장관이 하와이에 들렀습니다. 조선 독립운동가들은 태프트 장관을 환영하면서 자기들이 루스벨트 대통령을 만날 수 있도록 주선해 달라고 부탁했습니다. 태프트는 선뜻 소개장을 써 주었습니다. 그래서 친구인 윤병구尹炳求 목사와 나는 대통령이 여름휴가를 보내던 오이스터 베이로 가서 소개장과 청원서를 대통령 비서에게 내밀고 면담을 요청했습니다. 불쑥 찾아가서 대통령을 면담하고 싶다 했으니 비서로선 황당했겠죠. 그래도 이튿날 대통령 별장으로 오라는 연락을 받았어요. 긴장이 되어 별장의 응접실에서 초조하게 기다리는데, 갑자기 대통령께서 들어오셨어요. 우리는 당황해서 자기소개도 제대로 못 하고 선 채로 청원서만 불쑥 내밀었습니다."

이승만이 껄껄 웃자, 그녀도 웃음을 지었다.

"대통령께선 '나를 찾아 주니 기쁘오. 나도 당신 나라를 위해 무슨 일이든 기꺼이 하겠소. 그러나 이 문서는 공식 채널을 통하기 전에는 처리하기 어렵소. 당신네 공사를 통해 국무부에 제출하시오' 하셨어요. 그리고 바로 나가셨습니다. 우리는 정신이 얼떨떨했지만, 크게 고무되었죠. 공사관을 통해서 제출만 하면 된다고 생각했죠. 우리는 아직 '외교적 수사'가 무엇인지 몰랐거든요." 웃음기 없는 웃음을 지으면서 그는 말을 이었다. "그러나 워싱턴으로 돌아와서 우리 공사에게 청원서를 국무부에 제출해 달라고 했더니, 공사가 '정부 훈령이 없는 한 곤란하다'

"태프트 장관과 가쓰라 수상은 '미국은 일본의 조선에 대한 배타적 지위를 인정한다'는 데 대해 합의했습니다. 일본이 조선을 병탄할 때 미국 대통령이 바로 태프트였습니다."

고 거절했어요. 이미 주미 조선 공사관은 일본의 영향 아래 있었던 것이죠."

"그러면 결국 임무를 성공적으로 수행하지 못했다는 얘기인가요?"

"그런 셈이죠." 그는 생각에 잠긴 얼굴로 턱을 쓰다듬었다. "이제 와서 돌아보면, 애초에 성공할 수 없는 임무였어요. 일본을 방문하는 길에 하와이에 들른 태프트 장관이 써 준 소개장 덕분에 우리가 시어도어 루스벨트 대통령을 만날 수 있었다고 했죠?"

"네."

"그때 태프트 장관이 일본에 간 것은 일본과 미국의 세력권을 획정하기 위해서였습니다. 미국은 러일전쟁에서 이겨 새로운 강국으로 부상한 일본이 필리핀을 넘보는 것을 걱정했습니다. 일본은 조선에 대한 우월적 지위를 인정받고자 했죠. 그래서 태프트 전쟁장관과 가쓰라 다로桂太郎 수상은 '일본은 필리핀에 대해 어떤 침략적 기도도 갖지 않았다는 것을 확약하고, 미국은 일본의 조선에 대한 배타적 지위를 인정한다'는 점에 대해 합의했습니다. 그런 밀약이 있었다는 것을 우리는 알 길이 없었죠. 거의 스무 해 뒤에야 그 밀약이 공개되었거든요. 그리고 일본이 조선을 병탄할 때, 미국 대통령은 바로 태프트였습니다."

"그랬군요. 참 반어적이네요." 그녀가 무겁게 고개를 끄덕였다. "리 박사님께선 그 뒤로는 어떤 활동을 하셨나요?"

"편지를 전달하는 임무는 수행했지만 실질적 성과는 없었죠. 원래 나는 미국에서 발전된 문물을 배우려는 생각이 있었으므로, 미국에 남아서 공부하기로 했습니다. 조지 워싱턴 대학에서 학부를 마치고 하버드에서 석사과정을 마치고 프린스턴에서 박사학위를 받았습니다."

"박사학위를 받으신 것이 언제였나요?"

"1910년이었습니다. 조선이 일본에 병탄되어 없어진 해였죠."

"아, 그랬군요. 그 뒤에는 어떤 일을 하셨나요?"

"조국은 없어졌지만 내가 조국에서 할 일은 있을 것이라고 생각했어요. 그래서 귀국했죠. 두 해 동안 YMCA에서 학생들을 가르쳤어요. 그러나 일본 총독부의 감시가 점점 심해졌어요. 곧 체포될 것 같아서, 귀국한 지 두 해 만에 다시 미국으로 건너왔습니다. 그리고 기회가 나올 때마다, 조선 인민들이 일본의 압제적 지배를 받고 있으며 하루라도 빨리 일본의 무도한 지배에서 벗어나야 한다는 것을 세상에 알려 왔습니다. 국제회의가 열릴 때마다 대한민국 임시정부 대표로 참석하려 시도했죠. 불행하게도 일본의 힘과 영향이 워낙 커서 번번이 실패했습니다.

실은 우리 임시정부는 미국 정부로부터 승인을 받지 못한 상태입니다. 대한민국 임시정부는 이십 년 넘게 존속하면서 나라를 잃어버린 조선 인민들을 대표해 왔지만, 미국 정부는 우리를 성가신 존재로만 여깁니다. 그동안 미국 정부는 일본의 눈치를 너무 많이 봐 왔습니다."

그의 씁쓸한 웃음에 그녀도 미안한 웃음으로 화답했다. "이제는 달라지기를 희망합니다. 리 박사님, 외국에서 독립운동을 하는 것은 무척 어렵죠?"

그는 흘긋 프란체스카를 쳐다보았다. "힘들죠. 하지만 나는 불평할 수 없습니다. 내 조국을 위한 일이니까요. 독립운동에 나선 조선 사람들 가운데 많은 사람들이 나보다 훨씬 더 힘들게 살았고 적잖은 사람들이 조국을 위해 목숨을 바쳤습니다. 내 아내는 오스트리아 사람입니다. 그녀에겐 미안하죠."

"아, 네." 롱이 프란체스카를 살폈다. "오스트리아 사람이시라고요?"

프란체스카는 얼굴에 잔잔한 웃음을 띠고서 부드러운 눈길로 주름진 남편의 얼굴을 쓰다듬었다.

"실은 미세스 리에게 듣고 싶은 이야기들이 있습니다. 리 박사님과의 대담은 아무래도 딱딱해서 미세스 리의 이야기를 함께 싣는 것이 좋을 것 같습니다. 그러면 리 박사님의 인간적 면이 잘 드러날 것 같습니다." 롱이 동의를 구하는 낯빛으로 이승만과 프란체스카를 살폈다.

"좋죠." 힘주어 고개를 끄덕이면서, 이승만은 아내를 돌아보았다. 그 자신에 관한 기사들이야 많은 신문들과 잡지들에 나온 터였다. 그러나 프란체스카에 관한 기사는 나온 적이 없었다. 그는 아내 얘기가 기사로 나오는 것을 보고 싶었다. 비록 지방 도시의 이름 없는 잡지였지만, 기사는 기사였다.

프란체스카가 놀라서 고개를 저었다. 그녀는 가정적인 여인이었고 사람들 앞에 나서는 것을 좋아하지 않았다. 더구나 이승만은 그녀에게 "남에게 남편에 관한 얘기를 일절 하지 않는 것이 좋고, 그것이 현명한 아내의 도리"라고 일러 왔다. 자신의 얘기가 기사로 나간다는 것도 마음이 내키지 않았지만, 남편의 명성에 흠이 갈 얘기를 할까 그녀는 두려웠다.

"그러면 미세스 리와 얘기하기 전에, 리 박사님께 마지막 질문을 하겠습니다." 분위기가 어색해지기 전에 롱이 매끄럽게 말했다. "오랫동안 조국의 독립을 위해 애쓰신 혁명가로서 바라는 것이 무엇인가요? 좀 구체적으로 말씀해 주세요."

그가 싱긋 웃었다. "아주 구체적인 희망이 있습니다. 우리나라는 미국과 맺은 수호조약을 파기한 적이 없습니다. 당연히 대한민국 임시정부는 그 조약을 실질적으로 되살리기를 바랍니다. 나는 대한민국 임시정부의 미국 주재 대표로서 그 조약이 되살아나는 자리에 서고 싶습니다. 1904년 밀사가 되어 태평양을 건널 때 조국으로부터 받은 임무가 그것이니까요."

그녀가 입술을 굳게 다물고 그의 말을 기록했다. 그리고 진지한 얼굴로 그를 바라보았다. "리 박사님의 희망이 이루어지기를 진심으로 희망합니다."

"그러면, 마미," 그는 위를 가리켰다. "나는 위로 올라가서, 미세스 롱에게 선사할 붓글씨를 쓰겠어요. 마미는 여기서 미세스 롱하고 얘기를 해요. 나의 인간적 풍모가 잘 드러나게 좋은 얘기들만 해 줘요."

프란체스카의 이야기

이승만이 서재로 올라가자 프란체스카는 과일 접시를 내왔다. 문득 부드러워진 분위기 속에서 두 여인은 가벼운 얘기들을 나누었다. 얘기는 자연스럽게 이승만의 신변과 일상으로 흘렀다. 그가 워낙 독특한 사람이라 재미있는 얘기들이 많았다.

"두 분께선 언제 결혼하셨나요?" 분위기가 친밀해지자, 롱이 공책을 펼치면서 물었다.

"1934년 10월에요. 뉴욕 몽클레어 호텔에서 결혼식을 올렸어요."

"그러면 두 분께선 미국에서 만나셨나요?"

"아뇨." 프란체스카는 웃음 띤 얼굴로 고개를 저었다. "우리는 스위스 제네바에서 만났어요. 1933년 2월 21일이었어요. 제 운명이 결정된 날이었죠."

"아까 리 박사님께선 부인이 오스트리아에서 태어나셨다고 하셨는데…."

"네, 맞아요. 저는 빈 근교 인처스도르프(Inzersdorf)에서 태어났어요. 1900년에요. 제가 태어난 해는 기억하기 좋죠."

두 여인은 소리 내어 웃었다.

"이름은 프란체스카 도너였죠. 1933년 초에 어머니와 함께 프랑스를 여행했어요. 돌아오는 길에 제네바에 들렀죠. 이튿날 호텔 식당에서 저녁을 들려고 자리를 잡았는데, 지배인이 미안한 얼굴로 다가오더니 한쪽을 가리켰어요. '저기 동양에서 오신 귀빈이 자리가 없습니다. 합석하셔도 괜찮겠습니까?' 우리가 앉은 식탁이 4인용 식탁이었어요. 우리는 좋다고 했죠. 그랬더니 동양인 노신사가 다가와서 프랑스 말로 인사를 했어요. '좌석을 허락해 주셔서 감사합니다.' 식탁에 앉자 그분은 자우어크라우트에다 소시지 한 개와 감자 두 개를 주문했어요. 저는 그 식단에 좀 놀랐어요. 유럽을 찾는 동양 신사들은 늘 비싼 음식을 들고 호화롭게 지냈거든요. 그분은 바로 앞자리에 앉은 어머니나 저에게 말을 걸지 않고 조용히 기다리더니, 주문한 음식이 나오자 프랑스 말로 '맛있게 드세요' 하고 인사를 차린 뒤 조용히 식사했어요. 저는 당연히 그분에게 흥미를 느끼고 관찰했죠. 말없이 식사하는 그분에게서 묘하게 사람을 끌어당기는 신비한 기운이 느껴지는 거예요."

롱이 웃음 띤 얼굴로 고개를 끄덕였다. "부인의 운명이 결정되는 순간이었군요."

"네. 맞아요."

두 사람은 다시 소리 내어 웃었다.

"그분이 식사하는 모습을 유심히 살피다가, 눈이 마주쳤어요. 좀 무안했죠. 그래서 미소를 지으면서 물었어요. '동양의 어느 나라에서 오셨나요?' 그랬더니, 그분은 '코리아'라고 힘주어 말했어요. 마침 나는 여행에 나서기 직전에 코리아에 관한 글을 읽었어요. 그래서 물었어요. '코리아엔 금강산이 있고 양반이 산다지요?' 그분은 유럽의 젊은 여성이 자기 나라에 관해서 안다는 것에 놀라면서 무척 반가워했어요. 그때 지배인이 다가와서 그분에게 기자가 찾아왔다고 전했습니다. 그러자 그분은 우리에게 '덕분에 즐거운 시간을 가졌습니다. 실례합니다' 하고 인사한 뒤 급히 자리를 떴어요."

"아, 두 분이 그렇게 처음 만나셨군요."

"네. 다음 날 제네바에서 발행되는 〈라 트리뷘 도리앙〉에 그분의 사진이 크게 나왔어요. 그분과의 인터뷰가 머리기사였어요. 그래서 그분이 싱만 리 박사고 대한민국 임시정부의 전권대사로 국제연맹을 찾았다는 것을 알았죠. 당시 국제연맹은 만주국 문제를 다루었는데, 그분은 만주국에 관한 일본의 주장을 통렬히 반박했어요. 그리고 조선 문제도 의제로 삼아야 한다고 국제연맹에 요청했어요."

"만주국이라 하셨나요?"

"네."

프란체스카는 만주국에 대해 간략히 설명했다.

"알겠습니다."

"저는 그 기사를 오려 봉투에 담아 호텔 안내에게 맡겼어요. 봉투에 내 이름은 쓰지 않았는데, 그분으로부터 답장이 왔어요. '나에 관한 신문 기사를 보내 주신 친절에 감사드립니다.' 그렇게 써 있었어요. 다음 날 다른 신문에도 조선의 독립에 관한 기사가 실렸어요. 그래서 그것도 보내 드렸죠. 그랬더니 그분은 답례로 차를 대접하겠다고 하셨어요. 처음엔 사양하다가 그분의 제안을 받아들였죠. 그래서 그분과 함께 아름다운 호수를 바라보면서 얘기하게 되었어요. 저는 그분에게 제네바에 온 사정을 물었고, 그분께선 조선의 처지와 국제 정세를 친절하게 설명해 주셨어요. 저로선 처음 듣는 얘기들이었지만 그분의 열정에, 잃어버린 조국을 되찾아 압제받는 동포들을 자유롭게 만들겠다는 열정에 이내 감복했어요. 그래서 우리는 밀회를 즐기게 되었죠."

"어머님께선 모르셨나요?"

"어머니는 곧 알아차리셨죠. 어머니는 그분을 좋게 보지 않았어요. 그분이 동양인이라는 점도 있었고. 나이도 많고. 가난하고. 당시 그분은 무척 가난했어요. 전권대사였지만 임시정부가 무슨 여유가 있어서 자금을 충분히 주었겠어요? 돈이 없어 식사 대용으로 날달걀에 식초를 타서 드시는 판이었죠. 어머니로선 딸이 그런 사람에게 마음을 주는 데 기겁하셨죠."

"어떠했을지 상상할 수 있습니다." 롱이 클클 웃었다.

프란체스카도 따라 웃었다. 그리고 대서양 건너편 고국에 계신 어머니에 대한 그리움이 가슴을 시리게 적시는 것을 느끼면서, 아득한 눈길로 창밖을 한참 내다보았다.

"두 분의 나이 차가 얼마나 되죠?" 롱이 조심스럽게 물었다.

프란체스카는 상념에서 깨어나 생각을 가다듬었다. "파피는 저보다 스물다섯 살 위예요. 그분은 1875년에 태어났죠. 그때 파피는 쉰여덟이었어요. 그러나 조국의 독립을 위해 애쓰는 모습에선 젊은이의 열정이 느껴졌어요. 그리고 차츰 마음이 끌렸어요. 그래서 혼자 분주한 독립운동가를 돕기로 했죠."

롱이 고개를 끄덕이면서 미소를 지었다.

"저는," 수줍은 미소를 띠면서 프란체스카는 말을 이었다. "세 자매 가운데 막내였어요. 아버님께선 소다수 공장을 경영하셨어요. 아버님께선 막내인 제게 사업을 물려주려 하셨죠. 그래서 저를 상업학교에 보내셨고 영어를 배우도록 스코틀랜드에 유학도 보내 주셨어요. 덕분에 저는 영어 국제통역사 자격도 얻었고 속기와 타자도 잘했죠. 그래서 파피를 돕는 것은 제가 닦은 기술을 활용하는 셈이었죠."

"딸들만 있고 아들은 없었는데, 막내딸인 여사께 사업을 물려주려 하셨다는 얘기죠?"

"네."

"왜 맏딸이 아니라 막내딸에게 사업을 물려주려 하셨나요?"

"그건 여쭈어 보지 않았어요. 아마도 언니들은 주관이 강해서 자기 길을 가겠다고 결심한 것 같아요. 저도 어려선 의사가 되고 싶었어요. 아버님께선 제가 수학에 재능이 있어서 사업을 물려받아 운영할 만하다고 생각하셨을 수도 있어요. 결국 소다수 공장은 맏언니가 물려받았어요."

"수학에 재능이 있으시군요."

"네. 학교 다닐 때 수학 성적이 좋았어요."

"리 박사님을 돕기 시작했을 때, 어머님께선 어떠셨어요? 찬성하셨나요?"

프란체스카는 조용히 고개를 저었다. "찬성하실 리가 있겠어요? 어머님께선 딸을 보호하기 위해 일정을 단축하고 딸을 채근해서 제네바를 떠나셨죠."

두 사람은 함께 웃었다.

"하지만 어머님의 노력은 허사가 되었고요."

"네. 어머님께선 제게 파피에게 작별 인사를 할 틈도 안 주셨어요. 그래도 저는 어머니 몰래 자우어크라우트 한 병을 사서 호텔 종업원에게 맡기고 떠났어요. 조선 사람들은 김치라고 소금에 절인 채소를 늘 먹는데, 파피는 자우어크라우트가 김치 비슷해서 많이 드신다고 했어요. 그렇게 빈으로 급히 돌아왔는데, 헤어지니까 더 그리워질 수밖에요. 우리는 편지를 주고받으면서 우리 사랑을 확인했어요."

"두 분께선 언제 다시 만나셨나요?"

"그해 7월에 파피가 빈에 들르셨어요. 대한민국 임시정부의 독립운동에 대한 소비에트 러시아의 지원을 요청하러 모스크바로 가시게 되었는데, 비자를 받기 위해서 빈에 들르신 거죠. 그렇게 해서 우리는 다시 만났어요. 그분은 독립운동을 하는 외교관이라 늘 바빴어요. 저는 어머니의 눈길을 피해서 만나야 했고요. 그래도 우리는 숲속을 거닐고 명소들도 찾으면서 꿈같은 시간을 보냈죠. 그분은 젊었을 적부터 혁명가였고 해외를 떠돈 정치가였지만, 어린아이처럼 순수했고 매사에 성실했어요. 그때 저는 '사랑'이라는 조선말을 알게 되었죠. '러브'를 뜻하는 말이죠. 그 아름답고 낭만적인 말을 저는 늘 뇌었어요. 그리고 '조용한 아침의 나라'라는 뜻을 지닌 조선을 동경하게 되었어요. 지금도 저는 조선 땅에서 조선 사람들과 함께 살고 싶어요. 저는 조선 음식을 잘 만들어요. 파피 친구들이 모두 제 조선 음식이 맛있다고 그래요."

프란체스카의 웃음에 룽이 웃음으로 화답했다. "한 사람을 사랑하면 그 사람의 조국도 사랑하게 되는가 보군요. 두 분 다 첫 결혼이었나요?"

"아녜요. 파피는 조선을 떠나기 전에 결혼해서 아들을 두었어요. 뒤에 이혼했고 아들은 어릴 적에 미국에 와서 지내다 필라델피아에서 전염병으로 죽었어요. 파피는 지금도 아들의 죽음을 슬퍼해요. 조선엔 '부모가 죽으면 산에 묻고, 자식이 죽으면 가슴에 묻는다'는 속담이 있답니다."

"오, 멋진 속담이네요." 그녀가 얼굴에 웃음을 올렸다가, 프란체스카의 서글픈 얼굴을 보고 이내 지웠다.

잠시 뜸을 들인 다음, 프란체스카가 힘겹게 말을 이었다. "저도 첫 결혼이 아니었어요. 저는 원래 스무 살 때 자동차 경주 선수하고 결혼했다가 이혼했어요."

"아, 그러시군요. 리 박사님과의 결혼에 대해서 집안에선 찬성했나요?"

"당연히 반대가 심했죠."

두 사람은 다시 소리 내어 웃었다.

"그래도 저는 파피와 결혼하겠다는 뜻을 굽히지 않았어요. 마음이 흔들리다가도, 온갖 시련들을 극복하면서 독립운동을 하는 파피의 모습을 떠올리면 용기가 되살아났어요. 제가 뜻을 굽히지 않자 어머님께서 탄식하셨어요. '나이가 지긋한 동양 신사라 아무 탈이 없을 줄 알고 합석을 허락했다가, 내 귀한 막내딸을 멀리 시집보내게 되었구나.' 어머님의 허락을 얻자, 미국에 들어오는 비자를 얻기가 예상보다 힘들었어요. 저는 오스트리아 이민 자격으로 미국에 들어가려 했는데, 이민 목적이 동양인과의 결혼이라고 밝힌 것이 문제를 일으켰어요. 미국은 인종 차별이 무척 심한 사회잖아요? 특히 동양인들에 대한 차별이 아주 심하죠. 중국인들과 일본인들의 이민을 법적으로 제한하잖아요? 그런데 일본의 식민지 출신이고 국적도 없는 동양인이니 오죽했겠어요?"

"리 박사님은 국적이 없으신가요?"

"조국인 조선은 멸망했고 본인은 그 멸망한 나라의 여권을 가졌죠."

"미국에 오래 사셨는데, 미국 시민권을 얻지 않으셨나요?"

"파피는 미국 시민권을 신청할 생각을 한 적이 없어요. 대한민국 임시정부 초대 대통령이 미국의 시민이 되겠다고 나서는 것이 얼마나 초라한 노릇인가, 그런 생각이시죠. 국적이 없으니 얼마나 성가시겠어요? 제가 결혼하자 미국 국무부 여권과장 시플리 여사가 제게 간곡히 당부했어요. 제발 당신 남편을 설득해서 미국 시민권을 얻으라고. 파피의 비정규 여권을 내줄 때마다 무척 번거롭고 힘들었다고 그랬어요. 물론 당사자인 파피는 훨씬 큰 어려움을 겪었죠. 그래서 파피에게 그 얘기를 여러 번 했는데, 그때마다 대답은 같았어요. '조선이 독립할 터이니, 그때까지 기다립시다.'"

"당당한 무국적자이시네요." 롱이 감탄했다.

"네. 그래요." 프란체스카가 클클 웃었다. "결국 파피가 국무부에 가서 제 비자를 발급해 달라고 요청을 해서 일이 풀렸죠."

"리 박사님께선 독립운동만 하시나요? 다른 일은 하시지 않고?"

"네. 대한민국 임시정부의 외교관이 직업이죠. 임시정부는 중국에 있고 외교의 중심지인 미국에서의 외교는 파피가 책임지니까, 파피의 역할도 크고 늘 바쁘세요. 파피는 독립운동만을 위해 사시고 모든 일들을 독립운동에 이용하세요. 그 점을 고려하지 않으면 그분의 판단과 행동을 이해할 수 없어요. 무국적자에다 미국 시민권이 없어서 무척 힘들다고 말씀드렸죠?"

"네."

"파피는 대한민국 임시정부 초대 대통령이 미국 시민권을 얻겠다고 나서는 것이 구차스럽다고 생각하는 것만은 아녜요. 그가 미국 국무부에 가서 비정규 여권을 얻을 때마다 국무부 관리들에게, 조선이라는 나라가 비록 멸망했지만 그 나라를 되살리려는 사람이 눈앞에 있다는 것을 일깨워 주는 효과가 있다고 생각하는 거예요. 여권 문제로 어려움을 겪지만 그것도 독립운동의 한 부분이라 여기죠. 그래서 국무부 관리들은 성가시다고 짜증을 내도 정작 본인은 태연해요."

"아, 알겠습니다." 롱이 클클 웃었다. "리 박사님 참으로 대단하시네요."

"매사가 그런 식이예요. 파피는 미국 정부기관을 찾을 때는 으레 외교관 전용 주차장에 차를 세워요. 정식 외교관이 아니고 몇십 년 전에 멸망한 나라의 임시정부를 위해 일하는 사람이니 분명히 규칙에 어긋나죠. 그래도 그분은 태연해요. 만일 누가 시비를 걸면, 19세기에 조선과 미국 사이에 맺어진 수호조약을 조선은 파기한 적이 없다는 얘기부터 시작해서 미국이 잘못한 것들을 들면서, 자기가 이곳에 주차할 권리가 있다고 주장할 심산이죠. 그렇게 하는 것이 미국 사람들에게 조선이라는 나라가 있었고 그 나라가 멸망한 것에 대한 책임이 미국에게도 있으며 지금 미국이 일본에게 공격당한 것도 근본적으로 그런 사정에서 나왔다고 깨우치는 기회가 된다는 생각이죠. 파피의 명성이, 뭐 우리에게 비우호적인 사람들의 생각엔 악명이, 워싱턴에 자자해서 그런지 아직까지 아무도 파피가 외교관 전용 주차장에 차를 세운다고 시비를 걸지 않았어요."

"호오, 이보다 더 재미있는 이야기가 없네요." 롱이 고개를 젖히고 웃음을 터뜨렸다.

"정식 외교관들의 번쩍번쩍한 캐딜락들 가운데 낡은 소형차가 하나 끼어 있는 모습을 보면 미소와 눈물이 함께 나와요. 그때마다 저는 자신에게 말하죠. '대한민국 임시정부를 대표하는 외교관에 걸맞은 차다.' 우리는 그렇게 살아요."

"알겠습니다." 롱이 열심히 적던 손길을 멈추고 웃음이 담긴 눈으로 프란체스카를 바라보았다. "차는 리 박사님께서 모시나요?"

"네. 그런데 파피는 너무 차를 빠르게 몰아요. 차를 모는 것도 혁명 하는 것처럼 해요."

롱이 다시 웃음을 터뜨렸다.

신명이 난 프란체스카는 손짓을 하면서 얘기를 이었다. "파피가 하도 거칠게 차를 몰아서, 모두 가슴을 졸여요. 사고가 날 뻔한 적도 여러 번이에요. 사람들이 뭐라 하면 파피는 태연히 대꾸해요. '내가 혁명 하는 사람인데 차를 몰다가 죽을 일 없어요.' 그래서 파피가 운전하는 차를 한번 탄 사람은 절대로 다시 타지 않죠."

두 사람은 함께 웃음을 터뜨렸다.

"우리가 뉴욕에서 살 때였어요. 한번은 워싱턴의 프레스 클럽에서 연설하려고 뉴욕을 떠났어요. 시간이 급했어요. 파피는 대낮에 헤드라이트를 켜고서 마구 달렸어요. 곧 기동경찰 오토바이 두 대가 사이렌을 울리면서 우리를 뒤쫓기 시작했어요. 그러자 파피는 속도를 더 내서 달렸어요. 저는 새파랗게 질렸죠. 뒤에서 사이렌 소리가 따라와도 파피는 오히려 신이 나서 더 빨리 몰았어요. 기동경찰에 붙잡히면 외교관 면책 특권을 내세울 심산이었죠. 물론 정식 외교관이 아니라는 것이 바로 들통나겠지만, 미국 사람들에게 조선이라는 나라가 있다는 것을 알려 주는 교육 과정이 된다는 생각이었죠. 지금도 파피는 조선이 망한 데는 미국 책임이 크다는 것을 주장하는 것에 유난히 큰 즐거움을 느끼는 것 같아요. 옆에서 보면, 그래요."

"그래서 어떻게 되었나요? 기동경찰에 붙잡혔나요?"

"아뇨. 파피가 헤드라이트까지 켜고 달린 덕분에 기동경찰의 추격을 뿌리치고 강연장에 정시에 도착했어요."

두 사람이 다시 유쾌하게 웃었다. 롱이 믿어지지 않는다는 얼굴로 고개를 저었다.

"파피는 바로 연설을 시작했어요. 사람들이 이내 파피의 연설에 빠져들었어요. 파피는 유머 감각이 뛰어나서 심각한 문제를 다루면서도 얘기를 재미있게 하거든요. 박수가 많이 터져서 연설이 성공했다는 생각이 들자, 이제는 경찰관들을 상대할 일이 걱정이 되었어요. 그래서 살며시 살펴보니 그 경찰관들도 열심히 손뼉을 치고 있었어요. 살았다 싶었죠." 소리 없는 웃음을 웃고 나서 그녀는 말을 이었다. "연설이 끝나고 파피와 함께 나오는데, 그 두 경찰관들은 파피를 잡을 생각을 하지 않고 제게 부드럽게 말했어요. '기동경찰로 근무하면서, 우리가 따라잡지 못한 교통 법규 위반자는 당신 남편뿐이오. 일찍 천당에 가지 않으려면 부인께서 단단히 조심시키십시오.' 그러고는 파피에게 승리를 뜻하는 V자 신호를 보내고서 웃으면서 돌아갔어요."

두 사람은 다시 소리 내어 유쾌하게 웃었다.

"그제서야 정신이 번쩍 들었죠. 안 되겠다 싶었어요. '내가 운전해야겠다' 하는 생각이 들었어요. 그래서 파피한테 운전을 배워서 되도록 제가 차를 몰았어요."

"그러니까, 비자를 받아서 미국에 들어와서 뉴욕에서 결혼하셨군요?"

"네. 저는 원래 천주교 신자였는데, 첫 남편이 개신교 신자였어요. 그래서 다니던 성당에서 제적되고 개신교 신자가 되었었죠. 파피도 개신교 신자라서 개신교 의식으로 결혼식을 올렸죠. 배를 타고 1933년 10월 4일 오후 3시 예정 시각에 뉴욕항에 닿았죠. 그런데 부두에 파피가 보이지 않았어요. 둘러보고 또 둘러봐도 파피가 보이지 않자 마음이 하얘졌어요."

"저런." 롱이 혀를 찼다.

"부두에서 서성거리면서 별생각을 다 했어요. 이미 한 번 결혼에 실패했던 터라, 왈칵 불안감이 마음을 덮치면서 눈앞이 정말로 캄캄해졌어요. '또 배신당하는구나' 하는 생각이 들어서, 눈물이 났어요. 한 시간 뒤에야 파피가 여성 둘과 함께 나타났어요. 교통 정체로 늦었다면서 정말로 미안해 했어요. 저는 저대로 미안했죠. 잠시나마 파피의 인격을 의심해 본 것이 너무 부끄러웠어요."

"그랬군요." 롱이 고개를 끄덕였다. "두 분의 결혼은 마지막까지 극적이네요."

"그런 셈이죠. 파피는 결혼식을 서둘렀어요. 바로 이튿날 뉴욕 시청에 가서 결혼허가서를 발급받았고 다음 날엔 메이시 백화점에 가서 면사포하고 결혼반지를 샀죠. 결혼반지를 고르자 파피는 주머니에서 진주 한 알을 꺼냈어요. 그리고 내게 보이면서 조선의 남쪽 섬 제주도에서 난 진주라고 설명했어요. 저는 작은 다이아몬드 서른여섯 개가 박힌 백금 반지가 마음에 들어서 손가락에 끼어 보니 꼭 맞았어요. 파피는 제주도 진주에만 마음을 써서, 제가 그 백금 반지를 갖고 싶어 한다는 것을 눈치채지 못했어요. 그래서 제가 제 돈으로 그 반지를 사서 보석상에게 'S. R. to F. D. 1934. 10. 8'이라 새기라고 했어요."

프란체스카의 눈길이 손가락의 반지로 향했다.

"그 반지인가요?"

"네." 반지를 만지면서 그녀는 말을 이었다. "파피는 제가 결혼식에서 한복을 입기를 바랐어요. 그래서 부두에 마중 나왔던 부인과 함께 제가 집에서 가져온 흰 천으로 한복을 만들기 시작했죠. 그러나 한복을 만들어 본 적이 없어서 결국 실패했어요. 너무 애가 타서 눈이 붓도록 울었어요. 그렇게 해서 나흘 뒤에 결혼식을 올렸죠. 미국인 목사와 한국인 목사 두 분이 주례를 섰고 결혼 서약은 영어와 조선어로 했어요."

"신혼 생활은 어떠셨어요?"

"꿈만 같았죠." 프란체스카가 손으로 입을 가리고 웃었다. "어머니의 뜻을 거스르면서 결혼하기로 결심하고 어렵게 비자를 받아 미국에 오는 과정이 워낙 힘들어서, 신혼살림은 정말로 꿈속에서 사는 것 같았어요. 그런데 생각지 못한 문제가 생겼어요. 하와이의 조선 사람들이 저를 반기지 않는 것이었어요. 하와이는 그때나 지금이나 조선 사람들의 근거지고 파피도 거기서 활동했거든요. 하와이의 조선 사람들은 파피에게 '혼자만 오시라'는 전보를 보냈고, 하와이의 동지들은 '서양 부인을 데리고 오시면 모든 동포들이 돌아설 테니, 꼭 혼자만 오시라'는 전보를 거듭 보냈어요. 그러니 제 마음이 어떠했겠어요?"

"이해할 수 있습니다." 롱이 고개를 끄덕였다.

"그 전보들을 보니, 결혼을 말리고 제가 떠나올 때는 혼자 우시던 어머니 생각이 나면서 눈물이 났어요. 그때 참 많이 울었어요."

"당시 부인의 심정을 저도 상상할 수 있습니다." 롱이 고개를 끄덕였다. "리 박사님께선 그 전보들을 받고 어떤 반응을 보이셨나요?"

"파피는 하와이 사람들의 반응이야 어느 정도 예상했던 것이니 걱정하지 말라고 저를 안심시켰어요. 파피 자신이 하와이의 학생들에게 가르쳤대요, 조선 사람들은 조선 사람과 결혼해야 한다, 그래야 조선 사람들이 조선 사람들의 정체성을 유지할 수 있고 조선의 독립을 위해 일할 수 있다. 그런데 독립운동의 지도자인 파피가 서양 여자하고 결혼했으니 반응이 좋을 리 없었겠죠. 저보고 안심하라 했지만, 파피도 좀 충격을 받은 모습이었어요."

"그랬군요. 그래서요?"

"파피는 저보고 함께 하와이로 가자고 했어요. '파니를 보면 사람들이 모두 파니에게 반할 거요' 하고 자신 있게 말했어요. 그리고 자동차로 샌프란시스코까지 갔어요. 나이아가라 폭포를 구경하고 디트로이트를 거쳐 시카고로 갔어요. 거기서 한 주일 머물면서 사람들을 만나고 독립운동에 관해 협의했죠. 머무는 곳마다 동지들과 후원자들이 있어서, 파피는 그 사람들에게 저를 소개했어요. 소개 정도가 아니라 자랑했어요. 샌프란시스코에 닿으니 마음이 좀 놓였어요. 거기선 채정해蔡廷楷 장군을 예방했죠. 채 장군은 상하이 싸움에서 중국군 19로군의 지휘관으로 일본군과 용감하게 싸운 영웅인데, 마침 미국을 방문했어요. 오랜만에 동지들과 후원자들을 만나니 파피는 신명이 났지만, 저는 따라다니기 바빠서 누가 누군지 기억하기도 벅찼어요."

"그랬겠네요. 뉴욕에서 샌프란시스코까지는 얼마나 걸렸나요?"

"두 달요. 그 두 달 동안에 조선 사람들에 대해서 제대로 알게 됐죠."

프란체스카의 얼굴이 문득 어두워졌다. 창밖을 내다보면서, 그녀는 가라앉은 목소리로 말을 이었다.

"우리가 가는 길에 방문한 조선 사람들은 거의 다 가난했어요. 더러 잘사는 사람들도 있었지만, 대부분 변변한 직업도 없이 가난에 찌든 모습이었어요. 어떤 집에선 젊은 여인이 아기에게 젖을 빨리고 있었는데, 제대로 못 먹어서 엄마도 아이도 영양실조에 걸린 모습이었어요. 그 모습을 보자 파피는 목이 메어, 그리 말을 잘하는 분이 한마디도 못하고 나오는 눈물을 참느라…."

얘기를 맺지 못하고 그녀는 손수건으로 눈가의 눈물을 닦고 코를 풀었다.

"그렇게 가난한 사람들이 가까스로 절약한 돈을 독립운동을 위해 내놓는다는 것을 그때 깨달았어요." 그녀가 물기 어린 목소리로 말을 이었다. "도저히 절약할 돈이 있을 것 같지 않은 분들이 쓰러진 조국을 되찾는 일에 쓰라고 찬장에 숨겨 놓았던 돈을 내놓는 것이었어요. 그때 비로소 깨달았어요. 왜 파피가 그리도 근검하게 사는지, 왜 유명하고 추종자들이 많은 지도자가 늘 삼등 열차와 삼등 선실만 골라서 타는지."

"아, 그러셨군요." 롱의 목소리도 젖어 있었다.

"더 애처로운 얘기도 있어요. 하와이로 떠나기 전 샌프란시스코 바닷가를 거닐다가, 파피가 서쪽을 하염없이 바라보길래 제가 그랬어요, '고국이 그립죠?' 입 밖에 내고 보니, 바보 같은 얘기로 들렸어요. 이십 년 넘게 고국을 찾지 못했으니 파피는 당연히 고국이 그리울 것 아녜요? 파피는 밝게 웃으면서 말했어요. '고국이 그리운 거야 당연하지만, 나는 파니가 있으니 외롭지 않소. 나처럼 행운을 잡은 사람은 참으로 드물다오.' 그러고는 하와이 사탕수수 농장에서 일한 조선인 노동자들 얘기를

“사탕수수 농장에서 일한 조선인 노동자들은 죽을 때 저축한 돈을 독립운동에 내놓으면서 파피 품에 안겨 숨을 거두었대요.”

해 주었어요. 그 사람들은 돈을 미리 받아서 빚을 지고 들어온 노동자들이었어요. 원래 사탕수수 농사가 아주 고되고 위험해요. 그러니 그 사람들은 실질적으로 노예처럼 일했죠. 그 사람들은 조선 처녀들을 맞아 결혼했는데, 그게 쉬운 일이 아니었죠. 그래서 결혼하지 못하고 죽게 된 사람들은 파피에게 결혼을 위해 저축한 돈을 내놓으면서 독립운동에 써 달라고 유언했대요. 그리고 파피 품에 안겨 숨을 거두었대요.”

“오, 그랬군요.” 롱이 무겁게 고개를 끄덕였다.

“다음 날 우리는 하와이 가는 배를 탔어요. 저는 무척 불안했죠. 파피 혼자 오라고 한 하와이 동포들의 전보를 보았으니까요. 파피도 동포들의 반응을 자신할 수 없었는지, 저보고 '이번엔 우리를 환영해 줄 동지가 아무도 없겠지만, 다음 여행 때엔 달라질 것이오. 힘을 내요' 하고 말했어요. 막상 호놀룰루 부두에 도착했더니, 우리를 환영하는 사람들로 가득했어요. 무려 삼천 명이나 나왔었대요."

"대단한 환영이었네요."

"그렇죠? 그때 하와이에 사는 조선 사람들이 한 칠천 됐대요. 나중에 얘기를 들어 보니까, 하와이에 사는 파피 동지들이 일일이 찾아다니면서 파피를 환영하자고 설득했대요."

"독립운동은 아무나 하는 일이 아니라는 생각이 새삼 드네요. 독립운동가의 아내로 낯선 땅에서 사는 것은 힘들 텐데요?"

"아무래도 힘들죠. 독립운동이라는 것이 보기보다 힘들고 위험해요. 파피 얘기로는, 우리는 그래도 낫대요. 중국에서 독립운동 하는 사람들은 일본 경찰에게 쫓기고. 그래도 여기 미국에서도 쉽진 않아요. 일정한 거처에서 안정된 직업을 가질 수 없고, 남의 나라에서 떠돌면서 정치 활동을 하니 당장 경제적으로 힘들죠." 그녀는 거실을 둘러보았다. "이 집도 엄격히 말하면 우리 집이 아니거든요. 독립운동을 위해 헌금한 재미 동포들의 집이죠."

롱이 고개를 끄덕이면서 집안을 둘러보았다. "부인도 리 박사님을 따라서 근검하게 사시는군요."

"파피를 만나기 전까지는 저는 가난을 몰랐거든요. 그래서 처음엔 힘들었고 파피 몰래 눈물도 많이 흘렸어요. 그래도 독립운동 자금을 낸 조선 사람들이 어떻게 사는가 제 눈으로 본 뒤엔 저도 가난한 살림이 두렵지 않았어요."

"혹시 리 박사님께서 다른 직업을 가지시려 한 적이 있나요? 프린스턴에서 박사학위를 받으셨으니 좋은 직장을 얻으실 수 있을 텐데요."

"독립운동은 여가에 하는 일이 아녜요. 제가 옆에서 보니 비로소 독립운동가가 얼마나 바쁜지 깨닫게 되었어요."

"리 박사님은 여가를 어떻게 보내세요? 리 박사님의 취미는 무엇인가요?"

"어쩌다 틈이 나면 파피는 낚시를 즐기세요. 동지들이나 조선 유학생이 찾아오면 함께 포토맥 강변으로 나가세요. 파피는 고기를 낚으면 고기를 풀어 줘요. 사람들이 이상하게 여기고 물어보면, '나는 고기를 잡으려고 낚시질을 하는 것이 아니라, 낚시를 즐기려고 낚시질을 한다'고 대꾸해요."

롱이 천천히 고개를 끄덕였다. "여사께선 소망이 무엇인가요?"

"여자의 소망이야 다 소박한 것이잖아요? 자기 집에서 남편하고 정을 주고받으면서 사는 것 아녜요? 그래서 신혼 때부터 제 꿈은 조선이 다시 독립하는 것이었어요. 그러면 조선에 가서 우리 집을 장만해서 안정된 삶을 꾸릴 수 있겠죠. 다만, 파피가 독립운동가로서 훌륭한 일을 하시니까, 저는 파피의 건강을 챙기는 데 마음을 쓰죠. 그것이 제가 조선의 독립을 돕는 길이라고 생각하죠."

두 사람이 얘기를 마치고 서재로 올라왔을 때, 이승만은 먹을 다 갈고 막 붓을 잡은 참이었다. 그가 하는 일을 방해하지 않도록 문간에 서서 두 사람은 그가 붓글씨를 쓰는 모습을 흥미롭게 지켜보았다.

그는 흰 종이에 힘차게 글씨를 써 내려갔다. 서재에 묵향이 감도는데 붓을 잡은 손길에 힘이 느껴지고 동작이 물 흐르듯 자연스러워서, 두 사람은 바라보는 것만으로도 즐거움을 느꼈다.

마침내 그가 몸을 폈다. 붓을 조심스럽게 내려놓고 자신이 쓴 것을 비판적 눈길로 내려다보았다. 그리고 두 여인을 향해 수줍은 웃음을 지어 보였다.

"원래 붓글씨는 '조선종이'라고 하는 특수한 종이에 써야 합니다. 두껍고 질긴 데다가 변색되지 않고 오래가는 종이죠. 그리고 먹물을 잘 받아들여서 글씨 쓰기에 좋아요. 그 종이를 구할 수 없어서, 문방구에서 종이를 샀는데 너무 매끄러워서…."

두 여인이 다가와서 그의 글씨를 감상했다.

"이것은 중국 문자지요?" 롱이 글씨를 가리키면서 물었다.

雲間萬國同看月,
花發千家共得春.

"예. 조선은 예전엔 중국 문자를 썼습니다. 조선 고유의 문자도 있습니다만, 중국 문자를 많이 썼죠. 이것은 옛 조선 시인이 지은 시입니다."

"오, 네." 롱이 글씨를 들여다보았다. "무슨 뜻인가요?"

"운간만국동간월, 구름 사이로 만 나라가 같이 달을 바라보고. 화발천가공득춘, 꽃 피면 천 집안이 함께 봄을 맞는다. 그런 뜻이죠."

"참으로 멋지네요." 롱이 감탄했다. 그녀 뒤에서 프란체스카가 흐뭇한 웃음을 지었다.

"이 시구는 윤휴尹鑴라는 십칠세기 조선 시인의 작품입니다. 그분은 뛰어난 사상가였는데, 권력투쟁에 패해서 유배된 뒤에 자결하도록 강요되었습니다. 이 시구대로 세상 사람들이 공유할 수 있는 것들은 많죠. 달과 꽃의 아름다움까지 독차지하려는 사람들이 없다면, 모두 함께 평화스럽게 살아갈 수 있죠."

"좋은 말씀이네요." 롱이 공책을 폈다. "이 시를 다시 해석해 주시겠어요?"

"그러죠. 구름 사이로 만 나라가…."

이승만의 해석을 공책에 다 적고 나자, 그녀가 고개를 들고 그를 바라보면서 진지하게 물었다. "리 박사님, 아까 미국이 조선과 맺은 수호조약의 내용을 충실히 지키지 않은 것이 오늘의 상황을 초래했다고 하셨는데, 과연 도덕적 행동만으로 좋은 결과를 기대할 수 있을까요? 현실에선 어떤 국가든 모든 일에서 도덕적으로 행동하기는 어렵지 않나요? 국익을 위해 정치적으로 판단해야 하는 경우가 많은 것 아닌가요?"

그가 천천히 고개를 끄덕였다. "그런 점도 있죠. 그러나 우리는 도덕심을 지녔습니다. 신이 우리에게 도덕심을 준 이유는 무엇인가요? 우리가 어려운 문제를 만났을 때 옳은 길을 가도록 인도하려고 도덕심을 준 것 아닌가요?"

롱이 생각에 잠긴 낯빛으로 고개를 끄덕였다. 그리고 공책에 이승만의 얘기를 적었다.

"도덕적 행동이 흔히 비현실적 선택이라는 생각은 널리 퍼졌죠. 실제로 우리는 늘 도덕적으로 행동할 수 없습니다. 그래도 역사를 살펴보면, 도덕적 행동이 현실적 선택으로 판명되는 경우들이 많습니다. 미세스 롱, 저는 도덕적 행동은 언제나 가장 현실적인 선택이라고 생각합니다."

글씨가 얼마나 말랐는지 살피고서 그는 말을 이었다. "필리핀이 좋은 예입니다. 1905년에 태프트 장관이 가쓰라 수상을 만나서 '조선은 일본이 지배하고 필리핀은 미국이 지배한다'고 합의했습니다. 그것은 부도덕한 일이었습니다. 그들도 그 점을 인식했기 때문에 그 협약을 비밀로 했습니다. 그런데 필리핀은 어떻게 됐죠? 그 협약이 일본의 군국주의 팽창 정책을 막았나요? 지금 필리핀은 일본군에게 짓밟히고 있어요. 수많은 미국 군인들이 죽고 다쳤으며, 앞으로 더 많은 피해를 볼 것입니다."

자신도 모르게 목청이 높아졌음을 깨닫고 그는 목소리를 낮추었다.

"미세스 롱, 나는 미국이 궁극적으로 이겨서 일본에 빼앗긴 필리핀을 되찾으리라고 봅니다. 그러나 그렇게 승리하려면 적어도 몇십만 명의 미군들이 죽어야 할 것입니다. 미국 시민들도 엄청난 희생을 치러야 하겠죠. 만일 당시에 미국이 도덕적으로 행동해서 조선과의 수호조약에 따른 책임을 이행했다면, 지금 필리핀에서 일어나는 일들이 일어났을까요? 당시 조선과의 약속을 지키는 일은 무척 힘들었겠죠. 그래도 지금 돌아보면 그런 행동이 가장 현실적이었다는 결론이 나오죠. 미국의 태도가 확고했다면, 그리고 그런 의지의 상징으로 지금 필리핀에 주둔한 군대의 단 일 퍼센트만 조선에 파견했다면, 펄 하버도 필리핀도 무사했을 것입니다."

간간이 고개를 끄덕이면서 롱은 열심히 이승만의 얘기를 적었다.

"어떤 일에서나 처음부터 도덕적으로 행동하는 것이 중요합니다. 한 세대 전에 미국이 조선에 관해서 한 선택과 지금 미국이 필리핀에서 맞은 상황을 연결시키는 것이 논리적으로 약하다고 느껴질 수도 있으니까, 다른 예를 하나 들죠. 나치 독일이 그들의 공격적 태도를 처음 드러낸 것은 1936년이었습니다. 그해에 히틀러는 라인란트를 재점령했습니다. 베르사유 조약과 로카르노 조약에 따라 독일군이 들어갈 수 없는 지역으로 독일군을 들여보낸 것이죠. 그때 독일의 도전을 막을 책임은 프랑스에 있었습니다. 그리고 그렇게 할 능력도 있었습니다. 히틀러가 라인란트로 보낸 독일군은 겨우 십구 개 대대였습니다. 실제로 라인강을 건넌 병력은 삼 개 대대였습니다. 일 개 사단도 못 되는 병력이었습니다. 당시 프랑스군은 독일군의 다섯 곱절이나 되었습니다. 그러나 프랑스는 아무런 조치도 취하지 않았습니다. 도발에 맞서 국제 질서를 지키겠다는 의지가 없었던 것입니다. 만일 그때 프랑스가 도덕적 용기를 발휘해서 독일의 도발에 맞섰다면 역사는 달라졌을 것입니다. 적어도 프랑스가 전쟁에서 완패해서 독일의 실질적 식민지가 되는 운명은 피했을 것입니다."

"아, 그랬나요?" 롱이 고개를 들었다. "프랑스가 처음부터 그렇게 무력했군요. 결국 히틀러의 위협에 밀려 양보를 거듭했죠."

"그렇습니다. 라인란트의 재점령을 허용한 도덕적 비겁은 독일의 오스트리아 합병에 형식적 항의만을 하는 행태를 낳았고, 끝내 주데텐란트를 독일에게 내주라고 영국과 프랑스가 체코슬로바키아에 강요하는 얼빠진 짓으로 이어졌습니다. 도덕적 선택은 늘 현실적입니다. 내 얘기는 물론 편향되었을 것입니다. 나는 늘 조선의 이익을 앞세우니까요. 그러나 한 사람의 얘기가 편향되었다고 그것이 모두 그른 것은 아닙니다. 우리는 도덕심이라는 신의 선물을 기쁜 마음으로 써야 합니다. 도덕심이 우리를 인도하는 한, 우리는 잘못된 선택의 위험을 피할 수 있습니다. 미세스 롱, 나는 감히 말합니다, 지금 미국 시민들에게 필요한 것은 도덕심의 발휘라고."

이승만은 싱긋 웃고서 종이를 가리켰다.

"이 글씨를 내 긴 얘기를 참을성 있게 들어 주신 미세스 롱께 드리고자 합니다. 받아 주시면 고맙겠습니다."

제5장

국무부의 복병

마지막 서류에 서명을 하고서, 이승만은 고개를 들었다.

"그럼 가 볼까?"

"예, 박사님." 서류를 챙기면서 장기영이 대답했다.

오늘 오후 3시에 그들은 국무부의 앨저 히스(Alger Hiss)와 만나기로 되어 있었다. 히스는 스탠리 혼벡의 보좌관이었다. 이승만은 이미 지난달에 국무부를 찾아서 히스와 만났었다. 양자(양쯔)강 상류 사천(쓰촨)성으로 피난한 중국 국민당 정부가 외부와 연락하는 길은 남쪽 귀주貴州(구이저우)성을 거쳐 영국령 버마에 이르는 '버마 도로(Burma Road)'뿐이었다. 험난한 산악 지역으로 난 좁고 가파른 이 도로가 중국 정부로선 유일한 생명선이었다. 당연히 일본군은 이 도로를 폐쇄하기 위해 힘을 쏟았다. 일본군이 본격적으로 남방 작전을 개시했으므로 버마 도로는 조만간 끊길 터였다. 이승만은 버마 도로가 끊기기 전에 중국에서 활동하는 한국광복군에게 군수 물자를 지원해 달라고 히스에게 요청한 것이었다.

현실적으로, 미국 정부가 한국광복군을 지원하는 것은 간단한 일이

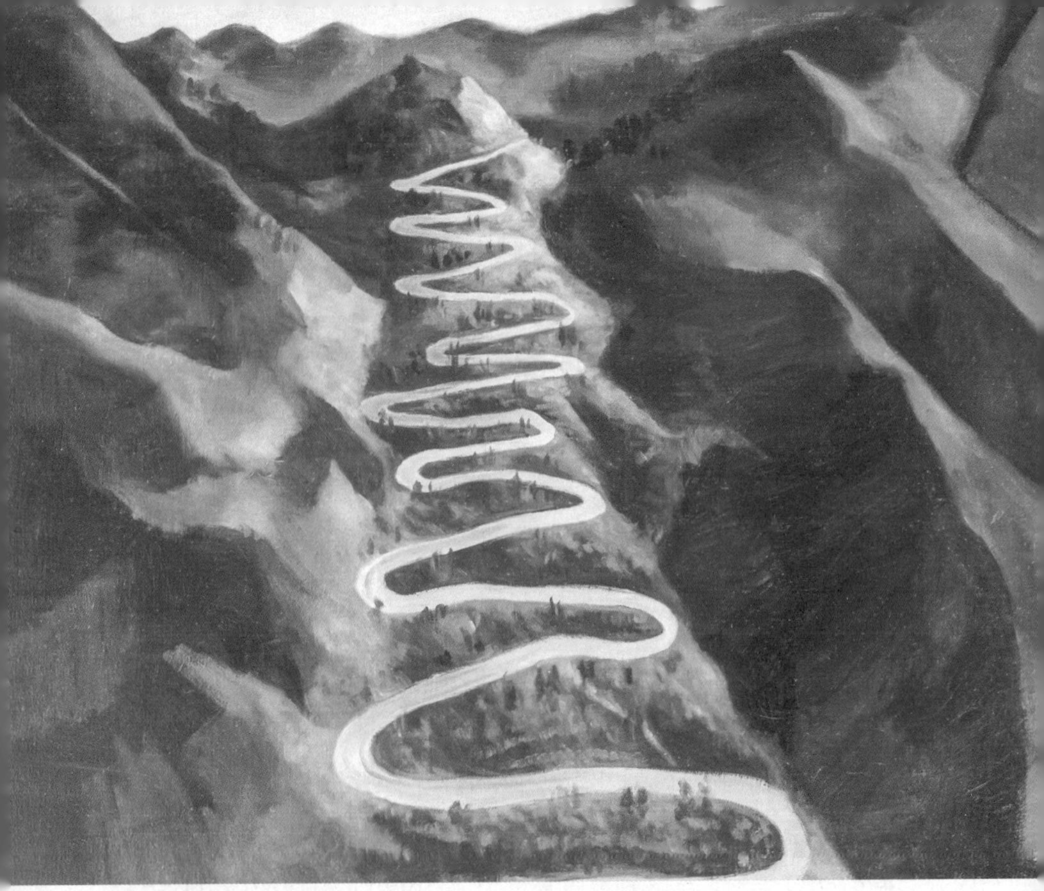

버마 도로(Burma Road)는 사천성으로 피난한 중국 국민당 정부가 외부와 연락할 유일한 생명선이었다.

아니었다. 미국 정부는 1941년 3월에 제정된 「무기대여법」에 따라 우방국을 지원했다. 어느 국가로부터도 승인받지 못한 대한민국 임시정부가 당장 미국의 지원을 받을 길은 중국이 대한민국 임시정부를 승인하는 길뿐이었다. 그리되면, 미국은 중국을 지원하고 중국은 한국광복군을 공식적으로 지원할 수 있었다. 중국이 대한민국 임시정부를 승인하도록 미국 정부가 중국 정부에 권고해 달라는 것이 이승만의 얘기였다.

마침 중국 정부 외교부장 송자문宋子文(쑹쯔원)이 워싱턴에 머물면서 미국의 원조를 받기 위해 활동하고 있었다. 송자문은 장개석(장제스)의 처남이어서 국민당 정부에서 영향력이 컸다. 이승만은 미국 국무부를 통해서 중국 정부의 대한민국 임시정부 승인을 얻으려는 속셈이었다. 물론 이승만의 궁극적 목표는 중국의 승인을 넘어섰다. 미국이 중국의 승인을 권고하면 미국도 승인하는 것이 논리적이었다. 이승만의 모든 노력들은 미국의 대한민국 임시정부 승인이라는 궁극적 목표를 향했다.

히스는 삼십대 후반으로 보였는데 이지적 면모를 지녔고 자신감을 풍기는 사내였다. 이력을 보면 그럴 만도 했다. 통신사 기자라 미국 정부 사정에 밝은 제이 윌리엄스의 얘기에 따르면, 히스는 젊고 직책도 낮았지만 보기보다 권한과 영향력이 크다 했다. 하버드 법대 출신 변호사인 히스는 법무부에서 근무하면서 루스벨트 정권의 조치들을 변호했다. 1936년부터 국무부에서 일하기 시작했는데, 국무부에 나름으로 인맥을 갖고 있었고 헐 국무장관과도 직접 얘기하는 사이라 했다. 그래서 이승만과 장기영은 오늘 만남에 적잖은 기대를 걸고 있었다.

"박사님께서 보시기에 전황은 어떻습니까?" 옷걸이에서 외투를 내려 내밀면서 장이 밝은 목소리로 물었다. "일본군이 파죽지세로 진출하는데요."

"전황? 미국이 밀리고 있지만, 보기보다는 나쁘지 않아." 외투의 단추를 채우면서 이승만도 밝은 목소리로 대꾸했다. "미군이 마닐라를 포기했으니 필리핀은 곧 일본에게 내주겠지. 필리핀하고 말라야는 어차피 지키기 어려웠다고 봐야지. 화란(네덜란드)령 동인도도 조만간 일본이 차지할 거고. 하지만 일본이 그 너른 지역을 오래 차지하는 것은 다른 얘기지."

"예. 미국이 반격에 나서면…."

"미국이 전쟁 준비가 안 되었으니, 반격에 나서려면 시간이 좀 걸리겠지. 그리고 미국은 늘 유럽을 향하고 있잖아? 독일을 먼저 격파하고 다음에 일본을 격파한다는 전략은 바뀌지 않을 거야."

일본군의 진출

이승만은 낙관적으로 전망했지만, 전황은 심각했다. 1942년 1월 2일 이승만과 장기영이 외교위원부를 나서던 시각, 모든 전선의 모든 전투에서 일본군은 일방적으로 이기고 있었다.

궁극적 목표인 말라야와 네덜란드령 동인도를 향해 진격하려면 일본군은 먼저 보급로를 확보해야 했다. 자연히 일본군은 보급로의 옆구리를 위협하는 미국령 필리핀과 영국령 홍콩을 먼저 점령하려 했다. 1941년 12월 8일 홍콩을 기습한 일본군은 영국군 항공기들을 대부분 파괴했고, 12월 24일 홍콩섬에 해두보海頭堡를 마련했다. 홍콩을 지키던 영국군은 다음 날 항복했다.

말라야 동북쪽 해안 코타바루에 상륙한 일본군의 보급로를 끊기 위해서 영국군 전함 프린스 오브 웨일스호와 전투순양함 리펄스호가 싱가포르의 모항을 떠나 북쪽으로 올라갔다. 이 군함들은 12월 10일 일본군 항공기들의 폭격에 맥없이 침몰했다. 일본 육군은 말라야반도를 방어하던 영국군을 격파하면서 싱가포르를 향해 남진하고 있었다. 싱가포르는 난공불락의 요새라고 불렸지만, 일본군 항공기들의 폭격과 군함들의 봉쇄에 맞서 영국군이 오래 버티기는 어려울 터였다.

12월 중순 일본군이 루손섬에 상륙하자, 맥아더는 휘하 병력을 바탄반도와 코레히도섬으로 집결시켜 일본이 마닐라만을 이용하지 못하도록 하는 작전을 폈다. 그러나 일본군의 압박을 받은 항공대와 해군이 이미 오스트레일리아로 후퇴한 터라, 맥아더가 거느린 육군만으로 오래 버티기는 어려웠다. 12월 26일 맥아더는 마닐라를 '무방비 도시(open city)'로 선언했다. 인구가 많은 수도를 일본군의 폭격으로부터 지키려는 뜻이었다. 그러나 일본군은 아랑곳하지 않고 마닐라를 폭격했다. 미군이 마닐라로부터 완전히 철수하지 않았고 거기 남은 물자를 반출하고 있다고 판단한 것이었다.

"지금 중요한 곳은 실은 중국이야." 목도리로 목을 감싸고 모자를 쓰면서 이승만이 말했다. "중국 대륙은 일본군의 수렁이거든. 일본 육군의 태반은 중국에 투입됐잖아? 중국이 잘 버텨 주면 일본은 큰 힘을 못 써."

"그렇죠." 장기영이 문을 열었다. "그동안 중국이 혼자 잘 버텼죠."

"잘 버텼지. 예상보다 훨씬 잘 버텼지. 이제 중국이 미, 영, 화 삼국과 공식적으로 동맹국이 되었으니, 중국 전선의 상황이 좀 나아지겠지. 물자하고 무기만 좀 지원되면 중국군이 일본군에게 크게 밀리지 않아. 일본군이 점령한 지역은 넓지만 실제로 지배하는 땅은 그리 넓지 않아. 주요 도시들하고 철도 연변하고 해안뿐이거든."

"예. 중국군 근거지를 빼앗겠다고 산악 지역으로 들어왔던 일본군이 호되게 당하고 물러났다는 중경(충칭) 얘기도 믿을 만하다는 생각이 듭니다."

이승만이 고개를 끄덕였다. "맞아. 요 고비만 잘 넘기면 일이 빠르게 풀릴 수도 있어."

1920년대 말엽에 중화민국 정부가 긴 내전을 끝내고 확고히 자리 잡자, 서양의 강국들은 중국에서 차지했던 부당한 이권들을 내놓기 시작했다. 그러나 일본은 오히려 중국을 노골적으로 침입하기 시작했다. 개항 뒤 승승장구한 터라 일본은 자신을 높이 평가했고 중국을 얕잡아보았다. 이미 만주를 차지한 일본군은 석 달이면 중국 본토를 점령할 수 있다고 판단했다. 그래서 '빠르고 결정적인 전쟁'을 통해서 중국 정부를 굴복시키기로 결정했다.

반면에 중국은 자신의 약점들을 인식하고 걸맞은 전략을 골랐다. 중공업과 중무기 산업의 부재, 공군의 미약, 교통과 통신 수단의 부족, 외국 원조를 얻기 어려운 상황, 이미 산동(산둥)성에 많은 병력을 배치한 일본군을 상대로 효과적 방어선을 설치하기 어려운 사정 등을 고려해서, 중국은 장기전으로 일본군이 피폐하도록 하는 길밖에 없다고 판단했다. 그래서 일본군이 우세한 전력을 투입할 수 있는 연안과 큰 강 유역에서 큰 싸움을 벌이는 것을 피하고 거점 도시들에서 저항하기로 했다. 이처럼 일본군을 내륙 깊숙이 끌어들인 다음 기동전과 유격전으로 일본군을 괴롭힌다는 얘기였다.

중국군의 전략은 성공했다. 싸움이 길어지면서, 일본군은 지형이 험준한 내륙으로 점점 깊이 들어오게 되어 병력이 분산되고 지쳐 갔다. 일본의 기대와 달리 중국 정부는 일본의 모든 휴전 제의를 결연히 거부했고, 중국군의 저항은 끈질겼다.

전쟁이 예상과 달리 전개되자, 당황한 일본은 '조속한 평화협정을 통한 조속한 사태 해결'로 전략을 바꾸었다. 그리고 중국 정부를 평화 협상으로 유인하려고 애썼다. 1937년 12월 중국 수도 남경(난징)을 공격하면서, 일본군은 중국 주재 독일 대사를 통해서 평화 협상을 제의했다. 그러나 중국 정부의 태도는 확고했다. 일본군이 다가오자 수도를 장강

(양쯔강) 하류의 남경에서 일본군이 접근하기 어려운 장강 상류 중경으로 옮겼다.

평화협정을 통해 점령 지역에 대한 권리를 인정받으려던 전략이 중국의 꿋꿋한 정책으로 실패하자, 일본은 '전쟁을 지탱하는 전쟁'으로 전략을 다시 바꾸었다. 상당한 규모의 임무부대들로 주요 거점들을 공격해서 중국군을 수세로 몰면서 물자를 약탈하는 방안이었다. 아울러 일본군은 중경 지역에 대한 군사적 봉쇄를 강화하고 중경을 무차별 폭격했다.

1939년 9월 유럽에서 전쟁이 일어나자, 국제 정세는 중국에 더욱 불리해졌다. 독일군의 전격작전에 맥없이 패배한 영국은 유화 정책으로 일본과의 우호적 관계를 유지하려 애썼다. 영국은 1940년 6월 일본과 천진(톈진) 조약을 맺고, 7월엔 '버마 도로'를 석 달 동안 폐쇄한다고 발표했다. 이 조치는 무기와 물자의 부족으로 큰 어려움을 겪던 중국에겐 심각한 타격이었다. 독일에 항복한 프랑스는 프랑스령 인도차이나의 비행장들을 일본군에게 제공해서 일본군이 중국 남부를 폭격하는 기지로 삼도록 했다.

이 시기가 중국에 가장 어려운 시기였다. 그러나 1941년 12월 일본 해군의 펄 하버 기습으로 미국과 일본 사이에 전쟁이 일어나자, 중국의 처지는 단숨에 나아졌다. 중국은 바로 다음 날 주요 추축국들인 일본, 독일 및 이탈리아에 선전포고를 했다. 그때까지 10년 넘게 대규모 전쟁을 치르면서, 일본도 중국도 상대에 대해 선전포고를 하지 않았었다. 일본은 트집을 잡아 중국군을 기습하면서 전선을 확대했고, 중국은 일본이 교전국의 권리를 주장하면서 중국으로 오는 물자들을 공해에서 압수할 위험을 걱정해서 선전포고를 하지 않았다.

이제 온 세계가 전쟁의 소용돌이에 빨려 들어갔다. 독일, 이탈리아, 일본이 한편이 되고 영국, 러시아, 미국, 중국이 한편이 되어 싸우게 되었다. 작은 나라들은 한쪽이나 다른 쪽에 속해서 싸우도록 강요되었다. 아울러, 10년 넘게 이어진 중일전쟁은 소급해서 제2차 세계대전의 한 부분이 되었다. 역사적으로 따지면, 중일전쟁의 단초인 1931년의 만주사변이 제2차 세계대전의 시작이 된 것이었다.

독일군의 전격작전

"바람이 셉니다, 박사님."

출입문을 열면서, 장기영이 이승만을 돌아보았다. 이승만이 고개를 끄덕이면서 모자를 눌러썼다.

"이제 미국과 영국의 도움을 받게 되었으니, 중국 쪽 상황은 많이 나아지겠지요?" 버스 정류장을 향해 걸으면서, 장이 물었다.

"그렇지. 곧바로 크게 나아지지야 않겠지만, 미국이 전쟁 물자를 본격적으로 생산하기 시작하면 얘기가 달라지겠지. 중국은 땅이 넓고 인구가 많아서 일본이 점령해서 통치하기 어려운 나라야. 원이나 청 같은 정복 왕조가 중국 전체를 차지하는 데 몇십 년씩 걸렸잖아? 지금이라고 사정이 크게 달라진 것은 없어. 미국이 무기와 물자를 공급하면 일본군은 중국에서 피를 많이 흘려 주저앉을 수밖에 없어. 독일이 무너지면 일본이 무너지는 것은 시간문제야. 일본 혼자 어떻게 미국과 싸우겠어?"

"하지만, 박사님, 독일이 쉽게 무너질까요?"

장의 말씨엔 독일에 대한 경외감이 배어 있었다. 하긴 지금 세계 모든

전차부대들을 앞세워 빠르게 기동하고 공군으로 지상군을 근접 지원하는 지공(地空) 협력 작전, 독일군의 이른바 전격작전(Blitzkrieg)에 세계는 넋을 앗긴 상태였다.

사람들은 새로운 기동 방식을 도입해서 단숨에 적군을 격파하는 독일군에 넋을 앗긴 상태였다. 독일군이 강대국 영국과 프랑스의 연합군을 단숨에 괴멸시키고 프랑스를 점령한 것은 사람들의 상상을 넘는 군사적 성취였다.

1939년 9월 1일 새벽 독일군은 폴란드를 기습적으로 침공했다. 전날 국경에서 폴란드군이 먼저 독일군을 공격했다고 트집을 잡아, 히틀러는 선전포고조차 하지 않았다. '폴란드군의 공격'은 실은 히틀러의 친위대(SS)가 몰래 꾸민 짓이었다.

독일군의 공격은 거세어서, 폴란드군의 방어선은 이내 무너졌다. 특히 독일 공군은 개전 첫날 지상에 머물던 폴란드 항공기들을 기습해서 거의 다 파괴하고 제공권을 장악했다. 이후 독일군은 전차부대들을 앞세워 빠르게 기동하고 공군으로 지상군을 근접 지원하는 지공地空 협력작전을 선보였다. 이른바 전격작전(Blitzkrieg)이었다. 이 말은 독일어 낱말이지만, 그것을 처음 쓴 것은 독일군 자신이 아니라 독일군의 엄청난 속도와 파괴력을 묘사할 말을 찾던 서방 신문기자들이었다. 그 뒤로 이 말은 독일군을 상징하게 되었다.

9월 3일 영국과 프랑스는 각기 독일에 폴란드로부터 철수하라는 최후통첩을 보냈다. 시한은 당일이었으므로, 9월 4일부터 양국은 독일과 교전 상태로 들어갔다. 히틀러는 양국의 위협에 마음을 쓰지 않았다. 그동안 양국은 독일과 싸울 의지도 능력도 부족하다는 것을 여러 차례 드러냈다. 1936년 3월 독일군이 베르사유 조약과 로카르노 조약의 규정을 어기고 라인란트를 재점령했을 때도, 독일군을 쉽게 물리칠 수 있었던 프랑스는 행동하지 않았다. 1938년 3월에 독일이 오스트리아를 합병했을 때도 양국은 방관했다. 1938년 9월 히틀러가 체코슬로바키아에 전략적으로 중요한 주데텐란트(Sudetenland)의 할양을 요구하자, 양국은 체코슬로바키아에 독일의 뜻을 따르라고 강요했다. 이어 히틀러가 체코슬로바키아 전체를 보호국으로 삼아도 양국은 별다른 조치를 취하지 않았다. 더 이상 독일의 팽창 정책을 용인하지 않겠다는 성명을 발표했을 따름이다.

영국과 프랑스가 폴란드를 구원하지 않으리라는 히틀러의 판단은 옳았다. 양국이 폴란드를 도울 길이 아주 없었던 것은 아니다. 프랑스군이 국경을 넘어 독일군을 공격하면, 독일군은 동시에 두 개의 전선에서 싸워야 하므로 폴란드군에 대한 압박은 크게 줄어들 터였다. 당시 서부 전선에서 프랑스군 병력은 독일군 병력보다 훨씬 컸지만, 프랑스군은 적극적으로 공격하지 않았다. 소규모 병력으로 독일 자르 지방으로 진출한 '자르 공세'가 전부였고, 폴란드군이 참패하자 이 병력마저 주저항선인 '마지노선' 안으로 황급히 돌아왔다.

폴란드군은 용감했지만, 강력한 독일군에 혼자 맞서기엔 전력이 너무 약했다. 독일군의 포위 공격에 방어선은 거듭 무너지고 병력의 다수는 포로가 되었다. 마침내 9월 17일 수도 바르샤바가 독일군에 포위되었고, 10일 뒤 바르샤바를 지키던 병력이 항복했다.

원래 폴란드군은 남은 병력을 수습해서 동쪽 변경 접근하기 어려운 지역에서 저항한다는 희망을 품었었다. 이런 희망은 9월 17일 소련군이 동쪽에서 폴란드를 침공하면서 사라졌다. 불행한 폴란드는 탐욕스러운 두 강대국들에게 앞뒤로 공격당하고 무너졌다.

당시 세상에 알려진 것과 달리, 히틀러는 무모한 사람이 아니었다. 야심이 컸지만 기회가 올 때까지 기다릴 줄 알았고, 과감했지만 위험을 줄일 길을 찾으려 애썼다. 처음부터 그는 폴란드 침공작전이 오래 걸리지 않으리라고 생각했다. 그래서 설령 프랑스군이 제2 전선을 형성하기 위해 서쪽에서 독일군을 공격하더라도 어렵지 않게 대응할 수 있으리라고 보았다.

문제는 러시아였다. 독일이 폴란드를 공격하면 러시아는 이내 위협을 느끼고 적대적으로 반응할 것이었다. 그렇지 않아도 러시아는 폴란드를 독일로부터 지키는 일을 놓고 영국과 프랑스와 협상하는 참이었다. 그래서 히틀러는 스탈린에게 '결코 거절할 수 없는 조건'을 제시했다. 동유럽을 독일과 러시아가 나누어 갖는 방안이었다. 러시아 영향권엔

히틀러는 동유럽을 독일과 러시아가 나누어 갖는 방안을 스탈린에게 제시했다. 탐욕스러운 스탈린은 이 매혹적 제안을 뿌리치지 못했다.

폴란드 동부, 루마니아 동북부 베사라비아, 라트비아, 에스토니아, 핀란드가 들어갔고 독일 영향권엔 폴란드 서부와 리투아니아가 들어갔다. 히틀러의 예상대로, 탐욕스러운 스탈린은 이 매혹적 제안을 뿌리치지 못했다. 1939년 8월 23일 모스크바에서 러시아 외상 뱌체슬라프 몰로토프(Vyacheslav Molotov)와 독일 외상 요아힘 폰 리벤트로프(Joachim von Ribbentrop)는 「독·러 불가침조약」에 서명했다. 양국이 동유럽을 나누어 각자의 영향권으로 삼는다는 합의는 「비밀의정서」에 포함되었다. 이 비밀의정서는 독일이 항복한 뒤에야 알려졌고, 러시아는 끝내 부인하다 1989년에야 그것의 존재를 인정했다.

10월 6일, 절망적 상황에 놓인 폴란드군은 저항을 멈췄다. 약 10만 명의 폴란드군이 북쪽 리투아니아와 남쪽 헝가리 및 루마니아로 도피했다. 이들은 뒤에 연합군에 합류해서 독일에 대한 투쟁을 이어 갔다.

폴란드 전쟁에서 가장 큰 이익을 본 것은 러시아였다. 러시아군은 비밀의정서에 따른 권리를 주장하며 리투아니아, 라트비아 그리고 에스토니아에 군대를 주둔할 권리를 요구했고, 끝내 세 나라를 병합했다. 이어 11월 30일엔 핀란드를 공격했다. 이 '겨울 전쟁'에서 러시아군은 병력과 무기의 압도적 우세에도 불구하고 소수의 핀란드군에 고전했다. 그러나 힘에 부친 핀란드군은 1940년 3월 러시아의 요구 조건들을 다 들어주고 휴전했다.

폴란드를 러시아와 분할 점령해서 동쪽 국경이 안정되자, 독일은 서부 전선으로 병력을 이동했다. 그러나 독일은 프랑스 및 영국과의 결전에 앞서 노르웨이를 점령하기로 결정했다. 독일은 스웨덴의 철광에서 철광석을 얻고 있었는데, 연합국들이 노르웨이를 통해서 그 철광을 위협할 수 있었다. 아울러, 노르웨이의 항구들은 독일 해군에 기지들을 제공할 수 있었다.

노르웨이를 침공하려면 육교 역할을 할 수 있는 덴마크를 점령하는 것이 긴요했다. 1940년 4월 독일군이 갑자기 덴마크에 상륙하자, 덴마크는 이내 항복했다. 그러나 노르웨이는 끈질기게 저항했다. 영국과 프랑스의 지원군 1만 2천 명이 그들을 도왔다. 노르웨이 남부에선 독일군이 영국군을 물리쳤으나, 북부에선 독일군 수송선들이 격침되어 독일군이 고전했다. 노르웨이 싸움은 서부 전선에서 패퇴한 연합국이 병력을 철수하면서 노르웨이의 항복으로 끝났다.

'가짜 전쟁'이라 불린 서부 전선의 소강상태는 1940년 5월 10일 독일군의 공격으로 깨어졌다. 독일군의 공격은 예상된 것이었지만, 독일군의 전략과 기동 방식은 연합군 지휘부의 예상과는 전혀 달랐다. 덕분에 독일군은 전략적 기습에 성공했고 단숨에 결정적 승리를 얻었다.

제1차 세계대전에서 독일군이 따른 기본 전쟁 계획은 알프레트 폰 슐리펜(Alfred von Schlieffen) 원수가 세운 '슐리펜 계획'이었다. 슐리펜은 보불전쟁(1870~1871)의 영웅 헬무트 카를 베른하르트 폰 몰트케(Helmuth Karl Bernhard von Moltke) 원수를 이어 1891년에 독일군 총참모장이 되었다. 당시의 정치적 상황에서 독일은 서부에서 프랑스와, 그리고 동부에서 러시아와 동시에 싸울 가능성이 높았다. 이것은 유럽 대륙의 중심부에 자리 잡은 독일이 숙명적으로 안은 문제였다.

몰트케는 '2개 전선'의 문제에 "서부 전선에서 방어하고 동부 전선에서 공격한다"는 방안으로 대응했다. 슐리펜은 이런 작전 개념을 거꾸로 돌려놓았다. 러시아는 영토가 워낙 넓고 중심 도시인 모스크바는 전선에서 아주 멀어서 공격하기 어려웠다. 그리고 러시아는 1904년의 러일전쟁에서 일본에 패한 터라 프랑스나 영국보다 전력이 약하고 병력의 동원이 느리리라고 예상되었다. 반면에 프랑스는 수도 파리만 함락되면 항복할 터였고, 파리는 빠른 기동으로 단숨에 공략할 수 있었다. 무엇보다도, 되도록 빨리 북해 연안을 장악해서 영국 증원군의 상륙을 막아야 했다. 이런 요소들을 고려해서 슐리펜은 주력을 서부 전선에 투입해서 프랑스군을 격파한 다음 동부 전선에서 반격에 나선다는 작전 개념을 세웠다.

독일과 프랑스의 국경은 그리 길지 않다. 알프스 자락의 스위스에서 시작해서 곧바로 북쪽으로 올라가서 서북쪽으로 꺾여 룩셈부르크에 이른다. 거기부터 서쪽은 북해에 이르기까지 룩셈부르크, 벨기에 그리고 네덜란드가 끼어서, 독일과 프랑스는 직접 만나지 않는다. 두 나라가 만나는 동쪽 국경은 대부분 산악이어서 대규모 기동이 어렵고 수비에 좋다. 반면에 서쪽은 평야가 이어져서 대규모 기동이 가능하고 수비는 어렵다. 이런 지리적 조건을 고려해서 슐리펜은 서부 전선의 동쪽 산악에선 소수의 병력으로 방어작전을 펴고, 서쪽 평야에서 주력으로 프랑스군을 공격하기로 계획했다. 서쪽은 물론 중립국인 벨기에와 네덜란드를 먼저 공격해서 점령한 뒤에야 프랑스군과 싸울 수 있었다.

이런 작전이 성공하면, 프랑스군은 공격이 어려운 동쪽 전선에서 큰 대가를 치르면서 독일로 진격할 것이고, 독일군은 공격이 쉬운 서쪽 전선에서 프랑스군을 공격해서 프랑스로 쉽게 진격할 터였다. 전선이 회전문처럼 시계 반대 방향으로 도는 것이었다. 회전의 중심점은 동쪽 전선과 서쪽 전선이 만나는 메츠였다. 메츠는 원래 프랑스에 속했으나, 보불전쟁의 전과로 독일이 차지한 도시였다.

이런 작전 개념에 따라 슐리펜은 메츠 서북쪽 우익에 59개 사단을 배치하고 메츠 동남쪽 좌익엔 9개 사단을 배치했다. 100 대 15의 비율로 우익이 압도적으로 강했다. 게다가, 전투가 벌어져서 프랑스군의 우익이 예상대로 북진하면 독일군의 좌익에서 2개 군단이 우익으로 전환하기로 되었다. 그래서 우익과 좌익의 병력 비율은 100 대 15에서 100 대 9로 차이가 더 벌어졌다. 독일군이 우세한 프랑스군에게 밀려 '회전문'이 제대로 돌도록 하려는 뜻이었다. 동부 전선에서 러시아의 대군을 막도록 된 독일군 병력이 겨우 10개 사단이었다는 사실과 합쳐지면, 슐리펜의 의도가 선명하게 드러난다. 그는 자신의 계획을 한마디로 요약했다. "우리가 프랑스로 진격할 때, 우익의 맨 우측 병사가 소맷자락으로 영불해협을 스치도록 하라." 그리고 죽을 때 당부했다. "내 우익을 강화하라."

그러나 슐리펜에 이어 총참모장이 된 헬무트 요하네스 루트비히 폰 몰트케(Helmuth Johannes Ludwig von Moltke)는 자질이 부족한 지휘관이었다. 그는 위대한 몰트케의 조카라는 후광 덕분에 출세했고, 독일 황제 빌헬름 2세의 마음에 들어 그 중요한 직책을 맡은 것이었다. 대담한 슐리펜 계획을 제대로 수행하기엔 그가 처한 상황이 무척 어려웠고 그의 의지와 능력이 너무 부족했다. 그래서 그는 상당한 병력을 우익에서 좌익으로 돌렸다. 우익엔 55개 사단을 배치하고 좌익엔 23개 사단을 배치했다. 슐리펜의 원래 계획에서 100 대 15였던 병력 비율이 몰트케의 수정 계획에선 100대 42로 된 것이다. 이런 변화는 슐리펜 계획의 전략적 의도를 거슬러서 전략적 효과를 줄일 수밖에 없었다.

전쟁이 일어나자, 독일군 우익은 예정대로 진격하지 못했다. 좌익은 프랑스군에 밀려 프랑스군을 독일 지역으로 끌어들이는 대신, 프랑스군을 서쪽으로 밀어냈다. 그래서 슐리펜 계획의 핵심인 회전문은 돌지 못했다. 슐리펜의 당부대로 북해 연안을 따라 진격해서 프랑스군을 포위하는 대신, 독일군 우익은 자꾸 동쪽으로 투입되어 포위할 힘을 잃었다. 결국 우익의 진격은 벨기에 지역에서 멈췄고, 제1차 세계대전을 상징하는 참호전이 되었다.

제1차 세계대전이 끝난 뒤, 거의 모든 사람들이 슐리펜 계획은 독일로선 최선의 전략이었고 그것을 충실히 따르지 않은 것이 독일이 패배한 원인들 가운데 하나였다고 진단했다. 그래서 제2차 세계대전에 대비할 때, 유럽의 전략가들은 슐리펜 계획을 늘 떠올렸다. 독일군 지휘관들은 벨기에와 네덜란드를 통해서 프랑스 서부로 진격하는 방안을 당연하다고 여겼고, 프랑스와 영국은 벨기에와 네덜란드를 도와서 독일군을 프랑스 북쪽에서 저지하는 방안을 기본 전략으로 삼았다. 벨기에와 네덜란드는 중립을 표방했지만, 내심으로는 프랑스와 영국의 도움으로 독일군을 막아 내는 방안의 필연성을 잘 인식했다.

히틀러의 생각은 달랐다. 그는 기동성과 파괴력이 뛰어난 전차부대들과 근접 지원을 효과적으로 할 수 있는 공군을 가진 독일군은 바로 프랑스로 진격해서 프랑스군을 섬멸할 수 있다고 믿었다. 그렇게 하려면 독일군은 프랑스군이 저항하기 좋은 곳들을 피해서 진격해야 했다. 메츠 동쪽 전선은 원래 지형이 험준한 데다 프랑스가 '마지노선'을 구축해 놓았다. 벨기에 쪽은 강과 운하와 습지가 많아서 전차부대가 기동하기 어려웠다. 원래 오스트리아 출신이었지만 독일 민족의 우수성을 믿은 인종 차별주의자였던 히틀러는 오스트리아·헝가리 제국의 다민족 군대가 마음에 들지 않아서 독일군에 지원했다. 벨기에 전선에서 참호전을 경험했던 터라, 그는 벨기에로 주력을 진격시킬 마음이 없었다. 게다가 연합군의 주력을 정면으로 공격하는 것은 책략이 부족했다. 대신 그는 벨기에 남부의 구릉 지역인 아르덴을 지나서 바로 프랑스로 진격하는 방안을 생각해 냈다. 동남쪽 마지노선과 서북쪽 평야 지대 사이의 좁은 틈새로 파고드는 전략이었다. 전차부대가 움직이기 어렵다고 여겨진 지역으로 돌파하면 기습의 효과도 클 터였다.

히틀러의 혁신적 발상은 고정 관념에 얽매인 독일군 지휘부의 지지를 받지 못했다. 그러나 총참모부가 내놓은 계획이 부실하자, 그것을 비판하는 장교들이 차츰 히틀러의 생각을 지지하게 되었다. 특히 주력인 A집단군의 사령관 게르트 폰 룬트슈테트(Gerd von Rundstedt)와 그의 참모장 에리히 폰 만슈타인(Erich von Manstein)은 히틀러의 생각을 구체적 작전계획으로 다듬었다. 만슈타인은 전차 전문가인 하인츠 구데리안(Heinz Guderian)에게 전차부대가 아르덴을 지나서 프랑스로 진격할 수 있는가 물었고, 구데리안은 대규모 전차부대는 아르덴을 지나 뫼즈강을 건너 프랑스군에 치명적 타격을 입힐 수 있다고 확답했다. 그래서 히틀러의 생각은 '만슈타인 계획'이라 불리게 되었다.

1940년 5월 10일 새벽, 서부 전선에서 독일군이 일제히 움직였다. '슐리펜 계획'이 마음에 각인된 연합군 지휘부는 독일군의 주력이 벨기에를 공격하리라 믿고서 그쪽에 관심을 쏟았다. 그러나 A집단군 7개 전차사단의 전차 1,800대는 아르덴 계곡들을 따라 가벼운 저항을 쉽게 물리치고 5월 12일에 뫼즈강을 건너기 시작했다. 이어 서쪽 바다를 향해 빠르게 진격했다. 그 충격으로 프랑스군은 건잡을 수 없이 무너졌다. 전차부대의 충격도 컸지만, 독일 공군의 폭격기들의 집요한 공습은 프랑스군의 저항 의지를 꺾었다. 마침내 5월 20일 구데리안이 이끈 2전차사단과 10전차사단은 솜강 입구의 아브빌에 이르렀다. 독일군 전차부대의 '철벽'에 의해 프랑스군이 둘로 나뉜 것이었다. 이로써 프랑스의 운명은 실질적으로 결정되었다.

남쪽으로 탈출할 수 없게 되자, 영국군은 해상 철수를 시도했다. 프랑스 북부 항구 도시 됭케르크(영어 이름은 던커크)로 집결한 연합군은 5월 27일부터 6월 4일까지 작은 배들을 타고 영국으로 철수했다. 이 작전으로 영국군 23만 명과 프랑스군 및 벨기에군 11만 명이 살아남았다. 프랑스군은 바로 프랑스로 복귀해서 남쪽에서 아직 싸우는 프랑스군과 합류했다. 됭케르크 북쪽에서 포위된 벨기에군 주력은 5월 28일 항복했다. 네덜란드는 이미 5월 14일에 항복한 터였다.

북쪽을 완전히 장악한 독일군은 6월 5일 남쪽의 프랑스군을 공격하기 시작했다. 서쪽에선 롬멜의 전차사단이 프랑스군의 저항선을 뚫고서 센강을 건넜고, 동쪽에선 구데리안의 전차군단이 진격해서 마지노선을 지키던 프랑스군이 고립되었다. 전선이 완전히 무너지자, 6월 12일 프랑스군 사령관 막심 베이강(Maxime Weygand) 대장은 내각에 전쟁에서 졌음을 알리고 휴전을 건의했다. 6월 14일엔 독일군이 파리에 입성했고, 6월 16일 프랑스 정부 수반이 된 필립 페탱(Philippe Pétain) 원수는 히틀러에게 휴전을 요청했다. 마침내 6월 22일 프랑스 콩피에뉴 숲에 있는 열차에서 히틀러와 페탱 사이에 휴전조약이 체결되었다. 그 열차는 1918년 제1차 세계대전에서 패배한 독일이 항복 문서에 서명했던 곳이었다.

프랑스, 영국, 벨기에 및 네덜란드의 저항을 단숨에 무너뜨리고 유럽 서부를 점령하자, 독일군의 위세는 세상을 덮었다. 서유럽에선 영국만이 가까스로 독일의 침공을 막아 내고 있었다. 폴란드 침공에서 독일군이 전격작전으로 단숨에 이겼을 때, 폴란드군의 전력이 그리 강하지 않았으므로 독일군과 전격작전에 대한 평가는 유보적이었다. 이제 독일군의 전력과 전격작전의 위력이 증명된 것이었다.

나치 독일의 흥기

“독일이 아무리 강하다 해도, 혼자서 여러 나라들과 싸워서 이길 수는 없어.”

온기 없는 햇살을 보내는 해를 흘긋 올려다보면서 이승만이 말했다.

"그렇긴 합니다만…." 장기영이 고개를 저었다. "왜 독일이 그렇게 강성해지도록 놓아두었는지, 영국과 프랑스는 왜 그렇게 무력했는지, 전 이해를 못 하겠습니다. 1차 대전에서 패배해서 쇠퇴했던 독일이 20년도 채 안 되어 다시 일어선 것 아닙니까?"

이승만이 씁쓸하게 입맛을 다셨다. "일본이 그렇게 강성해지도록 놓아둔 것과 똑같지."

"그런가요?"

"일본이 조선을 병합했을 때, 미국이 일본을 제어하지 못한 것이 끝내 이 지경에 이르도록 했잖나? 마찬가지로, 독일이 처음 재무장을 시도했을 때 그것을 막지 못한 것이 이 모든 것의 시작이었네. 무슨 문제든지 처음에 원칙에 따라 처리하지 못하면 걷잡을 수 없이 커진다는 이치가 이번에도 작동한 거지."

1933년 1월 히틀러는 파울 폰 힌덴부르크(Paul von Hindenburg) 대통령의 요청으로 독일 수상이 되었다. 힌덴부르크는 노쇠했으므로, 강력한 나치 세력을 거느린 히틀러는 바로 정국을 주도하기 시작했다. 1933년 8월 힌덴부르크가 죽자 히틀러는 대통령도 겸직하게 되어 권력을 완전히 장악했다. 이런 사정을 반영해서 그는 자신의 직책도 총통(der Führer)이라 정했다.

독일 사회에 대한 통제를 충분히 강화하자, 히틀러는 눈길을 해외로 돌려 자신의 공격적 민족주의를 실현하는 데 힘을 쏟았다. 이 일에서 군사력은 핵심적 역량이었으므로, 그는 제1차 세계대전 이후 국제 질서의 바탕이었던 베르사유 조약을 허물어 독일에 강요된 군사적 제약들을 푸는 데 주력했다. 그의 선전은 능란해서, 베르사유 조약이 독일에게 지나치게 가혹하다는 인식이 널리 퍼졌다.

범독일주의(pan-Germanism)를 추종하며 독일 민족의 통합을 추구한 히틀러가 첫 목표로 삼은 곳은 민족이 같은 오스트리아였다. 제1차 세계대전에서 패배해서 해체된 오스트리아·헝가리 제국의 그루터기 국가인 오스트리아는 당시 승전국 이탈리아의 영향권 안에 있었고, 무솔리니(Benito Mussolini)의 지원을 받는 엥겔베르트 돌푸스(Engelbert Dollfuss)가 독재 권력을 쥐고 있었다. 그러나 오스트리아와 독일의 합병(Anschluss)를 꾀하는 오스트리아 나치는 돌푸스 정권을 전복시키려고 독일의 공개적 지원을 받으면서 테러를 자행했다. 무솔리니는 히틀러에게 오스트리아가 이탈리아의 영향권 안에 있다는 사실을 강조하며 오스트리아 나치의 테러를 중단시키라고 거듭 요구했다.

마침내 1934년 7월 25일 오스트리아 나치가 정변을 일으켜 정부 청사를 점령하고 돌푸스를 살해한 뒤 독일과의 합병이 임박했다고 발표했다. 무솔리니는 오스트리아 국경에 병력을 집결하고, 만일 독일이 오스트리아를 침공하면 이탈리아는 독일과 전쟁을 하겠다고 히틀러에게 경고했다. 독일은 이탈리아와 전쟁을 할 준비가 되어 있지 않았으므로, 히틀러는 자신이 지시한 오스트리아 나치의 정변이 자신과 무관하다고 발뺌하고 오스트리아에 대한 무력 침공을 포기했다. 무솔리니의 지원에 힘입어 오스트리아 정부는 나치의 정변을 손쉽게 진압했다.

1935년 가을 독일은 심각한 경제 위기를 맞았다. 물가는 빠르게 올랐고 보유 외환은 급격하게 줄어들었으며 독일 시민들의 생활 수준은 갑자기 낮아졌다. 자원이 군비 확장에 우선적으로 배정되었으므로 식량이 부족해져서 '식량 위기'란 말이 일상어가 되었다. 자연히 나치 정권에 대한 시민들의 지지도도 곤두박질쳤다. 히틀러의 군비 확장 정책으로 독일 경제가 1933년과 1934년에 활기를 보였었고 덕분에 나치 정권이 안정되어 가던 터라, 히틀러로선 급히 대책을 찾아야 했다. 이런 경우에 압제적 정권이 본능적으로 택하는 대로, 히틀러도 국민들의 관심을 해외로 돌리려 했다. 그가 고른 것은 '라인란트의 재무장'이었다.

베르사유 조약에 따라 독일은 "라인강의 좌안左岸이나 라인강 동쪽 50킬로미터에 그어진 선의 서쪽 라인강 우안右岸 지역에 어떤 방어 시설도 유지하거나 건축하는 것이 금지"되었다. 만일 독일이 이 규정을 어떤 방식으로든지 어기면, 그것은 적대적 행위를 저지르고 세계 평화를 교란하는 것으로 간주될 터였다. 라인강 서쪽 지역인 라인란트는 9천 평방마일로 중심 도시는 쾰른이었다. 1925년의 로카르노 조약은 이런 규정을 확인했다. 독일, 프랑스, 이탈리아, 영국 그리고 벨기에가 참여한 이 조약은 당시의 국경을 서로 인정하고, 침공하는 나라는 다른 나라들이 응징한다는 내용을 담았다.

당시 프랑스는 동부 유럽의 여러 약소국들과 동맹을 맺어서 독일을 견제했다. '방역선防疫線'이라 불린 이 동맹은 프랑스가 폴란드, 체코슬로바키아, 루마니아 및 유고슬라비아와 맺은 동맹조약들로 이루어졌다. 독일이 방역선에 포함된 나라를 공격하면 프랑스는 바로 서부 전선에서 독일을 공격한다는 개념이었다. 만일 독일이 프랑스와의 국경에 강고한 방어선을 구축하면 프랑스군이 독일군을 공격하기 어려워지므로, 이런 개념은 비현실적이 될 터였다. 그래서 라인란트의 비무장은 방역선의 바탕이었고 유럽의 안보에 대한 가장 중요한 보장이었다.

이처럼 라인란트의 비무장이 중요했으므로, 라인란트를 재무장하려는 독일의 시도는 국제사회의 큰 우려를 낳고, 특히 로카르노 조약의 당사국들인 프랑스, 영국 및 이탈리아의 물리적 대응을 부를 터였다. 이때 세 개의 사건들이 일어나서 히틀러에게 라인란트의 재무장을 시도할 기회를 제공했다.

하나는 1935년 5월에 프랑스와 소련이 '상호원조조약'을 맺은 일이었다. 이 조약은 국제연맹 규정과 로카르노 조약에 위배되지 않았다. 독일이 프랑스나 소련을 공격하면 서부와 동부의 양 전선에서 싸우게 된다는 명백한 사실을 선언했다는 뜻 말고는 현실적 효과도 없었다. 그러나 이 조약은 히틀러가 라인란트의 재무장을 프랑스와 소련의 "포위"에 대한 "방어적 조치"라고 선전하는 데 이용되었다.

또 하나는 이탈리아의 에티오피아 침략이었다. 유럽 열강의 식민 제국들이 무너져 가는 시기에 뒤늦게 북아프리카에 식민 제국을 건설하겠다고 나선 무솔리니의 야심에 따라, 1935년 10월 이탈리아는 에티오피아를 침공했다. 현대적 군대인 이탈리아군은 원시적 무기를 갖춘 에티오피아군을 쉽게 깨뜨렸고, 에티오피아군의 유격전에 대해선 민간인들의 학살과 화학 무기의 사용으로 대응했다. 이탈리아군의 이런 만행으로 에티오피아 인구의 7퍼센트가량이 죽었다.

영국은 이탈리아에 대한 경제 제재 결의안을 국제연맹에 제출했다. 프랑스는 곤혹스러운 처지로 몰렸다. 프랑스는 진정한 적은 히틀러지 무솔리니가 아니라고 옳게 판단했다. 무엇보다도, 로카르노 조약의 참가국이자 큰 군사력을 지닌 이탈리아와 사이가 벌어지는 것을 걱정했다. 영국과의 관계는 장기적으로 훨씬 중요했다. 그래서 프랑스는 영국의 제안에 대해 거부권을 행사하지 않았지만, 대신 경제 제재의 내용을 약화시켰다. 지중해와 북아프리카에서 패권을 놓고 다투는 영국과 이탈리아 사이에서 양쪽 모두 만족시킬 길을 찾으려 한 것이었다. 그러나 그것은 애초에 불가능한 일이었고 결국 프랑스는 양쪽의 호의를 다 잃었다. 영국은 프랑스가 원하는 독일 침공에 대한 안전 보장을 거부했다. 국제연맹의 경제 제재에 분노한 무솔리니는 히틀러와의 화해를 모색하기 시작했다.

셋째 사건은 프랑스에서 피에르 라발(Pierre Laval) 내각이 무너지고 잠정 내각이 들어선 것이었다. 라발은 프랑스엔 독일이 진정한 위협임을 깨닫고 독일의 재무장에 대한 대응에 주력했다. 그러나 그는 대중적 인기가 없었고 다수당의 지지도 받지 못했다. 1936년 1월 라발이 사임하자, 선거가 실시되기까지 기능할 잠정 내각은 알베르 사로(Albert Sarraut)가 이끌었다. 잠정 내각엔 우파, 중도파, 좌파가 모두 참여해서, 중요한 일들마다 의견들이 크게 엇갈렸고 내각은 합의를 도출할 길이 없었다. 독일이 재무장을 시도하는 시기에 프랑스 정부가 실질적으로 마비되었다는 사실은 히틀러를 고무했다.

1936년 2월 12일 히틀러는 국방상 베르너 폰 블롬베르크(Werner von Blomberg) 원수에게 라인란트의 재무장 계획을 통보하고, 총사령관 베르너 폰 프리치(Werner von Fritsch) 대장에게 라인란트에 수개 보병대대와 1개 포대를 보내는 데 걸릴 시간에 대해 물었다. 프리치는 3일 걸린다고 대답했다. 이들 군부 지도자들은 라인란트의 재무장이 프랑스의 반발을 불러 전쟁이 날 가능성이 크며, 그 경우 독일군은 프랑스군을 막아 낼 힘이 없다는 의견을 제시했다. 히틀러는 "만일 프랑스군이 반격하면 바로 철군하겠다"고 그들을 안심시켰다. 그러나 히틀러 자신은 프랑스가 반격하지 않으리라고 확신했다.

1936년 3월 7일 아침, 독일군 19개 보병대대들과 항공기 몇 대가 라인란트로 들어섰다. '겨울 연습'이라는 이름이 붙여진 이 작전으로 독일은 베르사유 조약과 로카르노 조약을 심각하게 위반했다. 독일군은 11시에 라인강에 이르렀고, 3개 대대는 라인강을 건너 좌안으로 들어갔다. 동시에 콘스탄틴 폰 노이라트(Konstantin von Neurath) 독일 외상은 이탈리아, 영국 그리고 프랑스 대사를 불러서, 프랑스가 러시아와 상호원조조약을 체결한 것은 로카르노 조약의 위반이며 독일은 대응 조치로 라인란트의 재점령을 결정했다는 문서를 수교했다.

독일군 정찰대가 독불 국경에 프랑스군 수천이 결집하고 있음을 보고하자, 블롬베르크 원수는 히틀러에게 라인란트로부터의 철군을 애원했다. 히틀러의 마음이 흔들려 철군을 수락하려 할 때, 프랑스가 개입하지 않으리라는 정보를 가진 노이라트 외상이 히틀러를 안심시켰고 '겨울 연습' 작전은 계획대로 진행되었다.

독일군의 라인란트 재점령에 대해서 프랑스 정부는 확고한 대응을 하지 못했다. 원래 잠정 내각이라 의사 결정을 제대로 할 수 없는 데다가, 재정이 거의 파산 지경에 이른 터라 전비 걱정을 해야 했다. 무엇보다도, 각료들이 다가오는 선거에 관심을 쏟았고 인기 없는 전쟁을 극력 피하려 했다.

프랑스 군부는 더욱 무력했다. 프랑스군 총사령관 모리스 가믈랭(Maurice Gamelin) 대장은 정보부대가 올린 라인란트의 독일군 병력을 터무니없이 부풀려 내각에 보고했다. 라인강 좌안에 실제로 들어온 독일군은 3천 명에 지나지 않았지만, 그는 준군사조직과 경찰을 정규군에 포함시켜 29만 5천 명으로 만들었다. 아울러, 라인란트의 독일군을 몰아내려면 독일과의 전면전을 치러야 한다면서, 최악의 시나리오에 바탕을 둔 전쟁 경비를 계산해서 함께 보고했다. 즉, 가믈랭은 전쟁의 위험을 무릎쓰기보다는 라인란트의 재무장을 허용하자는 주장을 편 것이다.

이렇게 해서 라인란트의 재무장은 성공했다. 당사자인 프랑스 정부와 군부는 무력하고 비겁했다. 영국 정부는 독일군이 자기 영토에 들어온 것뿐이라는 여론에 따라 라인란트 재무장이 품은 중대한 함의들을 애써 외면했다. 이탈리아는 독일을 적극적으로 지지했다. 고립주의에 빠진 미국은 라인란트 사태에 개입하기를 거부했고, 루스벨트 대통령은 신문기자들의 질문을 피하려고 낚시 여행을 떠났다. 러시아는 겉으로는 독일을 비난하면서도 비밀리에 독일과의 관계 개선을 시도했다.

라인란트의 재무장이 지닌 전략적 함의를 잘 아는 주변 약소국들은 큰 충격을 받았고, 빠르게 새로운 정세에 적응하기 시작했다. 벨기에는 1920년 이래 지속된 프랑스와의 동맹을 버리고 중립을 선택했다. 프랑스의 '방역선' 동맹국들인 폴란드, 체코슬로바키아, 루마니아 및 유고슬라비아는 라인란트의 재무장으로 독일의 침공을 받을 때 프랑스가 서부 전선에서 독일을 공격할 가망이 전혀 없다는 사실을 잘 인식했고, 거기에 따라 각자도생의 길을 걷기 시작했다.

라인란트의 재무장으로 독일은 국제 질서의 근간인 베르사유 조약과 로카르노 조약을 동시에 위반했다. 독일의 그런 행태를 국제사회가 응징하지 못한 뒤로, 독일의 부당한 위협과 요구를 막는 일은 실질적으로 불가능해졌다. 원칙이 무너지면, 협상을 통한 해결은 강대국의 무리한 요구를 약소국들이 조만간 들어주는 과정에 불과하다. 자연히 독일은 동유럽에서 빠르게 영토와 세력을 늘려 갔다.

돌푸스의 후임인 쿠르트 폰 슈슈니크(Kurt von Schuschnigg) 수상이 독일의 노골적 위협 속에 외롭게 오스트리아의 독립을 지키려 애썼을 때,

영국과 프랑스는 관심을 보이지 않았고, 무솔리니는 중립을 선언했다. 그래서 히틀러는 독립에 관한 국민투표를 시도한 슈슈니크를 협박으로 굴복시킨 뒤, 1938년 3월 손쉽게 오스트리아를 병합했다.

이어 1938년 9월엔 독일, 영국, 프랑스 및 이탈리아가 체코슬로바키아의 주데텐란트를 독일에 할양하는 '뮌헨 협정'을 맺었다. 원래 독자적 역사를 지닌 주데텐란트라는 지역이 있었던 것은 아니다. 체코슬로바키아 북부와 폴란드 남부 사이의 국경에 있는 작은 산맥인 수데티산맥(Sudetic Mountains)이 있었을 따름이다. 독일인들이 많이 거주하는 체코슬로바키아 북부 변경 지역을 독일에 할양하라고 체코슬로바키아에 요구하면서 히틀러가 만들어 붙인 이름에 지나지 않았다.

여러 민족들이 뒤섞여 사는 동유럽에서 독일의 요구는 터무니없고 국제 질서를 근본적으로 뒤흔드는 주장이었다. 그러나 무슨 대가를 치르더라도 독일과의 전쟁을 피해 보려는 영국과 프랑스는 체코슬로바키아에 독일의 요구를 들어주라고 강요했다. 혼자서 막강한 독일과 싸워야 할 처지로 몰린 체코슬로바키아는 결국 뮌헨 협정에 동의했다.

1938년 10월 독일군은 주데텐란트를 점령했다. 그러자 폴란드와 헝가리가 자기 민족이 다수인 지역을 병합하겠다고 체코슬로바키아의 변경 지역을 점령했다. 결국 1939년 3월 독일은 체코슬로바키아의 나머지 지역을 병탄하고 보헤미아·모라비아 보호령을 만들어 괴뢰 정권을 세웠다. 이사이에 히틀러에 호의적인 파시스트 천주교도들은 동부에 슬로바키아 공화국을 세워서 스스로 독일의 위성국가가 되었다.

뮌헨 회담에서 돌아와 영국 시민들의 열렬한 환호를 받으면서 네빌 체임벌린(Neville Chamberlain)이 "명예로운 평화"를 가져왔다고 자찬한 지 반년이 채 못 되어, 멀쩡한 나라 하나가 사라진 것이었다. 그리고 다시 반년이 채 못 되어, 독일군은 폴란드를 침공해서 드디어 제2차 세계 대전이 일어났다. 독일과 소련 사이의 비밀협약에 따라 소련이 동쪽에서 폴란드를 침공하자, 폴란드군은 빠르게 무너져서 결국 폴란드는 독일과 소련이 분할 점령했다. 독일의 체코슬로바키아 침공에 편승해서 그 영토의 일부를 빼앗은 지 한 해가 채 못 되어 폴란드 자신이 멸망한 것이었다.

독일이 폴란드를 침공하자, 프랑스와 영국도 전쟁을 피할 수 없다는 것을 깨닫고 독일에 대해 선전포고를 했다. 그러나 실질적으로 폴란드를 도울 길은 없었다. 독일에 대한 서부 전선을 열어서 폴란드를 지원하는 길이 있었지만, 이미 라인란트에 방어선을 구축한 독일군에 대해 공세를 펼 정치적 의지도 군사적 결단도 부족했다. 1939년 9월 1일 독일군이 폴란드를 침공했을 때, 그들은 신속한 승리를 위해 주력을 동부 전선에 투입했다. 서부 전선에 배치된 독일군은 23개 사단에 지나지 않았고, 독일군 지휘부는 병력의 부족을 걱정했다. 실제로 당시 프랑스군은 여러 곱절 되는 병력을 동원할 수 있었다. 그러나 프랑스군은 거의 움직이지 않았고, 한 달 뒤 독일군이 재배치되자 바로 주저항선인 마지노선으로 철수했다. 그리고 독일군이 전격작전을 준비할 동안 움직이지 않았다.

'가짜 전쟁'이라 불린 이 대치 상황은 독일군의 기습으로 프랑스군과 영국군이 괴멸되면서 끝났다. 당시 독일군이 보유한 무기들, 특히 전차는 상당 부분이 체코슬로바키아에서 얻은 것들이었다. 체코슬로바키아는 중공업과 무기 산업에서 당시 가장 앞섰었고 경제력도 상당했었다. 그 자원들이 모두 프랑스와 영국을 공격하는 데 쓰였다.

히틀러의 라인란트 재무장 시도부터 체코슬로바키아 분할에 이르기까지, 영국과 프랑스의 목표는 유화 정책을 통한 전쟁의 회피였다. 그러나 그들은 결국 전쟁을 치렀다. 그것도 훨씬 강력해진 적과. 뮌헨 회담 바로 뒤 "영국은 전쟁과 수치 사이에서 선택해야 했다. 영국은 수치를 골랐고, 전쟁을 얻을 것이다"라고 한 처칠(Winston Churchill)의 예언이 단 한 해도 지나지 않아 실현된 것이다.

"내 생각엔 1936년이 운명적 해였어. 히틀러가 라인란트 재무장에 성공하면서, 독일의 득세는 필연적으로 되었어. 늘 첫 대결이 중요하지. 거기서 강대국의 위협에 주눅이 들어 기본 원칙을 지키지 못하면, 그 뒤로는 강대국의 점점 무도해지는 요구들에 맞설 수 없어. 일본에 대해서도 독일에 대해서도 자유세계는 첫 대결에서 비겁하게 물러났어. 그래서 큰 대가를 치르게 된 거지."

"알겠습니다." 장기영이 잠시 생각을 가다듬었다. "그런데, 박사님, 히틀러는 왜 러시아를 공격했습니까? 잘 이해가 되지 않습니다."

"여러 가지 이유들이 있겠지." 이승만이 싸늘한 겨울 하늘을 올려다보면서 한숨을 쉬었다. "무슨 일이든 찬찬히 들여다보면 복잡한 요인들이 얽혀서 나왔다는 것을 깨닫게 되지."

"그렇습니다." 장이 선뜻 동의했다.

"역사적 이유들도 있을 테고. 개인적 이유들도 있을 테고. 독일과 러시아 사이의 싸움엔 역사적 조건들이 특히 크게 작용하는 것 같아. 이번 전쟁은 튜튼족하고 슬라브족 사이의 긴 싸움에서 마지막으로 나온 에피소드라고 할 수 있거든."

튜튼족과 슬라브족의 역사적 갈등

이제 독일군이 휩쓴 서유럽에선 영국 혼자서 힘겹게 버티고 있었다. 섬나라 영국을 침공하는 일은 해군력이 약한 독일로선 무척 어려웠다. 그래서 공군의 폭격만으로 영국을 굴복시키려 했지만, 두 나라 공군 사이에 벌어진 '영국 싸움(Battle of Britain)'은 독일군의 패배로 끝났다.

원래 히틀러는 영국에 무척 호의적이었다. 그는 영국 민족이 튜튼족에 속해서 독일 민족에 버금가는 민족이라 여겼다. 그리고 본질적으로 대륙 세력인 독일과 해양 세력인 영국은 협력할 수 있다고 보았다. 그는 영국의 패배로 독일이 얻을 것은 거의 없고 다른 나라들이 어부지리를 얻으리라고 판단했다. 영국이 몰락하면 동아시아에선 일본이, 인도에선 러시아가, 지중해에선 이탈리아가, 그리고 세계 무역에선 미국이 영국을 대신하리라고 보았다. 그리고 그런 판단은 현실적이었다. 그런 견해에 따라, 그는 독일이 유럽 대륙의 종주국이 되고 영국은 해양을 지배하는 국가가 되어 공존하는 방안을 영국에 제시했다. 그러나 처칠은 이런 공존 방안을 거부하고 독일군의 공격에 완강하게 저항했다.

영국의 정복에 큰 자원을 쓸 마음이 없던 히틀러는 대신 러시아를 침공하는 계획을 세웠다. 이것은 위험한 결정이었다. 서부 전선에서 아직 영국이 버티고 있는데 동부 전선에서 강대국 러시아를 치러 나선 것은 더할 나위 없이 무모했다. 더구나 독일은 러시아와 불가침조약을 맺어서 사이가 좋은 편이었고 전쟁 수행에 필요한 물자를 러시아로부터 많이 수입하고 있었다. 그래도 히틀러는 독일이 꼭 러시아를 지배해야 한다고 믿었다. 러시아 침공 작전을 '바르바로사 작전'이라 부른 데서 그의 생각이 드러났다. 바르바로사(Barbarossa, '붉은 수염')는 12세기 신성 로마 제국 황제 프리드리히 1세의 별명인데, 그는 제국의 영토를 넓히고 학문을 일으키고 사회를 안정시키고 교역을 장려해서 후대 독일인들의 숭배를 받아 왔다. 독일에 전해 온 설화에 따르면, 바르바로사는 죽지 않고 독일 중부의 튀링겐 숲에 잠들었으며, 독일이 위급해지면 긴 잠에서 깨어나 독일을 구할 터였다. 히틀러는 자신을 바르바로사로 여긴 것이었다.

히틀러가 러시아를 침공한 근본적 이유는 그의 인종주의적 편견이었다. 잘 알려진 대로, 그는 독일 민족이 가장 우수하고 다른 민족들은 열등하다고 확신했다. 그는 유대인들을 이 세상의 악의 화신으로 여겨서 특히 혐오했고 그들을 말살하려 했다. 그의 인종적 위계에서 슬라브족은 열등한 민족들에 속했다. 그는 독일 민족의 동쪽 이웃인 슬라브족을 특히 혐오하고 두려워했다. 슬라브족에 대한 그의 편견은 독일 민족이 속한 튜튼족과 슬라브족 사이의 오랜 갈등에서 비롯했고, 자연히 뿌리가 깊었다.

대략 1만 2천 년 전에 '마지막 빙하기'가 끝나자, 유라시아 대륙 중심부는 대부분 초원과 사막이 되었다. 그렇게 척박한 환경에서 목축으로 가난하게 살아온 유목민들은 바다 연안 지역 농업 사회들의 풍요로움을 탐냈다. 그들은 늘 지중해 연안, 서부 유럽, 페르시아, 메소포타미아, 중국, 인도와 같은 발전된 사회들을 침입하려고 시도했다. 실제로 유라시아 대륙의 역사는 중심부의 유목민들과 바다 연안 농업 사회들 사이의 대결의 역사였다. 거친 환경 속에서 단련된 유목민들은 그런 대결에서 자주 이겨 정복 왕조들을 세웠다.

고대 문명이 가장 일찍 일어난 곳은 메소포타미아와 이집트였다. 이

두 문명에 가까웠으므로, 지중해 북부 연안의 그리스와 로마는 발전된 문명을 누렸고 제국을 이루었다. 이들 제국의 바로 북쪽 유럽 대륙의 중심부는 삼림이 무성해서 부족을 이룬 민족들이 살았다. 뒤에 켈트족이라 불리게 된 이 야만족들은 로마를 자주 침범했다. 로마가 강력해지자 이들은 점차 로마에 복속했다. 지금의 프랑스 지역에 살던 켈트족을 로마 사람들은 '갈리'라 불렀고 거기서 '골(Gaul)족'이라는 명칭이 유래했다.

유럽 북부에서 청동기 시대가 끝나 가던 기원전 5세기경에 튜튼족 또는 게르만족이라 불린 민족이 북쪽에서 나타나 켈트족을 밀어내기 시작했다. 이들은 원래 스웨덴 남부, 덴마크반도 및 독일 북부의 발트해 연안에 살았는데, 세력이 갑자기 강성해져서 로마 문명의 영향을 상대적으로 많이 받은 켈트족을 압박했다. 로마는 골족의 협력을 얻어 이들의 진출을 막았다. 로마 제국이 실질적으로 세워진 아우구스투스 치세에 로마의 북쪽 국경은 라인강과 도나우강이었고, 그 북쪽으로 진출하려는 로마의 시도는 튜튼족의 완강한 저항으로 끝내 실패했다.

4세기에 동쪽에서 훈족이 갑자기 나타나서 튜튼족을 압박했다. 그들은 370년경에 동고트 왕국을 깨뜨리고 지금 독일 지역을 장악했다. 훈족은 중국 대륙 북부에서 기원전 3세기 말엽부터 기원후 1세기 말엽까지 400년 동안 강성했던 흉노匈奴족의 후예로 추정된다. 유라시아 대륙 중심부의 광대한 초원은 사막이 있는 몽골 지역에서 서쪽으로 갈수록 기름져서, 민족들은 늘 서쪽으로 이동했다. 그래서 중국 왕조에 쫓겨 서쪽으로 이주한 유목 민족들은 점점 강성해지곤 했다. 기원전 3세기 흉노족에게 쫓겨 중앙아시아 아무다리야강 유역으로 이주한 대월지大月氏는 곧 세력을 회복하고서 방대한 지역을 다스렸다. 대월지의 토착 제후들 가운데 하나가 인도의 쿠샨 왕조를 세웠다. 12세기 초엽에 거란족의 요遼가 여진족의 금金에게 멸망하자, 요의 왕족 야율대석耶律大石이 남은 세력을 이끌고 중앙아시아로 이주해서 서요西遼를 세웠다. 80년 동안 이어진 서요의 활약은 중앙아시아 사람들에게 깊은 인상을 남겨, 거란을 뜻하는 '키타이(Kitai)'에서 나온 '카타이(Cathay)'가 서양에선 중국을 뜻하게 되었다.

흉노도 비슷한 과정을 거쳐 200여 년 뒤에 유럽을 침공한 것으로 보인다. 어쨌든 훈족은 5세기 중엽 뛰어난 지도자 아틸라(Attila)의 영도 아래 독일 지역을 거의 다 차지하는 제국을 이루었다. 그가 죽은 뒤 그의 제국은 이내 무너졌지만, 훈족의 침입과 지배는 튜튼족에 큰 충격을 주어서 고대 말기 유럽의 가장 큰 사건인 '민족 대이동'을 불렀다. 북해 연안의 앵글족과 색슨족은 훈족의 압박을 피해 바다 건너 영국을 침입했고, 고트족은 로마 제국 경내로 피란한 뒤 눌러앉았다. 이어 고트족은 서로마 제국을 멸망시키고 이탈리아와 스페인의 지배자가 되었다. 반달족은 지브랄타르 해협을 건너 북아프리카에 왕국을 세웠다.

야성은 잃기 쉬운 특질이다. 풍요로운 농경 사회를 정복하고 안락한 삶을 누리다 보면, 강인한 유목민 군대도 고된 훈련과 위험한 싸움을 회피하게 된다. 그래서 대륙의 중심부에서 새로 일어나서 야성을 지닌 유목민 군대에게 정복당하거나 원주민들의 봉기로 무너지곤 했다. 로마 시민들이 야성을 잃지 않았을 때, 로마 군대는 야만족들을 어렵지 않게 물리칠 수 있었다. 그러나 로마 시민들이 사치와 향락에 젖어 야성을 잃자 야만족들에게 무기력하게 정복당했다. 야만족들도 마찬가지여서, 로마 문명의 영향을 더 오래 더 깊이 받은 민족일수록 야성을 더 많이 잃었고 그래서 자신보다 더 야만적인 민족에게 밀려났다. 골족은 튜튼족에 밀렸고, 튜튼족은 훈족에 밀렸다.

이처럼 튜튼족이 서쪽과 남쪽으로 진출하면서 비워 놓은 땅으로 슬라브족이 동쪽에서 밀려와서 정착했다. 슬라브족은 그리스나 로마와의 접촉이 아주 적어서 튜튼족보다 문화 수준이 낮았다. 그래도 슬라브족은 유럽에서 가장 너른 지역을 차지했고 인구도 가장 많았다. 현대에 슬라브족은 셋으로 나뉘었다. 동슬라브족은 러시아와 우크라이나, 벨라루스를 포함한다. 서슬라브족은 폴란드와 체코, 슬로바키아를 포함한다. 남슬라브족은 옛 유고슬라비아(세르비아, 크로아티아, 슬로베니아, 보스니아, 마케도니아 및 코소보)와 불가리아를 포함한다. 동슬라브족이 가장 크고, 서슬라브족은 동슬라브족의 4분의 1가량 되고, 남슬라브족은 서슬라브족의 절반가량 된다.

튜튼족과 슬라브족 사이의 경계는 중세 초기까지 대체로 엘베강이었다. 그 강 서쪽에 튜튼족이 살았고 동쪽에 슬라브족이 살았다. 튜튼족의 다수를 아울렀던 프랑크 왕국이 동서로 나뉘어 동쪽은 독일로 진화하고 서쪽은 프랑스로 진화했는데, 독일 지역의 튜튼족은 엘베강을 건너 동쪽으로 진출하기 시작했다. 자연히 두 민족 사이엔 치열한 싸움이 벌어졌고 서로 미워하고 두려워하게 되었다.

13세기까지 독일 민족은 엘베강과 오데르강 사이의 슬라브족을 압도해서 영토를 넓혔다. 이 과정에서 '튜튼 기사단'이 중심적 역할을 했다. 12세기 말엽 십자군 운동에 참여했던 독일 기사들이 팔레스타인의 아크레에서 결성한 이 기사단은 그곳에서 활발하게 움직였지만, 곧 팔레스타인에서 기독교 세력이 뻗어 나가기 어렵다고 판단했다. 그들은 독일로 돌아와 근거를 마련한 다음 '동방 진출 정책'을 추구했다. 이 정책은 성공해서, 그들은 슬라브족의 거주지 깊숙이 진출해서 프로이센을 독일 영토로 만들고 식민 사업을 활발히 추진했다.

튜튼 기사단의 진출은 당연히 슬라브족의 거센 저항을 만났다. 1410년 7월 15일 동프로이센의 작은 마을들인 타넨베르크와 그룬발트 사이에서 튜튼 기사단은 폴란드와 리투아니아의 연합군과 싸웠다. '타넨베르크 싸움' 또는 '그룬발트 싸움'이라 불리게 된 이 싸움에서 튜튼 기사단은 연합군에게 참패했다. 그 충격이 워낙 커서, 튜튼 기사단은 폴란드 왕실에 복속함으로써 겨우 명맥을 유지했다. 튜튼 기사단은 16세기 초엽에 개신교로 개종하면서 해체되었고 프로이센은 공국公國이 되었다. 이후 프로이센은 브란덴부르크와 합쳐져서 프로이센 왕국의 기초가 되었고, 프로이센 왕국은 19세기에 남쪽의 오스트리아·헝가리 제국에 속하지 않은 북부 독일 민족의 통일을 주도했다.

독일이 통일되자, 튜튼족과 슬라브족의 오랜 대립은 독일과 러시아의 대결로 이어졌다. 두 강대국들은 제1차 세계대전에서 거세게 부딪쳤다. '슐리펜 계획'에 따라 독일은 주력을 서부 전선에 두고 동부 전선에선 작은 병력으로 러시아군을 막아 내서 시간을 버는 전략을 수행했다. 1914년 8월 러시아군은 독일군의 예상보다 훨씬 일찍 훨씬 강력한 병력으로 독일군을 공격했고, 독일군은 위기에 몰렸다. 독일 정부는 은퇴한 힌덴부르크 원수를 복귀시켜 동부 전선의 독일군을 지휘하도록 하고, 서부 전선에서 전공을 세운 루덴도르프(Erich Friedrich Wilhelm Ludendorff)를 참모장으로 임명했다. 루덴도르프는 대담한 기동으로 동프로이센으로 진출한 알렉산드르 삼소노프(Aleksandr Samsomov)의 러시아 제2군을 양익 포위하는 데 성공했고 끝내 큰 승리를 거두었다. 8월 26일부터 31일까지 이어진 이 싸움에 루덴도르프는 '타넨베르크 싸움'

이라는 이름을 붙였다. 타넨베르크는 이 싸움에서 중요한 전투가 벌어진 곳은 아니었지만, 루덴도르프는 1410년 튜튼 기사단이 슬라브족에게 패배한 것을 되갚았다는 것을 강조하고 싶었다. 러시아군이 독일군에 패퇴하자, 러시아는 사회가 불안해져서 결국 공산주의 혁명이 일어났고 바로 독일과 휴전했다.

히틀러의 판단

"히틀러가 러시아를 침공한 건 이길 자신이 있었다는 얘기 아니겠습니까?" 장기영이 말했다.

"그렇지." 이승만이 말을 받고서 웃음기 없는 웃음을 터뜨렸다. "승산이 없다고 생각했다면, 히틀러가 먼저 싸움을 걸진 않았겠지. 하지만 히틀러는 일본 군부가 중국에 대해서 한 판단 착오를 러시아에 대해서 한 것 같아. 제대로 씹지 못할 것을 베어 문 것이지."

장기영이 고개를 끄덕였다. "그럴 수도 있겠네요."

"몰트케 원수가 한 얘기 있잖나. '어떤 계획도 적과의 첫 접촉에서 살아남지 못한다'고."

"예." 장기영이 웃음을 지으면서 고개를 끄덕였다.

"그런데 말이야," 이승만이 뜻밖으로 밝은 웃음을 지으면서 말했다. "원래 몰트케 원수가 한 말은 '어떤 작전계획도 적 주력과의 첫 대면 뒤엔 확실성을 지니지 못한다'일세."

"아, 그렇습니까?"

"승승장구하던 독일군이 드디어 러시아군 주력과 대면했네. 사정이 좀 달라질 걸세. 히틀러는 지금 너무 크게 베어 문 과일 조각을 삼키지도 내뱉지도 못하고 있네."

히틀러가 자신의 이념을 민족사회주의(National Socialism)라 불렀다는 사실은 그의 충성심이 궁극적으로 독일 민족에 바쳐졌음을 말해 준다. 전체주의의 역사가 뚜렷이 가리키는 것처럼, 특히 세계적 가치를 추구한다고 주장한 러시아의 공산주의가 결국 러시아의 이익에 봉사한 것처럼, 모든 전체주의 이념들은 궁극적으로 민족을 숭배하는 신조로 귀결된다. 개인들을 경멸하고 사회를 높이는 전체주의는 박애와 같은 보편적 가치를 추구할 수 없다.

자연히 히틀러는 독일 민족이 온 세계를 지배하는 질서를 꿈꾸었다. 그는 튜튼족과 슬라브족 사이의 대결이 역사에서 가장 중요한 흐름이라 여겼고, 슬라브족을 정복해서 튜튼족의 '생활권(Lebensraum)'을 넓히고 슬라브족의 지배 아래 사는 200만 명의 독일인들을 구출하는 것이 자신에게 부여된 기본 임무라고 믿었다. 그가 러시아군을 물리친 힌덴부르크로부터 정권을 물려받았다는 사실과 그 싸움에 '타넨베르크 싸움'이라는 이름을 붙인 루덴도르프가 그의 후원자였다는 사실은 그에게 튜튼족과 슬라브족의 투쟁이 지금도 이어지고 있다는 것을 늘 일깨워 주었다. 오스트리아를 병합하고 체코슬로바키아의 주데텐란트를 병탄해서 독일 민족의 완전한 통일을 이룬 것으로 그는 만족할 수는 없었다. 그가 이끈 독일군이 체코슬로바키아, 폴란드, 우크라이나 그리고 러시아를 정복하는 것은 10세기부터 시작된 독일 민족의 '동방 진출 정책'의 계승이자 완성이었다. 게다가 러시아는 '유대인들의 볼셰비키주의'가 차지하고서 보편적 가치를 선전하고 있었다. '우월한 민족'인 튜튼족이 '열등한 민족'인 슬라브족과 공존하는 상황은 그에게 참을 수 없는 일이었다.

러시아가 점점 강성해지고 위협적이 되어 간다는 사정도 있었다. 러시아는 1940년 6월 라트비아, 리투아니아 및 에스토니아에 군대를 보내 세 나라를 실질적으로 점령했다. 덕분에 러시아는 발트해 연안 지역을 크게 넓혀서 독일이 자신의 내해로 여기고 잠수함 훈련을 하는 발트해에 대한 영향력을 크게 늘렸다. 이어 6월 말엔 러시아가 루마니아를 압박해서 베사라비아와 부코비나를 할양받았다. 러시아의 이런 영토 확장에 대해 이미 몰로토프와 리벤트로프가 맺은 불가침조약의 비밀의정서에서 양해한 터라, 독일은 손을 쓸 수 없었고 히틀러의 불안감은 깊어 갔다.

히틀러는 러시아 서부의 풍부한 자원도 탐이 났다. 러시아 서부를 점령하면 독일에 절실하게 필요한 식량과 석유를 충분히 얻을 수 있었다. 그렇게 되면 독일의 유럽 지배는 확고한 바탕 위에 서게 될 터였다.

히틀러는 마음 깊이 병든 사람이었다. 그러나 병든 마음도 나름으로 논리성과 합리성을 지닌다. 그는 스스로 거대한 목표를 세우고 그 목표를 이루기 위해 대담한 전략을 마련했다. 그리고 역량을 기르면서 결행할 기회가 올 때까지 참을 줄 알았고, 결행에 따른 위험을 줄이려 늘 애썼다.

실제로 히틀러가 러시아 침공을 결정한 직접적 원인은, 이승만과 장기영이 얘기한 것처럼 독일군이 러시아군에게 이길 수 있다고 판단한 것이었다. 그리고 그런 판단은, 비록 잘못된 것으로 드러났지만, 당시엔 나름으로 객관적 근거들을 지녔었다.

히틀러는 러시아가 독일보다 훨씬 큰 나라고 중심부가 국경에서 멀리 떨어져서 아주 위험한 상대라는 것을 잘 알았다. 특히 전쟁이 오래 끌면 도저히 러시아를 이길 수 없다고 보았다. 그러나 독일군은 러시아군보다 질적으로 훨씬 우세하므로, 독일군은 러시아군을 단기간의 작전에서 섬멸할 수 있다고 그는 판단했다.

먼저, 전격작전을 수행할 수 있는 독일군이 규모가 훨씬 큰 러시아군을 쉽게 이길 수 있다는 것이 당시 거의 모든 군사 전문가들의 견해였다. 독일군이 폴란드를 빠르게 점령하고 서부 전선에서 프랑스, 영국, 벨기에 및 네덜란드의 연합군을 쉽게 제압한 터라, 독일군에 대항할 군대는 없다고 모두 생각했다.

다음엔, 1937년과 1938년에 걸쳐 스탈린이 단행한 대규모 숙청으로 러시아군이 아주 허약해졌다고 독일군 정보부서는 믿었다. 스탈린은 먼저 공산당과 비밀경찰에 대한 숙청을 단행했다. 비밀경찰에 대한 숙청은 러시아군의 전력에 직접적 영향을 미쳤으니, 군사 정보를 다루는 기구가 쑥밭이 되었고 해외에서 활동하는 비밀요원들의 태반이 숙청되었다. 이어 군부에 대한 숙청이 대대적으로 시작되었다. 맨 먼저 숙청된 것은 총참모장 미하일 투하쳅스키(Mikhail Tukhachevsky) 원수였다. 러시아 혁명 초기부터 공산당에 충성하면서 러시아군을 강력한 군대로 키워 온 투하쳅스키는 일곱 명의 장군들과 함께 1937년 6월에 처형되었다. 그 뒤로 숙청은 가속되어, 1938년 가을까지 원수 5명 가운데 3명이, 군사령관 15명 가운데 13명이, 사단장 195명 가운데 110명이, 여단장 406명 가운데 186명이 처형되었다. 공산당이 군부를 감시하는 수단인 통제위원(commissar)들에 대한 숙청은 지휘관들에 대한 숙청보다 오히려 더 심했다. 이런 대규모 숙청은 뚜렷한 기준에 따라 이루어진 것이 아니라, 스탈린이 경계하거나 미워한 사람들을 대상으로 삼았다. 특히 러시아 혁명 뒤의 내전에서 트로츠키가 적군赤軍을 지휘했을 때 그와 가까웠던 사람들이 주로 해를 입었다. 그리고 스탈린과 가까웠던 군인들이 군 지휘부를 장악했다. 지휘부가 크게 흔들린 러시아군은 전력이 약화되었다.

러시아 사회를 뿌리째 흔든 스탈린의 대숙청은 스탈린의 불안정한 정신 상태에서 비롯했다. 스탈린이 원래 의심이 많아서 누구의 말도 믿지 않았지만, 대숙청은 워낙 병적이어서 스탈린의 정신 상태에 대한 의심을 낳았다. 스탈린이 죽은 뒤 그의 약 상자에서 다량의 코카인이 발견되었다. 코카인을 복용하면 광란적 흥분과 편집증적 절망을 번갈아 맛본다. 스탈린의 정신 상태에 대해 확실한 판단을 내리기는 어렵지만, 약물 중독으로 원래 음험하고 무자비한 성격이 더욱 깊어졌을 가능성은 크다.

보다 중요하게, 러시아군은 핀란드와의 '겨울 전쟁'에서 예상 밖으로 큰 어려움을 겪었다. 자연히 히틀러의 이미 낮았던 러시아군에 대한 평가는 더욱 낮아졌다. 1939년 10월 러시아는 핀란드에게 전략적으로 중요한 카렐 지협과 한코반도를 할양하라고 강요했다. 핀란드가 거부하자, 11월에 러시아군은 핀란드를 침공했다. 핀란드군은 유격전을 펴면서 완강하게 저항했고, 러시아군은 큰 피해를 입었다. 국제연맹은 인근 국가들에 핀란드를 도우라고 권고했지만, 도우려는 국가는 없었다. 1940년 3월 전력이 다한 핀란드는 러시아에 남동부 지역을 할양하는 평화조약을 맺었다. 작은 핀란드군에게 거대한 러시아군이 고전하면서, 사람들은 러시아군이 허약하다는 인상을 받았다. 처칠은 방송에서 "핀란드는 러시아군의 군사적 무력을 온 세계에 보여 주었다"고 평했다. 히틀러도 처칠과 생각이 같았다.

'겨울 전쟁'에서 핀란드군은 유격전을 펴면서 완강하게 저항했고, 러시아군은 큰 피해를 입었다.

히틀러와는 달리, 독일군 지휘관들은 처음부터 러시아와의 전쟁에 대해 회의적이었다. 인구와 영토가 독일보다 훨씬 큰 러시아와 싸우는 것은 너무 큰 모험이었다. 그러나 히틀러의 확고한 뜻을 안 뒤엔 누구도 절대적 권위를 지닌 총통의 계획에 반대하지 못했다. 그리고 히틀러의 뜻에 따라 낙관적 전망에 바탕을 둔 작전계획을 마련했다. '바르바로사 작전'이 개시되기 두 달 전, 총사령관 발터 폰 브라우히치(Walter von Brauchitsch) 원수는 "대규모 변경 전투들이 예상됨. 4주간 지속될 것임"이라고 기록했다. 히틀러는 남부집단군을 이끌 게르트 폰 룬트슈테트 원수에게 자신 있게 말했다.

"문을 발길로 차면 썩은 집 전체가 무너질 것이오."

단숨에 러시아군을 괴멸시킬 수 있다고 판단했으므로, 히틀러는 독일군에게 겨울 작전에 필요한 장비들을 갖추라는 지시조차 내리지 않았다.

적을 얕보는 것은 패배의 길로 들어서는 것이다. 약한 군대와 싸울 때도 신중하게 준비하는 것이 싸움의 원칙이었다. 그래서 위대한 지휘관들은 늘 '압도적 우세'를 추구했다. 직업군인이 아니었고 큰 부대들을 지휘한 적이 없는 히틀러가 러시아와의 전쟁을 낙관하고 자신의 판단을 지휘관들에게 강요한 것이었다.

무엇보다도, 러시아군의 전력에 대한 히틀러의 판단은 크게 잘못된 것이었다. 독일군 정보부서의 정보들이 부정확하거나 틀린 점도 있었고, 히틀러의 러시아에 대한 경멸과 혐오가 그의 판단을 흐리게 한 점도 있었다.

먼저, 러시아군의 전력은 히틀러가 보고받은 것보다 훨씬 강했다. 독일군 정보부서는 러시아군이 서부 전선에 150개 사단을 보유하고 50개 사단을 더 동원할 수 있다고 판단했다. 그래서 히틀러는 120개 사단의 독일군이 러시아군을 격파할 수 있으리라고 여겼다. 독일군이 침공하자 러시아는 바로 200개 사단을 새로 편성해서 도합 360개 사단으로 독일군에 맞섰다. 러시아는 1923년부터 역정보(disinformation)를 담당하는 부서를 만들어 조작된 정보들을 조직적으로 해외에 유포했으므로, 러시아의 전력에 관한 공식적 기록은 상당히 부풀려졌을 가능성이 크다. 그래도 러시아군의 전력이 독일군 정보부서의 판단보다 컸다는 것은 확실하다. 그리고 전쟁이 길어지면 러시아는 시베리아에서 일본군과 대치한 병력의 상당 부분을 서부 전선으로 돌릴 수도 있었다.

러시아군이 갖춘 무기들도 히틀러의 판단과는 달리 현대적이었다. 스탈린이 추진한 중공업 발전 정책은 러시아가 현대적 무기들을 대량 생산할 수 있는 능력을 갖추도록 만들었다. 결정적으로 중요한 무기인 전차의 생산에서 러시아는 독일보다 크게 앞섰다. 독일군 정보부서는 러시아군이 1만 대의 전차를 보유했다고 판단했다. 그래서 3,500대를 보유한 독일군이 상대할 만하다고 독일군 지휘부는 여겼다. 러시아군이 실제로 보유한 전차는 무려 2만 4천 대였다. 그리고 러시아 전차들이 노후했다는 독일군의 판단과는 달리, 러시아는 전차 설계의 선구자인 미국 기술자 월터 크리스티(Walter Christie)로부터 구입한 설계에 바탕을 두고 당시 세계적으로 가장 성능이 우수한 T-34 전차의 개발에 성공한 터였다. 제2차 세계대전에서 활약한 이 전차는 1950년 대한민국을 기습 침공한 북한군이 초기에 거둔 승리에 결정적 공헌을 하게 된다. 항공기 생산에서도 러시아는 우세해서 1941년엔 세계에서 가장 많은 항공기들을 보유하게 된다.

전통적으로 러시아군은 잠재력이 큰 군대였고, 여러 강대국들과의 싸움에서 실력을 입증했었다. 특히 병사들은 애국심이 강했고, 싸움터에선 용감했고, 불리한 여건 속에서도 강인했다. '여순(뤼순) 싸움'이나 '타넨베르크 싸움'과 같은 중요한 전투들에서 러시아군이 패배한 것은 지휘관들이 무능했기 때문이었다. 유능한 지휘관들이 이끄는 러시아군은 어느 나라도 상대하기 버거운 군대였다.

겉보기와 달리, 스탈린의 군부 숙청이 러시아군의 전력에 부정적 영향만을 미친 것은 아니었다. 투하쳅스키처럼 애국적이고 실전 경험이 풍부하며 전쟁에 관해 현대적 견해를 지닌 지휘관들이 사라지고 스탈린과의 친분 덕분에 득세한 지휘관들이 대신한 것은 큰 손실이었다. 살아남은 지휘관들은 대체로 권위에 순종하는 사람들이어서 자질이 떨어졌다는 점도 있었다. 그래도 학살에 가까운 대규모 숙청은 노쇠한 지휘부를 물갈이하는 효과를 낳았다. 1940년 6월 스탈린은 한꺼번에 479명의 소장들을 임명했다. 세계 역사상 가장 대규모의 승진인 이 조치로 러시아군 야전 사령관들은 크게 젊어졌다. 게다가 지휘관들보다 통제위원들이 더 많이 숙청되었고 임무와 권한이 크게 축소되어서 야전 지휘관들의 재량권이 확대된 것은 러시아군으로선 눈에 보이지 않는 혜택이었다.

핀란드 전쟁에서의 고전은 러시아군에겐 '위장된 축복'이었다. 그 전쟁은 러시아군이 숙청으로 무척 약해졌다는 사실을 보여 주었고, 스탈린은 전력 증강에 힘을 쏟았다. 전차군단들을 늘리고, 새로 러시아 영토에 편입된 변경 지역에 방어 시설을 구축하고, 지휘 계통에서 통제위원들의 위치를 격하시켜 상담역에 머물게 하고, 전투에서 능력을 보인 젊은 군인들을 지휘관들로 발탁했다. 이들 가운데 특히 중요한 인물은 1939년의 '할힌골(Khalkhyn-Gol) 싸움'에서 일본군을 격파한 게오르기 주코프(Georgi Konstantinovich Zhukov)였다. 할힌골 싸움을 일본은 '노몬한諾門坎사건'이라 불렀다.

그래서 물질적 면에서 러시아군은 독일군과 대등했고 어쩌면 우위를 누렸을 수도 있었다. 러시아군의 가장 큰 약점은 이번 전쟁에도 지휘관들의 자질이 부족하다는 사실이었다. 무엇보다도, 러시아군 최고지휘관 스탈린이 독일군 최고지휘관 히틀러보다 군사 지휘관으로서의 자질이 부족했다.

바르바로사 작전

"박사님, 독일군이 아직은 유리한 것 아닌가요?"

"글쎄." 입맛을 다시면서 이승만이 잠시 생각했다. "독일군이야 물론 강하지만, 내가 보기엔 전황이 근본적으로 바뀌었어. 독일군이 모스크바 가까이 갔다가 물러났잖아? 막판에 힘이 부친 거야. 나폴레옹은 모스크바를 점령했다가 물러났는데, 히틀러는 모스크바를 점령하지도 못하고 물러났어."

"아, 그렇게 보세요?"

"그렇게 볼 수밖에 없어. 무엇보다도, 러시아는 땅이 너무 넓어. 독일은 단숨에 러시아군을 격파하고 전쟁을 끝낼 수 있다고 생각했겠지만, 그것은 일방적 계산이지. 일본이 중국군을 단숨에 격파하고 전쟁을 끝낼 수 있다고 생각한 것과 같지. 지금 중국을 봐. 일본군은 중국이라는 늪으로 점점 깊이 빠져들잖아? 게다가 러시아군은 중국군하곤 전혀 달라. 첨단 무기들을 갖춘 군대야. 일본군이 '노몬한사건'에서 몰살당했잖아?"

"아, 예."

"독일군이 폴란드와 프랑스에서 선보인 전격작전을 러시아군이 먼저 몽고에서 일본군에 대해서 수행한 거야. 전차부대가 공격하면 공군이 폭격으로 지원하는 전술에 일본군이 속수무책으로 당한 거잖아?"

노몬한사건에 대해서 이승만은 깊은 관심을 갖고 추적한 터였다. 그는 늘 조선에 대한 러시아의 영향에 대해서 걱정했다. 조선조 말기에 러시아는 조선에 대해서 지속적으로 부정적 영향을 미쳤고, 공산당이 다스리는 러시아는 팽창 정책을 더욱 적극적으로 추구하리라고 그는 내다보았다. 그래서 그는 러시아군의 전력에 관한 정보들을 열심히 모았다. 독일의 폴란드 침공 직전에 일어난 전투라서 미국과 유럽에선 큰 관심을 끌지 못했지만, 그는 노몬한사건이 러시아의 전력을 보여 주었다고 여겼다.

일본이 만주를 점령하고 만주국을 세우자, 만주국은 러시아 및 러시아의 보호국인 몽골인민공화국과 긴 국경을 공유하게 되었다. 어쩔 수 없이 러시아군과 일본군 사이에 크고 작은 충돌들이 나오게 되었다. 1939년 만주국과 몽골 사이의 국경을 놓고 일본과 러시아 사이에 분쟁이 일었다. 일본은 국경이 '할힌골'이라 불리는 강이라 주장했고, 러시아는 그 강에서 16킬로미터 동쪽 노몬한 마을 동쪽을 지난다고 주장했다.

1939년 5월 11일 몽골 기병대가 말들에게 풀을 먹이려고 분쟁 지역에 들어오자, 만주국 기병대가 그들을 공격해서 강 너머로 몰아냈다. 이틀 뒤 훨씬 큰 몽골 기병대가 다시 분쟁 지역으로 들어왔고, 만주국 기병대는 그들을 몰아내지 못했다. 다시 이틀 뒤 일본 관동군 23사단의 2개 연대가 진입하자, 몽골 기병대는 강 서쪽으로 물러났다.

마침내 5월 28일 러시아군과 몽골군이 합세하여 일본군과 싸웠는데, 일본군이 참패했다. 그러자 양국은 분쟁 지역의 병력을 증강했다. 일본은 3만 명의 병력을 보냈다. 러시아는 주코프를 제1야전군 사령관으로 임명해서 전차군단과 항공대를 지휘하도록 했다. 6월과 7월에 일본군은 러시아군을 공격했지만, 큰 손실을 입고 성과를 얻지 못했다. 마침내 8월 20일 주코프는 강력한 전차부대와 500대의 항공기를 동원해서 일본군을 양익 포위하는 데 성공했다. 포위를 뚫지 못한 일본군은 완전히 괴멸되었다. 일본도 러시아도 싸움을 계속할 마음이 없었으므로, 9월 15일 휴전이 성립되었다.

"박사님 말씀을 듣고 보니, 정말로 그러하네요."

찬 바람을 받으며 그들은 버스 정류장으로 향했다.

"그리고 겨울은 아직도 두 달 넘게 남았어." 모자를 다독거리면서 이승만이 덧붙였다. "히틀러의 군대가 나폴레옹의 군대와 비슷한 운명을 밟을 것 같다는 생각이 들거든."

"저도 나폴레옹 생각을 했습니다."

"잘 보았네. 나폴레옹의 위협에 대해 니콜라이 일세가 했다는 말이 있잖아? '러시아는 든든한 장군 둘이 있다—일월 장군과 이월 장군.' 지금 러시아에선 일월 장군이 맹위를 떨칠 걸세."

'바르바로사 작전'은 1941년 6월 22일에 개시되었다. 이 날짜는 1812년 나폴레옹의 러시아 침공보다 하루 앞선 것이었지만, 히틀러의 원래 계획보다는 좀 늦은 것이었다. 그해엔 봄철이 늦어서 눈이 늦게 녹았고, 6월 중순까지 강들은 홍수가 나서 땅이 질었다. 그리고 겨울철은 빨리 왔다. 결국 1812년의 나폴레옹의 작전에서와 마찬가지로 바르바로사 작전에서도 기후는 결정적 요인이 되었다.

히틀러도 스탈린도 전체주의 국가의 지도자답게 냉소적이고 무자비했다. 그러나 스탈린은 히틀러보다 전략적 판단에서 뒤졌다. 그는 1939년 이후 자신이 얻어서 러시아로 편입시킨 영토에 대해 큰 자부심을 지녔다. 그는 자신의 탐욕스러운 마음을 히틀러에게 투사해서 히틀러도 그 땅을 탐내리라고 여겼다. 만일 독일군이 러시아를 침공하면 그 땅을 빼앗는 것이 히틀러의 목표일 것이라고 판단했으므로, 그는 그 땅을 지키는 것을 러시아군의 주요 목표로 삼았다. 1941년 봄 그는 새로 편입된 지역의 서쪽 변경에 방어 시설을 구축하는 작업을 서둘렀고 그 방어선을 따라 러시아 병력을 배치했다.

자연히 러시아군은 긴 서쪽 변경을 따라 고루 배치되었고, '종심 깊은 방어'를 펼 수 없었다. 반격에 나설 예비 병력도 없었다. 전차부대들도 변경의 방어선을 따라 고루 배치되어 저지작전이나 반격작전에 대비해서 집중적으로 운용되지 않았다. 일찍이 프리드리히 대왕(Friedrich II)은 말했다. "모든 것을 방어하려는 자는 아무것도 방어하지 못한다." 탐욕에 눈이 흐려진 스탈린은 위대한 군사 지휘관 프리드리히 대왕의 경고를 잊었고, 자신이 이끄는 나라를 치명적 위험에 노출시켰다.

스탈린은 물론 독일을 중시했고 히틀러를 두려워했다. 그래서 독일에 러시아 첩보망을 심으려 애썼다. 그러나 러시아 첩자들은 히틀러의 측근으로 침투하지 못했고 끝내 히틀러의 러시아 침공 결정을 탐지하지 못했다. 독일의 침공이 임박했음을 가리키는 정보들은 독일 이외의 나라들의 정보기관들에서 나왔다. 해외의 러시아 대사들과 무관들 및 첩자들은 독일이 러시아를 침공하려 한다고 보고했다. 미국과 영국을 비롯한 외국 정부들도 자신들이 얻은 정보들을 러시아 정부에 통보했다. 러시아가 조종하는 코민테른의 첩자들은 바르바로사 작전에 동원된 독일군의 배치와 부대별 공격 목표들을 탐지해서 보고했다. 공격 개시일까지도 정확히 알아맞혔다. 그렇게 많은 정보들이 쌓여도, 스탈린은 그런 정보들이 본질적으로 공산주의 러시아에 적대적인 서방 정부들의 공작들에서 나왔다는 생각에 매달렸다.

스탈린은 심지어 러시아군의 정보도 믿지 않았다. 러시아 야전군은 독일 공군기들과 정찰대들이 러시아 영토를 정찰했다고 보고했지만, 그는 일선 지휘관들이 독일군의 공격에 대비해서 부대를 재배치하는 것마저 금했다. 6월 21일 저녁에 국방통제위원 티모셴코(S. K. Timoshenko)와 총참모장 주코프가 독일이 전화선을 끊었고 독일군 탈영병이 6월 22일 새벽 4시에 독일군의 공격이 시작된다고 진술했다고 보고했어도, 그는 독일군이 침공하리라 믿지 않았다.

이처럼 스탈린이 고집스럽게 독일의 위협을 외면한 데엔 개인적 이유도 있었다. 1930년대에 독일에서 나치가 세력을 키우고 히틀러가 권력을 장악했을 때, 러시아에서 나치 독일이 제기하는 위협을 가장 먼저 경고한 사람은 트로츠키였다. 1924년 레닌이 죽은 뒤, 트로츠키는 스탈린과의 권력 투쟁에서 졌다. 그래서 1927년에 공산당에서 쫓겨났고 1929년엔 해외로 추방되었다. 1940년 스탈린이 보낸 자객에게 암살될 때까지 트로츠키는 망명지 멕시코에서 줄곧 히틀러가 조국 러시아에 제기하는 위협을 소리 높여 지적했다. 스탈린은 자신의 오랜 정적이 옳다는 것을 인정할 수 없었고, 그래서 히틀러의 의도가 명백해졌을 때도 독일의 침공 의도를 믿지 않았다. 그래서 독일군이 침공하던 날까지도 독일에 전쟁 물자들을 공급했다.

독일군은 서부 전선에서 갖췄던 3개군 체제를 그대로 유지했다. 빌헬름 폰 레프(Wilhelm von Leeb) 원수가 지휘하는 C집단군은 북부집단군으로 개편되어 발트해 지역의 중심지 레닌그라드를 목표로 삼았다. 페도르 폰 보크(Fedor von Bock) 원수가 지휘하는 B집단군은 중부집단군으로 개편되어 1812년 나폴레옹의 군대가 진격한 길을 따라 민스크와 스몰렌스크를 거쳐 수도 모스크바로 향했다. 룬트슈테트 원수가 지휘하는 A집단군은 남부집단군으로 개편되어 우크라이나의 중심지 키예프로 향했다.

원래 독일군 총참모부와 대부분의 지휘관들은 초기에 모스크바를 점령하는 것이 옳다고 여겼다. 이런 견해는 물론 나폴레옹의 실패에서 얻은 교훈을 반영했다. 모스크바 점령에 자원을 집중하고 빠르게 진격해서 겨울이 닥치기 전에 모스크바를 점령하는 것이 광대한 영토와 많은 인구를 가진 러시아와 싸워서 이기는 길이었다. 중앙으로 권력과 자원이 극도로 집중되는 공산주의 체제에서 모스크바가 지닌 절대적 중요성도 있었다. 스탈린의 통치 아래 모든 권한은 모스크바의 중앙정부로 집중되었다. 도로망이 빈약한 러시아에서 결정적 중요성을 지닌 철도망도 모스크바가 중심이었다.

히틀러의 생각은 달랐다. 그는 러시아군을 초기에 포위해서 격파하는 것이 무엇보다도 중요하다고 여겼다. 그래서 주력인 중부집단군이 둘로 나뉘어 북부집단군과 남부집단군이 각기 발트해 연안과 우크라이나에서 러시아군을 포위하는 데 가담하도록 했다. 독일군 지휘부는 그런 계획에 반대했지만 히틀러는 자신의 뜻을 관철시켰다. 모스크바를 향한 독일군 주력의 진격이 주춤해지면서, 러시아는 모스크바를 방어할 시간을 벌게 되었다. 이런 사정은 독일군의 궁극적 패배에 크게 기여했다. 패전 뒤, 모든 독일군 지휘관들은 독일이 러시아와의 싸움에서 패배한 가장 중요한 원인으로 모스크바 점령에 전력을 집중하지 않았다는 사실을 꼽았다.

어쨌든 침공이 시작되자, 독일군은 얇은 러시아군 방어선을 쉽게 뚫었다. 전차군단들은 하루에 80킬로미터를 진격했다. 보병부대들은 하루에 30킬로미터를 진격하기도 버거웠다. 그래서 독일 전차군단이 러시아군을 포위하면 독일 보병사단들이 섬멸하는 포위작전이 자연스럽게 나왔다.

우세한 독일군의 공세에 러시아군은 적절하게 대응하지 못했다. 전방에 고립된 러시아군 부대들이 빨리 독일군의 포위를 뚫고 후퇴해야 한다는 것을 러시아 지휘관들은 잘 알았다. 그러나 그들은 진지를 지키라는 명령을 내린 스탈린의 문책을 두려워해서 자기 지역을 고수했고, 기관총으로 무장한 처형대의 감시를 받는 병사들은 이탈할 엄두도 내지 못했다. 결국 독일군의 포위망에 갇힌 러시아 병사들은 절망적 용기로 탄약이 다할 때까지 싸우다 죽고, 살아남은 사람들은 포로가 되곤 했다.

독일군과 러시아군 사이의 전쟁은 유난히 야만적이고 무자비한 방식으로 진행되었다. 전쟁이 일어나기 석 달 전에 이미 히틀러는 러시아군을 극도로 무자비하게 다루라고 독일군 지휘관들에게 명령했다.

"러시아에 대한 전쟁은 기사도에 따라 수행될 수 없다. 이 투쟁은 이념과 인종의 차이에서 나온 투쟁이고, 전례 없고 무자비하고 용서하지 않는 냉혹함으로 수행되어야 한다."

이어 그는 러시아가 포로 학대를 금지하는 헤이그 협약에 가입하지 않았으므로, 러시아군 포로들은 그 협정으로 보장된 권리들을 누리지 못한다고 지적했다.

민족사회주의에 물든 독일군 병사들은 러시아군 포로들과 러시아 민간인들을 짓밟고 학살했다. 지휘관들은 그런 만행을 억제하려고 애썼지만, 이미 히틀러의 편견과 증오에 물든 병사들의 행동을 제어하기 어려웠다. 전쟁 초기에 독일군이 획득한 포로들이 워낙 많아서, 독일군엔 그들을 제대로 수용할 능력이 없었다. 어쩔 수 없이 러시아군 포로들은 지옥 같은 상황에서 죽어 갔다. 제2차 세계대전에서 독일군에게 포로가 된 러시아 병사들은 570만 명이었는데, 이들 가운데 330만 명이 죽었다.

독일군의 이런 행태는 독일군에게 직접적으로 불리하게 작용했다. 러시아 병사들은 싸우다 죽는 것보다 독일군에게 붙잡히는 것을 더 두려워하게 되어 절망적 상황에서도 항복하지 않고 끝까지 싸웠다. 스탈린의 압제적 통치에 넌더리를 낸 러시아 주민들은 처음엔 독일군을 해방군으로 여겨서 협력했으나, 곧 독일군을 증오하고 저항하게 되었다.

독일군의 침공으로 받은 충격에서 벗어나자, 스탈린은 생각해 낼 수 있는 조치들을 앞뒤 가리지 않고 취해서 독일군을 막아 내려 했다. 심지어 독일군에 특히 꿋꿋이 저항한 연대, 사단, 야전군에 '근위(Guards)'라는 칭호를 붙이도록 했다. 원래 러시아에서 '근위사단'은 구체제의 상징이었고 공산주의자들의 증오의 대상이었다. 1917년 러시아 혁명이 성공하자, 집권한 공산주의자들은 전통적으로 흰 장갑을 낀 근위사단 장교들의 손에서 살갗을 벗겨 냈다. 적군赤軍의 창설과 더불어 없어졌던 계급도 다시 살아났고 장교들의 어깨 위엔 견장이 다시 붙었다. 20년 동안 지독한 박해를 받은 러시아 정교회도 '어머니 러시아(Mother Russia)'를 위해 복무하도록 복권되었다. 러시아를 의인화한 '어머니 러시아'는 실은 내전에서 백군白軍이 볼셰비키로부터 지키겠다고 내세운 전통적 가치를 상징했었다.

러시아 평원은 전차부대들을 앞세운 전격작전에 이상적인 땅이었다. 침공 한 달 뒤, 독일군은 저항하는 러시아군을 거듭 깨뜨리면서 광대한 지역을 얻었다. 북부집단군은 레닌그라드 가까이 진격했고, 중부집단군은 스몰렌스크 포위작전에서 무려 러시아군 3개 야전군을 섬멸했고, 남부집단군은 목표인 키예프를 위협하고 있었다.

이처럼 독일군이 거듭 이기자 히틀러는 자신감이 빠르게 늘어났고, 최고지휘관 노릇을 실제로 하려 했다. 그는 첫 싸움인 폴란드 침공작전을 지휘관들에게 맡겼다. 둘째 싸움인 스칸디나비아 침공작전을 구상하고 주도한 것은 해군 사령관 에리히 라에더(Erich Raeder) 제독이었다. 서부 전선의 작전들에선 히틀러는 적극적으로 개입했고 지휘관들에게 명령을 내렸다. 그래도 그는 망설이거나 자신감이 흔들리곤 했다. 실제로 그는 됭케르크로 몰린 영국군을 공격하자는 젊은 전차부대 지휘관들을 이틀 동안 움직이지 못하게 해서, 영국군이 해상으로 철수하는 데 성공할 여유를 주는 치명적 실수를 했다. 바르바로사 작전이 시작되자 그의 자신감은 더욱 단단해졌다. 그가 계획한 전쟁이었고 지금까지 전황도 그의 희망대로 풀리고 있었다. 그래서 그는 경상적 작전들에도 점점 깊이 간여하게 되었다.

이때 독일군 지휘부 안에서 앞으로의 작전에 관해서 의견이 엇갈렸다. 모든 지휘관들은 주공인 중부집단군이 승리의 운동량을 잃지 않고 모스크바를 향해 진격해야 한다고 믿었다. 수도 모스크바가 점령당하면 러시아의 전쟁 수행 의지는 꺾일 터였다.

히틀러는 러시아군을 파멸시키는 것과 러시아의 풍부한 자원을 획득하는 것에 마음이 끌렸다. 그는 중부집단군의 전차부대들을 둘로 나눠서, 헤르만 호트(Hermann Hoth)의 3전차군단은 북부집단군과, 그리고 구데리안의 2전차군단은 남부집단군과 각기 협력해서 발트해 연안과 키예프 인근에서 거대한 양익 포위를 시도하도록 지시했다. 이처럼 히틀러는 전쟁의 궁극적 목표가 적국의 전쟁 의지를 꺾는 것이라는 사실을 제대로 인식하지 못하고 전쟁의 수단인 적의 병력이나 자원에 한눈을 팔았다.

히틀러의 비합리적 명령에 독일군 총참모부와 중부집단군 지휘관들은 드러내 놓고 반발했다. 그러나 히틀러의 결심이 확고한 것을 알게 되자 감히 그에게 맞서지 못했다. 그렇다고 군사적 논리에 맞지 않는 히틀러의 생각을 충실히 따르기도 어려워서, 그들은 그의 명령을 따르는 시늉을 내면서 시간을 끌었다. 마침내 히틀러가 상황을 파악하고 강력하게 독촉하자 그들은 그의 계획에 따르기 시작했다. 중부집단군은 모스크바 공격을 멈추고 남부와 북부의 공격작전에 참여했다. 히틀러와 독일군 지휘부의 의견이 엇갈려서 독일군이 적극적으로 움직이지 못한 8월 4일부터 24일까지의 기간은 '19일 궐위기'라 불린다. 이 '궐위기' 덕분에 스탈린은 무너진 방위선을 추스르고 모스크바의 방위를 준비할 여유를 얻었다.

전략적으로는 치명적 잘못이었지만, 중부집단군을 러시아군 포위작전에 동원한 히틀러의 명령은 이내 큰 전과를 낳았다. 남부집단군 예하 에발트 폰 클라이스트(Ewald von Kleist)의 1전차군단과 구데리안의 2전차군단은 9월 16일 키예프 동쪽에서 만나 포위망을 완성했다. 이 포위망 속에 갇힌 러시아군 66만 5천 명은 역사상 단일 작전에서 나온 최다 포로들이었다.

모스크바 공방전

부차적 임무에 매달렸던 중부집단군이 키예프 포위작전을 성공적으로 수행하고 원래 목표인 모스크바를 향해 다시 진격하기 시작했을 때는 이미 9월 하순이었다. 이어 10월 2일 모스크바 점령을 목표로 삼은 '태풍 작전'이 공식적으로 개시되었다. 모든 독일군 지휘관들은 빠르게 다가오는 겨울의 기척을 느끼고 잃어버린 시간을 만회하려 서둘렀다. 선봉 전차군단을 이끈 구데리안과 호트는 특히 마음이 급했다.

그러나 모스크바를 향한 긴 행군의 마지막 여정에 오른 독일군은 석 달 전 러시아 국경을 넘은 생생한 군대가 아니었다. 전사상자들은 50만 명이나 되었다. 이런 손실은 물론 러시아군의 손실보다 훨씬 작았지만, 전력을 약화시키고 병사들의 사기에 영향을 미칠 수밖에 없었다. 장비의 부족도 심각했다. 운송 장비들은 길도 없는 러시아 평원을 달려오느라 많이 망가졌다. 대신 러시아 농부들의 달구지들이 물자들을 실어 날랐다. 병사들만 다치거나 죽은 것이 아니었다. 독일군이 러시아 국경을 넘을 때 힘 좋은 독일 말 60만 필이 대열에 참가했는데, 이들은 과로와 사료 부족으로 점점 많이 쓰러져 갔다. 자작나무 잔가지들이나 초가의 지붕을 먹고도 견디는 러시아 조랑말들이 이들을 대신했다. 운송 수단이 워낙 부족해서 탄약들과 물자들이 길가에 버려지는 경우도 흔했다. 비누, 치약, 면도기 같은 생필품들도 보급이 되지 않아서 개인위생이 나빠졌다. 자연히 병에 걸리는 병사들이 늘어났고, 장티푸스가 돌기 시작했다. 가을장마가 시작되었는데 잘 곳이 없어서 병사들은 밤마다 극심한 추위에 고생해야 했다. 러시아 정부의 초토작전에 따라 러시아 농민들은 집을 불태우고 건물을 폭파하고 작물과 사료를 없애서 독일군은 큰 어려움을 겪었다. 게다가 장마가 시작되자 길 없는 러시아 평원은 진흙탕이 되어서 행군이 힘들었고 전차들은 특히 큰 어려움을 겪었다. '진흙 장군'이 러시아군을 돕기 시작한 것이었다.

이처럼 비참한 독일군의 상황은 예외적이 아니었다. 정복의 길에 나서면 승리한 군대도 싸움터의 병사들에게 제대로 보급하기 힘들다. 보급선이 빠르게 늘어나기 때문이다. 기원전 4세기 알렉산드로스 대왕이 이끈 그리스 중보병들이 '아르벨라 싸움'에서 페르시아 대군을 격파하고 페르시아 제국의 수도 페르세폴리스에 입성했을 때, 그들은 거의 다 맨발이었다. 19세기 '워털루 싸움'에서 프랑스군에 이긴 웰링턴의 영국군이 파리에 입성했을 때, 그들의 빨강 제복은 누더기가 되어 있었다.

문제는 독일군이 아직 결정적 승리를 거두지 못했다는 사실이었다. 알렉산드로스의 군대도 웰링턴의 군대도 결정적 싸움에서 이겨 정복자로 적의 수도에 입성했고, 필요한 물자와 휴식을 누릴 수 있었다. 그러나 독일군은 완강하게 저항하는 러시아군을 이겨야 비로소 물자와 쉴 곳을 얻을 수 있었다. 겨울이 닥치기 전에 러시아군을 격파할 힘이 독일군에 남아 있지 않을 가능성이 독일군 지휘관들의 마음을 어둡게 했다.

가장 크게 걱정한 지휘관은 가장 큰 전과를 얻은 구데리안이었다. 그의 전차군단은 이때 처음으로 러시아의 신형 T-34 전차를 상대했는데, 독일군의 75밀리 대전차포로는 막아 내기가 무척 힘들다는 것이 드러났다. 게다가 러시아군은 독일군으로부터 전차 전술을 배워서 성공적으로 대항하기 시작했다. 정면에서 우세한 보병으로 공격하고 전차부대들을 한데 모아 측면에서 공격하는 전술을 썼다.

이처럼 독일군의 상황이 어려웠지만, 그렇다고 러시아군의 상황이 좋은 것은 아니었다. 그동안 독일군의 전격작전에 워낙 많은 병력을 잃어서, 모스크바 방어작전에 투입할 병력이 너무 적었다. 시베리아의 동부 전선엔 대군이 있었지만, 그들은 일본군의 침공에 대비해야 했으므로 유럽의 서부 전선으로 돌리기 어려웠다. 겨울이 다가왔다는 사실은 결정적으로 유리한 요소였지만 스탈린으로선 겨울이 닥치기만을 기다릴 수 없었다. 이 위기에서 그는 주코프를 다시 기용했다.

1941년 6월 주코프는 총참모장에서 해임되었다. 당시 남부 전선에서 키예프를 지키던 러시아군이 독일군에게 포위될 위험을 맞았는데, 주코프는 키예프를 포기해서 포위될 위험을 피하자고 주장했었다. 그 일로 스탈린의 노여움을 사서 그는 예비전선 사령관으로 좌천되었다. 레닌그라드가 위기를 맞자, 9월에 스탈린은 그를 레닌그라드 전선의 사령관으로 임명했다. 그는 레닌그라드의 방위를 강화해서 독일군의 공격을 잘 막아 냈다.

10월 10일 스탈린은 주코프를 서부 전선 사령관으로 임명하고 그에게 모스크바 방위작전을 맡겼다. 이미 레닌그라드에서 한 것처럼 주코프는 모스크바 시민들을 동원해서 모스크바 바깥에 대전차 참호를 파도록 했다. 그리고 능력이 증명된 지휘관들을 발탁해서 독일군의 위협을 받는 전선을 맡겼고, 쓸 수 있는 모든 병력을 모스크바 전면에 배치했다. 이처럼 활발한 움직임으로 공황에 빠진 모스크바 시민들을 안심시켰다.

모스크바를 놓고 두 거대한 군대가 대결하는 이 장면에서 스탈린은 줄곧 만지작거려 온 결정적 패를 썼다. 시베리아에서 일본군을 경계하던 러시아군의 일부를 서부 전선으로 돌린 것이었다. 이런 조치는 물론 모험이었지만, 스탈린은 이미 해외의 첩자들로부터 일본이 러시아를 공격할 생각이 없다고 보고받은 터였다.

일본의 전략적 의도에 대해 먼저 보고한 것은 영국 외교관 킴 필비(Harold Adrian Russell 'Kim' Philby)였다. 그는 오스트리아의 공산주의자와 결혼했고 그녀의 영향을 받아 러시아의 첩자가 되었다. 그는 독일군 '이니그마' 암호를 해독하는 부서로부터 바르바로사 작전이 임박했고 일본은 러시아를 공격하는 대신 남방으로 진출하려 한다는 정보를 얻어서 그를 조종하는 러시아 비밀 정보 요원에게 보고했다.

그러나 스탈린은 필비의 보고를 독일과 러시아 사이의 관계를 악화시키려는 영국 정보부의 공작이라 의심했다. 세계 곳곳에서 러시아와 대립해 왔고 볼셰비키 정권을 무너뜨리려 시도해 온 영국은 스탈린과 그의 참모들에겐 가장 음흉하고 끈질긴 적국이었다. 특히 1941년 5월에 나치 정권의 중요 인물인 루돌프 헤스(Rudolf Hess)가 혼자 비행기를 몰고 스코틀랜드에 내린 사건은 스탈린이 품은 영국에 대한 의심을 한층 깊게 했다. 히틀러와 헤르만 괴링(Hermann Göring)에 이어 독일 권력 서열 3위인 헤스가 영국으로 간 것은 두 나라가 평화협정을 맺으려는 시도로 보일 수밖에 없었다.

1941년 9월 일본에서 암약하던 러시아 첩자 리하르트 조르게(Richard Sorge)가 일본의 전략적 의도에 관해 보고했다. 일본은 이미 남방으로 진출하기로 결정하고 미국과의 전쟁을 준비하고 있으며 당장엔 러시아를 공격할 뜻이 없다는 내용이었다. 1941년 6월 15일 그는 바르바로사 작전이 1941년 6월 22일에 개시된다고 보고했다. 스탈린은 필비의 보고와 마찬가지로 조르게의 보고를 믿지 않았다. 실은 조르게는 충성을 의심받아 모스크바로 소환되어 처형될 예정이었다.

스탈린의 마음을 바꾼 것은 러시아 암호 해독 요원들이 일본 고위 관리들이 주고받은 문서를 해독해서 필비와 조르게의 정보가 정확하다는 것을 확인한 것이었다. 마침내 스탈린은 동부 전선에 배치된 병력의 상당 부분을 서부 전선으로 돌리는 결정을 내렸고, 1941년 10월과 11월에 18개 사단, 1,700대의 전차, 그리고 1,500대의 항공기가 시베리아에서 유럽으로 재배치되었다.

11월로 접어들자 추위로 땅이 얼어서 독일군의 진격은 빨라졌다. 11월 16일 '태풍 작전'의 마지막 단계가 시작되었다. 이 단계의 기본 개념은 모스크바를 방어하는 러시아군에 대한 양익 포위였다. 3전차군단과 4전차군단은 모스크바 북쪽으로 진격하고 2전차군단은 모스크바 남

러시아의 겨울 추위는 혹독했다. 1941년 크리스마스까지 독일은 '태풍 작전' 막바지에 얻었던 지역을 모두 러시아군에 도로 내주었다.

쪽으로 진격하기로 되었다. 추위가 워낙 혹독했으므로, 독일군이 살아남는 길은 모스크바를 점령해서 눈과 추위를 막을 집들을 찾는 방안뿐이었다. 성공의 가능성이 높아서 선택한 것이 아니라 대안이 전혀 없기 때문에 한 도박이었다. 1812년의 나폴레옹의 결정처럼 이 기동작전은 독일군의 절망적 몸부림이었고 독일군 스스로 '전선으로의 도피'라 불렀다.

추위는 독일군으로선 상상하기 어려울 만큼 혹독했다. 일상적 행동들도 점점 고통스럽고 위험한 일들이 되었다. 10만이 넘는 병사들이 동상에 걸렸고 동사한 병사들도 많았다. 전력은 빠르게 줄어들었다. 11월 25일 구데리안의 2전차군단은 러시아군의 저항에 막혀 전혀 진격하지 못했다. 11월 27일 마침내 구데리안은 병사들이 극한 상황에 처했다고 판단하고서 공격 중지 명령을 내렸다. 11월 29일엔 북쪽의 독일군들도 진격을 멈췄다.

모스크바를 지키는 러시아군의 처지는 훨씬 나았다. 러시아 군인들은 원래 추위에 익숙한 데다, 자기 진지에서 싸우므로 독일군처럼 추위에 노출되지 않았다. 무엇보다도 미국이 제공한 1,300만 켤레의 펠트 군화가 러시아 군인들의 발을 동상으로부터 막았다. 미국이 제공한 엄청난 전쟁 물자들 가운데 러시아군이 가장 고마워한 것이 바로 군화였다.

병사들의 신발은 늘 군대의 능력에서 중요한 요소였다. 특히 추운 겨울에 동상으로부터 발을 보호하는 신발은 결정적 중요성을 지녔다. 1941년 겨울의 모스크바 공방전에서 꼭 9년이 지난 1950년 겨울, 한반도 북부 장진호 둘레에서 중공군 9병단은 미국 1해병사단을 포위했다. 중공군 9병단의 24만 명 가운데 10만 명가량이 이 포위작전에 동원되었고, 미 1해병사단은 1만 2천 명 남짓했다. 그때 중공군 병사들은 운동화를 신었다. 낭림산맥과 개마고원의 혹독한 추위에 수많은 중공군 병사들이 발에 동상을 입었다. 동상 걸린 발이 부풀어 올라 운동화도 못 신고 맨발로 행군한 병사들까지 나왔다. 중공군은 엄청난 우세에도 불구하고 미군보다 훨씬 큰 손실을 입었고 끝내 미군이 남쪽으로 탈출하는 것을 막지 못했다. 그때 중공군이 입은 손실에서 전투 손실보다 동상 손실이 더 컸다.

독일군의 전력이 고갈되었다는 징후들이 나오자, 12월 5일 주코프는 반격작전을 결행했다. 공격을 포기하고 방어 태세로 돌아섰던 독일군은 러시아군의 기동에 제대로 대응할 수 없었고 이내 밀리기 시작했다. 우세한 러시아군에게 포위될 위험이 커지자 독일군은 서둘러 물러났다. 12월 25일까지 독일군은 11월 16일 '태풍 작전'의 마지막 단계를 시작한 뒤로 얻었던 지역을 모두 러시아군에게 내주었다. 이런 패배는 그저 일시적이거나 국지적 반전을 뜻하는 것이 아니었다. 이미 전쟁은 장기전으로 되었고, 개전 전에 독일군 지휘부가 걱정한 대로 장기전에선 국력이 훨씬 큰 러시아가 유리할 수밖에 없었다.

"그러면 박사님께선 낙관적으로 전망하시는군요." 장기영이 다가오는 버스들을 살피면서 말했다.

"낙관적?" 이승만이 반문하면서 씁쓸한 웃음을 얼굴에 올렸다. "작고 약한 민족에겐 낙관적 전망이란 것은 없네."

"아, 예." 장이 말을 알아듣지 못한 얼굴로 대꾸했다.

"우리 조선은 강대한 나라들에 둘러싸인 작은 나라 아닌가?" 이승만이 진지한 얼굴로 말했다. "어느 나라가 강대해지든, 우리로선 걱정거릴세. 호랑이를 피하면 승냥이 떼가 기다리는 형국이지."

"아, 예, 박사님. 정말 그렇습니다." 장이 무겁게 고개를 끄덕였다.

"영국은 버티고 러시아는 반격하는데, 이제 미국까지 가세했으니 독일이 어떻게 견디겠나? 러시아가 승리하면 유럽의 절반은 러시아가 차지하겠지. 일본이 멸망하면 러시아가 가만히 있겠나? 러시아가 조선을 얼마나 탐냈나? 노일전쟁에서 일본이 이겨서 러시아가 조선 땅에서 물러난 것 아닌가? 일본이 멸망하면 러시아가 그냥 있겠나? 국경을 맞댄 만주하고 조선을 그냥 두겠나?"

"그건 그렇습니다. 러시아가 원래 탐욕스러우니, 어떻게 하든지 조선을 차지하려 하겠지요."

이승만이 한숨을 길게 내쉬었다. "미국과 러시아는 근본적으로 다르네. 미국이 스페인과 싸워서 필리핀을 얻었을 때, 미국은 필리핀을 보호령으로 삼고 조만간 독립을 허용하겠다고 했네. 러시아가 그럴까?"

장이 고개를 저었다. "러시아의 지배를 받게 되면, 우리에겐 희망이 없습니다."

"정말로 그렇네. 연전에 도움을 받을까 해서 모스크바에 들렀을 때 몸으로 느꼈네. 여기는 사람이 살 세상이 아니구나. 음산한 기운이 뼛속으로 스며들었어. 그리고 겨우 서너 해 지나서 스탈린의 대숙청이 나왔어. 누구도 안심 못 하고 공포 속에 살아가는 것이지. 공산주의가 그렇게 무서운 것일세. 일본의 통치가 악독하지만 그래도 소비에트 러시아의 통치에 비기면…." 이승만이 고개를 저었다.

"예. 그런데도 지금 공산주의자들은 소비에트 러시아가 자기들 조국이라고 믿으니, 답답합니다."

"답답하지. 그래서 공산주의 러시아가 조선에 들어오는 것을 결단코 막아야 하네. 그리고 그렇게 하려면, 일본이 패망했을 때 한국 사람들에게 발언권이 있어야 하네. 장 군, 우리 대한민국 임시정부가 미국의 승인을 받는 것이 더욱 급해졌네."

"네, 박사님." 장은 문득 심각해진 마음으로 고개를 끄덕였다.

"미리 아는 것과 실제로 대비하는 것 사이의 차이는 크지." 이승만이 혼잣소리 비슷하게 말했다. "우리 능력이 그 사이를 메울 수 있기를 희망해야지."

그들이 기다리는 버스가 왔다.

"박사님, 여기 버스가 왔습니다."

자리에 앉자 장은 이승만의 옆얼굴을 흘긋 살폈다. 1875년생이니 이제 이승만은 67세였다. 워낙 정정해서 나이보다 훨씬 젊어 보였지만, 그래도 세월은 이승만의 얼굴과 머리에 자취를 남겼다.

'만일 지금 이분이 없다면….'

문득 처연해진 마음으로 장은 자신에게 물어보았다.

'독일이 궁극적으로 패망하리라고 예견하는 것은 국제 정세에 대해 잘 아는 사람이라면 할 수 있지. 그러나 러시아의 승리가 한반도와 조선민족에 미칠 영향까지 생각하고 미리 대비해야 한다는 사실을 깨달은 사람이 지금 조선 사람들 가운데 몇이나 되겠는가?'

"사람들이 전보다 활기찬 것 같지 않나?" 창밖을 내다보던 이승만이 물었다. "펄 하버 기습 이후 사람들 얼굴이 밝아진 것 같지 않나?"

장은 거리를 오가는 사람들을 자세히 살폈다. 이승만의 말대로 사람들이 오히려 전보다 활기찬 것 같았다.

"그런 것 같습니다. 전쟁이 나서 그런 걸까요?"

"누가 그랬더라, 전쟁이 나면 자살자가 줄어든다고." 이승만이 잠시 생각했다. "요새는 사람 이름이 잘 생각 안 나. 어쨌든 지금 미국 사람들은 마음껏 증오하고 사정없이 싸울 상대를 찾았지. 외적에 대한 증오와 나라에 대한 사랑이 합쳐졌으니, 모두 마음이 고양될 수밖에."

"하긴 그렇습니다." 장이 웃음기 없는 웃음을 웃었다.

"그리고 무기와 군수 물자 만드느라 공장들이 활발히 돌아가니, 경제도 나아졌고."

장이 한참 생각하더니, 조심스럽게 물었다. "결국 전쟁이 나라에 이롭다는 얘기가 되나요?"

"불행하게도, 그런 결론이 나오지. 더구나 일본과 독일 같은 악독한 나라들과 싸우는 전쟁 아닌가."

앨저 히스

이승만과 장기영은 약속 시간에 맞춰 히스의 사무실을 찾았다. 인사가 끝나자, 이승만을 가늠하는 눈길로 살피면서 히스가 그들에게 자리를 권했다.

"바쁘신데," 자리에 앉자 이승만은 환한 웃음을 띠고서 말했다. "이렇게 시간을 내 주셔서 감사합니다."

히스는 손을 저었다. "아닙니다. 당연한 일입니다. 나는 늘 조선에 관해서 관심을 가져 왔습니다."

이승만이 장기영을 돌아보자, 장이 가져온 서류를 탁자에 올려놓았다.

그때 문이 열리고 비서가 들어왔다.

"히스 씨, 혼벡 박사께서 두 분을 뵙자고 하십니다."

"아, 그래요?" 히스가 답하고 두 사람을 살폈다. "혼벡 박사께서 우리를 보자고 하시는데, 그의 방에 가서 얘기하죠."

"아, 잘됐습니다. 저번에 혼벡 박사를 뵙지 못했는데…." 이승만이 반겼다.

세 사람은 바로 일어서서 혼벡의 사무실로 갔다. 인사가 끝나고 자리를 잡자 이승만은 조선 문제에 대해 설명하기 시작했다. 그는 일본군의 펄 하버 기습으로 상황이 근본적으로 바뀌었음을 지적했다. 이제 미국은 조선 문제를 외교적 차원이 아니라 전략적 차원에서 접근해야 한다는 얘기였다.

혼벡과 히스는 그의 얘기에 선선히 동의했다. 혼벡은 나이가 든 까닭도 있겠지만 여유가 있었다. 히스는 나이가 젊기도 했지만 좀 긴장된 듯했다.

이승만은 동북아시아의 중심에 자리 잡고 일본과 대륙을 연결하는 한반도는 전략적 요충이며, 인구가 2,300만인 조선은 정치적으로나 경제적으로 상당한 중요성을 지녔다는 점을 지적했다. 이어 일본의 식민 통치에서 벗어나려 애쓰는 조선 사람들은 미국엔 잠재적 우군이며, 실은 조선인 군대가 이미 중국군을 도와 일본군과 싸우고 있다는 사실을 자세히 설명했다. 마지막으로 그는 조선인들을 지원해서 일본군의 후방에서 파괴 활동과 유격전을 펼치게 하는 방안을 제시했다.

두 사람은 이승만의 설명을 경청했다. 그리고 간간 명확하지 않은 점들에 대해서 물었다. 혼벡보다 히스가 더 큰 관심을 보였다.

이승만은 적어도 조선에 관해서는 히스가 실질적으로 결정을 내린다는 느낌을 받았다. 그는 대한민국 임시정부가 중국의 실질적 승인만을 받았고 다른 나라들의 승인을 받지 못했다는 사실이 큰 제약 요인으로 작용한다는 점을 사례를 들면서 자세히 얘기했다. 그리고 대한민국 임시정부가 미국의 승인을 받고 무기대여법에 따른 실질적 지원을 받아야 조선인들의 협력이 활발해지고 효율적이 될 수 있다고 결론을 내렸다.

이승만의 얘기가 끝나자 두 사람은 무겁게 고개를 끄덕였다. 이어 히스가 자신의 생각을 밝혔다. 그 자신으로선 이승만의 제안은 반가운 제안이다. 그러나 그것은 대한민국 임시정부에 대한 미국의 승인을 전제로 한 것인데, 불행하게도 미국 국무부는 대한민국 임시정부를 승인할 수 없다. 지금 미국이 혼자 대한민국 임시정부를 승인하면 동북아시아에 큰 관심을 가진 러시아의 반감을 살 수밖에 없다. 그렇다고 지금 미국이 러시아와 조선 문제에 대해 논의하기도 어려운 상황이다. 러시아가 아직 일본과 외교 관계를 유지하므로, 러시아는 공식적으로 일본의 영토의 한 부분인 조선 문제를 거론할 입장이 못 된다. 따라서 조선 문제는, 특히 대한민국 임시정부의 승인 문제는 미룰 수밖에 없다. 히스는 미국으로선 선택의 여지가 없다고 잘라말했다.

이승만은 절벽과 마주한 느낌이 들었다. 대한민국 임시정부를 승인하지 못할 이유들로 지금까지 들어 온 것들에 러시아의 반감을 사는 것을 피해야 한다는 이유가 더해진 것이었다. 그는 그러나 이내 마음을 다잡고서, 히스의 주장이 비논리적이고 비현실적임을 지적하기 시작했다. 그동안 미국은 독일과 싸우는 러시아를 지원해 왔다. 지금 미국은 일본의 공격을 받아 힘든 전쟁을 하는데, 러시아는 일본과 불가침조약을 맺고 미국을 도우려 하지 않는다. 상대의 감정을 상하게 하는 것을 걱정할 나라는 러시아지 미국이 아니다. 현재 일본이 부당하게 점령한 조선과 중국의 영토를 원래의 주민들에게 돌려주는 것이야 사리에 맞는 처사이므로, 러시아의 관심이나 감정은 고려 사항이 될 수 없다. 지금 승승장구하는 일본에 이기려면 작은 도움도 마다하지 말아야 하는데, 조선인들의 협력은 큰 도움이 될 것이다. 지금 대한민국 임시정부를 승인하지 않는 것은 일본과 싸우지 않으려고 애쓰는 러시아의 이익을 일본과 사생결단을 하는 미국의 이익보다 앞세우는 것밖에 되지 않는다.

이승만의 논리적 반박에 히스는 움찔했다. 그러나 자신의 주장을 거두려 하지 않았다. 굳은 표정으로 같은 얘기를 되풀이했다.

얘기는 한 시간 가까이 이어졌지만, 두 사람의 의견 차이는 좁혀지지 않았다. 마침내 끈질긴 이승만도 손을 들 수밖에 없었다. 윽박질러서 될 일이 아니었다. 뜻밖의 복병을 만나 퇴각하는 장수의 심정으로 그는 일어섰다.

혼벡의 사무실을 나서자 이승만은 긴 한숨을 쉬었다. 그리고 가래를 내뱉듯이 한마디를 내뱉었다.

"미국 국무부 관리들은 제 나라 이익을 지키는 게 아니고 러시아 이익을 지키는군."

"그러게 말입니다." 장기영이 실망과 분노가 엉킨 목소리로 대꾸했다. "히스의 입장은 도저히 이해할 수 없습니다."

이승만과 장기영이 히스와의 면담에서 빈손으로 돌아선 때부터 6년이 지난 1948년 8월 3일, 미국 하원 반미국행위위원회(House Un-American Activities Committee)에서 저명한 문필가로 시사 주간지 〈타임〉의 편집자였던 휘태커 체임버스(Whittaker Chambers)는 자신이 1930년대에 미국 공산당의 당원이었으며 러시아의 첩자로 일했다고 인정했다. 그리고 자신이 접촉했던 미국 관리들의 이름을 밝혔는데, 그 속에 앨저 히스가 들어 있었다.

히스가 러시아의 첩자로 활동했다는 주장은 체임버스만이 한 것이 아니었다. 1945년 9월 캐나다 주재 러시아 대사관에서 암호 전문가로 일했던 이고르 구젠코(Igor Gouzenko)가 캐나다에 망명하면서 미국에서 암약하는 러시아 첩자들을 폭로했다. 그 첩자들 명단엔 미국 국무장관 에드워드 스테티니어스(Edward R. Stettinius)의 '보좌관의 보좌관'이 들어 있었다. 스테티니어스는 국무차관으로 근무하다가 헐 국무장관이 병으로 사임하자 장관이 되었다. 히스가 헐 장관의 특별보좌관 혼벡의 보좌관이었다는 사실을 고려해서, 연방수사국은 그 첩자가 히스라고 판단했다. 1945년 12월엔 미국 공산당원이었고 러시아 첩자였던 일리저버스 벤틀리(Elizabeth Bentley)가 연방수사국에 자수하고서 국무부에 '히스'라는 이름을 가진 러시아 첩자가 있다고 제보했다.

히스는 자신이 공산주의자였음을 시인했지만, 러시아의 첩자로 일한 적은 없다고 주장했다. 체임버스가 제시한 증거들은 그가 러시아의 첩자였고 러시아를 위해 일했음을 분명하게 가리켰지만 당국은 그를 간첩죄로 기소할 수 없었다. 히스가 러시아의 첩자 노릇을 한 것은 10년이 넘었는데, 간첩죄의 공소시효는 5년이었다. 대신 재판 과정에서 위증을 한 것이 드러나서 그는 두 건의 위증죄로 동시집행 5년형을 받았다.

1917년 11월 레닌이 이끄는 볼셰비키가 권력을 장악하자, 다음 달에 폴란드 국적의 유대인 펠릭스 제르진스키(Feliks Dzerzhinski)는 반혁명과 태업을 막기 위한 조직으로 특별위원회 '체카(Cheka)'를 만들었다. 제정 러시아의 내무대신으로 궁궐 근위사단을 지휘했던 블라디미르 준콥스키(Vladimir Dzhunkovskii)의 조언에 따라 제르진스키는 제정 러시아 비밀경찰의 관행들을 도입해서 체카를 비밀경찰 조직으로 바꾸었고, 체카는 러시아 시민들이 두려워하는 존재가 되었다. 체카는 뒤에 '국가보안위원회(KGB)'로 바뀌어 세계에서 가장 큰 정보기관이 되었다.

본질적으로 민사 정보기구인 체카에 상응하는 군사 정보기구는 공식적으로 라즈베두프라블레니에(Razvedupravlenie)라 불렸고 내부적으로 '제4국局'이라 불린 조직이었다. 제4국은 1920년 폴란드와의 싸움에서 러시아군이 군사 정보의 부족으로 뜻밖의 패배를 경험한 뒤 라트비아 사람인 얀 렌츠만(Yan Lentsman)의 주도로 만들어졌고 주요 간부들도 대부분 라트비아 사람들이었다. 제4국은 뒤에 '참모본부 첩보국(GRU)'으로 바뀌어 세계에서 둘째로 큰 정보기구가 되었다.

민사와 군사 정보기구들이 외국인들의 주도로 만들어졌다는 사실은 러시아의 공산주의 혁명이 처음엔 세계적 혁명을 지향했고 세계의 지식인들이 열정적으로 그런 이상을 추종했다는 것을 보여 주는 또 하나의

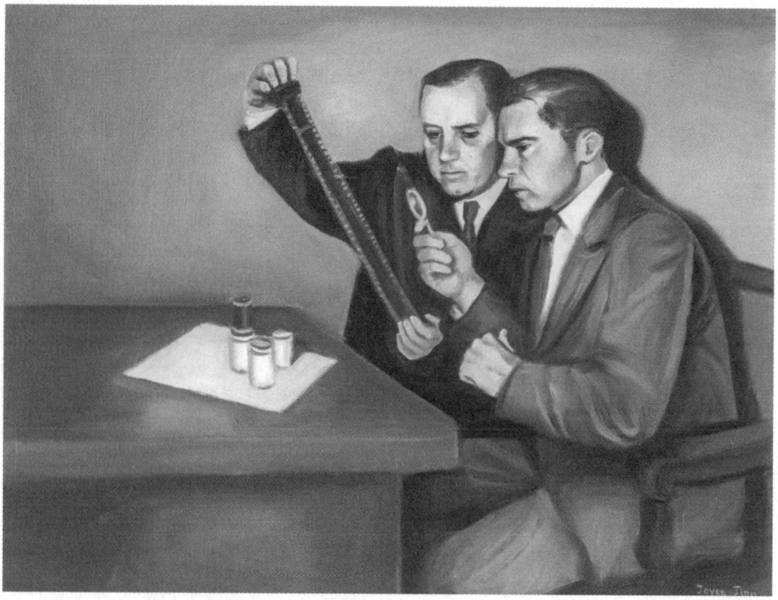

러시아 정보기관은 백악관, 국무부, 재무부, 전략사무국, 방첩 임무를 맡은 연방수사국까지 포함한 미국 사회 70개 기구에 첩자들을 침투시켰다.

증거다. 그러나 스탈린이 세계적 혁명 대신 러시아의 이익을 앞세우는 정책을 펴면서, 외국인들은 빠르게 러시아 정보기구들에서 밀려났다.

스탈린은 첩자들을 통해서 정보를 얻는 인적 정보(humint)를 감청과 암호 해독을 통해서 정보를 얻는 통신 정보(comint)보다 선호했다. 그래서 러시아 정보기구의 감청과 암호 해독은 발전하지 못하고 원시적 수준에 머물렀다. 게다가 정보기구들에 대한 끊임없는 숙청으로 인적 정보 능력도 크지 못했다. 스탈린에겐 다행스럽게도, 코민테른을 통한 해외 요원들의 확보는 성공적이었다. 특히 미국에서 큰 성과를 거두었다.

미국은 남북아메리카 대륙에서 압도적으로 강대한 나라였다. 그리고 아메리카는 대서양과 태평양으로 다른 대륙과 단절되었다. 그래서 미국은 고립주의의 풍조가 강했고 다른 대륙들과의 교류에 대해 관심이 작았다. 자연히 자신의 안보에 대한 걱정도 작아서, 다른 나라들의 정보기관들이나 첩자들의 활동에 대한 관심과 경계도 작았다. 다른 나라들에 대한 첩보 수집 활동은 미미했고 다른 나라 첩자들로부터 나라를 보호하는 방첩 기능도 원시적이었다. 이런 상황을 이용해서 러시아 정보기관은 미국 사회 깊숙이 침투하는 데 성공했다. KGB가 주로 러시아 국내에서의 방첩 활동에 주력했으므로, 미국에선 GRU가 첩보 활동을 주도했다. 코민테른이 세계의 이상주의적 지식인들에 지녔던 매력은 미국에서도 십분 발휘되어, 코민테른을 앞세운 러시아 정보기관들은 많은 첩보 요원들도 확보할 수 있었다. 그래서 백악관, 국무부, 재무부, 첩보기관인 전략사무국(OSS) 및 방첩 임무를 맡은 연방수사국까지 포함한 70개 기구들에 러시아 첩자들이 침투했다.

이들 러시아 첩자들은 두 가지로 미국의 이익을 해쳤다. 먼저 그들은 자신들의 지위를 이용해서 미국의 정책들을 러시아의 이익에 맞도록 바꾸었다. 특히 제2차 세계대전이 끝나 갈 때 연합국들이 새로운 국제 질서를 설계하는 과정에서 그들은 미국의 정책과 협상을 주도하면서 조국 미국 대신 적국 러시아를 위해서 일했다. 그들은 정책을 세울 때 러시아에 이익을 고려했을 뿐 아니라 협상에 앞서 미국의 전략을 미리 러시아에 알려 주고 미국의 목표를 방해하는 길을 알려 주곤 했다. 다음엔, 그들은 미국의 정책과 무기에 관한 정보들을 러시아로 유출시켰다. 그들이 '맨해튼 사업'이 개발한 원자탄에 관한 정보들을 러시아에 제공함으로써, 기술이 발전한 독일조차 개발하지 못한 원자탄을 러시아는 쉽게 개발했다.

불행하게도, 미국에서 러시아 첩자들이 정부의 요직들에 자리 잡고 러시아의 이익에 봉사했다는 사정은 한반도에 부정적 영향을 크게 미쳤다. 히스의 집요한 방해로 대한민국 임시정부가 미국의 승인을 끝내 얻지 못했다는 사실은 전후의 국제 질서를 논의하는 자리들에서 한반도의 운명이 결정될 때 조선 사람들을 대표할 정부가 없도록 만들었다. 만일 이승만의 줄기찬 노력이 열매를 맺어 대한민국 임시정부가 한반도를 대표할 수 있었다면 한반도가 분단되는 일은 없었을 것이다. 3·1 독립운동으로 분출된 민족의 독립 열망으로 수립되어 정통성을 확보한 임시정부가 곧바로 한반도의 정식 정부로 들어섰을 터이므로, 해방 뒤의 극심한 혼란과 분열도 훨씬 적었을 것이다.

그리고 러시아가 첩자들이 제공한 기술 정보들을 이용해서 원자탄을 예상보다 훨씬 빨리 개발했다는 사실은 한국전쟁을 낳은 원인들 가운데 하나가 되었다. 원자탄을 가졌다는 사실은 스탈린에게 냉전 초기에 미국에 맞설 자신감을 주었고, 그는 북한 정권으로 하여금 남한을 침공하도록 했다. 원래 위험 회피자인 스탈린이 원자탄을 갖추지 못한 상태에서 원자탄을 보유한 미국과 맞섰을 가능성은 아주 작았다. 다른 편으로는, 러시아가 원자탄을 보유했다는 사실은 트루먼 대통령으로 하여금 전황이 불리해져도 원자탄을 쓰기 어렵게 만들었다.

"전술을 바꿔야 되겠구먼."

국무부 청사를 나오면서, 이승만이 쓰디쓰게 말했다.

"그저 우리 입장을 설명하고 사정해선 안 되겠어."

"앞으로 전황이 바뀌면 국무부의 태도도 좀 바뀌지 않을까요?" 장기영이 애써 웃음을 지으면서 말했다.

"우리 처지에선 그렇게 바뀌길 기다릴 수가 없어. 중경에서 애타게 기다릴 사람들을 생각하면…. 국무부 관료들이 움직이도록 하려면, 부딪치는 수밖에 없어." 이승만이 결연히 말했다.

"예, 박사님." 마음속에 검은 기운으로 퍼진 예감을 누르면서 장기영이 대꾸했다.

"일단 사무실로 가서, 사람들하고 상의해 보세."

공산주의 러시아가 미국에 구축한 첩보망이 얼마나 거대한지, 러시아 첩자들이 미국 정부에 얼마나 깊숙이 침투했는지, 그들이 미국의 정책들을 러시아에 유리하도록 바꾸고 기밀들을 러시아로 빼돌리는지 알 길이 없는 두 사람은 애써 마음을 추슬렀다. 독립운동은 원래 좌절의 연속이라는 생각으로 자신을 격려하면서, 두 사람은 돌아가는 버스를 탔다.

전술을 바꾼 이승만의 첫 움직임은 연방 상원의 원목院牧인 감리교 목사 프레더릭 해리스(Frederick B. Harris), 스태거스, 그리고 윌리엄스가 함께 작성한 「한국 상황」을 1942년 1월 9일에 헐 국무장관에게 보낸 것이었다. 2,300만 한국인을 일본의 압제적 통치로부터 해방시키고 한국의 독립을 승인하는 것은 루스벨트 대통령이 천명한 미국의 전쟁 목표라는 점을 강조하는 내용이었다. 그리고 이승만이 늘 주장해 온 대로, "미국과 한국 사이에는 1882년에 체결된 수호통상조약이 아직도 존재한다"는 것을 지적했다.

다음 움직임은 하와이 출신 하원의원 새뮤얼 킹(Samuel W. King)이 「재미 한국인들이 직면한 상황에 대하여」라는 성명을 발표한 것이었다. 재미 한국인들은 '일본계 외국인'에서 분리되어 '동맹국 외국인'으로 등록되어야 하고, 미국 정부는 한국의 독립을 승인함으로써 일본의 한국 병탄을 묵인했던 과오를 바로잡고 2,300만 한국인들의 협력을 얻어야 한다는 내용이었다. 이어 사흘 뒤 킹은 같은 내용의 편지를 헐 국무장관에게 보냈고, 헐은 신중히 고려하겠다는 답신을 보내왔다.

셋째 움직임은 혼벡이 반려한 이승만의 신임장을 2월 7일에 다시 헐 국무장관에게 보낸 것이었다. 국무부는 2월 19일에 아돌프 벌(Adolf A. Berle) 차관보 명의로 답신을 보내왔다. 그러나 그 편지는 미국 안에서 외국 정치 지도자들의 활동에 대한 일반적 정책을 설명했을 뿐, 대한민국 임시정부의 승인이나 신임장의 접수는 언급하지 않았다.

물로 씌어진 이름 - 이승만과 그의 시대

제1부 광복 ①

펴낸날 초판 1쇄 2023년 7월 3일
초판 2쇄 2023년 8월 2일

지은이 복거일
그림 조이스 진
펴낸이 김광숙
펴낸곳 백년동안
출판등록 2014년 3월 25일 제406-2014-000031호

주소 경기도 파주시 광인사길 22
전화 031-941-8988
팩스 070-8884-8988
이메일 on100years@gmail.com

ISBN 979-11-981610-2-4 04810
979-11-981610-1-7 04810 (세트)

※ 값은 뒤표지에 있습니다.
※ 잘못 만들어진 책은 구입하신 서점에서 바꾸어 드립니다.